हिन्द पॉकेट बुक्स

युग–परिवर्तन

रामकुमार भ्रमर प्रसिद्ध हिन्दी साहित्यकार थे। मूलतः उपन्यासकार के नाते प्रसिद्ध रहे रामकुमार भ्रमर ने साहित्य की हरेक विधा में जमकर कलम चलाई। कहानियाँ, नाटक, व्यंग्य, रिपोर्ताज, यात्रा-विवरण, निबंध, सत्यकथाएँ, संस्मरण, डायरी, जीवनी-अंश, इंटरव्यूज, फिल्म पटकथाएँ, वार्ताएँ, भाषण, बाल-साहित्य, महत्त्वपूर्ण पत्र-व्यवहार, राजनीतिक-वैचारिक दिशादृष्टि आदि विषयों पर उनका विपुल साहित्य आज भी लोकप्रिय है। उनके कई उपन्यासों पर सफल फिल्मों का निर्माण हुआ। उन्होंने स्वयं भी कई फिल्मों की पटकथाएं लिखी।

महाभारत–कथा पर आधारित वृहदाकार उपन्यास

युग–परिवर्तन

रामकुमार भ्रमर

हिन्द पॉकेट बुक्स

पेंगुइन रैंडम हाउस इम्प्रिंट

हिन्द पॉकेट बुक्स

यूएसए | कनाडा | यूके | आयरलैंड | ऑस्ट्रेलिया | सिंगापुर
न्यू ज़ीलैंड | भारत | दक्षिण अफ्रीका | चीन

हिन्द पॉकेट बुक्स, पेंगुइन रैंडम हाउस ग्रुप ऑफ़ कम्पनीज़ का हिस्सा है,
जिसका पता global.penguinrandomhouse.com पर मिलेगा

पेंगुइन रैंडम हाउस इंडिया प्रा. लि.,
चौथी मंजिल, कैपिटल टावर -1, एम जी रोड,
गुड़गांव 122 002, हरियाणा, भारत

पेंगुइन
रैंडम हाउस
इंडिया

प्रथम हिन्दी संस्करण हिन्द पॉकेट बुक्स द्वारा 2008 में प्रकाशित
यह हिन्दी संस्करण हिन्द पॉकेट बुक्स में पेंगुइन रैंडम हाउस द्वारा 2022 में प्रकाशित

10 9 8 7 6 5 4 3 2

ISBN 9789353495244
मुद्रकः रेप्रो इंडिया लिमिटेड

www.penguin.co.in

FSC www.fsc.org MIX Paper from responsible sources FSC® C047271

This is a legitimate digitally printed version of the book and therefore might not have certain extra finishing on the cover.

क्रम

18 दिन

दृष्टि दूर-दूरागत आकाश की सीमाओं को छू-लेना चाहती है। जैसे-जैसे सूर्यदेव अस्ताचल की ओर बढ़ रहे हैं, वैसे-वैसे पृथ्वी का दृष्टिपथ के अन्तिम बिन्दु पर थमा दृश्य डूबने लगा है। ऐसा लगता है कि सूर्य की तेजमयी इन्द्रधनुषी आभा ने धीमे-धीमे ही सही पर पृथ्वी और सम्पूर्ण जड़-चेतन को लुप्त करना प्रारम्भ कर दिया है। रक्तवर्णी पीलाहट लिए सूर्य की किरणों का प्रकाश दूर-दूरंत अग्नि ज्वालाओं जैसा लगाता है और मन रह-रहकर उसमें झुलसता हुआ महसूस होता है!

आश्चर्य! संध्या की शांत बेला और ऐसी अशांति से भरी हुई? अशांति मात्र ही क्यों, कालभय से आच्छादित? संध्या की शीतल हवाएं अब मन को आनंदित नहीं करतींडराती हैं। हौले-हौले झकोरों के साथ वृक्षों की पत्तियों का हिलना चीत्कारों का अनुभव देता है। पक्षियों की संध्या विदा का कलरव कराहों से भरा हुआ।

इसी तरह राजभवन के अपने शयन-गृह की एक खिड़की से सुबह भी कुछ ऐसी ही लगी थी। भव्य पलंग पर बहुमूल्य रेशमी वस्त्रों को पहने हुए धृतराष्ट्र पुत्र युयुत्सु चौंककर वह सूर्योदय देखने लगे थे। लगा था कि सूर्य का पृथ्वी पर आगमन हुए देर हो चुकी हैकिन्तु तेजहीन हैं वह। कुम्हलाया, पीला चेहरा और इसी चेहरे से जनमी उदास किरणें।

अविश्वास और अचरज से होंठ खुले ही रह गए थेयह कैसा सूर्योदय? शरीर अनायास ही शीत की ठिठुरन महसूस करने लगा था। तुरंत कपड़ा लपेट लिया।

पता चला था कि उस दिन अश्वत्थामा ने अपने एक अस्त्र की दिव्यता

का परीक्षण किया था और उस परीक्षण के परिणामस्वरूप वातावरण में अद्भुत परिवर्तन हो गए थे। परीक्षण-क्षेत्र के हजारों पेड़ झुलस गए थे, मीलों दूर तक लपटोंजैसी गर्मी बिखर गई थी। उसी के प्रभाव स्वरूप पचासों मीलों तक सूर्य आच्छादित आकाश धूल से भर गया था। इतनी धूल कि उसने सूर्य किरणों के धरती तक आगमन की राह ही रोक दी।

युयुत्सु को सूचना मिली थी। अचरज नहीं हुआ था। केवल पीड़ा हुई थी। मन हुआ था कि प्रसन्नतापूर्वक अश्वत्थामा की अद्भुत शक्ति और सफलता का समाचार सुना रहे दुःशासन से कह दें"आश्चर्य है, भइया! मृत्यु पर आयोजन पर हर्ष व्यक्त करने की परम्परा पहली बार ही देख रहा हूं मैं!" किन्तु कहा नहीं। यह कहने का अर्थ होता, दुःशासन से उत्तेजित वार्तालाप। क्रोध और जाति-दंभ में डूबे हुए अपने ही भाई युयुत्सु के प्रति उपेक्षापूर्वक क्या कह डालते, सोच पाना असम्भव है। उनके साथ होना, उनकी दृष्टि सहना, उनसे वार्ता करना और अन्य के सामने उनसे मिलने वाला दुर्व्यवहार सहना, इस सबकी निरंतरता ने युयुत्सु को इस परिणाम पर पहुंचा दिया था कि उनसे तर्कवितर्क केवल मूर्खता होगी, फिर दुर्योधन, दुःशासन, दुःसह सभी कौरव केवल युयुत्सु के प्रति धृष्ट हों, ऐसा तो था नहीं! धृष्टता उनका स्वभाव बन चुकी थी। उद्दण्डता उनकी गरिमा, अभिमान उनकी सहजता। और इस सबका परिणाम होने जा रहा थासृष्टि की विनाशलीला!

पितृ भीष्म, सरल हृदय विदुर और भविष्यदृष्टा संजय बरसों से रोकथाम कर रहे थे, किन्तु लगता था कि उनकी हर बार असफलता ने क्रूर भविष्य को निश्चित कर दिया है। एक बार अवसर पाकर संजय से कहा भी था युयुत्सु ने"महात्मन्! क्षमा कर सकें तो एक निवेदन करूं।"

युयुत्सु के शांत, किन्तु चिन्ताग्रस्त चेहरे पर एक दृष्टि डाली थी तपस्वी कौरव-मंत्री ने। एक गहरा श्वास लेकर पिटी हुई हंसी में हंस पड़े थे, "कहो?"

"महाराज दुर्योधन की जानते-समझते हुए भी आप और पितृ भीष्म बार-बार क्यों प्रयत्न करते हैं कि वह मान लें, जो उनके स्वभाव के विपरीत है?"

संजय ने युयुत्सु के सरल, बालकमन के निर्मलता से भरे प्रश्न पर सहज-सा उत्तर दे दिया था"मेरे लिए यह मंत्रिधर्म है, युयुत्सु! वृद्धायु,

पितामह के लिए यह पारिवारिक कर्त्तव्य भी है और राजधर्म भी। ज्ञानी विदुर पर मात्र कुरु-कुल का नहीं समूची मानवता का दायित्व है उनके लिए यह तपस्वी-धर्म भी हुआ। अपने-अपने कर्त्तव्य और धर्म का निर्वाह करने के लिए ही हम सब महामति धृतराष्ट्र और उनके क्रोधी पुत्रों को समझाने का प्रयत्न करते हैं।

"पर आप सब यह भी तो जानते हैं कि दुर्योधन की रुचि के लिए आपके विचार तनिक भी अनुकूल नहीं हैं..." युयुत्सु ने कहा था।

"हां...पर कुछ जानना हमारा केवल अपना है और कर्त्तव्य तथा धर्म निर्वाह सबके लिए!" संजय ने शांत स्वर में उत्तर दिया था"जीवन और संसार यही होता है राजपुत्र! मनुष्य एक सीमा तक ही अपने लिए जीता है! आगे वह समाज, जाति, देश के लिए जीता है! दोनों ही उसके जीवन-सत्य हैं!"

"इनमें श्रेष्ठ सत्य क्या है महात्मन्?" उत्सुक होकर युयुत्सु ने पूछ लिया था। विद्वानों से वार्ता करके मन की उद्विग्नता शांत होती थी। समूची बाल्यावस्था और उस काल में मिली पीड़ा को इस विद्वता से ही झेला था उन्होंने। जब-जब उत्तेजना और उससे मिली पीड़ा के क्षण आए थे या जन्मकथा ने मन पर घाव किया था, तब-तब ज्ञान के अमृत बिन्दुओं ने मरहम की तरह जलन मिटाई थी उनकी।

"सत्य में श्रेष्ठ-अश्रेष्ठ कुछ नहीं होता युयुत्सु! सत्यकेवल सत्य है। आदि-अंत से हीन। वह कालगति से मरता नहीं, जीवन की तरह जनमता नहीं।" संजय ने उत्तर दिया था"उसे लेकर केवल निर्धारण होता है। तुम जिस सन्दर्भ में जानना चाहते हो, उसके अनुसार मनुष्य का सम्पूर्ण के लिए कर्त्तव्य, धर्म निर्वाह उसका पहला कर्त्तव्य है, निजत्व के लिए दूसरा!"

"किन्तु देखता हूं कि कुरुवंश में तो निजत्व के अतिरिक्त कुछ विचारणीय ही नहीं होता?" युयुत्सु ने कुछ कसक अनुभव करते हुए कह डाला था"पितृ धृतराष्ट्र से लेकर माता गान्धारी तक और भइया दुर्योधन से लेकर दुःशला तक। किसी क्षण मुझे ऐसा नहीं लगता महामान्य कि राजधर्म का निर्वाह हो रहा है। जिस तरह पल पल मृत्यु के चक्रव्यूह का आयोजन हो रहा है, वह किस धर्म का प्रतीक है?"

संजय सहसा गम्भीर ही नहीं, उदास भी हो उठे थे"एक पल खामोश

रहकर जैसे युयुत्सु की अंतर्वेदना को अपने संवेदन से जोड़कर अकुला गए थे। फिर संयत होकर कहा था"यदि जीवन मनुष्य का स्वभाव है, तो मृत्यु का आयोजन करना भी तो मनुष्य का अपना स्वभाव है राजपुत्र! हो सकता है कि कुछ कुरु-पुत्र यही सोचते हों...?"

युयुत्सु चुप हो रहे।

संजय को लगा था कि उत्तर के सिर की खोज में भटक गए हैं वह। अपने-आपको हल्का अनुभव किया था उन्होंने। युयुत्सु के जिज्ञासु स्वभाव को जानते थे। बहुत कुछ कह देना भी चाहते थे किन्तु अनेक बार सत्य को न चाहते हुए भी इसी तरह गोलमोल उत्तर देकर व्यक्त करना पड़ा था। राजा धृतराष्ट्र के मंत्रिपद पर आसीन थे वह। कुरु जांगल देश की राजनीति एक सीमा से अधिक नहीं बोलने देती थी। फिर यह उनका मंत्रि दायित्व भी था। कहां, कितना, किससे और कैसा बोलना हैइसका आधार कौरव-कुल की राजनीतिक सीमाओं में बंधा हुआ था, वहीं से निर्धारित।

युयुत्सु उसी तरह चुप थे, किन्तु यह देखकर संजय को दुःख हुआ था कि राजकुमार युयुत्सु के चेहरे पर कुछ फीकापन उभर आया है। क्यों? पूछ भी लिया था"क्या हुआ युयुत्सु?"

"हां?" युयुत्सु जैसे चौंके। इस तरह जैसे कहीं दूर एकांत में भटकते हए उन्हें किसी ने पुकार लिया होएक गहरा, तकलीफ के सन्नाटे से डूबा हुआ श्वांस खींचा, कहा"यह शब्द कष्ट देता है, महात्मन! लगता है जैसे कोई छाती पर आघात करने के बाद सहानुभूति व्यक्त कर रहा हो।"

संजय अस्त-व्यस्त हो उठे थे, कुछ पलों के लिए। याद किया था कि किस शब्द ने पीड़ित किया होगा युयुत्सु को। हां, याद आया...

"राजपुत्र!" यही तो था वह शब्द।

संजय युयुत्सु को शांत करना चाहते थे। मन हुआ था कि ज्ञानबिन्दु जैसे कुछ शब्द उंडेलकर उस जलते हुए अदृश्य घाव को ठंडक पहुंचाएं, किन्तु लगा जैसे भूल कर बैठेंगे। चुप हो जाना ही श्रेयस्कर!

कभी-कभी जलने के घाव पर अमृत, जलन बढ़ाने का काम ही कर बैठता है। पीड़ा से मिलने वाली सांत्वना पीड़ा को अधिक तेज कर देती है। संजय ने चुप साध लिया था।

युयुत्सु मुड़े। मन जितना भारी था, उससे कहीं अधिक भारी थे कदम। संजय ने स्पष्ट अनुभव किया। सहानुभूति से भर उठे। संजय ने युयुत्सु को इस तरह पीड़ाग्रस्त पहली बार देखा होऐसा तो नहीं है...बरसों से इसी तरह, ऐसी ही टूटन से टूटते-जुड़ते देखा गया है उन्हें...

टूट-टूटकर जुड़ने की यह दीर्घकथा अपने आप में कम कष्टदायक नहीं है! जितना संजय जानते हैं, उससे कही अधिक स्वयं युयुत्सु जानते हैं। सब कुछ भूलकर केवल अपने ही बिखराव को समेटने के प्रयत्न में लड़खड़ाते मन और कदमों से निवास पर चले आए थे।

'राजपुत्र!'

कैसा गौरवमय शब्द है! किन्तु युयुत्सु इस शब्द के साथ ही अपने-आप को अपमानित अनुभव करते हैं। उनका धृतराष्ट्र पुत्र होना ऐसे ही है जैसे किसी भूले-बिसरे शब्द का पुनः याद हो जाना! इससे अधिक कुरु-कुल में उनकी स्थिति नहीं। किसी-किसी बार चाहा भी है कि इससे अधिक स्थिति अनुभव करें। वह, जो उनकी सत्य स्थिति है। यह कि वे राजा धृतराष्ट्र के वीर्यांश हैं! प्रतापी कौरवेन्द्र के पुत्र!

पर बाल्यावस्था से लेकर इस युवावस्था तक घटनाओं के कभी न खत्म होने वाली निरंतरता ने हर बार युयुत्सु को स्मरण दिला दिया है कि वे केवल शब्द छल के जाल में उलझे हुए हैं! राजपुत्र होने का शब्द छल! शुरू-शुरू में न इस शब्द को जानते थे, न छल को और न उस जाल कोकिन्तु जैसे-जैसे आयु की सीढ़ियों पर आगे और आगे कदम बढ़ाए थे, वैसे-वैसे याद आता गया था। ऐसा बहुत कुछ जो बचपन की सरलता में कभी याद नहीं आता या बचपन की सरलता का ज्वार उसे दृष्टि के सामने टिकने नहीं देता!

एक बार पितृ विदुर बोल पड़े थे, ''सम्मति व्यक्त करने से पूर्व तुम्हें यह स्मरण रखना चाहिए पुत्र कि तुम महाराज धृतराष्ट्र के एक सौ एक वें बेटे हो। तुम्हारे होंठों से निकला हर शब्द महानू कुरुराज के राजस को प्रभावित करता है। ऐसा कुछ न कहो, जिससे किसी तरह की भ्रान्ति फैले।''

बड़ी सहज-सी घटना थीपर इतनी गम्भीरतापूर्वक ली जाएगी, बालक युयुत्सु ने कभी नहीं सोचा था। भीम की उदण्डता को लेकर दुःसह असत्य सुना रहा था। दुर्योधन का सिखाया-पढ़ाया। हुआ यह था कि खेलते समय युयुत्सु को चोट आई थी दुःशासन के धक्के से और चोट का कारण भीम के माथे मढ़ा जा रहा था।

दुःसह ने कहा था, "पूज्य! युयुत्सु घबराहट में सम्भवतः देख नहीं सका। पर उसे धक्का दुःशासन भइया ने नहीं दुष्ट भीम ने दिया था!

युयुत्सु हतप्रभ! आश्चर्य! सरासर उसकी आंखों को ही झुठलाए दे रहे थे वे? वह कारण ही लोप हो गया था, जिस कारण दुःशासन ने उसे धक्का दिया था! उबलकर पुनः बोल पड़ा था वह, "नहीं-नहीं, यह असत्य है! सच तो यह है कि सभी गांधारीपुत्र जब खेल रहे थे, तब मुझे उन्होंने बहिष्कृत कर रखा था। मैंने कारण जानना चाहा तो दुःशासन बोले कि मैं उनके साथ खेलने के अयोग्य हूं! मुझसे यह भी कहा कि राजा से जन्म लेने के कारण कोई संतान राजकुमार नहीं हो जाती। माता का भी राजरक्त से होना आवश्यक है और मेरी माता वैश्या है।" युयुत्सु के कंधों में चोट आई थी। सिसकते हुएसे बोल पड़े थे, "और...और फिर जब मैंने अनुनय विनय किया तो दुःशासन ने मुझे इस तरह धक्का दिया! भीम तो वहां थे ही नहीं।"

दुःसह और अन्य धृतराष्ट्र पुत्र सहमे हुए से एक ओर खड़े थे। दुःसह ने पुनः कुछ कहना चाहा था, किन्तु धृतराष्ट्र के तमतमाए, क्रोधित चेहरे को देखकर शब्द होठों के भीतर ही झुलस गए थे।

उत्तेजित युयुत्सु कह गए थे, "पूज्य...! ये सभी लोग यदि पांडवों से इस कारण घृणा करते हैं कि वे माता कुंती के पुत्र हैं तो मुझे इस कारण हेय दृष्टि से देखते हैं कि मैं आपका बेटा होते हुए भी वैश्या माता से जन्मा हूं!" इसके पूर्व कि आगे युयुत्सु कुछ कह सकें विदुर ने उनके कन्धे पर हाथ रखकर हौले से उसे इस तरह दबाया था, जैसे संकेत किया हो, "अपने आवेश को थामो युयुत्सु! आगे कुछ न कहो!"

राजा धृतराष्ट्र ने वज्र स्वर में पूछा था, "दुःशासन कहां है?"

"वह यहां नहीं हैं पूज्य!" दुःसह ने सिटपिटाकर जवाब दिया थासहसा

धृतराष्ट्र ने चीखकर कहा था, "जहां भी हो, उससे कहो कि हमसे मिले! युयुत्सु के प्रति की गई उदण्डता का उत्तर हम तुम्हारे माध्यम से नहीं, उसी के मुंह से सुनना चाहते हैं, जाओ!"

अन्तिम शब्द के साथ ही कुरु-कुमारों का वह छोटा-सा जत्था इस तरह सिटपिटाया हुआ कक्ष से बाहर निकल गया था जैसे किसी आंधी ने उन्हें एक ही दिशा में उड़ा दिया हो। शेष रह गए थे आहत युयुत्सु, विदुर और महाराज धृतराष्ट्र।

एक पल के लिए चुप्पी बिखरी रही थी प्रकोष्ठ में। विदुर की कोमल हथेली उसी तरह युयुत्सु के कन्धे को थामे रही थी। और युयुत्सु पिता के क्रोधावेश तथा चाचा के कोमल स्वर से घाव पर राहत महसूस करते रहे थे। सहसा राजा धृतराष्ट्र उठे। जाते-जाते कहा था, "विदुर! बालक के उपचार की यथेष्ट व्यवस्था करवाओ।" फिर तेजी से दूसरे कक्ष में चले गए थे।

शेष रहे विदुर और युयुत्सु। विदुर ने युयुत्सु की पीड़ा को स्नेहिल शब्दों से थामते हुए वह संवाद कह दिया था।

'राजा धृतराष्ट्र के एक सौ एक वें पुत्र!'

कौरवराज के पुत्र या उनकी वासना और आनंद का परिणाम? युयुत्सु के मन में उस दिन पहली बार यह विचार जनमा था.....जनमा था या उनके अपने कौरव बन्धुओं ने उन्हें बार-बार, तरह-तरह से किसी बार शरीर की और किसी बार शब्दों की चोट पहुंचाकर स्मरण दिलाया था कि वह राजकुमार नहींएक शक्तिसम्पन्न राजा की आनंदानुभूति का प्रतीक भर है! हस्तिनापुर के गौरवशाली राज-परिवार में रहते हुए भी, न रहे जैसे! जन्म कर भी अजन्मे से! दर्शित होकर भी अदर्शित! भरापूरा शरीर होते हुए भी केवल किसी राजतन की छाया जैसे?

जिस क्षण विद्वान विदुर ने शांत और सहानुभूति से भीगे शब्दों मे युयुत्सु को समझाया था कि वह व्यर्थ की विचार पीड़ा न भोगे...युयुत्सु के कन्धे पर आई चोट ज्यादा ही कसक उठी थी। लगा था दुःशासन ने ही नहीं, समूचे कौरववंश ने उन्हें धक्के मारने शुरू कर दिए हैं। हर धक्के

से युयुत्सु का बाल-शरीर घायल होता जा रहा है! हर आघात के साथ युयुत्सु के भीतर करुण पुकारें उठ रही हैं, "मैं क्यों दोषी हूं भला? क्या राजा धृतराष्ट्र से जन्म पाने का दोषी मैं हूं? क्या मेरी माता और कौरवेन्द्र के संयोग-सम्बन्ध का दोष मुझे भोगना होगा? पर क्यों? न्याय करो मेरा!"

विदुर समझा रहे थे, "पुत्र! अपने भाइयों की उद्दण्डता के उत्तर में उद्दण्ड होकर तुम्हें ऐसा कुछ न करना चाहिए, जिससे तुम्हारे दृष्टिहीन पिता को कष्ट हो। तुम्हारी सरल, शांतिप्रिय माता दुःख पाए।"

"किन्तु देव, वे असत्य बोलते हैं। अपमान करते हैं।"

"जानता हूं, युयुत्सु!" विदुर ने उत्तर दिया था, "पर किसी को अपमानित करके कोई मानअर्जन करता हो, ऐसा नहीं होता। उसी तरह असत्य भाषण से शुभ संयोजित नहीं किया जा सकता। अतः तुम उन्हें क्षमा कर दो और उन्हें अपने किए का फल भोगने दो!"

बालक युयुत्सु ने होंठ भींच लिए थे। एक उसी बार क्यों, हर बार, इसी तरह कभी विदुर ने शांति का उपदेश के कारण, कभी संजय के मीठे वचनों के कारण युयुत्सु चुप हो गए थे, किन्तु दुर्योधन, दुःशासन आदि में बदलाव नहीं आया था।

हां, युयुत्सु में अवश्य बदलाव आया था। वह एकांतप्रिय होते चले गए थे। हर एकांत ने उनकी पीड़ा सघन की थी। हर पीड़ा ने दुःख दिया था और हर दुःख ने राजवैभव, राजसम्बोधन तथा राजसुख को खोखला कर दिया था। किसी-किसी बार लगता था कि इस खोखलेपन की आवाज अपने ही भीतर सुनते हैं। ऐसे अवसरों पर अकसर संजय, विदुर या पांडुपुत्र युधिष्ठिर के पास जा पहुंचते। जो कुछ सुनने-जानने को मिलता था, उसके बाद समूची सृष्टि ही खोखली लगने लगती थी। एक विशाल खालीपन में में अपने खालीपन को बिसराकर अस्थाई तौर पर ही सही; किन्तु चैन पा जाते थे।

किन्तु क्या सचमुच चैन पा-पाते थे? उनके अपने ही भीतर प्रश्न उठ आया है। खिड़की के पार टंगी दृष्टि धुंधलाई सुबह को धीमे-धीमे स्पष्ट होते देख रही है। लगता है, जैसे यह स्पष्टता अन्य दिनों की तुलना में अधिक समय लेकर हुई है। प्रकृति का सारा संतुलन बिगड़ता लगने लगा

है। यह संतुलन बिगड़ रहा है, यह संतुलन धीरे-धीरे ही सही, पर क्रमशः नाश सीमाओं को छूता लगता है और नाश सीमाएं कितनी, कहां तक होगी, युयुत्सु नहीं जानते।

क्या आचार्यसुत अश्वत्थामा जानते होंगे? अनायास ही युयुत्सु ने अपने से पूछ लिया है। यह भयावह अस्त्र-परीक्षण करने से पूर्व क्या वीर अश्वत्थामा ने अनुमान नहीं कर लिया होगा कि इस परीक्षण के क्या, कैसे और कितने दुष्परिणाम हो सकते हैं।

"किन्तु अभी तो यह परीक्षण मात्र है।" वह बुदबुदाकर अपने को ही उत्तर देने लगे थेइसी उत्तर के साथ उन्होंने प्रश्न भी कर दिया था, "जिस तरह कौरव-पाण्डवों के बीच राजनीतिक तनाव बढ़ रहा है, उसे देखते हुए लगता है कि जल्दी ही इसी तरह के अस्त्र-शस्त्रों का उपयोग होगा! तब वे परीक्षण के लिए नहीं संहार के लिए चलेंगे! एक-दूसरे के विनाश की चेष्टा में! और तब एक अस्त्र तो होगा नहीं, ऐसे संहारक हजारों अस्त्रों से मनुष्य जाति जीवन-मृत्यु की क्रूर लुकाछिपी खेलने लगेगी? तब क्या होगा?"

युयुत्सु को लगा था कि उनके अपने बदन में उस परीक्षण की अणुधुंध बिखर गई है। बदन से रक्त को सुखाती हुई। तालू सूखता हुआ और आंखें अकुलाई सी। उस भयावह पल की कल्पना करने मात्र से आशंका ग्रस्त मन कुम्हला उठता है।

क्या उद्दण्ड और क्रोधी राजा दुर्योधन नहीं जानते होंगे कि युद्धामंत्रण की उनकी इच्छा जय या पराजय का मुखौटा लगाए हुए केवल नाश बनने वाली है? संहार की कालिख में लिपटी यह धरती मिल भी गई तो क्या महत्त्व होगा इसका?

युयुत्सु ने गहरा श्वांस लिया। आसन पर जा बैठे। पलकें खुली हुई थीं। दृश्य सामने। राजभवन की रंग-बिरंगी, सजी संवरी दीवार, भांति-भांति के कलात्मक चित्रों से सज्जित।

पर अजीब बात थीपुतलियां दर्शित को न देखकर एक संभाव्य दर्शित को देखती हुई।

अग्नि की असंख्य लपटें, इन लपटों में झुलसते नर-नारी और हरियाली! विषाक्त वायु के दमघोंट वातावरण में छटपटाते, कांपते, सांस लेने के प्रयत्न में आंखें उबालते हुए बच्चे और वृद्ध, स्त्रियों की भयावह या करुण पुकार! सारी दीवार इन्हीं भविष्य-चित्रों से चित्रित!

मन हुआ था कि जोर से सिर झटकें और ऐसे अरुचिकर दृश्य को मस्तिष्क से बाहर उलीच देंपर हो नहीं पा रहा है वैसा।

उठे और बेचैनी से भरे हुए अपने कक्ष में चहलकदमी करने लगे हैं। एक दिन आएगा जब न यह राजभवन होगा और न उसमें सुन्दर वस्त्रों से सज्जित युयुत्सु जैसा कोई मनुष्य उद्वेग और-और बढ़ता जा रहा है। यह उद्वेग सदा ही मन को अशांति से भरे रहा है। किसी बार व्यक्तिगत कुंठाओं के कारण, किसी बार इस सुन्दर सृष्टि के लोपभय के कारण।

"यादवपति श्रीकृष्ण आ रहे हैं।" खबर किस तरह, कैसे और किस माध्यम से हस्तिनापुर के राजगृहों में फैली थी, कोई नहीं जानता। भनक युयुत्सु के कान में भी आई। उद्वेग सहसा ही थम गया था। मानस पटल पर उभरते आशंकाग्रस्त कटु-चित्र धुंधला गए। श्रीकृष्ण का नाम, स्मरण एक सुखानुभूति देता है। राजभवन से तुरंत निकले और विदुर के गृह की ओर चल पड़े। यदि सचमुच द्वारकाधीश आ रहे हैं, तब विदुर के पास सत्य समाचार मिलेगा!

खबर हर बढ़ते पल के साथ तेज और तेज होती जा रही थी। श्री कृष्ण का आगमन यों ही नहीं हो सकता। कौरव-पाण्डवों के बीच तनाव की डोर उस स्थिति तक जा पहुंची थी, जहां से आगे खिंचने की सम्भावना नहीं थी। टूटना तय और वैसी स्थिति में श्रीकृष्ण का आगमन, एक सुखद समाचार सारे नगर में गहराया हुआ युद्धभय का वातावरण सहसा बोझ रिक्त हो उठा था। एक आशा हर दृष्टि में समाई हुई। हर दृष्टि जीवन संचार की चमचमाहट से भरी हुई!

स्वयं युयुत्सु भी समाचार पाकर कम आनंदित नहीं हुए थे। शरीर के जिन जोड़ों में थकान अनुभव हो रही थी, सहसा स्फूर्ति और शक्ति से भर उठे थे। किसी समाधान की कोई आशा, युद्धस्थिति तक जा पहुंची

कटुता सम्भव है कि यशोदापुत्र के प्रयास से मिठास में बदल जाए?

विदुर के कक्ष पर पहुंचकर सेवक से समाचार पहुंचवाया, "कहो कि धृतराष्ट्र पुत्र युयुत्सु तुरंत ही भेंट करना चाहते हैं"

सेवक जिस गति से गया था, उसी गति से बाहर लौटा, "स्वागत है देव!"

युयुत्सु भीतर पहुंचे। विदुर कहीं बाहर जाने के लिए तैयार हो रहे थे। युयुत्सु को देखते ही नेह भरे स्वर में कहा था, "पुत्र! वासुदेव के स्वागतार्थ मुझे शीघ्र ही महाराज धृतराष्ट्र के साथ नगर-द्वार पर पहुंचना है। उनका हस्तिनापुर आगमन निश्चय ही शुभ हो सकेगायह विश्वास लिए हुए हूं।"
युयुत्सु ने सुनाप्रसन्न हुए। जिस समाचार की सत्यता को जानने आए थे, वह सत्य है। विदुर ने पूछा, "कोई विशेष काम?"

"बस, यही जानने आया था देव कि श्रीकृष्णचन्द्र के आगमन की बात सत्य है या नहीं? जानकर सुख मिला।"

"तुम भी चलो पुत्र!" विदुर ने उन्हें भी साथ चलने के लिए आमंत्रित किया था। युयुत्सु साथ हो लिए। पहले राजा धृतराष्ट्र के निवास में पहुंचे।

मार्ग में ज्ञात हुआ था कि कृष्ण उपप्लव्य ग्राम से पाण्डवों का सन्देश लेकर आए हैं। हस्तिनापुर नगर में प्रवेश के पूर्व उन्होंने वृकस्थली में पड़ाव डाला था और वहीं से समाचार भेज दिया था।

अगुवाई के लिए राजा धृतराष्ट्र, अपने मंत्रियों और पुत्रों सहित नगर द्वार पर पहुंचने वाले थे।

विदुर और युयुत्सु जब राजभवन में पहुंचे, उस समय तक दुर्योधन, दुःशासन आदि सभी श्रीकृष्ण के स्वागतार्थ तैयार होकर आ पहुंचे थे।

दुःशासन ने सूचना दी थी, "कृष्ण, सात्यकि और कृतवर्मा आदि के साथ वृकस्थल में ठहरे हुए हैं।"

सब ने शांतिपूर्वक वह सारा वर्णन सुना था, जो अश्वत्थामा ने उपस्थित सभाजनों के बीच सुनाया। कहा था, "उनके साथ यादव और वृष्णिवंशी सेना भी है। वे सभी अस्त्र-शस्त्रों से लैस हैं; किन्तु उनके ध्वजों पर मैत्री का रंग चढ़ा हुआ है।"

"शुभम्! शुभम्!" भीष्म बोल पड़े थे, फिर राजा धृतराष्ट्र की ओर

मुड़कर कहा था उन्होंने, "मेरे विचार में श्रीकृष्ण पाण्डवों की ओर से निश्चय ही शांति प्रस्ताव लेकर आए होंगे। यही अवसर है राजन्, जब कौरव-पाण्डव हित में श्रीकृष्ण के शांति-प्रस्ताव पर स्वीकृति देकर पृथ्वी को घोर विनाश से बचा लिया जाए।"

"पितृ!" राजा धृतराष्ट्र की पुतलियों में अंधेपन के बावजूद एक चमक थी, "शांति के प्रति भला किसे अरुचि हो सकती है! किन्तु इस समय श्रीकृष्ण का राजोजित स्वागत किया जाना आवश्यक है। मैं प्रसन्न हूं कि वह हस्तिनापुर आए हैं।" सहसा धृतराष्ट्र का स्वर भारी हो गया था, "मुझे ज्ञात हुआ है कि पुत्र दुर्योधन ने राजदूत के सम्मान की सारी व्यवस्था कर दी है।"

"हां, पूज्य!" दुर्योधन स्वभाव के विपरीत धीमे और मधुर शब्दों में बोलने का प्रयत्न करने लगा था। युयुत्सु को ही नहीं, सभी को अचरच हुआ था। मन में भय की एक बिजली भी कौंधी। दुर्योधन का इस तरह मधुरभाषी होना, विनम्रता सहेजना उसके स्वभाव के विपरीत है। कहीं कृष्णचन्द्र से कोई छल तो नहीं किया जानेवाला है? पर सोचने का अवसर नहीं मिला था।

दुर्योधन कह रहा था, "श्रीकृष्ण के स्वागतार्थ कुरुराज की महिमा के अनुरूप व्यवस्थाएं की गई हैं। जिस मार्ग से वह आ रहे हैं, उन पर अनेक जगह निवास के लिए भव्य महल बनवा दिए गए हैं। उन महलों में उनके आमोद-प्रमोद की ऐश्वर्यवान सामग्री मौजूद है। अनेक सुन्दर स्त्रियां सेवा के लिए उपस्थित हैं। भोजन एवं नृत्यादि की व्यवस्था की गई है। मुझे विश्वास है कि द्वारकापति अपने स्वागत से प्रसन्न मन हस्तिनापुर आएंगे।"

"यह तुमने उचित ही किया है वत्स! सुनकर प्रसन्नता हुई।" विदुर ने उत्तर दिया था, "उससे भी उचित तब होगा जब श्रीकृष्ण का यथेष्ट आदर सम्मान सहित सन्धि प्रस्ताव सुना-समझा जाए। मुझे विश्वास है कि इस अवसर का लाभ तुम अवश्य उठाओगे।"

"वह सब प्रस्ताव के समय विचारणीय होगा, विदुर! इस समय तो केवल श्रीकृष्ण को प्रसन्न करने की चेष्टा की जानी चाहिए। दुर्योधन की व्यवस्था ने मुझे सन्तुष्ट किया है, किन्तु मैंने भी बहुत कुछ सोच रखा है।"

धृतराष्ट्र के स्वर में तनिक उत्तेजना थीआशाजनित उत्तेजना। कहा था, "मैं जब उनसे भेंट करूंगा तब उन्हें धन-धान्य और वैभव से भर दूंगा। कुरुराज की सम्पति, ऐश्वर्य और साधन समूची पृथ्वी के किसी भी देश में नहीं हैं अतः मेरा यत्न होगा कि जनार्दन की स्तुति और पूजा की जाए। वह शक्ति सम्पन्न तो हैं ही किन्तु इच्छा शक्ति से भी पूर्ण हैं। मेरा प्रयत्न रहेगा कि मैं उनके स्वागत समय पर उन्हें बहुमूल्य भेटों से भरपूर आनंदित करूं।"

बोलते-बोलते रुक गए थे राजा धृतराष्ट्र। उनका वृद्धायु के तनाव से भरा चेहरा अनायास ही हलका हो गया था। दृष्टिहीन पुतलियां आशाजनित चमक लिए दाएं-बांए चहलकदमी करने लगीं थीविदुर और भीष्म जितने चकित होकर एक-दूसरे को देख रहे थे, उससे कहीं अधिक आशंकाग्रस्त गाम्भीर्य से भर गए थे। धृतराष्ट्र जिस तरह जो कुछ कह रहे थे, वह सब उनकी असहजता व्यक्त करने वाला था। युयुत्सु ने भी यही कुछ अनुभव किया। अभी कोई कुछ कहे या पूछ सके, इसके पहले ही कौरवेन्द्र पुनः बोल उठे थे, मैंने जनार्दन के स्वागतार्थ उनकी पूजा के समय जो भेंट देना तय किया है, उनकी सूची तो बतलाओ, संजय?"

संजय एक गहरा श्वांस लेकर चिन्तित भाव से उठे और एक ओर रखी सूची उठा ली।

"पढ़कर सुनाओ उसे!" राजा धृतराष्ट्र ने कहा था, "मैं चाहता हूं कि मंत्रि परिषद के सभी उपस्थित सज्जन जानें कि इस भेंट पूजा से द्वारकाधीश प्रसन्न होंगे या नहीं?"

संजय ने सूची पढ़ना प्रारम्भ कर दिया था, "श्रीकृष्णचन्द्र यादवों के मुखिया होने के अतिरिक्त विद्वान योग्य, धर्मज्ञ तथा शक्ति सम्पन्न हैं। कुरुराज धृतराष्ट्र उनकी पूजा करते हुए जो कुछ उन्हें भेंट करना चाहते हैं, वह इस प्रकार हैंस्वर्ण मण्डित सोलह रथ, एक सौ सुन्दर दासियां और इतने ही दास, चीन देश से मंगवाए हुए एक हजार अश्व, असंख्य हीरे-जवाहरात, खाद्यान्न तथा...।"

अभी सामग्री की सूची पूरी हो सके इसके पहले ही विदुर बोल पड़े थे, "देखता हूं कौरवराज! तुम श्रीकृष्ण का आतिथ्य नहीं चाहते, अपितु उन्हें कौरवपक्ष में लाना चाहते हो!"

सभा में सन्नाटा बिखर गया था। सदा ही शांत रहने वाले विदुर के स्वर में इस क्षण विचित्र-सा धिक्कार और घृणा थी।

''मैं उन्हें प्रसन्न करना चाहता हूं विदुर!'' कुछ पलों बाद बोल सके थे धृतराष्ट्र, ''मेरी इच्छा है कि वह एक बार पुनर्विचार करें कि पाण्डव पक्ष में रहना उनके लिए श्रेष्ठ होगा या कौरव पक्ष में।''

''आश्चर्य!'' विदुर बोल पड़े थे, ''अब मुझे विश्वास हो गया है राजन् कि आप वृद्ध तो हो ही चुके हैं, किन्तु सहज ज्ञान और तर्क से भी आपकी बुद्धि खाली हो गई है।''

''विदुर!'' धृतराष्ट्र व्यग्र हो गए थे, पर विदुर ने उनकी व्यग्रता और स्वर की उत्तेजना को अनसुना करते हुए अपनी बात जारी रखी। कहा था''सम्भवतः आप यह समझते है कि यादवपति को इस तरह धनरत्नादि देकर आप अपने वश में कर लेंगे? उन्हें पाण्डव-द्रोही बना देंगे? पर मुझे आपकी वृद्ध-बुद्धि पर तरस आ रहा है राजून। श्रीकृष्ण की बहुविधि महिमा जानने, सुनने के बाद भी आप इस तरह की क्षुद्र और अस्वाभाविक कल्पना मन में लाए हैं?''

धृतराष्ट्र अकुलाए हुए-से चुप रहे। युयुत्सु ने देखा कि दुर्योधन, कर्ण दुःशासन आदि के चेहरों पर विदुर के प्रति एक उत्तेजना और अवज्ञा का भाव उभर आया था। इसके बावजूद वे चुप थे।

विदुर ने कहा था, ''महापति! आप जब, जो कुछ भी कहते और करते हैं, उससे मैं आपके मन में क्या हैयह भली तरह जान लेता हूं। आपके इस दुष्टतापूर्ण विचार को सुनने के बाद भी मैं यही सम्मति दूंगा कि आप इस कल्पना को मन से बाहर निकाल दें कि श्रीकृष्ण को आप अर्जुन और अन्य पाण्डव-बन्धुओं से इन क्षुद्र उपायों द्वारा अलग कर सकते हैं। उचित यही होगा कि आप इस तरह के जोड़-तोड़ और षड्यंत्र की राजनीति से किनारा करके अपने दुर्मति पुत्रों को समझाएं कि पाण्डवों से सन्धि कर लेना ही केवल उनके नहीं, समूची मानवता के हिंत में है। फिर जैसा आप उचित समझें करें!''

एक पल के लिए पुनः चुप बिखर गया था। युयुत्सु ने मन-ही-मन श्रद्धा से विदुर को प्रणाम किया, ''महात्मन्! इसे दुर्भाय ही कहा जाएगा कि आप जैसे धर्मज्ञों के मंत्रित्व का लाभ कुरुवंशी कभी नहीं उठा सके हैं।''

अधिक देर सन्नाटा नहीं रहा था। विदुर की तीखी और दो-टूक सम्मति ने कौरव सभा को सकपकाहट से ही नहीं, चिढ़ के वातावरण से भर डाला था। दुर्योधन बोल पड़े थे, ''पूज्य! महात्मा विदुर ने ठीक ही कहा है। श्रीकृष्ण को अर्जुन या पाण्डवों से किसी तरह विलग नहीं किया जा सकता और मैं तो यहां तक कहता हूं कि यदि उनका सत्कार, पूजा आदि न भी की जाए तो उन राजनीतिक स्थितियों पर विशेष अंतर नहीं पड़ने वाला जो हमारे और पाण्डवों के बीच बन चुकी है। युद्ध अवश्यम्भावी है तथा अधिकार का निर्णय अब सन्धि या शांति के प्रयत्नों से नहीं, अस्त्रों से ही सम्भव है।''

''शांत हो, दुर्योधन!'' अचानक आचार्य द्रोण बोल पड़े थे, ''देखता हूं कि तुम वृद्धों और विद्वान-सभाजनों के रहते हुए निर्णायक स्वर में बोलकर हम सभी का अपमान कर रहे हो!''

आचार्य द्रोण के चेहरे का तनाव उत्तेजना की सीमा तक बढ़ गया था। आगे उग्र होकर कुछ बोला जाएं, इसके पूर्व ही भीष्म पितामह की गरिमामय वाणी गूंज उठी थी, ''धृतराष्ट्र! अब भी समय है कि तुम अपने उद्दण्ड और अमर्यादित पुत्रों की कुबुद्धि को प्रश्रय न दो। अहंकार और मद से ग्रस्त राजा अपने साथ-साथ प्रजा को भी ले डूबता है। उचित यही होगा कि श्रीकृष्ण को आदर और स्नेहपूर्वक हस्तिनापुर में लाओ। उनका यथोचित सत्कार करो तथा उस सन्धि-प्रयत्न को स्वीकार कर लो, जिसे निश्चत रूप से जनार्दन यहां ला रहे हैं। श्रीकृष्ण स्वयं युद्ध के पक्ष में नहीं है। मुझे विश्वास है कि वह अपनी मध्यस्थता से कौरव-पांडवों के बीच केवल शांति नहीं, सहदयता का वातावरण भी बना सकेंगे और यदि किसी तरह उनका अनादर हुआ, उनके प्रस्ताव पर विपरीत रुख अपनाया गया तब नाश निश्चित हो जाएगा। यह अन्तिम अवसर है राजन! इसे हाथ से मत जाने दो।''

''किन्तु पितामह!'' धृतराष्ट्र के विचारपूर्व दुर्योधन फिर से बोलने लगा था, पाण्डवों के साथ सन्धि करके यदि मुझे सम्पूर्ण विश्व का शासन भी

मिल जाए तो स्वीकारने को तैयार नहीं हूं। अतः मैंने एक कूटनीतिक योजना बना रखी है।" सहसा वह थम गया।

सभी ने उसकी ओर देखा। युयुत्सु ने अनुभव किया था कि दुर्योधन के अन्तिम शब्दों के साथ उनके अपने हृदय की गति बढ़ गई। कूटनीतिक योजना! निःस्सन्देह कोई छल विचार रखा था दुर्योधन ने। घबराकर उन्हें देखा।

दुर्योधन ने कहा, "आप तो जानते ही हैं पितृ कि श्रीकृष्ण ही पाण्डवों की नीति, शक्ति और सहारे हैं?"

भीष्म बोले नहींबस धवल केशराशि और सघन दाढ़ी के भीतर से विद्युत बरसाती दृष्टि से उन्हें घूरते रहे।

"....और यदि श्रीकृष्ण किसी तरह पाण्डवों से विलग कर दिए जाते हैं तो पाण्डव सहज ही नष्ट हो जाएंगे। यह भी सम्भव है कि उन्हें हमसे युद्ध करने का साहस ही न हो?"

"किन्तु...किन्तु यह कैसे सम्भव है पुत्र?" थर्राते शब्दों में कुछ चिन्तित होकर राजा धृतराष्ट्र ने प्रश्न किया था। पुत्र की रहस्यमय वाणी और भाषा ने पल-भर पूर्व श्रीकृष्ण को अपने पक्ष में मिलाने के विचार से मंत्रियों की सम्मति के अनुसार भटका अवश्य दिया था, किन्तु मन-मस्तिष्क में अब भी षड्यंत्रों की आग जल-बुझ रही थी।

दुर्योधन ने योजना के उद्घाटन से पूर्व अपने विश्वस्त साथियों की ओर देखा था। कर्ण और शकुनिवे जितने निश्चिन्त थे, उतने ही निर्भीक। दुर्योधन से दसगुने दुस्साहस के साथ सभा में उपस्थित थे। दुर्योधन ने कहा था, "मैंने निश्चय किया है पूज्य! कि मैं श्रीकृष्ण को स्वागत-सत्कार और सम्मान देकर पूरी तरह असावधान मनःस्थिति में ला दूंगा और फिर अवसर पाते ही उन्हें कैद कर लूंगा!"

एक पल के लिए ये शब्द पूरे होते ही अनुभव हुआ था जैसे किसी बिजली ने कौंधकर उन सभी को भयावह स्थिति तक सहमा दिया है। युयुत्सु ने जैसे-तैसे बदन की थरथराहट सम्भाली थी। वृद्ध विदुर का चेहरा पीड़ा और खिन्नता से भरकर कुम्हला गया था और भीष्म? लगा था कि किसी विशाल पर्वत में जीवन आ गया है। ध्वंसकारी जीवन! युयुत्सु ही नहीं, सभी

सहमे, डरे हुए पीतामह का क्रोधावेश में भरा चेहरा देखते रह गए थे। वह उठे थे, फिर घृणा के साथ पौत्र को देखते हुए बोले थे, "धिक्कार है कायरता पर! क्षत्रियपुत्र के मुंह से कूटनीति के नाम पर कायरता और दुष्टता का सम्भाषण सुनकर मैं अपने-आपको ही नहीं, समूचे कुरु-वंश को लांछित अनुभव कर रहा हूं।"

दुर्योधन, कर्ण शकुनि सब तिलमिलाए हुए-से रह गए। भीष्म सभा के बीचोंबीच आकर गरजे थे, "धृतराष्ट्र! तुम्हारा यह बेटा दुष्ट भर नहीं, परम मूर्ख भी है। अनर्थ इसकी गति है, अधर्म इसकी प्रवृत्ति! इसकी इस बात से मैं इस परिणाम पर पहुंच चुका हूं कि तुम्हारे और इसके ही नहीं, सम्पूर्ण राज-वंश की समाप्ति के दिन आ पहुंचे हैं। मृत्यु के लिए मनुष्य स्वयं ही मार्ग बनाता है और तुम्हारा बेटा उस मार्ग को बना चुका है। ऐसे नीच का चेहरा देखना भी पाप है। मैं चलता हूं।"

सन्नाटा और गहरा हो गया था और युयुत्सु को लगा था कि इस सन्नाटे पर कालिख भी उतर आई है, मृत्यु के महाभय की कालिख। इस सबके बीच पितृ भीष्म के भारी कदमों की आवाजें इस तरह गूंजती रही थीं जैसे आंधी समूचे राजभवन की दीवारों से टकरा रही हो।

भीष्म नहीं गए थे। लगा था कि कौरव-सभा की समूची गरिमा ही चली गई है। सम्पूर्ण तेज! सम्पूर्ण शक्ति!

राजा धृतराष्ट्र का चेहरा पिट गया था। दुर्योधन, कर्ण, शकुनि, दुःशासन सब क्रमबद्ध बैठे हुए थे। उत्तेजना थी, पर भीष्म-वचनों के कारण यह उत्तेजना अनायास ही पिघल गई थी। दुर्योधन को देखते ही युयुत्सु ने अनुभव किया था जैसे पश्चात्ताप हो रहा है उन्हें।

किन्तु दुर्नीति के लिए दुर्योधन को पश्चात्ताप?...असम्भव!

किन्तु पश्चात्ताप ही था वह। इसलिए कि लगा था, जैसे सभा के बीच अपनी कुटिल योजना का उद्घाटन करके भूल कर बैठे। इस भूल का पश्चात्ताप!

लम्बी निस्तब्धता ने धीमे-धीमे वातावरण को सहज किया, किन्तु भीष्म पितामह की विदाई के साथ-साथ गरिमा चली गई थी। सभी उखड़े हुए,

सभी चिन्तित और व्यग्र। कोई उत्तेजना से भरा हुआ, कोई चिढ़ और बेचैनी से। किसी के माथे पर पीड़ा का भाव, किसी की आंखें मृत्यु की कालिमा से धुंधलाई हुईं। स्वयं युयुत्सु मन-ही-मन गहरी छटपटाहट और वेदना अनुभव कर रहे थेयुद्ध! नाश! समाप्ति!

देर बाद राजा धृतराष्ट्र भारी, खिन्न स्वर में बोल सके, ''दुर्योधन! तुमने जो कुछ कहा, वह सनातन धर्म नहीं है। श्रीकृष्ण हमारे सम्बन्धी भर नहीं हैं, वे पाण्डवों की ओर से दूत बनकर आ रहे हैं। किसी दूत को लेकर इस तरह का विचार करना भी राजदृष्टि के अनुसार पाप है। पितृ भीष्म का क्रोधित होना स्वाभाविक ही था।''

दुर्योधन ने जबड़े कस लिए थे। लगा था कि हाथ कि नसों पर भी यह तमतमाहट तनाव भरकर उभर आई है। धृतराष्ट्र ने कहा था, ''यह दुर्विचार त्याग दो और इस समय केवल श्रीकृष्ण के स्वागत की तैयारी करो।'' सहसा वह उठ खड़े हुए थे।

सभा विसर्जित हुई। वे सब अपने-अपने कक्ष की ओर चल पड़े थे। श्रीकृष्ण के स्वागतार्थ नर-द्वार पर क्या-क्या होना है, इसके आदेश-निर्देश दिए जाने लगे थे।

स्वागत-समय निश्चित हो गया था। श्रीकृष्ण को देखने के लिए हस्तिनापुर के राजमार्गों में भारी संख्या में भीड़ जमा थी। युयुत्सु अपने कक्ष से देखते रहे थे। हर चेहरा जितना दर्शनेच्छा की उत्सुकता से भरा हुआ, उससे कहीं अधिक इस पीड़ा से ग्रस्त कि दौत्य सन्देश के क्या परिणाम होंगे? युयुत्सु को एक इसी बार नहीं, अनेक बार लगा था जैसे सुख-सुविधा, वैभव और सम्पन्नता के बावजूद साधारण व्यक्ति तनाव से भरा रहता है। वैभव और विलासिता के समुद्र में तैरता मनुष्य अनायास अनुभव करता है कि वैज्ञानिक शक्ति के किसी असीम भंवरजाल में फंसकर उसका अपना अस्तित्व गुमने लगा है।

शक्ति-साधना का यह क्रूर कालखण्ड सामान्य मनुष्य के लिए रक्षा की आश्वस्ति से कहीं अधिक विनाश का सत्य बन चुका है। एक दिन

विदुर ने कहा था, "पुत्र! मनुष्य स्वभाव लोभ, अहंकार और विविध वासनाओं से पूर्ण होता है। जब-जब वह प्राप्ति की दौड़ में जुटता है, तब-तब ये इच्छाएं बढ़ती जाती हैं। दुर्योधन के साथ यही हो रहा है।"

युयुत्सु को जब-जब एकांत काटने लगता था, तब-तब वह विदुर या संजय के पास पहुंचकर मन, मस्तिष्क को कहीं और-और उलझा दिया करते थे। उस दिन भी इसी इच्छा से पहुंचे थे। कुछ समय पूर्व द्यूत-क्रीड़ा में सब कुछ छीनकर पाण्डवों को वनवास पर भेजा जा चुका था। सम्पूर्ण नगर-राज्य अजीब-सी दुविधा और आगत के भय से आतंकित थे।

बहुतों पर द्रौपदी के अपमान और चीर-हरण का वह मदांध कुकृत्य सहा नहीं गया था। बहुतों को स्वयं से ही घृणा होने लगी थी। भीष्म, विदुर, द्रोण और धृतराष्ट्र की चुप्पी या दुविधा ने वृद्धों के प्रति युवक-युवतियों में एक अवज्ञा का भाव पैदा किया था। न्याय और सत्य सहसा हिलकर धराशायी हो गए थे। विधि, विधान और उचित-अनुचित सब सत्ताश्रित। शक्ति और सम्पन्नता सहसा सारयुक्त हो उठे थे और धर्मा-धर्म का बौद्धिक विवेचन केवल मानसिक प्रलाप के रूप में परिभाषित होकर रह गया। न्याय-अन्याय की कसौटियां झूठी पड़ने लगी थीं। शक्ति और सत्ता सबसे बड़ी कसौटी प्रतीत हो रही थी।

और इस कसौटी पर अनजाने ही दुर्योधन, शकुनि, कर्ण, दुःशासन आदि खरे लगने लगे।

पर यह जो क्रूर-कथा आरम्भ हुई है, इसका अंत क्या होगा? सभी की दुविधा। सभी के लिए चिन्तनीय और सभी का विचार-विषय। दबे-मुंदे शब्दों में सामान्य जन के भीतर प्रश्न उठते, समाधान खोजे जाते। अस्त्र-शस्त्रों के अतिरिक्त कूटनीतिक शक्ति और सम्पन्नता दुर्योधन को अपनों और परायों के बीच असामान्य रूप से प्रभावी अनुभव करवा दिया था। लगता था कि न सत्ता के अतिरिक्त कोई धर्म है, न छल के अतिरिक्त कोई नीति, न कुतर्क का विकल्प तर्क है और न ही अस्त्र का उत्तर धर्मप्रणीत मर्यादा और परम्पराएं है। जो कुछ है केवल शक्ति है।

और शक्ति हैं ये संहारक अस्त्र! वे अस्त्र भण्डार, जिन्हें दुर्योधन और कर्ण ने विविध मार्गों, साधनाओं द्वारा एकत्र कर रखा है।

इसी उलझन को लेकर युयुत्सु ने विदुर से प्रश्न कर दिया था "महात्मन! इस प्रारम्भ का अंत क्या होगा?"

"वही जो दुर्योधन या उसके छली मित्र-साथियों का भविष्य है!" विदुर पीड़ित स्वर में बोले थे। युयुत्सु की समझ में नहीं आया। जिज्ञासा से उतावले होकर पुनः पूछा, "मैं समझा नहीं धर्मज्ञ!"

विदुर ने शांत स्वर में कहा था, "मैं स्पष्ट देख रहा हूं युयुत्सु! प्राप्ति की अति और प्राप्ति की इच्छा की अति, दोनों ही मनुष्य को अहंकार की उस सीमा पर पहुंचा देती है, जहां वह शुभाशुभ के विचार से मुक्त हो जाता है। स्वयं से ही अनियंत्रित! राजा दुर्योधन और उनके भाई-बन्धु उसी अनियंत्रण तक पहुंच चुके हैं।"

युयुत्सु अब भी अन-समझी दृष्टि से विदुर को घूरे जा रहे थे। विदुर ने बात और सहज कर दी थी, "अनियंत्रण का अर्थ विवेकहीनता है पुत्र। और ये सब विवेकहीन हो चुके हैं। ऐसे लोग केवल यह सोचते हैं जो स्वार्थपूर्ण होता है, ऐसे लोग केवल वह देखते हैं जो उनके विचार में होता है, अतः वह करते भी वही हैं, जो केवल अपने लिए होता है। वे केवल हठी हो जाते है।"

"पर पूज्य!" युयुत्सु ने टोक दिया था उन्हें, "राजा दुर्योधन की यह मनःस्थिति क्या महानाश का कारण नहीं बन जाएगी?"

"वह तो बन चुकी है, वत्स!" विदुर ने थकी आवाज में कहा था, "केवल उस क्षण की प्रतीक्षा शेष है, जब वह महानाश होगा।"

युयुत्सु सहम गए थे। मृत्यु भय से नहीं,नाश-भय से। व्यग्र होकर पूछा था, "इस महानाश को रोकने के लिए हर सम्भव प्रयत्न होना चाहिए महाराज! यदि आप, पितृ भीष्म, दुर्जय द्रोणाचार्य और संजय प्रयत्न करें तो सम्भव है कि राजा धृतराष्ट्र और दुर्योधन किसी सीमा तक थम सकें।"

फीकी, खोखली-सी हंसी में हंसकर विदुर ने बात खत्म कर दी थी, "विवेकहीनता में मनुष्य बुद्धि से भी अंधा हो जाता है युयुत्सु। राजा दुर्योधन की यही स्थिति है। अब न तो वह भविष्य के महाभय को देख सकते है, न ही सद्ज्ञान सुन-समझ पाने की उनमें बुद्धि शेष है। मैं स्पष्ट देख रहा हूं कि घोर संग्राम को कुछ समय के लिए टाल भले ही दिया जाए; किन्तु रोकना असम्भव है।"

"किन्तु...!" युयुत्सु और कुछ कहते, किन्तु विदुर ने व्यग्र होकर उन्हें रोक दिया था, "नहीं, पुत्र! अब बस करो। इस विषय पर अधिक विचारने से कष्ट होता है।"

सहसा एक डरावना चुप बिखर गया था उनके बीच। थोड़ी देर बाद युयुत्सु उठकर पुनः अपने निवास पर लौट आए थे। पीड़ा देने वाले एकांत में।

लगता है कि एक बार पुनः विदुर के वही शब्द कानों में गूंज उठे हैं, "...इस घोर संग्राम को कुछ समय के लिए टाल भले ही दिया जाए, किन्तु रोकना असम्भव है।

सभा में कृष्ण को लेकर जो कूटविचार सुना था दुर्योधन के मुंह से, उसने बहुत पूर्व विदुर की कही बात सत्य कर दी है। युयुत्सु ने स्पष्ट देखा था कि जिस क्षण दुर्योधन बोल रहे थे, उस क्षण न केवल वह विवेकशून्य थे, अपितु स्पष्टतः महानाश की हठ पकड़े हुए थे। श्रीकृष्ण को कैद कर लेने का षड्यंत्र।

संग्राम होना है, यह निश्चित हुआ और इस संग्राम की निश्चितता के साथ-साथ यह भी लगभग निश्चित कि पृथ्वी कुछ ही समय बाद एक रुग्ण वृद्ध, अपाहिज और निर्वंशी स्त्री से अधिक कुछ नहीं रह जाने वाली।

एक युयुत्सु के नहीं, सभी को यही, इसी तरह अनुभव होता होगा। मृत्यु आमंत्रित करने की मूर्खता करने वाले कौरव राजनीतिज्ञ यह न जानते होंऐसा नहीं है। वे सब युयुत्सु से अधिक जानते हैं, फिर भी वह सब किए जा रहे हैं जो युद्ध आयोजित करता है। हर चेष्टा, हर व्यवहार, हर संवाद साक्षात् मृत्युरूपी उस कालखण्ड को शीघ्र-अति-शीघ्र पृथ्वी पर लाने के लिए संकल्पित, जिसका एक अट्टहास-भर सम्पूर्ण सृष्टि की समाप्ति बन जाएगा।

भीष्म के गौरवमय भाल पर भी यह कालछाया उभरती अनुभव होती है। विदुर की सरल दृष्टि पंछी की तरह छटपटाहट व्यक्त करती है और राजा धृतराष्ट्र की अंधी, तेजहीन पुतलियों में बेचैनी झलकती है, किन्तु दुर्योधन निश्चिन्त। केवल निश्चिन्त नहीं, उद्दण्ड भाव से भरा हुआ। कितनी

ही बार युयुत्सु का मन होता है, कह दें, "राजन्! विजय के लिए जिस क्रूरयज्ञ का आयोजन कर रहे हैं आप, उसमें पृथ्वी के हर जड़-चेतन की आहुति देने के पश्चात् यदि विजय मिल भी गई, तब कितनी अर्थयुक्त होगी! आपने विचार किया है?"

किन्तु नहीं कह पाते। कह भी नहीं सकेंगे। कारण है राजा दुर्योधन का क्रोधी और अहंकारयुक्त स्वभाव। एक बार कुछ कहने की चेष्टा की थी और उत्तर में जो कुछ सुनने को मिला थाउसका स्मरण-भर युयुत्सु को पीड़ा से भर देता है।

अजाने ही उस घटना को याद कर बैठे हैं युयुत्सु। लगता है कि दृष्टि के सामने बिछा हस्तिनापुर का श्रीकृष्ण स्वागत में सुसज्जित शृंगार कही1 खो गया है। उसकी जगह उभर आया है, वह घटना-क्षण...अधिक समय नहीं बीता।

कौरव-भाइयों की सभा होती, तो युयुत्सु को भी आमंत्रण मिलता था। इधर जैसे-जैसे युद्ध का वातावरण सघन होता जा रहा था, वैसे-वैसे ये गुप्त सभाएं बढ़ने लगी थीं। दुर्योधन, दुःशासन, कर्ण आदि इन सभाओं में शक्ति संजोने की अपनी-अपनी राजनीतिक चेष्टाओं और कार्यों की सूचनाएं सभी को देते थे। यदा-कदा परस्पर दायित्व भी बांटते-लेते।

ऐसी ही सभा हुई थी...युयुत्सु को राजा दुर्योधन के समाचारवाहक ने समाचार दिया था, "संध्या समय महाराज ने आपको स्मरण किया है, राजकुमार!"

युयुत्सु ने सुना था। कहा, "उपस्थित हो जाऊंगा।" और फिर संध्या ढले ही जा पहुंचे थे महाराज दुर्योधन के राजनिवास पर।

वे सभी थे...दुर्योधन ने कहा था, "पाण्डवों का बनवास काल पूरा हो चुका है और अब यह निश्चित है कि वे पुनः हिस्सेबांट की मांग करेंगे, अतः हम सभी ने विचार किया है कि इसके पूर्व कि वे किसी तरह का उत्पात कर सकें, हम विभिन्न मित्र राजाओं से सहायता-सम्पर्क जुटाने लगें तो अच्छा होगा।"

कर्ण और शकुनि ने समर्थन किया था।

सहायता और सम्पर्क! युयुत्सु के ही नहीं, सभी के सामने बात स्पष्ट थी। युद्ध की अग्रिम तैयारी करने पर आमादा हो चुके थे दुर्योधन।[1] जाने क्यों युयुत्सु को लगा था कि वह सब कहते-सुनते समय उन सभी के चेहरों पर विचित्र-सा आत्मघाती भाव झलक आया है। आश्चर्य हुआ था कि बरसों तक पाण्डवों को त्रास देने के बावजूद दुर्योधन-दुःशासन आदि के मन में उनके प्रति घृणा का विष थमा हुआ है। इच्छा हुई थी कि उसी क्षण उनके षड्यंत्र-सभा से चले जाएं; पर वैसा कर नहीं सके थे। जानते थे कि कौरव बन्धु इसे अवज्ञा और अपमान समझेंगे। यह भी असम्भव न था कि दुर्योधन या अन्य कोई कौरव भाई उनसे जूझने तक पर आमादा हो जाए। अतः सब सुना, शान्त रहे, पी गए। केवल मन-ही-मन धिकृत भाव से बुदबुदाकर कह दिया था, "काल वश होकर मनुष्य इसी तरह सोचने लगता है, भइया! तुम लोग दोषी नहीं हो!"

दुःशासन ने कहा था, "राजा दुर्योधन की इच्छानुसार सभी व्यवस्थाएं की जा चुकी हैं। जल्दी ही विभिन्न शक्तिशाली राजाओं और देशों से सम्पर्क साध लिया जाएगा।"

"किन्तु ऐसा करते हुए यह स्मरण रखना मित्र कि सब कुछ सहज लगे..." कर्ण ने सम्मति दी थी, "पाण्डवों को यह संशय भी न हो कि उनके विरुद्ध युद्ध की तैयारियां की जा रही हैं।"

"अंगराज उचित ही कहते हैं, दुःशासन!" शकुनि ने समर्थन किया था, "युद्धनीति है कि शुत्र को पूरी तरह असावधान रखा जाए।"

"ऐसा ही होगा पूज्य!" दुःशासन ने उत्तर दिया था, "सबसे पहले

---

1. श्रीकृष्ण द्वारा सन्धि-प्रस्ताव के पूर्व ही दुर्योधन पाण्डवों से युद्ध का निश्चय करके बड़ी मात्रा में राजाओं से समर्थन और सेना जुटा रहा था, इसका वर्णन विदुर द्वारा श्रीकृष्ण से इस कथन में आया है"...राजाओं की बहुत सारी सेना जमा करके ही मूर्ख दुर्योधन अपने-आपको कृतार्थ मान रहा है। पृथ्वी के सब योद्धा और राजा दुर्योधन के पक्ष में पाण्डवों से लड़ने आए हैं!" 'उद्योग पर्व' के अध्याय 92 में श्लोक-क्रम 25 से 30 के बीच।

उन राजाओं से सम्पर्क साधा जाएगा, जो किसी-न-किसी कारणवश पाण्डवों और उनके सबसे बड़े सहायक श्रीकृष्ण से रुष्ट हैं, अथवा उनके कारण अपमानित हुए हैं। निःस्सन्देह ही वे सब उनसे प्रतिशोध के लिए छटपटा रहे होंगे। हमारा आमंत्रण उनके लिए एक सुखद आश्चर्य होगा।"

सब प्रसन्न हुए; किन्तु युयुत्सु के चेहरे पर उदासी की बदली घिर आई। मन को बहुत थामा था कि कुछ न कहें, केवल श्रोता बने रहें। ऐसी सभा में चुप रहकर अपना मौन विरोध व्यक्त किया करते थे वह। युद्ध-षड्यंत्र, छल-कपट में चिढ़ थी उन्हें, पर यही सब उनकी नियति बने हुए। पितृधर्म ने बाध्य कर दिया था कि अग्रज दुर्योधन का किसी भी तरह विरोध न करें, फिर दुर्योधन को महाराज धृतराष्ट्र ने राज्य सौंप दिया था। उनका हर निर्णय राजधर्म भी था, नैतिक रूप से निर्वाह के लिए युयुत्सु बाध्य थे।

पर आज अनायास ही सही, यह नियम बन्धन तोड़ बैठे थे युयुत्सु। सहा नहीं गया था, बोले, "राजन्, एक निवेदन करूं?"

सबका ध्यान उनकी ओर खिंचा। हर दृष्टि युयुत्सु के चेहरे पर अटकी हुई। हर आंख में आश्चर्य! युयुत्सु का बोल पड़ना कुछ असहज लगा था सभी को। इसलिए ज्यादा ही चकित थे कि युयुत्सु, जिसे सदा ही वह हीन समझते थे, सभा में निवेदन के नाम पर कोई सम्मति व्यक्त करने का साहस जुटा बैठे हैं? दुर्योधन के होठों पर एक व्यंग-भरी मुस्कान बिखर गई थी। बोले, "कहो?"

युयुत्सु ने साहस जुटाया। मन को धैर्य से जोड़ा। बोले, "हमारी ओर से सदा ही युद्ध होगा, यह सोचकर विचार होता रहा है। क्या यह सम्भव नहीं है कि विचारभूमि में परिवर्तन किया जाए?"

"कहना क्या चाहते हो, पुत्र?" शकुनि का स्वर सामान्य था, पर आंखें इस तरह युयुत्सु की आंखों में गड़ने लगी थीं, जैसे किसी लोहे के नुकीले हथियार से उन्हें भीतर तक कुरेद रही हों।

युयुत्सु ने अनदेखी कर दी थी शकुनि की दृष्टि। बोले, "मैं केवल यह कहना चाहता हूं गांधारराज कि युद्ध होगाइसके बजाय हम इस तरह नीति क्यों नहीं बनाते कि युद्ध न हो?"

"अपनी कायरतापूर्ण मनोभावना शब्दों में उलझाकर व्यक्त मत करो

युयुत्सु!" दुर्योधन ने कुछ तीखे, गुर्राहट भरे स्वर में कहा था, "स्पष्ट कहो तुम्हारे मन में क्या है?"

युयुत्सु ने स्पष्ट कर दिया था, "मेरी इच्छा है कि यह युद्ध न हो! इस तरह हम केवल पाण्डवों का ही नाश नहीं करेंगे, सर्वनाश कर डालेंगे।" स्वयं उन्हें ही आश्चर्य हुआ था कि कहां से वह स्वरबल जनम आया था उनके भीतर, जिसने उद्दण्ड भाइयों के सामने इस तरह खुला विचार प्रस्तुत कर दिया, पर वह कहकर शांति मिली थी उन्हें। लगा था कि भीतर बरसों से सहेते किसी फोड़े दर्द अनायास ही गुम गया है। गहरी शांति!

और सभा में शांति भीगहरी, पर तनाव और क्रोध से भरी हुई। कर्ण ने उपहास किया था, "यह तुम्हारा दोष नहीं है युयुत्सु! ब्राह्मण बुद्धि महात्मा विदुर और शांत स्वभाव संजय की संगति का दोष है।

युयुत्सु का मन हुआ था कि कर्ण को जी भरकर धिक्कारे, पर सहम गए । राजा दुर्योधन स्वयं की उद्दण्डता को अनियंत्रित रखते थे, किन्तु दूसरे की उद्दण्डता के प्रति घोर असहनशील!

"यूं कहो मित्र! दोष न विदुर का है, न संजय का। मैं तो यहां तक मानता हूं कि दोषी युयुत्सु भी नहीं है।" दुर्योधन ने अजीब-सी घृणा भरे स्वर में उत्तर दिया।

"तब गड़बड क्या है भईया?" दुःशासन ने पूछा।

युयुत्सु सकपकाए हुए नहीं थे। उत्तेजित और अपमानित करने वाले संवादों ने उन्हें अब तर्कातर्क के लिए तैयार कर दिया था।

दुर्योधन ने थूकती हुई हंसी के साथ कहा था, "दोष है युयुत्सु के शरीर में दौड़ते उस रक्त का, जिसमें क्षत्रिय रक्त का एक अंश भर है, शेष वैश्या माता की देन। कायर स्वभाव से भरे संवाद का कारण यह रक्तदोष ही है।"

जोरों से ठहका लगा था और ठहाका लगा रहे युयुत्सु के अपने कुल बंधु! उनके अपने भाई। उनके अपने पक्ष के लोग। युयुत्सु अपमान का तमाचा खाकर तिलमिलाहट झेलते रहे। सहसा उत्तेजित होकर कह दिया था, "कभी-कभी मुझे भय लगता है राजन्! जिस क्षात्रियोचित रक्त-संस्कार को लेकर आप बार-बार दहाड़ते रहते हैं, कहीं वह आपका अहंकार भर

तो नहीं है? कभी एकांत में विचारकर देखिएगा। आप पाएंगे कि केवल वैमनस्य, क्रोध, प्रतिशोध की नींव पर खड़े होकर आप जिस शक्ति की उपासना कर रहे हैं, वह बहुत खोखली है। बल के नाम पर उसमें आत्मशक्ति नहीं, केवल घृणा का उबाल है। पाण्डवों से युद्ध आयोजित करके आप अपने ही कुल-वंश और बन्धु-बान्धवों से युद्ध करने जा रहे हैं। यह न तो जाति के लिए शुभ होगा, न कुल के लिए और न ही समाज और राज्य के लिए।''

युयुत्सु ने देखा था कि कुछ कौरव भाइयों के चेहरों पर सिटपिटाहट बिखर गई है और कुछ उत्तेजना के लावे से दहकने लगे हैं। दुर्योधन ने एक गहरा, फुंफकारता हुआ-सा विषैला श्वांस लेकर उत्तर दिया था, ''युयुत्सु! अपनी मर्यादा और सीमा में रहकर बात करो। तुमने सम्मति दी, यह बहुत है। निर्णय सभा के बहुजनों के हाथ है।''

और सभी नहीं तो अधिकतर चीखने लगे थे, ''युयुत्सु शान्त हों! बैठ जाएं! राजा दुर्योधन ने जो निर्णय लिया है, वही उचित है।''

सभा समाप्त हो गई थी। सबकी तरह युयुत्सु भी अपने निवास की ओर लौट पड़े थे। मन हलकापन अनुभव कर रहा थाबहुत दिनों से जिस बात को लेकर भीतर-ही-भीतर सुलगते रहे थे, आज कह दिया था। सोचा था, ''धर्म पूर्ण हुआ। अब दुर्योधन जो कुछ करें, उसमें युयुत्सु नैतिक बन्धन के कारण ही बंधे होंगे, षड्यंत्र के भागीदार नहीं कहे जा सकेंगे।''

वह सन्तोष संजोकर भी क्या युयुत्सु सचमुच सन्तुष्ट रह सके? जिस शांति के वहम में कुछ क्षण के लिए सुखी हो लिए थे, वह सुख रह सका? नहीं!

उस दिन भाइयों की सभा में अपने विचार मुक्त भाव से स्पष्ट कर देने के बावजूद युयुत्सु दुःखी थेलगता था कि दुर्योधन के वे कटु शब्द घृणा से लिपटे हुए अब भी उनके चेहरे पर थप्पड़ मार रहे है, ''युयुत्सु में क्षत्रिय रक्त का एक अंश भर हैशेष वैश्यारक्त की देन! रक्तदोष!''

क्या इस तरह दुर्योधन ने अपने होते हुए भी युयुत्सु को पराया नहीं कर दिया था? क्या यह सब कहकर युयुत्सु को सार्वजनिक रूप से प्रताड़ित

नहीं करते थे कौरव बन्धु? बचपन से इस तरह की घटनाओं और व्यंगों को सहजता से पी लिया था युयुत्सु ने, फिर किशोर आयु में वे मन-ही-मन लगनी शुरू हुई। ऐसे अवसर पर युयुत्सु के पीड़ा से भरे अकेलेपन को अनेक बार उनकी माता से शांति मिली थी। वह बोलती तो नहीं थीं, किन्तु जब-जब युयुत्सु ऐसे किसी आरोप की पीड़ा से भरे हुए सिसकनों के साथ उनकी गोद में आ जाते, तब-तब हौले से युयुत्सु के सिर पर हथेली घुमाकर दर्द को खींच लिया करती थी ममता! पर सदा यह ममता नहीं मिल सकी थी युयुत्सु को। एक दिन मृत्यु ने माता की वह हथेली भी युयुत्सु से छीन ली और फिर सहसा ऐसे एकांत सिसकियों से भर उठे।

किसी बार लगता था कि माता दोषी हैं, और किसी बार लगता कि राजा धृतराष्ट्र की सत्ताशक्ति का दोष है युयुत्सु! पर यह किसी बार समझ में नहीं आया था कि युयुत्सु स्वयं से किसलिए और किसके तथा क्यों दोषी हैं?

सुविधाओं, साधनों के ढेर लगे हुए थे। जन-समाज से आदरसूचक शब्द 'राजपुत्र' भी मिला हुआ, पर युयुत्सु अनुभव करते, जैसे सब कुछ खोखला है! यह सुविधाएं, साधन, वैभव, सम्मान शब्द सभी कुछ केवल युयुत्सु के प्रति समाज के उपहास भरे अट्टहास! इसके अतिरिक्त कुछ नहीं। अनेक बार, अनेक तरह यही कुछ महात्मा विदुर से भी कह बैठे थे। विदुर स्वयं भी तो कुछ-कुछ उन्हीं की तरह जनमे हैं। मन ने कहा था कि उनके मन की शांति का आधार पाकर स्वयं भी शांत हो सकेंगे।

यही सोचकर एक दिन जा पहुंचे थे विदुर के पास। किशोर आयु थी उस समय। यौवन की दहलीज पर कदम बढ़ने को आतुर थे।

विदुर ने जैसे पहली ही दृष्टि में युयुत्सु को देखकर उनके भीतर उमड़ते, सिर धुनते ज्वार को समझ लिया। स्नेहिल मुसकान होंठों पर बिछाई। कहा, "बैठो, कौरव! देखता हूं कि बहुत उद्विग्न हो?"

युयुत्सु बैठ रहे। विदुर के स्वर में बर्फ-जैसी ठंडक थी। मन की जलन को वे शब्द अच्छे लगे थे, पर लगा था कि सन्तुष्ट नहीं हुए हैं। जितनी ठंडक मिली है, उस तुलना में जलन कई गुना अधिक है।

विदुर सदा की तरह शांत और स्थिरचित्त होकर राज्यादेशों की तैयारी कर रहे थे। हर दिन महाराज धृतराष्ट्र की सभा के पूर्व कुछ महत्त्वपूर्ण निर्णयों को लेकर लिखित आदेश तैयार करना उनका नियम था। युयुत्सु को यथास्थान बिठाकर उन्होंने पूछा था, "देखता हूं कि तुम अवश्य ही किसी महत्त्वपूर्ण कार्य से आए होंगे।"

"नहीं, पूज्य! युयुत्सु ने स्वर को संयत रखने की बहुत चेष्टा की थी, किन्तु लगा था कि अपनी आवाज सम्हाल नहीं सके हैं। उनमें अजीब-सी भर्राहट आ समाई है। बोले, "नितांत व्यक्तिगत समस्या को लेकर विचार करने उपस्थित हुआ था। जानता हूं, उपयुक्त समय नहीं है यह। आप व्यस्त हैं, पर मन बहुत बेचैन था इसीलिए।

विदुर मुसकराए। बिल्कुल बच्चे जैसी मुस्कान। आसन छोड़कर दूसरी जगह जा बैठे। प्रश्न किया, "क्या समस्या है जिसके कारण राज-पुत्र बेचैन हुए हैं?"

"जानता चाहता था देव कि क्या केवल रक्त के कारण ही जन्मशः मनुष्य के भविष्य और धर्म का निर्धारण होता है?" युयुत्सु ने प्रश्न किया था।

विदुर ने सुना। युयुत्सु की पनीली पुतलियों पर दृष्टि दौड़ाई। मन ने कहाअवश्य ही ऐसा कुछ हुआ है, जिसके कारण आहत हैं युयुत्स। इस क्षण उन्हें केवल सन्तोष कराकर नहीं, समाधान से ही शांति मिल सकती है। चुप रहे, फिर युयुत्सु की प्रश्नातुर दृष्टि को संयत करने का प्रयत्न किया। पूछा, "तुम जो कुछ जानना चाहते हो, वत्स उसे लेकर समाधान कारक उत्तर देने में मुझे प्रसन्नता होगी, किन्तु उससे पूर्व प्रश्नाधार या घटना की जानकारी अवश्य ही चाहूंगा।"

युयुत्सु ने कांपते, उखड़ते शब्दों में सब कुछ सुना दिया था...

विदुर ने ऐसी ही किसी बात या घटना की अपेक्षा की थी। अवश्य ही दुर्योधन या अन्य कौरव बन्धुओं ने कोई ऐसी हरकत की होगी, जिसके कारण सरल युयुत्सु प्रताड़ित हुए होंगे...वही कुछ निकला। सुन-जानकर स्वयं भी पीड़ित हुए थे वह। एक गहरा सांस लिया। होंठ भींच लिए, जैसे अपने

भीतर उमड़ आए आवेग को थामा हो, फिर कहा था, "पुत्र! मनुष्य रक्त से नहीं, संस्कार और वातावरण से बनता है, उससे भी कहीं अधिक उसका निर्माण एक निश्चित आयु पर पहुंचकर स्व्यं की मनोभावनाओं और विश्वासों पर होता है, जिस मानसिकता का वह स्वयं पोषण करता है, वही मानसिकता उसके आगत का निर्माण करती है, उसके निर्णयों को प्रभावित करती है। दुःशासन और दुर्याधन के जिन शब्दों का तुमने उल्लेख कियावह आदमी अपनी मानसिकता से निकले हुए हैं! उन्हें न तो समाज नियम माना जा सकता है और न ही वे कोई वैज्ञानिक आधार लिए हुए हैं!"

"तब पूज्य, यह वर्ण-भेद क्यों? उसके आधार पर मनुष्य का मूल्यांकन क्यों और उसे लेकर उसके प्रति अवमानना और अवहेलना का वातावरण क्यों?" युयुत्सु ने पूर्वापेक्षा अधिक उत्सुक होकर प्रश्न किया।

"मनुष्य अपूर्व बुद्धिशाली जीव है, युयुत्सु!" विदुर ने बतलाया था, "वह इस बुद्धिवाद के माध्यम से हर समाज नियम और व्यवस्था को सम्भाल भी सकता है, नष्ट-भ्रष्ट भी कर सकता है। वर्णाश्रम की व्यवस्था जीवन और संसार के दैनन्दिन कार्यों की सहजता बनाए रखने के लिए की गई थी। जिस मनुष्य ने इसकी व्यवस्था दी, अब उसी की अगली पीढ़ियां उसे अपनी मानसिकता और विकार-बुद्धि से नाश करने में जुट गई हैं...तुम्हारे साथ घटी घटना वही कुछ है!"

युयुत्सु की जलन काफी कुछ थमी, पर पूरी तरह नहीं। तर्क लहरों की तरह पीड़ा उड़ेलता मन के किसी अज्ञात कोने में अब भी बैठा हुआ था। उबल पड़ा, "किन्तु देव क्या, इस नाश वादी बुद्धि की दुष्ट चेष्टाएं सहना न्यायसंगत होगा? क्या इस तरह दुर्योधन और दुःशासन जेसे कुतर्कियों की व्यवस्था को समाज शास्त्री और आप जैसे बुद्धिमान व्यक्ति सहते रहेंगे?"

हंस पड़े थे विदुर! उत्तर दिया, "बुद्धिमान तो दुर्योधन भी है वत्स! अन्तर यही है कि उसने बुद्धिमत्ता विवेक से अलग करके असन्तुलित कर दिया है। यह असन्तुलन ही उसके और दूसरों के नाश की सर्जना कर रहा है।

"मैं विवेकशील बुद्धिमानों की बात कर रहा हूं, महात्मन्!" विदुर की उकसाते हुए युयुत्सु बोल गए थे।

"विवेक की बाध्यता होती है कि वह एक सीमा तक निर्माण को

सहेजे रखने का प्रयत्न करे...क्योंकि यह भी उसकी बाध्यताएं है कि वह व्यवस्था, नियम, समाज को आहत किए बिना अपनी हर शुभ चेष्टा करता रहे।" विदुर की आवाज में अचानक कुछ भारीपन पैदा हो गया, "पितृ भीष्म वृद्धाचार्य द्रोण, यथाशक्ति मैं स्वयं भी यही प्रयत्न कर रहे हैं, किन्तु लगता है कि सफल नहीं हो सकेंगे!"

युयुत्सु ने स्वर की इस भर्राहट और बेचैनी को समझा। लगा था कि वह युयुत्सु की तुलना में कहीं अधिक पीड़ा झेल रहे हैं। कही ज्यादा आहत हैं। हतप्रभ होकर वृद्ध की ओर देखते रह गए थे।

विदुर अब उनकी ओर नहीं देख रहे थे। लगता था कि दृष्टि दूर, दूरागत किसी भविष्य की कालिख से पुत गई है। कहीं और टिकी हुई। वह बड़बड़ाए थे, "युयुत्सु! केवल बुद्धि का होना मनुष्य को असंयत कर देता है। उसकी न कोई दृष्टि होती है, न सीमा। वह नाश-निर्माण, किसी भी मार्ग को चुनने की स्वतंत्रता लिए होती है, किन्तु जिन मनुष्यों ने बुद्धि के साथ अनजाने ही विवेक जागरण कर लिया है, वे बहुत बेबस होते हैं। उनके रास्ते भी निश्चित होते हैं, उनकी सीमाएं भी निश्चित! कम-से-कम मेरी यही स्थिति है पुत्र! मैं इसी बेबसी में उलझा हुआ हूं।"

युयुत्सु को इस स्वर ने भिगो दिया था। अपने आपसे कहीं अधिक पीड़ा भरी वाणी ने उन्हें याद दिलाया था कि संसार यदि सुख और आनन्द की एक के बाद एक ऊंची पर्तों में मनुष्य को सहेजे हुए है तो पीड़ा भी अनंत पर्तों के साथ अनंत व्यक्तियों के मानस को झकझोर रही है।

तब युयुत्सु ही इतने बेचैन क्यों हो?

आज विदुर का वही वार्तालाप पुनः याद हो आया है। जब-जब पीड़ा की परतों ने युयुत्सु को घेरा है, तब-तब विदुर की वह बेचैनी और बेबसी याद आई है। ऐसी याद ने सदा ही युयुत्सु को सन्तोष दिया है, चुपके से कान में कहा है, "तुम अकेले नहीं हो संसार में, जिसे दुःख की अदृश्य ऊंचाइयों से गिराया गया हैं। यह संसार अनंत ऊंचाइयों पर पहुंचे लोगों के लिए अनंतः दुःख लिए हुए है। हर एकांत में वे अपनी-अपनी ऊंचाइयों से गिरते रहते हैं, घायल होते हैं, कहराते हैं, पर किसी भी बार अपने को अमर्यादित नहीं करते।

युयुत्सु के आदर्श होने चाहिए भीष्म, द्रोण और विदुर!

और सहसा इन तीनों के नाम-स्मरण ने युयुत्सु के भीतर उन्हें गुरु-भाव से स्वाकारोक्ति दिलवा दी थी। उनके शब्द, उनकी वार्ता, उनका विचारमंथन, उनकी समाज-दृष्टि, उनका व्यवहार और चरित्र, वह सब युयुत्सु के अनजाने ही युयुत्सु के व्यक्तित्व का हिस्सा बनता चला गया था। जल्दी ही वह स्थिति आने लगी थी, जब तटस्थ भाव से उद्दण्डता देखना सहना और उसे लेकर प्रतिक्रियाहीन रहना भी उन्होंने सीख लिया था।

यही दृष्टि और दिशा थी, जिसने युधिष्ठिर के प्रति मन में श्रद्धा पैदा की थी। जब-जब उनका शांत, सौम्य व्यवहार देखते, मुद्रा देखते, लगता था कि सहनशीलता और सदाशयता के उस सर्वोच्च हिमशिखर को देख रहे है, जहां केवल ज्योति होती है। ज्योति, जिसमें शीतलता झरती है और शीतलता जिसे न अग्नि से भय होता है, न रात्रि से! जिसकी धवलता हर कालिख को पचाने में समर्थ होती है!

यह श्रद्धा कब विश्वास बनी और विश्वास कब मन में अनुयायी भाव पैदा कर गया थायाद नहीं। केवल इतना याद है कि युयुत्सु अब अपनी ही पीड़ा से नहीं उन समस्त पीड़ाओं से जुड़ने लगे थे जो कुरु-कुल कही राजनीति में गाहे-बगाहे जनमती रहती थीं।

पर विदुर की अद्‌भुत विवेक-दृष्टि ने उन पीड़ाओं को पचाने की शिव-शक्ति भी दे दी थी उन्हें। यही कारण था कि उद्वेगहीन हुए बिना द्रोपदी को लेकर किया गया वह अपना ही अपमान देखते रहे थे, द्यूत-क्रीड़ा के राजनीतिक छल-जाल को सहा था और अब कौरव बन्धुओं के नाश-आयोजन की वे घिनौनी तैयारियां देख रहे थे।

"क्या प्रतिक्रियाहीन हो चुके हैं युयुत्सु? और क्या प्रतिक्रियाहीनता जीवन है?" मन में प्रश्न उठता। अनेक बार उठता था, फिर प्रश्न से जुड़े प्रश्न तर्कों का लम्बा सिलसिला बन जाया करते।

"निःस्सन्देह प्रतिक्रियाहीनता जीवन नहीं है!" युयुत्सु के भीतर उत्तर उमड़ता है, "और युयुत्सु प्रतिक्रियाहीन भी नहीं हैं!"

"तब कौरव-पाण्डव के बीच की अनगिनत घटनाओं में प्रतिक्रियाहीन कैसे रहे हैं वह?" प्रश्न है!

हस्तिनापुर ऐसे सजा-संवारा हुआ है, जैसे राज्योत्सव की तैयारी हुई हो।

श्रीकृष्ण का आगमन केवल दूत का आगमन नहीं है। एक ऐसी असामान्य राजनीतिक शक्ति और व्यक्ति का आगमन है, जिसके हर चरण के साथ भरत-खण्ड ही नहीं विश्व की शांति प्रभावित होने वाली है।

उनके स्वागतार्थ सभी कौरव-बन्धु, कौरव-श्रेष्ठ वृद्ध, मंत्री, बुद्धिजीवी और सेनानायक नगर सीमा पर जाएंगे। समय निश्चित हो चुका है। स्वयं युयुत्सु भी जाएंगे, किन्तु अभी समय शेष है।

कैसी विडम्बना है कि राजकुल में जनमते हुए भी हर रिक्त समय केवल आशंका और पीड़ाओं से भरा इस तरह बीतता रहा है जैसे भव्य महल के सजे-संवरे कक्षों-प्रकोष्ठों में नहीं, किसी मरुथल में खड़े रहे हों। हर विचार मुलायम तलवों के नीचे दबी रेत की तरह तिलमिलाता लगता हुआ, हर अनुभव मरुथल की तेज हवा वाली तमाचे जड़ती थप्पड़ों से भरा हुआ।

एक युयुत्सु ने ही यह मरुथल झेला हो, ऐसा नहीं है। विशाल और शक्तिसम्पन्न, वैभवशाली कौरव-वंश के हर वृद्ध ने इसे झेला है, हर महिला ने इसे सहा है, हर बालक इसे भोगने वाला है।

आसन पर बैठे-बैठे एक बार पुनः विचार-संसार में भ्रमण करने लगे हैं युयुत्सु। मरुथल!

इस मरुथल का अनुभव भी तो प्रतिक्रिया ही है। वह अपने-आपसे कह देना चाहते हैं। यह मरुथल विभिन्न स्तरों पर, विभिन्न तरह की पीड़ाएं देता रहा है उन्हें।

द्रौपदी के वस्त्र हरण की उस कुचेष्टा के समय भी युयुत्सु सभा में उपस्थित थे। जब सभाजनों ने दुःशासन और दुर्योधन के कुप्रयत्न को लेकर धिक्कृत भाव प्रकट किए, तब युयुत्सु का स्वर भी उन्हीं में था, किन्तु हर तिलमिलाहट एक अनुशासन में बंधी हुई थी...हर बार थके बैल की तरह गरदन झुकाए बैठा राजा युधिष्ठिर का आभूषणहीन शरीर देखते, हर बार भीष्म का वृद्ध सूर्यवत् तेजस्वी चेहरा बदलियों में घिरा पाते, हर बार महात्मा विदुर की अंगुलियों में रह-रहकर होने वाला कम्पन देखते, चुप रह जाते! बहुत मन होता था कि आगे बढ़ें, दुःशासन का हाथ थाम लें, जो भाभी

द्रौपदी को नग्न कर डालना चाहता था, पर? राज्यानुशासन? कर्तव्य-दिशा? न्याय-अन्याय की अनिर्णयता? और वृद्धों की दुविधाग्रस्तता? सबने युयुत्सु को ही नहींउनकी तरह बहुतों को जकड़ लिया होगा! कुछ नहीं कर सके थे युयुत्सु। बस सभाभवन से लौटकर देर तक शून्य-भाव से भरा मस्तिष्क लिए दीवार का सन्नाटा पीते रहे थे।

नाश उसी समय निश्चित हो गया था।

और अब नाश के गले तक आ पहुंचे पंजे!

क्या अब भी प्रतिक्रियाहीन ही रहेंगे युयुत्सु?

प्रश्न पुनः माथे में कुलबुलाने लगा है।

द्वार पर आहट हुई। युयुत्सु ने सिर उठाकर उस ओर देखा। द्वारपाल सिर झुकाए उपस्थित था, ''महाराज! राजा धृतराष्ट्र ने आपको स्मरण किया है।''

युयुत्सु उठे। यांत्रिक ढंग से चल पड़े। द्वारपाल ने आदरपूर्वक एक ओर हटकर राजपुत्र को मार्ग दिया।

सब राजभवन के मुख्य कक्ष में उपस्थित थे। तरह-तरह से अलंकृत, प्रसन्न और बहुमूल्य राजकीय वेशभूषा धारण किए हुए। युयुत्सु अपनी आयु, पद, मर्यादा के अनुसार उनके साथ क्रम में जुड़े।

वे सब बाहर पहुंचे। रथारूढ़ हुए। श्रीकृष्ण के स्वागत हेतु चले। राजमार्ग के हर निवास के झरोखों और द्वारों पर जन-समुदाय ज्वार की भांति उमड़ पड़ा था। सबकी दृष्टि समय के सबसे अद्भुत चरित्र को देखने के लिए आतुर और व्यग्र। युयुत्सु देखते गए थे इस विशाल भीड़ को। जान रहे थेउन आंखों में युद्ध की आशंकित कालिमा के छंटाव को लेकर एक आशा की किरण भी कौंध-कौंध उठती है!

न जाने क्यों असम्बद्ध विचारों की कड़ी में एक प्रार्थना अनायास ही युयुत्सु के भीतर बरखा की तरह बरस पड़ी थी, ''हे अनादि! यह महायुद्ध टल जाए! श्रीकृष्ण अपनी वार्ता में सफल हों!''

किन्तु भवितव्य? उसे कौन जान पाया है? इस वार्ता के परिणामों पर उसी क्षण प्रश्नचिन्ह लग गया था, जब द्वारकाधीश का आगमन हुआ।

कुरु-कुल के वृद्धों को अभ्यर्थना के लिए खड़ा पाकर दूर से ही रथ रोककर उतर पड़े थे, कृष्ण। युयुत्सु मुग्ध भाव से उन्हें देखते रहे। वे आगे बढ़ रहे थे, बांहें फैलाए, मुसकान का इन्द्रधनु उगाए।

विचित्र बात है, इस श्यामवर्णी कृष्ण में। युयुत्सु ने सदा ही देखा है उन्हें। यह बात निरंतर मन में अनुभव की है कि स्थिति, वातावरण, काल से अप्रभावित उनकी मुस्कान ज्यों-की-त्यों रहती है। चितवन में वही चंचलता और स्वर में आश्चर्यजनक गाम्भीर्य! कैसे वह इतने संयत, सन्तुलित और सहज रह पाते हैं? सोचने भर से विस्मय होता है।

श्रीकृष्ण वृद्धों को प्रणाम कर रहे हैं। श्रद्धा और स्नेह से भरे-भरे। किसी फल की तरह चमचमाते और जीवंत! रसमय मुस्कान की मिठास होंठों पर, स्वर से वही निर्झर की तरह झरती हुई।

अद्भुत! अनायास की युयुत्सु के मन से निकल गया था। श्रद्धा से हाथ जुड़ गए थे उनके। पल-भर के लिए स्थान, स्थिति, सभी कुछ मन से लोप हो रहे। विचित्र बात है! दर्शन-भर से ऐसा प्रभाव क्यों होता है?

वे सब राजभवन की ओर चल पड़े थे। दर्शक नगरवासियों ने अक्षत, चंदन और फलों की वर्षा की, जय-जयकार गूंजे। श्रीकृष्ण ने अपने दर्शनामृत से जैसे सभी को भर दिया।

हस्तिनापुर के राजभवन में प्रवेश के साथ ही स्वागत-सत्कार के राजकीय क्रम में और एक झोंका आया। सम्बन्धी के नाते कुरुकुल के व्यक्तियों से वार्तालाप हुआ, स्नेहिल प्रश्नोत्तरों का आदान-प्रदान हुआ।

कुछ समय तक यही सब चलते रहने के बाद श्रीकृष्ण विदुर के निवास पर चले गए। सब अपने-अपने कक्षों में आए।

युयुत्सु ने अपने विश्वसनीय गुप्तचर बुला भेजे थे। एक उनका बालसखा भी था। राजा धृतराष्ट्र ने युयुत्सु की माता के लिए जिस दासी का प्रबंध किया था, उसी का पुत्र। नामकुंडल।

कुंडल उपस्थित हुआ। युयुत्सु क्या कहेंगे, यह अनुमान पहले से कर चुका था चतुर गुप्तचर। और जब युयुत्सु ने कहा था, "मेरी इच्छा है कुंडल! द्वारकापति कृष्ण की मंत्रियों और परिवारजनों से होनेवाली सारी वार्ता का समाचार मुझे मिले।"

"व्यवस्था हो जाएगी राजपुत्र!" कुंडल ने सिर झुकाया, "आप निश्चिन्त रहें।"

अगले दो दिनों तक श्रीकृष्ण कौरव कुल के विभिन्न महत्त्वपूर्ण व्यक्तियों, मंत्रियों और परिवार की महिलाओं से भेंट करते रहे। कुंडल अपने माध्यमों द्वारा सभी सूचनाएं जुटाता रहा था। दुर्योधन से भेंट के पूर्व होने वाली ये सभी भेंटे बहुत महत्त्वपूर्ण थीं। युयुत्सु की राजनीतिक रुचि इन सूचनाओं में कम थी, किन्तु अपने भीतर एक संवेदनात्मक उत्सुकता निरंतर अनुभव करते रहे थे। कारण थाकौरव-पाण्डव पक्षों की यह वार्ता पृथ्वी और मनुष्य जाति के जीवन-मरण का निर्णय बनने वाली थी। इस पर बहुत कुछ अवलंबित।

कुंडल तीसरे दिन की संध्या के समय समाचार लेकर उपस्थित हुआ था। चेहरा कुम्हलाया हुआ था उसका, स्वर संकोच ओर पीड़ा से भरा हुआ। बोला था, "समाचार अशुभ है राजकुमार!"

बहुत दुखी नहीं हुए थे युयुत्सु। दुर्योधन जिस तरह राज्यशक्ति पर हावी थे, उसमें सन्धि-वार्ता की अनुकूलता के लिए बहुत कम अवसर था, फिर भी सम्भव है कि श्रीकृष्ण का मधुर वार्तालाप कहीं कुछ शुभ-परिणाम ला सके? इस एक कमजोर आशा ने मन को सहेजे रखा था।

युयुत्सु टकटकी बांधे गुप्तचर को देखे जा रहे थे।

कुंडल ने कहा था, "श्रीकृष्ण ने महात्मा विदुर से भेंट करके पाण्डव-पक्ष की सभी बातें प्रस्तुत की हैं। जिस-जिस से उन्होंने वार्ता की है, हर बार यह मंतव्य प्रकट हुआ है कि पाण्डवों को अधिकार मिले। यदि राजा दुर्योधन तनिक भी इस ओर रुचि दिखाएंगे तब पाण्डव सहर्ष उनके द्वारा मिलने वाला छोटे-से-छोटा हिस्सा भी स्वीकार करने में संकोच नहीं करेंगे, किन्तु नैतिक दृष्टि से उनके पक्ष में एक न्यायिक निर्णय होना अनिवार्य है!"

युयुत्सु ने सुना। समाचार में कुछ भी नया नहीं था। यदि था तो केवल यह कि पाण्डव-पक्ष तनिक-सा हिस्सा पाकर भी अनिष्ट को टालने में रुचि रखता था। श्रीकृष्ण और पाण्डवों की सदेच्छा को लेकर युयुत्सु के मन में तनिक भी संशय न था। समाचार इस विश्वास की पुष्टि बना। अभी और

कुछ विचार करें कि कुंडल ने कहा, "राजकुमार! राजमाता कुंती से श्रीकृष्ण ने जो भेंट की, वह इस सारी सन्धि-वार्ता को बहुत प्रभावित करेगी।"

युयुत्सु चौंके थेपूछा नहीं कि किस तरह, पर दृष्टि ने यही कहा।

कुंडल ने समाचार दिया था, "पांडुपत्नी ने बहुत पीड़ित मन से अपने भाई के पुत्र और पाण्डवों के विनीत दूत से जो वार्ता की, उसमें कुछ बातें बहुत महत्त्वपूर्ण हैं। मुझे पूरा विश्वास है कि राजा दुर्योधन से बात करते समय श्रीकृष्ण देवी कुंती की संवेदनाओं का बहुत ध्यान रखेंगे।"

"क्या कहा उन्होंने?" युयुत्सु कुछ व्यग्र हो उठे थे। कुंती की सहनशीलता और शांतिप्रियता ने सदा ही उन्हें उनके प्रति श्रद्धालु बनाए रखा था, पर कुंडल जो कुछ कह रहा था, उसके अनुसार लगता था कि कुंती की सहनशीलता का बांध टूट गया है।

और बांध टूट चुका था, यह सिद्ध हुआ कुंडल के समाचार से। उसने कहा था, "राजमाता ने कहा कि वासुदेव, जिस स्त्री को पति या पुत्र के सहारे बिना रहकर किसी पराए आश्रय पर जीना पड़ता है, उसे धिक्कार है। वह जीविका माता कुंती की राय में घोर अप्रतिष्ठा का कारण होती है, जो दीनता के असम्बोधित मार्ग से प्राप्त हो।"

युयुत्सु ने सुना। श्रद्धा से आंखें भर आईं। पांडुपत्नी का समूचा जीवन कष्टों की एक ऐसी शृंखला बनकर रह गया था, जिसमें वह सारा जीवन केवल जकड़ी ही नहीं रही, लहूलुहान भी होती रहीं। कभी कराह नहीं सुनी थी उनके मुंह से, पर लगा था कि कुंडल से मिले समाचार में कुन्ती की कराहें मौजूद हैं।

"कुंतीदेवी ने अपनी पुत्रवधू द्रौपदी के अपमान का पीड़ा को व्यक्त किया कौरव-सुत!" कुंडल ने बतलाया, फिर कहा, "उन्होंने श्रीकृष्ण से पाण्डवों के लिए यह स्पष्ट कहलवाया है कि यदि क्षत्रिय-धर्म को पालन न करके निन्दित और कलंकित बनना पसन्द करोगे, तो वह सदा के लिए पाण्डवों का त्याग कर देंगी। उन्होंने कहा है कि उचित समयानुसार कर्तव्यसाधन हेतु प्राण दे देना ही श्रेष्ठ मनुष्यों का धर्म है !"[1]

---

1. उद्योग-पर्व (महाभारत) के 90 वें अध्याय में श्रीकृष्ण-कुंती वार्ता के अंतर्गत श्लोक-क्रम 72 से 78 के बीच कुंती का कथन।

युयुत्सु के माथे पर चिन्ता की सलवटें पड़ गई थीं। सरलहृदया कुंती का इस तरह टूट-बिखर जाना और अंततोगत्वा अपरोक्ष रूप से पाण्डवों के लिए युद्ध सन्देश दे देना स्पष्टतः महानाश की रचना का एक बेबस चरण था। कुंडल चुप हो चुका था। युयुत्सु ने पूछा, "पाण्डवजननी के इन पीड़ाजनित शब्दों पर द्वारकाधीश ने क्या प्रतिक्रिया दी कुंडल!"

कुंडल के चेहरे पर सहसा कालिमा उत्तर आई। दबे स्वर में बोला था, कौरवसुत! शांतिप्रिय श्रीकृष्ण उत्तेजित तो नहीं थे, किन्तु देवी कुंती को उन्होंने ढाढ़स बंधाया है। उन्होंने कहा है कि वह निश्चिन्त हों। बहुत शीघ्र पाण्डव अपने शत्रुओं का संहार ही नहीं करेंगे अपितु साम्राज्य और अतुलनीय ऐश्वर्य की प्राप्ति भी करेंगे!"

एक बार फिर युयुत्सु ने धड़कते दिल से अपनी ही आवाज सुनी थीयुद्ध! विकराल युद्ध!

"इसके पश्चात् श्रीकृष्ण ने राजा युधिष्ठिर से भी एक औपचारिक भेंट-वार्ता की। युधिष्ठिर के प्रति दौत्य-भाव का प्रदर्शन करते हुए उन्होंने दुर्योधन को बतलाया कि उन्होंने उचित समय पर उन्हें भोजन-स्वागत के लिए निमंत्रित नहीं किया, अतः वह किसी भी प्रकार का स्वागत कौरवेन्द्र की ओर से स्वीकार नहीं करेंगे। यही नहीं, उन्होंने यह भी कहा कि यदि उनके प्रस्ताव पर पाण्डवों को अनुकूल उत्तर दिया गया, तब निश्चय ही वह आत्मीयता से दुर्योधन द्वारा मिलने वाला स्वागत-सत्कार स्वीकार करेंगे।"[1]

युयुत्सु ने सुना। अच्छा लगा। श्रीकृष्ण के लिए ही दुर्योधन की उद्दण्डता को इस तरह दुत्कारना सम्भव है! सुखी हुए।

कुंडल ने कहा, "एक और सूचना है राजकुमार!

"क्या?"

"वृकस्थली में ही दुर्योधन ने श्रीकृष्ण के स्वागतार्थ तरह-तरह के भवन, सेवक, सेविकाएं और आमोद-प्रमोद के साधन जुटा दिए थे, किन्तु श्रीकृष्ण

1. उपरोक्त पर्वअध्याय में ही श्लोक-क्रम 97 से 100 के बीच श्रीकृष्ण का कुंती को आश्वासन।

ऐसे किसी स्थान पर रुकना तो दूर, उस ओर से ही नहीं निकले। वे अन्य मार्ग चुनकर हस्तिनापुर आए। मेरा विचार है कि श्रीकृष्ण का यह रुख इस वार्ता में बहुत कम महत्त्वपूर्ण नहीं है।''

''निःस्सन्देह!'' युयुत्सु ने कहा और विचारमग्न हो गए। कुंडल ने जाने की स्वीकृति ली।

वार्ता विभिन्न स्तरों पर प्रारम्भ हुई। कुंडल, युयुत्सु तक हर वार्ता का महत्त्वपूर्ण हिस्सा पहुंचाता रहा। युयुत्सु सुनते। मन में जनमा यह विचार और मजबूत होता जाता कि युद्ध-भर नहींसम्पूर्ण नाश निश्चित है। श्रीकृष्ण का हस्तिनापुर आगमन भरत खंड की समूची राजनीति को किस तरह प्रभावित करने वाला था, इसका अनुमान सामान्य जन भी लगा पा रहे थे। हर देश के गुप्तचर यहां-वहां सूचनाएं पहुंचा रहे थे, हर राज्य गुप्तचरों के जाल से भरा हुआ था। विदुर के गुप्तचरों ने ही नहीं, युयुत्सु के गुप्तचरों ने भी वार्ता के अतिरिक्त जिन बातों और योजनाओं की सूचना युयुत्सु तक पहुंचाई, उसने उन्हें ज्यादा ही घबरा दिया। दो-तीन दिन बीतते-न-बीतते युयुत्सु को अर्धरात्रि में कुंडल ने जगाया और कहा, ''राजन्! मुझे इस समय आपकी निद्रा तोड़ने का दुःख है, किन्तु अभी-अभी मेरे विश्वसनीय चर से जो समाचार मिला है, उसे आप तक पहुंचाना आवश्यक समझा।

युयुत्सु स्पष्ट देख रहे थे। कुंडल जितना घबराया हुआ था, उससे कहीं अधिक व्यग्र और उत्तेजित लग रहा था।

गहरी नींद से जागे थे युयुत्सु; किन्तु गुप्तचर की घबराई आवाज और बेचैन चेहरे ने पल-भर में आलस उड़ा दिया। सतर्क होकर देखने-सुनने लगे।

कुंडल ने बतलाया, ''मुझे सूचना मिली है कुमार! राजा दुर्योधन एक घिनौना षड्यंत्र करने जा रहे हैं। इस सूचना के अनुसार वह पाण्डवदूत श्रीकृष्ण को पकड़कर कारावास में डाल देंगे।''

सूचना चौंकाएगीजानते थे, पर इस सीमा तक चौंका देगीकल्पनातीत था। लगभग उछल पड़े थे युयुत्सु! उससे कहीं अधिक भयभीत हुए। महानाश! सहसा होंठों से बुदबुदाकर शब्द निकल गए। हृदय की गति बढ़ गई। गति के साथ मन मितलिया लेता अनुभव हुआ।

दुर्योधन छली और षड्यंत्रकारी हैंयह तो जानते थे, पर वह बुद्धिहीनता और जड़ता की ऐसी स्थिति तक पहुंच चुके हैविचार भी नहीं किया जा सकता था। भला दुर्योधन जैसे सर्व शक्ति-सम्पन्न और बड़े देश के राजा से इस तरह की बचकाना राजनीति हो सकती हैअकल्पनीय?

सुनाकिन्तु विश्वास नहीं हुआ। सन्देह-भरी दृष्टि से कुंडल को घूरते हुए पुछा, "तुम जो कुछ कह रहे हो, सोच-समझ चुके हो ना कि उसका क्या अर्थ हो सकता है?"

"जब मैंने सुना, तब मुझे भी सहसा विश्वास नहीं हुआ था देव! पर चर से बार-बार यही सुनने के बाद मैंने एक बार पुनः समाचार की सत्यता ज्ञात की। समाचार शब्दशः सत्य है कौरवांश! राजा दुर्योधन, शकुनि और महावीर कर्ण के बीच यही कुछ बातें हुई हैं। निष्कर्ष तक नहीं पहुंचे हैं वह, किन्तु सभी की सम्मति यह है कि यदि श्रीकृष्ण किसी तरह अवश कर दिए गए, तो पाण्डव युद्ध करना तो दूर, कल्पना भी नहीं कर सकेंगे। श्रीकृष्ण ही उनकी शक्ति, साहस तथा राजनीतिक बुद्धि हैं।"

भूल गए थे कि रात्रि है। उससे अधिक यह भूले थे कि उनका असंयम देखकर कुंडल क्या सोचेगा? बस, प्रलाप करने लगे थे, "निःस्सन्देह! भईया का मानसिक सन्तुलन बिगड़ चुका है। वह द्वारकाधीश के साथ छल करके स्वयं को किसी भी तरह नहीं बचा सकेंगे! सम्पूर्ण कुरु-वंश का नाश हो जाएगा। श्रीकृष्ण, न तो युधिष्ठिर हैं, न भीम। वह सर्वज्ञ भी हैं, दूरदर्शी भी। कौरव पक्ष की आंखों तक को पढ़ चुके होंगे। यही नहीं कुंडल, मेरा तो यह भी अनुमान है कि शकुनि और कर्ण से मिली यह धूर्त योजना राजा दुर्याधन के मन में घर करे, इसके बहुत पूर्व ही श्रीकृष्ण के गुप्तचरों तक पहुंच चुकी होगी! सर्वनाश!

कुंडल चला गया था।

व्यग्र युयुत्सु की समझ में नहीं आ रहा था कि क्या करें? स्पष्ट लगता था कि इस योजना पर यदि दुर्योधन एक पग भी आगे बढ़ गए, तो श्रीकृष्ण की विशाल वृष्णि, अन्धक और यादव सेना हस्तिनापुर को पल-भर में रौंद डालेगी। वैभव, शक्ति और कीर्ति से महकता यह राज्य घोर विपत्ति में पढ़ जाएगा।

कक्ष में चहलकदमी करने लगे थे। शयन-कक्ष में देर तक रोशनी देखकर पत्नी भी जाग गई थीं। चिन्तित-भाव से सामने आ खड़ी हुईं। युयुत्सु की आंखों में अकुलाहट थी, बेचैनी से होंठ थरथराते हुए! दुर्योधन के षड्यंत्र ने जैसे आगत भय को साक्षात् की तरह भोगना प्रारम्भ करवा दिया था।

"आप जाग रहे हैं राजपुत्र!" पत्नी ने चिन्तित आवाज में प्रश्न किया और युयुत्सु ने कहा था, "विशेष कारण है देवी! तुम आराम करो। फिर तेजी से मुड़कर दूसरे कक्ष में चले गए थे।"

क्या करें, क्या न करेंसमझ थककर रह गई थी। समय तीव्रगति से पहर लांघता हुआ। मन तरह-तरह के विचारों, आशंकाओ की फुफकारों का विष उगलता हुआ!

क्या दुर्योधन को समझाएं?

इस विचार-भर से परास्त होकर बैठ गए थे युयुत्सु। अपनी ही कल्पना पर व्यंग्य करने का मन हुआ। दुर्योधन की दुर्बुद्धि में समझा यश? यह तो ऐसे ही होगा जैसे युयुत्सु समुद्र के ज्वार को निर्मल झरने में बदलने की कल्पना करें। असम्भव!

तब?

लगा था कि पितृ भीष्म तक यह समाचार पहुंचना आवश्यक है। वह सुनते ही दुर्योधन को न केवल दुत्कार सकते हैं, अपितु वीरत्वपूर्ण चुनौती भी दे सकते हैं। उनकी शक्ति, श्रेष्ठता, वीरत्व, और पृथ्वी पर यश इतने बढ़-चढ़े हैं कि दुर्योधन ही नहीं, कोई उनसे विरोध का सामना नहीं कर सकता।

उठ खड़े हुए थे। विचार में दम लगा था युयुत्सु को; किन्तु उस ओर ज्यादा बढ़ नहीं सके।

अपने ही विचार को थामता हुआ दूसरा विचार जनम आया था उनके मन में। पितृभीष्म एक तो इस तरह के समाचार पर विश्वास नहीं करेंगे, दूसरे दुर्योधन की राजकीय सत्ता को भी अस्वीकार नहीं करेंगे। वह केवल समझाने की चेष्टा भर करेंगे, अधिक-से-अधिक रुष्ट हो रहेंगे, इसके अतिरिक्त कुछ नहीं। अनेक बार जिस तरह भीष्म दुर्योधन को लेकर असन्तोष, खेद और पीड़ा व्यक्त करते हुए भी उसके प्रति विद्रोह नहीं करते थे, लगता था कि पक्षपात कर रहे है! पर किसी-किसी बार पाण्डवों के

शुभार्थ वह सार्वजनिक रूप से जिस तरह उनका पक्ष लेते, लगता कि नहीं भीष्म कुछ और हैं!

युयुत्सु कभी नहीं समझ सके थे उन्हें। बहुत बार उन्हें समझने जानने की चेष्टा करते हुए भी लगता था कि वृद्ध पितामह युयुत्सु जैसों की सामान्य राजबुद्धि से परे हैं। उन्हें समझना एक युग, युग की व्यवस्था, समाज-विचार और पूरे नियम को समझना!

ऐसी गुत्थी के सामने युयुत्सु कुछ कह नहीं सकेंगे। कह भी बैठें तो उनकी ओर से जो निष्कर्ष निकलेगा, उसके वाद युयुत्सु ही नहीं, किसी में इतना सामर्थ्य नहीं है कि वह अपने वांछित के लिए अन्य कोई कदम उठा सके!

भीष्म से बात करने का विचार भी मन से टल गया था। युयुत्सु पुनः वहीं आ थमे, जहां से चले थे!

और समय था कि बीतता ही जा रहा था।

कुछ-न-कुछ तो करना ही होगा युयुत्सु को। पर क्या?

सूचना विदुर तक पहुंचाना उचित होगा। सहसा मन ने कहा था। एक बार पुनः विदुर के निवास तक जाने के लिए तत्पर हुए, किन्तु देहरी नहीं लांघी! एक नैतिकता ने पैर जकड़ लिया उनके।

जो निश्चय कर बैठे हो युयुत्सु! क्या वह एक कुरु-कुमार के लिए शोभनीय है? दुर्योधन राजा हैं कुरु-जांगल के। उनका निर्णय उचित हो या अनुचिततुम्हें एक राजपुत्र के नाते उस निर्णय पर अपनी सहमति-असहमति केवल उन्हीं से व्यक्त करने का अधिकार है। अपनी बुद्धि के अनुसार किसी राजनीतिक निर्णय पर विचार करने का अधिकार होते हुए भी उसे कार्यान्वित करने की नैतिक सत्ता तुम्हारे पास नहीं है।"

युयुत्सु अपने से ही सहम गए थे। अपने ही भीतर से जनमा यह तर्क बहुत शक्तिशाली था।

एक बार पुनः अपने आसन पर थे युयुत्सु!

अपने से ही थके हुए, चिन्तित, व्यग्र और निराश! उनके अपने तर्कों

ने उन्हें भोंथरा कर दिया था, किन्तु तर्क शक्ति फिर भी शेष थी!

क्या नैतिक होगा और क्या अनैतिकइसे लेकर जूझ गए थे वह। इसी कसौटी पर अपने कदम का निर्णय किया जा सकेगा। बुदबुदाकर अपने से ही पूछ लिया था, "जिस संकट को राजा दुर्योधन की राजनीतिक कुचेष्टा लाने वाली है, वह केवल राज्य या परिवार के हित या शुभाशुभ की बात नहीं है, सम्पूर्ण मनुष्य के शुभाशुभ का प्रश्न हैक्या इस स्थिति में भी राजहितों और राज-कर्तव्य से बंधकर युयुत्सु हाथ-पर-हाथ धरे बैठे रह जाएं?"

"निःस्सन्देह नहीं!" मन ने सम्मति दी थी, फिर इस सम्मति के आगे सुझाया था, "उसका मार्ग अभी शेष है राजपुत्र! तुम चाहो तो राजा दुर्योधन से चर्चा कर सकते हो!"

"किन्तु विदुर इस राज के महामंत्री हैं।" युयुत्सु ने जोरदार तर्क ढूंढ लिया था, "और मैं यह समाचार महात्मा विदुर को नहीं, महामंत्री विदुर को पहुंचाने जा रहा हूं। क्या वह देशद्रोह होगा?"

"पर ऐसा करने से पूर्व भी तुम्हे राज्यानुशासन के अनुसार राजा की सम्मति लेना आवश्यक है युयुत्सु! यह व्यवस्था का प्रश्न है।" मन ने उत्तर दे दिया।

"पर..." युयुत्सु ने कुछ कहना चाहा।

"नहीं!" मन ने टोक दिया था उन्हें, "यदि विदुर से सीधे ही विचार करना है तब राजसभा में सबकी उपस्थिति के बीच वह सब कहने का अधिकार है तुम्हें! यह तुम्हारे राजपुत्र को मिला है।"

चुप हो जाना पड़ा था उन्हें, किन्तु सो नहीं सके थे। मन उसी तरह दुविधा और पीड़ा से छटपटाता रहा था।

रात बीत गई।

निश्चय कर लिया था कि सभा-समय पर प्रश्न उठाएंगे, किन्तु उस समय प्रश्न फिर से मन में जड़ा रह गया, जब ज्ञात हुआ कि कौरव-सभा में आज श्रीकृष्ण को आगमन के लिए बुलावा भेजा गया है।

युयुत्सु उसी चिन्ता, व्यग्रता और बेचैनी के बीच सभा में जा पहुंचे थे। निश्चित समय द्वारकापति भी आए थे।

किन्तु उसके पूर्व द्वारपाल एक सूचना ले आया था। सभा के बीच धीमे से राजसुत युयुत्सु के पास फुसफुसाकर कहा था, "कुंडल आपसे भेंट करना चाहता है कौरवसुत!"

युयुत्सु उठे। महाराज धृतराष्ट्र से कुछ समय बाद सभा मे उपस्थित होने की आज्ञा ली और निवास की ओर चले आए। दिल धड़क रहा थामन अकुलाया हुआ, "अब पता नहीं कुंडल कौन-सा नया पीड़ित कर देने वाला समाचार जुटा लाया है!"

राज-निवास में प्रवेश करते ही देखाकुंडल सहमा हुआ खड़ा है। दृष्टि जैसे ही उसके चेहरे पर गई थी, पल-भर में पहचान लिया था कि चिन्ता, व्यग्रता और अकुलाहट से भरा हुआ है। निश्चय ही कोई अशुभ समाचार है उसके पास। युयुत्सु ने अगले कदम के साथ ही मन तैयार कर लिया, स्वयं को सम्भाला और सुनने के लिए तत्पर हो गए।

कुंडल ने कहा था, "मुझे क्षमा कर दें राजकुमार! पर इसके पूर्व कि यशोदानन्दन सभा में पहुंचे, एक समाचार आपको देना आवश्यक समझा!"

"उचित किया कुंडल! मैं प्रसन्न हूं।"[1]

कुंडल ने समाचार सुनाया था। प्रातः जागरण के साथ ही महात्मा विदुर और श्रीकृष्ण में वार्तालाप हुआ है। विदुर सम्भवतः दुर्योधन के मन का भाव या तो ताड़ चुके हैं अथवा उन्हें गुप्तचरों से सूचना मिल चुकी है। श्रीकृष्ण को सावधान ही नहीं किया है उन्होंने सांकेतिक रूप से बहुत कुछ कह दिया है।

"क्या कुछ?" युयुत्सु ने कुरेदा था उसे।

"महात्मा विदुर ने श्रीकृष्ण को सलाह दी है कि वह व्यर्थ ही राजा दुर्योधन से सन्धि-वार्ता न करे। दुर्योधन किसी भी तरह उनकी, किसी बात को समझाना तो दूर, ठीक तरह सुनने भी तैयार न होंगे।"

"कारण?"

"महात्मा विदुर के अनुसार कौरवश्रेष्ठ दुर्योधन इस समय सत्ता मद में ही चूर नहीं हैं, अपितु जिस सीमा तक वह पांडवों के विरुद्ध शक्ति

---

1. विदुर का श्रीकृष्ण से उपरोक्त सांकेतिक कथन 'महाभारत' (उद्योग पर्व) के अध्याय 92 में श्लोक-क्रम28 से 30 के मध्य आया है।

जुटा चुके हैं, सेना एकत्र कर चुके हैं, उसने उन्हें आश्वस्त कर दिया है कि पाण्डवों को युद्ध के पहले चरण में ही समाप्त कर देंगे!" कुंडल ने कहा था, "इसी कारण विद्वान विदुर ने यह उचित समझा कि श्रीकृष्ण इस सिलसिले में व्यर्थ ही अपना समय और शब्द नष्ट न करें।"

युयुत्सु ने सुना। पूछा, "महाराज श्रीकृष्ण की क्या प्रतिक्रिया थी इस पर?"

कुंडल ने बतलाया, "द्वारकापति ने बहुत शांतिपूर्ण प्रतिक्रिया व्यक्त की कुमार! उनका कहना था कि वह जो कुछ राजा दुर्योधन और कौरव बन्धुओं, वृद्धों को समझाएंगे, उसका आशय मात्र यह होगा कि श्रीकृष्ण उनके आत्मीय भी हैं और मित्र भी। वह केवल युद्ध रोकने और नाश के इस यज्ञायोजन को थामने की चेष्टा में आएंगे। यदि वैसा न भी हो सका तब उन्हें इस बात का सन्तोष होगा कि उन्होंने अपना धर्म पूरा किया!"

इस वार्ता में श्रीकृष्ण का शांतिपूर्ण प्रयत्न तो दीखता है कुंडल पर यह कहां सिद्ध होता है कि श्रीकृष्ण को विदुर का यह संकेत मिल चुका है कि वह खतरे में हैं या कि श्रीकृष्ण उस षड्यंत्र की तनिक-सी गन्ध भी पा सके हैं, जो दुर्योधन भइया के मन में है?" युयुत्सु ने पूछा।

कुंडल ने कहा, "महात्मा विदुर के इस वाक्य पर तनिक ध्यान दें राजकुमार! उन्होंने कहा है, "देवता भी आपके प्रताप को सह नहीं सकते; किन्तु फिर भी मुझे आपका शत्रु-सभा में जाना अच्छा नहीं लग रहा है।" 'उन्होंने आगे यह भी कह दिया है कि उन्हें पाण्डवों पर जितना स्नेह है, उससे कहीं अधिक श्रीकृष्ण पर है!' राजसुत!" बोलते-बोलते कुंडल एक पल थमायुयुत्सु के चेहरे पर आए तनाव को पढ़ा, फिर धीमे से शब्दों में बात पूरी कर दी, 'क्या यह संकेत राजा श्रीकृष्ण जैसे तीव्रबुद्धि नीतिज्ञ के लिए काफी नहीं हैं।'"[1]

युयुत्सु शांत हुए। अनायास ही लगा था जैसे रात-भर से मन में घुमड़ रहे चिन्ता के बादल सहसा थम गए हैं। इतना संकेत पाकर श्रीकृष्ण बहुत कुछ सोच ही नहीं चुके होंगे, बल्कि इस बीच निर्णय भी ले चुके होंगे कि

1. विदुर का श्रीकृष्ण को उत्तर। महाभारत (उद्योग पर्व) के अध्याय 99 में श्लोक-क्रम18 से 20 के मध्य।

उन्हें किसी आशंकित विपत्ति के समय क्या करना उचित होगा? मन हलका हो गया था।

सभा में सम्मिलित होने के लिए उत्साहपूर्वक कदम बढ़ाया ही था कि कुंडल ने कहा, "एक अन्तिम सूचना राजपुत्र!"

युयुत्सु थम गए।

कुंडल की सूचना थी, "विदुर को श्रीकृष्ण ने जो उत्तर दिया, उसमें उनके संकेत को समझ चुके हैं, यह भी सांकेतिक रूप से उन्होंने व्यक्त कर दिया था। उन्होंने कहा, "धर्मज्ञ! जिस तरह सिंह अन्य पशुओं को आसानी से मार सकता है, वैसे ही आवश्यकता पड़ने पर मैं कौरव-पक्ष के क्षत्रियों का आसानी से संहार कर सकता हूं!"[1]

युयुत्सु ने सुनाअधिक निश्चिन्त हुए। अब भय होते हुए भी कम से कम इस दुर्नीति का भय नहीं रहा था। श्रीकृष्ण की चपलता, शक्ति और सामर्थ्य युयुत्सु से कहीं अधिक दुर्योधन स्वयं भी तो जानते हैं। तेज-तेज कदमों से कौरव-सभा की ओर चल पड़े थे।

कौरव-सभा देर तक चली थी...बहुत रात्रि गए तक। श्रीकृष्ण ने जिस तरह और जिन-जिन पहलुओं से युद्ध टालने के लिए सन्धि-प्रस्ताव किया था, उसने युयुत्सु ही नहीं वृद्धायु भीष्म, धृतराष्ट्र, विदुर और गुरु द्रोणाचार्य को भी प्रभावित किया। युद्ध को लेकर सभी चिन्तामग्न थे। दुर्योधन और अन्य कौरव बन्धुओं को छोड़कर कोई भी इस पक्ष में न था कि नाश आमंत्रण किया जाए...किन्तु श्रीकृष्ण की बातों ने उन्हें भी कम प्रभावित नहीं किया था। मंत्रणा और विचार-विमर्श हेतु समय देकर श्रीकृष्ण मध्यान्ह के भोजनार्थ पुनः विदुर के साथ चले गए थे, कह गए थे कि भोजनोपरांत पुनः सभा में उपस्थित होंगे, ताकि एक निर्णायक स्थिति पर दोनों ही पक्ष पहुंच सकें!

श्रीकृष्ण ने युद्ध रोकने के लिए सन्धि हेतु जो सहज-सी मांगे रखी थीं, उन्हें पूरा करना भी उतना ही सहज था। किन्तु दुर्योधन? युयुत्सु जितने चकित हो रहे थे, उससे कहीं अधिक खीझे हुए थे। लगता था कि यह युद्ध अब निश्चित रूप से होना है।

दुष्टता, धूर्तता, दुस्साहस और मदांधता की सीमा ही तोड़ दी थी दुर्योधन

ने। लगता था कि श्रीकृष्ण जो कुछ कह रहे हैं, वह सुनकर भी अनसुना किए जा रहे हैं कुरुराज दुर्योधन। युयुत्सु वह कटु और व्यर्थता-बोध से भरी हुई ऊबी मुस्कान कभी नहीं भूल सकेंगे, जो श्रीकृष्ण के कथन-समय पर दुर्योधन के होठों से लिपटी हुई थी।

कभी-कभी कल्पना करके विश्वास करने का मन नहीं होता! भला कोई व्यक्ति इस सीमा तक मूर्ख हो सकता है कि मृत्यु-संत्रास देने वाले विनाश की चेतावनी सुनकर भी न चेते?

और उस समय दुर्योधन ने यही किया था! किस हठवादिता तक दुर्योधन उस नाश को आमंत्रण दे रहे हैं, युयुत्सु ने उस समय देखा जबकि श्रीकृष्ण के भोजन पर उठ जाने के बाद वृद्ध कौरव-कुलपुरुष उन्हें समझाने की चेष्टा करने लगे थे, "वत्स! तनिक विचार करो द्वारकापति की बातों पर! अभी समय शेष है राजन्! श्रीकृष्ण का सन्धि-प्रस्ताव स्वीकृत नहीं हुआ है।"

दुर्योधन ने उद्दण्डतापूर्व उत्तर दिया था, "सन्धि? भला सन्धि किससे करूंगा मैं? उन कायर पाण्डवों से जिनकी थोथी वीरता और प्रताप का अनर्गल प्रचार कर रहे हैं श्रीकृष्ण! असम्भव!"

काल-युद्ध का समय जानकर कौरव-सभा में अनेक विद्वान और ऋषि भी उपस्थित थे। सबकी चेष्टा यह कि किसी तरह कौरवेन्द्र दुर्योधन, पाण्डवों का प्रस्ताव मान लें और पृथ्वी विनाश से बच जाए। परशुराम भी आ पहुंचे थे, महर्षि वेदव्यास भी। अनेक पूर्व-कथाएं, दृष्टांत रूप में सुनाकर उन्होंने राजा धृतराष्ट्र को सावधान किया था कि निर्णय लेते समय दुर्योधन पर अंकुश लगाएं। कहीं ऐसा न हो कि अहंकार और सत्तामोह में सर्वनाश ही हो जाए।

और दुर्योधन पूर्ववत् हठ पर अडिग।

धृतराष्ट्र सदा ही दुर्योधन की उद्दंडता और दुर्नीति को प्रश्रय देते आए थे। परिणाम कितना विस्फोटक हो चुका था, यह युयुत्सु ने उस क्षण देखा था, जब सभी कौरव बन्धुओं को एक ओर ले जाकर दुर्योधन, कर्ण और शकुनि परस्पर सम्मति करने लगे थे। युयुत्सु यदि उस समय वहां न गए होते तो कभी जान ही न सकते कि काल-समय पर मनुष्य किस तरह मानसिक सन्तुलन खो बैठता है।

वृद्धों और ऋषियों में जिस क्षण चिन्तातुर युद्ध टालने पर विचार हो रहा था, तब उसी विशाल राजमहल के एक कक्ष में वह दुरभिसन्धि हो

रही थी, जिसके कारण सभा का शेष समय केवल उत्तेजना और गर्मा-गर्मी के बीच बीता था।

युयुत्सु सोच भी न सकते थे कि श्रीकृष्ण के स्पष्टतः यह चेतावनी देने पर कि यदि मामला न सम्भला, तब निश्चय है कि युद्धाग्नि में पृथ्वी के असंख्य मनुष्यों का नाश हो जाएगा, दुर्योधन वैसा प्रस्ताव कर सकते हैं।

कुछ क्षणों तो अपने ही कानों और आंखों पर अविश्वास करते हुए युयुत्सु स्तब्ध रह गए थे। वह भयावह क्षण और उस क्षण के बाद की स्थितियां! उन स्थितियों के पश्चात् श्रीकृष्ण का क्रोध!

स्मरण भर से युयुत्सु थरथरा उठे हैं। कितना चाहते हैं कि वह सब याद न करें। भुला दें उसे, किन्तु मन है कि रह-रहकर उन दृश्यों को मानसपटल पर तूलिका से अंकित किए जा रहा है। हर रंग गहराया हुआ इतना गहराया हुआ कि युयुत्सु को ही नहीं, सम्भवतः सभी को इस पल वही बेचैनी झेलनी पड़ रही होगी, जिस घटनाओं से भरे पूरे इस दिन सबने देखा है।

विचार-विमर्श के खाली समय में सभी कौरव-बन्धु दुर्योधन के कक्ष में चले आए थे। उन सबके साथ-साथ कर्ण, उनके पुत्र, भाई शत्रुंजय और नीतिराज शकुनि! जब विचारों की आंधी से जूझते हुए सभी ने अपने-अपने आसन ग्रहण कर लिए, तब शकुनि ने कहा था, "राजन!! अब तुम कौरव पाण्डव बन्धुओं के बीच चलती रही लुकाछिपी की राजनीति अन्तिम दौर में आ चुकी है। निर्णय का क्षण! मुझे लगता है कि श्रीकृष्ण की वापसी के साथ हमारा जो भी प्रस्ताव पाण्डवों के पास पहुंचेगावह इस कुल वंश और पृथ्वी का निर्णायक भविष्य होगा!"

"आपकी क्या सम्मति है पूज्य?" दुर्योधन ने होठों को चबाते हुए कहा था, लगता था कि हर शब्द चबा-चबाकर ही बोला है।

युयुत्सु बड़ी आशा के साथ शकुनि का चेहरा देखने लगे थे। बहुत शांतिपूर्ण और युद्धविरोधी नीति या विचार की आशा उनसे नहीं की जा

सकती थी, किन्तु लगा था जैसे इस समय मानव जाति के शुभार्थ सम्भव है कि शकुनि मामा सुनीति से काम लें...पर शकुनि बोले थे, "युद्ध पूर्व नीति निर्धारण से पहले यह निश्चय कर लेना आवश्यक होता है, गांधारी सुत कि शत्रुपक्ष और अपने बीच बलाबल की स्थिति क्या है? मैं देखता हूं कि सेना, साधन, शक्ति सभी में तुम पाण्डवों की तुलना में श्रेष्ठ हो।" शकुनि थमे।

युयुत्सु को निराशा सघन हो गई। शकुनि के संवाद का पहला हिस्सा निश्चित रूप से उनकी ध्वंसात्मक राजनीति से ही जनमा था और दुर्योधन? उन्होंने शकुनि के संवाद पर गरिमा से सिर उठाया। युद्धजय की कल्पना ने उन्हें अहंकार-भावना से नहला दिया। मुस्कराए, पर बहुत पथरीली मुस्कान।

"एक ही मामले में मुझे कुछ संशय हो रहा है और यह हैंद्वारकापति कृष्ण।" शकुनि के माथे की लकीरें गहरा गई थीं।

"हां, सो तो है मामा!" दुःशासन ने स्वीकार किया था। दुर्योधन और कर्ण पुनः चिन्तित हो उठे थे।

"और यह भी स्पष्ट है कि श्रीकृष्ण पाण्डव-पक्ष को न तो त्याग सकते हैं, और न ही ऐसा विचार उनके मन में आ सकता है। वे पाण्डवों के केवल सम्बन्धी भर नहीं है, अर्जुन के परम् मित्र भी हैं।" शकुनी ने पुनः कहा था।

"किन्तु श्रीकृष्ण को लेकर इस सीमा तक विचारने की आवश्यकता क्या है? गान्धारराज!" दुर्योधन ने तर्क किया, "हम जितनी शक्ति जुटा सकते हैं और इस समय तक जुटा चुके हैं, वह कम नहीं है! इस समय भी मेरे पास पृथ्वी के हर देश से अधिक सेना, शक्ति, आयुध और विध्वंसकारी अस्त्रास्त्र मौजूद हैं! पितृ, भीष्म, गुरुवर द्रोणाचार्य, महावीर मृत्युंजय और आप जैसे समर्थ सम्पन्न योद्धा हैं, जिनमें शत्रु-पक्ष का अकेले ही नाश कर देने की क्षमताएं मौजूद हैं।"

युयुत्सु का चेहरा पिट गया। मन हुआ था, बड़बड़ाकर कह देंकाल-समय ने तुम्हारी बुद्धि का हरण कर लिया भइया! अब हममें से किसी को कोई

नहीं बचा सकता!' श्रीकृष्ण को लेकर उनकी शक्ति अक्षमता की कल्पना ऐसे ही थी जैसे किसी सागर को धकेलने का कौतुकपूर्ण साहस किया जाए! स्मरण हो आया था युयुत्सु को। श्रीकृष्ण को लेकर एक बार एक बात कही थी विदुर ने। वह बात अपरोक्षरूप से श्रीकृष्ण की दुर्लभ असामान्य क्षमताओं को लेकर थीं। लगता था कि श्रीकृष्ण मानवीय सीमाओं से कहीं आगे की कोई अमानवीय शक्ति हैं! दिव्य और अलौकिक। विदुर बोले थे, "पुत्र! श्रीकृष्ण, शास्त्र हैं, शस्त्र हैं, ज्ञान भी हैं और विद्वान भी! उनसे इतर इस ब्रह्मांड में कुछ नहीं!"

और ऐसे श्रीकृष्ण को लेकर नितांत हास्यास्पद-सा लौकिक तर्क दे रहे थे राजा दुर्योधन! जितना अचरज हो रहा था, उससे कहीं अधिक दुख भी हो रहा था युयुत्सु को।

पर शकुनि ने जो कुछ कहा, उससे शांति मिली। वह बोले थे, "श्रीकृष्ण सामान्य नहीं हैं वत्स! उन्हें, सेना, और शस्त्रों से आंकना उचित नहीं। वे पाण्डव-पक्ष की बहुमुखी शक्ति हैं, पाण्डव उनकी आंखों से देखते हैं उनके कानों से सुनते हैं, उनके पदचिन्हों पर चलते हैं, उनमें भक्तिभाव रखते हैं अतः असहज हैं। तनिक कल्पना तो करो, दुर्योधन! अर्जुन! जैसा धनुर्धर, युधिष्ठिर जैसा धर्मात्मा और भीम जैसा असामान्य पौरुष जिस व्यक्ति के संकेत से संचालित होता हो, वह साधारण नहीं हो सकता! श्रीकृष्ण को लेकर जो विचार तुमने व्यक्त किया है, मैं उससे तनिक भी सहमत नहीं हूं।"

"तब नीतिज्ञ?" दुर्योधन सहसा अपने खोल में सिमट रहे।

"तब एकमात्र मार्ग श्रीकृष्ण को पाण्डवों से पहले सहेजना ही हो सकता है मित्र!" कर्ण बोले, "इसी विषय पर विचार करो!"

दुर्योधन ने कुछ बेचैन होकर क्रमशः शकुनि और कर्ण को देखा। शकुनि कुछ क्षण सोचते रहे, फिर बड़बड़ाए, "यदि किसी तरह श्रीकृष्ण को इस समय वश में कर लिया गया तो पाण्डव शक्तिक्षीण ही नहीं हो जाएंगे, बल्कि हो सकता है कि युद्ध विचार ही त्याग दें? पाण्डवों को हराने का

सबसे सरल मार्ग यह है जो किसी भी तरह के युद्ध के बिना हो सकता है। मेरे विचार में तुम्हें वही करना चाहिए और समयानुकूल तथा नीतियुक्त भी यही होगा!"

"पर किस तरह, गांधारपति!" कर्ण ने उलझन प्रस्तुत कर दी थी, "श्रीकृष्ण, पाण्डवों को नहीं छोड़ सकते यह तो सभी समझते हैं। तब पाण्डवों से विलग कैसे किया जा सकता है उन्हें?"

शकुनि उठेसब उन्हें ही देख रहे थे। हाथ पीछे बांधकर व्यग्रता से चहलकदमी करने लगे।

दुर्योधन बोल पड़े थे, "मार्ग तो है देव, पर तनिक संकोच होता है।"

शकुनि मुड़े। तीव्रदृष्टि दुर्योधन के चेहरे पर गड़ा दी। सभी उन्हें देखने लगे थे।

"श्रीकृष्ण इस समय अकेले हैं।" दुर्योधन ने कहा था, "मैं उन्हें शक्ति पूर्वक पकड़कर कारावास में डाल देता हूं। पाण्डव अकेले हो जाएंगे। या तो वे युद्ध का साहस ही नहीं कर सकेंगे, करेंगे तो उनका नाश तुरन्त ही हो जाएगा।"

शकुनि मुस्कुराए। कर्ण ने सहमति के भाव से दुर्योधन को देखा। यह विचार बहुत दिनों से चल रहा था। अब नीति रूप में निश्चित हो गया। युयुत्सु भाइयों की सभा और साथ से हट जाना चाहते थे, किन्तु बेबस, खड़े रहे।

दुःशासन, दुःसह, दुर्विनीति सभी ने तो समर्थन किया दुर्योधन के दुष्ट-विचार का। युयुत्सु क्या कहते? सहम कर रह गए। मन-ही-मन दुर्बुद्धि को कोसते हुए।

योजना बनने लगी थी। किस समय श्रीकृष्ण को पकड़ना ठीक रहेगा! किस, तरह, कहां कारावास में उन्हें रखा जाएगा आदि।

उसी पल यदि दुर्योधन को सावधान कर दिया होता कि कृष्ण तुमसे पहले सतर्क हो चुके हैं, तब वह कटुता पैदा न होती जो मध्यान्ह पश्चात् कौरव-सभा में हुई।

श्रीकृष्ण ने आने के साथ ही पुनः अपने प्रस्ताव की शेष बातें कहना

प्रारम्भ कर दिया था, सब मंत्रमुग्ध सुने जा रहे थे। दुर्योधन, दुःशासन आदि के व्यवहार, दृष्टि सभी में ऊब।

श्रीकृष्ण ने अपने प्रस्ताव का अंत सभासदों के सहयोग की आकांक्षा में किया। बोले, ''मैं पाण्डवों की ओर से अत्यंत सहृदयतापूर्वक सभी बातें कह चुका हूं, और सभाजनों से निवेदन करता हूं कि अन्याय न्याय का विवेचन करें। विद्वान, नीतिज्ञ और भविष्यदर्शी सभासदों के सामने ही जिस सभा में अधर्म से धर्म का और अन्याय से न्याय का और असत्य से सत्य का नाश हो जाता है, वहां नाशबीज पड़ जाता है। तब ऐसे सभासद भी नहीं बच पाते, जो अधर्म, न्याय और सत्य की रक्षा नहीं कर सके!''

शांत हो गए थे द्वारिकापति। और उनसे भी कहीं अधिक शांत हो गया था कौरव-सभा का वातावरण। कुछ पल फुसफुसाहटें होती रही थीं, फिर क्रमशः व्यास, भीष्म, द्रोण, विदुर और गांधारी ने दुर्योधन को सन्धि कर लेने की सम्मति दी थी, किन्तु दुर्योधन पूर्ववत् हठ पर दृढ़!

और तभी सभा-भवन में सात्यकि आ पहुंचे। सब विस्मित हो गए थे। सात्यकि के चेहरे पर तनाव था, उससे कहीं अधिक क्रोध। सभा शिष्टाचार का निर्वाह करके सात्यकि क्रमशः भीष्म, द्रोण और धृतराष्ट्र के कानों में फुसफुसाए। क्या कहा था, यह सुना नहीं जा सका; किन्तु युयुत्सु ने स्पष्ट देखा था कि सात्यकि जो कुछ कह रहे थे, उसके कारण सुनने वाले हर चेहरे पर तनाव, क्रोध और पीड़ा उभरती जा रही थी। भीष्म बड़बड़ाए थे, ''धिक्कार है इस नीच कृत्य की योजना पर। कुरुवंश इस कल्पना मात्र से दोषी हो गया है धृतराष्ट्र!''

धृतराष्ट्र ने सुना। गरदन झुक गई।

दुर्योधन और शकुनि अकुलाए हुए से एक-दूसरे को देखने लगे। स्पष्ट था कि योजना का भंडाफोड़ हो गया है। निश्चय ही सात्यकि को किसी माध्यम से सूचना मिल चुकी थी अथवा किसी गुप्तचर ने समय रहते चेता दिया था। चेहरे झुक गए थे उन सबके!

युयुत्सु भी सहमे। लगा था कि कहीं-न-कहीं इस अपराध-दोष से वह भी दबे हुए हैं। चुप रहकर दुष्टता और षड्यंत्र में मौन रखना भी तो अधर्म है। पाप हुआ युयुत्सु से।

सात्यकि ने क्रोधपूर्वक कहा था, "सभासदों! यह दुर्योधन कितना नीच है! आप सब इससे कल्पना कर सकते हैं कि यह दूत को बन्दी बनाने का षड्यंत्र कर चुका है, पर श्रीकृष्ण को बन्दी बनाने की यह छलपूर्ण योजना राजा दुर्योधन की मूर्खता भर है।"

पूरी सभा में सन्नाटा बिखर गया था। कौरवों की गरदनें लज्जाभाव से झुकी हुई। दूत को लेकर जिस नियम-व्यवस्था को राजाओं, राज्यों ने विद्वानों के परामर्श से स्थापित किया था, उसे लेकर ही यह षड्यंत्र किया गया था। नैतिकता की दृष्टि से भी अपराध, सामाजिक राजनीतिक दृष्टि से भी अपराध!

सात्यकि ने कहा था, "इस प्रकार का दुर्विचार रखने वाले अपने पुत्र को समझाइए राजा धृतराष्ट्र! इससे पूर्व की श्रीकृष्ण की क्रोध शक्ति से जल मरे, इन्हे सुपथ दिखाइए! यह राज्यलिप्सा, मोह अहंकार, और शक्ति-दर्प में धर्माधर्म भी भूल चुका है राजन्! तुम्हारा वंश निश्चय ही कालमुख की ओर बढ़ रहा है। समाचार पाते ही मैं आप सभी को सावधान करने आया हूं!"

राजा धृतराष्ट्र की श्वेत दाढ़ी में तीव्र कंपन हो रहा था। आंखें अंधी होते हुए भी जलती-सी। लगता था कि क्रोधावेश के कारण अपने ही भीतर केवल सुलग नहीं रहे हैं, जल चुके हैं। किस तरह अपने आपको सहेजे-सम्हाले हुए थे, युयुत्सु चकित हुए थे। जानते थे कि धृतराष्ट्र अभूतपूर्व और अमानवीय शक्ति से भरे हुए हैं, पर दृष्टिहीनता ने बेबस कर रखा था उन्हें।

अनेक लोगों ने पहले अचरज से सुना, फिर अविश्वास से बड़बड़ाने लगे थे, "नहीं-नहीं दूत अबध्य होता है फिर यह तो सामान्य राजकीय शिष्टाचार से भी परे व्यवहार है और महाराज प्रतीप के वंश में?...धिक्कार

भीष्म उठे, बोले, "देखता हूं कि सात्यकि उचित बोले हैं। निश्चय ही धृतराष्ट्र के मूर्ख पुत्रों ने वंशनाश का उपक्रम कर लिया है।"

दुःशासन और दुर्योधन के चेहरे पिट गए थे। शकुनि हड़बड़ाए हुए। युयुत्सु को वह सब वंश व्यक्ति होने के कारण बहुत अपमानजनक अनुभव हो रहा था, फिर भी अच्छा लगा। सार्वजनिक रूप से इस भंडाफोड़ ने दुर्योधन की दुर्मति से ही सबको जानकार नहीं करवा दिया है बल्कि यह भी स्पष्ट

कर दिया है कि कौरव मदांध ही नहीं हो चुके हैं, अपितु नीति, राज मर्यादा, नियम सभी कुछ भूल चुके हैं।

इस बीच एक-दो सैनिक सभा में वृद्ध कौरवराज धृतराष्ट्र तक आए गए थे। उन्होंने जो एक सन्देश दिया था, उसे सुन-जानकर राजा धृतराष्ट्र के चेहरे पर घोर निराशा फैल गई थी, फिर वह सन्देश फुसफुसाहटों के रूप में ही सही, किन्तु सम्पूर्ण राजसभा में बिखर गया।

संजय दुखद स्वर में कह उठे थे, "राजा दुर्योधन के षड्यंत्र का परिणाम निर्दोष हस्तिनापुर वासियों को भोगना होगा। मुझे अभी-अभी सूचना मिली है कि कृतवर्मा और उनकी सेना हस्तिनापुर की ओर बढ़ रही है। वे अस्त्र-शस्त्रों से लैस हैं और श्रीकृष्ण को लेकर विचारी गई दुर्नीति के कारण उत्तेजित भी हैं।"

"दुखद!" भीष्म ने कहा, फिर राजा धृतराष्ट्र की ओर मुड़े, "राजन्! यह शांत बैठे रहने का समय नहीं है। अपने नीच पुत्रों से पूछो कि क्या उन्होंने यह मूर्खता की है?"

"दुर्योधन!" सुनते ही उबल पड़े थे धृतराष्ट्र, "क्या यह सत्य है कि अपने मंत्रियों और मित्रों की सलाह के कारण यह नीच कृत्य करने जा रहा था? तू कितना मूढ़ और पापवृत्ति का है, यह आज समझ पाया हूं।" सहसा उनका स्वर पछतावे से झुलसने लगा था, "हे, अनादि।" वह लगभग रुआंसे हो गए थे, "ऐसी संतान का दान निश्चित ही तुमने किसी दारुण दोष के कारण किया होगा!" उनका सिर झुक गया था। लगता था कि कठोर, व्रजवत शरीर को किसी अदृश्य शक्ति ने चकनाचूर करके धूल में बदल दिया है।

और दुर्योधन पूर्ववत् बुत बने हुए। युयुत्सु को कभी-कभी ऐसे व्यक्तित्व पर आश्चर्य ही नहीं अविश्वास होने लगता था, "भला इस सीमा तक निर्लज्जता ओढ़ पाना मनुष्य के लिए सम्भव है?"

निस्सन्देह सम्भव! दुर्योधन प्रतीक के रूप में सामने रहते थे सदा।

विदुर ने शांत स्वर में कहा था, "भरतश्रेष्ठ। यह क्या दुर्मति हुई कि तुम दूत को पकड़ने का षड्यंत्र सोचने लगे? फिर दूत भी ऐसा जो अपने आप में सर्वशक्तिमान हो? क्या तुम्हें श्रीकृष्ण की अद्भुत शक्तियों और

आश्चर्यजनक क्षमताओं का ज्ञान नहीं था? क्या तुम भूल गए कि जिन पुरुषोत्तम पर नरकासुर की विशाल शक्ति हाथ नहीं डाल सकी, उन्हें तुम पकड़ लोगे? यह नितांत मूर्खता ही नहीं बालबुद्धि भी हुई। बल्कि मैं तो कहूंगा कि बालक भी तुमसे ज्यादा समझते हैं गांधारीपुत्र! जो इच्छा मात्र से, जो चाहें वह कर सकने में समर्थ हैं, तुम उन्हें इस तरह पकड़ लेना चाहते थे? यह राजनीति है या युद्धनीति? पाप है या केवल शठता? भेद करना कठिन है।"

अभी विदुर के शब्द पूरे ही हुए थे कि उत्तेजित, खिन्न और चिन्तित सभासदों के बीच सहसा श्रीकृष्ण आ खड़े हुए। सभी ने उनकी ओर देखा। इस देखने में जितनी चिन्ता थी, उससे कहीं अधिक क्षमायाचना का भाव, लज्जानुाव।

पर श्रीकृष्ण ने न सभासदों को देखा था, न ही राजा धृतराष्ट्र को। वह सीधे दुर्योधन के सामने जा खड़े हुए थे। धीमे, पर बिजली की तरह कौंधते हुए शब्दों में कहा था उन्होंने, "राजन्! यदि तुम मुझे पकड़ने की इच्छा रखते हो, तो अवश्य बन्दी बनाओ! इस तरह सम्भव है कि तुम्हें सुमति प्राप्त हो जाए। मैं उपस्थित हूं।"

दुर्योधन बुरी तरह हड़बड़ा गया था। युयुत्सु ने साफ-साफ देखा था कि वह प्रयत्न करते हुए भी वासुदेव के ज्योतित चेहरे की ओर सिर नहीं उठा पा रहा है। सम्भवतः ग्लानि और धिक्कार से पूर्ण वाक्यों ने उसे छलनी कर डाला था। इतना कमजोर कि अपने ही शरीर और चेष्टाओं पर वश नहीं रहा था।

सहसा युयुत्सु को अनुभव हुआ, "गलत सोच लिया है। ग्लानि और धिक्कार! इन दोनों के लिए ही दुर्योधन की शठता भरे व्यक्तित्व में कोई स्थान नहीं है।

श्रीकृष्ण कहे जा रहे थे, "सम्भवतः तुमने मुझे अकेला समझ लिया कौरवेन्द्र! यदि तुमने ऐसी भूल की है, तब मैं तुम्हें अपनी उस शक्ति का दर्शन कराना चाहता हूं, जिसके कारण मैं सदा ही सर्व-शक्तिमान और अजेय

बना रहता हूं।" कहते-कहते पल के किसी हजारवें हिस्से में थम गए थे वह। युयुत्सु ही नहीं, उपस्थित सभी सभासदों ने विस्मय और आतंक अनुभव करते हुए देखा था उन्हें। लगा था कि वासुदेव का स्वर एक ऐसी गूंज में भर उठा है, जो हर जड़-चेतन से उठती हुई लगती हैं और उस गूंज के साथ ही उनका सम्पूर्ण शरीर ऐसी ज्योति में बदलने लगा है, जिसे देख पाना, सह पाना और अनुभव कर पाना सामान्य के लिए असम्भव है। इस ज्योति में न तो आर-पार देखना सम्भव और न ही इससे परे किसी चीज का अस्तित्व अनुभव होना सम्भव! क्या है वह? सैकड़ों ही बार पलकें झपकी थीं उन सभी ने। युयुत्सु, नारद, व्यास, भीष्म, कर्ण आदि चमत्कृत हो उठे थे।

युयुत्सु ने जो कुछ विदुर से सुना था, लग रहा था वही सब देख रहे हैं। ज्ञान-विज्ञान की एक साथ उपस्थिति, अंत और अनंत के एक साथ दर्शन! इसमें नाम भी है, नाम हीनता भी! सब ओर ओंकार की उपस्थिति! मनुष्य होकर भी नहीं है उस ज्योति में और ज्योति के अतिरिक्त कुछ नहीं हैं!

क्या श्रीकृष्ण ने किसी तंत्र-मंत्र से वह मोह बिखरा दिया है? या फिर युयुत्सु की अपनी ही आंखें वह देख रही है, जो आंखों के लिए देख पाना सम्भव नहीं! या जिसे सिर्फ विचारा जा सकता है?

कुछ है ऐसा, जिसे सहजता से समझ पाना सम्भव नहीं है। सभी कुछ इस ज्योति में समाहित है। लगता था, श्रीकृष्ण से इतर न वे सब हैं, न उनका यह संसार, राज्य, सभा, धरती आकाश हैं।"

इतना विराट कि दृष्टि सहेज न सके। इतना सूक्ष्म कि आंख देख न सके। ऐसा रहस्य, जिसमें कोई रहस्य नहीं और ऐसा रहस्य, जिसमें रहस्य के अतिरिक्त कुछ भी नहीं।

मस्तिष्क थकने लगा है, चरण थरथराते हुए, श्रवण-शक्ति गुम होती हुई। स्तब्ध रह गए थे सब!

कुछ बोल भी रहे थे वह?

बोल रहे हैं या सिर्फ अदृश्य की एक स्वरलीला सुन रहे हैं? युयुत्सु ने जैसे-तैसे स्वयं को सम्हाले रहकर विचार किया था।

देर बाद पलकें खुली थीं और जो कुछ देखाअनुभव हुआ। वह अविश्वसनीय-सा लगने लगा है।

क्या वह सब सत्य था? वह विस्मयकारी ज्योति। ज्योति का केवल अनुभव।

और क्या उसे सिर्फ युयुत्सु ने ही देखा है?

नहीं।

ज्योति-मुक्त दृष्टि ने देखा थाश्रीकृष्ण पूर्ववत् शांत भाव से मुस्कुराते हुए उसी जगह खड़े हैं, जहां पल-भर पहले उनकी जगह केवल ज्योति दिखी थी। युयुत्सु की दृष्टि यांत्रिक ढंग से उपस्थित सभासदों की ओर घूम गई थी। हर चेहरा सहमा हुआ, सोचहीन और मुग्ध! वे आंखें प्रकट कर रही थीं कि उन्होंने भी उस अद्‌भुत ज्योति-शक्ति का अनुभव किया है!

और सर्वाधिक विस्मयकारी बात थीदुर्योधन, दुःशासन के सिट-पिटाए हुए चेहरे। वे आतंकित भी थे और असहज भी।

श्रीकृष्ण ने कहा था, "अब मै चलता हूं राजन्! दुर्योधन का उत्तर मुझे प्राप्त हो चुका था।

वे मुड़े थे। न कोई बोल सका था, न ही कुछ सोच सका। सहसा युयुत्सु ने धृतराष्ट्र के थरथराते स्वर को सुना था, "वासुदेव!" वह बोले थे।

श्रीकृष्ण जाते-जाते थमे।

धृतराष्ट्र अपने स्थान से उठ पड़े थे, "मैं आपकी अद्‌भूत शक्ति और समर्थता जानता हूं; पर आप यह भी देख चुके होंगे कि मैं अपने पुत्रों की धृष्टता पर कितना बेबस हूं? मैंने बहुत चाहा कि सन्धि हो जाए, मनुष्य जाति विनाश से बच सके; पर लगता है कि मेरे पुत्र नाश-साधना में ही लीन हो चुके हैं। मुझे विश्वास है कि इस अनर्थ का दुःश्रेय आप मुझे नहीं देंगे!"

यह आवाज कितनी थकी हुई थी? युयुत्सु ने समझा था। सभी ने समझा होगा। श्रीकृष्ण ने उत्तर नहीं दिया था। चुपचाप बाहर चले गए। सभा में कुछ क्षणों तक स्तब्धता फैली रही थी, फिर कर्ण भी बाहर चले गए।

सभा समाप्त होते-न-होते ज्ञात हुआ था कि श्रीकृष्ण हस्तिनापुर से विदा होने के पूर्व विदुर, कुंती और कर्ण सभी से स्नेहपूर्वक मिले थे। एक

बार पुनः सन्धि न हो पाने का समाचार बिखरते ही नगर-क्षेत्रों में मृत्युवत सन्नाटा बिखर गया था। हर सभासद, विद्वान और चिन्तक अपने-अपने निवास में बैठा हुआ उस क्षण की प्रतीक्षा करने लगा था, जब सम्पूर्ण कुरुराज्य भर में नहीं, सम्पूर्ण पृथ्वी पर घोर नाशलीला होने वाली थी!

युयुत्सु अपने भवन में पहुंचकर थके-से लेट गए थे। कौरव-पाण्डवों में सन्धि का अन्तिम प्रयत्न समाप्त हो चुका था! अब हर आने वाले क्षण के साथ काल-प्रतीक्षा के घिनौने दृश्यों की कल्पना की जा रही थी।

वृद्ध कुरुजन राजा दुर्योधन, दुःशासन, दुःसह, विकर्ण आदि को बुलाकर सम्मतियां देने लगे थे। छटपटाती हुई चेष्टाएंकिसी तरह युद्ध थम जाए! किसी शर्त पर मानव-नाश का यह महायज्ञ रुके?

लगता था कि राजमहल की हर दीवार, सज्जा-सुरुचि और सम्पन्नता के बावजूद मृत्यु के ऐसे अंधकार में डूब गई है, जिसे न सूर्य का तेज दूर कर पाता है, न ज्ञान का जल धो पा रहा है।

युद्ध! युद्ध और केवल युद्ध! मतिभ्रष्ट कौरव-बंधु किसी बार भीष्म की सम्मति सुनते हैं, किसी बार राजा धृतराष्ट्र का स्नेहिल सम्बोधन और किसी बार माता गांधारी की थकी सम्मति।

परिणाम कुछ नहीं! युयुत्सु को गुप्तचर समाचार ला देतेआज संध्या गांधारी ने दुर्योधन को समझाने का यत्न किया था, कल पितृ भीष्म ने।"

क्या बोले गान्धारी सुत?

"उन्होंने कहा, "सब व्यर्थ ही चिन्तित हैं! युद्ध में विजय कौरवों की ही होगी!"

थर्राते स्वर में युयुत्सु इतना ही कह सके थे, "दुर्भाग्य!"

युद्ध निश्चित हो चुका है। इस समाचार ने केवल हस्तिनापुर में ही प्रतिक्रिया दी होऐसा नहीं था। पाण्डव-पक्ष में भी सनसनी बिखर गई थी। सामान्य जन आतंक और अविश्वास से नीतिज्ञों को देखते। तेज-तेज होती जाती युद्ध की तैयारियों पर सहमते जाते।

क्या सचमुच ही कौरव-पाण्डव इस मृत्यु आयोजन पर आमादा हो गए हैं? समाचार के बिखरते ही दोनों पक्षों तक विद्वानों, ऋषियों ने दौड़ लगाना प्रारम्भ कर दिया था।

उधर युद्ध के मोर्चे लगाने, व्यूह रचनाओं का जाल फैलाने मे दोनों ही पक्ष व्यस्त थे।

युयुत्सु अवश, स्तब्ध भाव से सब कुछ देखे जा रहे हैं। किसी बार गुप्तचरों से युद्ध की तैयारियां सुनने को मिलती हैं। शक्ति-अनुमान होता है। किसी बार राजा धृतराष्ट्र तक युद्ध थामने की प्रार्थना करने आए ऋषियों की सम्मतियां सुनने को मिलती हैं। एक दिन संध्या समय विदुर का सन्देशवाहक आ पहुंचा था युयुत्सु के पास। कहा था, "देव! मंत्रि श्रेष्ठ विदुर ने कहा है कि आज महामति वेदव्यास युद्ध-परिणामों को लेकर राजा धृतराष्ट्र से वार्ता करेंगे। आप भी वहां उपस्थित रहें।"

युयुत्सु ने कुछ कहा नहीं था। सन्देशवाहक चला गया। कुछ अस्तव्यस्त से विचारते रहे थे। क्या कहेंगे वेदव्यास? सम्भवतः युद्ध थामने के लिए पुनः निवेदन करेंगे। राजा धृतराष्ट्र को उनकी शक्ति याद दिलाएंगे। चेष्टा करेंगे कि वह अपनी राजशक्ति और प्रभुता का उपयोग करके दुर्योधन पर दबाव डालें। युद्ध से रोकें।

पर सब व्यर्थ है! यही सब, वेदव्यास, नारद आदि कितने ही लोग तो कह-सुन चुके हैं उनसे। परिणाम कुछ नहीं हुआ। एक बार पुनः कोई परिणाम नहीं होने वाला! राजहठ, अब राजहठ न होकर नाश-हठ बन चुका है। सब व्यर्थ, एकदम अनुपयोगी!

उस सबको सुनने जानाभी व्यर्थ लगता है। एक पल के लिए विचार किया थान जाएं; पर फिर लगा कि विदुर की आज्ञा है। उसे निबाहना युयुत्सु का धर्म! उठे, माथे में अपनापन-सा लिए हुए चल पड़े।

युयुत्सु पहुंचे। देखा कि महाराज धृतराष्ट्र, विदुर, संजय आदि मंत्रियों सहित व्यग्र और चिन्तातुर बैठे हैं। एक ओर कुशासन पर महर्षि वेद-व्यास। हर

चेहरे पर अशांति की कालिख बिखरी हुई है। हर दृष्टि घायल मछली की तरह तड़पती हुई।

एक कदम आगे बढ़कर प्रणाम किया था युयुत्सु ने फिर विदुर का दृष्टि-संकेत पाकर आसन ग्रहण किया।

कृष्ण द्वैपायन बोले थे, "आयुष्मान हो कौरव! तुम भी सुनो। नाश के इस कालखंड में क्या निश्चित है?" फिर एक क्षण के लिए चुप हो गए थे वह। बहुत बोझिल सन्नाटा। बेहद थका देने वाला।

राजा धृतराष्ट्र ने कहा था, "महर्षि! आप भली प्रकार जानते हैं कि मेरे बेटे मेरे वश में नहीं रहे हैं। मैं जान रहा हूं कि इस कुल का नाश निश्चित हो चुका है। कौरव हों या पाण्डव, संहार सभी पर एक तरह प्रहार करेगा।"

"बहुत कम आंक रहे हो, राजन्!" सहसा व्यास बोल पड़े थे, "नितांत निजत्व से पूर्ण ही सोच सके हो तुम, पर अब कुल परिवार, राज्य और राजनीति की सीमाओं में सोचने भर का समय नहीं रहा। अब तुम्हें सम्पूर्ण पृथ्वी को लेकर विचार करना होगा। नाश की काल वर्षा अब केवल कौरवों या पाण्डवों पर नहीं होने वाली। मैं स्पष्ट देख रहा हूं कि यह समस्त जड़-चेतन को ग्रसने वाली है। जिन मारक-संहारक अस्त्रों को तुम्हारे पुत्रों और पाण्डवों ने जुटा लिया है, वे उनका ही नहीं, सम्पूर्ण मानव जाति का ही समाप्ति इतिहास रचने वाले हैं।"

युयुत्सु ने सुना। लगा था कि रोम खड़े हो गए हैं। महर्षि कृष्ण द्वैपायन का हर शब्द उस बर्फीली आंधी की तरह सिहरा देनेवाला था, जिसमें अनायास ही किसी से कपड़े छीन लिए गए हों। कांप उठे थे।

और धृतराष्ट्र? थूक के कई घूंट निगल गए थे वह। व्यास अथकित और थप्पड़ मारते हुए चेतावनी पूर्व शब्दों में कह गए "यह तो सभी जानते हैं, धृतराष्ट्र कि इस संसार में कोई भी चीज स्थायी नहीं है, किन्तु इसका यह अर्थ कदापि नहीं कि मनुष्य बुद्धि-विवेक त्यागकर आत्महत्या और हत्या करने लगे! तुम्हारे पुत्र तुम्हारे प्रभाव में नहीं रहे हैं, पर इतनी बुद्धि हर जीव में होती है कि वह जीवन का मूल्य समझे! तुम्हारा कर्तव्य इस समय यही है कि उन्हें उनका जीवन मूल्य समझाते हुए सावधान करो कि यह काल-साधना बंद कर दें! फिर यह युद्ध तो मानव-वध होगा! घोर-पाप! क्या तुम इस पाप का कुश्रेय अपने सिर लेना चाहते हो कौरवेन्द्र!"

धृतराष्ट्र के होंठ कांपे, लगा था कि वे रोने को हो आए हैं। एक बार पुनः बड़बड़ा उठे थे, "सच मानिए, महर्षि! मैंने बहुत प्रयत्न किया है, बहुत समझा चुका हूं, किन्तु...।"

"ठीक है कौरवराज! तब सुनो, इस पृथ्वी की वर्तमान स्थिति और युद्ध-पश्चात् की स्थिति क्या होगी, तुम्हें बतलाता हूं।" वेदव्यास ने कहा। लगा था कि उनका चेहरा ज्योतित हो उठा है। दृष्टि दूर, बहुत दूर, ऐसे-जैसे कालखंड की सीमाओं को लांघकर विभिन्न भविष्य लोकों की यात्रा कर रही हो, "इस समय तुम्हारी पृथ्वी की नक्षत्र-ग्रह स्थिति क्या है? वही जानो! तुम ज्योतिष-गणित के ज्ञानी हो। भलीभांति समझ सकोगे कि जब-जब ग्रहों और नक्षत्रों की यह क्रूर युतियां होती हैं, तब-तब मनुष्य की बुद्धि उसका अपना ही विनाश कर लेती है। सुनो।"[1]

---

1. कुरुक्षेत्र के महायुद्ध समय को लेकर ज्योतिषीय स्थितियों पर महाभारतकार ने लिखा है..."केतु चित्रा नक्षत्र में स्थित है...मंगल वक्री होकर मघा नक्षत्र में और उसी तरह बृहस्पति श्रवण नक्षत्र में स्थित है। धूमकेतु पुण्य नक्षत्र में स्थित है शनैश्चर उतरा-भाद्रपद नक्षत्र में । शुक्र पूर्वा भाद्रपद नक्षत्र से है। और चारों ओर घूमकर उपग्रह के साथ उत्तरा भाद्रपद नक्षत्र को देख रहा है। केतु ग्रह धुएं से युक्त अग्नि के समान, प्रज्ज्वलित होकर, इन्द्र जिसके देवता हैं, उस तेजस्वी ज्येष्टा नक्षत्र पर आक्रमण कर रहा है। चित्रा और स्वाती के बीच स्थित राहु सदा वक्री होकर रोहिणी और सूर्य-चन्द्र को पीड़ा पहुंचाता हुआ ध्रुव की बाईं ओर जा रहा है। उसी सर्वतोभद्र चक्र के बीच मघा में स्थिति पावक-प्रभ मंगल ग्रह बारंबार वक्री होकर बृहस्पतियुक्त श्रवण को पूर्ण दृष्टि से देख रहा है।

(भीष्म-पर्व, 3- रा अध्यायश्लोक-10 से 20)

"...श्रवण में स्थित बृहस्पति और चित्रा में स्थित शनैश्चर शतपद चक्र में तिर्यगवेध से विशाखा नक्षत्र को भेद रहे हैं। संवत्सरपर्यन्त एक राशि में रहने वाले ये दोनों ग्रह अरुण प्रभा के समान प्रज्ज्वलित हो रहे हैं। सप्तर्षियों की आभा इनके कारण फीकी पड़ चुकी है। राहु ग्रह चित्रा के अंश में स्थित होकर रोहिणी को और स्वाती के अंश में स्थित होकर कृत्तिका को पीड़ा पहुंचा रहा है। पापग्रह बुध पूर्वाषाढ़, पूर्वाफाल्गुनी और पूर्वा भाद्रपद नक्षत्रों के ऊपर है। एक तिथि का क्षय होने पर 14वें दिन तिथि का क्षय न होने पर 15वें दिन अथवा एक तिथि 16वें दिन चन्द्र या सूर्य को ग्रहण लगता है। 1 ही माह में 2-2 तिथियों का क्षय होकर हर 13वें दिन पूर्णिमा या अमावस को चन्द्रमा या सूर्य ग्रहण मैंने कभी नहीं देखा"

(भीष्म पर्व, 3-रे अध्याय में श्लोक-क्रम 22 से 34 के बीच वेदव्यास का कथन)

विभिन्न ग्रहों की स्थिति, नक्षत्रों का जहां-तहां स्थित होना, कितनी ही ज्योतिष गणित कि बातें की थीं, जिनका विस्तार से वर्णन करते जा रहे थे वेदव्यास। मंत्रमुग्ध वे सब सुने गए थे। अलभ्य और बहुविधि ज्ञान-शक्ति और साधना से सम्पन्न थे कुरु-कुल पुरुष! सभी कुछ कह-सुन चुकने के बाद उन्होंने दबे, थके-से स्वर में कहा था, "जानते हो राजन्! इन ज्योतिषीय स्थितियों में पृथ्वी और मनुष्य जाति का क्या होता है?

सब कुछ नष्ट-भ्रष्ट हो जाता है। यह घोर नाशकारी ग्रह-संगम है। जो लोग इस सबका ज्ञान रखते हैं, वह दूर-दूरंत तक देख पाते हैं कि भविष्य क्या होगा? मैं तुम्हें पुनः सावधान करता हूं कि इस नाश-काल को विवेक से निकाल देना ही सृष्टि के हित में है। यही धर्म है और यही ज्ञान! तुम कितने ही अवश क्यों न हो इस अनिष्ट को रोकने में समर्थ हो। दुर्बुद्धि पुत्रों और उसके मतिभ्रष्ट मंत्रियों से मुक्ति पाकर अपना राजधर्म पूरा करो धृतराष्ट्र! यह तुम्हारे राजस का परीक्षा-पल है!"

"किन्तु पूज्य! आकुल स्वर में बड़बड़ाए थे धृतराष्ट्र। व्यास ने दुःखद, किन्तु धिक्कार भरा श्वांस खींचा था। कहा था, "मैं जान चुका हूं कि तुम

---

1. वेदव्यास ने राजा धृतराष्ट्र से कहा"...हे भारत! मैं देखता हूं कि उदय और अस्त के समय सूर्य को कबन्ध घेरे रहते हैं। सवेरे और शाम को, बीच में काले-काले और किनारों पर सफेद, लाल मंडल सूर्य को घेरे रहते हैं। आसपास बिजली चमका करती है। सूर्य, चन्द्र और नक्षत्र दिन-रात प्रज्ज्वलित रहते हैं। दिन और रात में अंतर नहीं दीख पड़ता! अरुणोदय के समय आकाश पर असंख्य टिड्डियां दीख पड़ती हैं।"

इसी सन्दर्भ में वह आगे कहते हैं"नदियों का पानी लाल हो रहा है। वे उलटी बहने लगी हैं। कुओं में फेन उतरा रहा है। उनका जल हवा में इस तरह उछलता है जैसे बैल कूद रहे हों। इन्द्र के वज्र समान प्रभा वाले तारे घोर शब्द करके टूट-टूटकर गिर रहे हैं...भूकंप होता है और चारों महासागर बढ़कर अपनी हदें छोड़े हुए उमड़ पड़े हैं। जैसे पृथ्वी को डूबो देंगे। आंधी वृक्षों को तोड़ती हुई और कंकड़ बरसाती हुई जोरों से चल रही है। वज्रपात से टूट-टूट कर वृक्ष देवमन्दिरों गांवों और नगरों में गिर रहे हैं। बिना धुएं वाली अग्निशिखा निकलती हैं तथा स्पर्श, गन्ध, रस आदि विपरीत भाव पैदा हो गए हैं..."

(महाभारत के 'भीष्म-पर्व' में अध्याय 2 व 3 वे विभिन्न श्लोको में वर्णित)

काल-प्रेरित होकर अनर्थगामी हो गए हो। राज्य लोभ और संतति के प्रति घोर मोह ने तुम्हें अंतर्दृष्टि से भी अंधा कर दिया है! जब-जब मनुष्य ऐसे लोभ-मोह के वश में होकर अनीतियां करता जाता है, तब-तब वह कुल और वंशनाश निश्चित कर लेता है। तुम्हारे पुत्र-पौत्र भले ही इस लोक का सुख उठा लें। किन्तु अंततोगत्वा वे ऐसी घोर कष्टकारक मृत्यु पाने वाले हैं, जिसकी कल्पना भर से भविष्य की अनेक पीढ़ियां कांप उठेंगी। यही नहीं, वे अपने निजत्व में पड़कर जिस तरह नाश का सर्जन करेंगे और पृथ्वी के जीवनमात्र को घोर संत्रास में डाल देंगे, उसकी भी मैं तुम्हें कल्पना कराए देता हूं।" व्यास की दृष्टि एक बार पुनः उसी तरह अनंतगामी हो गई थी। लग रहा था कि वह सब कुछ देख पा रहे हैं। दूर, दिगंत के पार तक!'

जो कुछ इस बार कहा था उन्होंने, उसे सुनकर युयुत्सु ही नहीं, वे सब डर गए थे। अविश्वास और डर से थरथराते स्वर में अजाने ही युयुत्सु बीच में बोल पड़े थे, "पितामह! क्या ऐसी स्थितियों को महाराज दुर्योधन और दुःशासन भइया नहीं जान-समझ पा रहे हैं?" बोलने के बाद लगा था युयुत्सु को कि उनका स्वर रुआंसा हो गया था। दृष्टि की तरह ही आवाज भी फटी हुई। ऐसे जैसे अपनी ही आवाज को गीले कपड़े की तरह समय के किसी शिलाखंड पर पछीट डाला हो।

व्यास ने दृष्टि मोड़ी। स्वर भारी था उनका, "तुम्हारे मूर्ख भाई समझते हैं कि वे युद्ध से श्री प्राप्त कर सकते हैं, किन्तु उनकी दुष्टबुद्धि यह भूल चुकी है कि जिस युद्ध का संयोजन उन्होंने कर लिया है उसकी पराजय से तो किसी पक्ष को कुछ मिलेगा ही नहीं, जय भी अर्थहीन ही होगी! कल्पना करो कि जय करके मेरे द्वारा वर्णित यह पृथ्वी किसी को मिल भी गई, तब क्या वह जय होगी?"

निःस्सन्देह नहीं! अपने ही भीतर चीख पड़े थे युयुत्सु! कदापि नहीं! यदि यही जय है, तब पराजय क्या होती है? अपने से ही प्रश्न उठ आया था। उत्तर में अपना ही मौन पाया उन्होंने।

डरे हुए से वेदव्यास को देखे गए थे। निःस्सन्देह गलत नहीं कह रहे थे ऋषि। उन्होंने अपनी दिव्यदृष्टि से यृद्ध-वाद के जिस संसार को देखा

था, वह वैसा ही होने वाला था। युयुत्सु को लगा था कि उनकी श्वास गति बढ़ गई है। नथुनों में अजब-सी दुर्गन्ध समा गई है। सम्भवतः युद्ध समय को कल्पना से जनमी गन्ध!

इन दुर्गन्धों में जले मांस की अनुभूति हो रही है। सड़ती लाशों का उबकाई देने वाला अनुभव है और विषाक्त वायु की दम घोंटती रसायन-शक्ति मौजूद है।

लगा था कि अपने ही भीतर कंपकपाते हुए बोल उठे हैंहे, अनंत!
व्यास सहसा शांत होकर कुछ पल प्रतिक्रिया देखते रहे थे सभी के चेहरों पर। फिर कहा था, "...और भी बहुत कुछ देख पा रहा हूं कौरवेन्द्र! स्पष्ट देख रहा हूं कि युद्ध-पश्चात् इस लोक में जीवमात्र का जन्म, मरण किस तरह औरा कैसे होगा? युवा और किशोर पुरुष ही नहीं, प्रौढ़ायु व्यक्ति भी मारे जाएंगे। शेष रह जाएंगे ऐसे वृद्ध, अपाहिज और रुग्ण व्यक्ति जो न तो जी ही पा रहे होंगे, न मर पाना उनके वश में होगा। वे करुण स्वरों में पुकार-पुकारकर ईश्वर से मृत्यु मागेंगे, किन्तु उन्हें मृत्युवत् जीवन ही जीना होगा। स्त्रियां कामातुर होकर पशुओं से संसर्ग करने लगेंगी। वे इतनी निर्लज्ज और अवश हो जाएंगी कि अपने पूज्यों, वृद्धों की मर्यादा भी ठोकरे मारकर तोड़ देंगी।"[1]

"बस-बस, देव! बहुत हुआ! बहुत है!" सहसा संजय ने कहा था। उनकी आवाज घुटी-सी थी। ऐसे जैसे उनके अपने ही गले के भीतर किसी ने खींच रखी हों।

व्यास एक कड़वी मुस्कान के साथ बोले थे, "जो कुछ कर रहा हूं संजय, यह सब जो भी जीव शेष रह गया होगा, उसे देखना और भोगना

---

1. "राजन! मैं देख रहा हूं कि गायों के गर्भ से गधे पैदा होते हैं या उनका परस्पर संगम होता है। माताओं के साथ पुत्र रमण करते हैं। बनों के वृक्षों में ऋतु के बिना ही उस ऋतु के फूल और फल लग रहे हैं। स्त्रियों के भयानक आकारों की संतानें पैदा हो रही हैं। मांसभोजी पक्षियों के साथ सियार और कुत्ते एक ही स्थान पर खाने लगे हैं। ऐसे विचित्र प्राणी पैदा होने लगे हैं। जिनके तीन सिर, चार आंखें, पांच पैर, दो लिंग आदि इसी तरह की विचित्रताएं हैं। (महाभारत के 'भीष्म-पर्व' में दूसरे अध्याय के अंतर्गत श्लोक-क्रम1 से 10 के बीच)

होगा। यही नहीं मंत्रिश्रेष्ठ मैं ओर भी बहुत कुछ देख रहा हूंसुनो! तुम्हारे राजा धृतराष्ट्र भी सुनें! जो इस महानाश के बहुतांश में सर्जक-धर्म पूरा कर रहे हैं!"

आगे जो कुछ भी कहा था वेदव्यास ने, वह जीवित रहते हुए मृत्यु भोगने, मांगने और न मिल पाने वाली घोर वेदना का अनुभव देनेवाला था। ऐसा भविष्य चित्र जिसके सुनने भर से मनुष्य कांप उठता थाकल्पना तो दरकिनार!

सब चुप थे। चुप हो गए थे या कि भयभीत। कह पाना तय नहीं है। युयुत्सु केवल अपनी मनःस्थिति जानते हैंवह सहम गए थे। मन गहरी निराशा और थकान से भर उठा था। कारण यह कि वह कितने अवश हैं? चाहकर भी विश्व के माथे आया यह काल-संकट टालने में असमर्थ!

कृष्ण द्वैपायन सहसा उठे। सम्मान में सभी उठ खड़े हुए। व्यास ने कहा था, "अब मैं चलूंगा, कौरवश्रेष्ठ! मैंने अपना ऋषि-धर्म पूरा किया। अब राजधर्म निबाहने की बारी तुम्हारी है। यह बात स्पष्ट समझ लो कि युद्ध न्याय या अन्याय, किसी भी पक्ष में उचित नहीं होता। वह प्राप्य को प्राप्त करने का अधम उपाय है। उसका सबसे बड़ा दोष है कि उसमें निर्दोष हत होते हैं!

धृतराष्ट्र कुछ भी नहीं कह सके थे। केवल प्रणाम ही किया था ऋषि को। ऋषि ने औपचारिक आशीष दिया और चले गए। विदुर उन्हें विदा देने राजनिवास के बाहर तक गए।

संजय और युयुत्सु भी आज्ञा लेकर अपने-अपने कक्ष में चले आए। अभी निवास पर पहुंचे ही थे कि सेवक उपस्थित हुआ। सन्देश था उसके पास।

"क्या है?" युयुत्सु ने प्रश्न किया।

"कुंडल भेंट की आज्ञा चाहता है, राजपुत्र!"

थकी-सी दृष्टि से सेवक को देखा, फिर कहा, "भेजो उसे!" और भीतर कदम बढ़ा दिए।

कुंडल उपस्थित हुआ। उसके साथ एक अन्य व्यक्ति था। युवक और फुर्तीला। युयुत्सु ने दोनों पर एक दृष्टि डाली। उनका अभिवादन स्वीकार किया, फिर कहा, "क्या समाचार है कुंडल!"

"सुखद नहीं है, महाराज!" कुंडल का स्वर थका हुआ-सा था। उसने मुड़कर अपने साथी की ओर देखा था, "यह मेरा विश्वसनीय मित्र और समाचार-सूत्र है कौरवसूत! उपप्लव्य नगर-क्षेत्र में ही रहता है। द्वारकाधीश वहां पहुंच चुके हैं और वीर पाण्डवों से उनकी गम्भीर चर्चा हुई है।"

युयुत्सु की दृष्टि सहसा चौकन्नी हुई। बहुत कुछ पाण्डवों पर भी निर्भर है। बल्कि लगता है कि पाण्डवों पर अधिक निर्भर है। राजा दुर्योधन, जिस हठवादिता और युद्धपिपासा से भरे हुए हैं, पाण्डव सरल, बुद्धिमान तथा युद्ध न होने देने के लिए प्रयत्नरत रहे हैं। श्रीकृष्ण के समाचार पर क्या प्रतिक्रिया हुई होगीयह जानने के लिए युयुत्सु बेचैन हो उठे थे। पूछा, "क्या चर्चा हुई है उनके बीच?"

दूत ने कहा था, "श्रीकृष्ण और पाण्डवों की चर्चा का सारांश यही है कि यदि कौरवराज दुर्योधन युद्ध ही चाहते हैं, तब वह न्याय के लिए युद्ध ही पाएंगे!"

युयुत्सु पथरीली नजरों से उसे देखते रहे। कुछ नया नहीं लगा। न चौंके, न घबराए। लगता था कि घबराने और चौंकने की स्थितियों से बाहर आ चुके हैं। या यह सब इतना और इतनी बार झेल चुके हैं कि अब कुछ नई अनुभूति नहीं देता। नाश का जो घिनौना वर्णन और परिणाम महर्षि वेदव्यास से सुन चुके हैं, उसने जीवन की इच्छा को ही मृतवत् कर डाला है! लगता है कि यदि यही कुछ सारी पृथ्वी का सत्य है, तब इस सत्य को मानसिक रूप से अभी ही झेलना प्रारम्भ करना होगा।

"राजकुमार!" दूत कह रहा था, "वासुदेव को इतना उग्र और व्यग्र मैंने कभी नहीं देखा था। लगता है कि कौरवेन्द्र दुर्योधन ने उन्हें इतना रुष्ट कर दिया है कि वह पाण्डवों से यह कहने को बाध्य हो गए कि अब उन्हें अपना अधिकार प्राप्त करने के लिए युद्ध का मार्ग ही चुनना होगा। महाराज युधिष्ठिर से उन्होंने यह स्पष्ट कह दिया है।"

"धर्मराज क्या बोले?" युयुत्सु ने पूछा, "वह तो बहुत शांतचित और सरल हैं दूत। उनकी क्या प्रतिक्रिया थी?"

"वह भी बहुत दुःखी थे देव!" दूत ने बतलाया। स्वर उसका भी

घबराहट से भरा हुआ था, "युद्ध करना उनकी मानसिकता नहीं है; पर युद्ध होगा ही, यह जानकर वह भी बहुत व्यग्र हुए हैं।"

"अर्जुन?"

"महावीर भीम, धनुर्धर अर्जुन और नकुल-सहदेव पर भी इस समाचार की प्रतिक्रिया नहीं हुई। भीम ने तो इस बात से अप्रसन्नता प्रकट की कि व्यर्थ ही दुर्बुद्धि दुर्योधन को लेकर इतने समय तक सन्तोष किए रहे। यह युद्ध-निर्णय तो बहुत समय पहले ही हो चुका था। अर्जुन के अनुसार राजा दुर्योधन को इतना समय देकर भी पाण्डव-पक्ष ने भूल की है। नकुल-सहदेव ने अपने दोनों भाइयों से सहमति व्यक्त की।

युयुत्सु कुछ नहीं बोले। सिर्फ होंठ भींचे। पूछा, "बलाबल का भी निर्णय हुआ होगा?"

"अभी केवल विचार-विमर्श ही चल रहा है राजसुत!" दूत ने बतलाया था, "पर यह लगभग निश्चित ही समझिए कि पाण्डव-पक्ष में भी शीघ्र ही युद्ध की तैयारियां प्रारम्भ हो जाएंगी। उन तक राजा दुर्योधन द्वारा शक्ति-आयोजन की सभी सूचनाएं समय-समय पर गुप्तचरों द्वारा पहुंचती रही हैं। महावीर भीम, अर्जुन आदि निरंतर इन सूचनाओं को प्राप्त करते हैं। व्यवस्था में द्रुपदसुता भी उन्हें सहयोग करती है।"

युयुत्सु शांत थे। कुछ पलों बाद कहा था, "तुम्हारी सूचनाओं से मैं प्रसन्न हुआ गुप्तचर! अब मेरी इच्छा है कि तुम पाण्डव-पक्ष के बल और शक्ति की सूचनाएं भी बटोरो।"

"जैसी आपकी आज्ञा!" दूत ने सिर झुकाया।

"राजा दुर्योधन का हठवाद, इस युद्ध में सम्पूर्ण जाति का नाश बनने जा रहा है। मैं चकित हूं कि वह यह क्यों नहीं देख पा रहे हैं?"

"क्षमा करें देव!" दूत ने कहा था, "मुझे ज्ञात नहीं है कि कौरव पक्ष की ओर से नीति रूप में क्या विचार किया गया है, किन्तु पाण्डव पक्ष की सूचनाओं के अनुसार मैं इस परिणाम पर पहुंचा हूं कि वह सभी युद्ध नहीं चाहते। यही नहीं, यहां से पहुंचकर सर्वात्मा श्रीकृष्ण तो यह भी बोले थे कि शांति स्थापना का उनका हर उपाय निष्फल हो चुका है। उन्होंने केवल इसी बात पर सन्तोष व्यक्त किया था कि युद्ध होने पर अब लोग उन्हें, यानी पाण्डव पक्ष को किसी तरह दोष नहीं देंगे।"

"श्रीकृष्ण युद्ध थामने और शांति स्थापित करने के लिए निःसन्देह बहुत प्रयत्नशील रहे।" युयुत्सु ने स्वीकार किया था, "हमें मालूम है कि दोष हम कौरवों की ओर से ही होने जा रहा है, पर सभी कौरव इस युद्ध के दोषी नहीं हैं दूत! इस युद्ध के दोषी हैं वे मदांध व्यक्ति जो कौरव कुल के हैं और इस समय राजसत्ता के सर्वेसर्वा बने हुए हैं। इस मानव-नाश का पाप उन्हें ही लगेगा!"[1]

कुछ क्षण के लिए सन्नाटा-सा बिखर गया था, फिर युयुत्सु बोले थे, "कुंडल! मुझे तुमसे अपेक्षा है कि तुम महाराज दुर्योधन द्वारा की गई युद्ध की तैयारियों का समाचार मुझे अवश्य दोगे!"

"जैसी आपकी आज्ञा राजकुमार!" कुंडल ने सिर झुका दिया था।

दूत चले गए।

युयुत्सु उसी तरह बुत बने बैठे रहे थे।

क्या होगा दोनों ही पक्षों के समाचार जुटाकर? क्या युयुत्सु के पास ऐसा कोई साधन है, जिससे यह नाश थमे?

कुछ नहीं है।

तब इस तरह गुप्तचर दौड़ाने का अर्थ? उनके अपने भीतर प्रश्न रेंगने लगा था।

युयुत्सु के पास उत्तर नहीं है। प्रश्न पुनः-पुनः मन से उभर कर माथे तक कौंधता हुआ, "तब किसलिए यह सब कर रहे हैं युयुत्सु? पाण्डवों और कौरवों के बलाबल और शक्ति संयोजन की सूचनाएं जुटा भी लेंगे, तब भी क्या कर सकेंगे वह?"

निःसन्देह कुछ नहीं कर सकेंगे। करने योग्य कुछ है ही नहीं। और

---

1. "...शांति स्थापित करने के लिए मैंने अपने ओर से कोई बात नहीं छोड़ी, किन्तु इसका कोई फल नहीं हुआ! इतना लाभ अवश्य है कि अब इस विनाशकारी युद्ध के लिए लोग हमें दोषी न कहेंगे..." श्रीकृष्ण का दूत कर्म में असफलता के बाद कथन 'महाभारत' (उद्योग-पर्व) अध्याय 151, श्लोक-क्रम41-43।

उन्हीं के पास क्या? सर्वशक्ति सम्पन्न भीष्म पितामह, महाराज, धृतराष्ट्र, अजेय द्रोण, और धर्मज्ञ विदुर...कोई भी तो कुछ नहीं कर पा रहा है?

तब युयुत्सु! वह किसलिए सूचनाएं बटोर रहे हैं?

या कि इस तरह सूचनाएं बटोरना उनके राजकुल का संस्कार भर रह गया है?

संस्कार! लगता है कि मन-मस्तिष्क एक प्रकार से ज्वार में नहा गए हैं। संस्कार नामक वस्तु यदि कोई होती है या कोई पद्धति या जीवन-व्यवस्था है, तब युयुत्सु का ही नहीं, किसी भी कौरव का उससे कोई सम्बन्ध नहीं है। होता तब क्या दुर्योधन, दुःशासन, दुःसह इस कुल में होते? उतने धृष्ट, उतने उद्दण्ड, उतने वाचाल और उतने कपटी? यह सब क्या शान्तनु के कुल के संस्कार हैं? क्या प्रतीप इन्हीं संस्कारों से गौरवान्वित हुए? क्या भीष्म की देखरेख से यही कुछ मिल सकता था?

नहीं! एक चीख उनके अपने भीतर जनम आई है। कराह से भरी, सिसकी जैसी चीख! इस चीख में सम्पूर्ण कुरु-वंश और रक्त की पीड़ा घुली लगती है। यह चीख उस भयावह भविष्य की क्रूर कल्पना से भी जनमी है, जो युद्धांत पर इस धरती का होगा!

कौरव रहें या पाण्डव? पर पृथ्वी अवश्य ही किसी गांधारी या कुंती की तरह अपनी ममता का सम्पूर्ण चेहरा गुमाए बैठी रहेगी! झुलसी हुई। विकृत और वीभत्सता से ओत-प्रोत!

लगा था कि युद्ध की कल्पना ने मस्तिष्क का हर तन्तु केवल बिखराव और टूटन से भर दिया है। ऐसे जैसे रेगिस्तान में मुट्ठी भर रेत बिखराकर उसे ढूंढने संजोने एकत्र करने और एक रूप देने का प्रयास कर रहे हों?

गहन व्यर्थता-बोध ने भर दिया है युयुत्सु को। इस बोध से जुड़कर भी खालीपन अनुभव हो रहा है। इस बोध से न जुड़कर भी। क्या सभी की यही मानस स्थिति होगी?

अधिकतर की यही स्थिति होगी। कम-से-कम युयुत्सु जैसे उन सभी लोगों की जो युद्ध से घृणा करते हैं! न्याय प्रिय है और जिनकी दृष्टि में अहिंसा श्रेष्ठ धर्म है।

कितने होंगे ऐसे?

बहुत हैं। अधिकतर वहीं हैं। कुछ जो स्वयं के प्रति विश्वस्त हैं कुछ जिनके लिए जीवन प्रिय है और कुछ जो जीवन से अधिक उसके मर्म को नेह करते है। किसी-न-किसी स्थिति, भावना, दृष्टि या विचार से वे युद्ध विरोधी हैं। नाश पर जिनका तनिक भी विश्वास नहीं। जिनकी दृष्टि में जय निर्माण से होती है। जिनका सत्य केवल निर्माण है।

पर क्या कर रहे हैं वह? या क्या कर सकेंगे?

कर रहे हैं वह सब जो महर्षि वेदव्यास ने कहा है धृतराष्ट्र से, वह जो समय-समय पर विदुर और संजय की सम्मति में कौरवों को मिलता है। वह जो भीष्म को चेतावनियों से पाया है कुरु-कुल ने, वह जो सामान्य जन द्वारा श्रीकृष्ण के स्वागत से सिद्ध हुआ है!

पर क्या कर सके हैं वह?

यही कुछ कर सकते थे। इससे अधिक उनका वश नहीं। उनका वश चेष्टाएं विवेक और कर्म है। दुर्योधन के पक्ष से वह लड़ेंगे। किसी का लड़ना उनका सेवाधर्म होगा, किसी का लड़ना उनका कर्तव्य, किसी के लिए नैतिक बाध्यता, किसी की स्थिति अनुशासन प्रियता, पर वे लड़कर भी केवल मृत्यु पाने के लिए लड़ेंगे। यह मृत्यु ही उनका कर्म-धर्म निर्वाह होगा।

युयुत्सु स्वयं? उनका धर्म क्या होगा?

लगा था कि समूचे कक्ष में यह प्रश्न गहरे धुंध की तरह फैल गया है। युयुत्सु अनिश्चय के भाव से इस धुंध को छांटकर उत्तर देना चाह रहे हैं, पर यह धुंध छांटनाकर्तव्य निश्चय का प्रकाश पाना सहज नहीं है।

अन्यमनस्क भाव से पलकें झपकते हुए बैठे रहे थे युयुत्सु![1]

कुंडल, किस तरह अपने मित्र और समानधर्मी, चेतन को हस्तिनापुर की सीमारेखा से बाहर भेज सकता थायह कुंडल ही जानता है। लगता था

1. सम्भवतः युयुत्सु के जिस स्वभाव और शान्तिप्रियता का वर्णन महाभारत में आया है, उसके अनुसार युद्ध और अशान्ति से अप्रियता रखनेवाले व्यक्ति के लिए सहज ही था कि वह विवेकपूर्ण निर्णय ले।

सीमारेखा से बाहर भेज सकता थायह कुंडल ही जानता है। लगता था कि हर दृष्टि चौकन्नी है। हर व्यक्ति सावधान। दुःशासन ने हर विभाग को इस तरह जकड़ लिया था, जैसे उस पकड़ से जल भी नहीं सका, मनुष्य तो दूर!

किन्तु निकाल ही दिया चेतन को। यही नाम था उसका। बला की फुर्ती थी उसमें। वेश परिवर्तन की भी आश्चर्यजनक कला आती थी चेतन को। कोढ़ी बन गया था वह। जिसे देखना भी कठिन। परख पाना तो अलग बात। यही एक राह सूझी थी दोनों को।

जिस क्षण राजकुमार युयुत्सु के राजगृह से दोनों चुपचाप निकले, उस समय भी चारों ओर राजा दुर्योधन के चर बिखरे हुए थे। कहीं द्वारपाल, कहीं सैनिक, कहीं गुप्तचर स्त्री-पुरुष, और किसी ओर परिक्रमा करते अश्वों पर सवार सैनिक!

इन्हीं सबके बीच से चेतन को निकलना था। कुंडल ने जैसे तैसे उसे अपने निवास तक लाने के बाद चिन्तित स्वर में पूछा था, "अब?"

वह मुस्कुराया, कहा, "मुझे कुछ पल के लिए एकांत दे दो, मित्र! फिर मैं सारी व्यवस्था कर लूंगा।"

कुंडल ने आश्चर्य से उसे देखा। वह मुस्कुरा रहा था। निश्चिन्त और आत्मविश्वास से भरपूर। कुंडल उस कक्ष में उसे छोड़कर बाहर जा खड़ा हुआ था। बहुत प्रतीक्षा नहीं करनी पड़ी थी कुंडल को। लगभग एक घंटे बाद कक्ष का द्वार खुला। कुंडल हतप्रभ रह गया। अब उसके सामने चेतन का युवक, आकर्षण और यौवन से भरपूर चेहरा नहीं, एक प्रौढ़ायु व्यक्ति खड़ा था। ऐसा व्यक्ति, जिसके चेहरे और शरीर के किसी भी अंग को देखकर मन घिन और भय से भर उठे! वह कराह रहा था, मुंह से लार गिर रही थीपलकें खोलते हुए भी जैसे वह वज्र कष्ट झेल रहा था। कुंडल बुरी तरह सहम गया।

कोढ़ था उस व्यक्ति को। गलित, डरावना कोढ़

आगे बढ़कर चेतन ने प्रश्न किया, "ठीक है?"

"ठीक तो है मित्र!" कुंडल ने कहा। अगले ही क्षण चिन्तित हो उठा था वह, बोला, "सम्भवतः तुम्हें यह नहीं मालूम कि हस्तिनापुर में इस दुर्दांत रोग के उपचार की व्यवस्था है। यहां कोढ़ियों को निर्वासित तो नहीं किया

जाता, किन्तु उनके लिए नगर से दूर, एकांत क्षेत्र में एक चिकित्सालय बना हुआ है। वहां इस रोगोपचार के वैज्ञानिक परीक्षण भी होते रहते हैं।

"वह सारी सूचनाएं मुझे हैं बन्धु! चेतन ने उत्तर दिया। स्वर में वैसी ही निश्चिन्तता और दृढ़ता थी। अविचलित भाव से कहा, "वही उचित मार्ग है, जिससे मैं उस विशाल कौरव सैन्य क्षेत्र से निकल सकूंगा, जिसमें हर ओर हस्तिनापुर के सतर्क सैनिक उपस्थित हैं।"

हंसा था कुंडल, ऐसे जैसे उसे चेतन की बुद्धि पर हंसी के अतिरिक्त अन्य कोई प्रतिक्रिया व्यक्त करना सूझा ही नहीं था। कहा, "तुम सम्भवतः यह भी भूल गए हो चेतन कि राजा दुर्योधन के तीव्र बुद्धि सैनिक यों ही नहीं हैं। वे इस घृणास्पद अभिनय के बावजूद तुम्हारी टोह लेने में कोई कसर नहीं छोड़ेंगे!"

"उसके लिए भी तुम निश्चिन्त रहो!" चेतन ने कहा, "उनसे मैं भली प्रकार भुगत लूंगा!" फिर वह द्वार की ओर बढ़ गया था, "मुझे विदा दो बन्धु! चलता हूं।"

कुंडल ने उसे विदा किया। मन-ही-मन ईश्वर स्मरण भी, "हे ईश्वर! वह कौरव सैनिकों को चकमा देकर सावधानी से और कुशलतापूर्वक निकल जाए। उस पर कृपा करना!"

संध्या का समय। चेतन को निकले हुए जब लगभग एक पहर बीत गया, तब कुंडल अपना कार्य पूरा करने घर से बाहर आया। उसके लिए उतनी कठिनाई नहीं थी। उसे अपने ही पक्ष की शक्ति और क्षमताओं का जायजा लेना था। सब जानते थे कि कुंडल कुरु-राज्य का ही गुप्तचर है। राजकुमार युयुत्सु का विश्वस्त व्यक्ति।

कुंडल ने घर से निकलते ही सीधे मनोरंजन-गृह की राह पकड़ी। वह एक ऐसा स्थान था जहां नृत्य, मदिरा, हास-परिहास के कार्यक्रमों में नगर के सभी वर्गों के सामान्य लोग उपस्थित होते थे। इस केन्द्र की नर्तकी अनुरंजना दूर-दूर तक अपने सुगठित शरीर और कलात्मक नृत्य के लिए प्रसिद्ध थी। लोग मनोरंजन गृह में कुछ समय बिताने के बाद अनुरंजना के नृत्य कार्यक्रम में जा पहुंचते थे। सुरापान के दौरों में अनुरंजना की

कामचेष्टाओं से भरे शरीर की थिरकन उन्हें भीतर-बाहर तक झिझोंड़ डालती थी। इसी झिझोड़ना में कुंडल को शरीक होना था, बहुतों के भीतर जो बहुत-सा भीतर ही थावह आसानी से बाहर निकाल लेना था।

बुरी तरह हांफता, मुंह से लार बहाता हुआ चेतन किस तरह चिकित्सालय के मुख्य-द्वार तक पहुंचा था, यह देखकर स्वयं कौरव सैनिकों को लगा कि उन्होंने उस दुःखी रोगी के साथ बहुत अन्याय किया है! चेतन की आंखों मे आंसू थे, गला घरघराता हुआ। वह जैसे दयायाचना की मुद्रा में बार-बार उन दोनों सैनिकों को देखता, जिन्होंने नगर में ही उसे पकड़ लिया था, फिर देर तक सवालों से कोंचने के बाद अंत में परीक्षार्थ उसके घाव में हौले से एक तीली गड़ाकर देखी थी। बड़बड़ाया था सैनिक, "देखें तो कितना गहरा हो गया है तेरा यह दुष्ट रोग!"

चेतन लड़खड़ाता हुआ लगभग धरती पर गिर पड़ा था। सैनिक उसके ऊपर झुककर उस तीली को उसके घाव में लगाता हुआ...चेतन जोरों से चीखा। तीली जिस क्षण उसके घाव में लगी, उसी क्षण पीव और रक्त की धार बहती हुई बाहर निकल आई। चेतन की बांह पर लगा वह घाव बिजली की अनेक किरणों जैसा पूरे शरीर में कौंध गया था।

और उससे भी कहीं अधिक कौंध पैदा हो गई थीउन दोनों सिपाहियों के भीतर लज्जित और पीड़ित से वे स्तब्ध खड़े रह गए थे। चेहरे पर दुःख उतर आया था। उससे कहीं अधिक सहानुभूति।

चेतन हौले-हौले रोने लगा था। उसी तरह धरती पर बिखरा हुआ। कन्धे पर लटकी पोटली के ऊपरी कपड़े से वह उस लहू और मवाद को पोंछने लगा। हाथ कांप रहे थे। मुंह में लार झूल रही थी।

एक सैनिक ने जैसे-तैसे अपने आपको सहेजा। लगता था कि बोलने में दम नहीं रह गया था उसके। कहा, "मूर्ख! क्या तू जानता नहीं कि हमारे राज्य में इन दिनों युद्ध की तैयारियां हो रही हैं। और फिर तू जिस घृणित रोग से पीड़ित है, तब तुझे इस नगर-क्षेत्र में आने की क्या आवश्यकता

थी? क्या तू चिकित्सालय में जाकर योग्य उपचार और भोजनादि नहीं पा सकता था?"

"प्पर...मैंमैं तो इस नगर में नया हूं भाई!" चेतन इतने लड़खड़ाते और फफकते स्वर में बोला कि सैनिक उसकी आयु और शक्ति को लेकर कल्पना न कर सकें, "मैं तो मद्रवासी हूं।"

"तुझे चिकित्सालय नहीं मालूम?"

"नहीं, भाई!" आंसू पोंछता हुआ जैसे-तैसे उठने लगा था चेतन। सैनिकों का मन हुआ था कि हाथ बढ़ाकर उसे सहारा दें, पर मन घिन से भर गया। इस व्यक्ति के शरीर का कोई भी तो ऐसा हिस्सा नहीं है, जिसपर हाथ लगाया जा सके। न जाने किस पाप का यह क्रूर दण्ड भोगना पड़ रहा है इसे। उन्होंने दुःख से सोचा, फिर एक ने कहा, "चल, हम तुझे चिकित्सालय की राह बतला देते हैं, पर याद रखना इधर-उधर भटका तो प्राणों से हाथ धो बैठेगा। सैनिक सतर्क हैं और शत्रुओं का गुप्तचर होने का सन्देह भी तुझ पर किया जा सकता है।"

चेतन ने आभारी भाव से उन्हें देखा। कहा, "मैं सावधान रहूंगा भाई! आगे ऐसी भूल नहीं करूंगा। किस दिशा में है चिकित्सालय?"

"चल!" एक आगे हो लिया। चेतन बीच में। दूसरा सैनिक उससे कुछ फासला बनाए हुए पीछे-पीछे।

अनेक स्थानों पर अनेक सैनिकों से आमना-सामना हुआ था उनका और वे दोनों सैनिक ही चेतन के रक्षक बने रहे थे किसी ने उसे न तो टोका था, न रोका। सैनिकों के साथ था वह। सन्देह, आशंका का प्रश्न ही नहीं।

केवल राजधानी के मुख्य द्वार पर टोका गया था उन्हें। द्वारपालों ने पूछा था, "यह कौन है?"

रोगी।" बहुत संक्षिप्त-सा उत्तर दिया था एक सैनिक ने, "इसे चिकित्सालय तक छोड़ना है। विदेशी है। वहीं अन्य कुष्ठ रोगियों के साथ इसका भी उपचार होता रहेगा!"

वे चुप हो गए थे। चेतन को लेकर सैनिक चिकित्सालय तक पहुंचे

थे। चेतन प्रसन्न था। हस्तिनापुर के नगर-क्षेत्र से बाहर आ चुका था वह, अब अगली राह उतनी कठिन नहीं थी।

वह उसी तरह कराहते-लड़खड़ाते हुए चिकित्सालय के मार्ग की ओर मुड़ गया था। सैनिकों ने उसे दूर से ही चिकित्सालय दिखलाकर विदा ली।

कुंडल ने मनोरंजन-गृह में प्रवेश किया और बड़ी सहज चाल में चलता हुआ एक ओर जा बैठा। दृष्टि घुमाई। छोटे-मोटे व्यापारी भी थे वहां नगर-रक्षक भी और सेना के छुटपुट अधिकारी भी। सब अपनी-अपनी तरह मनोरंजन में व्यस्त।

मनोरंजन गृह सुरुचिपूर्ण था। ऐसे अनेक मनोरंजन-गृह हस्तिनापुर के विभिन्न मोहल्लों में बिखरे हुए थे। विशालाकार नगर था हस्तिनापुर। विविध आमोद-प्रमोद की वस्तुएं मौजूद थी वहां। दुःशासन के संचालन में सभी कुछ ठीक तरह चलता था। वेश्याओं के अनेक डेरे बने हुए थे। खेलने के अतिरिक्त विभिन्न प्रतियोगिताओं के लिए अनेकानेक स्थानों की व्यवस्था थी। नगर की व्यवस्था के लिए हर प्रहर रक्षा-सैनिक जहां-तहां लगे रहते। विभिन्न मोहल्लों में रक्षा-सैनिकों के लिए चौकी थानों की व्यवस्थाएं की गई थीं। नाट्य गृहों के अतिरिक्त घर-घर में विद्युत-व्यवस्था भी थी।

समय और अवकाश पाते ही लोग अपनी-अपनी रुचि के मनोरंजन स्थान पर जा पहुंचते। सामान्य व्यक्ति भी विभिन्न वैज्ञानिक साधनों और सुविधाओं से पूर्ण थे।

कुंडल एक-एक कर स्थिति और वातावरण पर दृष्टि घुमाता रहा। उसने सेवक को आदेश देकर सुरा मंगवा ली थी। एक-एक घूंट पीता और एक-एक चेहरे को देखता रहा। वह जैसे खोज रहा था कि उसका सूचना सूत्र कौन हो सकता है?

और तभी उसने नगर के उप रक्षाधिकारी को देखा। वह एक सुन्दरी को अपने साथ बैठाए हुए एकांत में वार्तामग्न था। उसकी भाव-भंगिमा से प्रकट हो रहा था कि वह गहरे नशे में है। उसकी चेष्टाएं उसे अनियंत्रित

और असावधानी जतला रही थीं। कुंडल को लगा था कि वही उसका स्रोत है, जिसकी कुंडल को तलाश थी।

पर इस समय उसे छेड़ना उचित नहीं था। कुंडल को कुछ समय उसकी प्रतीक्षा करना अनिवार्य लगा। अभी वह इसी उहापोह में था कि चौंक गया। उसके पास एक अधिकारी आ खड़ा हुआ था। स्वर में सहजता थी, हाथों में सुरा का पात्र, पूछा, "कैसे हो कुंडल!"

एक क्षण के लिए अकचका गया था कुंडल, फिर सहज हुआ। उससे कहीं अधिक प्रसन्न। अधिकारी छोटा भले ही हो; किन्तु कंडल की सूचना के योग्य था। अकसर इस वर्ग के लोगों से महत्त्वपूर्ण सैन्य सूचनाएं बाहर आ जाया करती थीं। अपने पास ही आदर से बैठाते हुए स्नेहिल स्वर में उत्तर दिया था कुंडल ने, "ठीक हूं, नायक! तुम कैसे हो?"

"हूं तो ठीक ही, पर इन दिनों तो तुम्हें ज्ञात ही है कि हर सैनिक कितना व्यस्त हो गया है!" नायक ने बतलाया था, फिर एक घूंट लिया। बोला, "महाराज दुर्योधन के आदेशों ने प्रातः और संध्या का भेद करना भुला दिया है। स्वयं वह भी कहां शांत हैं? अभी-अभी विमान से छावनियों का निरीक्षण करके लौटे हैं।"

"जानता हूं।" कुंडल ने कहा, "उनकी चिन्ता स्वाभाविक है। पांडुपुत्रों से युद्ध का अर्थ है, महायुद्ध! श्रीकृष्ण, विराट और द्रुपद जैसे सहायक हैं पाण्डवों के। यह युद्ध साधारण नहीं होगा!"

कुंडल ने देखाबात समाप्त होते ही नायक का चेहरा तनाव और कालिमा से भर उठा है। वह असहज होता-सा जान पड़ा। कुंडल शंकित। क्या कारण है इस असहजता का? क्या कौरव सेना के छुटपुट अधिकारी भी अपनी शक्ति के प्रति शंकित और चिन्तित हैं या कि नाश की इस आराधना ने उन्हें भीतर झुलसा दिया है? पूछा, "क्या बात है नायक बहुत चिन्तित हो?"

"चिन्ता सहज है कुंडल!" नायक ने उत्तर दिया था, "महाराज दुर्योधन के आदेश से जितनी और जिस स्तर पर युद्ध की भयावह तैयारी हो रही है, उससे तो भय लगता है, कहीं सम्पूर्ण जीव जाति का ही नाश न हो जाए!" बात समाप्त करते हुए संक्षेप में सेनाओं को मिले दुर्योधन के उन आदेशों को नायक ने बतला दिया था, जिनसे प्रकट था कि कौरव पक्ष

की युद्ध व्यवस्था किस सीमा तक और कहां-कहां तक फैली हुई है।[1]

कुंडल ने पहले उत्सुकता के भाव से सुना, फिर जैसे-जैसे विवरण आगे बढ़ा चिन्तित हुआ और अंत में भयभीत होकर स्तब्ध-सा बैठा रह गया।

एक गहरा श्वांस लेकर नायक सहसा चुप हो गया था। उसकी आंखें अनायास ही खाली-खाली-सी हो गई थीं। लगता था कि कुछ भूल गया है। इतना कि उसे अपना आप ही स्मरण नहीं है। कुंडल कुछ पल निरंतर उसे देखता रहा। वह युवक सैनिक अधिकारी एक सन्नाटा बन गया था। अन्धकार जैसा! लगा कि इस सन्नाटे से कुंडल परिचित है। कहां देखा है यह सन्नाटा?

लगता है कि हर आंख में यह सन्नाटा मौजूद है। पहले संशय बना हुआ था, अब निश्चय बन चुका है। राजकुमार युयुत्सु भी तो कभी-कभी ऐसे ही लगते हैं? और यही कुछ तो उसने राजगृह से बाहर निकलते समय चेतन को आंख में भी देखा था? और यही कुछ उसे किसी-किसी पल अपने भीतर भी लगता है?

क्या है यह? मृत्यु भय? या नाश-भय? अथवा जीवन मोह? यह सत्य है या असत्य?

निश्चित करना कठिन। इसके विविध रूप हैं, विविध स्थितियां, विभिन्न प्रतिक्रियाएं और विभिन्न अर्थ!

इस सबको समझ नहीं पाएगा कुंडल; पर इतना समझ रहा है कि यह सब इस युद्ध की प्रतिक्रिया है। उसकी आंखें एक-एक कर हर चेहरे को देख रही हैंविभिन्न वेश्याएं, अनेक व्यक्ति, समाज के अलग-अलग कारोबारी और अंश, सुरा के मदमस्त लोग, और सुरा के बिना ही मदमाते चेहरे!

1. "...बहुत से लम्बे-चौड़े डेर लगवाओ, ऐसे कि शत्रु उनपर हमला न कर पाए। डेरों में असंख्य अस्त्रास्त्र भरवा दिए जाएं। चारों ओर ऊपर ऊंची दीवारें और खाइयां बनवा दो। हर छावनी पर ध्वज-पताका आदि हो! ये छावनियां ऐसी जगह बनवाई जाएं जहां से जल पास हो। शिविरों में युद्धास्त्र व रसद पहुंचाने के लिए ऐसे रास्ते बनवाओ जिन्हें शत्रु बन्द न कर दे। शिविरों में जाने के लिए जगह-जगह चौड़ी, समतल सड़के बनवाई जाएं..." दुर्योधन ने कर्ण, दुःशासन और शकुनि को आदेश दिए। (महाभारत 'उद्योग-पर्व' के 153वें अध्याय में श्लोक-क्रम10 से 17 के बीच)

पर सब पल-पल अपने ही भीतर इसी तरह खोते और खाली होते हुए! बातें प्रारम्भ हो जाती हैंइस तरह अनायास टूट जाती हैं, अधूरी रह जाती हैं, जैसे कच्चे धागे हों। कौन धागा, किस मोड़ से कैसे टूट जाएगा-अनिश्चित!

और इसी अनिश्चितता से भरे हैं वे सब। खोखली हंसी, खाली चेहरे चमकते कपड़े पहने हुए, धुंधलाए हुए व्यक्तित्व! सब चीख-चीखकर कह रहे हैंयुद्ध! युद्ध! युद्ध!

नहीं! कुंडल को अपने ही भीतर एक डरावना शब्द उभरता लगा थायुद्ध नहींमृत्यु! मृत्यु और केवल मृत्यु!

कैसी विडम्बना है! कुंडल के अपने भीतर एक रुआंसी हंसी उभर आई हैमनुष्य ने जिस मनोरंजन गृह को बनाया था, जिसकी दीवारें रंगी थीं, हर चेहरे हर दुःख में सुख सहेजने का यह केन्द्र रचा था। वही अब इसकी दीवारें कालिख से पोतने जा रहा है। वही सुख सिर्फ दुःख और पीड़ा में बदला जाना है।

नायक उठ पड़ा था, "अब मुझे आज्ञा दो बन्धु! कुछ पल हंसू?" उसने ऐसे कहा था जैसे अपने पर ही रो पड़ा हो।

कुंडल ने उत्तर में कुछ कहना चाहा था, किन्तु बोल नहीं निकले। नायक उत्तर की बिना प्रतीक्षा किए, आगे बढ़ गया था। कुंडल स्तब्ध-सा बैठा रहा। ऐसे जैसे श्वांसों में गति ही न रही हो।

फिर याद हो आया थाजब तक जीवित है वह, उसे कर्म करना होगा। यही धर्म है। यही कुछ पुर्वजों से सीखा-सुना है। अपने को सहेजा और उस रक्षाधिकारी की ओर बढ़ चला, जो अब तक सुन्दरी से विलग होकर एक ओर बैठा चुपचाप उन रंग-बिरंगी रोशनियों को देखे जा रहा था जो मनोरंजन गृह के विभिन्न प्रकोष्ठों में हो रही थीं।

कुंडल पास पहुंचा, "मेरा अभिवादन लें, रक्षाधिकारी!"

"आओ, बैठो कुंडल!" वह बोला। पास बैठने के लिए लड़खड़ाते ढीले हाथ का संकेत किया। कुंडल बैठ गया। रक्षाधिकारी ने बात प्रारम्भ की, "क्या हाल हैं कुरु-राजगृह के?"

"लगभग वही जो बाहर के हैं।" कुंडल ने एक खोखली हंसी हंसकर उत्तर दिया। रक्षाधिकारी ने नशे के बावजूद संयत और सर्तक दृष्टि से उसे देखा, पूछा, "मैं समझा नहीं, गुप्तचर!"

"सहज-सी बात है रक्षाधिकारी!" कुंडल ने कहा, "राजगृह में भी वही चैतन्यता और चपलता बिखरी हुई है जो नगर में और सैन्य क्षेत्रों में बिखरी हुई है। सब ओर आगत युद्ध की मानसिकता तैयार हो रही है, बचाव के अतिरिक्त प्रहार की भी व्यवस्थाएं की जा रही हैं।"

"पर महान् भीष्म के राज्य में इस सबकी चिन्ता और व्यवस्था करना मुझे तो आवश्यक नहीं लगती, कुंडल!" रक्षाधिकारी ने उत्तर दिया, "कौरव शक्ति के आगे पाण्डव कुछ दिन ही ठहर सकेंगे। फिर सभी जानते हैं कि महाराज युधिष्ठिर के पास केवल श्रीकृष्ण और उनके कुछ सम्बन्धी सहायक राजा हैं, जबकि महाराज दुर्योधन के सहायकों की संख्या कहीं अधिक है। असाध्य वीर भी कौरव पक्ष में ही हैं। इच्छामृत्युधारी भीष्म, अविजेय मृत्युंजय, दुर्द्धर्ष द्रोणाचार्य और अस्त्रज्ञ अश्वत्थामा..।"

"किन्तु सेना संख्या में तो सम्भवतः पाण्डव अधिक हैं?" जानबूझकर कुरेदा था कुंडल ने!

हंस पड़ा था रक्षाधिकारी। "नहीं-नहीं, भाई! ऐसा नहीं है। तुम्हें यह सुनकर आश्चर्य होगा कि राजा दुर्योधन नीतिज्ञ भी बहुत बड़े हैं। उन्होंने जब युद्ध के लिए राजाओं से सहायता मांगी तब श्री कृष्ण ने अपने और अपनी सात अक्षोहिणी सेना में किसी एक को चुनने की बात रखीऔर दूरदर्शी कौरवेन्द्रने चपलता से वह सात अक्षोहिणी सेना [1] कौरव पक्ष में मांग ली!

---

1. कौरव सेना11 अक्षोहिणी : अक्षोहिणी का परिमाण इस प्रकार है

1 रथ, 1 हाथी, 5 पैदल, 3 घोड़ेः	पत्ति
3 पत्तियों सेः	1 सेनामुख,
3 सेनामुखों से :	1 गुल्म,
3 गुल्मों से :	1 गण,
3 गण से :	1 वाहिनी,
3 वाहिनियों से :	1 पृतना,
3 पृतनाओं से :	1 चमू,
3 चमुओं से :	1 अनीकिनी,
10 अनीकिनियों से :	1 अक्षोहिणी,
इस तरह 1 अक्षोहिणी में	21870 रथ, 21870 हाथी, 109350 पैदल और 65610 घोड़े

कुंडल ने सुना। एक पल के लिए सिटपिटा गया! अक्षोहिणी! केवल श्रीकृष्ण की अन्धक, वृष्टि और यादव सेना सात अक्षोहिणी! अपने ही भीतर अपनी ही डरी हुई आवाज सुनी थी उसने, "हे, भगवान!" थूक का घूंट निगलारक्षाधिकारी को देखा, जो बहुत निश्चिन्त ही नहीं आवश्यकता से अधिक आत्मविश्वास की स्थिति में था। उसने सुरा-पात्र से कुछ घूंट लिए। आंखें सुर्ख हो चुकी थीं उसकी। कहा, "अनुमान है कि कौरव पक्ष के महारथी ही नहीं, सेना भी पाण्डवों की सेना से कई गुना अधिक होगी।"

कुंडल को अब भी प्रश्न नहीं सूझ रहा था। गहरा सांस लेकर रक्षाधिकारी का मुंह इस तरह देखता रहा जैसे वह किसी रहस्यगर्भ के द्वार को देखे जा रहा हैटकटकी लगाए।

रक्षाधिकारी ने कहा, था, "तो समझे कुंडल! हस्तिनापुर ही नहीं, इस सम्पूर्ण राज्य के नगर और जीवन को किसी तरह का कोई भय नहीं है निश्चय ही पाण्डव पराजित होंगे!"

"आपका कितना अनुमान है रक्षाधिकारी?"

"किस सम्बन्ध में?" लापरवाही से सुरापान करते हुए उसने पूछा।

"यही कौरव सेना के बारे में।" कुंडल ने कहा।

"दस से बारह अक्षोहिणी सेना कौरव पक्ष में है।" रक्षाधिकारी ने बतलाया, "उत्तर, दक्षिण, पूर्व और पश्चिम दिशाओं में विभिन्न क्षेत्रों तक कौरव सेनाओं के पड़ाव बिखरे हुए हैं। अनेक प्रकार के युद्धास्त्रों से सज्जित कई हजार योद्धा इन पड़ावों में उस क्षण की प्रतीक्षा कर रहे हैं, जबकि पाण्डव सेना से उनका सामना होगा। यही नहीं, विमानों, संहारक और मारक अस्त्रों से सैकड़ों छावनियां लद चुकी हैं।"

"कभी-कभी एक संशय होता है मित्र! कुंडल ने अनजाने ही मन में उबल आया प्रश्न उगल दिया था, "क्या सेना संख्या अधिक होने भर से कौरव पक्ष विजयी हो सकता है?"

"क्यों?" कुछ रुष्ट होकर रक्षाधिकारी ने पूछा।

"इसलिए कि जय-पराजय का निर्णय युद्ध से कहीं अधिक युद्ध करने वालों के मानस से होता है" कुंडल ने कहा, "महाराज दुर्योधन के पक्ष में जिन-जिन महारथियों के तुमने नाम गिनाए हैं, उनमें से कितने हैं जो

इस युद्ध में जय भावना से जूझेंगे? मुझे तो पितामह भीष्म, द्रोणाचार्य, कृपाचार्य आदि ऐसे नाम लगते हैं जो इस युद्ध के लिए निरंतर कौरव पक्ष पर दबाव डालते रहे थे कि पाण्डवों से सन्धि कर लो। ये लोग युद्ध जय करने की भावना से लड़ेंगे या केवल युद्ध करना है, इसलिए लड़ेंगे?"[1]

रक्षाधिकारी जोरों से हंसा था। कुंडल हैरान होकर उसे देखने लगा। पूछा, "क्या हुआ?"

उसी तरह अट्टहास करते हुए रक्षाधिकारी ने कहा था, "देखता हूं, गुप्तचर कि तुम बालबुद्धि की बात कर रहे हो।" कुछ सहज होकर उसने गम्भीरता से निष्कर्ष दिया था, "युद्ध में जो भी जूझता है, वह उसे जय करने की इच्छा से ही जूझता है! क्या तुम यह समझ रहे हो कि जब भीष्म, द्रोण आदि पाण्डव योद्धाओं के सामने आएंगे, विशेष रूप से गांडीवधारी अर्जुन के सामने होंगे, तब वह युद्ध न करके चुपचाप खड़े हो जाएंगे?"

"नहीं-नहीं, मैं तो केवल यह कहना चाहता था कि लड़ने वाले की इच्छा क्या हैयह विचारणीय है।" कुंडल ने जैसे स्पष्टीकरण दिया था उसे लगा था कि रक्षाधिकारी भी उद्दण्ड भाव से सतही सोचने का आदि है।

"नहीं, इच्छा युद्ध में महत्त्व नहीं रखती। महत्त्व होता है केवल युद्ध का! रक्षाधिकारी ने निर्णयात्मक स्वर में कहा और पात्र खाली कर दिया।

कुछ पलों के लिए उनके बीच वार्ता बन्द हो गई थी। कुंडल को जितना कुछ जानना था, उतना जान चुका था; पर लगता था कि रक्षाधिकारी समाचार देने से अधिक कुतर्क करता है। वह भी उसी उद्दण्ड भाव की मनःस्थिति में था, जिसमें राजा धृतराष्ट्र के अधिकतर पुत्र फंसे हुए थे।

---

1. महाभारत में पचासों ही स्थानों पर यह वर्णन आया है कि गुप्तचर-व्यवस्था एक राजनीतिक जाल की तरह राजाओं ने फैला रखी थी। कौरव-पाण्डव संग्राम के पूर्व इन गुप्तचरों ने निश्चय ही युद्ध निर्णय हो जाने और युद्ध की दुतरफा तैयारियों में जबरदस्त भाग लिया होगा। युद्ध पूर्व की राजनीतिक गतिविधियों एवं युधिष्ठिर, दुर्योधन आदि का यहां-वहां सहायतार्थ दौड़ना आदि वर्णित हुआ है, तद्नुसार स्पष्ट लगता है कि कौन, किस तरह कहां सम्पर्क साध रहा था किस-किस तरह के आश्वासन ले-दे रहा था, यह सब दोनों ही पक्षों को ज्ञात हो जाता था। भीष्म-पर्व के 43वें अध्याय में युयुत्सु का डंका बजाते हुए पाण्डव पक्ष में जाना, सम्भवतः लेखन का वह मुहावरा है, जिसके द्वारा लेखक कहते हैं कि घोषित तौर पर युयुत्सु पाण्डव-पक्ष में गया।

कुंडल अभी अपने स्थान से उठने को ही था कि रक्षाधिकारी पुनः बोलने लगा।

कुंडल थम गया।

वह कह रहा था, "और तुम्हें एक मजेदार बात बतलाऊं गुप्तचर! महाराज दुर्योधन के कुछेक युद्ध-शिविरों को देखने का मुझे भी अवसर मिला है। उन शिविरों को यदि तुमने देखा होता तब पाण्डवों की विजयेच्छा पर तुम भी उसी तरह हंसना चाहते, जिस तरह मैं हंसना चाहता हूं।

"क्या है वहां की स्थिति?" कुंडल फिर कुरेदने लगा था।

रक्षाधिकारी ने एक संक्षिप्त-सा विवरण दिया था उसे।[1] बोला था, "कुरु-जांगल देश की यह राजधानी ही कितनी बड़ी है। पर अनेक शिविर तो इससे भी कई गुना बढ़े-चढ़े हैं मित्र! उनमें अपार ध्वंसात्मक अस्त्र, मौजूद हैं। खाइयों, के अतिरिक्त स्थान-स्थान पर तोंपे लगी हुई हैं। वायुमार्ग से शत्रु पर आक्रमण करने के लिए विभिन्न विमानों की व्यवस्था है।

सहांरक अस्त्रों के भंडार तो हैं ही, किन्तु बहुतेक ऐसे योद्धा भी हैं, जिनके बाणों में अग्नि जलाने, विस्फोट करने और दूर-दूर तक असंख्य योद्धाओं सैनिकों का संहार कर डालने वाली अमोघ शक्तियां भी मौजूद हैं। उन सबको यदि तुम अपनी आंखों से देख सकते तब तुम्हें भी संशय न रहता कि जीत हमारे ही पक्ष की होगी।" रक्षाधिकारी ने फिर चुप साध लिया था। उसके चेहरे पर जितनी चमक थी, उससे कहीं अधिक स्वर में आत्म-विश्वास और जीवट का ऐसा दम, जिसे सुनकर भी विश्वास ही जनम लेता था।[2]

---

1. ...दुर्योधन ने सेना के लिए जो सुसज्जित शिविर बनवाए थे, वे देखने में एक-दूसरे हस्तिनापुर की बस्ती जान पड़ते थे! इसके सिवा राजाओं के रहने के लिए जो सैकड़ों-हजारों दुर्ग बनवाए थे, वे भी असली दुर्गों के समान जान पड़ते थे! राजाओं ने बड़े उत्साह से अपनी-अपनी सेना के साथ उन सेना निवेशों में डेरा डाला था।" (उद्योग पर्व 195 वें अध्याय में श्लोक-क्रम 10-18 तक)
2. 'दि न्यू बारबेरियन्स' नामक अंग्रेजी फिल्म में एक पात्र दिखाया गया है जो काले रंग का है। यह पात्र धनुष-बाण धारी है। आधुनिक विध्वंसक हथियारों के जवाब में यह चरित्र अपने धनुष-बाण का ही उपयोग करता है और इसके पास इस तरह के अनेक बाण मौजूद हैं जो आधुनिक बमों से कहीं आगे हैं।

कुंडल ने सुना। सूचना के योग्य समाचार बहुत कम था; किन्तु जिस तरह सुना उसने वह खालीपन बढ़ा दिया था, जिसे वहीं नहीं बहुतेरे लोगों की आंखों और चेहरों पर उसने देखा था। मन हुआ था कि उठे और विदा ले ले; किन्तु वही मन था, जो रह-रहकर यह भी कहता लगता था, "नहीं कुंडल! इस दुस्साहसी और मूर्ख व्यक्ति को युद्ध कल्पना नहीं है। तनिक स्मरण तो करा दो इसे कि इसके कितने पास मृत्यु इसका आवाहन कर रही है!" और अजाने ही बोलने लगा था वह, "क्षमा करें, रक्षाधिकारी, एक निवेदन करूं?"

"कहो?"

"आपने जिन संहारक अस्त्रों का वर्णन किया, वे कितनी दूर तक और किस सीमा तक ध्वंस कर सकते हैं।

रक्षाधिकारी ने कुंडल को ऐसे देखा जैसे उसकी खिल्ली उड़ा रहा हो। बोला, "यह समझ लो कि उन अस्त्रों की ध्वंसात्मक शक्ति का अनुमान होते हुए भी पूरी तरह परिणाम की कल्पना उन महायोद्धाओं को भी नहीं है, जो उन्हें चलाएंगे। वायव्यास्त्र, अग्न्यास्त्र, ब्रह्मास्त्र आदि ऐसे अस्त्रों को जानने वाले और उन्हें चलाने वाले और उन्हें चलाने वाले महारथी इस युद्ध में होंगे जो दूर-दूरंत नाश करने की शक्ति रखते हैं। सहस्त्रों मीलों तक उनके चलाए अस्त्रों से वातावरण में मृत्यु बरसने लगेगी।"[1]

"वाह! वाह!" कुछ चिढ़ता हुआ-सा बोल गया था कुंडल, "वाह!"

रक्षाधिकारी ने भौंचक्के होकर उसे देखा।

कुंडल ने कहा, "...उन अस्त्रों की शक्ति, संहार का कुछ-कुछ अनुमान होते हुए भी आप प्रसन्न हो रहे हैं, रक्षाधिकारी कि आपका यह संसार

---

1. एक अन्य अंग्रेजी फिल्म 'एक्सटरमिनेटर्स आफ द इयर थ्री थाउजेंड' में भी एक काले आदमी और काली स्त्री की कल्पना की गई है। इसके अतिरिक्त अन्य ऐसे पात्र भी दिखाए गए हैं जो धनुष-बाण के माध्यम से भयावह विध्वंस कर डालते हैं। उपरोक्त फिल्में हालांकि विज्ञान की कल्पना कथाएं हैं, किन्तु ये कल्पनाएं इन फिल्म लेखकों और निर्देशकों के उस अध्ययन पर आधारित हैं जो संसार के प्राचीनतम, विशेषकर संस्कृत ग्रन्थों में मौजूद हैं। ऐसी अनेक विदेशी फिल्में बनी हैं, विज्ञान-कथाएं लिखी गई हैं, जिनमें सत्य भले न हो किन्तु सत्याधारित विज्ञान-भविष्य की कल्पना मौजूद है।

सुरक्षित रहेगा? यह गौरवशाली हस्तिनापुर जिसमें चारों ओर सुख-समृद्धि और कला फल-फूल रहे हैंसुरक्षित रहेंगे? यह तो आश्चर्यजनक बात है कि कोई स्वयं अग्नि अस्त्र पर सवार होकर अट्टहास करे?"

रक्षाधिकारी विस्फरित नेत्रों से उसे देखने लगा था। कुंडल के स्वर ही नहीं, दृष्टि में भी चिढ़ और घृणा भर आई थी। मन-ही-मन वह उसके लिए अपशब्द कहता हुआ, उठा और तीव्र गति से मनोरंजन गृह के बाहर निकल गया।

कब, कितनी देर हुए पत्नी सामने आ बैठी थीं, स्मरण नहीं। ज्ञात भी नहीं हुआ था। लगता है कि धीमे-धीमे ही सही दर्शन-शक्ति भी बिसराने लगे हैं। केवल दर्शन-शक्ति ही क्यों, शरीर और बाह्य सुख की सभी अनुभूतियां डूबती जा रही हैं। अपने ही भीतर झांकते हैं, तो लगता है, जिस रेगिस्तान की तपन बाहर झेल रहे हैं, वह उनके अपने भीतर भी दूर-दूर तक फैला हुआ है। गले में चटखन अनुभव हुई, तब अपने भीतर के रेगिस्तान से निकल सके थे...और उसी समय पत्नी पर दृष्टि पड़ी, "अरे, वत्सला! तुम?"

वह मुस्कुराई। युयुत्सु को लगा था कि मुस्कान का प्रयत्न भर किया है उन्होंने मुस्कुरा नहीं सकी हैं। मुस्कान के नाम पर जो कुछ युयुत्सु ने देखा है, वह केवल मात्र वत्सला का अपने प्रति ही एक कठोर कर्म हैशेष कुछ नहीं!

वत्सला ने कहा था, "देखती हूं, राजसुत! आप किसी कारण खिन्न हैं?"

युयुत्सु हंसे, फिर लगा कि खुद ही वैसी कठोरता से अपने भीतर की हंसी उकेर लाए हैं, कहा, "तुम तो ऐसे पूछ रही ही जैसे इस खिन्नता से कोई मुक्त है?"

वत्सला ने चकित होकर पति को देखा।

युयुत्सु ने आसन से उठकर झरोखे की ओर जाते हुए कहा, "देवी! यह खिन्नता आज सम्पूर्ण विश्व के जड़-चेतन पर दीखने लगी है। लगता है कि जिस चेतन को चलते, फिरते, काम करते या बोलते हुए हम लोग देख रहे हैं, वह अब जीवन्त नहीं है। जीवन के वहम में चल रहा है।"

वत्सला पति के पीछे-पीछे चलती गई थीं। झरोखे से दूर आकाश की असीमता पर आंखें टिकाए हुए भारी स्वर में पति ने जो कुछ था, वह

वत्सला ने भी अनुभव किया। समझ गईं। आगत युद्ध की पीड़ा ने सहज स्वभाव युयुत्सु को दुःखी कर दिया था। जानती थीं कि युयुत्सु अत्यधिक शांतिप्रिय और सरल-हृदय हैं। लोभ, छल, प्रपंच उनका स्वभाव नहीं। उनकी अनुभूति से जुड़कर वत्सला भी कम पीड़ित नहीं हुईं। एक कदम आगे बढ़ाया और उनके साथ जा खड़ी हुईं। पूछा, "देव! आप जिस कष्ट को अनुभव कर रहे हैं, उसे मैं भी जानती हूं, पर उसे लेकर अब व्यर्थ ही विचारने से तो कोई लाभ होगा नहीं? जिनके हाथों में निर्णय था, वे निर्णय दे चुके। जिनके वश में सम्मति थी, शुभाशुभ की चेतावनियां देनी थी, वह भी अपना धर्म निबाह चुके। अब परिणाम को लेकर बहुत विचार करना व्यर्थ है देव! आप मन को सहज बनाने की चेष्टा करें!"

सहसा युयुत्सु मुड़े। पत्नी की ओर ठहरी निगाहों से देखा। पूछा, "तुम बतलाओ वत्सला! क्या तुम अपने मन को सहज कर पा रही हो? क्या यह विचार तुम्होरे मन से हट सकता है कि इस सुन्दर को हम असुन्दर में बदलने जा रहे हैं? आनंद को हम कष्ट बनाने वाले हैं और दृष्टि-सुख को केवल पीड़ा में परिवर्तित कर रहे हैं? केवल अपने जीवन का नहीं, उन निर्दोषों के जीवन का हत्या-पाप भी हमारे माथे आना वाला है, जो युद्धभूमि में केवल किसी की हठ के लिए लड़ेंगे! क्या इस स्थिति को जानने वाले के लिए यह सब सहज है देवी!"

वत्सला ने तर्कातर्क नहीं किया। पति का स्वभाव जानती थीं। उनके कवि-हृदय सारल्य से भी परिचित थीं। निश्चय ही जो कुछ वह कह रहे हैं, उस सबको गहन आत्मबोध के साथ अनुभव भी कर रहे होंगे। उनकी तनी भवें, जबड़ों का ढलाव और थकी-थकी आवाज अंतरपीड़ा व्यक्त कर रही थी। वत्सला को कष्ट हुआ।

युयुत्सु बड़बड़ाने लगे थे, "कैसी विडम्बना है यह! एक राजनीतिक उद्दण्डता और हठ को सहेज पाने में आज महात्मा विदुर का ज्ञान पथराकर रह गया है। भीष्म अपने-आपको असहाय अनुभव कर रहे हैं। महाराज धृतराष्ट्र सिर्फ थरथरा पाते हैं, गांधारी केवल चीख सकती हैं। द्रोणाचार्य केवल निवेदन कर पा रहे हैं।" सहसा युयुत्सु थमे थे। गहरा श्वांस लेकर जैसे अपने को ही उलीच दिया था उन्होंने, "..और हम कौरव-रक्त अनुचर

भर बन गए हैं। अनुशासन धर्म के नाम पर बृद्धिहीन भाव से, किसी जड़ वस्तु की तरह जी चाहे उधर घसीटे जाते हुए।''

वत्सला की आंखें छलछला आई थीं। कहा, ''देव! मन को सहेजिए! इस तरह पीड़ाकुल होते रहकर अपने को हो दुःख देंगे हम लोग!''

''हम कौरवों की कहानी तो यही है कि हमने सारा जीवन अपने-आपको ही दुःख दिया है। इस सुख के वहम में कि जो कुछ हम कर रहे हैं, वह हमारा आत्म-आनंद है। हम सदा दुःख देते आए हैं स्वयं को।''

थके से युयुत्सु पुनः आसन पर आ बैठे। लगता था कि इस कक्ष, आसन और इसके इर्द-गिर्द बेबसी से अपने-आपको खींचते रहना ही शक्ति सम्पन्न कौरवसुत की नियति रह गई है। यही उनकी शक्ति, यही उनका धर्म।

वत्सला पास आ खड़ी हुई थीं। स्वर को उसी तरह शांत रखते हुए कहा था उन्होंने, ''हम कर भी क्या सकते हैं। राजपुत्र! केवल यही तो हमारे वश में है कि हम ज्येष्ठ कुलांशों के आदेशानुसार उचित हो या अनुचित, वही किए जाएं, जो वह चाहते हैं। इसी में हमारी सद्गति है। यही हमारा धर्म!''

''धर्म!'' चौंककर युयुत्सु ने पत्नी को देखा। माथे पर सिकुड़न बिखर आई थी, ''धर्म? क्या सचमुच यही है हमारा धर्म?'' वह बड़बड़ाए, फिर कुछ पल रुककर पुनः बड़बड़ाने लगे थे, ''धर्म? मेरा विचार है कि धर्म की व्याख्या स्थिति अनुसार होनी चाहिए।'' सहसा चुप हो गए थे वह। चिन्तनग्रस्त!

धर्म! युग-युगों से चिन्तनीय रहा विषय। हर स्थिति, हर घटना के अनुसार उसकी अपनी ही तरह व्याख्या हुई। अपनी ही तरह अर्थ निकले। युग बीते। असंख्य जीव जनमे, मरे पर धर्म? एक सनातन सत्य! वह सदा स्थिर। सदाजीवी!

कभी-कभी तो युयुत्सु को लगता है कि धर्म ही ईश्वर है। सत्य, अहिंसा, उसकी अदृश्य बांहें वह संघर्ष की एक सनातन परम्परा का नाम है। यह निरंतर चलती रहती है। हर स्थिति, हर दर्शित, अदर्शित के बीच!

कौरव-पाण्डवों के बीच धर्माधर्म का निर्णय करना युयुत्सु जैसे

साधारण मनुष्य का काम नहीं। यह दायित्व, विदुर, व्यास, संजय आदि का। युयुत्सु का दायित्व है, केवल अपना धर्म निर्वाह!

और वह धर्म-निर्वाह युयुत्सु को किसी व्यवस्था या नियम के अंतर्गत नहीं, आत्ममंथन की अनंत गुफाओं को छानते हुए करना होगा।

इन गुफाओं में अपने ही तर्कों और उचित-अनुचित की ज्योति से प्रकाश भरना होगा। उस प्रकाश में आगत-कर्म निश्चित करना होगा!

मृत्यु के इस अन्तिम चरण पर पहुंचकर यह दायित्व और बढ़ गया है। शीघ्राति-शीघ्र युयुत्सु को निर्णय लेना होगा कि उनका धर्म क्या है? यह धर्म मार्ग राजा धृतराष्ट्र के पुत्र होने के कारण निश्चित नहीं किया जा सकेगा। इसे महत्त्वकांक्षी दुर्योधन के आदेश पर भी निश्चित करना कठिन! और इसे कौरव-कुल के व्यक्ति के नाते भी व्याख्यायित करना असम्भव!

तब?

तब केवल अंधेरी गुफाओं को प्रकाशित करने का चिन्तन-क्रम चलाना युयुत्सु का पहला धर्म! क्या युयुत्सु का इस युद्ध में भाग लेना उचित होगा?

या युयुत्सु बलराम की तरह दोनों ही पक्षों से किनारा कर जाएं?

अथवा कौरवबन्धु होने के नाते राजा दुर्योधन के प्रति अपना नैतिक धर्म निबाहें? कौरवों की ओर से युद्धरत हों?

या पाण्डव पक्ष के सत्य को समझें? उनका साथ दें?

अंधेरी गुफाओं में बहुत-सी राहें हैं। कौन-सी राय धर्म-सत्य की ओर पहुंचाएगी, और किस राह पर कदम बढ़ाकर युयुत्सु या उनकी जैसी स्थिति का कोई व्यक्ति पापमार्गी हो सकता है, यही तय करना आवश्यक!

वत्सला कब चली गई, यह भी ज्ञात नहीं। विचार-शृंखला उस समय टूटी थी, जब सन्देशवाहक आया, "प्रणाम राजसुत! महाराज दुर्योधन ने स्मरण किया है आपको!"

"कहां?"

"सभाकक्ष में।"

"हूं।" युयुत्सु ने कहा। उठ पड़े। द्वारपाल ने राह दी। युयुत्सु तीव्र गति से बड़े भाई के बुलावे पर सभाकक्ष की ओर बढ़ चले।

महाराज दुर्योधन अकेले ही थे उस समय। चेहरे पर कठोरता और दृढ़ता के साथ-साथ तत्परता लिखी हुई। युद्ध की तैयारियां जिस स्तर पर चल रही थीं और शक्ति-संयोजन में जिस तरह तीव्रगति से आगे बढ़े जा रहे थे, उसने विजय-विश्वास दृष्टि में अंकित कर दिया था। वायुगति से यहां-वहां आते-जाते, किसी पक्ष से राजनीतिक वार्ता करते, सहायता लेते, किसी राजा को बाध्य करते। विभिन्न अस्त्रास्त्रों की स्वयं ही जानकारियां करते। महत्त्वपूर्ण मोर्चों की योजना गुप्तचरों की सूचनाओं के आधार पर बनी थीं। हर मोर्चा इस तरह संजोया, संवारा गया था कि शत्रु-पक्ष का एक-एक कदम आगे बढ़ना असम्भव हो जाए!

युयुत्सु पहुंचे। प्रणाम किया, फिर पूछा, "मुझे स्मरण किया राजन्!"

"हां, बन्धु!" दुर्योधन ने इस तरह कहा कि युयुत्सु चकित हो गए। अविश्वसनीय ढंग से बड़े भाई की कठोर आंखों को देखते रहे। दुर्योधन के स्वर में ऐसी नमी, लोच और स्नेह? यह तो कभी, किसी बार युयुत्सु को सुनने नहीं मिला। ऐसी चाशनी जैसी मिठास! सचमुच भाई के मुंह से ही अच्छी लगती है। युयुत्सु इस चाशनी के लिए सदा ही तरसते रहे; पर आज?

युयुत्सु यांत्रिक ढंग से बैठ रहे थे। लग रहा था कि गलत सुन गए हैं। राजा दुर्योधन के स्वभाव की कटुता और क्रोध तो सदा ही उनके स्वर की खराश रहे हैं। भला खराश से चाशनी कैसे झर सकती है!

राजा दुर्योधन ने उसी मीठी आवाज में कहा था, "पाण्डवों की ओर से भी बड़े स्तर पर युद्ध की तैयारियां हो रही हैं। तुम्हें तो सब कुछ ज्ञात होगा ही।" फिर उनकी प्रश्नवाचक आंखें युयुत्सु के चेहरे पर पड़ गईं।

"हां।"

दुर्योधन अपने स्थान से उठे और चहलकदमी करने लगे। वह बहुत धीमे बोल रहे थे; किन्तु उनका स्वर एक गूंज से भरा हुआ था। युयुत्सु केवल सुनते रहे। दुर्योधन कह रहे थे, "मेरी इच्छा है कि तुम भी अपनी सेना को सभी आयुधों से सज्जित करके कुरु-क्षेत्र के उस मोर्चे की ओर बढ़ो, जिधर से पाण्डव-सेना आएगी। मूझे विश्वास है कि तुम जैसे पराक्रमी

से भी उन्हें वही अनुभव होगा, जिसकी वह कौरव वीरों से अपेक्षा करते रहे हैं।''

युयुत्सु ने कुछ नहीं कहा था।

''पाण्डव परजित होंगे!'' दुर्योधन के स्वर में सहसा उत्तेजना पैदा हो गई थी, ''यह विश्व केवल राजा धृतराष्ट्र के पुत्र ही संचालित कर सकेंगे। यही उनका वांछित भी है और यही उनका नैतिक अधिकार भी!''

युयुत्सु शांत होकर सुनते गए। सहसा दुर्योधन उनकी ओर मुड़े थे, ''बस, यही कुछ कहने के लिए तुम्हें स्मरण किया था मैंने।''

स्पष्ट था कि अब उन्हें जाना चाहिए। युयुत्सु उठ पड़े। अभिवादन किया और सिर झुकाए हुए चुपचाप सभाकक्ष के विशाल द्वार से बाहर निकल गए। अब उन्हें जल्दी-से-जल्दी निर्णय ले लेना था कि उनका धर्म क्या है? क्या करना उनके लिए श्रेष्ठ? एक बार पुनः चिन्तन ने उन्हें मन-मस्तिष्क तक तनाव से भर दिया था।

उपप्लव्य नगर तक पहुंचने की चेष्टा में चेतन को उस समूचे क्षेत्र में खासी कठिनाई भोगनी पड़ी थी, जिसे पार करते हुए वह हस्तिनापुर और कुरु-जांगल प्रदेश से गुजरा। उस क्षण गहरी शांति मिली थी, जब उसने उपप्लव्य के सीमाक्षेत्र में प्रवेश किया।

किन्तु थोड़ी देर बार पुनः कठिनाइयां आने लगीं। इस बार पाण्डवपक्ष की सतर्कता ने चेतन को अकुला दिया। इतने शीघ्र, इतना सब हो जाएगा, चेतन ने कल्पना तक नहीं की थी; पर जैसे ही आगे बढ़ा, वैसे ही विस्मय से उस क्षेत्र की गहमागहमी ने उसे भौंचक्का कर दिया।

हस्तिनापुर की सीमाओं से लेकर जिस-जिस ओर चेतन चला, उसने कौरवों या पाण्डवों की सेनाओं के शिविरों का एक जाल देखा। रथों की दौड़ न भोर में थमती थी, न रात्रि में। वह दोनों ही पक्षों की ओर से निरंतरता ले चुकी थी। छोटे-से-छोटा सन्देश इधर-से-उधर पहुंचाया जा रहा था। गुप्तचरों का एक जाल-सा दोनों ही ओर से बिछा हुआ। चेतन सहमता-सकुचाता आगे बढ़ा, फिर लगा था कि वह सेनाओं के सतर्क शिकंजे से बच नहीं सकेगा। यदि किसी आशंकित पाण्डव सैनिक ने चेतन को पकड़ लिया, तो बचाव असम्भव होगा। युद्ध काल में गुप्तचर अवध्य नहीं हो सकता। किसी भी सेनाधिकारी का निर्णय उसके लिए जानलेवा हो सकता था।

तब? तब क्या करे चेतन? उसने पाण्डव-सेना के अनेक शिविर पार करने के पश्चात् विचार किया था और चपल बुद्धि ने निर्णय दे दिया, "शुभ यही होगा कि चेतन स्वयं किसी शिविर में पहुंचकर अपने-आपको प्रकट कर दे। बतला दे कि वह हस्तिनापुर से आ रहा है और यह भी सुझा दे कि वह उपप्लव्य वासी है। विदेश में कुशल न जानकर ही उसे वहां से निकलना पड़ा है।"

इस तरह निश्चय ही उसे उसके नगर तक पहुंचा दिया जाने वाला था। हो सकता है कि कुछ प्रश्न होते, कुछ कुरेदा जाता, उनके भी उसे सच-सच उत्तर दे देने थे। पाण्डव पक्ष के गुप्तचरों ने जो सूचनाएं एकत्र कर ली होंगी, उनसे अलग सूचना देने का अर्थ होगाचेतन का अंत! उसकी परीक्षा उसकी सत्य सूचनाओं से ही होगी!

और चेतन ने कदम बढ़ा दिए थे एक शिविर की ओर। अन्धकार को चीरता हुआ वह अचानक ही सैनिकों के सामने जा खड़ा हुआ था। वे सतर्क हुए। तुरंत हथियारबन्द सैनिकों ने उसे घेर लिया। प्रश्न बरसने लगेकौन है! कहां से आया है इस समय! काम क्या करता है? इधर कैसे आ निकला?

चेतन ने जो उत्तर दिए, उन्होंने सैनिकों को भौंचक्का कर दिया। चेतन ने स्पष्ट कह दिया था, "मैं कौरवसुत युयुत्सु का विश्वसनीय गुप्तचर हूं। उपप्लव्य वासी होने के कारण इस समय मैंने हस्तिनापुर से निकल भागने में ही कुशल समझी। अब अपने परिवार के पास पहुंचना चाहता हूं।"

गुप्तचर! और वह भी कौरवपक्ष का? पाण्डव सैनिक सकपका गए थे। कुछ फुसफुसाहटें हुईं। चेतन ने समझ लिया था कि उसे वह सीधे शिविर-व्यवस्थापक के पास पहुंचानेवाले हैं।

यही कुछ हुआ। कुछ ही पलों बाद चेतन शिविर व्यवस्थापक के पास था। उस समय तक मन घबराहट से भरा रहा था, जब तक कि यह ज्ञात न हुआ कि व्यवस्थापक कौन है? यदि कुंतीपुत्र भीमसेन की तरह कठोर व्यक्ति हुआ, तो चेतन का प्राणांत निश्चित! पर भाग्य था, उसे प्रस्तुत किया गया महाराज युधिष्ठिर के सामने।

चेतन निश्चिन्त हो गया थामृत्युभय नहीं। राजा युधिष्ठिर दूर-दूर

तक अपनी शांतिप्रियता और सरलता के साथ-साथ सत्यवादिता के लिए पूजनीय चरित्र ठहरे। उनसे भय कैसा?

पहली बार उतने पास से दर्शन करने का सौभाग्य मिला था चेतन को। पांडुसुत युधिष्ठिर की दृष्टि देखकर मन बर्फ की तरह ठंडा हो जाता था। शरीर का ताप विलग। सारी थकान उतर गई थी चेतन की। प्रणाम किया और टकटकी बांधे हुए मुग्ध भाव से सत्य के उस साक्षात् को देखता रह गया। आंखें हट नहीं रही थीं युधिष्ठिर के व्यक्तित्व से परे।

सैनिकों ने सिर झुकाकर चेतन से मिली सारी जानकारी युधिष्ठिर को बतलाई थी। उन्होंने शांतिपूर्वक सुना, फिर संकेत से सैनिकों को जाने के लिए कहा। अब प्रकोष्ठ में केवल युधिष्ठिर थे और उनके सामने किसी बच्चे की तरह कोमल हो चुका मन लिए चेतन।

''तो गुप्तचर हो तुम?''

''जी, देव!''

''नाम क्या है तुम्हारा?''

''चेतन।''

''पाण्डव पक्ष की सूचनाएं देने गए थे कौरवों के पास?'' युधिष्ठिर ने तनिक भी उत्तेजित हुए बिना शांत स्वर में प्रश्न किया।

चेतन का मन हुआ था कि स्पष्ट बदल जाए। कह दे कि वह तो बरसों से हस्तिनापुर में ही रहता था; पर युद्धारम्भ की स्थिति जानकर उसने वहां से भागने में ही कुशल समझी। राजा विराट की प्रजा जो ठहरा और राजा विराट पाण्डवों के सम्बन्धी और पक्षधर हैं। कुरुवासी चेतन पर विश्वास नहीं करते। अतः जीवनरक्षार्थ भागा है वहां से। यही कुछ उस समय मन में सोच रखा था; पर यह कहां सोचा था कि उसका सामना सीधे महाराज युधिष्ठिर से होगा!

और युधिष्ठिर के सामने होने का अर्थ हैसत्य से साक्षात्कार! चेतन के भीतर का सारा असत्य हिल गया था। लगा कि जो कुछ सोचा था, सब मोम की तरह पिघलकर मन से परे हो गया है। उसकी जगह एक

सरलता उमड़-घुमड़ आई है मन में। बोला, ''मुझे प्राणदान दें राजन! मैं सब कुछ सत्य कह देना चाहता हूं।''

युधिष्ठिर के चेहरे पर सरल मुसकान बिखर गई थी। रसीले शब्द होंठों से बहे, ''हम प्रसन्न हुए गुप्तचर! अवश्य कहो!''

पल-भर के भीतर ही सब कुछ कह डाला था चेतन ने। यह भी कि वह केवल राजसुत युयुत्सु के लिए कार्य करता रहा है। यह भी कि उसे पाण्डव पक्ष की सैन्य तैयारियों की सूचना युयुत्सु तक पहुंचानी है और यह भी कि युद्ध की आशंका से शांतिप्रिय युयुत्सु बहुत व्यग्र और चिन्तित हैं।

समाचार देने के बाद लज्जानत चेतन ने अपने-आपको बहुत हलका अनुभव किया।

युधिष्ठिर कुछ पल शांत रहे, फिर पूछा, ''जानते हो ना गुप्तचर! शत्रु पक्ष तक समाचार पहुंचाने वाले का दण्ड क्या है?''

''जानता हूं राजन्'' चेतन ने आत्मविश्वास के साथ सधे शब्द बोले।

''और फिर भी तुमने यह सब कहा है, जो हमने सुना?''

''हां, राजन्! मुझे इस समय यही कुछ कह देना उचित लगा।'' चेतन ने उत्तर दिया, ''अब आप जो भी दण्ड दें, मैं भोगने के लिए तैयार हूं।'' अभी शब्द पूरे ही हुए थे कि द्वारपाल आ पहुंचा। नमन के साथ निवेदन किया था, ''द्वारकापति श्रीकृष्ण आ रहे हैं, राजन्!''

''सम्मान सहित लाओ।'' युधिष्ठिर ने उसी तरह धीमा-सा उत्तर दिया। दृष्टि चेतन पर टिका दी।

श्रीकृष्ण ने प्रवेश किया। पाण्डवराज ने उन्हें स्नेहपूर्वक साथ बैठाया, फिर सैनिकों को आदेश दिए थे, ''कौरव गुप्तचर को आदरपूर्वक ले जाओ। कुछ समय बाद पुनः उपस्थित करना।''

श्रीकृष्ण चौंके। चेतन ने वह सतर्क दृष्टि देखी। बदन सिहरन से भर उठा था। सैनिकों के साथ दूसरे शिविर में चला आया। मन चिन्ता और दुविधा में जकड़ा हुआ। कुछ देर बाद महाराज युधिष्ठिर के सामने पुनः उपस्थित किया जाएगा। क्या निर्णय करेंगे वह?

मृत्युदण्ड?

सम्भवतः मृत्युदण्ड ही मिलेगा चेतन को। स्वयं युधिष्ठिर भी तो कह

चुके थे उससे'जानते हो ना, शत्रु-पक्ष तक समाचार पहुंचाने-वाले का दण्ड क्या है?

दण्ड तो निश्चित हो चुका है चेतन! मृत्यु!

किन्तु सत्यवादन पर भी मृत्यु? पाण्डवराज युधिष्ठिर तो दया, धर्म और सत्य के प्रतीक माने जाते हैं। क्या वह ऐसा दण्ड देंगे चेतन की सत्यवादिता पर? वह अपने से ही प्रश्न करता गया था।

सैनिक उसे एकांत कक्ष में बैठाकर बाहर जा खड़े हुए थे। शिविर के उस छोटे से हिस्से में चेतन अकेला! लगा था कि अकेला नहीं है, उसके अपने भीतर कोई है, जो किसी बार डराता हुआ प्रंश्न करता है, किसी बार यह आश्वासन भी देता है कि चेतन ने जो किया, वही उचित था। उसे मृत्युदण्ड नहीं मिलेगा। युधिष्ठिर दयालु हैं। निःसन्देह वह दया करेंगे उस पर।

हो सकता था कि दया ही करें। जीवनदान दे दें, पर वहां बैठे हैं श्रीकृष्ण। सब कुछ जानने के बाद वह जो सुझाव देंगे, उसी पर चलेंगे धर्मराज युधिष्ठिर और श्रीकृष्ण क्या कहेंगे? क्या निर्णय लेंगे? अनुमान कर पाना असम्भव!

अब जो भी हो, चेतन परिणाम भोगेगा। उसने सहसा अपनी पूरी जीवनशक्ति बटोरकर अपने-आपको उस क्षण के लिए तैयार कर लिया था, जबकि उसे पुनः युधिष्ठिर के सम्मुख प्रस्तुत किया जाएगा।

अधिक समय नहीं बीतने पाया था। सैनिक पुनः आ पहुंचे थे। चेतन उठ खड़ा हुआ।

चेतन पहुंचा तो पाया कि इस बार गांडीवधारी अर्जुन भी आ पहुंचे थे। प्रवेश के साथ ही उन सभी ने चेतन को ध्यानपूर्वक देखा था। सब शांत थे, सहज भी उत्तेजनाहीन!

चेतन उन सहज आंखों का सामना नहीं कर सका था। सिर झुकाकर खड़ा रह गया। बदन अपराध-बोध से गला हुआ।

"गुप्तचर!" राजा युधिष्ठिर ने कहा था, "हम तुम्हारे सत्यभाषण से प्रसन्न हुए। तुम स्वतंत्र हो!"

चेतन ने सुना। कानों पर विश्वास नहीं हुआ था उसे। विस्मय और अविश्वास से होंठ खुले रह गए थे। कुछ सहज होकर जैसे-तैसे बुदबुदा सका था, "मैं...मैं?"

"हां-हां, गुप्तचर। तुम स्वतंत्र हो!" युधिष्ठिर उसी तरह कहे जा रहे थे, "तुमने अपना दायित्व पूरा किया। दायित्व निर्वाह धर्म है और उसके साथ-साथ सत्यभाषण करके तुमने उस नैतिकता का दायित्व भी निबाहा है, जो मनुष्य धर्म है।"

"राजन्!" सहसा बच्चों की तरह बिलखता-सा चेतन युधिष्ठिर के चरणों पर लोट गया था। वह बोल नहीं पा रहा था। बहुत कुछ बोलना चाहकर भी उसका हर शब्द उसकी रुलाई मे गुम गया था।

सहसा युधिष्ठिर का स्वर सुना था चेतन ने, "सैनिक! कौरव गुप्तचर को सुरक्षित रुप से इसके नगर-निवास उपप्लव्य में पहुंचा दो।" फिर वह चेतन की ओर मुड़े थे, "और हमें विश्वास है गुप्तचर! अब तुम पाण्डव पक्ष का अहित हो, ऐसा कोई कार्य नहीं करोगे।"

"मैंमैं शपथ लेता हूं राजन्! मै शपथ लेता हूं।" उसी तरह रोता हुआ चेतन बोलने लगा था।

"अब तुम जा सकते हो!" युधिष्ठिर का आदेश हुआ। लड़खड़ाता हुआ-सा चेतन चल पड़ा।

द्वार से निकलकर बाहर पहुंचे, इसके पहले ही युधिष्ठिर, श्रीकृष्ण और अर्जुन के बीच वार्ता दौर प्रारम्भ हो गया था। चेतन ने अर्जुन का कठोर स्वर सुना था, "अग्रज! मैं अनेक देवी-देवताओं से दुर्लभ अस्त्र प्राप्त कर चुका हूं, जो क्षण मात्र में पृथ्वी का नाश कर सकते हैं, किन्तु मैं वैसा करना नहीं चाहता। भगवान शंकर से मुझे जो दिव्यास्त्र मिला है, वह अलभ्य है; किन्तु युद्ध में मैं साधारण अस्त्रों से ही काम लूंगा। मैं नहीं चाहता कि मनुष्य जाति का विनाश हो जाए"[1]

चेतन ने सुनाश्रद्धा हुई थी उसे। बाहर निकल गया।

---

1. "...किरात रूपी शंकर ने द्वन्द्वयुद्ध में सन्तुष्ट होकर जो दिव्यास्त्र मुझे दिया है, उसे चलाना भीष्म, द्रोण, कृपाचार्य और अश्वत्थामा भी नहीं जानते। किन्तु उस दिव्यास्त्र से मैं साधारण मनुष्य-जाति का विनाश करना ठीक नहीं समझताइसलिए मैं सरल युद्ध में ही शत्रुओं को परास्त करूंगा।" अर्जुन का युधिष्ठिर से कथन(महाभारत 'उद्योग पर्व' के 194वें अध्याय में श्लोक क्रम9 से 17 के बीच)

विशाल सेना-शिविर था वह। सैनिकों के साथ चलते हुए भी अब वह किसी भी दिशा में जाने, मुड़ने और देखने के लिए स्वतंत्र था। महाराज युधिष्ठिर उसे जीवनदान दे चुके थे। वह प्रसन्न था, किन्तु हर बढ़ते कदम के साथ शिविर क्षेत्र से निकलते हुए वह विस्मय की असंख्य ऊंचाइयों-नीचाइयों से अपने-आपको निकलते पा रहा था।

अनेक शिविर थे पाण्डवों के। उनमें से एक उपप्लव्य के पास[1]। पहली-पहली नजर में चेतन को प्रसन्नता हुई थी। महाराज युधिष्ठिर ने लेषमात्र की कमी नहीं रखी है कौरवेन्द्र दुर्योधन की तुलना में। अनेक स्थानों पर दृष्टि पड़ते ही ऐसा लगा था, जैसे पाण्डवों ने अपने सैनिकों, साथियों और योद्धाओं के लिए अपरिमित ऐश्वर्य भी जुटा दिया है। भोग विलास सभी वस्तुएं मौजूद दीखती थीं वहां।[2]

पर थोड़ी बाद ही चेतन इस परिणाम पर पहुंचा था कि इस मृत्यु आवाहन संग्राम में दोनों ही पक्ष अपने सैनिकों और योद्धाओं को भौतिक सन्तोष के साथ मृत्यु देना चाहते हैं। मन में कहीं हलकी-सी पीड़ा भी हुई और मस्तिष्क थक गया; पर सच यही था, एक व्यंगपूर्ण सच!

सैनिक ने एक निश्चित स्थान पर पहुंचाने के बाद चेतन से कहा था, "सुनो विराटवासी! हम रथ-केन्द्र को सूचना दिए देते हैं। जैसे ही कोई रथ उपप्लव्य की दिशा में जाएगा, तुम्हें सूचना दे दी जाएगी।"

"धन्यवाद!" चेतन ने आभार व्यक्त किया। सैनिक चले गए और वह एक साथी सैनिक के साथ बैठा हुआ दूर-दूर तक ऊबी हुई दृष्टि दौड़ाने लगा, किन्तु दृष्टि-सीमा छोटी थी, शिविर क्षेत्र बहुत बड़ा। उसे समूचा समा लेना असम्भव!

---

1. उपप्लव्य नगरः विराट या वैराट नामक नगरआधुनिक दिल्ली से लगभग 105 मील दक्षिण दिशा की ओर और जयपुर से करीब 40-42 मील उत्तर की दिशा की ओर हैपाण्डवों ने इस जगह के इर्द-गिर्द एक बड़ी छावनी बना रखी थी।
2. छकड़े, बाजार, डेरे, छोलदारियां, कनातें, वेश्याओं के डेरे, सवारियां, वाहन, खजाना, यंत्र (तोपें आदि) शस्त्रास्त्र, घावों का इलाज करने वाले वैद्य आदि उस फौज के साथ थे।
   सभी महाभारत के (उद्योग-पर्व) 151 वें अध्याय में श्लोक-क्रम55से 60 के बीच वर्णित।

लगभग आधा घण्टे बाद चेतन को सूचना दी गई थी कि उपप्लव्य की ओर जाने के लिए एक रथ तैयार है। चेतन उठ पड़ा। मन के किसी अदृश्य कोने में सहसा ही कोंपलों की तरह परिवारजनों के चेहरे पर उभर आए।

रथ ने उपप्लव्य नगर में घर के मुख्यद्वार पर छोड़ दिया था चेतन को। चेतन इस तरह अपने घर की ओर बढ़ा, जैसे विस्मय से उस सबको देख रहा हो। सब कुछ बदला हुआ।

सड़के सन्नाटे से डूबी हुई थीं। चहल-पहल काफी कुछ ठण्डी। हर चेहरा संकोच और डर से भरा हुआ। अधिकतर लोग वृद्ध, प्रौढ़ या बालक। संकोचग्रस्त और चिन्तित स्त्रियों को उत्साहहीनता से पूर्ण देखा था चेतन ने।

सब कुछ विचित्र लगते हुए भी अस्वाभाविक नहीं लगा था उसे। युद्ध और युद्ध के परिणाम की कल्पना सभी जान रहे हैं, पर चेतन सम्भवतः कुछ अधिक ही जान चुका है।

घर के भीतर घुसने से पहले वह रुआंसा-सा खड़ा हुआ नगर में बिखरे सन्नाटे को देखता रहा था। लगता था कि सन्नाटा उसके अपने भीतर उतर गया है। वह अनायास ही वृद्ध होने लगा है।

विभिन्न नगरों, राज्यों ने विभिन्न युद्ध और संहार देखे थे, किन्तु अब जो कुछ कौरव-पाण्डव स्तर पर होने जा रहा था, उसके बाद सम्भवतः संहार के योग्य कुछ बचेगा नहीं! उसने सोचा। भला नाश का नाश कैसे हो सकता है? अभी कुछ आगे सोचे कि उसका सबसे छोटा बालक पास आ खड़ा हुआ था, "पितृ!" लगा था कि मरुथल में कोई सोता झरा है। झर-झर की निर्मल ध्वनि करता हुआ। चौंककर बेटे को देखा था चेतन ने।

वह मुस्कुरा रहा था। ऐसे जैसे जल की धार बही जा रही हो! सूर्य किरणों से आलोकित!

अजाने ही चेतन भी मुस्कुरा दिया। बांहें बढ़ाईं और बालक को गोद में लेकर चूम लिया। लगा कि सहसा सन्नाटे से शोर के भीतर आ गया है। रेगिस्तान में जल पा लिया है उसने।

स्त्री भी आ पहुंची थी। भरी, छलछलाई आंखों से उसे देखती हुई।

उसने सभी को स्नेह किया। भीतर पहुंच गया। बालक घर में यहां-वहां दौड़ने लगा और थका चेतन आसन पर लेट रहा।

पत्नी उसके आगमन से प्रसन्न थी, पर यह प्रसन्नता उस कली जैसी थी, जो कली तो हो, किन्तु खिल न पा रही हो। कहीं से जीवन-स्रोत नष्ट हो गया हो उसका।

वे चुप थे। सिर्फ एक-दूसरे को देखते हुए। यह चुप्पी, दृष्टि की रिक्तता खोखली मुस्कानसबने मिलकर पूरी नगर कथा कह सुनाई।

कुछ प्रहर बीते वे जीवित हुए थे। इस बीच इक्का-दुक्का बातें हुई थी उनमें। बीच-बीच में बच्चे की किलकारियों ने याद दिलाया था कि वे अभी जीवित हैं। चेतन ने कहा था, "महाराज युधिष्ठिर की दया से ही मुझे जीवित पा रही हो तुम!"

किन्तु पत्नी ने उत्तर नहीं दिया। इस तरह देखा चेतन को, जैसे पूछ रही हो, "यह जीवन मिल भी गया है, तो कब तक के लिए?"

चेतन ने पुनः वह डरावना सन्नाटा तोड़ा। एक प्रश्न कर दिया, "देखता हूं, जैसे नगर स्पंदनहीन हो गया है।"

पत्नी ने सुनाअनसुना कर दिया। उत्तर में केवल एक निःश्वास।

यह निःश्वास बहुत कुछ कह गया। चेतन इस उत्तर को महसूस करता रहा। बच्चा उसी तरह किलकता हुआ।

चेतन को स्मरण हुआ, नगर और उसके घर के बाहर वाले रास्तों पर चहल-पहल और शोर होता रहता था। यह नियमितता थी। कभी-कभी इस शोर से उसे ऊब अनुभव होने लगती। कितनी ही बार कहा गया था पत्नी से, "अब इन नगरों के जीवन का हाहाकार सह्य नहीं रहा। मन होता है, किसी ग्राम में जा बसूं। वहीं प्रकृति के बीच शांत जीवन जिऊं।" पर वैसा हो नहीं पाया था किसी बार। कर पाने का अवसर नहीं मिला।

और आज लग रहा है, जैसे वही कुछ इस नगर में बिखर गया है। शोर और चहल-पहल गुम। जितनी है, जीवनहीन-सी। नितान्त यांत्रिक। कैसी विचित्र बात है! इस शोर और चहल-पहल के न होने से शांति नहीं

दी है मन को। उद्विग्नता से डरा दिया है। जैसे-जैसे अहसास गहरा रहा है, वैसे-वैसे डर भी गहराता जा रहा है।

वह उठा। बाहर तक झांक आया। सन्नाटा वैसा ही। उदासियां और भी बदलाई हुई। जीवन और इच्छाओं पर घटाएं कालिख गिराती हुईं।

सहसा पत्नी का स्वर सुना था उसने, ''यहां अब कुछ नहीं रह गया है। केवल बहुमंजिला भवन है और उन भवनों में सन्नाटे से लड़ते हुए वृद्ध, बालक और केवल स्त्रियां।''

''हस्तिनापुर में भी धीमे-धीमे यही स्थिति होती जा रही है।'' चेतन ने एक उच्छवास लिया। यंत्र की तरह खालीपन से बजता गया, ''कौरव पक्ष में सेना जमा हो रही है। नगरों में वहां भी केवल वृद्ध, बालक और स्त्रियां ही शेष हैं। जो अब तक नहीं गए हैं, अनुमान है कि राज्यादेश पाकर वे भी चले जाएंगे।''[1]

''महाराज युधिष्ठिर का आदेश प्रसारित हुआ था।'' पत्नी बोली, ''उसके बाद यहां रोगियों, शक्तिहीनों और कामचोर सैनिकों को छोड़कर यदि कोई बचा है, तो स्त्री, बच्चे बूढ़े लोग हैं। द्रौपदी अपने कुछ दास-दासियों सहित अपने भवन में रह गईं हैं, शेष सब युद्ध के लिए विभिन्न शिविरों में जा चुके हैं।''[2]

''देख रहा हूं। उसी पल सहम गया था, जिस पल नगर-क्षेत्र में घुसा।'' चेतन ने उत्तर दिया। उत्तर दिया था या चीत्कार कर रोया? कहा कठिन। लगता था कि रोया ही है।

वह पुनः चुप होकर बैठ गई थी। दीवार की ओर देखती हुईसूनी, खाली निगाहें।

राजा दुर्योधन का आदेश पूरा किया। युयुत्सु ने अपनी सेना को भी

---

1. कौरव-पक्ष में भी इतनी सेना आकर जमा हुई थी कि पृथ्वी खाली-सी हो गई। केवल बालक और बूढ़े ही बच रहे। जवान पुरुष, रथ, हाथी और घोड़ा एक भी नहीं रह गया!'' (भीष्म पर्व के पहले अध्याय में श्लोक-क्रम25 से 30 के बीच।)
2. ''नौकर-चाकर निकम्मे और दुबले सैनिक, सच बोलनेवाली द्रौपदी और उनके दास-दासियों आदि सबको राजा युधिष्ठिर ने उपप्लव्य नगर में ही रहने दिया।

तैयार होने के आदेश दिए; पर युयुत्सु की सेना किस युद्ध-शिविर में भेजी जाएगी, किस मोर्चे को सम्हालेगी, "इसका निर्णय कौरवराज स्वयं करेंगे अथवा पितृ भीष्म, जिन्हें कौरवों की सेना का मुख्य सेनापति नियुक्त किया गया है। दूर-दूरंत भरत खंड और उसके बाहर तक बिखरी सेनाओं, उनके राजाओं और अधिकारियों को सारे आदेश भीष्म से ही लेने होंगे। वही निर्णायक हैं।

ज्ञात हुआ था कि दुर्योधन व्यस्त हैं। बहुत समय तक उनसे न तो भेंट सम्भव हो सकेगी, न ही वह हस्तिनापुर आ पाएंगे। आएं भी तो युयुत्सु मिल ही पाएं, आवश्यक नहीं। सेनाध्यक्ष में भेंट करना ही उचित होगा। यही सोचकर निर्णय लिया था, पितृ भीष्म के पास जाएंगे। आदेश लेंगे?

तभी एक विस्मयजनक समाचार सुना था युयुत्सु ने। कुंडल ने आकर दिया। कहा था, "देव! मुझे विश्वस्त सूत्र से पता चला है कि महाराज युधिष्ठिर अपने कुछ विशेष चरों के साथ पितृ भीष्म और आचार्य द्रोण से भेंट की आज्ञा मांग रहे हैं!"

आश्चर्य! युयुत्सु ने एक झटके के साथ महसूस किया था। भला शत्रु पक्ष तक ठीक युद्धावसर पर भेंट के लिए अपना कौन-सी नीति है! पूछा, "कुछ ज्ञात हुआ, क्या कारण है? किसलिए भेंट करना चाहते हैं धर्मराज?"

यह तो मालूम नहीं हुआ है देव! पर इतना निश्चित है कि मुख्य सेनापति के कार्यालय तक यह समाचार भेजा गया है। पाण्डवों का दूत आया है। स्वयं सुरक्षा सैनिकों ने उसे पितामह तक पहुंचाने की व्यवस्था की है।"

"समय मिला?" युयुत्सु ने पूछा।

"हां।" युयुत्सु ने बतलाया था, "महावीर भीष्म ने पाण्डवराज को भेंट की आज्ञा ही नहीं दी है, उनकी सम्पूर्ण सुरक्षा के लिए कौरव सेनाओं को आदेश भी दिया है। अब जल्दी ही वह आएंगे।"

युयुत्सु होंठ भींचकर रह गए। समझ में नहीं आया था कि क्या रहस्य है? युधिष्ठिर किस कारण कौरव सेनापति से भेंट करने आ रहे हैं?

समाचार की और तहें बतलाई थीं कुंडल ने। बोला, "पांडुपुत्र ने दूत से यह सन्देश भी कहलवाया है कि वह मुख्य सेनापति के पश्चात् क्रमशः सुरक्षित रूप से मद्रराज शल्य, आचार्य द्रोण, अंगराज कर्ण आदि से भी भेंट करेंगे।"

अविश्वास और आश्चर्य से भरे कुछ पल के लिए बैठे ही रह गए

थे युयुत्सु। कुंडल चुप था। युयुत्सु उसकी सूचना पर विश्वास नहीं कर पा रहे थे। पूछा, "तुम्हारी सूचना में कहीं कुछ गड़बड़ तो नहीं है?"

"तनिक भी नहीं राजपुत्र!" कुंडल ने निश्चयात्मक स्वर में उत्तर दिया था, "मैं पूरी तरह समाचार के सत्य की खोज-परख कर चुका हूं। यहां तक कि पाण्डवराज के उस दूत को भी मैंने देखा है, जिससे संदेश पाने के बाद पितामह ने सुरक्षित रूप से उसे सीमा पार पहुंचाने की व्यवस्था की थी।

कुछ नहीं बोल सके थे युयुत्सु। गुत्थियों के ढेर में मानस उलझकर रह गया था। न कुछ सोच पा रहे थे, न समझ पाना सम्भव! इस भेंट के क्या राजनीतिक परिणाम होंगे? और किस दृष्टि से भेंट करने जा रहे हैं युधिष्ठिर? क्या बात करेंगे वह?

मन उत्साहपूर्ण उत्तेजना और कौतूहल से भर उठा था। जिस सीमा तक कुंडल सूचना ले आया था, उससे अधिक ज्ञात कर पाना उसके लिए ही क्या, किसी गुप्तचर के लिए कठिन था। कम-से-कम भीष्म पितामह के मामले में यह निश्चित था कि उनकी तहों तक पहुंचने के लिए उनके सैकड़ों सैनिकों भर से नहीं, गुप्तचरों से भी सामना करना पड़ सकता था। और भीष्म गुप्तचर को लेकर अपने क्षेत्र या कार्य में किसी भी दखलंदाजी को तनिक भी नहीं सह सकते थे।

तब क्या करें युयुत्सु? जानने की इच्छा बढ़ती जा रही थी, किन्तु राह नहीं सूझती!

कल्पना भी नहीं कर सकते थे कि राह स्वयं ईश्वर सुझा देगा। अधिक सोचें, इसके पूर्व ही मुख्य युद्ध-केन्द्र से भीष्म का बुलावा लेकर एक दूत आ पहुंचा था, "पितामह ने आपको तुरंत स्मरण किया है राजपुत्र!"

सारे सोच-समझ, गुत्थियां पिघल गए। युयुत्सु तुरंत उठे। चल पड़े। मुख्य सैनिक केन्द्र तक पहुंचने के लिए रथयात्रा करनी पड़ी थी, जब भीष्म के भेंट कक्ष में पहुंचे तब पाया कि वह उनके अभिवादन के साथ ही बोल पड़े थे, "तुम्हें तुरंत ही कुरुक्षेत्र के उस सीमांत पर पहुंचना है, जहां वीर पाण्डवों की सेना का एक शिविर लगा हुआ है।" उन्होंने दृष्टि संकेत किया था। एक सैनिक तत्परता से गोपनीय पत्र उठाकर युयुत्सु की ओर बढ़ गया,

"यह पत्र राजा युधिष्ठिर तक पहुंचाकर उन्हें अपने साथ सुरक्षित शिविर तक लाना है। वह प्रतीक्षा कर रहे होंगे!"

"जी, पूज्य!"

"जाओ!" भीष्म दबदबेदार स्वर गूंजा था। युयुत्सु बिना कुछ कहे तुरंत चल पड़े। उन पर एक बड़ी जिम्मेदारी सौंपी गई थी। विश्वस्त सैन्य टुकड़ी, उच्चाधिकारी साथ लिए और चल पड़े। गति के लिए विमान पर सवार हुए। राजपत्र ने पाण्डवों ने सीमाक्षेत्र में प्रवेश दिया था उन्हें। जब युधिष्ठिर से भेंट के लिए बढ़े तो हतप्रभ से उस सैन्य शिविर की युद्ध व्यवस्था देखते रह गए थे। अनायास ही होंठ बुदबुदाए, "अद्भुत!" हिरण्यवती नदी के पास था वह शिविर।[1] चकित, मन-ही-मन युद्ध-व्यवस्था की वह तैयारी देखते हुए प्रशंसा भी करते गए, डरे भी। कुछ पलों बाद उन्हें महाराज युधिष्ठिर के सम्मुख उपस्थित किया गया। युयुत्सु को देखते ही प्रसन्न हुए थे पाण्डवराज। स्नेहपूर्वक गले लगाकर दूत के नाते स्वागत किया, फिर पितामह का दिया उत्तर पढ़ा।

युयुत्सु जवाब की राह में राजकीय शिष्टाचार के साथ एक ओर खड़े रहे, महाराज युधिष्ठिर के पास नकुल और सहदेव बैठे थे। युयुत्सु ने यहां-वहां दृष्टि घुमाई। न अर्जुन दीख रहे थे, न भीमसेन। वासुदेव भी नहीं।

वे सब विभिन्न शिविरों पर युद्ध की तैयारियों में व्यस्त होंगे। समझ लिया था युयुत्सु ने। राजा युधिष्ठिर इस मुख्य केन्द्र पर। पितामह का सन्देश पढ़ने के पश्चात् निश्चित हुए युधिष्ठिर। कहा, "चलो, युयुत्सु! मैं तुम्हारे आगमन की ही राह देख रहा था।"

नुकुल और सहदेव भी राजा के उठते ही आदर के साथ उठ पड़े थे। युयुत्सु ने देखा था कि उनकी आंखें सन्देह और आशंका से भरी हुई हैं। चिन्ता से चेहरा तनावग्रस्त!

---

1. श्रीकृष्ण ने हिण्यवती नदी के समीप विशाल खाइयां खुदवाई, वहां पर कुछ सेना भी बचाव के लिए तैनात की गई जिसमें शत्रुपक्ष के लोग न तो पड़ावों में घुसकर हाल-चाल ले सकें, न गुप्त रूप से कुछ उपद्रव कर सकें। खाने-पीने की सामग्री व रसद आदि से भरे-पूरे और सुरक्षित हजारों डेरे अलग-अलग बनवाए गए, (महाभारत 'उद्योग-पर्व' के 125वें अध्याय में श्लोक-क्रम7 से 15 के बीच) आगे वर्णित है कि इन डेरों में कारीगर, चिकित्सक, अपने समान सहित मौजूद थे। इनमें अनेक हथियारों के गोदाम भी थे।

मन और दृष्टि की दुविधा शांतमति युधिष्ठिर ने पढ़ ली थी। कहा, "चिन्तित मत हो बन्धु! मैं शीघ्र ही अपना कर्तव्य करके लौटूंगा। पितामह का आश्वासन और भाई युयुत्सु का साथ-मेरे लिए आशंका का कारण नहीं हो सकता।"

कोई कुछ नहीं बोला।

युयुत्सु चुपचाप धर्मराज के पीछे-पीछे चलते गए। एक भव्य विमान पहले से तैयार रखा गया था। युयुत्सु और राजा युधिष्ठिर अपने-अपने अधिकारियों के साथ बैठकर कौरव सेना के मुख्य सेनापति के शिविर की ओर चल पड़े।

युयुत्सु सारी राह सोचते आए थेअब भी युधिष्ठिर की भीष्म से भेंट का कारण समझ में नहीं आ रहा था, पर इतना निश्चित था कि कोई युद्ध-वार्ता ही हैपर उस वार्ता में युयुत्सु को रखा जाएगा या नहीं, यह पितृ भीष्म पर ही निर्भर। मन अवश्य ही कौतूहल से भरा हुआ था।

युधिष्ठिर को साथ लिए जब युयुत्सु ने भीष्म के भेंट-शिविर में प्रवेश किया तो केवल युयुत्सु ही नहीं, कौरव सेना के उच्चतम अधिकारी योद्धा भी अकुलाए हुए से खड़े थे। हर आंख विस्मय से भरी हुई। अब भी वार्ता के लिए क्या शेष रह गया है?

युधिष्ठिर ने पितामह को प्रणाम किया। आशीष पाया। फिर विनम्र स्वर में उपस्थित सभी लोगों के सामने अपने आगमन का कारण कह सुनाया था। शांत, मधुर स्वर में बोले थे, "मैं आपको युद्ध-पूर्व प्रणाम के साथ-साथ आपसे जयाशीष लेने आया हूं पितामह! मुझपर अपना वरदहस्त रखें कि इस युद्ध में हम पाण्डवों की विजय हो?"

युयुत्सु ही नहीं, कौरव-पक्ष के अनेक योद्धाओं ने सहमकर भीष्म का चेहरा देखा था। क्या दुर्धर्ष योद्धा और कौरवसेना की सर्वश्रेष्ठ शक्ति पाण्डवों को जयाशीष दे देगी? मन घबराहट से भरे हुए थे। आंखें बेचैन और गला सूखता हुआ।

"आयुष्मान् हो कुंतीपुत्र! मैं तुम्हारे इस स्नेहादर से प्रसन्न हुआ।" पितामह का गम्भीर स्वर गूंजा था। सन्नाटा इस तरह टूटता हुआ, जैसे वज्र स्वर में आकाशवाणी हो रही हो! "तुम्हारी इच्छा पूरी हो!" वह जैसे अदृश्य से संचालित होकर बोल गए थे, "मैं कौरवों के धन के कारण उनके वश में हूं कुरू-नन्दन! अतः दुर्योधन के लिए ही मुझे युद्ध करना होगा। युद्ध में सहायता के अतिरिक्त यदि मुझसे तुम कुछ चाहते हो, तो मांग लो! मैं तुम्हारी भक्ति से प्रसन्न हूं, अवश्य ही तुम्हारा शुभ करूंगा।"

एक बार फिर दसियों दृष्टियों ने चिन्ता और सहम से भरकर वृद्ध सेनापति को देखा था, फिर आंखें राजा युधिष्ठिर पर केन्द्रित हो गई थी। मन में सवालक्या मांगेंगे वह?

और जो कुछ मांगा था, उसने सभी को अकचका दिया। वे भयभीत हो उठे थे। थूक के घूंट निगलते हुए। युयुत्सु इस तरह सब कुछ देखे जा रहे थे, जैसे अविश्वसनीय और अकल्पित को घटते देख रहे हों।

"पूज्य!" युधिष्ठिर की वाणी अतिरिक्त रूप से मधुर; किन्तु पीड़ा मिश्रित हो उठी थी, "मुझे ज्ञात है कि आपको पराजित करना असम्भव है। उससे भी आगे युद्ध में आपको हत कर पाना भी असम्भव। मैं केवल यह चाहता हूं कि आप मुझे अपनी मृत्यु का मार्ग बतला दें।"

एक क्षण के लिए भीष्म के चेहरे पर तनाव उभर आया था। वृद्ध की तेजस्वी आंखें बिजली की तरह कौंधती हुई-सी अनुभव हुई थीं। लगा था कि जबड़ों में तनाव ही नहीं, क्रोध उफन आया है; पर आश्चर्यजनक संयम से स्वयं पर वश कर लिया था उन्होंने। बोले थे, "पांडुपुत्र! तुम्हारी चाहना सुनकर आश्चर्य नहीं हुआ मुझे! मुझसे जो भी संग्राम करता है, वह पहले से ही यह जानता है कि मैं जब तक स्वयं न चाहूं, मर नहीं सकता और इस समय भी तुमसे यही कहूंगा कि मुझे ऐसा एक भी नहीं दीखता, जो युद्ध में मुझे हत कर सकेगा!"

युधिष्ठिर के चेहरे पर पीड़ा ज्यादा ही घनी हो गई थी। उससे कहीं अधिक युयुत्सु को लगा था, जैसे वह इसी क्षण युद्ध-परिणाम को जानकर सहसा उदास हो उठे हैं। एक बार पुनः हाथ जोड़कर प्रार्थना कर उठे थे वह, "देव! मैं तो केवल यही जानने आया हूं आपके पास और आप मुझे जयाशीष भी दे चुके हैं।"

भीष्म हंसे। वह स्नेहपूर्ण वृद्ध मुस्कान उसी ममता से भरी हुई थी, जिस ममता को युयुत्सु ने बाल्यावस्था के अपने दोषों पर बरसते देखा था। भीष्म ने उत्तर दिया था, "मुझे स्मरण है कुंतीनन्दन! मैंने तुम्हें जयाशीष दिया है, किन्तु अभी मेरी मृत्यु का समय नहीं, फिर कभी मिलना।" बात समाप्त करके वह मुड़ गए थे, जिसका अर्थ था कि युधिष्ठिर विदा हों।

युधिष्ठिर ने चरण छुए। चलने को उद्यत हुए। सहसा भीष्म ने कहा था, "युद्धज्ञ द्रोणाचार्य और मद्रराज से तुमने भेंट करने की इच्छा प्रकट की थी युधिष्ठिर! मैंने वह व्यवस्था कर दी है। युयुत्सु तुम्हें इनमें से हर वीर के शिविर में ले जाएंगे और भेंट करवाने के बाद सुरक्षित रूप से तुम्हें तुम्हारे शिविर तक पहुंचवा दिया जाएगा।"

आचार्य द्रोण के शिविर की ओर जाते हुए यदि युधिष्ठिर, पितामह से मृत्यु-रहस्य न जान पाने की चिन्ता में व्यग्र दीखते थे, तो स्वयं युयुत्सु को लग रहा था कि एक बार पुनर्विचार की स्थिति बन गई है। क्या युयुत्सु को महाराज दुर्योधन के साथ ही होना चाहिए?

रथ अपनी तीव्रतम गति से चला जा रहा था। उससे भी कहीं तीव्र दौड़ते विचार, तर्क और तर्कों के अपने ही भीतर उभरते उत्तर!

पितामह ने स्पष्टतः जयाशीष दे दिया है पांडवराज युधिष्ठिर को। युद्ध का परिणाम तो निश्चित हुआ, किन्तु पितामह ने साथ ही अपनी मृत्यु को रहस्य के उसी आवरण में छिपाए रखा है, जिसमें वह सदा से छिपी रही हैं। इच्छाधारी की मृत्यु के बिना पाण्डव-जय कैसे होगी?

अजीब-सी तार्किक गुत्थी में डाल दिया था भीष्म ने। एक और शत्रु को जय का आशीष दूसरी ओर अपने हत न होते की बात!

पर इस सबको लेकर व्यग्र और चिन्तित होने तथा तर्क करने की आवश्यकता क्या है युयुत्सु को? मन ने कहा था, "विचारणीय तो केवल यह है कि युयुत्सु युद्ध-पूर्व क्या निर्णय लें? किसके साथ हों? कौरवों के साथ होने का तर्क क्या है?"

युयुत्सु कौरव हैं।

किन्तु कौरव तो पाण्डव भी हैं। यही रक्त, यही वंश, यहीं संस्कार और यही अधिकार!

'न!'' युयुत्सु के भीतर एक अस्वीकार पैदा हुआ है, ''यह अधिकार नहीं, अधिकार मिला ही कहां है उन्हें? और यह न मिलने के कारण ही तो यह भयावह संग्राम आयोजित हो गया है!''

''क्या पाण्डवों का अधिकार नैतिक है कुरु राज्य पर?

''निःसन्देह!'' युयुत्सु ने धीमे शब्दों में ही सही, किन्तु दृढ़तापूर्वक कहा था, ''सम्पूर्ण नहीं, तो उसका अर्धांश अवश्य ही पाण्डवों का है और वह उन्हें मिलना ही चाहिए। बार-बार छल-पूर्वक उन्हें उनके अधिकार से दूर बनाए रखना दुर्योधन की अनीति रही है।''

''किन्तु राजा दुर्योधन का भी एक तर्क है। यह कि यह कुरुवंश में सबसे बड़े भाई के पुत्र हैं।''

''हो सकता है; किन्तु उससे अधिक सत्य युधिष्ठिर का उनसे आयु में बड़े होना है।'' युयुत्सु अपने ही भीतर उलझते गए थे, ''यदि आयु में छोटे या बड़े होने से ही राज्याधिकार निश्चित होता है, तब युधिष्ठिर बड़े हैं। सम्पूर्ण कुरुराज्य उनका हुआ!''

तर्क बुझने लगा था युयुत्सु का। उनके अपने भीतर बैठा दुर्योधन की सहायता और शक्ति से बना हुआ तर्क!''

यही कारण है कि पितामह से युधिष्ठिर ने जयाशीष पाया है। युयुत्सु अचानक एक ओर शांत बैठे युधिष्ठिर को देखने लगे थे। सीधे, सरलमन युधिष्ठिर! ठगे जाने का ऐसा सिलसिला जिसके हर कदम पर छलों के छाले अंकित हुए हैं।

युयुत्सु ने अनायास ही युधिष्ठिर के प्रति केवल संवेदनात्मक नहीं, न्यायिक लगाव अपने भीतर अनुभव किया था। तभी चालक ने समाचार दिया कि वह आचार्य द्रोण के सैन्य-शिविर में आ पहुंचे हैं।

द्रोण ने भी युधिष्ठिर को जयाशीष ही दिया। युयुत्सु के लिए एक और सत्यानुभव! निर्णय पर पुनःविचार के लिए बाध्य हो गए। द्रोण ने भी

लगभग वही बाध्यता बतलाई थी, जो पितामह ने बतलाई। कौरवों के धन पर आश्रित रहे हैं वह।[1]

स्तब्ध से युयत्सु सुनते रहे थे वह वार्ता। युधिष्ठिर ने सप्रणाम उनसे भी मृत्यु का उपाय पूछा था। हंसे थे द्रोणाचार्य। तेजस्वी, गौरवर्ण युद्धज्ञ के माथे पर वैसी ही लकीरें जनमी थीं, जैसे पितामह भीष्म के चेहरे पर युयुत्सु ने देखी थीं, फिर युधिष्ठिर को उनका उत्तर मिला था, "तुम व्यर्थ ही इतने चिन्तित हो रहे हो कुंतीसुत! जब वासुदेव जैसे तुम्हारे मंत्री हैं और अर्जुन जैसे धनुर्धर तुम्हारे भाई हैं, तब जय तुम्हारी ही है। तुम शत्रुओं का संहार करोगे और स्मरण रहे, मैं तुम्हारे शत्रु-पक्ष में से ही हूं। युद्ध में तुम सबसे लड़ूंगा भी।"

युधिष्ठिर ने युयुत्सु को देखा। युयुत्सु मुस्कराए। आचार्य स्पष्टतः युधिष्ठिर के प्रश्न के कतरा गए थे। उत्तर हवा में बिखर गया।

किन्तु युधिष्ठिर ने पुनः दोहरा दी थी अपनी बात। युयुत्सु ही नहीं, साथ चल रहे सभी सैन्य अधिकारी और योद्धा समझ चुके थे। राजा युधिष्ठिर स्पष्टतः कौरव पक्ष के महारथियों से आत्म-बलिदान मांगने आए हैं।

आचार्य ने मुस्कराते हुए उत्तर दिया था, "तुम सभी प्रयत्न करना कि मैं युद्धभुमि में शीघ्रातिशीघ्र मारा जाऊं। ऐसा न हो पाने पर तुम्हारी जय असम्भव होगी पांडवराज!"

बात हुई; पर फिर से कतराई हुई। युधिष्ठिर का प्रश्न उस समय भी अनुत्तरित।

"मेरी मृत्यु मुझसे ही जानने आए हो युधिष्ठिर।"

कुछ संकोच और बेबसी की स्थिति में कहा था उन्होंने, "हां, पूज्य! आपका जयाशीष तभी फलित हो सकेगा।"

---

1. मुझे कौरवों ने धन के कारण अपने अधीन कर लिया है, इसी कारण कापुरुषों की भांति मैं कहने को बाध्य हूं कि युद्ध में तुम्हारी सहायता के अतिरिक्त सब कुछ कर सकूंगा, मैं युद्ध तो कौरवों के हितार्थ ही करूंगा। किन्तु हृदय से तुम्हारी ही जय चाहूंगा! (द्रोण का कथनमहाभारतः भीष्म पर्व के 43वें अध्याय में श्लोक-क्रम-55 से 60 के बीच)।

"तो सुनो!" द्रोणाचार्य सहसा गम्भीर हो गए थे। युयुत्सु ने देखा कि उनकी आंखों में एक निर्णयात्मक चमक पैदा हो गई है। कहा, "कोई ऐसी स्थिति आ पहुंचे, जब मैं युद्धस्थल में युद्धरत होते हुए भी अवचेतन की तरह निष्क्रिय खड़ा रह जाऊं, तो मुझे सुविधा के साथ हत किया जा सकता है।"

"किन्तु वह स्थिति किस तरह आ सकेगी गुरुवर?" युधिष्ठिर ने बच्चों की तरह भोलेपन से प्रश्न किया था, "सब जानते हैं कि जिस क्षण आप युद्धस्थल में होंगे उस समय आपकी चपलता और संधान पर दृष्टि भी नहीं ठहर सकेगी।"

द्रोणाचार्य ने कहा था, "सुनो, राजन! यदि किसी विश्वास योग्य सत्यवादी पुरुष से मुझे कोई अत्यंत अप्रिय समाचार सुनने को मिला, तब निश्चय ही मेरी वही मानसिक स्थिति हो जाएगी, जिसका मैंने तुमसे वर्णन किया है। यही नहीं, मैं ऐसा कोई समाचार सुनते ही तुरंत युद्धभूमि में हथियार डाल दूंगा।"[1]

ओह! उन सभी सुना था। युधिष्ठिर निश्चिन्त हुए थे। आचार्य ने अपनी मृत्यु का रहस्य ही स्वयं उद्‌घाटित कर दिया था। युयुत्सु को लगा था कि पाण्डव पक्ष की जय सुनिश्चित हो चुकी है।

युधिष्ठिर ने गुरु को प्रणाम किया। पुनः आशीष पाया और अपने विमान की ओर वापस लौट चले।

अब उन सभी को मद्रराज के शिविर की ओर जाना था। युधिष्ठिर ने क्षण-भर भी विश्राम नहीं किया था। विमान में सवार हुए और युयुत्सु ने चालक को आज्ञा दी थी, "महाराज शल्य के सैन्य शिविर की ओर चलो! उन्हें पूर्व सूचना भेजी जा चुकी है।"

विमान उस ओर लपक पड़ा था।

मद्रपति शल्य! एक अक्षोहिणी सेना के नायक! रथ-चालन में उनसे अद्‌भुत चालन नहीं। युयुत्सु की आंखों के आगे शल्य का चेहरा उभरने

---

1. "विश्वासयोग्य सत्यवादी पुरुष के मुंह से कोई अप्रिय समाचार सुनते ही मैं तुरंत ही युद्धभूमि में अपने अस्त्र रख दूंगा" (द्रोण का कथन , महाभारत 'भीष्म पर्व' के 43वें अध्याय में श्लोक-क्रम60 से 65 के बीच)

लगा था। जितने पराक्रमी और वीर हैं वह, उतने ही भौतिक सुख-सुविधाओं के आदी। शल्य की इसी कमजोरी का लाभ उठाया था दुर्योधन ने। पाण्डवों के सगे मामा होते हुए भी उन्हें अपने पक्ष में कर लिया था। जिस क्षण शल्य सेना सहित इस ओर बढ़ रहे थे, तय नहीं था कि वे कौरवों का पक्ष लेंगे अथवा पाण्डवों का। एक सामान्य अनुमान था कि शल्य अपने भानजों के पक्ष में ही जाएंगे; पर अंगराज कर्ण, शकुनि और दुर्योधन की चतुर नीति ने शल्य को बीच में ही नैतिक रूप से वश में कर लिया।[1]

युयुत्सु को ज्ञात है। जिस दिन शल्य को वश में करने की चाल खेली थी, कौरव श्रेष्ठ दुर्योधन ने, जिस मार्ग से शल्य की सेनाएं बढ़ी थीं, उनके स्वागत हेतु विविध व्यवस्थाएं कौरवों ने कर दी थीं। अतुलित धन व्यय करके सेना की सुख-सुविधा और मनोरंजन के लिए अनेक पड़ाव बनवा दिए गए थे। सुरा-सुन्दरियों का एक ऐसा जमघट पूरे मार्ग में फैला दिया गया था कि शल्य और उनके अनेक योद्धा व मंत्री उस सबमें लिप्त होते चले गए, इतने कि अन्ततोगत्वा जब दुर्योधन ने उनसे प्रार्थना की कि वह युद्ध में उसका पक्ष ले, तब शल्य न नहीं कर सके थे। केवल उनका पछतावा सुनने को मिला था किसी से। शल्य ने दुर्योधन को वचन दिया था, साथ ही इस बात पर खेद व्यक्त किया था कि वह अनजाने ही इस स्वागत, सत्कार, सेवा में उलझ गए। वह यह समझे थे कि पाण्डवों ने उनके स्वागतार्थ सारी व्यवस्थाएं की हैं; पर तब क्या हो सकता था? शल्य ने सार्वजनिक रूप से कौरवों के साथ होने की घोषणा कर दी थी।

और अब उन्हीं शल्य से सम्पर्क करने जा रहे हैं युधिष्ठिर। लगभग एक पहर बाद वे सब शल्य के सामने थे। भव्य शिविर और तमतमाते व्यक्तित्व वाले शल्य।

युधिष्ठिर ने आशीष पाया था उनसे। शल्य ने आसन दिया। पूछा, "बोलो राजन! क्या हित कर सकता हूँ तुम्हारा?"

---

1. शल्य को आदर-सत्कार और वैभव-सुख से दुर्योधन ने अपने वश में कर लिया था, जबकि शल्य चले अपने भानजे पाण्डवों की सहायता करने थे। प्रारम्भ में एक अक्षोहिणी सेना के सत्ताधीश शल्य यही समझते रहे कि पाण्डव उनका सत्कार कर रहे हैं, किन्तु वे दुर्योधन का नमक खा चुके थे और बाध्य हो चुके थे कि उसके चाहे अनुसार उसकी ओर से युद्ध करें।

युयुत्सु भी एक ओर बैठे थे। कौरव सेना के अन्य लोग भी। जान-बूझकर शल्य और युधिष्ठिर ने उन सभी की उपस्थिति में बात प्रारम्भ की थी।

युधिष्ठिर बोले थे, ''मामा जी! हम महायोद्धा कौरवों से युद्ध करने जा रहे हैं। चाहते तो यह थे कि आप हमारी सहायता करें किन्तु...।''

शल्य ने बात पूरी नहीं होने दी थी धर्मराज की। भारी स्वर में कहा था, ''वह सब बीत चुका कुंतीपुत्र। अब मुझसे तुम युद्ध में सहायता की आशा नहीं कर सकते। कौरवेन्द्र के धन और स्नेह-स्वागत ने मुझे पूरी तरह उनके वश में कर दिया है। इसके अतिरिक्त और कुछ चाहो तो मैं तत्पर हूं।''

''वही माँगने आया हूँ पूज्य!'' युधिष्ठर ने तुरंत कहा था, ''मुझे आपसे एक वर चाहिए। यदि आप मुझ पर प्रसन्न हैं, तब मुझे यह वरदान देकर तुष्ट करें।''

''युद्ध में सहायता के अतिरिक्त तुम जो कुछ चाहते हो, मैं तुम्हें दूंगा युधिष्ठिर। '' शल्य ने गौरवपूर्वक कहा था।

''राजन्।'' युधिष्ठिर ने विनम्रतापूर्वक निवेदन किया था, ''हमें ज्ञात है कि आपके और वासुदेव के अतिरिक्त युद्ध-रथ के चालन में निपुण चालक नहीं है। अब जबकि आप महाराज सुयोधन के पक्ष से लड़ने वाले हैं, तब निश्चय ही वह आपसे अंगराज कर्ण के युद्ध-रथ का चालन सम्भालने के लिए कहेंगे।''

''मुझे अनुमान है।'' शल्य बीच में ही बोले। उनकी आंखों में चपलता थी, गांडीवधारी का सामना केवल सूतपुत्र कर्ण ही कर सकते हैं और सहज ही है कि दुर्योधन मुझसे उनका रथ चालन करने को कहें।''

''अवश्य यही होगा राजन!'' युधिष्ठिर बोले थे, ''और मैं चाहता हूं कि उस अवसर पर आप तेजस्वी कर्ण को मानसिक रूप से आहत करने वाली बात कहें। इस तरह का वातावरण बनाएं कि कर्ण उत्तेजित होते जाएं।[1]

---

1. शल्य, दुर्योधन के पक्ष में होते हुए भी, पाण्डव से मिले हुए थे। इसका वर्णन उद्योग पर्व के अध्याय 8 में श्लोक-क्रम40 से 50 के बीच युधिष्ठिर-शल्य वार्ता में स्पष्टतः आया है। इसमें युधिष्ठिर ने उनसे अर्जुन-कर्ण युद्ध के समय कर्ण के सारथी बनने पर, अर्जुन की सहायता करने का वचन लिया है, तथा शल्य ने कहा है, ''मैं उस युद्ध में कर्ण से ऐसे वचन कहूंगा कि उसका उत्साह और तेज घट जाए, ताकि अर्जुन उसका आसानी से वध कर सकें।''

इस उत्तेजना के कारण निश्चय ही उनके संधान असन्तुलित हो जाएंगे और गांडीवधारी अर्जुन उन्हें हत करने में सफल हो सकेंगे। कर्ण अद्भुत योद्धा हैं। इस महायुद्ध में उनका तेजहरण होना आवश्यक है।

शल्य ने सहज भाव से वचन दे दिया था, "यही होगा पांडुपुत्र! मैं तुम्हें विश्वास दिलाता हूं।"

युधिष्ठिर प्रसन्न हुए थे। लगा था कि एक भारी बोझ मन से उतर गया है। निश्चिन्त भाव से उठ खड़े हुए, "बस मामाजी! अब मुझे जाने की आज्ञा दें।"

शल्य ने उन्हें गले लगाया। विदा दी। युधिष्ठिर सैन्य शिविर से बाहर आकर पुनः विमान पर सवार हुए।

"अब भइया!" युयुत्सु ने अगला कार्यक्रम पूछा था।

"बस बन्धु! मेरी यह यात्रा पूरी हुई।" युधिष्ठिर बोले थे, "पूज्यों से सम्पर्क साधना, उनसे विजयाशीष लेना, मेरा धर्म था। वह मैंने पूर्ण किया। अब पुनः अपने शिविर में जाऊंगा।"

"जैसी आपकी आज्ञा!" युयुत्सु ने उत्तर दिया था, फिर वाहन-चालक को आदेश, "पाण्डवों के मुख्य सैनिक शिविर की ओर चलो।"

मृत्यु का महायज्ञ निश्चित हुआ। अब आहुतियों का प्रारम्भ होना शेष! इन आहुतियों में दोषी कौन है, निर्दोष कौन! इन सबका निर्णय कालखण्ड के विचारक करेंगे! युयुत्सु के वश में केवल अपना निर्णय करना शेष है।

किस पक्ष में न्याय का तर्क है? और जिस ओर वह तर्क है, उसी ओर से इस युद्ध में आहुति बनकर युयुत्सु अपना जीव-धर्म पूरा करेंगे।

और वह पक्षपाण्डव।

युयुत्सु ने मार्ग निश्चित कर लिया। उन्हें पाण्डवों का ही पक्ष लेना चाहिए। यह वंशयुद्ध न होकर अब केवल नैतिकता का संग्राम बन गया है और नैतिकता किसी सम्बन्ध, रक्त या वंश से जुड़कर नहीं चलती, वह सम्पूर्ण समाज, देश और मनुष्य मात्र के मूल्य से जुड़ी होती है। पाण्डवों के साथ जीना या मरनायही नैतिक मूल्य होगा।

"भइया!" सहसा बोल पड़े थे युयुत्सु।

"हूं?" किसी विचार में व्यस्त थे युधिष्ठिर। मुड़े और प्रश्नातुर दृष्टि युयुत्सु के चेहरे पर गड़ा दी।

युयुत्सु ने प्रश्न किया था, "आप धर्म के मार्ग को जानते हैं। धर्म व्यक्ति मात्र से निर्धारित होता है अथवा उसका सम्बन्ध समाज, राज्य और देश की दृष्टि से किया जाता है।"

"युधिष्ठिर मुस्कुराए। बोले, "धर्म देश, काल और जीव के जीवन-मरण से भी आगे है युयुत्सु! वह अपरिवर्तित रहता है। विश्वव्यापी है। ब्रह्माण्ड का सत्य ही धर्म है। धर्म से इतर कुछ नहीं।"

युयुत्सु को लगा था कि युधिष्ठिर से धर्म-मर्म को लेकर की गई बहस के पार नहीं पहुंचा जा सकेगा। उनसे सीधी, सहज बात करके ही वह सब कह सकेंगे, जो कहना चाहते हैं। कुछ सकपकाकर पूछा था, "धर्म के अनुसार जीवनयापन कैसे हो सकता है श्रेष्ठ?"

"सत्य के प्रति समर्पित रहकर।" बहुत संक्षिप्त-सा उत्तर दिया था युधिष्ठिर ने।

"और मृत्यु?"

"वह भी सत्य के समर्पण में ही होनी चाहिए।" युधिष्ठिर ने कहा, "मानव का जीवन मरण सब देह सत्य है युयुत्सु! जबकि सत्य देह या दर्शित वस्तु नहीं। वह ईश्वर की तरह अनित्य है, अरूप है, शाश्वत है। उसके प्रति समर्पण से जीवन भी धन्य होता है, देह भी। इसी तरह उसे लेकर प्राप्त हुई मृत्यु भी पुण्य है।"

"और यह युद्ध भइया?"

"युद्ध में जय-पराजय उसका सांसारिक सत्य भर है। सबसे श्रेष्ठ और पवित्र सत्य के लिए मिली मृत्यु या जीवन? इस युद्ध का मूल्यांकन भी इसी तरह होगा। हमने बहुत चेष्टा की कि यह युद्ध न हो; किन्तु जब देख लिया कि युद्ध के अतिरिक्त न्याय पाने का अन्य कोई मार्ग नहीं, तब इस अधम मार्ग की ओर आना पड़ा।" सहसा धर्मराज की आवाज भर्रा गई थी, "ऐसा न करते तो न्याय का अपमान होता। सत्य की अवहेलना हो जाती। यह

अधर्म होता। अब इसमें जीवन मिले या मृत्यु, वह सब तो गौण है।"

युयुत्सु के अशांत मन को चैन मिला।

युधिष्ठिर बोले थे, "मैंने कौरव पक्ष से युद्ध करने वाले हर राजा और योद्धा से यह कह दिया है कि जो कोई हमारे पक्ष में आना चाहे, हम उसे आमंत्रित करते हैं। वह हमारी सहायता करे। हम सत्य के लिए लड़ रहे है, यही हमारा पक्ष है।"

एक पल के लिए विमान में शांति रही, सहसा निर्णायक स्वर में युयुत्सु ने कहा था, "पूज्य! यदि आप लोग मुझे ग्रहण करें, तो मैं आपके पक्ष में होकर कौरवेन्द्र दुर्योधन आदि से युद्ध करने को तैयार हूं।[1]

युधिष्ठिर चौंके। युयुत्सु को देखते रह गए। युयुत्सु की आंखों में उत्साह चमक रहा था। स्वर में विश्वास।

प्रसन्न हुए थे युधिष्ठिर। कुछ क्षण बिना बोले, वह राजा धृतराष्ट्र के वैश्या से उत्पन्न पुत्र को स्नेह और श्रद्धापूर्वक देखते रहे। कहां जानते थे कि जिन कौरव बन्धुओं से न्याय का विश्वास संजोए हुए इतने दिनों सब कुछ सहते रहे थे, उनमें से यह एक सौ एक-वां भाई एक दिन इस तरह खुले मन समर्पण की इच्छा से उनके सामने आएगा।

युयुत्सु उसी तरह आशान्वित उन्हें देखे जा रहे थे। दृष्टि में विश्वास था। चेहरे पर निश्चय की दृढ़ता।

युधिष्ठिर ने कहा था, "सुनकर प्रसन्न हुआ, भाई! अब मैं जान गया हूँ कि महाराज धृतराष्ट्र के पिण्ड और वंश की रक्षा तुम्हारे माध्यम से ही हो सकेगी। मैं तुम्हें प्रसन्नतापूर्वक अपने पक्ष में आने की स्वीकृति देता हूं। सुयोधन निश्चय ही इस युद्ध में मारा जाने वाला है।"

---

1. "युद्ध-भूमि में जो कोई हमारा हित चाहने वाला हो, उसे हम अपने पक्ष में सम्मिलित होने के लिए बुलाते हैं! वह हमारी सहायता करने के लिए आ सकता है।" युधिष्ठिर का यह सन्देश सुनकर युयुत्सु ने पाण्डवों की ओर देखकर प्रसन्नतापूर्वक कहा, "महाराज! यदि आप लोग मुझे ग्रहण करें, तो मैं आपके पक्ष में होकर दुर्योधन आदि से युद्ध करने के को तैयार हूं!" (महाभारत 'भीष्म-पर्व' अध्याय-43 श्लोक क्रम92 से 94)।

महाराज युधिष्ठिर को उनके शिविर सीमा तक सुरक्षित पहुंचाकर युयुत्सु ने निर्णयात्मक स्थिति में वापसी ली। वचन दे आए थे कि वह शीघ्र ही अपनी सेना लेकर पाण्डव-पक्ष में चले आएंगे।[1]

आते ही अपने निर्णय की घोषणा कर दी थी उन्होंने। समाचार क्रमशः भीष्म, द्रोणाचार्य और कर्ण तक पहुंचा था। राजा दुर्योधन सीमाओं और युद्ध-शिविरों की देखभाल के लिए निरंतर दौरों पर रहते थे। उनसे भेंट सम्भव नहीं हुई थी । केवल महाराज धृतराष्ट्र के सामने उपस्थित होकर अपने निर्णय की औपचारिक सूचना दे दी थी युयुत्स ने।

न किसी ने सहमति व्यक्त की थी, न असहमति। युयत्सु सेना सहित पाण्डव-पक्ष में जा पहुंचे थे। पाण्डवों ने उन्हें स्नेहादर के साथ अपने साथ जोड़ा। युयुत्सु की इच्छा थी कि किसी मोर्चे पर उन्हें और उनके सैनिकों को युद्ध में भाग लेने के लिए नियुक्त किया जाए, पर युधिष्ठिर ने निर्णय दिया था, "मेरा विचार है कि युयुत्सु केन्द्रीय मोर्चे की रक्षा-व्यवस्था देखेंगे।"

सर्वोच्च का निर्णय शिरोधार्य किया था उन्होंने। केन्द्रीय सेनालय की देख-रेख करते हुए उन्होंने जो कुछ देखा, सुना, जाना वह बहुत दुखद था। प्रारम्भ के कुछ दिनों तक केवल युयुत्सु इस शिविर से उस शिविर तक समाचार पहुंचाने, शिविर नायकों की सूचनाएं देने-लेने, मोर्चों की स्थितियां महाराज युधिष्ठिर को सुनाने के अतिरिक्त कुछ नहीं करते थे

और फिर आई थी युद्ध-बेला!

कौरव पक्ष के मुख्य सेनापति भीष्म ने विभिन्न दिशाओं में बिखरे देशी-विदेशी राजाओं और योद्धाओं को पाण्डवों पर चतुर्मुखी आक्रमण के आदेश दे दिए थे। अश्वत्थामा, द्रोणाचार्य, शकुनि आदि के अतिरिक्त अनेक योद्धाओं ने बहुमुखी आक्रमण के लिए आंधी की तरह पाण्डव शिविरों की ओर बढ़ना प्रारम्भ किया था।

---

1. "...धृतराष्ट्र के वंश और (....) रक्षा तुम्ही से होगी। हे राजपुत्र! मैं तुम्हें अनुमति देता हूं कि तुम हमारे पक्ष में आ जाओ!" (महाभारत 'भीष्मपर्व' अध्याय 43 श्लोक-क्रम95 से 100)। इसके बाद युयुत्सु अपने भाइयों को छोड़कर डंका बजाते हुए पाण्डवों की सेना में आ गए।

उत्तर में पाण्डव सेना के तीन भाग किए गए। विभागों के भी अनेक विभाग। तीव्र गति वाहनों और उपकरणों के माध्यम से पल-पल सूचनाओं और सेना की प्रगति-गति की सूचनाएं मिलती रहती। मुख्यालय से नए-नए आदेश प्रसारित किए जाते। विशालाकार तोपें, रथ, संहारक अस्त्रों के भण्डार इधर-से-उधर पहुंचाए जाते। सारी व्यवस्था युयुत्सु के हाथ।

उसी क्षण लगने लगा था कि क्या कुछ सम्भावित है और उस सम्भावित से महानाश निश्चित! युयुत्सु अवश कौरवों की विशाल शक्ति का पल-पल मिलनेवाला लेखा-जोखा इस मुख्यालय पर प्राप्त करते और तुरंत पाण्डवों के सैन्य शिविरों तक सूचनाएं पहुंचाने वाले का इंतजाम करते। उत्तर में पाण्डवों की जहां-तहां बिखरी शक्ति की सूचनाएं मिलतीं।

इन सभी सूचनाओं ओर निरंतर मिलती जा रही जानकारियों ने युयुत्सु को भयभीत नहीं किया था, पीड़ित अवश्य कर दिया। कुछ समय पूर्व सोचा था कि हो सकता है, इस युद्धांत पर कहीं कुछ श्रेष्ठ बच रहे, पर इस मुख्यालय पर बैठकर जान लिया था। जीवनाशा निःशेष हुई।

कभी सोचा था कि युद्ध सीमा में रहेगा, पर समाचार आया था कि कौरव पक्ष की ओर से युद्ध के लिए शक, किरात, यवन, शिवि आदि भी आ पहुंचे हैं।

समूची पृथ्वी ही लिपट गई कालसमर में। एक गहरा निःश्वास लिया था युयुत्सु ने।

और फिर निःश्वासों का सिलसिला प्रारम्भ हो गया। विकराल महामसर प्रारम्भ हुआ। समाचार आए दिन सफलता की विक्षिप्त मुस्कुराहटें लाने लगे या असफलता और पीड़ा के जीवित ही मृत्युवत् चेहरे का दर्शन कराने लगे। युयुत्सु चुपचाप सब देखते रहते। यांत्रिक ढंग से समर में अपने पक्ष के लिए कार्य करते। जहां-तहां की जरूरतें निबाहते और महाराज युधिष्ठिर तक समाचार पहुंचाते।

जिस क्षण महावीर भीष्म के नेतृत्व में कौरव सेना का आक्रमण प्रारम्भ हुआ, उसी क्षण ऐसा कोलाहल धरती और आकाश पर बिखर गया था, जो समूचे युद्ध में केवल स्थायी नहीं रहा, निरंतर बढ़ता चला गया। वायुमण्डल में श्वास लेने के लिए केवल युयुत्सु ही क्यों, जीवमात्र हड़बड़ाता-सा घूमने

लगा, पर जीवनदायी वायु धीमे-धीमे अपनी जीवनशक्ति छोड़ने लगी थी। इसी क्रम में प्रारम्भ हुआ उन भयावह युद्धास्त्रों का परस्पर प्रयोग जिन्होंने आकाश को धूल, आंधी और निरंतर जलते बुझते अंगारों से भरे प्रकाश से भर डाला। सैन्य शिविरों से समाचार आने लगे थे। क्रमशः एक के बाद एक महावीर, अपनी असंख्य सेनाओं के साथ समाप्त होते जा रहे हैं। विभिन्न चिकित्सा केन्द्रों में गड़बड़ फैल गई है। उतने घायलों, मरणासन्न सैनिकों के उपचार की न तो व्यवस्था है, न सम्भव है। चिकित्सक भी मारे जाने लगे हैं। वायुमण्डल की बढ़ती जाती विषाक्तता के कारण अनेक हांफते, भागते और चीखते हुए दम तोड़ रहे हैं। अनेक अन्धे हो गए हैं और पलकें ठहराकर पल भर किसी ओर नहीं देख पाते।

समाचार आ रहे हैं, निरंतर चले आ रहे हैं। युयुत्सु बदहवास इधर-से-उधर दौड़ते हैं। कभी किसी समाचार में सफलता की पागलपनभरी किलकारी छिपी होती हैं। कभी असफलता की रुलाई।

दो दिन बीतते-न-बीतते यह सब होने लगा था। भयभीत सैनिकों में फुसफुसाहटें बिखरी हुईं थी। कोई-कोई किसी शिविर का समाचार सुनकर पागल हो जाया करता था। अनेक भीष्म के किसी संहारक अस्त्र के संचालन मात्र की खबर से सेना छोड़कर किसी पहाड़ी या नद-नदी में कूद मरे थे। सब हड़बड़ाए! सब अस्तव्यस्त!

पाण्डवों के विभिन्न शिविर नष्ट हो चुके थे। अनेकानेक योद्धा मारे जा चुके थे। एक अक्षोहिणी सेना के साथ-साथ विभिन्न संहारक अस्त्रों भण्डारों और गुप्त ठिकानों को भीष्म की अंधड़ जैसी प्रहार गति ने नष्ट कर डाला था।

युधिष्ठिर अकुलाए से शिविर में बैठे हुए थे। युयुत्सु ने अभी-अभी यही कुछ समाचार दिया था और तभी वायुगति से आ पहुंचे थे धनंजय और श्रीकृष्ण!

युयुत्सु को जाने क्यों उस दिन श्रीकृष्ण पर अजब-सी चिढ़ हो आई थी। जब युधिष्ठिर, अर्जुन और भीम भीष्म पितामह के भयावह आक्रमण से निराशाग्रस्त होकर अस्त-व्यस्त-सी बातें कर रहे थे, तब श्रीकृष्ण शांत! केवल शांत ही नहीं, इतने सहज, जैसे तब मृत्युताण्डव देखकर भी नहीं देख रहे हैं वह। चुपचाप एक ओर बैठे रहे थे।

आखिर कैसे ऐसी अमानवीय मनःस्थिति बनाए रख सकता है कोई? युयुत्सु ने पसीना पोंछते हुए अपने ही भीतर सवाल किया था।

टकटकी बांधे हुए कृष्ण को देखा। लगा था, जैसे इस विषाक्त होते जाते वायुमण्डल में भी जीवन से भरी हुई हवा पा रहे हैं। यह भी अनुभव किया था कि उन आंखों में नीलाकाश से भी अनंत गहराई है। अनायास ही मन हलका होता हुआ महसूस हुआ।

जब सब अपने भीतर से बहुत कुछ उगल चुके तब अनायास ही हर दृष्टि श्रीकृष्ण की ओर मुड़ गई थी। युधिष्ठिर ने आकुल स्वर में कहा था, "वासुदेव! आप हमारी शक्ति भी हैं, दिशा भी और मार्ग भी। पितामह की दुर्द्धर्ष शक्ति ने पाण्डव शक्ति को विचलित कर दिया है। क्या करें, कुछ सूझ ही नहीं रहा?"

श्रीकृष्ण ने एक गहरा श्वास लिया। धीमे से बोले थे, "मैं भी यही कुछ देख रहा हूं धर्मराज! और मुझे लगता है कि इस संग्राम ये यदि महावीर भीष्म नहीं हटे या किसी तरह हटाए नहीं गए, तब पाण्डवों की विजय की कल्पना, केवल कल्पना ही रह जाएगी। अकेले भीष्म की शक्ति ही पाण्डव सेना का सम्पूर्ण संहार कर देंगी।"

"तब यशोदानन्दन!" भीम व्यग्र थे। युद्ध के विभिन्न मोर्चों से इस विषम परिस्थिति पर विचार करने के लिए वे यहां एकत्र हुए थे। भीष्म के सेनापतित्व में कौरव सेना ने जो नाश-वर्षा कर रखी थी, उसने दूर-दूरंत तक पाण्डवों को केवल क्षतिग्रस्त ही नहीं किया था, अपितु प्रकृति की सहज चेतना-शक्ति को भी झुलसा डाला था। अनेक वन धू-धू करके जल रहे थे। नदियों में उफान-सा आने लगा था। कुछेक निर्मज जल-क्षेत्र विषाक्त हो उठे थे।

धृष्टद्युम्न ने कहा था, "मैं पराक्रमी भीष्म के उन घेरों को देख रहा हूं, जिनमें अब केवल पाण्डव सैनिक शिविर ही नहीं, साधारण जन-क्षेत्र भी झुलसने लगे। कोई राह निकालना आवश्यक है राजन्! इसमें तनिक भी सन्देह नहीं कि यदि भीष्म का वध न हुआ तब अगले कुछ दिनों में ही यह युद्ध समाप्त हो जाएगा।"

"और महाव्रती भीष्म का वध असम्भव है।" श्रीकृष्ण सहसा उठ खड़े हुए। सभी के चेहरों पर वह रात दीखने लगी, जो अब युद्धास्त्रों के कारण संसार से लुप्त होने लगी थी।

"किन्तु श्रीकृष्ण...।" युधिष्ठिर कुछ कहें, इसके पूर्व ही विचारमग्न वासुदेव पुनः बोल उठे थे, "भीष्म को हत नहीं किया जा सकता। वह इच्छामृत्युधारी हैं, पर उन्हें युद्धस्थल से हटाया जा सकता है।"

"सो किस तरह वासुदेव!" सभी ने एकसाथ प्रश्न किया था।

"केवल उनकी इच्छा से!" मुड़कर कृष्ण बोले थे।

"पर वह इच्छा क्यों करेंगे देवकीपुत्र!" भीम ने पूछा।

"मुझे विश्वास है कि वह इच्छा करेंगे। सम्भवतः अपने ही द्वारा किए गए संहार से उन्हें भी बहुत कष्ट हुआ है। अब उन्हें युद्ध से अरुचि होने लगी होगी। यदि इस अवसर पर युधिष्ठिर उनसे भेंट करें तथा जानें कि वह किस तरह हत हो सकते हैं, तब वह अपनी मृत्यु का उपाय स्वयं ही बतला देंगे?" अभी पाण्डव वीर अधिक सोच सकें या कुछ पूछें, इसके पूर्व ही श्रीकृष्ण ने कहा था, "धर्मराज्! यही अवसर है कि तुम उनसे मिलो। अपनी जय के लिए निवेदन करो। उनके आशीष का स्मरण दिलाओ और उनसे उनका मृत्यु-रहस्य ज्ञात कर लो।"

कोई कुछ कहे कि श्रीकृष्ण पुनः बोलने लगे थे, "और तुम्हें सम्भवतः स्मरण नहीं है राजन! महात्मा भीष्म तुमसे स्वयं कह चुके हैं कि वह अक्सर आने पर अपनी मृत्यु का रहस्य स्वयं बताएंगे।

युधिष्ठिर को याद आ गया था। सहसा युयुत्सु को लगा था कि श्रीकृष्ण के रूप में किसी अद्‌भुत शक्ति को देख रहे हैं वह। छोटी-से-छोटी बात को बड़े-से-बड़े सन्दर्भ तक समझना और उपयोग करना ही उन्हें सर्वज्ञ बनाता है। श्रद्धा हो आई थी।

युधिष्ठिर उठे, "मैं यही करूंगा वासुदेव! अब यही एक मार्ग शेष है। आज युद्ध का छठा दिन बीता है। यदि एक दिन और भीष्म जीवित रहे, तब पाण्डवों की पराजय निश्चित है।"

"ऊंहूं!" श्रीकृष्ण मुस्कुराकर बोले थे, "अभी पराजय के बहुत से द्वारों को पार करना होगा धर्मराज! महात्मा भीष्म ने मृत्युवरण कर भी लिया, तो युद्धाचार्य द्रोण, प्रतापी मृत्युंजय, दुर्जेय शल्य, अनेक कौरव योद्धा यही स्थिति पैदा करने में सक्षम हैं; पर इस समय किसी तरह भीष्म से मुक्ति प्राप्त करो।"

सभा विसर्जित हो गई थी। सब अपने-अपने शिविरों को लौट गए। युधिष्ठिर ने भीष्म से भेंट आयोजित कर ली थी, जबकि वासुदेव और अर्जुन उस भेंट का परिणाम जानने की प्रतीक्षा करने लगे थे।

अनुकूल ही हुआ था परिणाम। भीष्म ने अपने वध का मार्ग स्वयं ही बतला दिया था। अपने ही दिए जयाशीष को फलित करना था उन्हें।

एक बार पुनः मृतवत् पाण्डव पक्ष जीवंत हो गया था। अगले दिन पुनः महासमर ने जोर पकड़ा।

फिर भीष्म ने वाणशय्या ग्रहण की। पाण्डव-पक्ष ने हर्षोल्लास मनाया। जय की मृतप्राय होती आशा पुनः संजीवन पा गई। पितामह को बाणों से छेद डाला था अर्जुन ने। उस समय, जबकि वह युद्ध में निश्चेष्ट हो गए थे। कारण ज्ञात हुआ था, शिखंडी का बीच में होना!

विचित्र था वह हर्षोल्लास! युयुत्सु के भीतर भीष्म के मृतवत् होने की खबर ने अनेक बिजलियां गिरा दी थीं। लगता था कि अपने ही भीतर झुलस गए हैं युयुत्सु! परिवार के सर्वश्रेष्ठ को अधिकार-अनाधिकार के उस क्रूर महासमर में उसके आत्मजों ने ही खो दिया था।

वे हंस भी रहे थे, वे रो भी रहे थे। कौरव-पाण्डव सब! स्वयं युयुत्सु पथराई आंखों से उस सन्देशवाहक को देखते रह गए थे जो धनंजय द्वारा भीष्म के शरीर को बाणों से बींध डालने का दुखद समाचार लेकर आया था।

क्रमशः उनके दर्शन करने पहुंचे थे सब। अपने ही भीतर चिढ़, क्रोध, पीड़ा और उत्तेजना की एक हड़बड़ी लिए हुए समय के उस महानतम वीर को लहू से सराबोर देखा था सबने। युयुत्सु छलछलाई आंखों से उनकी श्वेत दाढ़ी से घिरे तेजस्वी चेहरे की ज्योति देखने-सहने का प्रयत्न कर रहे थे। लगता था कि लहू से नहाए हुए भी वे ममता का गंगाजल उलीच रहे हैं उन सब पर। दुर्योधन रहे हों या युधिष्ठिर, भीम रहे हों या दुःशासन।

चिकित्सा करवाने से इनकार कर दिया था उन्होंने। कहा था, "अब मृत्यु साधना करूंगा मैं। सूर्य की उत्तरायण बेला की प्रतीक्षा! उस पल प्राणवायु से मुक्ति दूंगा शरीर को!"

न ठीक तरह कोई कुछ कह सका था, न ठीक तरह कोई कुछ सुन

सका। युयुत्सु को स्मरण है, लहू रिसते उस शरीर-कष्ट को झेलते हुए भी पितामह ने पुनः इच्छा व्यक्त कर दी थी, ''यह महासमर अब भी रोका जा सकता है। इस जीवनाश को दुर्योधन अब भी थाम सकते हैं। अभी समय है।''

क्रूर-हठ का वह घिनौना निश्चय ज्यों-का-त्यों बना रहा था। विभीषिका ज्यों-की-त्यों बरसती हुई।

सब जान रहे हैं कि मृत्यु-मार्ग पर तीव्रतम गति से दौड़े हुए हैं। उससे भी आगे यह कि जिसे हत कर रहे हैं, साथ स्वयं हत हो रहे हैं; पर कैसी विलक्षण स्थिति! उस उन्मत्तता से भरी हुई, जब आदमी आत्महत्या करने की मनःस्थिति में होता है। विवेकहीन! विचारशून्य! भावना से परे! उन सभी के साथ युयुत्सु भी हैं।

युद्ध के दिन बीत रहे हैं। उसके साथ-साथ लगता है, जैसे हर उठी दृष्टि के सामने छोटे-बड़े श्मशान जनम आए हैं। कहीं झुलसती हुई लाशें और कहीं प्रेतों की तरह डरावने हो चुके घायल शरीर! चीत्कार करते हुए युद्धास्त्र और कभी हाहाकार करते सैनिक और विक्षिप्त हुंकारे भरते हुए महायोद्धा!

आचार्य-द्रोण भी हत हुए। युयुत्सु को ज्ञात हो गया है। उन्हें हत करने की एक घिनौनी योजना बनी थी पाण्डवों की ओर से। भावना को आहत करके उनसे अस्त्र डलवा लिए गए थे, फिर सुविधा के साथ उन्हें भी पाण्डव पक्ष ने समाप्त कर दिया।

मृत्युंजय ने जिस क्षण कौरव-सेना की बागडोर सम्हाली, समूचे पाण्डव पक्ष में घबराहट फैली हुई थी। युयुत्सु स्वयं भी क्या कम घबराए थे? पर सहेज ली थी मन की अस्तव्यस्तता। जिस जीवन को लेकर सब सोच रहे हैं, उसका बचाव हो भी गया, तब क्या जीवन मृत्यु से श्रेष्ठ होगा? जीवन-मृत्यु अंतरहीन हुए! मन ने एक तटस्थता ग्रहण कर ली है। होते-होते यह तटस्थता लाखों चेहरों पर दीखने लगी है। उससे भी अधिक वह वेदना दीखती है,

जो युद्ध के हर बीतते पल के साथ किसी बार सांस लेने में कष्ट देती है, किसी बार चलने में और किसी बार अपने इर्द-गिर्द किसी हरे पेड़ या पौधे को पाने की चेष्टा में! दुर्योधन पहले सब देख-रेख करते सुने थे, अब अधिकतर मुख्यालय में रहते हैं।[1]

भोर होती है, पर न भोर की सहज कोमलता शेष रही है, न उसकी ओस से भरी मुस्कान। उसकी जगह एक तपता दोपहर का सूर्य अनुभव होता है, फिर लगता है, जैसे सूर्यो की मात्रा बढ़ने लगी है।

शरीर पसीने के लथपथ रहते हैं। प्यास इतनी कि हर कदम के साथ जल से केवल गला सींचने की इच्छा नहीं होती, अपितु मन करता है किसी नदी के शीतल जल में छलांग लगा दी जाए। धरती तपने लगी है। अनेक बार वनों में लगी आग या प्रकृति के विरुद्ध हुई वर्षा के कारण जंगली पशु तिलमिलाते हुए सेना शिविरों में घुस आते हैं। अनेक सैनिक उनके सामने पड़ जाने के कारण मारे गए हैं। अनेक को उन हिंस्र पशुओं ने भूख के कारण खोजकर मार लिया है। जीवन-मृत्यु, न्याय-अन्याय, सरलता और क्रूरता सब गड्मड्ड हो गए हैं। क्रूरतम क्रियाओं का एक सिलसिला चलता है और फिर उससे भी अधिक वीभत्स प्रतिक्रियाओं का एक क्रम। यही सब सुबह और शाम बन गए हैं, यही सब जीवन-क्रम, यही सब हर प्रहर के रूप-रंग।

चिकित्सालय समाप्त हो चुके। औषधियां या तो नष्ट हो गईं या फिर कम पड़ गईं। जिस ओर दृष्टि जाती है, उस ओर मनुष्य नहीं, मनुष्य के कटे-फटे अंग दीखते हैं। अधमरे शरीरों से कराहें उठती हैं, किसी बार सिसकनों का एक क्रम ही लग जाता है।

कोई ईश्वर को पुकार रहा है। कोई चीख-चीखकर शीघ्र मृत्यु की कामना कर रहा है; पर युद्ध निरंतर! पशुता का वह ताण्डव अंतहीन!

युयुत्सु की अपनी सेना का ही एक बड़ा भाग नष्ट हो चुका। प्रारम्भ में

---

1. "दुर्योधन स्वयं (वृद्ध-समय पर) कारीगरों, मजदूरों, नौकर-चाकरों सूत-मगध-बन्दीजनों, बनिये-व्यापारियों, वेश्याओं, बाजारों, जासूसों, दर्शकों आदि की देखभाल करता था ...(महाभारत उद्योग-पर्व : के 195 वें अध्याय में श्लोक-क्रम 19 पर)।

समय मिला था कि घायलों को बटोरें, धैर्य दें, किन्तु अब न उतना समय बचा है न यह सम्भव रहा है।

मृतों के साथ मरणासन्न पड़े है, जो जीवित हैं वे या तो भाग रहे हैं, या पागलों की तरह मृत्यु झेलते हुए मृत्यु बरसाए जा रहे हैं। जब युद्धारम्भ हुआ तब दोनों ही पक्षों ने कुछ नियम बनाए थे। परस्पर युद्ध के समय नैतिक समझौते किए थे। परस्पर विश्वास दिलाया था कि छल-कपट से युद्ध नहीं होगा। यथाशक्ति बराबरी के योद्धाओं से टकराएंगे।

पर युयुत्सु ने कुछ दिनों में ही देख लिया था कि सारे नियम,सारी नैतिकता तिल-तिल समाप्त हो गए, झूठ समाचार, युद्ध में निषिद्ध संहारक अस्त्र, अभिमन्यु जैसे बालकों को महारथियों के घेरे में घेरकर मारा जाना और रात्रि के समय शिविरों पर छापे डाल देना। सब कुछ होने लगा।

फिर होते-होते वह दशा भी आ गई, जब किसी भी महायोद्धा की मृत्यु का समाचार दोनों ही पक्षों में प्रभावहीन होने लगा। कोई समीप खड़ा-खड़ा प्राणत्याग दे अथवा हत हो जाए, तो प्रभाव नहीं होता था। मृत्यु, जीवन की तरह सहज हो गई! लाशों से पटी अनेक शिविरों की भूमि, चहल-पहल से भरे हस्तिनापुर के बाजार जैसी सहज लगने लगी।

सत्रह दिन बीत गए हैं।

अठारहवें दिन की भोर जैसे भोर की औपचारिकता निबाहने के लिए हुई है और उससे भी अधिक औपचारिकता निबाहेंगेशेष रही कौरव सेना के महावीर शल्य, दुर्योधन और कृपाचार्य।

परस्पर प्रेम और मनुष्यता से परे हो चुके इस महायुद्ध ने सारी व्यवस्था, अनुशासन, मूल्य यहां तक की रक्त सम्बन्ध भी समाप्त कर डाले हैं। महावीर भीम यदि किसी हिंस्र पशु की भांति दुःशासन की छाती फाड़कर लहू के घूंट पी गए हैं, तो साधारण सैनिकों ने प्यास बुझाने के लिए अपने ही किसी जीवित; किन्तु मृतवत घायल सैनिक के घाव से मुंह लगाकर रक्त चूस लिया है। कितने ही ऐसे हैं, जो इस सबको सह न पाने के कारण उलटियां करते हुए मरे भले न हों; पर मृत्यु के समीप पहुंच चुके हैं। अनेक ने तो कष्टमुक्ति

के लिए स्वयं अपने अस्त्र से अपने को ही समाप्त कर डाला है।

युद्धभूमि है, पर मैदान बनी हुई। मैदान है; पर रेगिस्तानों जैसे! मनुष्य है किन्तु पशुओं और हिंस्र गिद्धों आदि के भोजन बने हुए। सड़ांध इस तरह फैल चुकी है कि उसे ही सहन न कर पाने के कारण अनेक सैनिक इधर-उधर भाग खड़े हुए हैं।[1]

कितने हैं जो हंसना चाहते हैंपांडव जय हुई!

पर हंसी? पागलों की तरह इधर-उधर देखने लगते हैं। न हंसी कहीं गुम गई है या फिर हंसना भूल गए हैं वे।

केवल युयुत्सु ही नहीं, विजयी पाण्डव स्वयं ही हंसी भूल चुके हैं। बातचीत में औपचारिकता निबाहने के लिए कितनी ही बार देखा हैं उन्हें। लगता है, कठिनाई से हंसने की चेष्टा करते हैं; पर हंस नहीं पाते।

ठगी, ठहरी-सी आंखें विजय के उस दृश्य को देखती हैं, जिसे पराजय की सिसकियों ने एक ऐसा विलाप बना दिया है, जो कई पीढ़ियों तक थमेगा नहीं।

दोपहर समाचार आया थाशल्य हत हुए। बचे-खुचे कौरव सैनिक समाप्त हुए अथवा भाग खड़े हुए। जयोल्लास से भरे भीम अपने अन्य भाइयों सहित कौरवराज दुर्योधन को ढूंढ़ने निकल पड़े थे।

---

1. कुरुक्षेत्र-महायुद्ध में मारे गए सैनिकों की संख्या
66 करोड़, 10 लाख, 20 हजार
भागे हुए जीवित योद्धा सैनिक
24 हजार 165 सैनिक-योद्धा
मोर गए योद्धाओं और सैनिकों, सैनिक अधिकारियों की लाशों में से अनेक युद्धास्त्रों के कारण ही जल गई, अनेक को चील-कौवे, गिद्ध एवं जंगली जानवर खाते रहे। हजारों की संख्या में लाशें सड़ती रहीं। हजारों को विजयी पाण्डवों और उनकी सेना ने जलाया, अनेक वीर बिना दाहकर्म के ही पड़े रह गए। ('स्त्री पर्व' के अध्याय 25 में श्लोक-क्रम 10 से 44 के बीच।
कौरव-पाण्डव युद्ध 18 दिन चला। कौरव-सेना के सेनापति क्रमशः भीष्म, द्रोण, कर्ण, शल्य रहे। भीष्म ने 10 दिन, द्रोण ने 5 दिन, कर्ण ने 2 दिन, शल्य ने आधे दिन और दुर्योधन ने शेष आधे दिन युद्ध किया।

युयुत्सु जानते हैंकुछ समय बाद दुर्दांत दुर्योधन भी समाप्त होने वाले हैं और उन्हीं के साथ समाप्त हाने वाला है पृथ्वी का एक युग। कहते हैंकालखण्ड बीतता है, फिर एक नया युग प्रारम्भ होता है।

नया युग?

आशंका से थक गया है मन। नया युग आ भी सकेगा या नहीं? आया भी, तब कैसा होगा उसका चेहरा? कहां होंगी उसकी मुस्कानें? भूले-भटके आकाश में कोई पंछी दीख जाता है। युयुत्सु को लगता है, जैसे याद हो आया है कि उनमें जीवन है। वह देख भी रहे हैं, सुन भी रहे हैं। सोच भी रहे हैं।

आकाश भी है, पंछी भी और नये युग की अनंत यात्रा भी; पर यह ग्रह यात्रा सरल नहीं होगी। जीकर मर जाना जितना सहज है, मरकर जीना उतना ही कठिनऔर युयुत्सु को ही नहीं, सम्भवतः शेष रहे सबको इसी तरह जीवन के खाली हो चुके आकाश में उड़ाने भरनी हैंअथकित? निरंतर!

•••

अंत

मन रह-रहकर अकुलता है। लगता है कि उबकाई अंतड़ियों के भीतर से उबलती हुई उल्टियों का एक सिलसिला लगा देगी। इस हद तक कि आंखें आंसुओं से भर उठेंसामने का हर दृश्य धुंधला जाए!

वाहन की गति का भी अनुमान नहीं रहा था। केवल अनुमान रह गया था स्वयं को सम्भालने की अथकित चेष्टाओं का। जिस पल विमानारूढ़ होकर हस्तिनापुर की ओर चले, उसी क्षण के साथ जिन वीभत्स दृश्यों ने दृष्टि और मन पर अधिकार किया, उन्होंने अतिरिक्त कुछ सोच-समझ पाने की शक्ति ही सोख ली। केवल वही सब देख पा रहे थे, जो धरती और वातावरण में बिखरा पड़ा था। वही कुछ सोच पा रहे थे, जो इस धरती और माहौल में सोचा जा सकता था।

जय! कितनी ही बार उन दृश्यों के साथ-साथ मन के भीतर से यह शब्द भी उमड़ा, फिर इच्छा हुई कि हंस पड़ें। कैसी विचित्र मन : स्थिति है? रोना-हंसना एक ही अर्थ ले बैठे हैं। एक हो गए हैं या अपने अर्थ-सन्दर्भ ही खो चुके हैं, निश्चित कर पाना कठिन!

द्वारकापति कृष्ण ने कुछ समय पूर्व बुलाकर कहा था"जाओ, कौरवसुत! राजधानी पहुंचो। अब तुम ही हो जो महाराज धृतराष्ट्र तक पाण्डव-जय की सूचना पहुंचाओगे।"

युयुत्सु वहीं जा रहे हैं। अपने ही राज्य की राजधानी में, पर मन दुविधाओं के थपेड़ों की निरंतरता से भरा हुआ है। जय-सन्देश देंगे या पराजय सन्देश? एक बार पुनः लगा कि न हंस सके हैं, न रो ही पाए हैं। क्या कहेंगे अन्धे पिता से? यह कि कुरुवंशी जीते भी और कुरुवंशी हार भी गए।

उचित शब्द क्या होंगे? यह तय कर पाना भी कठिन हो चुका है।

तय किया भी नहीं जा सकता। यह तो ऐसे ही हुआ, जैसे अपने ही मुंह पर थप्पड़ खाया जाए या कि अपने ही हाथों थप्पड़ मारा जाए। न तो इसे हत्या कहा जा सकता है। न आत्महत्या!

क्या कहेंगे? किस तरह कहेंगे? यही कुछ सोचकर पूछ लिया था कृष्ण से"महात्मन! मुझे शब्द तो दीजिए, जिनमें मैं जय व्यक्त कर सकूं?" बोल गए थे युयुत्सु पर लगा था कि वह बोलना ही व्यंगभाव से भरा हुआ है। श्रीकृष्ण क्या विचारेंगे? सोचकर पीड़ा हुई थी; किन्तु शब्द तो कह ही बैठे।

श्रीकृष्ण हंसे थे। एकदम सहज होकर। युयुत्सु कुछ अधिक ही पीड़ित हो गए। ऐसी सहजता किस कठोरता या पथरीलेपन से जिन्दा रह सकती है?

श्रीकृष्ण की ओर अविश्वसनीयनता से देखने लगे थेक्या सच वे मुस्कुराए ही हैं?

निःसन्देह! श्रीकृष्ण मुस्कुराए ही थे। अथकित, अप्रभावित, नितांत सहज। कहा था"कौरव होकर विचारना बन्द कर दो युयुत्सु! केवल योद्धा बनकर सोचो! जय और पराजय दोनों में भेद कर सकोगे। दोनों के ही अर्थ मिल जाएंगे तुम्हें। बहुत सहज क्रिया है।"

युयुत्सु कुछ पूछ सकेंपूछने से पूर्व कुछ समझ सकें, इसके पहले ही श्रीकृष्ण ने अगला सन्देश सुना दिया था। बोले"महाराज धृतराष्ट्र को समाचार देने के पश्चात् महामति संजय से यह भी कह देना कि विजयी पाण्डवों के स्वागत की सम्पूर्ण व्यवस्था कर लें। कल प्रातः के साथ ही पाण्डव हस्तिनापुर पहुंचेंगे।"

केवल सुना था। और श्रीकृष्ण ने केवल कहाचले गए।

युयुत्सु कुछ पल प्रतिमा की तरह जड़-भाव से खड़े रहे। ऐसे, जैसे रेगिस्तानी मैदान में खड़े हों। हर दिशादिशाहीनता से भरी हुई। हर दृश्य समान। हर ओर धरती और आकाश जुड़ते हुए-से। किस ओर जाएं किस ओर अर्थ है, किस दिशा में उनका लक्ष्य, यह निश्चित कर पाना भी कठिन।

किन्तु यंत्रभाव से सब कुछ करना होगा। एक सैनिक के लिए केवल यही भाव विचारणीय। श्रीकृष्ण के कहे शब्द मानस में फिर से उभारे। वाहन की ओर बढ़ चले। कुछ पल बाद हस्तिनापुर की ओर थे।

बहुत बार निश्चय करना चाहा थाउस सब पर न सोचें, जो श्रीकृष्ण के माध्यम से पाण्डवों का ही सन्देश है, पर मानस बेकाबू हो उठा। रह-रहकर वही सब सोचने लगे। पल-भर के लिए दृश्य, वीभत्सता, सांस में समाती विषैली गंधें इस सोच से मन को भटकातीं; किन्तु फिर वहीं लौट आतेक्या कहेंगे महाराज धृतराष्ट्र से? और किस तरह? कैसे उनकी ओर देख सकेंगे? कैसे उस प्रतिक्रिया को सहेंगे, जो वृद्ध राजा और गांधारी के झुर्रियों से भरे चेहरों पर आएगी?

यह विचार भी मन को अकुला देता है।

और ये दृश्य भी! वाहन की गति के कारण रह-रहकर दृश्य ओझल हो जाते हैं; पर उनकी छवि माथे में अंकित रह जाती है। इस छवि को विषाक्त वायु रह-रहकर जीवंत कर देती है।

विषाक्त वायु! भयावह युद्धास्त्रों से उत्पन्न विषैली गैस से भरी हुई! यह सृष्टि के किस छोर तक चली गई हैमालूम नहीं। केवल इतना जान रहे हैं, कि इस वायु ने मंद-मंद मलयानिल समीर को अनायास ही कालनाग की अंसख्य जीभों की लपलपाहट से भर डाला है। किसी क्षण भीतर आंतें एक-दूसरे से उलझती हुई-सी लगती हैं, किसी बार अनुभव होता है, जैसे छाती के भीतर गहरी, तीव्र घुटन होने लगी है। समुद्र की सीमाओं से पार तक बिखर गई है यह विषाक्तता। आकाश पर धुंआ-सा जमकर रह गया है। दृष्टि दूर तक घुमाएं तो किसी बार पुतलियों जलन से भर उठती हैंआंसू निकल आते हैं किसी बार लगता है कि आकाश में आकाश जैसा कुछ नहीं रहा। वर्ण-लोप हो गया उसका। नीली-शांतिपूर्ण आभा केवल धुंधलाई हुई कालिख-सी पुती हैबदरंग!

जय!

एक धक्के की तरह फिर से छाती पर कोई मुक्का लगता है। जय

का विचार! लगता है कि इस मुक्के ने कितनी ही पसलियों को अगर चकनाचूर नहीं किया है, तो हिला जरूर डाला है।

युयुत्सु अजाने ही हांफने लगे। लगा कि भीतर से तेज खांसी उबल पड़ी है। पुतलियों को आंसुओं की एक परत ने भिगो दिया। इस भीगन में पृथ्वी के दृश्य धुंधला गए। जैसे-तैसे स्वयं का सम्हालासंयत भाव से बैठे रहे।

फेफड़ों का बिखराव बटोरा। अपनी आकुलता को समेटने की चेष्टा की। पलकें पोंछ ली। हथेली गीली हो गई।

मन पीड़ा से भर उठा । अपनी आंखों के सामने हथेली फैलाकर विक्षिप्तों की तरह देखने लगेआंसुओं का प्रमाण वह खिंचा हुआ पानी। एक गहरा निःश्वास खींचा। लगा कि रेगिस्तान में जल देखा है उन्होंने। वहम की ही तरह ही सही; पर देखा है।

दृष्टि पुनः वाहन से बाहर, इधर-उधर घूमने लगी। लगा कि उनकी अपनी आंखें किसी हिरनी की तरह घायल होकर बदहवास यहां-वहां दौड़ी जा रही हैं....लड़खड़ाती, थर्राती हुई।

वे दृश्य! वे आखें। एक बार पुनः उस सच पर विश्वास कर लेना चाहा। राजसुत युयुत्सु ने इन्हीं आंखों से, यही धरती, यही दृश्य, यही सुख-संसार एक श्लोक की तरह पवित्र और जीवंत देखा-अनुभव किया है अब यही आंखें हैं, जो इस दृश्य को इस तरह डरी-सहमी भागती हुई-सी देख रही हैं, जैसे यह सब विश्वसनीय है ही नहीं। सच ही तो! विश्वसनीय हो, ऐसा रह ही क्या गया है इस पृथ्वी पर?

आकाश की नीलिमा गुम है। वायु की शीतलता सुलगन से भरी है। जो खेत हरियालियों से भरे-लदे रहते थे, अब उनकी जगह सिर्फ कालिमा फैली हुई है। या तो वे झुलस चुके हैं, या जलकर एकदम राख बन गए हैं, ऐसे जैसे अंतहीन श्मशान बिखरा हो युयुत्सु की पुतलियों के सामने। कितनी ही जगह छोटे-छोटे अंगारों से भरे अलाव सुलगते दीखते हैं। पक्षियों की आवाज सुनाई नहीं पड़ती। भूले-भटके कोई पक्षी उड़ता भी दीख जाए तो लगता है कि अब गिरा, तब गिरा, ऐसे जैसे हवा में लड़खड़ाता हुआ उड़ रहा होतिनके जैसा। अपने से बेकाबू बेबस।

याद हो आया है। महाराज धृतराष्ट्र अपने अन्य पाण्डव बन्धुओं के साथ जिस पल स्वजनों, सम्बन्धियों, योद्धाओं और बन्धु बान्धवों के मृत शरीरों की खोज करवा रहे थे, उसी पल प्यास लग आई थी युयुत्सु को। नदी किनारे पहुंचकर जल पीना चाहा था उन्होंने। पर! भीतर हाथ डालते ही एक हल्की-सी कराह के साथ हथेली जल के बाहर खींच ली थी। लगा था कि खौलते पानी में अंगुलियां डाल दी हैं।

भयभीत, सहमे हुए-से नदी के जल को देखने लगे थे। हे, भगवान! ऐसा विनाश! मनुष्य का रक्त ही नहीं झुलसाया इन भयावह अस्त्रास्त्रों ने, अपितु जल की सहजता और गुण भी छीन लिया।

दूर-दूर किनारों तक उस जल की उबलन को परखते घूमते रहे। उसी समय पाण्डव पक्ष के किसी सैनिक ने समाचार दिया था "राजकुमार! युधिष्ठिर की आज्ञा है कि यहां आप जल न तो पिएं और न छुएं ही।"

"क्यो?" पूछा नहीं था या युयुत्सु ने; किन्तु दृष्टि यही प्रश्न लिये मौन भाव से सैनिक की ओर उठी। अभिप्राय समझकर कहा था उसने, "सूचना मिली है देव कि यह जल विषाक्त हो उठा है। इस क्षेत्र के बहुतांश में बह रहे नद-नदियों और कुओं का जल मनुष्यों के उपयोग का नहीं रहा।"

युयुत्सु भयग्रस्त हो उठे थे। उससे कहीं अधिक चिन्ताकुल। लौट पड़े। प्यास बहुत तीव्र थी। सैनिक ने कहा था, "उचित स्थानों से जल लाया जा रहा है राजपुत्र! मैं अभी आपकी सेवा में उपस्थित होता हूं।"

युयुत्सु अपने शिविर की ओर चले आए थे। देर बाद सैनिक एक पात्र में जल लाकर दे गया था उन्हें। उससे प्यास बुझी।

पर कब-तक इसी तरह, इस विषाक्तता से ग्रस्त रहेगा जल? सोचने लगे थे।

पुनः याद हो आया है।

और इस याद के साथ ही मन अनेकानेक प्रश्नों से भर उठा है। तीर की तरह अपने-आपको कोंचते हुए प्रश्न!

"मनुष्यों के उपयोग का नहीं रहा है जल? पर पशुओं का क्या होगा? जलचर कैसे जी सकेंगे? या मर चुके होंगे? किस तरह मरे होंगे वे?"

"कैसे मरे होंगे" लगा कि युयुत्सु के अपने ही भीतर कोई ठहाका मारकर हंसा, बहुत कड़वी हंसी में। इसे पहचानते हैं वह। यह है उनका मानस। मानस, जिसके पटल पर उस वीभत्स और क्रूर संग्राम की सुबह, शाम और रातें लिखी हुई हैं। उनके हर पल, पहर की पचासों कहानियां अंकित हैं।

ऐसी ही कहानी कह दी है कि इस मानस ने, "यह भी याद नहीं है तुम्हें? कैसे मरे होंगे जलचर? तनिक कल्पना तो करो, उन आयुधों के चालन की, जिनके विध्वंसकारी परिणाम में तुमने दूर-दूरंत सैनिकों, योद्धाओं को मरते देखा है?

युयुत्सु की धड़कनें पुनः तेज हो गई हैं। स्वरहीन वातावरण में सहसा अनेक स्वर उभर आए हैं। चीत्कारों का अनंत क्रम ! भयावह आर्तनाद और पीड़ा से भरी पुकारें।

युयुत्सु शिविर में थे उस समय। महायुद्ध की घोर संकुलता का समय, कर्ण और अर्जुन के बीच भयावह युद्ध हो रहा था। सभी अकुलाए हुए। पाण्डव-पक्ष के लोग हों या कौरव-पक्ष के। लगता था कि विजय-पराजय सभी कुछ अनिश्चित हो चुके हैं। दोनों ही न केवल श्रेष्ठतम धनुर्धर और योद्धा थे, अद्‌भुत अस्त्रास्त्रों के जानकार भी थे। उनसे सम्पन्न भी। हर बीतते पल के साथ जीवनशाला क्षीण और क्षीण होती जा रही थी। प्रकृति प्रतिक्षण नए-नए उत्पातों से भर उठती।

फिर आया था वह क्षण, जब दोनों ही वीर जीवन-संसार का शुभ विचारना छोड़कर किसी भी तरह एक-दूसरे को समाप्त कर देने के लिए तत्पर हुए और तभी शिविर क्षेत्र में तीव्र कोलाहल होने लगा था।

"क्या हुआ?" कहते हुए व्यग्र युयुत्सु शिविर द्वार से बाहर निकले थे। अनेक सैनिक दौड़ आए थे उनकी ओर। सभी भयग्रस्त। सबकी आंखों में उबाल लेती हुई बेचैनी।

"इतने व्यग्र क्यों हो तुम लोग?" युयुत्सु ने जैसे उन्हें सहज करने की चेष्टा की थी। एक बोला था, "राजपुत्र! बड़ा भीषण युद्ध हो रहा है! हम लोग यहां तक प्रभावित हैं।"

उनके गले सूखे हुए थे। लगा था कि बोलने वाले ने कितनी ही बार थूक निगलकर कहा है, "ये संहार तो....।" सहसा बोलते-बोलते सैनिकीय अनुशासन ने उसकी जिह्वा थाम ली थी। गर्दन झुकाई, मिनमिनाती आवाज में कहा, "देव! गांडीवधारी ने आग्नेयास्त्र का प्रयोग कर दिया है।"

"ओह!" केवल इतना ही बोल सके थे युयुत्सु। अपनी नहीं, सभी की कुशल के प्रति वे भी कम व्यग्र नहीं हुए थे। ज्ञात हुआ था कि अर्जुन और कर्ण का संग्राम अनेक कौरव-पाण्डव शिविरों तक बिखर चुका है। दोनों ही पक्षों के सैकड़ों ही महारथी जिस हाल में, जहां भी थेझुलसकर मर गए हैं। अनेक को विषैली वायु ने तड़पा-तड़पाकर मार डाला है।

और वह संयोग नहीं था कि युयुत्सु को आंखों से वह सब देखना पड़ा। उसी समय अर्जुन की ओर से संदेश आया थाकुछ विशिष्ट अस्त्रों को लेकर युयुत्सु स्वयं युद्धग्रस्त क्षेत्र में पहुंचे। साथ-साथ चिकित्सार्थ वैद्यों और औषधियों को भी ले जाना था। युयुत्सु ने शीघ्र ही सारी व्यवस्था करवाई थीचल पड़े। तीव्रगामी रथ लिया।

करुण क्रंदन, चीखें, पुकारों से भरे वातावरण का उसी क्षण अनुभव हो गया, जिस क्षण वाहन से उतरकर पृथ्वी पर पग रखे। बदन पसीने से भर उठा था। पसीना भी ऐसा, जिससे वस्त्र शरीर के साथ ही चिपकने लगें। गला चटकता हुआ। आंखों में धुंए के कारण रह-रहकर आंसू आने लगते थे। उन सभी की यही स्थिति थी।

रास्तों में वायुमंडल की तुलना से कई गुना अधिक गर्मी थी। धूल के कण उड़ते और लगता कि शरीर के जिस नंगे हिस्से को छू लेते हैं, वहां अंगारे से झुलसने का बोध होता है। लाशों से पटी पड़ी थी पृथ्वी। कुछ जली हुई, कुछ झुलसी हुई और कुछेक केवल मांस पिंड बनी हुई लाशें! यहां-वहां बिखरे शस्त्रास्त्र। अनेक मृतकों के शरीर से मांस गलकर या जलकर इस तरह गायब हो चुका था, जैसे उन्हें पशुओं ने नोचा खाया हो।

साथ चल रहा सेवक बतलाता गया था, "राजपुत्र! बहुत भयावह संग्राम था। महावीर अर्जुन ने आग्नेयास्त्र का प्रयोग किया, तो यह धरती

एकदम ज्वालाओं का समूह बन गई। अस्त्र-शस्त्र लेकर भागते सैकड़ों ही कौरव सैनिक जिंदा जल गए। उनके वस्त्रों में आग लग गई और वे पागलों की तरह जिधर सींग समाया, उधर दौड़ने लगे। जिस क्षण वह महास्त्र चला, उसी क्षण इतनी तीव्र ज्योति उठी कि उससे हजारों पग दूर तक के सैनिक अंधे हो गए। दृष्टिहीनता की स्थिति में ही वे इधर-उधर भागने लगे। इस बदहवास भीड़ में अनेक को उनके अपने ही पक्ष के लोगो ने रौंद दिया, अनेक वाहनों से टकराकर मृत हुए और फिर वह सुलगाती हुई ऊष्णता फैली, जिसने दूर-दूरंत दोनों ही पक्ष के हजारों योद्धाओं को त्राहिमाम् करते हुए बेसुध कर डाला"[1] यह बोलते-बोलते हांफने लगा था वह। युयुत्सु ने बहुत प्रयत्न किया था कि वह सब न सुनें, जो वह सुना रहा है। यह भी चाहा था कि वह सब न देखें, जो दीख रहा है, पर ऐसी असहज चेष्टाएं करके भी क्या सत्य को झूठला सकेंगे युयुत्सु?

सब व्यर्थ है। अब अर्थवान रह गया है केवल इस व्यर्थ को देखना। देखना-भर नहीं, जीवनपर्यंत अनुभव करते रहना। प्रतिफल जीना, प्रतिपल मरना।

वांछित वस्तुएं जहां-की-तहां पहुंचाकर युयुत्सु चिकित्सकों के साथ उस विशाल शिविर में पहुंचे थे, जहां कर्ण के दुर्दांत प्रहारों और अस्त्रों से घायल पाण्डव सैनिक पड़े थे। रहा-सहा विवरण वहां मिल गया था उन्हें, उस कराहों से भरे छोटे से जन-समुद्र के बीच कितने लोगो को अंग-भंग देखा था, कितने ही थे जो मूर्छित पड़े थे और असख्य ऐसे थे, जिनके आंख, नाक ही चेहरों से गायब हो चुके थे। ऐसे भी बहुत, जिनकी पहचान केवल वस्त्र के कारण हो सकी थी कि वे पाण्डव पक्ष के हैं, शेष शरीर का हर हिस्सा झुलस चुका था। कैसे जी पा रहे थे वे? और कैसे मर पाएंगे वे?

---

1. "अर्जुन ने कर्ण के ऊपर शत्रुनाशन आग्नेयास्त्र छोड़ा। वह अस्त्र अग्नि की ज्वालाओं से पृथ्वी, आकाश, सूर्यमंडल और दिशाओं को व्याप्त करके प्रज्ज्वलित हो उठा। असंख्य ज्वालाएं उठीं। बांस के वन में आग लगने जैसा घोर शब्द हुआ। योद्धाओं के वस्त्र जलने लगे। वे जलते हुए ही भागने लगे। कुचल मरे।" ('महाभारत' कर्णपर्व के 89 वें अध्याय में श्लोक-क्रम 15 से 20 के बीच)

विक्षिप्त हो उठी थी युयुत्सु की दृष्टि। एक सैनिक ने सिसकते हुए बतलाया था, "हे ईश्वर! कैसा वीभत्स और संहारक है आग्नेयास्त्र! ऐसा नाश!" आगे बोल नहीं सका था। बच्चों की तरह फूट-फूटकर रोने लगा।

न जाने क्या हुआ था युयुत्सु को। आगे बढ़े और हौले-हौले उसके सिर पर हाथ फिराया। सहसा घबराकर हथेली खींच ली। यह क्या? उसके बाल गीले, सड़े हुई घास की तरह युयुत्सु की हथेली पर चिपक रहे थे।

पर उसे कुछ मालूम ही नहीं। भयग्रस्त युयुत्सु उसे देखते ही रह गए। वह पूर्ववत् बड़बड़ाए जा रहा था, "राजकुमार ! धनंजय के आग्नेयास्त्र ने केवल कौरवों को नहीं, पाण्डवों को भी कम प्रभावित नहीं किया। अनेक जले, झुलसे, नष्ट हो गए। मैं भी उसी समय जला था।" उसने रुलाई बटोरी थी और.... और वह भयानक प्रत्युत्तर! जोर-जोर से हांफने लगा था सैनिक। युयुत्सु को अनुभव हुआ था जैसे अगले शब्दों के साथ ही उस भयग्रस्त सैनिक के प्राण उड़ जाएंगे।

बड़बड़ाए जा रहा था वह, "वीर कर्ण ने आग्नेयास्त्र शांत करने के लिए उसी क्षण वरुणास्त्र छोड़ दिया।" वह फिर रोने लगा था, "अंगराज ने सोचा होगा कि इस तरह जलते हुए मनुष्यों को वह अर्जुन के कोप से बचा सकेंगे; किन्तु हुआ उलटा। वरुणास्त्र की वर्षा ने जलते सैनिकों को पल-भर शांति दी; किन्तु उन्हें सदा-सर्वदा के लिए समाप्त कर डाला। वे चीख रहे थे, तड़प रहे थे। उनका मांस तीव्र वर्षा के कारण लटक आया था। वे वेदना के कारण धरती पर लोट कर छटपटाने लगे थे। मेरा भी बुरा हाल हुआ है कुरुपुत्र! देखिए ना, देखिए, मैं स्वयं को ही नहीं पहचान पा रहा हूं।"

आगे कहने योग्य न उसके पास शेष रहा था, न सुनने के योग्य युयुत्सु के पास। युयुत्सु आगे बढ़ गए थे। घायलों का यह सिलसिला कभी समाप्त होता ही नहीं दीख रहा था। कोई बोला था, "फिर अर्जुन ने घोर जल वर्षा से बचाव के लिए वायव्यास्त्र छोड़ दिया। सैकड़ों ही सैनिक, जो घायल थे, इधर-उधर आंधी में उड़ने लगे। यहां-वहां टकराकर अपना जीवन खो बैठे।"

युयुत्सु हार, सिटपिटाए हुए घायलों के शिविर से बाहर निकल आए थे। विक्षिप्तों की तरह अपने शिविर की ओर वापसी ली थी उन्होंने।[1]

शिविर वापस लौटने तक सभी कुछ भूल रहे थे वह। केवल उन चीत्कारों में खोए हुए। उन करुण रुलाई में डूबते हुए। हथेली पर अब भी सैनिक के उन सड़े हुए बालों का अनुभव हो रहा था। कितनी ही बार हथेली को एक बेचैनी के साथ रगड़ते रहे थे युयुत्सु।

मानस पटल पर अंकित हो चुकी असंख्य कथाओं में से एक समाप्त हुई।

पर युयुत्सु जानते हैं कि यह कभी समाप्त नहीं होगी। जब-जब किसी चीत्कार को सुनेंगे, जब-जब किसी के घायल हुए बदन को देखेंगे, यह कहानी पुनः उनका अपना-आप उन्हें सुना डालेगा। कहानी सुनने और सुनाने की यह कला कितनी वेदनादायक हैयुयुत्सु ही जानते हैं और वही हैं जो इस वाहन से उतरते ही कुछेक नई कहानियों को स्मृतिपटल पर अंकित कर डालेंगे।

वाहन चालक ने सूचना दी थी, ''राजसुत! हम हस्तिनापुर में प्रवेश कर रहे हैं।''

कुछ बोल नहीं सके थे युयुत्सु। शांत होने की चेष्टा की थी उन्होंने। सहज रह पाने के लिए प्रयत्नरत हुए।

कुछ पल वे बाद पृथ्वी पर थे। महान् हस्तिनापुर की धन-धान्य सम्पन्न हरितिमा से पूर्ण धरती पर।

---

1. कर्ण ने अर्जुन के आग्नेयास्त्र को प्रज्जवलित देखकर, उसे शांत करने के लिए वरुणास्त्र छोड़ा। कर्ण के उस अस्त्र के प्रभाव से आकाश में एकाएक बादल घिर आए और उनके जल बरसाने से अर्जुन के अस्त्र की वह संहारक आग बुझ गई। उस समय मेघजाल से आकाश और सब दिशाएं व्याप्त होने के कारण घना अंधेरा छा गया।' बाद में ''अर्जुन ने वायव्यास्त्र छोड़ा। उस अस्त्र के प्रभाव से उत्पन्न आंधी ने पल भर में आच्छन्न मेघों को अस्त-व्यस्त कर दिया।'' (महाभारत 'कर्णपर्व' के 89 वे अध्याय में श्लोक-क्रम15 से 20 के बीच)

वैसी ही विषाक्त वायु। धुंधलाया हुआ, अपरिचित-सा लगने वाला आकाश। युयुत्सु तीव्रगति से उस रथ पर सवार हुए, जो राजभवन तक ले जाने के लिए पहले से ही खड़ा हुआ था।

रथ चला। पृथ्वी पर पैर रखते ही युयुत्सु समझ गए थे। हस्तिनापुर का जन-जीवन घोर तनाव से ग्रस्त है। उससे कहीं अधिक हर चेहरे पर जटिलताएं लिखी हुई हैं। निश्चित कर पाना असम्भव है कि इस जय से वे हर्षित हैं, या पीड़ित? एक स्तब्धता आंखों पर इस तरह ठहरकर रह गई है, जैसे नीले आकाश पर युद्धास्त्रों का धुआं बिछ गया है। राजमार्ग और जनमार्ग एक से लगने लगे हैं। सब ओर सन्नाटा। एक नगर हैमृतवत् नगर। बेसुधी उसका श्रृंगार और चुप्पियां; उसके स्वर। कुछ स्त्रियां, बालक और वृद्ध हैं जो युयुत्सु के रथ को आया जानकर यहां-वहां घरो के द्वारों से निकल आए हैं। वे सब एक-दूसरे को देखते हैं, फिर रथ पर सवार चले जा रहे युयुत्सु को। युयुत्सु ने स्पष्ट जाना है। उनके देखने में न धिक्कार है, न स्वीकार। क्या वे जय से प्रसन्न हैं? या पराजय से दुखी हैं?

कुछ भी तो अभिव्यक्त नहीं होता। बस, लगता है कि वे एक आश्चर्य को स्तब्ध भाव से देखे जा रहे हैं। प्रतिक्रियाहीन होकर। सम्भवतः उनके लिए कुछ क्रियाशील रह ही नहीं गया है।

पाण्डवों की जय हुई।

दुष्टता और शठता पराजित हुई।

पर इन आंखों में क्या लिखा है? यह किसकी जय और किसकी पराजय भोग रही है? या केवल अपने-आपको भोग रही है। अपना जीना झेल रही हैंमरना सह रही हैं? यही कुछ लगा है युयुत्सु को।

स्वयं युयुत्सु भी तो कुछ-कुछ ऐसा ही झेल रहे हैं? कैसी विचित्र स्थिति है यह? जीवन-मरण की भूल-भुलैया। मनुष्य जी रहा है और मर रहा है। मनुष्य मर रहा है और जी भी रहा है। न घायल है, न पीड़ित, न किसी आयुध की तीखी धार ने उसपर प्रहार किया है और न ही कोई दर्शित क्रूरता उसके सामने आई है, फिर भी वह मर रहा है। अपनी ही मृत्यु अपनी ही आंखों से देख रहा है।

घोर आश्चर्य! और उससे कहीं आगे घोर असमंजस!

गड़गड़ाता हुआ रथ भव्य मार्गों को पार करता जाता है। रंगबिरंगी दूकानें, लुभावनी सज्जा, सुन्दर शब्दों में अंकित उनके सूचनापट, सब कुछ। पर सब वैसा ही जड़तापूर्ण, जितना जड़-जीवन हो चुका है।

क्या वे डरे हुए हैं? युयुत्सु ने अनजाने ही अपने भीतर एक प्रश्न जनमते पाया है।

संभवतः नहींवे सब जैसे जानना चाहते हैं कि वह क्या है, जिससे डरा जाए? बूढ़ों की आंखें बालकों जैसी हो गई हैं। उनमें बैठे अर्थ सहसा विश्वसनीय नहीं लगते। और बालक? वे असमय वृद्ध दीख रहे हैं...झुर्रियां उनके चेहरों पर नहीं हैं; किन्तु लगता है कि वे झुर्रियां उनके सम्पूर्ण दर्शित-अदर्शित व्यक्तित्व में समा गई हैं। बहुत बूढ़े हो चुके हैं वे। कृशकाय!

और राजमार्ग पर आ गए युयुत्सु!

कुछ पल बाद वे महाराज धृतराष्ट्र के सामने होंगे, पर अगले ही क्षण लगा था कि इसके पूर्व भी बहुत कुछ सामने पाना होगा। या यों कि बहुत कुछ से उन्हें स्वयं सामना करना होगा।

धृतराष्ट्र के राजनिवास पर बढ़ते हुए उन्होंने कुछ उखड़े, उजाड़ चेहरों वाले सेवक देखे। उनकी दृष्टि भी पथराई हुई-सी जान पड़ीं। युयुत्सु का रथ सामने पाते ही एक सेवक दौड़ा आया था। बोला नहीं या बोल 'नहीं सका? बस राज्याभिवादन में सिर झुकाया, आदेश सुनने के लिए तत्पर हो गया।

एक पल के लिए युयुत्सु भी तो नहीं बोले। विशालाकार, कलात्मक महल को देखते रहे। महिमामय कुरुवंश के श्रेष्ठ का निवास! सम्पूर्ण भरत खण्ड के सर्वाधिक शक्ति सम्पन्न राजा का घर! सौ योद्धा पुत्रों के गौरवशाली पिता का आश्रय-कक्ष!

इतना उजाड? इतना बदरंग? न उसकी दीवारों में चमक दीख रही है; न रंगों और सजावट में जीवन का कोई चिह्न! सहसा याद हो आया था युयुत्सु कोवे पाण्डव पक्ष के संदेशवाहक बनकर आए हैं। कौरवेन्द्र के पुत्र नहीं! कहा था, "महाराज धृतराष्ट्र के चरणों में पाण्डवदूत का

प्रणाम पहुंचाओ! उनसे कहो कि राजा युधिष्ठिर का एक आवश्यक सन्देशा लेकर युयुत्सु उपस्थित हैं।"

सेवक तुरंत भीतर गया। युयुत्सु प्रतीक्षा करते रहे। कुछ पलों बाद वह उपस्थित हुआ था, "देव! महाराज भेंट-कक्ष में आते हैं। आप वहीं चलिए।"

सेवक आगे-आगे चला। यांत्रिक ढंग से युयुत्सु पीछे। सब कुछ जाना-पहचाना है। इस विशाल महल के रेशे-रेश को पहचानते हैं युयुत्सु। इसके हर कोने में उनकी बाल्यावस्था, बिखरी हुई है। हर द्वार, गली और गलियारा ऐसे लग रहा है, जैसे इनमें युयुत्सु बचपन की किलकारियां छोड़ गए थे।

पर कहां हैं वे? सब गुमी हुईं। उनकी जगह एक बूढ़ा रोदन सुनाई पड़ रहा है। एक घबराहट-सी अनुभव की युयुत्सु ने। कैसी विचित्र स्थिति है यह? वह रोदन सुन रहे हैं। अपना ही स्वरहीन रोदन।

लम्बा गलिआरा पार करने के बाद उन्होंने कुरुराज धृतराष्ट्र के भेंट-कक्ष में प्रवेश किया था।

जिस गति से कदम आगे बढ़ाया था, सहसा वह गति थम गई। युयुत्सु ने देखा कि धृतराष्ट्र से पूर्व उस कक्ष में महामति और मंत्री संजय उपस्थित हैं। जिन युयुक्तु को स्नेहभाव से गले लगाते रहे थे, वे दोनों वृद्ध आज उनकी अगवानी के लिए सम्मान में आगे उठ आए। युयुत्सु उन्हें थामना चाहते थे, वहीं रुकने का निवेदन करना चाहते थे; किन्तु याद आया था वह राजकुमार युयुत्सु नहीं पाण्डव के दूत हैं! विजयी पक्ष के संदेशवाहक! उन्हें जय-पक्ष की गरिमा बनाए रखनी होगी।

"स्वागत, कुरुकुमार! हस्तिनापुर में तुम्हारा स्वागत है।" विदुर की आवाज आई थी। लगा कि एक मीठा श्लोक कानों में अमृत की बूंदों जैसा प्रभाव छोड़ता आ गिरा है। युयुत्सु काफी कुछ सहज और शांत हुए।

"महाराज युधिष्ठिर का एक राजसन्देश लेकर उपस्थित हुआ हूं धर्मज्ञ!" युयुत्सु ने विनम्रतापूर्वक निवेदन किया था, "कौरवेन्द्र धृतराष्ट्र उसे सुनकर प्रसन्न होंगे।"

बात समाप्त करके युयुत्सु ने विदुर और संजय की ओर देखना चाहा था; पर यह क्या? लगा कि उनकी अपनी इच्छा से अलग संचालित हो उठा है शरीर। आंखों ने साथ नहीं दिया। न चाहकर भी झुकी ही रह गईं। यही बहुत हुआ कि उनमें आंसू नहीं छलक आए।

"कुरुराज अभी उपस्थित हो रहे है।" विदुर बोले, "तुम आसन ग्रहण करो, दूत!"

यांत्रिक ढंग से घुटने मुड़ेयुयुत्सु बैठ रहे। सन्नाटा फिर से बिखर गया है। ऐसे जैसे अंधकार में कोई चीख उठी थी। कालिख ने ही उसे निगल लिया।

बहुत प्रयत्न कर रहे थे युयुत्सु कि इधर-उधर देखें। किस दीवार, किस प्रस्तरस्तम्भ पर पच्चीकारी और स्वर्णिम रंगों से भरी कलात्मक तूलिकाएं घूमी हैंछेनियां चली हैं, सब युयुत्सु के अनुमान में हैं, स्मरण में अंकित हैउन्हें देखें, पर वैसा कुछ नहीं कर पा रहे हैं। दृष्टि झुककर धरती पर ठहरी रह गई है।

एक बार पुनः स्मरण हो आयाउन्हें पाण्डवों का जय-सन्देश देना है। किन शब्दों में देंगे?

और क्या उन सबको ज्ञात नहीं है कि पाण्डव विजयी हुए? जानते हैं, किन्तु युयुत्सु को एक राजकीय औपचारिकता निबाहनी है। व्यवस्था का साधारण-सा नियम।

लगा था कि जिसे साधारण समझ रहे हैं, असामान्य और असाधारण है। घोर दुष्टकर परीक्षा!

और इस परीक्षा के लिए कृष्ण ने चुना है युयुत्सु को। क्या किसी और को यह असहज धर्म नहीं दिया जा सकता था?

किन्तु युयुत्सु ही चुने गए। ऐसे ही हुआ जैसे एक और नए क्रूर युद्ध में झोंक दिया गया हो उन्हें। यह युद्ध न तो किसी के शरीर से रक्त बहाएगा, न ही किसी शरीर को आहत करेगा; किन्तु इस युद्ध में होने वाला हर शब्द दुधारी तलवार से कहीं अधिक तेज होगा, अधिक निर्मम और कहीं भयावह संहारकर्ता!

यही कुछ सोच रहे थे कि द्वारपाल ने सूचना दीसावधान हों सब। कौरवेन्द्र महाराज धृतराष्ट्र और श्रीमती रानी गांधारी पधार रही हैं।

वे सब जैसे शब्दों से जकड़े हुएमूर्तिवत् होकर खड़े हुए।

श्वेत धवल दाढ़ी वाले बलिष्ठ धृतराष्ट्र ने राजगरिमा से भरी चाल में प्रवेश किया। उनके पीछे गांधारी। श्वेत केश राशि कई-कई बिजलियों की तरह कौंधती हुई उनके कन्धों से झूल रही थी। इर्द-गिर्द सेवक और अंग-रक्षक।

राजा और रानी को उनके आसनों तक पहुंचाकर सेवक विदा हुए। अंगरक्षक भी कुछ दूर जा खड़े हुए। इतनी दूर कि वार्ता सुन न सकें।

युयुत्सु ने राज्याभिवादन किया। धृतराष्ट्र और गांधारी ने उन्हें आशीष दिया। युयुत्सु ने जबड़े कसे, फिर जैसे किसी बालक ने शब्द रट रखे हों, संदेश सुना दिया।

वृद्ध राजा के जबड़ों पर झूलते मांस में थिरकन हुई। युयुत्सु ने स्पष्ट देखा थाराजरानी गांधारी की कोमल अंगुलियों में भी कंपन्न हुआ है। एक गहरा श्वांस लेकर धृतराष्ट्र बोले थे, "सुनकर प्रसन्नता हुई, पाण्डव दूत! हस्तिनापुर विजयी पाण्डवों का हार्दिक स्वागत करेगा! उन्हें ससम्मान यहां आने के लिए कहो।"

"महाराज युधिष्ठिर अपने बन्धु-बान्धवों के साथ कल प्रातः यहां पहुंच रहे हैं, देव!" युयुत्सु ने थर्राती आवाज में कहा था, "यशोदानंदन ने विद्वान संजय के लिए भी एक सन्देश भेजा है।"

"सुनाओ।"

"उन्होंने कहा है राजन! विजयी पाण्डवों के भव्य स्वागत की व्यवस्था की जाए।" युयुत्सु ने बतलाया, "वह चाहते हैं कि सम्पूर्ण उत्साह और आनंदोत्सव मनाते हुए प्रजा से मिलें।"

"ऐसा ही होगा, युयुत्सु।" उत्तर संजय ने नहीं, गांधारी ने दिया था, "सब कुछ परम्परागत रीति-नीति के साथ किया जाएगा। कुरुकुल की विजयश्री है यह।"

युयुत्सु चुप हो गए। लगा था कि गांधारी के स्वर में कोई तीरों से अधिक नुकीलापन है। पर यह अंतर करना कठिन कि स्वर की यह नोक किसे घायल कर रही है? युयुत्सु को अथवा गांधारी को?

युयुत्सु और वे सभी शांत हो गए थे। एक बार फिर सन्नाटे की बोझिल चादर ने उन्हें ढंक लिया था।

लगता है कि दम घुटता है इस चादर के नीचे। युयुत्सु अनायास, अजाने, अनचाहे ही उठ खड़े हुए। सिर झुकाया, प्रणाम किया, आज्ञा मांगी, "अब मुझे जाने की अनुमति दें, महाराज!"

कोई कुछ नहीं बोला। राजा धृतराष्ट्र ने केवल स्वीकारात्मक ढंग से सिर हिलाया। संजय युयुत्सु के साथ हो लिए।

मुख्यद्वार तक उन्हें छोड़ने गए थे संजय। रथारूढ़ होकर युयुत्सु में यह साहस भी नहीं हुआ था कि मुड़कर उन्हे देखें। तीव्रगति से वाहन चालक को रथ चलाने की आज्ञा दी थी।

और फिर वही गति कायम रखने को कहा था जनमार्गों पर। पूरा प्रयत्न करते रहे कि दृष्टि यहां-वहां भटककर उन जीते-मरते चेहरों को न देखे, जो पुतलों की तरह घूम रहे हैं।

नगर-क्षेत्र से बाहर निकलकर जब विमान पर सवार हुए, तब लगा था कि मन को गहरी शांति मिली है। तीव्रगति से चलते हृदय की धड़धड़ाहट पर काबू आया है। इन्द्रियां पुनः वश में हुईं।

चल पड़े थे पाण्डवों के सैन्य शिविर की ओर। एक कठोर, हृदयहीन कर्म निर्वाह कर युयुत्सु को लगा था कि मन सहज हो लेगा, पर जल्दी ही समझ गए थे, यह सब वहम है। असहजता से भरी इस पृथ्वी पर अब सहजता की कल्पना करना हास्यास्पद हो चुका है। हास्यास्पद या अपने से ही छल।

यही कहना ठीक होगाकेवल युयुत्सु ही क्यों, सब अब केवल अपने आपको छलते रहेंगे। छलते, छले जाने और छलते रहने का यह सिलसिला कहां समाप्त होगाकौन जाने? बस, इतना जानते हैं कि संसार युद्ध की जकड़ से मुक्त होकर सदा-सदा के लिए छलना की जकड़ में फंस गया है।

दुर्योधन अपने सभी भाइयों, समर्थकों और करोड़ों सैनिकों के साथ हत हुए। पाण्डव शेष हैं। सारे जीवन अधिकार के नाम पर कुतर्कों के

छल में ग्रस्त रहे महाप्रतापी कौरवों ने स्वयं को निःशेष कर डाला। अब सारे जीवन जय के नाम पर पाण्डव अपने-आपको छलेंगे।

और प्रजा का क्या होगा? युयुत्सु ने जैसे अपने से ही प्रश्न किया थाफिर एक फीकी हंसी ने उन्हें हचमचा डालाकैसा शब्द सोच रहे हैं वह? प्रजा?

प्रजा कहां है?

जो हैवह भी तो प्रजा के नाम पर पाण्डवों की स्वयं के प्रति छलना है। और इसी नाम पर प्रजा का अपने-आपको छलना है। लगता है कि कहीं कुछ जीवन शेष रह ही नहीं गया है। केवल छल शेष रहे हैं। अपने को ही छलती प्रजा, अपने को ही छलते राजा! और मनुष्य के छल से निरंतर प्रभावित रही यह ममतामयी पृथ्वी!

धर्म और अधर्म?

वे भी अब छल बने हुए से। धर्म-जय हुई या अधर्म जय? कौन निर्णय करे? कैसे? ठीक उसी तरह जैसे जीवन जीता या मृत्यु जीतीअनिश्चित! कम-से-कम इस समय नितांत अनिश्चित!

युयुत्सु ने पलकें मूंद लीं। जिन दिनों विकराल युद्ध चल रहा था, उन दिनों इसी तरह पलकें मूंदकर कुछ पल के लिए अपने से ही आपने-आपको चुराने की चेष्टा करते थे।

अब युद्ध समाप्त हो चुका।

अब किसलिए अपने-आपको अपने से चुरा रहे हैं युयुत्सु?

उत्तर नहीं। जो है, उसके सत्य को स्वीकार करना कष्टदायक अनुभव होता है। सत्य यह है कि अब स्वयं से ही स्वयं को नहीं चुराना होगा, बल्कि लगता है जैसे दूसरों से भी अपने को चुराते रहना नियति बन चुकी है। ऐसा न होता, तो भला युयुत्सु हस्तिनापुर में उन बच्चों, स्त्रियों और बूढ़ों से आंख चुराते?

किन्तु युयुत्सु ने कोई दोष तो नहीं किया? वह अपने-आपसे ही पूछने लगे हैं।

नहीं!

तब वह दृष्टियों की चोरी क्यों करने के लिए बाध्य हुए!

सम्भवतः दोष-भाव के अनुभव से ।

दोषी न होते भी?

युद्ध एक मानव दोष है। इसमें वे सब भागीदार होते हैं, जो धर्म या अधर्म की बाध्यता या तर्क के आधार पर ही सही; किन्तु भाग लें।

भाग लें या कारण बनें?

भाग लेने का अर्थ निःसन्देह युद्ध में प्रयुक्त सेना नहीं है। केवल वे हैं, जो उसके कारण बनते हैं।

किन्तु युयुत्सु?

कारण नहीं होते हुए भी कारण बने हुए हैं युयुत्सु। उत्तर बहुत शक्ति से आंतों को काटता हुआ बाहर उबल आया है। वे पक्षघर हुए! यह स्मरण रखना होगा कि इस विध्वंस में हवि बने असंख्य सैनिकों में से कुछ उनके हाथों होम हुए।

लगता है, जैसे बन्द पलकों के भीतर एक बार फिर युद्ध का हाहाकारी दृश्य उभर आया है। चौंककर पलकें खोल ली हैं उन्होंने। श्वांस गति पुनः तेज हो गई है। माथे का शून्य सहसा इतना बड़ा आकार ले बैठा है कि वह विशाल जलकुण्ड दीखने लगा है। इस जलकुंड में जा गिरे हैं युयुत्सु। छटपटा रहे हैं, दम घुट रहा है, पर अवश हैं वह। सदा अवश ही रहेंगे।

और वे ही क्योंसम्भवतः सब अवश रहेंगे। अभी आगे कुछ सोचें, इसके पूर्व ही सहसा विमान चालक बड़बड़ाया था, ''आश्चर्य है राजपुत्र!''

बीच में ही पूछ लिया, ''किस बात का?''

''तनिक बाहर का दृश्य देखिए, प्रभु!'' चालक बड़बड़ाया, 'अपने शिविर से हस्तिनापुर की ओर जाने वाला प्रमुख मार्ग एकदम साफ करवा दिया गया है।''

बाहर देखने लगे। सच ही तो! बड़ी तीव्रगति से उस मार्ग पर बिखरी पड़ी लाशें हटाई जा रही हैं। सैकड़ों लोग लगे हैं, जो या तो शक्ति-शाली वाहनों से लाशों को मार्ग के दाएं-बाएं उलीच रहे हैं या जहां-तहां हो गए गढ़ों को भरने में लगे हुए हैं। याद हो आया थाविजयी पाण्डव कल इसी मार्ग से हस्तिनापुर जाने वाले हैं।

सोच कुंद हो गई थी। स्तब्ध भाव से वह सफाई अभियान देखने लगे।

कुछ देर बाद विमान शिविर-क्षेत्र में उतरा। युयुत्सु ने देखा कि उस तीखी, दमघोंटू वायु को वातावरण से साफ कर पाना असम्भव होगा। धरती पर पांव रखते ही वह विषाक्त वायु माथे को झनझनाती हुई नथुनों में गहरे और गहरे उतर गई थी... हड़बड़ाहट और घबराहट अनुभव करते हुए युयुत्सु तुरंत महाराज युधिष्ठिर के शिविर की ओर बढ़ चले। सन्देश पहुंच चुका है, सूचना देने।

युधिष्ठिर के कक्ष में पहुंचकर समाचार मिला था, ''महाराज! अन्य पाण्डव बन्धुओं के साथ क्षेत्र के बाहर दायीं दिशा में गए हैं।''

युयुत्सु ने तुरंत उसी ओर चलना निश्चित किया था।

वे सभी थे। युधिष्ठिर, भीम, अर्जुन, नकुल, और सहदेव। एक ओर खड़े थे। सबकी आंखें श्रीकृष्ण पर टिकी हुईं। ऐसे, जैसे कुछ जान-सुन रहे हों। युयुत्सु ने पहुंचकर सन्देश दे दिया था।

सभी ने शांतिपूर्वक सुना। युयुत्सु देख रहे थे कि क्या प्रतिक्रिया होगी पांडवों पर; किन्तु लगा था कि वे न सहज हैं, न असहज। शांत सुने गए। कुछ कहा नहीं था उन्होंने, तभी नकुल ने विषय-परिवर्तन कर दिया था, ''पूज्य!'' वह राजा युधिष्ठिर से कह रहे थे, ''सड़े-गले शवों को मुख्य मार्गों से तो हटा दिया गया है, किन्तु एक बुरी खबर ने मुझे चिन्तित किया है।''

बुरा समाचार? युयुत्सु चौंके, क्या हो सकता है?

तभी नकुल ने बतला दिया था, ''उत्तर भरत खण्ड का अधिकाधिक भाग विषाक्त वायुमण्डल और दूषित जल के कारण विभिन्न रोगों से भर उठा है। अनेक नगरों से दूत आए हैं कि बच रहे स्त्री-पुरुष और वृद्ध-बालक ग्रामों को छोड़-छोड़कर भाग रहे हैं। अनेक मार्गों में ही मर गए हैं। बहुत से भूखण्ड में ज्वलनशील पदार्थ इस समय भी बिखरे हुए हैं। अन्नादि समाप्त हो चुका है।''

सब ने सुना। युयुत्सु को उन सभी चेहरों से लगा था कि किसी के पास न तो कोई उत्तर है, न ऐसा कोई साधन सूझ रहा है, जिससे

उस बिगड़ती जन स्थिति पर वश किया जा सके...श्रीकृष्ण आगे बढ़ आए, बोले, "चिन्ता मत करो, कुंती सुत! मैं इसी क्षण सात्यकि को भेजता हूं। वह समूचित व्यवस्था करेंगे ताकि जन-सामान्य शांत हों।" इसके पूर्व कि कोई कुछ कह सके, वासुदेव तीव्र गति से एक ओर बढ़ गए।

क्या किया जा सकेगा? युयुत्सु सोचने लगे थे। क्या जीवन-शक्ति खो चुकी पृथ्वी को पुनः जीवनदान दिया जा सकता है? कौन-सी औषधि है जो इस विषाक्त वायुमण्डल तुरंत ही विष-प्रभाव दूर कर सकेगी? कौन उस अनाज और कोपलों को तुरंत जनम सकेगा जो इस संग्राम ने अपनी काल-मुख मे निगल ली है? महामारी से ग्रस्त मृतवत् व्यक्तियों का उपचार करने वाले वैद्य कहां मिलेंगे? मिल भी गए, तो रोगियों की संख्या पर काबू कर सकेंगे,

सब सिर्फ बहलावा, सब कुछ सिर्फ व्यर्थ की बटोरन और केवल कहना-सुना। यही शेष है विजयी योद्धाओं के पास।

यही कुछ सोच रहे थे कि युधिष्ठिर बोल पड़े, "राजमार्ग साफ हो गए हैं अर्जुन! किन्तु ये जो शव मार्गों के यहां-वहां बिखरे रहेंगे, इनका क्या होगा?"

युयुत्सु ने देखा युधिष्ठिर बोलते समय कुछ व्यग्र थे। सम्भवतः अपने भीतर की पीड़ा को जैसे-तैसे सहेजने की चेष्टा करते हुए; किन्तु सहेज नहीं सके हैं। मुद्रा ने बतलाया। मन में जो कुछ था, आंखों की राह व्यक्त हो गया।

और अर्जुन...? युयुत्सु की दृष्टि उन्हीं पर जा टिकी थी। थूक का घूंट निगलकर उत्तर दिया था उन्होंने, "उन्हें अग्नि समर्पित कर देना उपयुक्त होगा, भइया!"

युयुत्सु का मन हुआ कि हंसे, पर लगा खीझकर रह गए हैं। युधिष्ठिर ने होठों पर जीभ फिराई, बोले, "काष्ठ कहां से आएगा? दूर-दूरंत वन भी निःशेष हो चुके हैं?"

अर्जुन चुप।

और केवल अर्जुन ही क्योंसब चुप।

चीखते हुए हैं, लाखों शव! ये चीखें उनकी सड़ांध बनकर सबके नथुनों में समाई हुई हैं।

जितना कार्य किया गया है, उसमें हमारे अनेक सैनिक घायल हो चुके हैं, कौन्तेय! एक ओर चुपचाप खड़े सांब आगे बढ़ आए थेश्रीकृष्ण के पुत्र। सदा चमकती रहने वाली ज्योतिर्मय आंखें धुंधलाई-सी दीख रही थीं। बोले थे, "विभिन्न अस्त्र-शस्त्रों के टुकड़ों को हटाते, फेंकते हुए उन्हें चोटें आई हैं। बहुतेक शवों की सड़न के कारण अस्वस्थ हो गए हैं और कुछ बेसुधी की हालत तक जा पहुंचे हैं। मेरे विचार में शेष रहे शवों को लेकर अधिक माथापच्ची करना व्यर्थ है। उन्हे उसी तरह पड़े रहने दिया जाए।"

"पर वे महामारी के कारण बन जाएंगे।" भीम बड़बड़ाए। अर्जुन ने कहा था, "एक साधन है। मैं अस्त्र-प्रयोग करके इस सम्पूर्ण क्षेत्र को अग्नि समर्पित किए देता हूं।"

"अभी नहीं!" युधिष्ठिर ने टोक दिया था उन्हें। मुड़कर अपने कक्ष की ओर जाते हुए आदेश दिया था उन्होंने, "विचार करने दो।"

युयुत्सु फिर चिढ़कर रह गए। क्या विचार किया जाएगा? विचारने के बाद करने योग्य रहा क्या है? जानते हैं, कुछ विचार करना सम्भव नहीं। विचार कर लें, तो उसे पूरा कर लेना भी कठिन।

यही हुआ था। कुछ नहीं हो सका। सब अनिर्णित!

अगली सुबह के साथ महाराज युधिष्ठिर शेष रह गए स्वस्थ सैनिकों, पांडव बन्धुओं एवं सम्बन्धियों के साथ चल पड़े थे हस्तिनापुर की ओर। विजयी पक्ष का यह छोटा-सा समूह राजमार्ग से आगे बढ़ता गया था।

युयुत्सुयुधिष्ठिर के पीछे-पीछे। [1]

---

1. धृतराष्ट्र का पुत्र युयुत्सु युधिष्ठिर के पीछे रहा। भीम विजयी धर्मराज के रथ-चालक बने। रथ में सोलह बैल जुते हुएश्वेत, शुभ-लक्षणयुक्त। अर्जुन ने धर्मराज के सिर पर सफेद छाता तान दिया और नकुल तथा सहदेव चंवर ढुलाने लगे। (महाभारत के शांतिपर्व में अध्याय-37 के अंतर्गत श्लोक-क्रम30 से 35 के बीच।)

सड़ांध उसी तरह सारे रास्ते पर बिखरी मिली। कहीं-कहीं जंगली पशुओं को भी उन्होंने देखा था। रात के समय अनेक सड़े शवों को जंगली जानवरों ने खींचते हुए मार्ग पर डाल दिया था। विजय यात्रा आगे बढ़ती और उससे भी आगे चलता एक सफाई दल। इस तरह खींचकर बीच राह ला गिराए गए शवों को फिर से दाएं-बाएं फेंकता हुआ। विजय दुन्दुभी बज रही थी। फूल भी बरसाए जा रहे थे, पर कहां चली गई है फूलों की स्वर्गिका गंध? या सुगन्ध अस्तित्वहीन हो चुकी है?

पराजय से लिपटी यह जय-यात्रा किस तरह वर्णित की जा सकती है? युयुत्सु ने विचार किया था। या केवल अनुभव की जा सकती है? सम्भवतः यही सच है।

युयुत्सु अनुभूति कर रहे हैं।

या अनुभूति को छलने की कुचेष्टा कर रहे है? एक बार पुनः याद हो आया है उन्हें। अब छलने-छलाने का यह नया काम आरम्भ हुआ। सुख से दुःख और दुःख से सुख को छलने की एक अद्‌भुत, अमानवीय कला।

विजय-यात्रा चलती रही, फिर वे सब पहुंच गए थे हस्तिनापुर के नगर-क्षेत्र में और तभी सहसा कुछ क्षण के लिए यात्रा थाम ली गई थी। महाराज युधिष्ठिर का कोई आदेश होने को है।

अभी कौतूहल से उस आदेश को सुनने या जानने की प्रतीक्षा ही कर रहे थे कि धनंजय की ओर से सभी को सावधान होने की सूचना मिली थी, सैनिक ने पास आकर सभी से कहा था, ‘‘महाप्रतापी धनंजय शीघ्र ही एक ऐसा अस्त्र छोड़ने वाले हैं, जिससे विशाल संख्या में पड़े शवों को दाह-क्रिया प्राप्त हो जाएगी। आप सभी से प्रार्थना है कि अस्त्र छूटने के साथ ही यथासम्भव जितनी शीघ्रता हो सके, राजमार्ग पर राजधानी की ओर अपने वाहन दौड़ाएं।’’

समझ लिया था युयत्सु ने। विष का विषयोपचार! सब सतर्क हो चुके थे। अर्जुन ने अस्त्र चला दिया था।

एक बार पुनः विनाशकारी अग्नि ने दूर-दूरंत पृथ्वी को निगलना प्रारम्भ किया। विपरीत दिशा में, जिधर हस्तिनापुर था, उस ओर सभी के वाहन तीव्रतम गति में दौड़ पड़े ।

विचित्र-सी अस्त-व्यस्त और संक्रामक दौड़ थी वह। अर्जुन का अस्त्र अग्नि की अनेक शिखाओं से आसपास का वातावरण ग्रसता जा रहा था। उसी के साथ-साथ बढ़ रही थी...तपन और झुलसन।

ऐसे जैसे वे मनुष्य नहीं हैं, शिकार किए हुए मृग हैं, जिन्हें अग्नि की ज्वालाओं पर भूना जा रहा है। हां, बिलकुल यही तो लग रहा था?

वे भाग रहे थे। वे हांफ भी रहे थे। उनके शरीरों से पसीना इस तरह निचुड़ने लगा था, जैसे किसी नदी में स्नान करके आए हों। हे ईश्वर! युद्ध आयोजन के बाद युद्ध-नियोजन की यह कैसी अनोखी, किन्तु भयकारी स्थिति है!

कितने सैनिक राह में ही गिर गए, कितने चीखते हुए अग्नि के प्रभाव क्षेत्र में उलझे रह गए और कितनों ने रक्तवमन करना प्रारम्भ कर दिया, स्मरण नहीं। युयुत्सु को मात्र इतना स्मरण है कि वह सब आतंक के साथ केवल देखा जा रहा था। एक के बाद एक भयावह दृश्य। एक के बाद एक का कालग्रस्त होना।

राजमार्ग पर एक बदहवास दौड़ चल रही थी। घोर गर्जन करते हुए रथ और वाहन! उससे भी अधिक चीखते-कलपते हुए वे सब!

स्वयं युयुत्सु को ही कितनी बार लगा था जैसे अब गिरे, तब गिरे! माथे का पसीना पलकों से अनवरत टपक रहा था। अनेक बार देखने की शक्ति भी खोती अनुभव हुई थी उन्हें।

दौड़ का एक लम्बा सिलसिला पार करके वे धीमे-धीमे अग्नि प्रभावित क्षेत्र की सीमा से बाहर निकल आए थे, हस्तिनापुर नगर के पास।

पर सहज कोई नहीं था। कैसे होता? केवल दौड़ना ही तो नहीं पड़ा था उन्हें? वे एक संग्राम से शेष होकर लौटते थे। उससे भी आगे उन सभी को एक नए संग्राम में उलझ जाना था। किसी को राजा के स्तर पर, किसी को प्रजा के स्तर पर।

और इस संग्राम का आदि-अंत न होगा। कम-से-कम उन सभी के लिए उसका अंत अनिश्चित और कल्पनातीत! आशा से जुड़कर सब कुछ करना होगा, पर आशा जुटाएंगे कहां से? कौन-सी जीवनधारा अपने भीतर खोज सकेंगे जो आशा की प्यास बुझा सके?

नगर-द्वार की ओर बढ़ने के पूर्व कुछ पल महाराज युधिष्ठिर ने सभी को विश्राम करने और सहज होने की आज्ञा दी थी। वे अपने-अपने वाहनों से उतर कर मार्ग पर ही सहज होने की चेष्टा करने लगे।

पर सहज होने की स्थिति में कोई नहीं। शारीरिक रूप से कुछ शांत हो सके थेबस! शेष कुछ होना-जाना न था। दृष्टि जहां-तहां तक जाती थी, वहां-वहां तक अशांत करने वाले दृश्य उपस्थित थे। हवाएं उसी तरह बोझिलता से भरी हुईं और श्वांस न चाहते हुए भी कड़वाहट भरी गन्ध लेने को बाध्य!

थोड़ी देर बाद पुनः चल पड़े थे।

काफी फासले से ही स्वागत में वाद्य यंत्रों की ध्वनियां सुन पड़ी। युयुत्सु को याद हो आया था। संजय से पूर्व स्वयं राजा धृतराष्ट्र और गांधारी ने पाण्डवों के स्वागत व्यवस्था की घोषणा कर दी थी।

और फिर स्वागत दृश्य उभरने लगे। नगर द्वार से कुछ बाहर आकर बन्दी मागधजनों के साथ महाराज धृतराष्ट्र, गांधारी और अनेक कुल-स्त्रियां उपस्थित थीं। गांधारी को छोड़कर शेष सभी शोक-वस्त्रों में लिपटी हुई। युयुत्सु ने छाती पर एक आघात-सा अनुभव किया था। कौरव बन्धुओं की विधवाएं, कौरव पुत्रों की भी विधवाएं, एक बड़ा जत्था एक ओर खड़ा हुआ। बुरी तरह सहमकर रह गए।

फिर याद आयाक्या केवल युयुत्सु ही इस तरह सहमें होंगे? क्या आघात केवल उन्हीं ने सहा होगा?

नहीं। दृष्टि उठी, पाण्डवों के चेहरों पर घूमती उनकी दृष्टि ने देखा, सभी युयुत्सु की ही तरह सिटपिटा गए थे। अकुलाई, बेचैन पुतलियों से स्वागत के उस, दृश्य का प्रभाव भोगते हुए यांत्रिक ढंग से आगे बढ़ते गए।

कौरवेन्द्र धृतराष्ट्र, विदुर और अन्य परिजनों ने स्वागतार्थ स्वर्णजटित आसन वाला भव्य रथ एक ओर खड़ा कर रखा था। विजयी राजा इसी रथ पर सवार होकर नगर-प्रवेश करेंगे।

युयुत्सु सोच-समझ बिसराकर वह सब इस तरह देखते रहे, जैसे केवल देखना है। उस सब पर विचारना व्यर्थ।

विचारा भी नहीं था उन्होंने। स्वागत की सभी औपचरिकताएं पूर्ण की गई थीं। ऐसे जैसे कुछ पुतले, अपना-अपना निर्धारित कर्म कर रहे हों। सबकी यांत्रिक कुंजी किसी पिटी हुई परम्परा के हाथ.....कुंजी मुड़ती है और जिस पुतले को जो कुछ करना होता है, करता है।

राजा धृतराष्ट्र आगे बढ़कर एक फटी, बदरंग हंसी के साथ विजयी युधिष्ठिर का स्वागत करते हैं। बन्दी मागध आदि उन सभी की स्तुतियां गाते हैं। शंख बजता हैं, दुन्दुभी गूंजती है। सेवक यहां से वहां और वहां से यहां आकर किसी बार युधिष्ठिर एवं अन्य पांडवों के इर्द-गिर्द घूमते हैं। पण्डित स्वागत तिलक की औपचारिकताएं निबाह रहे हैं तथा श्लोकोच्चारण इस तरह चल रहा है, जैसे कोई वाद्य बज रहा हो।

यही चला था कुछ समय, फिर वे सब यांत्रिक ढंग से नगर-प्रवेश कर गए थे।

कुछ नए पुतलों से सामना होने लगा था उनका।

नए पुतलेनगरवासी! प्रजाजन!

जिस क्षण इस विजय-यात्रा को देखने के लिए नगर-पथों पर जनसमूह उमड़ा, उस क्षण युयुत्सु तनिक भी चकित नहीं हुए! इस समुह में युवा, प्रौढ़ और वृद्धा स्त्रियों की सर्वाधिक संख्या थी। वे अपने-अपने भवनों की छतों, झरोखों और अटारियों पर आ-आकर हतप्रभ-सी देख रही थीं। उनकी संख्या इतनी बढ गई थी कि उनकी तुलना में पुरुष नगण्य दीखने लगे थे!

पुरुषों के नाम पर कुछ कृशकाय वृद्ध। श्वेत दाढ़ियों से भरे चेहरे, लड़खड़ाती टांगे और हांफते-थरथराते बदन।

वे सब हंसना चाहते थे। जय-जयकार करना चाहते थे। यदा-कदा कर भी रहे थे, पर न उनकी हंसी में हंसी थी, न जय-जयकार में हर्ष, न दृष्टि में ज्योति। सब कुछ ऐसे हो रहा था जैसे होना है, अतः हो रहा हैं।

अनेक विद्वान, ब्राह्मण भांति-भांति से राजा युधिष्ठिर की स्तुति करते हुए आगे-आगे चल रहे थे। धर्मों-धर्मों के विवेचन-वाक्य उलीचते हुए! उनके श्लोकों ने वातावरण को तीव्र गुंजार से भर रखा थापर लगता था कि गुंजार श्रोता के श्वांसों से नहीं जुड़ पा रहे हैंमाथे से ऊपर और ऊपर निकल जाते हैं।

कहां जा रहे हैं ये जय-जयकार, दुन्दुभियों के घोर शब्द और शंख-नाद...?

कौन अनुमान करे? सम्भवतः मनुष्य प्रदत्त विष जो सहज प्रकृति में समा गया है, उन्हें निगल जाता है।

वे सब राजमार्ग पर पहुंचे थेफिर राजनिवासों में। महाराज युधिष्ठिर, अन्य पाण्डव बन्धुओं, वासुदेव, सात्यकि आदि के साथ राजा युधिष्ठिर द्वारा पूर्व-व्यवस्थित विशेष महलों में समा गए।

जय-यात्रा समाप्त हुई, या यों कि एक नई यात्रा प्रारम्भ हो गई। युयुत्सु भी अपने महल में चले आए थे।

एक और बेचैन, कड़वी रात्रि से मनुष्य ने युद्ध प्रारम्भ किया था। करवटें बदलते, हांफते, निद्रित-अनिद्रित स्थिति झेलते हुए वह रात काट ली गई थी। अगली सुबह महाराज युधिष्ठिर का राज्याभिषेक होना था।

राज्याभिषेक! विजयी पाण्डवराज युधिष्ठिर का राजतिलक!

भव्य समारोह आयोजित किया गया था। प्रजाजनों को आदेश हुए थेसभी प्रसन्नतापूर्वक उसमें भाग लें।

एक बार पुनः स्त्रियों का झुण्ड, बालकों के रेले और वृद्धों की लड़खाती टांगों से उन सबका साक्षात्कार हुआ। कुरु कुल स्त्रियों का कक्ष ठसाठस भरा हुआ था। नई बात युयुत्सु ने देखी तो केवल यह थी कि किस क्षण कौरव-पत्नियां, पुत्र-वधुएं, पौत्र-वधुएं सभाभवन के स्त्री-कक्ष में आईं, ज्ञात ही न हुआ। कैसे होता, शृंगारहीन सौन्दर्य ने उन्हें ही नहीं, उनकी हर क्रिया को निःशब्द जो कर दिया था। वे चलतीं तो केवल पृथ्वी पर किसी घायल के रेंगने जैसी पदचाप होती थी। कदम वही थे, जो

कभी रुनझुन से भरे रहते थे, स्त्रियां वही थीं जिनके चेहरों पर सूर्य-किरणें चिपकी रहती थीं? किन्तु अब न तो उन कदमो से कोमल हंसियों जैसी रुनझुनाहट शेष रह गई थी, न ही चेहरों पर चमक। वे थीं, पर नहीं होने जैसी, हंसने योग्य आयु थी, उनके पास; किन्तु हंसी विषाक्तता में घुटी हुई। शरीर में सुगठन भी थी, सौंदर्य भी, किन्तु उत्साहहीनता के अंधकार से झुलसा हुआ। भावनाओं के नाम पर सुलगते हुए दावानल की कभी न बुझने वाली लपटें। कौरव स्त्रियां!

एक गहरा सांस लेकर युयुत्सु ने उस ओर से दृष्टि चुराली। दूसरी ओर पुतलियां ठहरा दीं। अगले ही क्षण लगा कि इस तरह बार-बार यहां से वहां, चोरी करने की चेष्टा व्यर्थ होगी। हर दिशा से चोरी भला कैसे की जा सकती है। हर स्थिति, हर विचार और हर दृश्य को कब तक पुतलियों से बचाए रखा जा सकता है!

एक निर्लज्ज भाव ओढ़ना होगा उन्हें। वही कर रहे हैं। कितना कर सकेंगे, पता नहीं; पर कर रहे हैं।

यह चेष्टा उस सारे समय चलती रही थी, जब तक कि राज्याभिषेक की सम्पूर्ण औपचारिकताएं पूरी नहीं हो गईं, फिर महाराज युधिष्ठिर ने राज्य-व्यवस्था के विभागों का बंटवारा किया था। क्रमशः भीम, विदुर, अर्जुन, नकुल, सहदेव, संजय अनेक लोगों को अनेक विभाग बांटे गए थे। ये सब कुरु-राज्य के नए व्यवस्थापक होंगे। नए कर्ताधर्ता।[1]

युयुत्सु नगर-व्यवस्था करेंगे।

राजा की आज्ञा शिरोधार्य करके सब पुनः विदा हो गए थे। युधिष्ठिर ने सभी को एक अधिकृत स्थिति भी सौंप दी थी। बोले थे, "हम सब

1. भीमसेन को युवराज पद पर, विदुर को सन्धि-विग्रह आदि नीति का निश्चय करने के लिए मंत्रिपद पर, गुणवान वृद्ध संजय को करने और न करने योग्य कामों की देखरेख कि लिए तथा आय-व्यय का हिसाब रखने के लिए, नकुल को सेनापति के पद और वेतन बांटने तथा निरीक्षण के काम पर, अर्जुन को शत्रुओं की सेना रोकने और दुष्टों को दबाने के काम पर, सहदेव को राजा की अंगरक्षा व्यवस्था के काम पर, पुरोहित धौम्य को ब्राह्मणों तथा देवताओं के और अन्य धार्मिक कामों पर नियुक्त किया।" (महाभारत 'शांतिपर्व' के 41 वें अध्याय में श्लोक-क्रम10 से 18 तक।)

महाराज धृतराष्ट्र के अधीन हैं। अतः किसी विशिष्ट स्थिति में राजा धृतराष्ट्र जो कुछ कहें, वह तुरंत पूरा कर देना हम सबका धर्म भी होगा और हम इसके लिए वचनबद्ध भी है।"

धर्मज्ञ राजा का ब्राह्मणों ने जय-जयकार किया। सभा विसर्जित हुई।

नए राजा का दिया धर्म-दायित्व! नगर-व्यवस्था! युयुत्सु इस नए कार्यभार को उठाने को तत्पर हुए थे। सोचा थाबहुत कठिन नहीं होगा यह। अब न तो पहले की तरह जन-बहुलता रह गई थी, न ही पहले की तरह सुख-साधनों की अनियंत्रित बाढ़ शेष थी यदि सुख-साधन उपस्थित भी थे तो उनके भोगनेवाले नही रहे थे। वस्तु स्थिति में युयुत्सु को नगरव्यवस्था के नाम पर क्या कुछ करने को शेष रह गया हैयही समझ में नहीं आ रहा था।

किन्तु अगले दिन ने समझा दिया! जो समझा, उसने युयुत्सु को अनायास ही गहरी अन्तर्वेदना, दुविधा और बेचैनी से भर डाला!

भोर से साथ ही कुछ सैनिकों को साथ लेकर नगर-भ्रमण के लिए निकल पड़े थे वह।

नगर की अधिकाधिक दुकानें बन्द हैं। जो खुली हैं, उन पर ग्राहक नहीं है। जो दीख जाते हैंवे ग्राहक पुरुष नहीं, स्त्रियां हैं। अधिकतर खुली दुकानों के दुकानदार वृद्ध या बालक। शालाएं खाली थीं। औषधालय भरे हुए। चिकित्सकों की कमी पाई गई थी। द्यूत घर सन्नाटा पीते हुए। वेश्याएं अपनी अटारियों पर बैठा पागलों की तरह कभी खाली सड़कों और कभी खाली आसमान की ओर तकती हुई। हस्तिनापुर नगर! महान् कुरुराज्य की गौरवशाली, वैभवपूर्ण राजधानी!

युयुत्सु जैसे-जैसे आगे बढ़ते हैं, लगता है कि हृदय डूबने लगा है। वह नगर-व्यवस्था के दायित्व भार से लदे हुए हैं।

पर व्यवस्था कैसी और किसकी करेंगे? किस तरह? किन बाहों से? साधन के नाम पर उन्हें जो व्यक्ति दिए गए हैं, वे वांछित की तुलना में पांच प्रतिशत भी नहीं हैं।

विशालाकार नगर की परिक्रमा करते हुए उन्होंने व्यवस्था सम्बन्धी आवश्यकताओं को जाना था... जैसे-जैसे जानते गए, वैसे-वैसे लगा था कि जिस भार को सहज समझा था, वह सबसे दुष्कर है। विभिन्न चिकित्सालयों से निकलते हुए, एक चिकित्सालय पर जा ठहरे थे वह।...

व्यवस्था-कक्ष में पहुंचे। मुख्य चिकित्सक से भेंट की। आपकी आवश्यकताएं क्या-क्या हैं महानुभाव?'' विनम्र स्वर में प्रश्न किया था कुरु कुमार ने।

चिकित्सक तुरंत बोले नहीं। बूढ़ी थरथराती पलकों को जैसे-तैसे उठाए हुए युयुत्सु को घूरते रहे।

''मैंने आपकी आवश्यकताओं को लेकर पूछा हैं, वृद्धवर।'' युयुत्सु के स्वर में राजस भाव उभरा ।

''आइए!'' वृद्ध ने उत्तर न देकर जैसे आदेश दिया था युयुत्सु को।

''किन्तु...?'' युयुत्सु ने कुछ पूछना चाहा।

''आप आवश्यकताएं ही जानना चाहते हैं कुमार? वही बतलाता हूंआइए!'' वृद्ध चिकित्सक आगे हो लिए। युयुत्सु खिंचे-से उनके पीछे। कुछ कक्षों से गुजरते हुए वे रोगियों के सामने जा पहुंचे थे। विभिन्न रोगों से ग्रस्त, अनेक पुरुष, बालक और वृद्धवे दर्द से कराह रहे थे। अनेक युयुत्सु को सामने पाकर रो पड़े थे। अनेक ने उत्तेजित होकर कहा था, ''हमें विष क्यों नहीं दे दिया जाता राजपुत्र! इस तरह पल-पल मरने के बजाय तुरंत मर जाना अधिक उचित होगा!'' अनेक धिक्कारने लगे थे उन्हे, ''अरे, कौरवों! तुम्हारें व्यक्तिशः कुलष में हम निर्दोषों की बलि क्यों दी गई है?''

युयुत्सु ने सहमकर किसी बार उन रोगियों को देखा, किसी बार साथ खड़े वृद्ध चिकित्सक को।

वृद्ध बोले थे, ''राजकुमार! इन रोगियों के लिए न तो औषधियां शेष रही हैं, न ही उपचार करनेवाले। इस चिकित्सालय में दो सौ से अधिक रोगी हैं; किन्तु चिकित्सक हम केवल दो ही हैं, मैं और मेरी सहायिका, बस!''

''शेष कहां हैं?''

वृद्ध ने जैसे थूकती हंसी के साथ उत्तर दिया था, "शेष युद्ध शिविरों में थे। उनका क्या हुआ? आप लोग अधिक अच्छी तरह जानते होंगे।"

युयुत्सु निरुत्तर हो गए।

लौट पड़े थे वे। कोलाहल पीछा करता रहा था। रोगियों की उपेक्षा पूर्ण हंसी और कराहें जैसे धक्के दे-देकर युयुत्सु को बाहर धकेल रही थीं। वृद्ध चिकित्सक ने कहा था, "अब आप बतलाएं, हमें क्या चाहिए? मेरे विचार में कुछ भी ऐसा नहीं रहा, जो हमें नहीं चाहिए! यहां तक कि जो रोगी प्रतिदिन किसी-न-किसी रोग या दूषित जल अथवा औषधि न होने के कारण मर रहे हैं, उनक शव ढोने की व्यवस्था के लिए भी हमारे पास कोई नहीं है।"

युयुत्सु ने जबड़े कस लिए। कुछ कहना चाहकर भी लगा था कि कि सिर्फ कहने के लिए ही कहेंगे, करने के लिए शेष कुछ भी नहीं रहा। चुपचाप लौटने लगे। तभी चिकित्सक ने कह दिया था, "अन्य चिकित्सालयों में भी यही दशा मिलेगी कुरुकुमार! अच्छा हो, कि आप वहां जाए बिना इस स्थान से ही अनुमान कर लें कि उन्हें क्या कुछ चाहिए?"

युयुत्सु ने केवल सुना था। मुड़कर देखने का भी साहस नहीं हुआ। तीव्रगति से बाहर आकर रथारूढ़ हो रहे।

हे, ईश्वर! इस अव्यवस्थित स्थिति की व्यवस्था किस तरह हो सकेगी? तुरंत निश्चय कर लिया था, "महाराज युधिष्ठिर से साधन मांगेंगे!"

रथ यहां-वहां न ले जाकर सीधे राजपथ की ओर मोड़ दिया।

वे युधिष्ठिर के सामने थे

और युधिष्ठिर चिन्ताकुल। लग रहा था कि उनके आते ही सब कुछ समझ लिया है। युयुत्सु की खाली, रिक्त आंखों ने पल भर में उस बहुविधि रिक्तता को कह डाला था, जिसका दर्शन नगर में करके लौटे हैं।

"राजन्!" युयुत्सु ने कहना प्रारम्भ किया था; "आज नगर-भ्रमण के पश्चात् मैंने पाया है कि जिस हेतु, जितने व्यक्तियों की आवश्यकताएं

हैं, वे मेरे पास नहीं हैं। चिकित्सालयों में चिकित्सक नहीं हैं, यहां तक कि शव ढोनेवाले भी शेष नहीं रहे। आमोद-प्रमोद के स्थानों पर सन्नाटा है। बहुतेक दुकानें खुली नहीं है। ज्ञात करने पर मालूम हुआ कि उन्हें चलानेवाले कौरवपक्ष को ओर से युद्ध करते हुए या तो घायल हुए अथवा मारे गए।"

युयुत्सु अधिक विस्तार से नगर के उजड़ाव और अस्त-व्यस्त जन-जीवन का वर्णन करें, इसके पूर्व ही उन्हें युधिष्ठिर ने टोक दिया था, "जानता हूं बन्धु! मैं अनुमान कर सकता हूं कि तुम जो कुछ कह रहे हो, वह कितना है! किन्तु इस सबको सहेजना ही होगा, भाई! यदि हम ऐसा न कर सके तब अधिक भयावह स्थिति का सामना करना होगा।

"किन्तु देव!" युयुत्सु ने जैसे बिफरकर कहा था, "मुझे साधन तो चाहिए ही होंगे। भला आप ही विचार करें, व्यवस्था के लिए जितने व्यक्ति मेरे पास हैं, वे कितने कम हैं। मैं दायित्व निर्वाह में दिन-रात जुटने को तैयार हूं, किन्तु मेरे जुटने भर से तो कुछ नहीं हो सकेगा राजन्!"

विदुर, युधिष्ठिर के कानों में कुछ फुसफुसाए। युधिष्ठिर ने होठों को तर किया, फिर बोले, "ठीक है, युयुत्सु! मैं तुम्हें कुछ और सैनिक और सेवक देता हूं। जानता हूं कि संख्या में वे कम हैं। विशेषकर तुम्हारी आवश्यकता देखते हुए बहुत कम होंगे, किन्तु तुम्हें उन्हीं के सहयोग से सब कुछ सहेजना होगा।"

युयुत्सु चुप हो रहे।

युधिष्ठिर ने अपनी निजी सेवा-व्यवस्था में लगे कुछ सैनिकों को बुलवा लिया था। उनके उपस्थित होते ही बोले थे, "अब के बाद तुम धृतराष्ट्रपुत्र युयुत्सु के अधिकृत कार्य करोगे।"

संजय ने उन्हें टोका, "किन्तु राजन्, आपकी सेवा व्यवस्था कौन करेगा?"

एक उदास, पिटी हुई हंसी में हंस पड़े थे युधिष्ठिर, "वह हम स्वयं करेंगे महात्मन्! यों भी हमें समयानुसार अपनी आवश्यकताएं कम करनी ही होंगी। यही समयानुकूल रहेगा।"

सब चुप हो रहे। युयुत्सु ने उस छोटे-से झुंड को देखा था। बहुत कम थे वे; किन्तु राजा की बेबसी के बाद कहने को नहीं बचा। चुपचाप खड़े रहे। सेवकों को आदेश दिया था कि वे बाहर पहुंचे। कुछ देर बाद युयुत्सु उन्हें कार्य-निर्देश देंगें।

युयुत्सु ने आसन ग्रहण कर लिया था। संजय महाराज युधिष्ठिर को राजकोष और खाद्य स्थिति की सूचनाएं दे रहे थे। जितना जो कुछ बतलाते गए थे वह, सब चिन्तनीय था। उन्होंने बतलाया था कि बहुत शीघ्र अन्न की स्थिति बिगड़ने वाली हैं। दूर-दूर चरों को भेजकर सूचनाएं ली जा रही हैं, किस क्षेत्र में अन्न शेष रहा है। अधिकतर जलाशयों का जल या तो सूख गया था या फिर पीने योग्य नहीं रहा था। अनेक चिकित्सक और वैज्ञानिक इस जल-दूषण को समाप्त करने की चेष्टा में रत थे। परिणाम आने तक बहुतेरी घटनाएं घट सकती थीं। घट भी रही थीं। कृषि नष्ट हो चुकी थी : लाखों एकड़ धरती की प्राणशक्ति सूख गई थी। उस पर कृषि कर पाना असम्भव हो गया था। फिर यह भी एक बड़ी उलझन थीकृषि कर्म करेगा कौन?'

थका मन और पीड़ित मनःस्थिति से घिरे युयुत्सु चुपचाप बैठे बातचीत सुन रहे थे। एक वह ही क्यों, वे सभी जो इस सभा में उपस्थित हैं। सबके चेहरों पर तनाव, सबकी आंखें दिशाहीनता की स्थिति में भटकती हुई। बेचैनी के बादलों से लदीं।

राजा धृतराष्ट्र, गांधारी, कुंती, द्रौपदी और अन्य पाण्डव...सब! विशाल सभा-भवन में आधी स्वर्णमंडित आसन खाली पड़े हैं। यह खालीपन युयुत्सु के माथे में एक-एक नाम का डंका पीटता हुआ उन्हें आहत कर रहा है।

कितने-कितने महावीर, रथी, अधिरथी और महारथी इन आसनों पर विराजित हुआ करते थे। महात्मा भीष्म, वीरवर द्रोणाचार्य, युद्धश्रेष्ठ अश्वत्थामा, बली दुर्योधन, नीतिराज शकुनि, मृत्युंजय कर्ण, दुर्दांत दुःशासन, एक से एक अद्भुत इतिहास पुरुष!

पर अब वे सब स्मृति-शेष हो रहे है। उनके प्रतीक रूप में रह गए

हैं ये खाली आसन। कुछ देर के लिए युयुत्सु को अनुभव हुआ था जैसे उनके भीतर जल जोर-जोर से आंतों में टकराने लगा हैस्मृतिजल!

नहीं। स्मृतिजल नहींआंसू!

व्याकुल हो उठे युयुत्सु। सभाभवन में कौन, किससे क्या कह रहा है सुन ही नहीं सके कुछ पल, फिर अपने-आपको सहेजा। वार्ता पर ध्यान लगा दिया।,

महाराज युधिष्ठिर नए आदेश दे रहे थे। सेना व्यवस्था के लिए क्या कुछ करें अर्जुन, आय-व्यय की व्यवस्था किस तरह की जाए? खाद्यान्न के प्रयत्न क्या रहें? कृषि-कर्म के लिए आसपास के नगर-क्षेत्रों से व्यक्ति ढूंढ़े जाए, उन्हें कुरु-राज्य में बसाया जाए, सभी सुविधाएं दी जाए। जाति-विचार अधिक न किया जाए। वनवासियों को बटोरा जाए, आदि।

युधिष्ठिर का हर शब्द ऐसेजैसे स्वर में तरलता न रही हो रेतीलापन समा गया हो। जो नहीं चाहते, वह सब बोल रहे है सम्भवतः! एक पल की चुप्पी के बाद विषय-प्रवर्तन किया था उन्होंने । दृष्टि भीम पर ठहरी, फिर कहा, ''पूज्य धृतराष्ट्र यदि आज्ञा दें तो युद्ध में वीरगति को प्राप्त हुए वैभव-सम्पन्न कौरव योद्धाओं के श्रेष्ठ कलात्मक भवन कुंती-पुत्रों को दे दिए जाएं?''

गान्धारी के पंजे आसन पर इस तरह जकड़ गए थे, जैसे आसन के जड़ हिस्सों को भींचकर निचोड़ डालना चाहती हों, किन्तु बोली नहीं। राजा धृतराष्ट्र ने इतना गहरा सांस लिया कि दूर बैठे युयुत्सु को भी वह आवाज सुनाई दी। थर्राती आवाज में उत्तर दिया था उन्होंने, ''जैसा धर्मज्ञ युधिष्ठिर उचित समझें, करें।''

भीम से फिर दृष्टि मिली थी युधिष्ठिर की। युयुत्सु को लगा कि भीम के चेहरे पर एक कड़वी हंसी बिखर गई है।

''यह नहीं होना चाहिए।'' जाने क्यों युयुत्सु ने कह देना चाहा था; पर अनुशासन ने थाम लिया, ''नहीं, उन्हें चुप रहना होगा। इसके अतिरिक्त किया भी क्या जा सकता है?''

महाराज युधिष्ठिर ने दुर्योधन, दुःशासन, दुर्मर्षण और दुर्मुख के भवन बांट दिए पांडवों में।[1]

युयुत्सु दर्शक भाव से वह सब देखते रहे, पर लग रहा था कि उस सबसे ऊबने लगे हैं वह। उठना चाहते थे कि किसी अपाहिज, अपंग की भांति चलती हुई इस राजसभा में कुछ गति आई। यह गति थी सेवक की सूचना, "महाराज! द्वारकापति श्रीकृष्ण, महर्षि वेदव्यास और ज्ञानी देवस्थान सभा-प्रवेश की इच्छा से द्वार पर खड़े हैं।"

"उन्हें आदरपूर्वक लाओ!" कहते हुए राजा युधिष्ठिर ही नहीं, अन्य सभी सभासद भी उठ पड़े।

युधिष्ठिर ने हाथ जोडकर उनकी अगवानी की। आशीर्वचन देकर उन सभी ने अपने-अपने आसन ग्रहण किए। महर्षि वेदव्यास ने शान्त; किन्तु अपने आगमन का कारण बतलाया, "राजन्! कुरु-क्षेत्र-संग्राम से भारी नर-संहार हुआ है। व्यवस्था सम्पूर्णतः नष्ट हो चुकी है। जब-जब सृष्टि किसी महासमर के ज्वालामुखी को भोगती है, तब-तब मनुष्य और उसके मूल्य दोनों ही नष्ट हो जाते हैं। ऐसे अवसर पर योग्य राजा के नैतिक और धार्मिक दायित्व बढ़ जाते हैं। मनुष्य और जीवमात्र के हितार्थ उसे बहुत कुछ त्यागना पड़ता है, बहुत कुछ दान देना होता है। हम लोग केवल इसी कारण उपस्थित हुए हैं कि तुम्हें स्मरण दिलाएं। तुम्हारा दायित्व सुख-समृद्धि काल के राजा से कहीं अधिक और महान् है।"

"आपकी कृपा, महर्षि!" युधिष्ठिर ने उत्तर दिया था। स्वर पीड़ा और चिन्ता से व्यग्र था उनका। बोले थे, "इस दायित्व बोध के लिए मैं आप सभी का आभारी हूं और आप ही से पूछता हूं कि मैं इस दायित्व

1. युधिष्ठिर ने धृतराष्ट्र की अनुमति से, दास-दासियों से युक्त रत्नजड़ित इन्द्र-भवन के समान मनोहर दुर्योधन का निवास भीमसेन को, बहुत से महलोंवाला सोने के तोरण से सज्जित दास-दासी और धन-धान्य से पूर्ण दुःशासन का घर अर्जुन को, सोने और मणियों से जड़ित कुबेरभवन के समान सुन्दर दुर्मर्षण का घर नकुल को और कमलनयनी स्त्रियों से परिपूर्ण दुर्मुख का भवन सहदेव को दिया।"

का निर्वाह किस प्रकार करूं? वह शक्ति कहां से प्राप्त करूं, जिसके द्वारा अपना राजधर्म निबाह सकूं?"

"हम तुम्हारी राजव्यवस्था जानते हैं राजन्!" देवस्थान ने कहा था, "किन्तु इस समय तुम्हारा शुभ और राजधर्म निर्वाह का मार्ग महात्मा भीष्म दे सकते हैं। अब अधिक समय नहीं हैं, जब वह देहत्याग करेंगे। उचित यह होगा कि तुम आत्मज्ञानी भीष्म से भेंट करके केवल उनका दर्शन-पुण्य ही न उठाओ अपितु उनसे ज्ञानामृत के रूप में धर्माधर्म की शिक्षा लो!"

युधिष्ठिर का धुंधलाया चेहरा सहसा पीड़ा से अधिक काला हो गया था। स्वर डबडबा उठा, "आपकी आज्ञा शिरोधार्य है ऋषिवर। किन्तु हम सब आत्मीयों का वध करके अपराध भाव से ग्रस्त हो गए हैं। पितामह के साथ हमने छल किया, उनकी मृत्यु के कारण बने। ऐसी स्थिति में भला वह आत्मबल कहां से लाएं, जो हमें उनके सामने खड़ा कर सके? भला आप ही बतलाइए, देवात्मन् ! किस मुंह से हम उनके सामने उपस्थित हो सकते हैं? हम उनकी हत्या के भी दोषी हैं।"[1]

"राजधर्म के निर्वाह हेतु यह विचार त्यागकर तुम्हें उनके पास जाना ही होगा युधिष्ठर! वेदव्यास बोल पड़े थे, इसी मे पांडवों की शांति और सुख है। यही एकमात्र मार्ग है, जिससे तुम श्रेष्ठ राजत्व ग्रहण कर सकोगे। शोक-संताप से परे होकर तुम्हें इस समय वही करना श्रेष्ठ है, जो तुम्हारा राजा होने के नाते दायित्व है!"

युधिष्ठिर एक क्षण चुप रहे। युयुत्सु को लगा था कि वह अपने भीतर की दुविधा और संकोच से जूझ रहे हैं। रह-रहकर कांप उठते होंठ और होठों को तर करती जीभ स्पष्टतः बतला रही थी कि युधिष्ठिर वह साहस नहीं संजो पा रहे हैं, जो घायल पितामह के सामने उपस्थित होने के लिए चाहिए।

---

1. शांतिपर्व के 37 वें अध्याय में व्यास से संवाद। "महावीर पितामह को हमीं ने छल से मरवाया है। अब बतलाइए, हम लोग कौन-सा मुंह लेकर उन्हीं घायल पितामह के पास जाकर धर्म-ज्ञान की जिज्ञासा करें?"

श्रीकृष्ण ने कहा था, "अधिक सोचो मत, पाण्डुपुत्र! निर्णय लो! राजनिर्णय में देर लगाना राजोचित नहीं होता।"

"जैसी आप सभी की इच्छा!" युधिष्ठिर ने तत्काल निर्णय ले लिया था। विद्वान और ऋषिगण रवाना हुए।

युधिष्ठिर ने सभासदों को आदेश दिए थे, "कल प्रातः ही हम सब पितामह के दर्शनार्थ चलेंगें।"

किसी ने कुछ नहीं कहा-सुना। सभा समाप्त हो गई थी। युयुत्सु बाहर खड़े उन सेवकों के पास पहुंचे थे, जो अब उनके आधीन थे।

बहुत नहीं थे वे; किन्तु बहुत कुछ कर सकेंगेयुयुत्सु ने उन्हें यही विश्वास दिलाया था। देर तक बातचीत करने और सम्मति-सुझाव सुनने के बाद युयुत्यु को अनुभव हुआ था कि वे सभी किसी-न-किसी स्तर पर टूटे हुए हैं।

एक बोला था, "कुमार! चिकित्सा के केन्द्रों में हम पहुंच भी जाएं तो तुरंत भला कैसे और क्या सेवा कर सकेंगे?"

"कुछ वृद्ध चिकित्सकों से आवश्यक और तात्कालिक चिकित्सा ज्ञान तुम सभी प्राप्त हो सकेइसकी व्यवस्था करवाई जा रही है। जितने व्यक्तियों को जिस-जिस केन्द्र पर भेजा जा रहा है, उन्हें सेवाकर्म करने के साथ-साथ आवश्यक चिकित्सा ज्ञान भी वहां के चिकित्सक देंगे।" युयुत्सु ने निर्देश दिए थे, फिर कुण्डल के साथ नगर के प्रत्येक चिकित्सालय में कुछ-कुछ सेवकों को भिजवा दिया गया था। चिकित्सकों के नाम निर्देश भी पहुंचाए जा चुके थे।

दिन, रात के विभिन्न प्रहरों में विभिन्न नगर-क्षेत्रों की देखभाल और सुरक्षा के लिए कुछेक सैनिक लगाए गए। उन्हें कठोर आदेश दिए गए थे, "यदि किसी सैनिक को मदिरापान करते देखा गया तो उसे कठोर दण्ड दिया जाएगा!" फिर कुछेक प्रमुख दुकानों को खोलने के आदेश दिए, दुकानदार के रूप में कुछ सेवक भेजे गए।

स्वयं युयुत्सु ने निश्चय किया था कि दिन-रात, किसी भी प्रहर में अचानक नगर भ्रमण करके व्यवस्था का अवलोकन करते रहेंगे। कुछ

चिकित्सकों को बुलाकर वांछित औषधियों की प्राप्ति के लिए तीव्रगति विमानों की व्यवस्था हुई। युयुत्सु का आदेश था, "जहां, जिस स्थान से भी वे औषधियां प्राप्त हो..प्राप्त की जाएं! कुछेक औषधियों के उत्पादनार्थ जड़ी-बूटियां जुटाने की व्यवस्था भी करवाई गई।

कुंडल को मुख्य नगर-रक्षक के रूप में नियुक्त किया गया। राज्य के अन्य छोटे-छोटे नगरों में भी तत्काल व्यवस्था स्थापित करने के प्रयत्न चले।

देर रात गए, जब शरीर ने मस्तिष्क का साथ देना बन्द कर दिया, तब युयुत्सु ने शैया ग्रहया की; किन्तु मानस अब भी सक्रिय था। बहुत प्रयत्न किया था कि पलकें मूंदें, शरीर की थकान से जुड़कर सो रहे हैंपर जल्दी ही समझ लिया। वह सम्भव नहीं। बहुविध बनाव और दायित्वों ने मन को बेकाबू कर दिया है। शांत करना चाहें, तो वह शांत नहीं रह पाता।

कल भोर के साथ ही महात्मा भीष्म के दर्शनार्थ जाएंगे राजा युधिष्ठिर! सम्भवतः युयुत्सु को भी जाना होगा। लगा था कि आंखों के सामने भीष्म उभर आए हैं। वृद्ध, किन्तु अद्भुत यौवन शक्ति के प्रतीक! कुरु-वंश का एक समूचा इतिहास-खंड जो सदा, सर्वदा सम्पूर्ण रहा। मानवीय पूर्णत्व की ऐसी पराकाष्ठा पर पहुंचा जब मनुष्य, देवताओं की गिनती में आ जाता है।

उन्हीं भीष्म के सामने होंगे सभी पाण्डव और सम्भवतः महाराज धृतराष्ट्र, गांधारी, कुंती आदि।

कैसा लगेगा जब उनके सामने पहुंचेंगे? क्या कहेंगे वे? क्या कहा जाएगा उनसे?

युयुत्सु को अनुभव होता है जैसे न तो कुछ कहा ही जा सकेगा उनसे? न ही सम्भवतः वह कुछ कहेंगे। जीवन और मृत्यु को समान शक्ति और भाव से झेलनेवाले उस कुरु-कुल पुरुष में हर प्रश्न भी समाया हुआ हैहर उत्तर भी। उनकी दृष्टि...दृष्टि से झरी ज्योति न जाने कितनी जिज्ञासाओं का समाधान है! एक सम्पूर्ण जीवन-दर्शन!

भीष्म के स्मरण भर से मन को उत्तेजना थमी। लगा कि अलसा गए हैं युयुत्सु...फिर याद नहीं।

निश्चित समय पर वे सब चल पड़े थे। संकोच और श्रद्धा से भरे हुए। शरीर सक्रिय, पर मन अकुलाए हुए। कैसे न अकुलाएंगे, कहीं न कहीं पाण्डवों को ही क्यों पाण्डव पक्ष के हर व्यक्ति को लगता है जैसे भीष्म के दिव्य शरीर पर लगे असंख्य घावों मे से किसी-न-किसी घाव में वह सहयोगी रहा है। अजब-सी दोषग्रस्त मनःस्थिति है यह।

इसी मनःस्थिति में वे उस महापुरुष के सामने पहुंचेंगे। सदा की तरह शांत भाव से भीष्म पलकें उठाएंगे। एक तेजस्वी ज्योतिधारा पवित्र गौ के दूध की तरह सब के मन-आकाश पर झर पड़ेगी। हर पीड़ा की सुलगन और दुविधा की उल्कापात से जिला हुआ मन सहज हो जाएगा, शांत! शीतल! रेगिस्तान पर बर्फ गिरी हो, वैसे।

यही कुछ सोच रहे थे कि नथुनों में समाई तेज सड़ांध ने व्याकुल कर दिया। सोच छिन्न-भिन्न हो गई। दृष्टि यहां-वहां घुमाई। कराह की तरह ईश्वरोच्चारण मुंह से निकल पड़ा'हे, अनादि!'

उनके वाहन ऊंचाइयों-नीचाइयों में चल रहे थे। मार्ग ऊबड़-खाबड़ नहीं था, किन्तु मार्ग में बिखरे पड़े थे असंख्य शव, गले-नुचे वीभत्स शरीर, अनेक अस्त्रास्त्र, हड्डियों के ऊंचे-ऊंचे ढेर और अनेक जगह राख के ढेर, छोटे-बड़े असंख्य! भीष्मार्जुनयुद्ध के क्षेत्र से निकल रहे थे वे सब। युयुत्सु का मन मितला उठा।[1]

चलते समय युधिष्ठिर ने श्रीकृष्ण से भी साथ चलने को कहा था। वह सहजता ही वही अद्‌भुत शक्ति संजोए हुए चल पड़े। युयुत्सु को

---

1. उस भीषण स्थान में बाल, हड्डी, मज्जा, मनष्यों के सिर, हड्डियों के पर्वतों के समान ढेर, हजारों चिताएं, असंख्य कचव और टूटे-फूटे शस्त्रास्त्र पड़े थे। श्रीकृष्ण और युधिष्ठिर आदि महारथी उस स्थान को देखते जाते थे।" युधिष्ठिर के राज्याभिषेक के बाद भीष्म से जब-जब वह भेंट करनेवाले थे, उन्हें इस तरह के मार्गों से निकलना पड़ता था। (महाभारत 'शांतिपर्व' के 48 वें अध्याय में श्लोक-क्रम 1 से 8 के बीच।)

लगा था जैसे ज्ञान साक्षात् ज्ञान के सामने खड़ा हो जाएगा। श्रीकृष्ण को लेकर कभी-कभी उनकी अमानवीय शक्ति और गुणों पर चिढ़ भी जाते थे युयुत्सु अगले ही पल मन को संयत करके समझा लेतेउनसे ही नहीं, सभी से इतर हैं यशोदासुत! निःस्संदेह उनमें कुछ ऐसा है, जिसे न तो सहसा समझा जा सकता है, न सहेजा जा सकता है।

पितामह से भेंट हुई थी सबकी। शरीर बहुत कुछ टूट-बिखर चुका था उनका; पर दृष्टि और दर्शन में वही तेजस्विता उपस्थित थी। केवल युयुत्सु ही नहीं, वे सब चकित भाव से वृद्ध कुरु-कुलश्रेष्ठ को देखते रह गए थे।

दबी, सहमी पाण्डवों की दृष्टियों और अभिवादनों के उत्तर में पितृ भीष्म का चेहरा उसी तरह दमदमाया था। दृष्टि उसी स्नेहभाव से उन सबकी ओर मुड़ी थी, जिस तरह कभी राजनिवास में उनकी ओर मुड़ा करती थी। स्वर सहजता से बहा था, "आयुष्मान् भवः!

वे सब एक ओर बैठ गए थे। अटकते स्वर में युधिष्ठिर ने धर्म-ज्ञान की जिज्ञासा कर दी थी उनसे!

"मैं प्रसन्न हुआ, कुंतीसुत।" वे बोले, फिर किसी निर्झर की तरह उनके मुख से ज्ञानगंगा बह निकली थी।

वे सुनते रहे। ऐसे, जैसे पुण्या भागीरथी के पवित्र जल में खड़े उसका आरम्भ-अंत खोज रहे हों! दृष्टि के पार थी वह ज्ञान-गंगा, सीमाहीन! और वैसे ही पितामह भीष्म का ज्ञान भी सीमाहीन! एक युग की साधना और तपस्या की ऐसी जलधारा, जिसके स्रोत से लेकर विलीनीकरण तक केवल कल्पनाएं की जा सकती हैं, उसे समझा नहीं जा सकता।

कितना समय बीता, किसी को स्मरण नहीं रहा था। संध्यारम्भ की वेला के साथ ही अचानक देवव्रत ने उस दिन की वार्ता का अंत कर दिया था, अब तुम लोग जाओ! मैं तनिक आराम करना चाहता हूं।"

वे सब उठेवही यंत्रभाव। पर लगा था कि बदन में कुछ हलकापन आ गया है। बिखरते साहस और जीवन शक्ति के सूक्ष्मतम अणु सहसा उस ज्ञान ने एकत्र कर दिए हैं। प्रणाम करके एक बार पुनः यात्रा प्रारम्भ

हो गई थी, वापसी की यात्रा! युधिष्ठिर ने निर्णय लिया था, "पितामह के पास प्रतिदिन ही आया करेंगे।"

"हस्तिनापुर लौटे। सब अपने-अपने भवन गएकार्य-दायित्व में जुटे। युयुत्सु जैसे ही अपने निवास पर पहुंचे, उन्होंने कुंडल को प्रतीक्षा करते पाया। राजकुमार को देखते ही आदरपूर्वक उठकर बोला था, "देव! यथासम्भव सभी व्यवस्थाएं हो गई हैं। अनुमान है कि अगले कुछ समय में बहुत संवर जाएगा।"

युयुत्सु ने शांत भाव से सारी सूचनाएं ली थीं। योग्य चिकित्सक के पास युवा चिकित्सक, चिकित्सा-ज्ञान लेने गए थे। रोगियों को यथासंभव औषधियां दी जाने लगी थीं। वन-क्षेत्रों में भेजे गए सैनिक और सेवक समझा-बुझाकर उन बहुतेरे नगर-ग्राम वासियों को बटोर-बटोरकर ला रहे थे, जो युद्ध के महाभय से आतंकित होकर भाग निकले थे...उन्हें निवास, भोजन आदि की सुविधाएं देकर उपयुक्त कामों में लगाया जाने लगा लगा था। ऐसे अनेक लोग थे, जो खाद्यान्न के अभाव में जंगलों के बीच भटकते हुए भूख मिटाने के लिए अखाद्य खा बैठे थे और छिटपुट रोगों से ग्रस्त हो गए थे। उन्हें लाया गया थानगर के उन कार्यो मे जुटाया गया था, जिन्हें करने वाले कौरव सेना के साथ-सहयोग में लड़ते हुए मारे गए थे।

युयुत्सु ने सुना-जाना, सन्तुष्ट हुए। लगा था कि काफी कुछ सम्भल जाएगा। तुरंत नहीं तो धीमे-धीमे ही सही; पर सम्भल जाएगा।

पर कहां सोचा था कि जितना, जिस स्तर पर जैसे-जैसे सम्भाला जाएगा, वैसे-वैसे बहुत कुछ जुटा हुआ बिखरने भी लगेगा। अगले कुछ बरसों ने ही सिद्ध कर दिया था।

इस बीच बहुत कुछ घट चुका थाघटाया जा चुका था। महात्मा भीष्म सूर्य के उत्तरायण होते ही प्राण त्याग चुके थे। युधिष्ठिर और अन्य पाण्डवों के साथ-साथ विदुर, संजय आदि के दिन-रात अति-व्यस्तता में

बीतने लगे थे। हस्तिनापुर में जनसंख्या वृद्धि भी हो गई थी। अधिकतर बाजारों में चहल-पहल के नाम पर ही सही; पर लोग चलते-फिरते नजर आने लगे थे। सेना में नई भरती भी चल रही थी। दूर-दूरंत भाग गए कृषिकार अब धीमे-धीमे अपने ग्रामों को लौट आए थे। उन्होंने बिखरे, ध्वस्त या नष्ट हो चुके घरों को पुनः बसा लिया था। बड़ी संख्या मे राजकीय सहायताएं भी की जा रही थीं।

कितना कुछ तो संवारा जा रहा था?

और जितना संवरताउससे कई गुना बिखरता जाता! कभी महाराज युधिष्ठिर किसी बिखराव को सुनते-सकपकाए हुए बैठे रह जाएं। वीरवर अर्जुन दिशाहीनता के भाव से उस नई खबर को सुनते, जिससे अनुमान लगता कि जो संजोया था, वह सहसा बिखर गया था। भीम अब असह्यता से व्यग्र दीखने लगे थे। उनका अति-सारल्य उन्हें अति दुष्कर बनाए दे रहा था। नकुल-सहदेव के सुन्दर शालीन चेहरे धीमे-धीमे फीके और ज्योतिहीन होने लगे।

स्वयं युयुत्सु में ही कितना परिवर्तन होने लगा था? न चाहते हुए भी अनेक बार असंयत होकर वह किसी-किसी पर चीख पड़ते। फिर स्वयं पर अविश्वास होतायह क्रोध तो कभी उनके स्वभाव में नहीं रहा? खीझ हुई, किन्तु उसकी अभिव्यक्ति तो उनका चरित्र नहींतब क्या होने लगा हैं उन्हें?

राज-निवासों में भी कुछ-न-कुछ घटनाएं होती रहतीं! एक दिन ज्ञात हुआ था कि महाराज युधिष्ठिर को पता ही न चलाराजा धृतराष्ट्र और गांधारी अन्न-त्याग कर बैठे!

युयुत्सु ने सुना, तो चकित हुए। समाचार दिया था उनकी पत्नी ने। कुछ अविश्वास से भरकर देखने लगे, "देवी। सत्य कह रही हो तुम?"

"हां, कुमार! पूज्य पितृ और माता गांधारी ने यही किया है।" पत्नी ने बताया था, "वह तो कभी ज्ञात न होता, यदि आज सभा में युवराज भीम के उत्तेजित कटु वचन सुनकर पीड़ित महाराज स्वयं न कह बैठते।"

"महाराज ने स्वयं कहा?"

"हां, राजसुत!"

"ओह!" युयुत्सु को लगा था कि उनके अपने भीतर कुछ रिस आया है। क्या है यह?

सम्भवतः राजा धृतराष्ट्र का रक्तांश! समाज-राज नियमों के कारण वैश्या के गर्भ से जनमें युयुत्सु भले ही दुर्योधन की तरह कुरु-कुमारों की पंक्ति में न आ सके हों, किन्तु वह हैं तो राजपुत्र! उन्हीं महाराज धृतराष्ट्र के रक्त से जनमे हैं, जो आज जीवित रहते भी मृतवत कष्ट भोग रहे हैं। पल भर की देर न करके तुरंत ही राजा के निवास की ओर चल पड़े थे। क्रोध, चिढ़, और बेचैनी से मन झुलस रहा था उनका। निश्चय किया था कि पाण्डवों की इस उद्दंडता के लिए उन्हें काफी कुछ कह डालेंगे! धर्म! पल-पल धर्म की दुहाई देने वाले धर्मराज यही धर्म कर रहे हैं? धिक्कार!

मन में रह-रहकर गर्जन उमड़ा पड़ रहा था। यह गर्जन बिजली बनकर टूटेगा युधिष्ठिर पर!

पर वैसा हो नहीं सका। कर भी नहीं सके थे। जिस क्षण महाराज धृतराष्ट्र के कक्ष में प्रवेश किया, देखा कि युधिष्ठिर उनके चरणों को पकड़े बैठे हैं। एक ओर नतमस्तक शेष चारों पाण्डव! युयुत्सु जितनी गति से आए थे, उतनी ही कम गति से चलते हुए एक ओर जा खड़े हुए।

"पूज्य! आपने किस कारण हम सबको यह दण्ड दिया है?" रुआंसे स्वर में युधिष्ठिर बड़बड़ा रहे थे, "मैं, भीम या अर्जुन कोई भी हों, दुर्योधन से अलग तो नहीं? तब आपने…।"

"नहीं, पाण्डवपुत्र! सो बात नहीं है।" धृतराष्ट्र की वज्रदेह से वाणी निकली। युयुत्सु तरस से भर गए। राजगौरव और गरिमा से भरे इस महान् शक्तिशाली व्यक्ति के होंठों से निकलने वाले स्वर भी बदल गए हैं अब? इतनी थकी, क्लांत वाणी तो कभी नहीं थी धृतराष्ट्र की।

धृतराष्ट्र कह रहे थे, "तुम दुखी मत होओ, पुत्र! यह सब मैंने तुम्हें या तुम्हारे स्नेहमय बन्धुओं को पीड़ा देने के लिए नहीं, आत्म-प्रायश्चित के लिए ही किया।"

"हां, कुंतीसुत!" पास बैठी गांधारी की झुर्रियों में थरथराहट उभरी थी, "दुष्ट दुर्योधन के कारण ही आज सम्पूर्ण कुरुवंश को नहीं, असंख्य नर-नारियों को यह विनाश भोगना पड़ा। हम उसके जन्मदाता थे, अतः हमारा स्वयं को दोषी अनुभव करना सहज ही है।"

"पर माता...।"

युधिष्ठिर के करुण निवेदन को काट दिया था धृतराष्ट्र ने। बोले, "दुर्योधन की सम्पूर्ण उद्दंडताओं और पापों का कारण मैं ही रहा हूं। मैं ही था, जिसने भीष्म, द्रोण और श्रीकृष्ण प्रभृत्त लोगों के सद्परामर्श को नहीं समझा। पाण्डवों को उनका पैतृक राज्य नहीं दिया! ये सब पीड़ा अब मुझे कष्ट दे रही है पुत्र! इसी कारण मैं पश्चाताप रूप में भर पेट भोजन नहीं करता। यदा-कदा थोड़ा बहुत खा-पी लेता हूं यह बात अब तक केवल तुम्हारी माता गांधारी ही जानती रही हैंयहां तक कि सेवक भी नहीं जानते, मैं किस तरह दोष-दण्ड स्वयं को दे रहा हूं। मैं भव्य शैया छोड़ चुका हूं। अब पृथ्वी पर कुशासन बिछाकर ही सो लेता हूं...यशस्विनी गांधारी भी यही नियम मेरे साथ पाल रही हैं। मुझे इससे आत्मसन्तोष अनुभव हो रहा है।"

"मुझसे बहुत दोष हुआ, राजन्!" युधिष्ठिर की आंखों में आंसू आ गए थे, "आपके पश्चाताप की इस क्रिया ने मुझे ही नहीं हम सभी भाइयों को भी कष्ट दिया है। आप इतने समय से यह सब कर रहे हैं और यह न मुझे ज्ञात हो सका है, न मेरे अन्य भाइयों को...।"

वातावरण सहसा बोझिल ही नहीं, अत्यधिक करुण हो उठा था। परिवार में कब से चल रहा था वह कलह? कब से क्या कुछ, किसके भीतर घट रहा हैसहसा सामने नहीं आता था किन्तु जब आता, एक-दूसरे की आंतें उलीच जाता। युयुत्सु कुछ बोल नहीं सके थे। इच्छा भी नहीं हुई थी कि उस पीड़ाजनक दृश्य से अधिक जुड़े रहेंमुड़कर अपने निवास की ओर चले आए थे।

कभी-कभी लगता है कि यदि कौरव-पाण्डव समर में वीरगति पा ली होती तो युद्ध से कहीं अधिक यह पीड़ादायी क्षण नहीं भोगने होते! सारे जीवन, न्याय और धर्म के मूल्यों से जुड़कर नैतिकता निबाहते आए युयुत्सु को ईश्वर निर्णयों पर आश्चर्य ही नहीं, चिढ़ हो जाती है।

यह कैसी व्यवस्था है तेरी? वह जैसे अनेक बार प्रश्न पूछना चाहते हैंअदृश्य से, "जिन दुष्टों ने सम्पूर्ण जीवन परिवार को कलह दी, पृथ्वी पर केवल अशांति का वातावरण बनाया, वे जीवन-कष्ट से मुक्ति पा गए और शेष रहे हैं, पाण्डव या युयुत्सु, विदुर अथवा संजय जैसे लोग! जो युद्धांत का भयावह घिनौनापन, बिखरे मूल्यों पर नियमों का ध्वस्त संसार भोग रहे हैं? आश्चर्यजनक न्याय है ईश्वर का?

पर अवश हैंकरेंगे भी क्या? और अब तक कर भी क्या सके हैं? मन उपदेशक की भांति सिखाने लगता है, "यह कोई न कोई दण्ड है युयुत्सु! जिसे भोगने के लिए नर रूप में जनमा ईश्वर भी बाध्य होता है! तुम मनुष्य!"

अपने से ही तर्क करना चाहते हैं। केवल तर्क ही नहीं करना चाहतेझगड़ पड़ना चाहते हैं, पर लगता है कि झगड़ पाने योग्य न तो समय रह गया है, न शक्ति और न निश्चिन्तता!

पुनः निवास पर लौटे ही थे कि सन्देशवाहक नया समाचार ले आया, "देव! एक अद्‍भुत बात हुई है।

युयुत्सु ने हर विचार छोड़कर केवल सन्देशवाहक को देखा।

"चिकित्सकों ने वन-क्षेत्र से समाचार भेजा है कि वहां विचित्र मानव-संतति जनम रही है।"

विचित्र मानव-संतति? चकित हुए युयुत्सु। भला मनुष्य जन्म में विचित्रता क्या हो सकती है?

"यह भी समाचार मिला है राजकुमार कि यदि सम्भव हो, तो आप चिकित्सा शास्त्री दमगुण के साथ वहां पहुंचें!"

युयुत्सु ने वाहन तैयार करने की आज्ञा दी और एक सेवक को वैद्य दमगुण को बुलाने भेजा।

वन क्षेत्र!

विराट नगर की दिशा। तीव्रगति से वह सारा मार्ग पार किया था राजकुमार युयुत्सु ने। यहां-वहां देखते गए। लगता था कि वन-क्षेत्र नाम भर रह गया है उसका। वन कहीं नहीं! यही क्यों, अनेक स्थानों को देखते हुए तो लगा जैसे यहां कभी वृक्ष थे ही नहीं!

जो कुछ दीखता था, वह केवल पृथ्वी का ऊबड़-खाबड़, रंग-बिरंगा बदहवास-सा हिस्सा। ऐसे जैसे धरती पर फोड़े निकल आए हों...उन फोड़ों पर मवाद की चिपचिपाहट, उभर आई हो। हरितवसना पृथ्वी का सारा आंचल सुलगा पड़ा हो।''

ओह! नजर चुराते रहे थे युयुत्सु। याद किया थासन्देश वाहक का सन्देशविचित्र मानव-सन्तति!

मन उलझा, पर दृश्य तो आंखों के सामने हैं। सुलझ गया उलझाव मन पुनः दर्शित से जा जुड़ायह धरती!

कृषि विशेषज्ञों ने सूचनाएं दी थी उन्हें, ''दूर-दूरंत लाखों एकड़ धरती और वन-क्षेत्र में युद्धास्त्रों के विषाक्त प्रभाव ने जीवन शक्ति छीन ली है। यहां अंकुर जनमना असम्भव!

सभा चल रही थी युधिष्ठिर की। खाद्यान्नों की निरंतर होती कमी के कारण सभी चिन्तित थे। दूर-दूर देशों में वाहन भेजकर अन्न आदि मंगवाया जा रहा था। घोषणा की गई थी कि यथासम्भव साधारण अन्न के साथ कन्दमूल फल भी खाए जाएं; किन्तु तुरंत ही यह घोषणा वापस ले ली गई। ज्ञात हुआ कि अनेक वन यदि जले नहीं हैं तो विषाक्त वायुमण्डल के कारण उनके फल विषाक्त हो उठे हैं। वे जीवमात्र के लिए अहित कर।

''तब क्या होगा?'' चिन्तित युधिष्ठिर ने पूछा था विशेषज्ञों से।

''नयी औषधियों का आविष्कार करना होगा, राजन्!'' एक बोला था।

''कितना समय लग सकता है?''

''आविष्कार में त्वरित गति बरती जा सकती है, महाराज!'' विनम्र भाव से चिकित्सक ने कहा था, ''समय निर्धारण नहीं किया जा सकता।''

सभाभवन में फुसफुसाहटें बिखर गई थीं। किसी को सूझ नहीं रहा था कि क्या कहे और क्या करे? ठीक तभी विदुर बोल पड़े थे, "चिकित्सक! यह अनुमान तो किया जा सकता है कि वायुमण्डल को सहज कैसे किया जाए?"

"यज्ञ, हवन आदि एकमात्र उपाय हैं देव?" चिकित्सक ने सुझाव दिया।

"तब वही हो!" पल-भर भी विचार न करके राजा युधिष्ठिर ने निर्णय लिया था। राजकीय आदेश प्रसारित हो गए थे, "यथाशक्ति प्रत्येक प्रजाजन हवन आदि का आयोजन करे। युद्ध में मृत आत्माओं को भी इससे शांति मिलेगी और पृथ्वी के चराचर मात्र को जीवन प्राप्त होगा।" फिर राज्यस्तर पर विशाल यज्ञों आदि के आयोजन आदेश दिए गए।

वह सब चल रहा था। सुगन्धित द्रव्यों, जीवनवर्धक पदार्थों से यज्ञ हवन आदि के निरंतर आयोजन हो रहे थे। वायुमण्डल में अंतर पड़ने वाला था; पर कब पड़ेगा? यह भी निश्चित न था।

कृषि वैज्ञानिकों को विविध सुविधाएं दी गई थीं। पृथ्वी में नष्ट हो चुके जीवनतत्त्वों को पुनर्जीवित करने के प्रयास चल रहे थे।

और तभी यह नया समाचार मिला। विचित्र मानव-संतति!

आश्चर्य भी करना चाहते थे, चकित से अधिक पीड़ित होकर सोचना चाहते थेचिचित्र मानव-संतति! क्या यह सम्भव है?

निःसन्देह है! उन्हें वह दिन याद हो आया था, जिस दिन राजा धृतराष्ट्र को युद्ध-पूर्व चिन्तित वेदव्यास ने युद्ध थाम लेने के लिए कहा था। सर्वज्ञ ऋषि ने जो कुछ बतलाया था, उसके अनुसार पूरा तो नहीं, किन्तु अंशतः सब कुछ घटना प्रारम्भ हो गया है।[1]

---

1. युद्धपूर्व वेदव्यास द्वारा धृतराष्ट्र को युद्ध परिणामों की लम्बी चेतावनी दी गई थी; जिसमें निम्न पंक्तियां आती हैं

"मुझे प्रति रात्रि कठोर कटु शब्द सुनाई पड़ते है, जो जन-क्षय के सूचक हैं। देवताओं की मूर्तियां कभी कांपती हैं, कभी पसीजने लगनी हैं राजन्! बिना बजाए ही नगाड़े बज उठते हैं। उदय और अस्त के समय सूर्य को कबंध घेरे रहते हैं। सेवेरे और शाम को, बीच में काले और किनारों पर सफेद, लाल मण्डल सूर्य को घेरे रहते हैं→

उसी वार्ता में उन्होंने संकेत दे दिया था कि युद्ध पश्चात् सम्भावित मानव संतति कैसी, किस तरह की होने लगेगी?

वही समाचार आज युयुत्सु को खींचे ले जा रहा है।

"कुमार!" स्वर पास से ही उठा। चिकित्सक बैठे-बैठे ऊबने लगे थे। बोल पड़े

"क्या है?"

"देखता हूं कि यह क्षेत्र भीषण युद्ध से आक्रांत हो रहा होगा।"

चिकित्सक ने कहा, "आश्चर्य नहीं कि इस प्रभावित क्षेत्र में संतति विद्रूप होने लगे।" इस विषाक्त वातावरण, युद्धकालीन स्वरों और युद्धास्त्रों के गर्जन ने गर्भवती स्त्रियों के गर्भ निःसन्देह ही प्रभावित किए होंगे। बाद में भी उन्हें प्रभावित किया होगा।"

"किस तरह?" युयुत्सु ने प्रश्न किया।

"वह सब माताओं और शिशुओं को देखकर ही अनुमान किया जा सकेगा कौरवसुत!"

चिकित्सक चुप हो रहा। इसी बीच रथचालक ने सूचना दी थी, "हम उपयुक्त स्थान पर आ पहुंचे हैं, राजकुमार!"

उन सभी ने देखावे वनक्षेत्र में स्थित झुलसे-अधझुलसे पेड़ों के बीच एक छोटे-से जनांचल में पहुंच गए थे।

रथ थमते ही युयुत्सु, चिकित्सक, सन्देशवाहक और एक चिकित्सा सेविका उतर पड़े थे। कुछ पलों बाद जनांचल में थे। युयुत्सु चकित हो उठे। इस क्षेत्र में उन्होंने स्त्रियां, वृद्ध और बालक ही देखे।

→ और आसपास बिजली चमका करती है। सूर्य, चन्द्र और नक्षत्र दिन-रात प्रज्ज्वलित रहते हैं। दिन और रात में कुछ अंतर नहीं दीख पड़ता।"

"गायों के गर्भ से गधे पैदा होते हैं या नहीं उनका परस्पर संगम होता है। माताओं के साथ पुत्र रमण करते हैं। विचित्र प्राणी जन्म ले रहे हैं, जिनके तीन सींग, चार आंखें, पांच पैर, दो सिर, दो लिंग, दो पूछें या इसी तरह की अस्वाभाविक शरीर-स्थितियां हैं। स्त्रियां व्यभिचारिणी हो रही हैं।"

(भीष्म पर्व के क्रमशः 2 और 3 अध्यायों में वर्णन)

“युवा पुरुष?” अनायास ही उनके होंठों से निकल गया था।

“वे सब युद्ध में मारे गए, कुरुकुमार?” उत्तर सन्देशवाहक ने दिया था, “इस अंचल में लगभग तीन सौ स्त्रियां हैं। उनके साथ कुछ वृद्ध और बच्चे हैंबस!”

“तब...तब संतति?” युयुत्सु ने चिन्तित होकर प्रश्न किया निश्चय ही चकित होनेवाली बात थी। युद्ध बीते दो वर्ष हो चुके हैं और इस जनांचल में केवल अतिवृद्ध पुरुष या बच्चे शेष रहे हैं, तब संतति कहां से उत्पन्न हो रही है?

उत्तर में सन्देशवाहक ने कहा था, “यही विचारणीय है, कुमार!”

“क्या मतलब?”

“जी, मैंमैं निवेदन कर रहा था कि इस सन्दर्भ में स्त्रियों से ही पूछना उचित होगा।” सैनिक बोला। वह संकोच से भर उठा था। जब उसे यह समाचार मिले, तब वह भी कम चकित नहीं हुआ था।

पर कहता क्या? स्वयं उसके लिए भी क्या कम गुत्थी बनी हुई थी यह स्थिति? इस जनांचल में इस तरह की घटनाएं हो रही हैं, यह समाचार उसे इसी क्षेत्र के एक बालक से मिला था। सुनकर विश्वास नहीं कर सका था सैनिक। स्वयं पहुँचा और उस बालक को देखा था उसने। स्मरण करने से ही भय लगता है। विचित्र था वह बालक! उसका मुंह कुत्ते जैसा था, पैर चार और पशुओं की तरह पूंछ भी थी।

“हे भगवान!” वह बड़बड़ाता हुआ निकल पड़ा था वहां से। भयभीत! यह भय उस, समय और बढ़ गया, जब बाहर आकर उसे अन्य समाचार भी मिले। कुछ अन्य स्त्रियों के गर्भ से भी इसी तरह की विचित्र संतानें हुई थीं।

अविश्वास करना चाहा था। देखकर भी अविश्वास ही करना चाहता था वह; पर लगा कि सोचने-समझने की शक्ति ही क्षीण हो गई है। लपका हुआ हस्तिनापुर की ओर चला आया था। वह विस्मयकारी सन्देश वहां देना आवश्यक लगा था उसे।

अब कौरवसुत युयुत्सु स्वयं इस अविश्वसनीय को देखेंगे।

पूरे अंचल में हड़बड़ी फैल गई थी। कुरुकुमार स्वयं ही उस बालक को देखने आ पहुंचे हैं। कुछ स्त्रियां सहमी-सी खड़ी थीं। जबकि कुछ वृद्ध एकत्र हो गए थे। युयुत्सु ने क्रमशः चेहरों पर एक उड़ती दृष्टि फिराई। युवा स्त्रियों का सौन्दर्य किसी तुषारपात से सिकुड़ा हुआ लगा था उन्हें। वृद्ध कम्पित और थर्राए हुए। बालक हतप्रभ से। इस तरह आगंतुकों को देखते हुए, जैसे किसी नए चमत्कार को देख रहे हैं।

वे सब उस घर के सामने जा रुके थे, जिसमें सन्देशवाहक सैनिक वह विचित्र बालक देखकर गया था। एक वृद्धा तनावग्रस्त चेहरा उठाए उस झोंपड़े के द्वार पर खड़ी थी। सैनिक ने आगे बढ़कर कहा था, "महाराज धृतराष्ट्र के पुत्र और हस्तिनापुर के नगर प्रशासक उस अद्भुत बालक को देखने आए हैं।"

वृद्धा द्वार से नहीं हटी। सैनिक की बात के उत्तर में उसके मुंह से शब्द तो नहीं निकले" किन्तु जबड़े कस गए। युयुत्सु ने देखा था कि उन आंखों में घृणा है। घृणा से भी आगे धिक्कार भाव !

"हमें मार्ग दो, वृद्धा!" सैनिक ने कुछ कठोर स्वर में कहा,

वृद्धा ने बेबसी से चारों ओर देखा, फिर न जाने क्या सोचकर परे हो गई। युयुत्सु चिकित्सक के साथ भीतर पहुँचे।

झोंपड़ा अधिक बड़ा नहीं था। एक ओर वह युवती तनाव-भरा चेहरा लिए लेटी हुई थी। उदासियों से लदा बदन ऐसा लगता था,जैसे किसी ध्वस्त इमारत का खंडहर बिखरा हुआ हो। उससे कुछ परे एक अलग कुशासन पर वह विचित्र बालक! राजकुमार को आया देखकर उस बालक के पास बैठी प्रौढ़ा के बदन में थरथराहट हुई, फिर आंखों से आंसू बह आए। बुदबुदाकर उसने कहा था, "वह विचित्र ही नहीं, असहनीय है कुमार! देखकर आपको कष्ट होगा।"

"पर हम देखने ही आए हैं, देवी!" युयुत्सु ने सपाट आवाज में जवाब दिया था, "चिकित्सक हमारे साथ हैं। वह बात करेंगे कि किस प्राकृतिक गड़बड़ के कारण ऐसा हुआ है!"

"ठीक है, आपकी इच्छा!" प्रौढ़ा ने एक गहरा सांस लिया। झटके से बालक पर पड़ा कपड़ा हटा दिया। युयुत्सु ने जो कुछ देखा, उसे देखकर

लगा था, तलवों के नीचे से आधार सरकने लगा है। वीभत्स! नितांत असहनीय! वह जीवित था, किन्तु यह भयानक जीवन? युयुत्सु ने अनुभव किया था, जैसे उनके शरीर में असंख्य लहरें कंपन बनकर बिखरने लगी हैं।

अनुभूति इतनी तीव्र और प्रभावकारी थी कि वे सभी उन सिसकियों को नहीं सुन सके थे, जो बालक की माता के मुंह से अनचाहे ही निकलने लगे थीं। किसी जल-स्रोत की तरह झरती हुई।

"शांत हो, देवी!" चिकित्सक ने सांत्वना दी थी, फिर साथ आई महिला को संकेत किया। वह बालक की माता के पास जा पहुंची थी। चिकित्सक बालक के अंग-प्रत्यंग को जांचने-परखने में व्यस्त हुए। कुछ पल बाद उनके चेहरे पर तनाव बिखर गया था। भारी स्वर में कहा था वृद्ध ने, "क्षमा करें, कुमार! मुझे और मेरी सहायिका को एकांत चाहिए।"

युयुत्सु ने कुछ नहीं कहा। यों भी उनका मन हो रहा था कि वह अधिक देर रुकें। तुरंत बाहर निकल आए।

लगता था कि वह विचित्र किन्तु डरावना जीव-शरीर उनके मन को अब भी थरथराहटों से भरे हुए है। आतंक और भय मन के कोनों के भीतर से धुएं की तरह उबलता हुआ सम्पूर्ण मानस को ढकेल रहा है।

चिकित्सक और उसकी सहायिका भीतर थे। कुछ पल बाद वे उन कारणों का पता लगा लेंगे, जिनके प्रभाव में इस तरह की डरावनी शरीर रचना वाले मनुष्य जन्म लेने लगे हैं।

अधिक देर नहीं लगी थी उन्हें। कुछ समय बाद ही बाहर निकल आए थे वे। इस तरह थके और हारे हुए भाव थे उनके चेहरों पर, जैसे दूर, अनगिनत पहाड़ियों पर चढ़कर लौटे हों।

युयुत्सु ने प्रश्नातुर दृष्टि से उन्हें देखा था, पर वृद्ध ने तुरंत कुछ नहीं कहा। वह उस सन्देशवाहक सैनिक की ओर मुड़ा था जिसके कारण वे सब यहां तक आए थे। प्रश्न कर दिया था उसने, "इस जनांचल में अन्य संततियां भी इसी तरह की हुई हैं, यह सच है ना?"

"जी महानुभाव !"

"हूं।" गुरगुराहट निकली थी चिकित्सक के होंठों से फिर दृष्टि एकत्र महिलाओं, वृद्धों और बालकों की ओर घूम गई थी। दृष्टि के साथ प्रश्न भी, "क्या इस क्षेत्र में पशुओं के गर्भ से भी इस तरह के अद्‌भुत जीव जन्म ले रहे हैं?"

"हां, वैद्यवर!" एक वृद्धा आगे बढ़ी। चेहरा जितना तमतमाया हुआ था, उससे कहीं अधिक दृष्टि में कातर भाव। कांपते शब्दों में कहा था उसने, "आप देखना चाहेंगे?"

"हां, वृद्धा!"

"तब, आइए!" महिला लड़खड़ाती-सी चाल में आगे हो ली। उसके पीछे-पीछे सब। युयुत्सु की बेचैनी बढ़ती जा रही थी, किन्तु चिकित्सक की जांच-परख के बीच प्रश्न करना उचित नहीं लगा था उन्हें। चुपचाप अनुसरण किया।

वृद्धा उस छोटे-से जन-क्षेत्र की बस्ती में बिलकुल छोर पर ले पहुंची थी उन सबको। इसके पहले कि वह देखिए कहे, युयुत्सु, चिकित्सक, उसकी सहायिका और सैनिक ने जो कुछ देखा, उससे सन्नाटे ही हालत में खड़े रह गए।

एक गाय बंधी थी वहां, गाय के पास ही बछड़ा! पर बछड़ा कहां है वह? उसका चेहरा गधे से मिलता हैरूप-रंग, कद-काठ का भी हाल वही।

अविश्वसनीय!

पर नितांत विश्वसनीय।

बड़बड़ा उठे थे व्यग्र भाव से, "यह सब कैसे और क्यों हो रहा है वृद्धवर!" जी हो रहा था कि पलके भींच लें युयुत्सु। भाग खड़े हों वहां से। इतना भय और घबराहट तो उन्हें उस समय भी नहीं नहीं हुई थी जब कौरव-पाण्डव युद्ध के भयावह और हिंस्त्र आक्रमणों की निरंतरता देखी थी उन्होंने।

चिकित्सक ने आगे न तो कुछ पूछा था, न ही कहा। चुपचाप मुड़ चले। युयुत्सु ने अकुलाहट के साथ भीड़ के बीच चलते हुए ही कुरेद दिया था उन्हें, "यह सब क्या हो रहा है वैद्यवर!"

"बतलाऊंगा, कुमार! सब कुछ बतलाऊंगा। इस समय केवल वापस चलिए।"

युयुत्सु चुप हो गए। सन्नाटे और भय से लगभग आंधी में उड़ते तिनकों की तरह वे सब रथों तक चले आए थे, फिर रथारूढ़ हुए। हस्तिनापुर की ओर चल पड़े।

चिकित्सक की ओर टकटकी बांधे देख रहे थे युयुत्सु। प्रश्न अब भी हर कोने से झरता हुआ, "कैसे? यह अप्राकृतिक और असहज क्यों कर घटने लगा है वैद्यश्रेष्ठ?"

"बहुत सहज है कुमार!" चिकित्सक ने भारी, पीड़ित स्वर में कहा था, "जिस मानव संतान को हमने देखा, वह मनुष्य और स्त्री के संसर्ग से नहीं, स्त्री और पशु के संसर्ग से हुई है। और...और यह सब तो होना ही था। पुरुष दो या तीन प्रतिशत शेष रह गए हैं कुमार। पशुओं का भी यही हुआ है, जिस गाय को हमने देखा, उसने गर्दभ से संसर्ग कर उस असहज बछड़े को जन्मा है।

युयुत्सु विक्षिप्तों की तरह कभी वृद्ध चिकित्सक के धुंधलाए चेहरे को और किसी बार उसकी सहायिका स्त्री के झुके सिर को देखते रह गए थे। अब न कोई प्रश्न शेष रहा था, न उत्तर। केवल शेष रह गई थी एक कष्टपूर्ण प्रतिक्रिया! एक डरावना वीभत्स संसार!

कैसी अभूतपूर्व स्थिति है यह। न तो रोना वश में रहा है, न हंस पाना। बस, जीवित रहना और निरंतर जिन्दा रहना। यह है विजय की नियति। पराजय की देन।

लौटकर पुनः राजमहल में अपने-आपको बन्दी की तरह चुपचाप बैठाए हुए हैं युयुत्सु। महर्षि वेदव्यास के भविष्य वचन क्रमशः सिद्ध होने लगे हैं; पर अभी बहुत कुछ शेष हैं उन वचनों के कुछेक अंशों का यह घिनौना सच सह पाना भी युयुत्सु या अन्य जीवितों के वश मे नहीं रहा है।

उस समय क्या होगाजब वे सारे वचन सत्य हो चुकेंगे?

सम्भवतः शेष ही नहीं बचेगा कुछ। बच भी गया तो इतना वीभत्स, घिनौना और डरावना होगा, जिसकी कल्पना कर पाना भी असम्भव है।

न तो वह विचित्र आकार-प्रकार और पशुमुख वाला बालक युयुत्सु की दृष्टि से परे हो रहा है, न पवित्र गौ का वह गर्दभ बछड़ा। एक पल के लिए गहरी पीड़ा और कुढ़न के साथ सोचा या युयुत्सु नेकामातुराएं! लगा कि उस स्त्री का चेहरा दृष्टि के सामने उभर आया है युवा, सुन्दर और आकर्षक नारी देह! कभी वह बहुत ही आकर्षक रही होगी। उस बीमार, थकी, पराजित मनःस्थिति में भी युयुत्सु ने अद्‌भुत आकर्षण और शारीरिक खिंचाव देखा था उसमें।

पर कामपीड़ा के वशीभूत होकर उसने पशु के साथ समागम कर डाला। नितांत अस्वाभाविक और घिनौना। अप्राकृतिक!

पर नहीं, लगा है कि वह अस्वाभाविक, घिनौना और वीभत्सतापूर्ण भले ही रहो हो; किन्तु अप्राकृतिक नहीं है।

इसके विपरीत वह सहज हैअति सहज! सहजता ही तो है जिसने उसे अद्‌भुत बना दिया है। अति सहज होना, सदा ही अद्‌भुत समझा जाता रहा है।

पर कुछ सहजताएं सुन्दर होती हैंकुछ वीभत्स!

वह वीभत्स सहजता का परिणाम है। और क्या एक ही परिणाम देखेंगे युयुत्सु? नहीं।

ऐसे अनेक परिणाम सम्भावित हैंसम्भावित ही नहीं, निश्चित!

किन्तु उन अमानवीय संतानों का क्या होगा, जो इस तरह की काम-वासना से जन्मेंगी?

जन्मेगी नहींबहुत-सी जनम चुकी है।

युयुत्सु को लगा कि पलकें पुतलियों पर अटका रही हैंअटकाव बन गए हैं वह जल जो उनके अनजाने ही पुतलियों पर बिखरा गया हैमन के सोचों से झरी पीड़ा।

पहर ढले, रात्रि हुई, पर कभी-कभी लगता है, जैसे हर रात्रि पिछली रात्रि से कुछ-कुछ बदली हुई होती है। वायुमण्डल से लेकर उसका अंधकार तक कुछ-कुछ बदला हुआ।

युयुत्सु सदा की तरह शयन-कक्ष में पहुंचते हैं, पर निश्चित और आनंद उत्साह से भरे हुए नहीं, केवल डर और हर बीतते पहर के साथ अधिक डर जाते। एक दिन विदुर से पूछ लिया था उन्होंने, ''पूज्य! मुझे लगता है कि पृथ्वी ही नहीं, आकाश, जलवायु और स्वर सभी कुछ बदल गए हैं। हो सकता है कि यह मेरा संशय ही हो, किन्तु जाने क्यों मुझे निरंतर लग रहा है। कछ भी तो पहचाना हुआ नहीं रह गया।''

विदुर ने उत्तर दिया था, ''प्राकृतिक से अधिक जीवंत तो कुछ भी नहीं होता वत्स! यदि मनुष्य बदल सकते हैं तब प्रकृति का बदलाव सहज है। तुम्हारा अनुमान ठीक ही है सब कुछ बदल रहा है और अभी बहुत कुछ बदलेगा।''

युयुत्सु घबराए-से उन्हें देखते रहे। आश्चर्य! महात्मा विदुर के स्वर में जितनी शांति थी, उससे कहीं अधिक युयुत्सु को अनुभव हुआ कि उनके चेहरे पर शांति हैं। न उनकी आंखों में भय दीखा था, न आश्चर्य और न ही व्यग्रता! इसके विपरीत युयुत्सु को लगा कि विदुर की दृष्टि में भी वही तटस्थता है, जो उनका व्यवहार-वैशिष्ट्य रहा है।

''कहां तक परिवर्तन होगा महात्मन्!'' युयुत्सु ने पूछ लिया। फिर उसे अनुभव हुआ था जैसे इस प्रश्न के पीछे उनका भय छिपा हुआ है। आशंकाओं के सघन होते जाते कोहरे में घिरते मन की पीड़ा का यह प्रश्न ।

''जहां तक मनुष्य ने स्वयं को परिवर्तित किया है।'' विदुर ने उत्तर दिया लगा कि गुत्थी को अधिक उलझा दिया है।

कुछ पल के लिए बेचैनी से भरी शांति रही। शांति थी या सन्नाटा? अंतर कठिन। लगता है कि शांति और सन्नाटे में भेद करना भी कठिन हो चुका है।

युयुत्सु ने अगली जिज्ञासा प्रस्तुत कर दी थी, ''सूर्याभा ज्योतिहीन होती जा रही है, चन्द्र की शीतलता क्षीण हो रही हैं, पक्षियों का कलरव कभी सुन नहीं पड़ता। कभी-कभी कोई ध्वनि सुनाई पड़ जाती है, तो अनुभव होता है महात्मन् जैसे यह संसार ही है और हम सब जीवित हैं। यह कैसी जड़ता आ गई है जीवन में?''

विदुर मुस्कराए? आश्चर्य! एक झटका अनुभव किया युयुत्सु ने। वह मुस्कुरा भी लिए?

विदुर कह रहे थे, "पुत्र! विज्ञान की अति जीवन को जड़ताबद्ध करती है। जब-जब विज्ञान साधना की जाती है, मनुष्य किसी जड़ता में उपलब्धि देखता है। यंत्र-निर्माण को ही लोरथ, वाहन, विमान ये सारे साधन जड़ हैं, मनुष्य चालित। मनुष्य समझता है कि वह इस जड़ता के माध्यम से प्रगित पा रहा है; पर भूल जाता है कि जड़ता ने उसकी स्वयं चालन गति को धीमे-धीमे ही सही; किन्तु जड़ता में ही जकड़ लिया है। प्रकृति-आश्रित जीवन जितना सहज होता है, विज्ञान की भौतिक उपलब्धियों पर आश्रित मनुष्य जीवन या उसकी सफलता जिसे वह उपलब्धि समझता है, वह उतना ही कष्टकर हो जाता है। कौरव हों या पाण्डव, उनके समर्थक हों या विरोधी, सबने मिलकर जिस जड़ता को सहेजा था, उसने नाश दिया, प्रकृति प्रभावित हुई। अब प्रकृति के प्रभावों से मानव-मात्र ही नहीं, सम्पूर्ण को प्रभावित होना है, वही हो रहा है और हम कुछ भी नहीं कर सकेंगे।"

"क्यों पूज्य?"

हंसे थे विदुर "युद्ध हम रोक सकते थे; किन्तु युद्ध परिणामों को रोकना कैसे सम्भव है युयुत्सु! उनके सुधार की चेष्टा भर की जा सकेगी। इसके अतिरिक्त किसी के वश में कुछ नहीं है।"

"तब, पितृ क्या वह सब कुछ घटेगा, जो महर्षि व्यास ने कहा है?"

"निःसन्देह!"' विदुर बिना किसी उत्तेजना के बोल पड़े थे, "वह सब महर्षि की सर्वज्ञता का प्रमाण है।"

बात टूट गई थी। युयुत्सु चले आए और अब, जब वह सब घटने लगा है, तब सहमे हुए से देख रहे है।

पर अभी बहुत कुछ घटना शेष है! जो घट रहा है, वह व्यास की भविष्य दृष्टि का अंशमात्र।

समय बीतने-न-बीतते व्यास की भविष्यवाणियों ने इतनी तीवग्रति से घटना प्रारम्भ किया था कि युयुत्सु अचंभित से कहीं अधिक बालभाव से दर्शक बने रहे गए।

जिस-जिस स्थिति को सहज करने की चेष्टा की जा रही थी, वह स्थिति जटिल और जटिलतर होती जा रही थी। महाराज युधिष्ठिर अश्वमेध यज्ञ कर चुके थे। असंख्य राज्यों और जनांचलों की सत्ता ने उन्हें एकमत स्वीकार लिया था। एक सार्वभौम सत्ता को मान्यता भी मिल गई थी, किन्तु युयुत्सु को लगता था जैसे वह सहेजने भर की क्रिया है। बिखराव को सहजने की व्यग्र छटपटाहट! इससे अधिक कुछ भी नहीं।

अश्वमेधयज्ञ से पूर्व महाराज युधिष्ठिर के लिए समस्या खड़ी हो गई थी। एक दिन सभा में संजय ने संकोचपूर्वक कहा था, "महाराज! युद्धकाल में कुरु पुरुषों ने अस्त्रों और मारक अणु अस्त्रों के निर्माण पर इतना अधिक व्यय किया था कि अब बहुत दिनों राजकोष उस भार को सहन नहीं कर सकेगा, जिसकी अब पुनर्निर्माण में आवश्यकता है। वैज्ञानिक प्रयोगों के लिए असीम धन आवश्यक हो रहा हैं। अन्य देशों से खाद्यान्न एवं साधन जुटाने में भी असंख्य राशि व्यय हो चुकी है। ध्वंस हो चुके नगर-बस्तियों के निर्माण हेतु भी बहुत-सा धन दिया जा चुका है, किन्तु आगे यह सब, कब तक और किस तरह चल सकेगा, समझ नहीं आता।"

संजय की सूचना ने सहसा सभा भवन में सन्नाटा बिखेर दिया था। राजकोष की समाप्ति! घोर संकट की सूचना!

वे सब निस्सहाय, बेबस एक-दूसरे को देखने लगे थे। अर्जुन ने अकुलाकर कहा था, "कोई राह तो खोजनी होगी, भइया! सेना कम है। उनके लिए अन्नादि की व्यवस्था ही कठिन हो रही हे, तिस पर यदि उन्हें वेतन नहीं दिया जा सकता, तब हम गृहयुद्ध में उलझ जाएंगे!"

गृहयुद्ध!

सर्वनाश का एक और दौर! अराजक स्थिति और उससे नई अराजकता! कोई भी राजा कितना ही शक्ति सम्पन्न क्यों न हो, भला गृहयुद्ध का सामना कैसे कर सकेगा?

उस दिन इसी तरह चिन्ताओं के सघन कोहरे में घिरकर सभा समाप्त हुई। युधिष्ठिर अनेक लोगों से रात्रि देर गए तक चर्चा करते रहे थे, फिर वेदव्यास ने राह सुझाई।

सुमेरु पर्वत पर महाराज मरुत्त द्वारा एकत्र किया गया अगणित धन और असीम स्वर्ण एकत्र है। यदि किसी तरह पाण्डव उसे प्राप्त कर सकें, तब हो सकता है कि कुरु राज्य की आर्थिक स्थिति सुधर जाए।

युयुत्सु को ज्ञात है। सारी बातचीत गुप्त रखी गई थी। जिनके बीच विचार-विमर्श हो रहा था, उन्हें भी इस स्थिति और वार्ता को पूर्णतः गुप्त रखने का निर्देश दिया गया था।

युधिष्ठिर ने सभी से सलाह की थी। सुमेरु पर्वत स्थित मरुत्त का सोना ढोकर लाना होगा। यह आशंकाएं भी व्यक्त की थीं कि सम्भव है किसी विघ्न का सामना भी करना पड़े।

भीम, अर्जुन आदि तैयार हो गए थे। कहा था, "यही उपयुक्त है। मार्ग में हम यथासम्भव लोगों को प्रसन्न करने और धन-धान्य से जीतने का प्रयत्न करेंगे। यदि स्वर्ण लाते समय हमारे सामने कोई शक्ति अवरोध आया, तब आप निश्चिन्त हों, महाराज! उस अवरोध का उसी शक्ति से सामना किया जाएगा।"

भाइयों की सहमति ने युधिष्ठिर के सहमे मन को शांति दी थी। एक निश्चित समय वे सब स्वर्ण लाने के विचार से निकल पड़े थे। कुछ समय बाद वे लौटे।

निःसन्देह उन्हें असंख्य स्वर्णमुद्राएं और असीम सोना प्राप्त हुआ था। युयुत्सु को वह क्षण याद है। युधिष्ठिर और अन्य पाण्डव जनों के साथ-साथ बड़ी संख्या में वाहनों पर सोना लादकर लाया गया था। राजकोष की बिगड़ी दशा अनायास ही सुदृढ़ हो गई थी। अश्वमेधयज्ञ का सफलतापूर्वक आयोजन हुआ। राजकाज में गति आई। उतनी ही गति निर्माण कार्यों ने पकड़ी।

किन्तु बिखरी हुई सामाजिक व्यवस्था और नैतिक मूल्यों में तनिक अंतर नहीं। आर्थिक रूप से भौतिक स्थिति ही सुधारी-संवारी जा सकती थी; किन्तु प्रकृति को मोड़ पाना भी असम्भव था और मनुष्य की सहज शारीरिक स्थितियों, चेष्टाओं और इच्छाओं को भी!

इन इच्छाओं ने धीमे-धीमे एक नए विध्वंस में कुरु राज्य ही नहीं, भरत खण्ड के युद्ध प्रभावित बहुत क्षेत्र को अपने पंजे में जकड़ना प्रारम्भ कर रखा था। हर भोर कोई-न-कोई ऐसी घटना जानने को मिलती, जो

युयुत्सु के मन को घिन से भर देती। हर दिन कुछ-न-कुछ ऐसा सुनने को मिलता जिसके कारण मन तिलमिलाकर रह जाता। यही कुछ उस दिन भी हुआ था, जिस दिन एक युवती को गर्भ की स्थिति में उसके परिवार की वृद्धतम महिला और पुरुष पकड़कर युयुत्सु के सामने पहुंचें!

वह चीख रही थी; किन्तु वृद्ध दम्पति क्रोध और आवेश में भरकर पूर्णतः कूरता पर उतर आए थे। वे अपशब्द बक रहे थे, उसे नीच, कुलटा, व्यभिचारिणी और न जाने क्या कुछ कह रहे थे।

द्वारपालों ने बहुत रोकने-थामने का प्रयत्न किया था उन्हें, किन्तु वृद्ध दम्पत्ति ने इतनी चीख-पुकार मचाई कि युयुत्सु स्वयं ही बाहर निकल आए। गर्भवती की वह दुर्दशा देखकर युयुत्सु क्रोधित हो गए थे। एकदम तीव्र, कौंधते स्वर में कहा था उन्होंने, "छोड़ो! यह कैसी निर्ममता है?"

छोड़ दिया गया था उसे। वृद्ध का शरीर भी घृणा और क्रोध में कंपकंपा रहा था। वृद्धा अब भी गालियां बक रही। सभी सकपकाए-से खड़े थे।

"क्या बात है?" युयुत्सु ने गुस्से में पूछा था, "इसे इस तरह दण्डित क्यों किया जा रहा था? क्या सम्बन्ध है तुम्हारा इससे?"

"यह कुलटा हमारी पुत्रवधू है कुमार!" वृद्ध ने थर्राते; किन्तु कठोर स्वर में उत्तर दिया था, "इस निर्लज्ज ने इतना घिनौना पाप किया है, जिसका दण्ड सम्भवतः अब तक कुरु राज्य में निश्चित नहीं किया गया।"

गर्भवती युवती धरती पर बिखरी उसी तरह सिसक रही थी। उसे खींचे जाने के कारण जगह-जगह से उसका मांस भी फट गया था। युयुत्सु अब भी ठीक तरह कुछ नहीं समझ सके थे। इससे पहले कि पूछेंयुवती का दोष क्या है? वृद्धा ने उस पर ढेर-सा थूक दिया था, "नीच! व्यभिचारिणी! पापिनी!"

"चीखो मत!" युयुत्सु चिल्लाए, फिर द्वारपालों को आदेश दिया था, "इन सभी को भीतर ले आओ!"

व्यग्र, चिन्तित और तनाव से भरे हुए आसन ग्रहण किया। जब से युद्ध समाप्त हुआ, लगता था कि जीवन नितांत जर्जर होने लगा है। कोई पल भी युयुत्सु का अपना नहीं। जो है, यह केवल नाश को देखने, उससे जूझने के लिए समर्पित!

वे आए। वृद्ध और वृद्धा साथ चल रहे थे। गर्भवती को सहारा दिए हुए सैनिक एक ओर खड़े हो गए।

युयुत्सु ने हर विचार त्यागा, पूछा, "अब विस्तार से बतलाओ, क्या बात है?"

वृद्धा ने वृद्ध की ओर देखाघृणा दोनों के ही चेहरों पर अधिक गहरा गई। पर होंठों से बोल नहीं निकले। लगता था कि उनकी दृष्टियां एक-दूसरे से कह रही हैंघटना का ब्यौरा वह दे!

"व्यर्थ समय नष्ट मत करो!" युयुत्सु ने अधिक तीव्र आवाज में पूछा था, "मैं तुरंत जानना चाहता हूं। किसलिए इस युवती को कष्ट दे रहे हो तुम लोग?"

"हम न्याय चाहते हैं राजपुत्र!" अचानक वृद्ध ने कहा था।

"न्याय अवश्य मिलेगा, पर...।"

युयुत्सु आगे कुछ कह सकें, इसके पूर्व ही युवती ने कांपते, थरथराते शब्दों में कहा था, "न्याय मुझे भी चाहिए, देव!"

"निःसन्देह!" युयुत्सु बोले, "धर्मराज युधिष्ठिर के राज्य में न्याय के प्रति राजवंश का हर व्यक्ति समर्पित है। बोलो, क्या हुआ?"

"कहने में भी पाप करने जैसा दोष अनुभव होता है, राजकुमार!" वृद्ध बोला था, "इस कुलटा ने अपने ही पुत्र के साथ रमण किया! और...और उस घृणित संयोग को यह आज अपने ही गर्भ में रखे हुए है।" युयुत्सु ने सुना, लगा कि आसन से उलटकर धरती पर गिर पड़े है। मन विकृति से भर उठाछिः! ऐसा घृणित पाप! विलासिता की यह मर्यादाहीन स्थिति!" अनायास ही उसके होंठों से निकल गया था।

युवती अब सिसकना बंद कर चुकी थी। उत्तेजित, किन्तु अमर्यादित ढंग से उत्तर दिया था, "यह विलासिता नहीं कुमार! सहज मानव-वासना है। विलासिता हम पृथ्वीवासियों के भाग्य में इस युद्ध के पश्चात् रही ही कहां है? जो शेष रह गया है, वह केवल अतृप्त कामनाएं, दुःख और अवश इच्छाएं भर हैं।"

युयुत्सु अपने-आपको सहेजने की चेष्टा कर रहे थे। लगता था कि गहरे, अन्धकूप से उबरने के लिए छटपटा रहे हैं, हाथ-पांव फेंक रहे हैं, मन-मस्तिष्क सभी कुछ विचलित!

"नीच!" वृद्ध चीख पड़ा था, "राजकुमार के समक्ष भी ऐसी मर्यादाहीनता और अभद्रता! धिक्कार है तुझ पर!'

"किस पर है धिक्कार?" युवती पुनः पागलों की तरह चिल्लाई थी, "किस पर? उन पर, जो इस महायुद्ध रूपी आत्महत्या के क्रूर यज्ञ में झोंके गए है या उन पर जिन्होंने हम निर्दोषों को यह जीवन जीने, प्रकृति पतित करने और मर्यादाहीन हो जाने के लिए बाध्य किया है?" सहसा वह भौंचक्के, अनिर्णीत स्थिति में स्तब्ध रह गए कुरुकुमार की ओर मुड़ी थी, "आप ही उत्तर दीजिए देव! इस पाप की भागी मैं हूं! यह दोष मुझसे हुआ है; पर वह दोष किसने किया, जिसने मुझे या मुझ जैसी स्त्रियों को इस स्थिति तक पहुंचाया? न्याय कीजिए, कुमार! न्याय कीजिए।"

न्याय! न्याय! न्याय

क्या हो सकता है न्याय? युयुत्सु जैसे एक बड़ी शिला से सिर टकरा रहे हैं और शिला की पहचान नहीं।

न्याय आधारों पर किए जाते हैं। सत्य की नैतिक और मानवीय तहों पर खड़े होकर न्यायाधीश कसौटी बनते हैं।

और लगता है कि कसौटी ही टूट-बिखर गई है! वेदव्यास की चुनौती-चेतावनियां आकाश से उल्कापात की तरह टूटकर वज्र गर्जना करती हुई सम्पूर्ण कुरुराज्य पर आ गिरी हैं। सिंहासन दरक रहा है। मूल्य, व्यवस्था, यहां तक कि सम्पूर्ण प्रकृति ही दरक गई हैं!

युयुत्सु बोल नहीं पा रहे थे। लगता था कि पीसना कनपटियों पर बह आया है। उनके सामने चुनौती बनी वह युवती खड़ी थी, जिसे युद्धाग्नि ने वैधव्य उढ़ा दिया था। कामनाएं और सम्पूर्ण शरीरेच्छाएं झुलसा डाली थीं और जब सहज प्रकृति ने उन्हें फिर नवांकुर दिए, तब वे मर्यादा, व्यवस्था, समाज, नीति, और व्यवहार होकर सभी को चकनाचूर करती हुई एक प्रेत-वृक्ष में परिवर्तित होकर उग आईं।

इस युवती का न्याय क्या होगा? एक प्रश्न है, जो युयुत्सु को ही नहीं सम्पूर्ण व्यवस्था को चुनौती बना हुआ प्रहार कर रहा है। हर प्रहार

संस्कृति को धप्पड़ मारता हुआ। हर प्रहार विज्ञान के चरम पर थूकता हुआ और हर प्रहार युयुत्सु के निर्णय से परे।

वृद्ध दम्पति आशा और विश्वास लगाए युयुत्सु को देख रहे हैं। युयुत्सु को देख रहे हैं या महान् कुरुराज्य की व्यवस्था को देख रहे हैं? या वे देख रहे हैं धर्मराज युधिष्ठिर की न्याय-व्यवस्था को?

यही कुछ उस स्त्री की दृष्टि में! निर्लज्ज भाव से पुत्र का ही वीर्यांश अपनी कोख में सहेजे हुए वह एक चुनौती बनी खड़ी हैं। ऐसे जैसे किसी प्रेतिनी ने समाज-व्यवस्था के शरीर को चिथड़े-चिथड़े नोंच डाला हो?

न्याय!

कसौटी कौन-सी होगी? पहचान का आधार क्या होगा?

व्यवस्था और नियम अथवा माता और पुत्र का शरीर-सम्बन्ध?

अथवा सहज प्रकृति के नियमाधार? स्त्री और पुरुष की सहज स्वाभाविक कामेच्छाएं?

कौन-सा आधार? कौन-सा तर्क? कौन-सा विश्वास बनेगा युयुत्सु के न्याय की प्रक्रिया?"

"इसे दण्डित कीजिए, कुरुकुमार!" सहसा वृद्धा महिला ने चीखकर कहा था। यह चीख थी, बरसों तक आयु को निश्चित समाज व्यवस्था के अनुशासन में जकड़ी रही नैतिकता की! यह चीख थी उस व्यवस्था की, जिसे कौरवों और पाण्डवों ने ही जन्म दिया था और अब स्वयं अपनी ही गढ़ी मूर्ति को अपने ही क्रूरतम प्रहारों से चकनाचूर कर डाला था।

लगता है कि मूर्ति का हर अंग क्षत-विक्षत हो चुका है। व्यवस्था अपने ही निर्माताओं के हाथों रक्त-स्नान करके विक्षिप्तों की तरह सिर धुनती पूछ रही हैं, "मुझे सहजो! फिर से आकार दो!"

किन्तु कैसे दिया जा सकेगा आकार? इतना अंग-भंग करके भी भला किसी व्यवस्था को आकार दिया जा सकता है?

जितना-जितना सोच रहे हैं, जितना-जितना न्याय खोज रहे हैं, उतना-उतना लग रहा है, जैसे दोषी न तो वे वृद्ध-दम्पति हैं, न युवती का युद्ध में मारा जाने वाला पति और न ही वह युवती।

दोषी हैंसत्ताधीश? वे , जिन्होंने युद्ध निर्णय किया। वे जिन्होंने युद्धयज्ञ कर डाला!

युयुत्सु कुछ भी निश्चित नहीं कर सके थे। लगा था कि विषम न्याय की सहज कसौटियों से कहीं आगे पहुंचकर विद्वानों का विचार विषय बन चुका है। जब तक तर्कातर्क की कसौटी पर सम्पूर्ण व्यवस्था, युद्ध और उसके परिणामों पर विचार नहीं किया जाएगा, उस युवती का न्याय का सम्भव नहीं। कहा था, "इस युवती को कारावास में बंद कर दो!" फिर वह दम्पति की ओर मुड़े थे, "तुम लोग जा सकते हो। उचित अवसर पर तुम्हें बुला लिया जाएगा।"

दम्पति जाने लगे तो युयुत्सु ने नई आज्ञा दी थी, "सैनिक तुम्हारे साथ तुम्हारे घर तक जाएंगे। हमें उस दोषी की भी आवश्यकता है, जो इस युवती का पुत्र है।"

"किन्तु...किन्तु कुमार!" वृद्ध कांप उठा था, वह...वह हमारा पौत्र है। हमारा जीवनाश्रय है।"

युयुत्सु ने कठोतापूर्वक उत्तर दिया था, "और यह युवती तुम्हारी पुत्रवधू है, वृद्ध! तुम्हारी आश्रित। यह तुम कैसे विस्मरण कर सकते हो?"

निरुत्तर हो गए थे वे। युयुत्सु आदेश देकर सीधे विदुर के यहां चल पड़े। वही हैं, जो इस दुष्कर स्थिति में न्याय-मार्ग सुझा सकेंगे!

संध्या बेला थी; पर संध्या के सब रंग बदरंग। अब प्रातः और संध्या एक-जैसे लगने लगे हैं। अनुमान से समय-निर्धारण कर पाना कठिन होता है। समय निर्देशिकाओं से ज्ञात होता है कि समय क्या हुआ।

निर्देशिका से ही समझा थासंध्या है।

धर्मज्ञ विदुर के भेंट-कक्ष में अपने आने की सूचना भिजवाकर प्रतीक्षा करने लगे थे युयुत्सु।

सेवक ने सूचना दी थी, "कुछ देर प्रतीक्षा करें, कुमार! महात्मा विदुर संध्यावन्दन में व्यस्त है।"

"हूं।" युयुत्सु ने उत्तर दिया। सेवक चला गया। युयुत्सु पुनः उसी गुत्थी में उलझ गए।

नागरिक प्रशासन के साथ-साथ नगर-न्याय भी उनका दायित्व था।

वृद्ध दम्पति और उसकी पुत्रवधु के बीच उठ आई उलझन का सुलझाव उन्हें देना ही होगा। कभी सोचा ही नहीं था कि जीवन में ऐसी-ऐसी जटिलताएं घेरेंगी?

रह-रहकर वृद्ध दम्पति का चेहरा उभरता है और लगता है, जैसे एक पुकार गूंज आई है सब ओर...

न्याय? समाज-व्यवस्था और नियमाधार पर न्याय?

इर चेहरों को धुंधलता हुआ युवती का चेहरा भी उभर आता है। वृद्ध सास-श्वसुर से कहीं अधिक चीखता हुआ चेहरा, न्याय! मुझे भी न्याय ही चाहिए, राजकुमार! किन्तु सहज मानव-व्यवस्था का न्याय! प्रकृतिप्रदत्त न्याय!"

"धर्मानुसार ही सब कुछ होना चाहिए।" महाराज युधिष्ठिर ने विभिन्न कार्यों के लिए नियुक्त किए गए, विभिन्न पदाधिकारियों, मंत्रियों से यही कहा था, राज्याभिषेक वाले दिन।

और न्याय में धर्माधर्म मुख्य। धर्म ही उनकी कसौटी; किन्तु यह सारी गुत्थी उस सनातन प्रश्न से जुड़ी हुई है, जिससे युद्ध सम्बद्ध है।

युद्ध और धर्म! या कि युद्ध में धर्म? या कि धर्मानुसार युद्ध?

गहन प्रश्न!

और उससे भी गहन होता उत्तर!

उत्तर खोजते हुए अनायास ही युयुत्सु को युद्ध-समय की वह घटना याद हो आई है, जिसे लेकर युधिष्ठिर अकुलाए-से रह गए थे।

याद करने लगे हैं युयुत्सु। उस दिन महावीर अर्जुन ने मृत्युंजय को हत किया था। पाण्डव पक्ष में कर्ण की मृत्यु एक उत्सव की तरह मनाई जा रही थी। समझा जाता था कि युद्ध-जय हुई।

क्लांत शरीर अर्जुन जब राजा युधिष्ठिर के पास लौटे तो मन अजब-सी दुविधा और खिन्नता से भरा हुआ था। कर्ण की मृत्यु के साथ-साथ यह समाचार भी विद्युत गति से सभी पक्षों में फैल गया था कि कर्ण उस समय हत हुए, जब वह निहत्थे थे। उनका वाहन पृथ्वी ने पकड़ लिया था। या कि वाहन पृथ्वी पर आ गिरा था?

जो भी हो। कर्ण की मृत्यु पर बहुतेक लोग जितने प्रसन्न थे, उतने ही इस विचार से अकुलाए हुए भी कि पाण्डवों की ओर से युद्ध में अधर्म हुआ! सारी घटना सुन-जानकर युधिष्ठिर भी आकुल भाव से यही कुछ कह बैठे थे, "सम्भवतः कर्ण के हत होने में हमारी ओर से अधर्म हो गया वासुदेव!"

युयुत्सु, धृष्टद्युम्न आदि सभी उपस्थित थे उस समय। धर्मराज की व्यग्रता तनिक भी नहीं छिपी थी।

वासुदेव एक ओर बैठे थे। शांत, सदा की तरह सहज और अप्रभावित। सभी उनकी ओर देखते हुएक्या कहेंगे यशोदासुत?"

युधिष्ठिर बुदबुदाए थे, "धर्मानुसार तो निहत्थे पर वार करना क्षत्रियोचित नहीं माना गया है कृष्ण! तब आश्चर्य है वीर कर्ण पर धनंजय ने किस तरह बाण चलाया होगा?"

कृष्ण बोले थे, "शांत हो, युधिष्ठिर! व्यग्रता विचारशक्ति को क्षीण कर देती है राजन्! अर्जुन ने ऐसा कुछ नहीं किया, जिस पर पाण्डव-पक्ष पश्चात्ताप की पीड़ा भोगे!"

"किन्तु वासुदेव!"

"निश्चय ही किसी क्षत्रिय के लिए निहत्थे पर वार करना अधर्माचरण है।" कृष्ण ने कहा था, "किन्तु यह स्मरण रखो युधिष्ठिर! युद्ध जब-जब आरम्भ होता है, तब-तब उसके मूल में अधर्म होता है। युद्धारम्भ के साथ ही धर्माधर्म समाप्त हो जाता है। युद्ध एक असंयित, अमानवीय प्रक्रिया है तथा असंयम ओर मानवमूल्यों के अभाव में धर्मानुसार कोई आचरण कैसे सम्भव है?"

"किन्तु हम धर्म के लिए ही युद्ध लड़ रहे हैं, द्वारकापति!" युधिष्ठिर सहजतः मानने को तैयार नहीं थे।

कृष्ण ने कहा था, "तुम्हारी तरह कर्ण ने भी यही प्रश्न किया था मुझसे? वह बोले थे"हे, कृष्ण! तुम तो धर्म स्थापना क लिए यह युद्ध लड़ रहे हो, तब बतलाओ कि अधर्म से धर्म की स्थापना कैसे सम्भव है?"

कृष्ण की बात पूरी हो सके, इसके पहले ही युधिष्ठिर सहमति के भाव से बड़बड़ा उठे, "राधासुत ने उचित प्रश्न किया था। वासुदेव?"

कृष्ण मुस्कुराए। कहा, "हर उचित और अनुचित का निर्धारण समय और शाश्वत मूल्यों पर किया जाता है धर्मराज! कर्ण के प्रश्नोत्तर में मैंने उन्हें बतला दिया था कि जब-जब युद्ध आरम्भ हो जाता है, धर्म उसी क्षण नष्ट हो जाता है।"

कृष्ण के वे अन्तिम शब्द! युयुत्सु के माथे में एक हवा की तरह बहने लगे हैंनिष्कर्ष! यही निष्कर्ष है न्याय का! युद्ध जब-जब आरम्भ होता है, धर्म तब-तब उसी क्षण समाप्त हो जाता हैनिःशेष!

अतः उस युवती का ही नहीं, समग्र पृथ्वी का धर्म भी उसी क्षण नष्ट हो गया था, जिस क्षण कुरुक्षेत्र का महासंग्राम प्रारम्भ हुआ। युयुत्सु अचानक ही कुछ पा जाने के भाव से उठ खड़े और लौट पड़े।

सेवक ने विनम्रतापूर्वक टोका था उन्हें, "कुमार! विदुर महाराज अपने दैनिक वन्दन क्रम से निबटने को ही हैं।"

"मुझे एक आवश्यक कार्य याद हो आया है, सेवक! धर्मज्ञ विदुरजी सें मैं फिर भेंट कर लूंगा?"

तीव्रगति से लौटे चले आए थे अपने निवास पर। तुरंत उस स्त्री को बुलाने का आदेश दिया था। साथ ही उन वृद्ध दम्पति को भी।

सैनिक ने सूचना दी थी, "उस नारी का पुत्र भी उपस्थित है, देव!"

"ले आओ!"

युयुत्सु का मन हलका हो गया था। कृष्ण का विवेचन! इस विवेचन ने न जाने कितनी स्थितियों का उत्तर सहज कर दिया है।

कुछ समय बाद वे सभी क्रमबद्ध उनके सामने उपस्थित हुए। स्त्री, उसका पुत्र और वृद्ध दम्पति।

"देवी!" युयुत्सु ने कहा था, "महायुद्ध के सन्दर्भ तुम्हारा सहज सम्बन्ध दोष नहीं कहा जा सकता। युद्ध ने सम्पूर्ण व्यवस्था को नष्ट-भ्रष्ट कर डाला है और अब धर्मराज युधिष्ठिर उसे पुनः आकार देने का भगीरथ प्रयास कर रहे हैं। माता, पुत्र, पिता, बन्धु ये सभी सम्बन्ध व्यवस्था प्रदत्त है। इसका एक सामाजिक सन्दर्भ भी है; किन्तु तुम जिस स्थिति में हो या तुम्हारी ही तरह असंख्य युवतियां घोर वैधव्य पीड़ा झेलती हुई, सहज प्राकृतिक कामेच्छा से पीड़ित हो रही हैं, मैं तुम्हें दोषमुक्त करता हूं।"

युवती को प्रसन्न होना चाहिए था; किन्तु वैसा नहीं हुआ। वह शिला की भांति खड़ी रही। उसका पुत्र अपनी ही घृणा में सुलगता हुआ रह-रहकर कांप रहा था।

युयुत्सु ने आगे कहा था, पर समाज व्यवस्था की दृष्टि से तुमने घोर पाप किया है देवी! और इस पाप के लिए मैं तुम्हें अपनी स्वयं की सम्पूर्ण सामाजिक चेतना जागृत करके अपने योग्य निर्णय और न्याय करने के लिए स्वतंत्र करता हूं।"

स्त्री ठहरी, पर रुग्ण दृष्टि से सब कुछ देख रही थी।

"सैनिक! इन सभी को मुक्त कर दो!" युयुत्सु का आदेश हुआ।

पल भर में ही वह स्त्री और उसका पुत्र बन्धन-मुक्त कर दिए गए। वृद्ध दम्पति आंखों में आंसू भरे हुए चुपचाप खड़े थे।

स्त्री बिना किसी से कुछ कहे-सुने तीव्र गति से बाहर चली गई। युयुत्सु ने कहा था, "युवक! तुम भी जा सकते हो! तुम सामाजिक अनाचार के दोषी हो। एक संयमहीन मनुष्य के नाते तुमने जो भी कृत्य किया है, वह मृत्युदण्ड के योग्य है; किन्तु सम्पूर्ण परिस्थिति पर विचार करते हुए मैं तुम्हें भी मुक्त करता हूं; किन्तु स्मरण रहे, तुम्हें स्वयं भी अपनी ओर से आत्म-न्याय करना होगा। अब तुम जा सकते हो!"

सैनिक युवक को बाहर ले गए। वह इस तरह लड़खड़ाता हुआ गया था, जैसे उसने मद्यपान कर रखा हो।

युयुत्सु बोले थे, "वृद्धश्रेष्ठ। मैं जानता हूं तुम इस न्याय से आहत हुए होगे; किन्तु न्याय की प्रक्रिया बहुत कष्टकर होती है। शक्ति और साहस संजोकर तुम अब नई परिस्थितियों में समाज और व्यवस्था के मूल्यों की स्थापना के लिए संघर्ष करो! पृथ्वी भर में अब इस युद्ध के बाद यही चेष्टा शेष रह गई है।" निर्णय देकर वह उठ पड़े थे।

वृद्ध दम्पत्ति बिना कोई टिप्पणी किए विदा हुए।

लगता था कि अनायास ही मन बहुत-बहुत हलका हो गया है। कैसी दुष्कर समस्या थी?

माता के साथ पुत्र का रमण! और समाज-दोष पर न्याय!

युयुत्सु अपने शयन-कक्ष में चले आए थे। देर तक अपने ही कहे शब्दों पर पुनर्विचार करते रहे। बार-बार श्रीकृष्ण के संवाद से जुड़कर उचित-अनुचित कर विचार करते हुए।

निःस्सन्देह न्याय हुआ। प्रकृति के प्रति न्याय दिया था उन्होंने। मनुष्य कृत समाज-व्यवस्था का न्याय करने के लिए माता-पुत्र दोनों को ही स्वयं-निर्णय पर छोड़ दिया है।

कभी-कभी लगता, वे इस घृणित समाज दोष के लिए अपना ही न्याय कर सकेंगे या नहीं?

न किया, तब कैसी सामाजिक विडंबना खड़ी कर देंगे दोनों!

किन्तु नहीं। वे अवश्य ही आत्ममंथन के उन पीड़ाजनक क्षणों को भोगेंगे, जिन्हें कामवेश में भुलाकर उन्होंने अकरणीय को कर डाला। युयुत्सु जानते हैं, मनुष्य या कि जीवन जन्म की क्रिया जितनी सहज और प्राकृतिक है, उतना ही सहज है मनुष्य संस्कार! समाज-व्यवस्था और परम्परा में लालन-पालन! व्यक्ति जीव-भाव की सहज इच्छाओं से जितना जकड़ा होता है, उससे कहीं अधिक जकड़ते है मूल्य। महायुद्ध के कूर परिणामों ने इस जकड़न को अस्तव्यस्त भले ही किया हो, नष्ट नहीं किया। उनमें दरकन आई है; पर वे गली नहीं।

और इसलिए युयुत्सु को विश्वास है कि वे अपना न्याय स्वयं खोज लेंगे! यही नहीं, वे स्वयं को दण्डित भी करेगे।

और युयुत्सु का विचार हुआ कि सत्य निकला था। अगली प्रातः ही उन्हें समाचार मिला। रात्रि-रक्षक नगर-भ्रमण से लौटे तब एक स्त्री और युवक का शव ले आए थे अपने साथ। युयुत्सु के समक्ष वे शव प्रस्तुत किए गए थे। सूचना थी, "देव! इन दोनों ने ही कारण आत्मसात कर लिया।"

साथ आया था चिकित्सक। उसने प्रणाम करके सूचना दी थी, "यह स्त्री गर्भवती थी, कुमार!"

एक गहरा सांस लेकर युयुत्सु उन माता और उसके पुत्र का शव देखते रहे थे, फिर कहा था "ले जाओ, इन्हें! दाह संस्कार कर दो!"

चकित होकर देखा था सैनिकों ने। नायक आगे बढ़ आया। कहा, "राजकुमार! किस कारण आत्महत्या की, यह भी तो ज्ञात करना होगा, ताकि दोषियों को दण्डित किया जा सके?"

"दोषी?" युयुत्सु के माथे पर हलकी-सी सिलवट उभरी थी। एक क्षण चुप रहकर कहा था उन्होंने, "कभी-कभी दोष का कारण दोष ही होता है नायक! मुझे ज्ञात है कि किस कारण इन दोनों ने आत्महत्या की। इनका दाहकर्म कर दो!"

वे सब शवों को ढोकर लौट गए थे। युयुत्सु शांतमन दैनिक कर्म में जुटे। प्रतिदिन कोई-न-कोई घटना...। अब अघटित-सा लगने लगा था। कब, क्या होगा, सब कुछ अनिश्चित! कब क्या करना होगा, सो भी अनिश्चत! अनश्चिय की निरंतता ने कोई निश्चित स्थिति ही नहीं रहने दी है! युयुत्सु ने सोचा और स्नानघर में समा गए।

बहुतेक अनिश्चित ऐसे भी हैं, जिनसे कतराना चाहें,तो कतरा नहीं सकते युयुत्सु। सामाजिक, राजनीतिक दायित्व, कुल-कर्म, व्यवस्थाधर्म! सब कुछ कर्मयज्ञ!

इस कर्मयज्ञ में कितनी इच्छाओं, कामनाओं और भावनाओं की आहुति देनी पड़ी हैं, कभी कोई नहीं जान सकेगा! क्या कुछ घट रहा है, इस युद्ध के बाद, यह भी अवर्णनीय!

किन्तु बहुत कुछ युद्ध-पूर्व भी तो घटता रहा था। यदि किसी के भीतर धृष्टेच्छाओं के कारण दुर्दांत कष्ट घट रहा था, तो किसी के भीतर सरलता ही कष्ट की भांति घटने लगी थी। कोई बुद्धिजीविका का महायुद्ध अपने भीतर झेलता हुआ, तो कोई ज्ञान पीड़ा के समर में जूझता हुआ। इस कुरुराज्य और इसके बाहर भी विश्व-भर में महायुद्ध पूर्व, हर व्यक्ति अपने भीतर एक घोर संग्राम झेलता रहा। कैसी विडंबना!

कभी-कभी युयुत्सु एकांतों में सन्नाटे के बीच ही अपने आप से हजारों प्रश्नों के बीच घिर जाते हैं। कैसा कष्ट है यह जीवन! और कैसी कष्टकर है जीवन-यात्रा !

और है यह युद्धोपरांत की स्थिति! एक नया महासमर! इस महासमर में अधिक संग्रामरत है व्यक्ति! अधिक कष्ट और पीड़ा भोगते हुए!

युयुत्सु के भीतर से अनायास ही कोई बोल पड़ा है, "यह जीवन ही सम्पूर्ण समर है कुमार! जीवन-जन्म से लेकर मृत्यु पर्यंत केवल एक कष्ट यात्रा है। यह यात्रा एक निरंतरता है जीवन-जगत की!"

तब शांति कहां है? कहां है युद्ध-मुक्ति?

अनायास ही श्रीकृष्ण उभर आते है स्मरण में। इस यात्रा से मुक्ति ही शांति की आराधना! शांति की प्राप्ति!

युयुत्सु को यह शांति ही प्राप्त करनी होगी! राजा और रंक के भेद से मुक्त शांति!

"पर शान्ति प्राप्ति का भी एक ही मार्ग है।" युयुत्सु के भीतर उत्तर उभरता है, "कर्मयज्ञ को पूर्ण देना! यह यज्ञ ही मोक्ष का मार्ग! यही सत्य!"

...और कर्मयज्ञ में ही जुटे हैं युयत्सु! निस्पृह भाव से इस यज्ञ को पूर्ण करना चाहते हैं। चाहते हैं कि हर स्थिति, हर वातावरण में सहज रह लें, प्रतिक्रियाहीन न हों, पर हो नही पाता है वैसा!

तनिक-सी असामान्य स्थिति अनायास ही सही; पर युयुत्सु को असन्तुलित करने लगती है। जब-तक विचार से सहेजे, जोड़ें, तब तक तो बहुत कुछ घट जाता है मन के भीतर।

इस घटने, घटाने और प्रभावित होने, होते जाने की स्थिति में ही उन दिनों बहुत अस्तव्यस्त हो उठे थे, जब निरंतर राजनिवासों की ओर आते-जाते।

वे राजनिवास, जो कभी दुर्योधन, दुःशासन, दुर्मुख आदि के रहे थे, अब पाण्डवों के पास हैं। उनका वैभव, उनकी सम्पन्नता और उनकी कलात्मकता सब कुछ अब पाण्डवों का भोगसंसार!

यदा-कदा उन राजनिवासों में भी आना-जाना पड़ता है, जिसमें युद्ध-हत हुए कौरवों की पत्नियां, पुत्रवधुएं और पौत्रवधुएं रहती हैं हर ओर एक श्मशान जैसा सन्नाटा बिखरा रहता है वहां। आमोद-प्रमोद, सुख-वैभव और मंगलगानों से लदा रहा यौवन सहसा वैधव्य के तुषारपात ने ठिठुरा डाला है। जिस ओर कदम बढ़ते हैं, उसी ओर श्वेत धवल वस्त्र दीखते हैं। उन वस्त्रों के बीच पहुंचकर लगता है जैसे राजमहलों में एक बर्फीला पहाड़ उग आया है। इस पहाड़ पर हर शरीर गलता हुआ। हर इच्छा ठहरी हुई और हर कामना रिसकर व्यर्थ ढलकती हुई।

अद्भुत सौन्दर्यमयी इय युवतियां, प्रौढ़ाएं राजमहल में एक आश्रम बनाए हुए है। वैराग्य और इच्छाओं से एक निरंतर महासमर चल रहा है। इस महासमर ने उन्हें कितने अदृश्य घाव दे दिए हैं, कितनी-कितनी जगहों से मन दरका डाला है। कौन जान सकेगा?

एक बार अजाने ही युयुत्सु यह भूलकर कि राजभवन के उस कक्ष की व्यवस्था बदली जा चुकी है, जा पहुंचे थे। कारण था, माता गांधारी का बुलावा। जब-जब नगर सम्बन्धी कार्य पड़ता था, तब-तब अकसर वह युयुत्सु को बुलवा लिया करती थीं। उस दिन भी यही हुआ था। युयुत्सु को बुलावा मिला था और युयुत्सु चल पड़े थे। भूल गए थे कि अब उस निवास-कक्ष में वह शांति नहीं रही है, जो कभी गांधारी के समय थी। निवासगृह में अब गांधारी के पास उनके विशाल भवन का एकमात्र कक्ष ही रह गया था। शेष सभी कक्षों में कौरव विधवाएं समाई हुई थीं।

युयुत्सु यांत्रिक ढंग से चलते हुए मुख्यद्वार से प्रवेश करते ही सीधे भवन के उन कक्षों में चले गए थे, जिनमें अब गांधारी ने अपना निवास

हटा लिया था। द्वारपाल कुछ कह सकें, इसके पूर्व ही तीव्रगति में चलते हुए राजकुमार कक्ष के भीतर जा पहुंचे।

एक सनसनी-सी फैल गई कक्ष में! एक साथ अनेक स्त्री स्वर उठे, फुसफुसाहटें गूंजी और फिर कपड़े संवारती हुई विधवाएं जहां-तहां उठ खड़ी हुईं।

युयुत्सु को अनुभव हुआ था, जैसे उनकी अपनी चेतना ने झकझोर कर जगाया है, "सम्भवतः तुम भूल गए कुमार!"

पर मुड़े इसके पहले दृष्टि ने उस कक्ष का सभी तरह से मुआयना कर डाला था।

विशाल कक्ष, पर इस तरह भरा हुआ, जैसे वह एक चिकित्सालय हो। सब ओर रोगी चेहरे। पिटे और अपमानित-से। जीवनोल्लास आयु के बावजूद कहीं नहीं। जिस तरह चिकित्सालय में सब ओर श्वेत रंग दीखता है, उसी तरह उस भवन की दीवारें भी श्वेत! न उनमें रंग-सज्जा शेष थी, न ही किसी तरह की तड़क-भड़क। लगता ही नहीं था कि युयुत्सु जिस कमरे में आ पहुंचे हैं, वह किसी भी दृष्टि से किसी राजभवन का हो सकता है।

वे खड़ी हुई थीं। श्वेत संगमरमरी प्रतिमाओं जैसी। पैरों के नीचे कुशासन थे और हर आसन के पास मालाएं।

एक विधवाश्रम बना हुआ था कुरु राजभवन में! युयुत्सु अपने ही भीतर एक खामोश सिसकी बन गए थे। थूक का घूंट निगला और चुपचाप बाहर निकल आए। द्वार पर सैनिक ने बेबसी से उन्हें देखा। युयुत्सु ने स्वयं को सहेजा, पूछा, "माता गांधारी का कक्ष कौन-सा है?"

सैनिक के बताने पर वह चले गए थे उस ओर। गांधारी से भेंट की। भेंट में आदेश लिया, फिर उसकी पूर्ति हेतु तत्परता से जुट भी गए; किन्तु लगता था कि वह दृश्य आंखों से अलग नहीं हो पा रहा है।

कुशासन पर थमे हुए सैकड़ों मुलायम पैर...! ऐसे जैसे भरे वसंत में हरियाली के बीच कोई झुलसा हुआ पेड़ खड़ा हो, पतझर से पीड़ित! सारे श्रृंगार से रिक्त!

नर कंकाल!

"हां, नर कंकाल ही थे वे! ऐसे नर कंकाल, जो जीवित होते हैं। सोचते हैं, इच्छाएं रखते हैं और प्रश्न करते हैं...युयुत्सु ने यही देखा था। एक कदम प्रेतभाव से वे उन्हें देख रहे थे। उनसे पूछ भी रहे थे। एक प्रश्न नहीं, अनेक प्रश्न!

हर प्रश्न आरी की तरह युयुत्सु को चीरता, टुकड़े-टुकड़े करता हुआ। "स्वागत, कुरुकुमार! स्वागत! सौभाग्य हमारा कि हमने कोई पुरुष देखा!" प्रश्न और फिर चुप हंसी में हंसती नर कंकाल की वीभत्स पुतलियां।

युयुत्सु अकुलाए हुए।

"कौरवसुत! महासंग्राम में अनेक कूर अस्त्रों के चालन समय पर तुम पाण्डव-पक्षघर यह कैसे भूल गए कि अभी कौरव स्त्रियां शेष हैं? इतना निर्मम संहार करते समय आदि एक संहारास्त्र इस ओर भी चला दिया होता, तो न तुम यह पीड़ा भोगते, न हम? यह भूल कैसे हुई तुमसे!"

और युयुत्सु थरथराकर रह जाते हैं। उत्तरहीन।

"क्या यह संभव है कि वह अस्त्र अब चला सको?" कोई एक दृष्टि। कोमल, सरल दृष्टि। युयुत्सु ने देखी है वह आंख। निःसन्देह कौरवकुल की ही कोई पौत्र-वधू होगी, सद्ययुवा!

'हे, ईश्वर!' बिलबिलाकर कह डालना चाहते हैं युयुत्सु, पर लगता है कि इस क्षण यह शब्द भी उनसे दूर हो गया है कहीं, बहुत दूर! इतनी दूर कि उसे होंठों तक खींच लाना भी युयुत्सु के लिए दुष्कर!

"तुम्हारी स्त्री भाग्यशाली है कौरव!" एक खामोश धिक्कार फिंका है युयुत्सु पर, "तुम योग्य निकले! संग्राम में पाण्डवों के पक्षधर बनकर तुमने राजनीतिक चातुर्य का प्रदर्शन किया।"

क्रूर, धिक्कृत हंसियों को एक सिलसिला लग जाता है।

और युयुत्सु के वंश में लड़खड़ाकर बेसुध हो जाना भी नहीं रहा? आश्चर्य?

बहुत हैं वे...बहुत हैं उनके प्रश्न...बहुत हैं उनके पक्ष? उनकी आयु भी प्रश्न। उनका मरण भी प्रश्न और वे स्वयं केवल प्रश्नाकार!

इन प्रश्नाकारों का उत्तर कौन देगा?

युयुत्सु गांधारी का कार्य पूरा करते ही माथा पकड़कर विचार-कक्ष में जा बैठे थे, प्रश्न और प्रश्न!

इस वृहद प्रश्नाकार बन चुके कौरवकुल का उत्तर किसी के पास नहीं है। न, धर्मराज के पास। न धर्म के पास और न ही अधर्म के पास!

पर यह उत्तर देना ही होगा। इस उत्तर को दिए बिना किसी के पास कोई राह नहीं। धर्मराज न दे सके, तब उस समय को देना होगा, जो इसका कारण बना है। उस हिंसा को भी देना होगा, जिसका परिणाम यह प्रश्न है। उस अहिंसा को भी देना होगा, जो इस परिणाम को थाम नहीं सकी।

पर कोई नहीं देगा। सहस्रों वर्ष बीत जाएंगे। सूर्य, आकाश, चन्द्र और नक्षत्र यह प्रश्न जुड़े हुए सृष्टि के माथे पर सदा ही खड़े रहेंगे... प्रश्न वे विधवाएं, वह संहार, वह अवस्था, झुलसा डाली गई प्रकृति, ममतामयी पृथ्वी का अपने ही बेटों द्वारा सुखा दी गई छातियां ये सब प्रश्न हैं!

समय प्रश्न!

हर समय, हर काल और हर इतिहास में इसी तरह उत्तरहीन रहने वाले प्रश्न!

हर जीव इनका उत्तरदायी! हर युग की मानव-प्रगति इन प्रश्नों की उत्तरदेय!

जब-जब कोई कुरुक्षेत्र पृथ्वी पर घटेगा, ये विधवाएं साक्षात् प्रकृति बनकर मनुष्य से उत्तर मागेंगी। जब-जब मनुष्य मदांध होगा, जब-जब सृष्टि-पुत्र, अपने ही निर्मित ध्वंसक खिलौनों से माता की गोद में खेलेंगे, तब-तब हर माता उनसे यही पूछेगी।

क्या कभी, किसी युग में मनुष्य इनका उत्तर देने में समर्थ हो सकेगा?

युयुत्सु को ज्ञात नहीं, पर इतना जानते हैं कि वह स्वयं उत्तरहीन हैं। उनका समग्रकाल उत्तरहीन है!

केवल यह निर्णय ले सके थेजब उस दिशा की ओर कभी नही नहीं जाएंगे। माता गांधारी से भेंट भी करनी हुई, तब उनसे भेंट-कक्ष में मिला करेंगे। वह सब असह्य होने लगा है।

युयुत्सु के भीतर उन पर व्यंग करता हुआ एक उपहास उठता हैअसह्य? पर इस असह्यता के कारण भी तुम बने हो युयुत्सु! युद्ध पक्ष के एक पक्ष! जब घोर समर सह्य हुआ था तुम्हें, तब समर परिणाम को लेकर यह असह्य भाव कैसे जनम आया तुममें?''

युयुत्सु का मन होता हैचीख पड़ें। अपने-आपको ही डपटकर चुप रहने पर बाध्य कर दें! बस करो! इन बेहूदा तर्कों का मेरे पास कोई उत्तर नहीं है।

''इसलिए ना कि उत्तर हो ही नहीं सकता!'' वह उपहास और तिलमिलाने वाली कड़वाहट के साथ मन में शब्द धारण कर लेता है।

युयुत्सु केवल छटपटाते हुए, बेबस! केवल पीड़ा झेलते और पीड़ा देते हुए।

कैसी अवश्विसनीय और विचित्र स्थिति हो गई है। मनुष्य स्वयं ही पीड़क बन गया हैस्वयं ही पीड़ित। नितांत अमानवीय चेष्टा!! कौन कहता है कि मनुष्य अन्धा नहीं होता! वह धृतराष्ट्र होकर भी धृतराष्ट्र हो सकता है और वह दुर्योधन होकर भी मानसिक रूप से अंधत्वपूर्ण हो सकता है!

किन्तु पाण्डवों को क्यों छोड़ जाते हो युयुत्सु? न्यायतुला पर एक पक्ष को लेकर ही तो नहीं विचारा जा सकता। इस वीभत्सता के दोषी केवल कौरव ही क्यों हैं, पाण्डव क्यों नहीं?

युयुत्सु उत्तर खोजना चाहते हैंउपने पक्ष का उत्तर! पर सहसा कुछ याद नहीं कर पाते। बस, व्यग्र भाव से चहल-कदमी करते रहते हैं कक्ष में। यही कुछ शेष रह गया है उनके पास।

केवल उनके पास ही क्यों? सम्भवतः सबके पास। केवल यही कुछ शेष है। राजा युधिष्ठिर हों, या विदुर! धृतराष्ट्र हों या संजय? कुंती हों अथवा गांधारी! सबका शेषउनका निःशेष भाव!

वर्ष बीते।

जो शेष था, उसे सहेजने की अनथक चेष्टाएं चलती रहींपर जो निःशेषता का भाव मन में समा गया है, उसे कैसे सहेजा जाता? कौन

सहेजता ? इस भाव ने राजा हो या भिक्षुक सभी को ग्रस लिया था। धृतराष्ट्र धीमे-धीमे असहज होने लगे थे। विरक्ति से अधिक पश्चात्ताप की पीड़ा ग्रसने लगी थी उन्हें। यही कुछ गांधारी के मन में। परिणाम बहुत पीड़ाकारक हुआ। राजा धृतराष्ट्र ने एक दिन घोषणा कर दी थी, "वन-प्रस्थान करेंगे वे।"

नगर की तरह जितना नगर-शेष था, वह बटोरे हुए कलरव से अचानक पुनः सन्नाटे में डूब गया।

युद्ध बीते पन्द्रह वर्ष हो चुके थे। राजा धृतराष्ट्र और गांधारी की इस पीड़ित मनःस्थिति में उनके साथ वन-गमन के लिए राजमाता कुंती भी तैयार हो गई थीं।

सब अचरज में थे। पाण्डवों से भी अधिक अचरज में। भला विजयी पाण्डवों की वैभवशालिनी माता में किसलिए यह विरक्ति जागी?

पर युयुत्सु ने जाना था, जितने विगत पन्द्रह बरसों में देखा था, उससे बहुत कुछ समझा। उससे भी अधिक पहचान करवाई थी स्वयं कुंती ने। इस युद्ध में कर्ण खोया था उन्होंने। अपराध हुआ उनसे या पाप? नहीं जानती थीं वह; पर दृष्टि निरंतर कहती थी। उन्हें अपराध-बोध ग्रस रहा है। विजयी पक्ष की माता होते हुए भी वह मातृपक्ष से पराजित हो गई थीं। उस सारी उपलब्धि के प्रति अजाने ही एक विरक्ति अथवा त्याज्य-भाव जनम आया था कुंतीभोज की बेटी में।

सभी ने बहुत कुछ कहा, समझाया; किन्तु अब कोई नहीं थमेगा। वे निराशा, पीड़ा, असह्यता की जिन-जिन तनावभरी स्थितियों को जतलाने लगे थे, उनका उत्तर न तो महाराज युधिष्ठिर ही दे सके थे, न ही कोई अन्य। निश्चित तिथि पर वे सब वन की ओर चल पड़े थे। नगरसीमा तक बड़ी संख्या में सब उन्हें छोड़ने गए, राजा भी और प्रजा भी। महात्मा विदुर ने भी उन्हीं के साथ प्रस्थान निश्चित किया था।

एक और रिक्तता से भर गया था हस्तिनापुर। उससे अधिक रिक्त हो गए थे विजयी पाण्डव और पराजय पक्ष की विधवा कौरव स्त्रियां। धीमे-धीमे इस आत्मपीड़ा से उबरकर एक बार पुनः सब कुछ संजोने-संवारने का क्रम चला; पर तभी असह्य प्राकृतिक परिवर्तनों ने एक नई दिशा ली।

वह रात!

युयुत्सु शयन के लिए शैया पर लेटे ही थे।

"कुमार! कुमार कहां है?" एक अकुलाहट-भरे स्वर ने चौंका दिया था उन्हें।

हड़बड़ाकर उठ पड़े थे युयुत्सुकौन है? क्या हुआ? वह सब पूछने-जानने का अवसर नहीं मिला था उन्हें। तीव्रगति से सहदेव ने प्रवेश किया था शयन-कक्ष में। वे आंधी की भांति एकदम युयुत्सु के पास आ पहुंचे थे। फिर थपेड़े की तरह समाचार दिया था उन्होंने, "भइया! बड़ी दुःखद घटना घटी। माता कुन्ती और गांधारी सहित पूज्य धृतराष्ट्र और विदुर वनाग्नि में समर्पित हो गए।"

युयुत्सु भयभीत उन्हें देखते ही रह गए। सहदेव का स्वर भर्राया हुआ था, बदन कांपता हुआ, "अभी-अभी, वन क्षेत्र से कुछ रक्षक आए हैं। उन्हीं ने महाराज युधिष्ठिर को समाचार दिया है।"

"चलो!" वह बिना कुछ कहे तीव्रगति से सभाकक्ष की ओर लपके। सभी एकत्र हो चुके थे उस समय तक। विधवाएं सधवाएं, कुल के सभी पुरुष। प्रमुख सभासद और नगर-नागरिक। सभी शोकग्रस्त।

नारद, वेदव्यास आदि अनेक ऋषि-महर्षि भी आ पहुंचे थे। शोकातुर राजा और परिवार को सांत्वना दी थी उन्होंने, फिर सम्पूर्ण समाचार भी दिया।

किस तरह स्वयं ही अग्नि समर्पित हुए थे वे। दावानल की पूर्व सूचना उन सभी को मिल चुकी थी; किन्तु उन्होंने अग्नि में भस्म होना ही श्रेष्ठ समझा। वे संसार मुक्त हुए।

युधिष्ठिर, भीम आदि शोक करने लगे थे, पर ऋषियों ने समझा-बुझाकर संतापहीन करने की चेष्टा की थी। अंत्य-कर्म के लिए प्रेरित किया था। वह सब भी हुआ, पर उन सभी को एक नई पीड़ा और पश्चात्ताप ने ग्रस लिया था। पाण्डव और शेष रहे कुरुजन सभी को इस दुःखद घटना के लिए एक नई ग्लानि ने ग्रस डाला।

इस सबके दौर में ही चल रही थी राजकीय अराजकता। हर दिन कोई-न-कोई नई घटना घटती, नया व्यवस्था प्रश्न उठता। समाज और नैतिकता पर नए-नए प्रश्नचिह्न लगाते। न्याय के मार्ग में जटिलतम स्थितियां पैदा होती रहतीं।

युद्ध की तुलना में यह जूझना अधिक डरावना सिद्ध हुआ था।

समय अपनी सर्पगति की तरह निरंतर घटनाओं की तीव्रगति में रेंगता रहा। हर घटना एक दंश बनी हुई, हर गति, गहन अवरोधों से जूझती, ऊबड़-खाबड़!

प्रकृति में हो रहे आश्चर्यजनक परिवर्तन कभी-कभी सभी को चौंकाते थे; किन्तु अब वे धीमे-धीमे भय का कारण बनने लगे थे। वैज्ञानिकों की निरंतर चेष्टाओं के बावजूद भय की ये स्थितियां सघन होती जा रही थीं। विभिन्न क्षेत्रों से आश्चर्यजनक ही नहीं, अद्1भुत समाचार मिल रहे थे। अनेक बार के ऐसे होते कि युयुत्सु ही नहीं, महाराजा युधिष्ठिर, भीम आदि उन पर अविश्वास कर उठते।

महायुद्ध बीते हुए लगभग तीस वर्ष हो चुके थे उस समय। इन तीस बरसों में शेष रहे मनुष्यों ने भगीरथ प्रयत्न करके विनाश को थामने की चेष्टाएं की थी। बहुविधि निर्माण-कार्य भी चला था। अनेक औषधियां बनाई जा चुकी थीं। उनका उपयोग विषाक्त धरती और जल पर किया जा रहा था। कहीं-कहीं अंकुर जनमने भी लगा था; पर कुछेक ऐसी अकल्पनीय स्थितियां बनने लगी थीं, जिन्हें लेकर वैज्ञानिक भी घबरा उठे थे।

अकल्पनीय प्राकृतिक परिवर्तनों ने जनक्षेत्रों को भयाक्रांत कर डाला। इस सीमा तक कि आए दिन राजा युधिष्ठिर की सभा में किसी-न-किसी क्षेत्र की अद्भुत सूचनाएं मिलने लगीं।

सूचना मिली थी कि उत्तर भरतखण्ड में तीव्रगति से आंधियां चल रह हैं और ये आंधियां धीघ्र ही कुरुजांगल, पांचाल, यहां तक कि दक्षिण भरत खण्ड तक फैल जाएंगी।

इन आंधियों के कारण असंख्य मकान ध्वस्त हो गए थे। वन-सम्पदा नष्ट होती जा रही थी। सैकड़ों ही स्त्री-पुरुष मारे गए थे। अनेक गुम थे। पशु-पक्षियों का भी बड़ी संख्या में अंत हो गया था।

सम्पूर्ण सभा अवाक् सुनती रही थी समाचार। सीमाक्षेत्र पर लगी पाण्डव सैन्य टुकड़ी के कुछ लोग भाग आए थे उन क्षेत्रों से। वे भयभीत थे, घायल भी। अनेक विक्षिप्तों की तरह बात करते हुए हंसते या रोने लगते। सुनने वालों को उनकी दशा और उनके द्वारा वर्णित समाचार ऐसे लग रहे थे जैसे वे किसी अपरिचित लोक की कथा कह रहे हों।

"आश्चर्य!" अजाने ही युयुत्सु के होंठों से निकल गया था।

"इसमें आश्चर्य जैसा कुछ भी नहीं है, राजपुत्र!" उनके पास ही शांत बैठे वैज्ञानिक ने कहा था। युधिष्ठिर ने देश-विदेश के अनेक वैज्ञानिक प्रकृति पर हुए अस्त्र प्रभावों को समाप्त करने के लिए बुला रखे थे। वे निरंतर प्रयोग करते रहते थे, उन्हीं में से एक बोल पड़ा था।

युधिष्ठिर ही नहीं, सभी का ध्यान उसी की ओर आकृष्ट हुआ।

वैज्ञानिक ने पुनः अपनी बात दोहरा दी थी, "जो आप सब सुन रहे थे हैं राजन्! उसमें आश्चर्यजनक कुछ भी नहीं है।"

'आप क्या कहना चाहते हैं विज्ञानी?" संजय ने प्रश्न किया।

"यही कि युद्धास्त्रों के प्रभाव से पृथ्वी तनिक भी मुक्त नहीं हो सकी है।" वैज्ञानिक ने बतलाया था, "ऐसे ही वेगवती आंधियों का चलना स्वाभाविक है। केवल यही नहीं, इससे भी भयावह विनाशकारी स्थितियों का सामना करने के लिए मानव-जाति को तैयार रहना चाहिए।"

"क्या-क्या आशंकाएं हो सकती हैं, बतला सकेंगे?" युधिष्ठिर ने गम्भीर होकर प्रश्न किया था।

वैज्ञानिक ने उपस्थित सभाजनों को यहां से वहां तक देखा फिर एक गहरा श्वांस लेकर बोला, "क्षमा करें, पाण्डवश्रेष्ठ! उचित यह होगा कि इस सन्दर्भ में एक विशेष सभा कर ली जाए। इस तरह सार्वजनिक रूप से प्रकृति के आगत परिवर्तनों को लेकर चर्चा न की जाए, तो जनहित में उचित होगा।"

युधिष्ठिर चुप हो रहे। युयुत्सु ने वैज्ञानिक की आंखों में उभर आई उस सफेदी को भलीभांति देखा, जिससे स्पष्ट प्रकट हो रहा था कि वह आगत समाचारों के रूप में बुरे समाचार देने वाला है।

युधिष्ठिर ने तुरंत ही अलग से एक वार्ता करना निश्चित किया। लगभग एक पहर बाद निश्चित किए गए व्यक्ति उस वार्ता सभा में उपस्थित हुए। वैज्ञानिक अपने साथ अन्य वैज्ञानिक को भी ले आया था।

मुख्य वैज्ञानिक ने कहा था, "पहले मैं यह स्पष्ट कर दूं महाराज कि कुछेक प्राकृतिक परिवर्तन ऐसे होने वाले हैं, जिनका उपचार विज्ञान की सीमा में नहीं है या यों कह लीजिए कि विज्ञान ने अपनी अति-सीमा पर पहुंचकर ही उन विध्वंसकारी स्थितियों का निर्माण कर डाला है। उनसे बिना विनाश के मुक्ति असम्भव है।"

"भय सृष्टि मत करो, वैज्ञानिक! सब कुछ सहज ढंग से कह डालो!" युधिष्ठिर बोले। स्वर ऐसा था, जैसे किसी गुहा से बोल रहे हों। चेहरा इतना आभाहीन,जैसे सूर्य प्रभाहीन होता जा रहा था।

"राजन्!" एक अन्य बोल पड़ा था, "हम भयग्रस्त करने की चेष्टा नहीं कर रहे, किन्तु जितना विज्ञान के साधनों से जान-समझ सके हैं, वही कह रहे हैं, जिस भयग्रस्त मानसिकता से हम स्वयं हैं, उससे परे होकर आप सभी को सूचना भी क्या दे सकते हैं हम?"

"आप लोग कहें, फिर उपचार बताएं।"

"उपचार के लिए कुछेक चेष्टाएं भर शेष रही हैं महाराज!" वृद्ध वैज्ञानिक ने युधिष्ठिर की बात काट दी थी, "जिन चेष्टाओं के लिए हम निवेदन कर रहे हैं वे भी चेष्टाएं ही हैनिश्चित बचाव नहीं।"

दूसरे ने कहा था,! नक्षत्र विज्ञान के आधार पर जितना जो कुछ मैंने ज्ञात किया है राजन्! उसके अनुसार शीघ्र ही सूर्य की सम्पूर्ण आभा लुप्त होने वाली है। भयावह अस्त्रों ने जिस गति से पृथ्वी और वायुमण्डल में विस्फोट किए हैं, असहज ढंग से जलवृष्टि करवाई है, वरुण गति को उत्तेजना दी है, वायु को अनियंत्रित किया है उसने सहज प्रकृति चेष्टाओं

को नष्ट-भ्रष्ट कर डाला है। इन स्थितियों के कारण विभिन्न लोक आक्रांत हुए हैं। उनकी सहज गति प्रभावित हो गई है। उनसे उल्काखण्ड टूट चुके हैं या टूट-टूटकर गिरने वाले हैं। यह सभी कुछ सहजता को असहजता की देन है। इसे थाम पाने की चेष्टाएं भर हमारे वश में है। कितना थाम सकेंगे, कब तक थाम सकेंगे, यह अनिश्चित।"

अर्जुन ने चिन्तातुर प्रश्न किया था, "तब क्या यह समझा जाए कि हम एक और युद्धसंहार देखने वाले हैं?"

"उससे भी अधिक वीभत्स स्थिति की आशंका है धनंजय!" वैज्ञानिक ने उत्तर दिया था, "और हम उस स्थिति को थाम तो नहीं सकते; किन्तु चेष्टा कर सकते हैं। मेरी विनम्र प्रार्थना है कि उन चेष्टाओं से अधिक चेष्टाएं होनी चाहिए रक्षा के लिए। अब स्वयं को बचाना ही हमारी चेष्टा होनी चाहिए इसी में शुभ है।"

तनाव बिखर गया था सब ओर। हर चेहरा धुंधलाया हुआ। ज्योतिहीन। लगता था कि प्रश्न करने के लिए भी कुछ शेष नहीं रहा है। उत्तर देने के लिए भी अशेष।

युधिष्ठिर ने कुछ क्षण विचार किया, फिर निराश स्वर में कहा था, "तब वैसा ही हो। यथासम्भव वे भी साधन जुटाए जाएं जो मानव-जीवन की रक्षार्थ आवश्यक और सम्भव हैं।" फिर वह वैज्ञानिकों की ओर मुड़े थे, "आपकी सम्मति उपयुक्त है। अब कृपाकर उन साधनों के बारे में विचार कीजिए, जिनसे जीवन-रक्षा हो सकेगी।"

वैज्ञानिकों ने स्वीकृति दी थी।

छोटी-सी सभा, ढेर-सी चिन्ताएं देकर समाप्त हुई।

"यह सब तो बहुत पहले विचार लेना चाहिए था।" युयुत्सु के भीतर कुछ शब्द उबल आए थे, "उसी क्षण, जिस क्षण सर्वज्ञानी वेदव्यास ने इस आगत संहार की सूचना दी थी।"

"किन्तु युधिष्ठिर तो थे नहीं उस समय।" युयुत्सु ने अपने को ही उत्तर देकर शांत करना चाहा था, "युधिष्ठिर कहां जानते थे कि अधिकार युद्ध में अनाधिकार भाव से निर्दोषों की जीवनबलि दे बैठेंगे?"

"मनुष्य ने मनुष्य को जो मृत्यु दी थी, अब प्रकृति वह सब देगी।" मन ने कहा था, "और प्रकृति से शक्तिशाली कुछ भी नहीं है युयुत्सु! वह जीवनदात्री है तो असहज ढंग से मृत्युदाता भी हो सकती है।"

दिन बीतते जा रहे थे।

वैज्ञानिकों ने बचाव की चेष्टाएं जुटानी आरम्भ की थीं। युयुत्सु मंत्र-मुग्ध से स्वयं भी उन सबको जुटाने में हिस्सेदार बने रहते। अन्य पांडव भी। बड़ी संख्या में स्त्री-पुरुष, बालक-वृद्ध सभी जीवन सहेजने के साधन जुटाने लगे थे। वैज्ञानिकों ने जो-जो आशंकाएं प्रस्तुत कर दी थीं। हर आशंका के अनुसार साधन जुटाए जा रहे थे।

बड़ी मात्रा में दूर-दूरंत से साधन जुटाया जा रहा था। दिन-रात असंख्य वाहन, रथ इसी कार्य में लगा दिए गए। फिर वैज्ञानिकों द्वारा सूचनाएं दी गई थीं, "जलस्रोत सूख सकते हैं। अतः यथासम्भव उन्हें सक्रिय रखने की अग्रिम चेष्टा की जाए।"

कुओं की बड़ी में गहरी खुदाई की गई। प्रयत्न यह था कि गहरे और गहरे खोदने के कारण अधिकाधिक स्रोत सक्रिय रह सकेंगे।

वातावरण में ऊष्मा संख्या बढ़ती जा रही थी। इस बढ़ती ऊष्मा को शांत करने के लिए नई चेष्टाएं प्रारम्भ हुई। ऐसे वैज्ञानिक साधन जुटाए जाने लगे जो शीतलता को बनाए रख सकें। एक आपाधापी मच गई थी सम्पूर्ण राज्य और भरत-खण्ड के अनेक राज्यों में।

आंधियों का विस्तारक्षेत्र बढ़ता जा रहा था। जैसी कि आशंका थी, उसी के अनुसार आंधियों का समय-कुसमय, तीव्रतम गलियों से वनों-नगरों में चलना प्रारम्भ हुआ। आए दिन दुर्घटनाएं होने लगीं। पुराने घर गिर गए, अनेक वृक्ष धराशाई हुए। आंधी कब आएगी, किस गति से आएगी यह अनुमान करना भी असम्भव हो गया था। वैज्ञानिक यंत्र काम नहीं करते थे। दृष्टि आकाश के क्रमशः धूमिल होते जाते रंग के कारण कुछ समझ पाने में असमर्थ थी। बिना आंधी के भी आकाश उसी तरह बदरंग रहता था, जैसा आंधी के समय होता।

सैनिकों, सेवकों और राज्य के अन्य विभागीय कर्मचारी को जीवन-भय ने इतना व्यग्र और उत्तेजित कर दिया था कि वे अनुशासनहीन होने लगे।

जिसे जहां तैनात किया जाता, वह बचाव के लिए वहां से गायब हो जाता। किसी विशाल भवन या सार्वजनिक स्थान पर किसी भी क्षण आ जाने वाली दैत्यगति की आंधी से बचाव के लिए छुप जाया करता। दिन-रात ऐसी ही भयावह स्थितियां बढ़ती जा रही थीं। जो सैनिक दण्डित किए जाते, वे असन्तुष्ट होकर बकवास करने लगते। एक नई अराजकता जनमने लगी थी।

और इस अराजकता के कारण घोर जर्जरावस्था पर पहुंच चुकी थी समूची राजकीय और सामाजिक व्यवस्था।

मृत्यु आंधी की ही गति से पास और बहुत पास आती जा रही है। इस भय ने एक नई मनःस्थिति को जन्म दे दिया। यह मनःस्थिति थी जीवन के शेष समय को श्रेष्ठतम और विलासी ढंग से जी जाने की। परिणाम में कितने ही बलात्कार और हत्याओं की घटनाएं घटने लगीं। अनेक स्त्री-पुरुषों में सार्वजनिक-स्थानों पर ही भद्दी और कामुक चेष्टाएं होने लगीं। हर चेहरा व्यग्र, हर आंख अपने ही प्रति अविश्वास में डूबी हुई। हर व्यक्ति स्वार्थ के उस चरम पर पहुंचा हुआ, जहां न समाज-सम्बन्ध रह जाता है, न, किसी तरह का आत्मसम्बन्ध! सब ही किसी तरह जीने या जी भरकर जी जाने की एक पागलपन-भरी मनःस्थिति भोगते हुए।

और तभी एक नई परिस्थिति आई। युयुत्सु प्रातः जागे ही थे कि सेवक समाचार लाया, "कुमार! निवास के सभी जलस्रोतों की धार क्षीण हो गई है।"

युयुत्सु उठे। शब्द गले में ही चिपके रह गए। जैसे तैसे उन्होंने बोल न पाने की स्थिति के कारण थूक को निगलकर भीतर ही गटक लिया। स्तब्ध से समाचार लाने वाले सैनिक को देखते रह गए।

कुछ पल बाद सहज हुए। साहस संजोयाउठे। कहा, "तुम चलो। मैं आता हूं।"

पहुंचे तब पाया कि भवन के विभिन्न कक्षों में लगे जल-स्रोतों की धारें क्षीण ही नहीं समाप्तप्राय थीं। चिन्ता और भय ने व्यग्र कर डाला उन्हें।

जिस चेहरे की ओर दृष्टि उठती, लगता कि सभी चेहरों पर मृत्युभय ने कालिख पोत रखी है। सेवक-सेविकाओं से लेकर परिवारजन भी चिन्ताग्रस्त! कुछ कह नहीं सके थे। कहने के लिए कुछ शेष भी नहीं था। वैज्ञानिक का आशंकित भय सत्य होने जा रहा था।

कुछ समय बाद राजसभा के लिए तैयार होकर निकले तो रास्तों पर वही भय और व्यग्रता पाई। सारथी ने समाचार दिया था, "कौरव-सुत! सम्पूर्ण क्षेत्र में जलस्रोत सूखने लगे हैं। महाबली भीमेसन अभी-अभी विशेष विमान से गंगा की ओर गए हैंकुछ वैज्ञानिक भी साथ हैं। जल शोधन करके वे शीघ्र ही जल लाएंगे।"

युयुत्सु ने केवल सुना। कुछ कहा नहीं।

रथ दौड़ता रहा। युयुत्सु भयग्रस्त स्त्रियों और बालकों को विस्फरित नेत्रों से अपनी ओर देखते हुए पा रहे थे। अभी रथ सभागृह की ओर मुड़ सके, इसके पहले ही एक युवती इस गति से रथ की ओर दौड़ती आई कि चालक हड़बड़ा गया। जैसे-तैसे रथ थामा। आवेश में चीखा, "जीवन-मोह नहीं है क्या देवी!'

वह हांफ रही थी। क्रोधित, आग्नेय दृष्टि से चालक और युयुत्सु को देखती हुई, "जीवनमोह? कहां है जीवन, जिससे मोह होगा?"

चालक ने अकुलाई निगाहों से युयुत्सु को देखा।

युयुत्सु कुछ कहें, इसके पूर्व ही वह युवती जैसे प्रलाप करने लगी थी, "कुरुकुमार! उत्तर दो, हमें इस तरह क्यों हत किया जा रहा है? अस्त्रों से हम सबका संहार कर दो। ठीक उसी तरह, जिस तरह तुमने मेरे पिता, पति, भाई को युद्ध में मारा होगा।"

"शांत हो, देवी!" युयुत्सु ने उसे चुप करने की चेष्टा की थी, "तुम जिस कष्ट से गुजर रही हो, हम सब वही भोग रहे हैं। उत्तेजना और पीड़ा से कोई समस्या हल नहीं हो सकती। हमें धैर्य.."

"धैर्य!" वह पागलों की तरह हंसी, "धैर्य! यह शब्द जाल किसे सुना रहे हो, राजपुत्र! हमें धैर्य नहीं जल चाहिए, वायु चाहिए, जिससे जीवन मिले। हमें उपदेश नहीं भोजन चाहिए। तुम यह आडंबर बंद करो!

जो राजा, प्रजा की जीवनरक्षा नहीं कर सकता, उसे जीवित रहने का कोई अधिकार नहीं है।"

"स्त्री!" युयुत्सु चीख पड़े थे, "उत्तेजना और व्यग्रता में यह मत भूल कि महाराज युधिष्ठिर को लेकर तू अशिष्ट सम्भाषण कर रही है।"

वह स्त्री हंसी, "महाराज युधिष्ठिर!" शब्द इस तरह निकले थे उसके होठों से जैसे उसने थूका हो।

युयुत्सु तिलमिलाकर रह गए। सारथी चिल्लाया, "मार्ग छोड़ स्त्री!"

वह स्त्री मार्ग से हटे इससे पूर्व ही एकत्र भीड़ से अनेक सम्मिलित स्वर उठे थे, "उस स्त्री ने ठीक ही कहा है कौरव कुमार! जो राजा अपनी प्रजा की जीवन रक्षा नहीं कर सकता, उसे जीवित रहने का कोई अधिकार नहीं हैं।"

और इसके पूर्व कि युयुत्सु कुछ कह सकें, भीड़ से कोलाहल होने लगा था, विद्रोहपूर्ण कोलाहल! कई आवाजें आ रही थीं। हर आवाज एक ऐसा सवाल, जिसका उत्तर युयुत्सु ही क्या, पाण्डव पक्ष के किसी व्यक्ति के पास कुछ नहीं था।

वे चीख रहे थे, "नदियों का जल तक सूखने लगा है। तुम्हारे युद्धास्त्रों ने सामान्य जन को जीते जी मृत्यु की अग्नि में झोंका है राजपुत्र!",

"खेतों में अन्न पैदा नहीं होता। समूची पृथ्वी अंगार बना छोड़ी है तुम युद्धजों ने।"

"धिक्कार! धिक्कार है तुम सब पर।"

युयुत्सु बोले थे, "मार्ग छोड़ो।" फिर इसके पहले कि भीड़ में कोई प्रतिक्रिया हो, उन्होंने सारथी को आदेश दिया था, "रथ चलाओ!"

रथ चला। भीड़ भयग्रस्त होकर हटी, फिर मार्ग साफ हो गया। रथ दौड़ने लगा था, किन्तु भीड़ अब भी पीछे चीख रही थी। राजमार्ग तक चीखते आए थे वे सब और युयुत्सु पराजित मनःस्थिति में इस तरह भागते हुए, जैसे वे चीखें ही उन्हें हथियारों की तरह जगह-जगह से घायल किए डाल रही हैं।

राजमार्ग पर बड़ी संख्या में तैनात सैनिकों ने उस भीड़ को जैसे-तैसे थाम लिया था, पर युयुत्सु उन उत्तेजनापूर्ण चेहरो को अपने सामने से नहीं हटा पा रहे थे।

रथ की गति अब सहज हो गई थी। राजमार्ग! निष्कंटक राजमार्ग सामने बिछा हुआ था।

किन्तु क्या सचमुच निष्कंटक रह गया है राजमार्ग?

नहीं! युयुत्सु के अपने ही भीतर से उत्तर उछला था।

रथ सभाद्वार पर आ ठहरा। युयुत्सु उतरे और उसी तरह व्यग्रतापूर्वक भीतर समा गए।

सभा में प्रतिदिन की तरह प्रकृति के निरंतर बढ़ने जा रहे प्रकोप को लेकर चर्चा उठती रही थी। समाचार आए थे कि पश्चिमी सागर में जल असंयत ढंग से उछालें ले रहा है। इतनी गति से तूफान कभी नहीं उठे थे उस सागर में। कारण वायुमण्डल पर युद्धास्त्रों का प्रभाव!

सूर्य की ज्योतिहीनता बढ़ते-बढ़ते सूर्य को ही लुप्त किए दे रही थी। चन्द्र एवं अन्य ग्रह-नक्षत्र रात्रि और दिन में भी दीखने लगे थे। भरतखण्ड की बहुतेक दिशाओं में उन्हें एकसाथ देखा जा रहा था।

उत्तर दिशा की नई सूचना यह थी कि शीत-प्रकोप बढ़ता जा रहा है। अनेक स्थानों पर शीत इतनी बढ़ गई है कि मनुष्य और पशु-पक्षी गल रहे हैं। कुछेक नई सूचनाएं भी थीं, जिनके अनुसार कोष का खाद्यान्न भी जल्दी ही चुक जानेवाला था। अकाल की स्थिति! अनेक क्षेत्र अकालग्रस्त होकर जल-विहीन हो चुके थे। सैकड़ों ग्रामों से स्त्री-पुरुष भाग रहे थे। वे नहीं जानते थे कि कहां जा रहे हैं, किसलिए जा रहे हैं? लगता था कि अकाल एक प्रेत की तरह निरंतर उनका पीछा कर रहा है, करता ही जा रहा है।

वनवासी जातियों में विभिन्न बीमारियाँ फैल गई थीं। इन बीमारियों के कारण सहस्रों लोगों की जानें जा चुकी थीं, जा रही थीं। उपचार करने वाले भी समाप्त होते जा रहे थे। अनेक रोग ऐसे थे, जो इससे पूर्व कभी सुने-जाने नहीं गए थे!

नाशचक्र।

इस नाशचक्र का ही वर्णन करते-सुनते रहे थे सब लोग। उपचार के नाम पर कुछ नहीं। केवल एक विश्वास! ईश्वर! अनंत! तुम रक्षा करो।

नगर और नगर-क्षेत्र से बाहर भी अनेक राज्यों की सूचनाएं यह भी थीं कि प्रजा विद्रोही होने लगी थी। यहां वहां अनेक राजाओं, प्रशासकों को घेरकर उत्तेजित लोगों ने केवल प्रश्न ही नहीं किए थे, उन पर आक्रामक प्रहार प्रारम्भ कर दिए थे। बहुतेक अधिकारियों को मार भी डाला था।

युयुत्सु को कुछ भी विचित्र नहीं लगा था। चुपचाप सुनते रहे थे वह। तर्कातर्क और सूचनाएं। हल के नाम पर कुछ भी नहीं।

वह दिन बीता। इसी तरह हर दिन बीतता रहा। समस्याएं और समाचार उग्र और उग्र होते गए, फिर नए प्राकृतिक परिवर्तन प्रारम्भ हुए, इन परिवर्तनों ने जीवन की शेष रही आशा को भी निराशा में बदल दिया!

जितना, जो कुछ सम्भव रह गया है, किया जाता है, पर सब जानते हैं कि प्रकृति की अपार शक्ति के सामने इस किए-धरे का कोई विशेष अर्थ नहीं है।

सभा होती है। सब एकत्र भी हो जाते हैं, पर कर पाने के लिए यथा-शक्ति चेष्टाएं भर रही गई हैं। नगर, बस्तियों और बाहर के अनेक जनक्षेत्रों से आए दिन प्रकृति द्वारा जीव-नाश के समाचार मिलते रहते हैं। अनेक बस्तियां खाली हो चुकी हैं। लोग जन-क्षेत्र छोड़कर वनों में भाग गए हैं; पर वहां भी सुरक्षित नहीं रह सके।

अन्न चुकता जा रहा है। घोषणा की गई है कि यथासम्भव अन्न कम खाएं। जीवन कम खाने से रक्षित रहेगा। शरीर शक्ति भले ही क्षीण हो जाए, किन्तु श्वांसे चलती रहेगी! घोषणा करनेवाले न रो पाते हैं, न हंस पाते हैं। सुनने वालों की भी यही दशा!

समाचार मिला था कि विराटनगर में स्थिति भयावह हो गई है। वहां रातों को लोग सो नहीं पाते। भूखे कीड़े-मकोड़े बदन काटने लगते हैं, जो पशु, पक्षी मांसभक्षी नहीं थे, वे भी मांसभक्षण करने लगे हैं। अनेक सड़ा-गला मांस खाकर या तो मर जाते हैं या किसी बीमारी का कारण बनते हैं।

आंधियों का वेग बढ़ता ही जा रहा है। सूर्य के गिर्द बहुरंगी कबंध घिरे रहते हैं। चमगादड़ों को अंधेरा नहीं मिल पाता। परिणातः वे नगर

मार्गों, भवनों और बस्तियों में घूमते, वार्ता करते लोगों पर आक्रमण कर बैठते हैं।[1]

जल जहां-तहां से ढोकर लाया जाता है, पर लगता है कि कुछ दिनों बाद यह भी कठिन होने लगेगा।

शस्त्रागार अब भी भरे पड़े हैं। दुर्योधन ने इतनी मात्रा में संहारक अस्त्र जुटा रखे थे कि वह उस वीभत्स युद्ध से आगे भी एक युद्ध लड़ने में काम आ सकते हैं। युयुत्सु का मन होता हैहंसे! पर हंसी होंठों से नहीं फूट पाती। इसके विपरीत एक खिसियाहट उभरती है चेहरे पर। जीवन बटोरना जिनका धर्म था, वे मृत्यु बटोरने लगे! इस सीमा तक बटोरी कि स्वयं ही मृत्युमुख में जा गिरे। जीवन के सामने छोड़ गए एक ऐसा मरण जो तिल-मिल मनुष्य ही नहीं जीवमात्र को निगलता है।

एक बार निराश, थके, थरथराते स्वर में भीम पूछने लगे थे, "अब क्या होगा भइया?"

युधिष्ठिर ने आंखें मूंद ली थीं। एक गहरा श्वांस लिया। चुप रहे। यह चुप ही उत्तर है।

चुप और केवल चुप। चुप ही जीवन और चुप ही मृत्यु! कैसी विचित्र और भयावह स्थिति। उत्तरहीन हैं सब। अपने ही प्रश्नों से अपने आपमें उत्तरहीन!

---

1. 'महाभारत' में वर्णित इतिहास-कथनों को लेकर यदि अलौकिकता की भूले-भटके कल्पना हो भी जाती है तो वह केवल मूल संस्कृत में लिखित इस ग्रन्थ और उस काल के सभी ग्रन्थों में उपयोग किए जाने वाले रूपकों के कारण है किन्तु ये रूपक न तो अस्वाभाविक हैं और न ही अतिशयोक्तिपूर्ण। वैज्ञानिक दृष्टि से देखे-समझे जाने पर इन रुपकों का सत्योद्‌घाटन सुविधा से किया जा सकता है।

   द्वितीय विश्वयुद्ध में हिरोशिमा और नागासाकी पर गिराए गए एटम बम के वीभत्स परिणाम और बरसों तक होता रहा संहारकारी प्रभाव सबका जाना-सुना या देखा हुआ है। कुरुक्षेत्र युद्ध के 36 वर्ष बाद युधिष्ठिर के राज्य (यानी सम्पूर्ण भारत) में जो कुछ होने लगा था, उसका वर्णन महाभारत कार ने इस तरह किया है

   धूल उड़ाती हुई आंधियां चल रही थीं और बड़ी-बड़ी नदियों का जल सूख चुका था। सारी दिशाओं में कोहरा फैला हुआ था। अंगार बरसाती हुई उल्काएं आकश से गिरती थीं। धूल के मारे सूर्य का प्रकाश गायब हो गया। सूर्य और चन्द्र में तेज नहीं रह गया था। उनके मण्डलों पर लाल, काले और बैंगनी रंग के कबन्ध दीखने लगे थे....(मौसल-पर्व के पहले अध्याय में श्लोक-क्रम 1 से 8 तकवैशम्पायन का जनमेजय से कथन)।

अनेक बार जनपथ से गुजरते हुए युयुत्सु ने देखा है, बहुतेक स्त्रियां, पुरुष या बालक भूख और दुर्बलता के कारण लड़खड़ा जाते हैं। अनेक शक्तिहीन होकर बेसुध धरती पर गिर भी पड़ते हैं।

स्त्रियों की शृंगार, सुरुचि में कोई रुचि नहीं रही है। पुरुष क्रमशः पौरुष तेज से रिक्त होते जा रहे हैं। युयुत्सु जब-जब अपने-आपको और अन्य किसी को देखते हैं, लगता है कि वे सभी क्रमशः पास आते जा रहे मृत्यु देवता को झेल पाने के लिए अपने-आपको जोड़ने-सहेजने की कोशिश में रत रहते हैं।

कब तक चलेगा यह सब? सबके भीतर यही प्रश्न है। यही स्वर एक यही पीड़ा और यही आशा या निराशा।

हर होंठ पर ईश्वर का स्मरण है। हर क्षण एक प्रार्थना बना हुआ। वैज्ञानिक टकटकी बांधे हुए पागलों की तरह आकाश को देखते हैं, जैसे प्रश्न कर रहे हों, "क्या होगा प्रभु?"

और सूर्य के गिर्द घिरे हुए कबंध हंसते हैं। लगता है कि धूलभरी आंधी जब स्नान करवा देती है उन्हेंतब प्रकृति उत्तर देती है। उपेक्षा और तिरस्कार से कहती हुई, "बोलो, विज्ञानी! नाश रोपण का बीज बो देने के बाद जन्म रोपण किस तरह होगा? बतलाओ! तुम तो विज्ञान दंभ में अनंत को भी बिसराए रहे? अब उस अनंत की लीला को पुनः पृथ्वी पर संयोजित करो?"

ठहाकों की तरह उल्कापात होता है। प्रकृति का विद्रूप हास्य! इस हास्य के तले कितने जीव-जड़ थरथराकर नष्ट हो जाते हैं? एक बार युयुत्सु ने थके हुए वृद्ध कृपाचार्य से प्रश्न किया था, "महात्मन्! आप अस्त्रज्ञ ही नहीं, अनेकानेक संहारक अस्त्रों के जन्मदाता भी रहे हैं? कृपा कर बतलाएं, क्या ऐसा कोई अस्त्र मनुष्य बना सका है या बना सकता है, जो पुनः जीवन को आयोजित कर सके?"

और कृपाचार्य रिक्त दृष्टि से देखते रह गए थे युयुत्सु को। लगा था कि प्रश्न ने अधिक ही थका डाला है उन्हें! उससे कहीं अधिक अचकचा दिया हैं!

"देव!" युयुत्सु कुरेदे गए थे। चिढ़े, बौखलाए और अवश भाव से अनियंत्रित होते हुए, "यदि अस्त्र रक्षा के अतिरिक्त नाश के लिए भी बनाए जाते हैं तब क्या कोई ऐसा अस्त्र बनाया जा सकता है जो प्रकृति से अधिक नाशकारी हो? देखिए, यह धुंधलाया हुआ सूर्य, आश्चर्यचकित करती दैत्यशक्ति से भरपूर विनाशकर आंधियां, सूखे पत्तों की तरह आकाश से झरती अग्नि बनी हुई उल्काएं! यह सब विज्ञान बना सका है कभी?"

कृपाचार्य केवल सुनते रहे! युयुत्सु को लगा था कि वह उत्तर नहीं दे सकेंगे। विनाश के आयोजक भी भला कभी कोई उत्तर दे सके हैं? जब-जब नाश होगा, तब तब संहारास्त्रों के ये जन्मदाता मृत्यु-प्रतीक्षा करती भीड़ में इसी तरह घिरे खड़े होंगेउत्तरहीन!

युयुत्सु कतराकर चले आए थे। परस्पर यह कतराना अब स्वभाव बन गया है। सब एक-दूसरे से कतराऐ हुए हैं। सब किसी-न-किसी अंश मात्र में इस विनाश का दोष मढ़ते हुए और दोष अनुभव करते हुए। कौन किससे क्या पूछेगा? और कौन, किसे क्या उत्तर देगा?

युयुत्सु को लगता है कि एक दिन यह मृत्युभय कम हो जाएगा। यहां तक कम कि समाप्तप्राय। न कोई किसी से कुछ पूछेगा, न कोई किसी से कतराएगा या दोषारोपण करेगा। यहां तक कि वे सब निर्लज्जता का भाव ओढ़कर परस्पर देखने, मिलने-जुलने लगेंगे। न जन्म पर पीड़ित होंगे, न मृत्यु उन्हें दुःख देगी। मृत्यु-दर्शन करने और मृत्युभय झेलते-झेलते मृत्यु निर्णय तक जा पहुंचने की मानव-मनःस्थिति में यही तो होगा।

किन्तु युयुत्सु फिर भी डरते रहेंगे। हो सकता है कि उनकी तरह कुछ और लोग भी हों, जो सदा भयभीत रहें। यह भय उनके अपने लिए नहीं होगा। यह भय होगाउन बालक-बालिकाओं के लिए जो टुकर-टुकर उन्हें देखेंगे। वे आंखें प्रश्नहीन भी होंगी। उत्तरहीन भी। नासमझ आंखे! भोली और सरल आंखें!

ये आंखें डरा दिया करेंगी! सबको डराएंगी। उन्हें भी, जिन्होंने मृत्यु-साधना की है और उन्हें भी, जो मृत्यु दर्शन कर रहे हैं।

यह भय निरंतर रहेगा। सघन होता जाएगा। हर मृत्यु को कष्टकर बना देगा!

इस कष्ट का उस समय अनुभव किया था युयुत्सु ने, जब एक दिन वह अनायास ही बालक परीक्षित को अपनी ओर मुसकुराता देख बैठे थे। उसने युयुत्सु को देखते ही उनके सामने पहुंचकर अपनी बांहें फैला दी थीं, ''पितृ!''

युयुत्सु ने देखा, फिर कांपे, फिर सहमे और सहसा डरकर एकदम मुड़ गए। परीक्षित ने उन्हें पुकारा भी था; किन्तु युयुत्सु मुड़कर देखने का साहस भी नहीं कर सके!

कायरों की तरह भागते ही चले आए थे अपने निवास-गृह में। हांफते हुए माथा पकड़कर बैठ गए थे शैया पर, फिर वही कराह, ''हे, अनंत!''

भरत-खण्ड के विविध क्षेत्रों और राज्यों की दशा लेकर सूचनाएं दी जा रही थीं महाराज युधिष्ठिर को।

वे सब चुपचाप सुन रहे थेशिलावत्।

तभी सैनिक ने प्रवेश किया था, ''महाराज! द्वारकापति श्रीकृष्ण और बलदेव अब नहीं रहे। सूचना लेकर अभी-अभी एक यादव सैनिक आया है।''

उन्होंने सुना। लगा था कि सभा में एक विशाल उल्का गिरी है। सबके भीतर चीखें जनमी थीं, पर घुटकर रह गईं। युधिष्ठिर ने सम्पूर्ण संयम से काम लिया था। बोले, ''सन्देशवाहक को भेजो सैनिक!''

सन्देशवाहक उपस्थित हुआ। विस्तार से उसने जो कुछ बतलाया था, उसके अनुसार उसे मृत्युपूर्व श्रीकृष्ण ने ही भेजा था। अर्जुन के लिए सन्देश दिया था कि तुरन्त आएं और स्त्रियों तथा बालकों को सुरक्षित स्थान पर पहुंचा दें। वृष्टि, अधंक और यादवों में परस्पर संग्राम हो गया था। इसी बीच प्रकृति अपना काल-ताण्डव भी कर रही थी। वे सब कीड़े-मकोड़ों की तरह आपस में ही लड़कर मरे थे।

देर तक विश्वास करने को मन नहीं चाहा, पर सन्देशवाहक बोला था, ''महात्मा कृष्ण ने स्वयं ही मुझे सन्देश दिया था कि आप तक यह समाचार पहुंचा दूं।''

अभी वह बात पूरी कर सके कि उत्तेजित-अविचलित मनःस्थिति में धनंजय उठ खड़े हुए। तमतमाए स्वर में प्रश्न किया, "सैनिक! तुमको जब स्वयं वासुदेव ने सन्देश देकर भेजा है, तब यह कैसे कह सकते हो कि वह नहीं रहे?" युयुत्सु को लगा था कि श्रीकृष्ण को लेकर मिले अशुभ समाचार ने धनंजय को बुरी तरह झकझोर डाला है। संभवतः सबसे अधिक प्रताड़ित, पीड़ित वही हुए थे।

सन्देशवाहक ने स्पष्ट किया, "क्षमा करें कुंतीसुत! कोई प्रश्न करने के पूर्व मेरा पूरा समाचार सुन-जान लें। मैं निवेदन कर रहा था कि महाराज श्रीकृष्ण ने मुझसे कहा था कि आप तक समाचार को इसी रूप में पहुंचाऊं, क्योंकि मेरे यहां पहुंचने तक वह मृत्यु को प्राप्त कर लेंगें। उसी आदेशानुसार मैंने वह कहा।"

कोई कुछ नहीं बोला था। कुछ क्षण बाद महाराज युधिष्ठिर ने कहा था, "धनजंय! तुम इसी क्षण द्वारका के लिए प्रस्थान करो! श्रीकृष्ण हमारी शक्ति थे, वह हमारे प्रिय सम्बन्धी, शुभेच्छु और महाज्ञानी थे। उनके परिजनों तथा प्रजा की रक्षा करना हमारा नैतिक और मानवीय दायित्व है!"

अर्जुन उठे। आदेश सिर-आंखों लिया। द्वारका प्रस्थान की तैयारियां कर ली गईं।

श्रीकृष्ण, बलदेव आदि के निधन-समाचार ने राजनिवास को शोकाकुल कर दिया था। उससे कहीं अधिक शोकाकुल हस्तिनापुर वासी हुए थे। युयुत्सु ने सन्नाटे में डूब गई कौरव राजधानी को देखा फिर कर्मरत हुए।

प्रतापी अर्जुन द्वारका से कुछ समय बाद लौटे। सारा नगर घिर आया था उनके स्वागत में। युयुत्सु ने देखा था कि अर्जुन अपने साथ बड़ी संख्या में विधवाओं, वृद्धाओं, बालक-बालिकाओं के साथ-साथ श्रीकृष्ण के पौत्र वज्र को भी साथ लाए थे।

वे स्त्रियां भयभीत, थकी हुई और जीवन से निराश लग रही थीं। बालक सहमे हुए और व्यग्र दीखते थे। स्वयं अर्जुन के चेहरे पर वह

तेज नहीं दीख रहा था, जिससे सदा ही उनका चेहरा दमदमाता रहा था। जिस क्षण वह वाहन से उतरे, उस क्षण लगा था कि वह न तो किसी की ओर ठीक तरह देख ही पा रहे हैं, न ही कुछ सुनने-समझने योग्य उनकी मनःस्थिति है! सभी धनंजय को उस दुर्दशा की स्थिति में देखकर हतप्रभ हो रहे थे। युयुत्सु भी सहसा विश्वास नहीं कर पा रहे थे अर्जुन की उस तेज हीनता पर। क्या हुआ संसार के सर्वश्रेष्ठ धनुर्धर को? इतनी थकान इतनी पराजित मनःस्थिति? और ऐसा कुम्हलाया चेहरा, जैसे कहीं से हारकर लौटे हों?"

तुरंत किसी ने किसी से कुछ नहीं पूछा था। राजपरिवार की स्त्रियों को आदर सहित कौरव स्त्रियां राजमहलों में ले गई थीं। पुरुष जहां-तहां विश्राम के लिए ठहरा दिए गए थे। अर्जुन अपने कक्ष में समा गए थे ताकि कुछ समय थकान मिटा सकें।

संध्या समय वे सब एकत्र हुए। अर्जुन उनके बीच। उनकी आंखें छल-छलाई हुई थीं। युधिष्ठिर ने अविश्वास से भरकर पूछा था, "तुम्हारी आंखों में आंसू?"

अर्जुन ने कुछ कहा नहीं था। अपने-आपको संयत किया, कहा, "यों ही, बड़े भइया। अब मैं अगले कर्तव्य-निर्धारण को लेकर विचार कर रहा हूं? श्रीकृष्ण के स्वर्गारोहण पश्चात् उनके परिवार और परिजनों के लिए क्या आज्ञा है, सो बतलाएं?"

युधिष्ठिर ने ही नहीं, सभी ने समझ लिया था कि बहुत कुछ ऐसा है जिसे अर्जुन इस समय छिपा रहे हैं या कि बतलाना नहीं चाहते। अर्जुन की मनःस्थिति पहचानकर किसी ने उस समय कुछ पूछना भी उचित नहीं समझा था। युधिष्ठिर बोले थे, "मुझे द्रुपदसुता से समाचार मिला है कि देवी सत्यभामा एवं अन्य कुछ स्त्रियां तपस्यापूर्वक जीवन बिताने की इच्छा से वन-प्रस्थान करना चाहती हैं। महात्मा अक्रूर की स्त्रियां भी संन्यास लेना चाहती हैं। अतः मैं यही उचित समझता हूं कि उन सभी को उनकी इच्छानुसार जीवन जीने के लिए सुविधाएं दे दी जाएं। वे जहां चाहें, उन्हें वहां तक सुरक्षित पहुंचा दिया जाए।"

"उचित है महाराज!" भीम ने समर्थन किया, "श्रीकृष्ण के परिवार जनों की इच्छा का सम्मान करना ही हमारा धर्म है।"

भीम ही नहीं, सभी युधिष्ठिर के विचार से सहमत थे।

युधिष्ठिर ने अगला आदेश दिया था, "गाण्डीवधारी! मेरी राय में श्रीकृष्ण के पौत्र वज्र को इन्द्रप्रस्थ का राज्य दे देना उचित है। वह वहीं रहकर अपने परिवारजनों और शेष रहे नगरवासियों की सुरक्षा करें। सात्यकि के पुत्र को सरस्वती नगरी में ठहरा दिया जाएं।"

"जैसी आपकी आज्ञा, भइया?" अर्जुन उठ पड़े थे। युयुत्सु को व्यवस्था में सहायतार्थ अपने साथ ले लिया था उन्होंने।

युधिष्ठिर के प्रत्येक आदेश की पूर्ति करके अर्जुन और युयुत्सु अपने सैनिकों के साथ लौट आए थे हस्तिनापुर। राजसभा में पहुंचकर उन्होंने सभी समाचार दे दिए थे।

युधिष्ठिर ने सुना। सन्तुष्ट हुए।

अर्जुन शांत थे, पर उनके भीतर कैसी अशांति है? इसकी कल्पना युयुत्सु ने भली भांति की थी। उन्होंने द्वारका के बाद लौटे हुए अर्जुन को पीड़ित, उद्‌भ्रांत और उत्तेजित देखा था। अनेक बार वह असंयत होकर ऐसी बात कह बैठते थे, जो सुनने वाले को हतप्रभ ही नहीं, आहत कर दे।

युयुत्सु संकोचवश पूछ नहीं सके थेक्या कारण है? किन्तु इतना समझ चुके थे। कुछ ऐसा घट चुका है, जिसके कारण अर्जुन एकदम असंयत और असहज हो उठे हैं।

अपनी सहजता का कारण बताए बिना भरी सभा में सहसा उद्‌भ्रांत की भांति वह बोल पड़े थे, "भइया! मुझे लगता है, जैसे अब पृथ्वी पर हम सबकी उपयोगिता नष्ट हो चुकी है। हम व्यर्थ जी रहे हैं। स्वयं को कष्ट दे रहे हैं। दूसरों का कष्ट देख रहे हैं।"

तारतम्यहीन बात भी। न, प्रारम्भ, न अंत और न ही कोई सन्दर्भ। चकित भाव से सभी ने उन्हें देखा था, किन्तु युधिष्ठिर की टकटकी बंधी

दृष्टि ने जैसे अर्जुन का अन्तर्मन पढ़ लिया। भारी स्वर में कहा था, "तुमने उचित ही कहा है, धनंजय! मेरा मन भी उचट रहा है। यह शरीर अब सहना मेरे लिए दुष्कर होने लगा है।"

बात पूरी हो, इसके पूर्व ही सहसा भीम, नकुल, सहदेव भी बोल पड़े थे। "आपने उचित ही कहा है भइया! हम भी देह-त्याग करने की इच्छा रखते हैं।"

"मैं भी, पूज्य!" अर्जुन बोलेस्वर भर्राया हुआ था, "द्वारका के मार्ग और प्रभासतीर्थ क्षेत्र में पहुंचकर मैंने जो कुछ देखा और भोगा है, उसके बाद मेरा मन भी इस देह से उचट गया है।"

"अर्जुन! शांत हो।" युधिष्ठिर बोले, "महात्मा कृष्ण के स्वर्गारोहण के बाद हम सभी अपने-आपको अशक्त और व्यर्थ समझने लगे हैं, फिर भी यह जानने की मेरी इच्छा है कि द्वारका किस तरह नष्ट हुई? वृष्टि, अन्धक और यादव कैसे समाप्त हुए?"

अर्जुन ने सुनाना प्रारम्भ कर दिया था, "जिस काल-गति से हम सब यहां आक्रांत हुए हैं, राजन्! उस कालगति से द्वारका में भी त्राहिमाम् मचा हुआ था। प्राकृतिक विनाश की स्थिति की कल्पना इस बात से ही की जा सकती है कि वहां भी वह सब होने लगा था, जिसे हम और पृथ्वी के अनेक भागों में मानव-जाति भोग रही है।"[1]

सभी ने सुनाभयभीत भाव से अर्जुन को देखा। वह उनमें से किसी को नहीं देख रहे थे सम्भवतः। बोले जा रहे थे। इस तरह जैसे कहीं और, शायद द्वारका के उस काल-प्रभावित क्षेत्र में ही विचर रहे हों। स्वर दृष्टि के सामने बिछी उस संहारलीला का यांत्रिक भाव से वर्णन किए जा रहे थे

अर्जुन ने बतलाया था, "भइया! आपके आदेशानुसार जब मैं यादव सन्देशवाहक के साथ द्वारका की दिशा में चला तो मैंने पृथ्वी के उस रुग्ण रूप से प्रतिपल साक्षात्कार किया, जिसकी कल्पना तक जीवमात्र को हिला डालने वाली है। मैं देख रहा था कि वन नहीं है। अनेक स्थानों पर पृथ्वी जलती हुई धातुओं का समुद्र बनकर रह गई हैं। निरंतर आंधियां चल रही हैं और उनमें ठीक तरह मार्ग नहीं सूझता। धूल के थपेड़े आंखों में पल-पल आ जाते हैं। हम लोग अपनी-अपनी आंखें भींचते, जलन सहते हुए द्वारका

की ओर बढ़ रहे थे। मार्ग-निर्धारण के समय जैसे ही मैंने एक दिशा लेनी चाही थी, मेरे साथ चल रहे उस सन्देशवाहक ने मुझे रोक दिया।''

''पाण्डुपुत्र! अब इस दिशा में बढ़ना व्यर्थ होगा।''

अर्जुन चकित हो गए थे, ''क्यों?

सैनिक ने कहा था, ''द्वारका तो नष्ट हो चुकी। समुद्र ने ग्रासवत् निगल लिया है उसे।''[1]

''तब द्वारका की प्रजा, राजपरिवार के सदस्य और पशु कहां है?''

''वे सब प्रभासतीर्थ में हैं, गाण्डीवधारी! वहीं हमारी प्रतीक्षा कर रहे होंगे।'' सैनिक ने बतलाया।

अर्जुन ने उसके कहे अनुसार दिशा तो बदल दी थी, पर पूछ लिया था, ''यह सब कैसे और क्यों हुआ सैनिक? काल तो पृथ्वी के हर खण्ड में इसी भांति मृत्युनर्तन कर रहा है; किन्तु द्वारका का समुद्र-पतन किस तरह हुआ?''

सैनिक ने महावीर अर्जुन को देखा। लगा था कि उसकी आंखें भर आई हैं। स्वर अनायास ही भरभरा उठा था। लगता था कि वह ठीक तरह कुछ भी नहीं बतला सकेगा। उसका मन, शरीर और अभिव्यक्ति तीनों ही बिखरे हुए लग रहे थे। अर्जुन ने हौले से उसके कन्धे पर हाथ रख दिया था। सांत्वना का हाथ। कहा, ''अपने-आपको संयत करो,

---

1. गाय के गर्भ से गधा, खच्चरी के गर्भ से हाथी या ऊंट का बच्चा, कुतिया के गर्भ से बिलाव, और न्यौली के गर्भ से चूहा पैदा होने लगा...महात्माओं के जप और पुण्याहवाचन करते समय हजारों लोगों के दौड़ने जैसा स्वर होता था, किन्तु कोई दीखता नहीं था! (मौसल-पर्व के दूसरे अध्याय में श्लोक-क्रम1 से 11 के बीच)
2. युद्ध के 36 वर्ष बाद द्वारका डूबने के समय द्वार-वर्णन का जो लम्बा चित्रण वेदव्यास ने किया है, उसमें एक स्थान पर उन्होंने कहा है, ''पति स्त्री को और स्त्री पतियों को धोखा देने लगी।''

   देश के जनजीवन का वर्णन करते हुए मौसल-पर्व के ही दूसरे अध्याय में लिखा गया है, ''प्रतिदिन बड़े वेग से आंधियां चलने लगी थीं। रास्तों में चूहे दीख पड़ते थे और टूटे-फूटे बर्तन बिखरे रहते थे। घरों में सोए हुए लोगों के बाल और नाखून चूहे कुतरकर खा जाया करते थे। घरों में मैनाएं और सारस दिन-रात चीखते रहते। भोजन के समय भोज्य सामग्री में कीड़े दीखते।

सैनिक! जो घट चुका है, उसे लेकर पश्चात्ताप करना व्यर्थ है। मुझे बतलाओ किस तरह यशोदानन्दन की सुन्दर, धन-धान्य और वैभव-सम्पन्न द्वारका का नाश हुआ? उसके विशाल भवन, अट्टालिकाएं, रूपवती स्त्रियां, वीर पुरुष कैसे मारे गए?"

सैनिक ने अपने-आपको सहेजा था। कहा, "वह बड़ी दुःखपूर्ण कथा हैं, वीरवर! प्रकृति ने आश्चर्यजनक परिवर्तन दिखाने प्रारम्भ कर दिए। इन परिवर्तनों ने सम्पूर्ण मानवीय चेतना, शक्ति और सामर्थ्य को पराजित ही नहीं, मृतप्राय कर दिया। सब ओर वीभत्स दृश्य दीखने लगे। नैतिक मान्यताएं धूल-धूसरित हो गई। स्त्रियां अपने पतियों से और पति अपनी स्त्रियों से छल करने लगे। वीभत्स वातावरण बन गया। और उसी वातावरण में एक घटना उस नाश की आहुति बन गई।" बोलते-बोलते कुछ पल थमा था सैनिक

"घटना?" अर्जुन बुदबुदाए।

"हां।" सैनिक बोला था, "इस नाश का बहुत बड़ा कारण, वही घटना बनी।" सहसा सैनिक के स्वर में संकोच उभर आता था, "मैं...मैं एक साधारण सैनिक हूं देव। महावीरों और राज्य संचालकों, प्रशासकों के भीतर तक की बातें नहीं जानता। जितना जानता हूं, उसके आधार पर केवल इतना मुझे ज्ञात है कि द्वारकापति श्रीकृष्ण के पुत्र साम्ब इस नाश के कारण बने।"

"साम्ब?" अर्जुन और चकित हुएउससे अधिक अविश्वास से भर उठे थे। भला श्रीकृष्ण के पुत्र साम्ब ही भोज, वृष्टा और अन्धक वंशियों के नाश का कारण हुए? अविश्वसनीय!" वह बुदबुदाए थे।

"मैं पूर्व में ही निवेदन कर चुका हूं, किरीटी। मैं एक साधारण सैनिक हूं। उतना ही कह सकता हूं, जितना जन-चर्चा में मुझे ज्ञात हुआ है। बहुत कुछ मैंने अपनी आंखों से भी देखा है।"

"कहो?"

"कहते हैं देव! सामाजिक रूप से उस काल-समय ने सभी को अस्त-व्यस्त कर डाला था। इस काल भय ने सम्पूर्ण व्यवस्था, अनुशासन और नैतिक मूल्यों को नष्ट-भ्रष्ट कर दिया। परिणाम यह हुआ कि वृद्धवर वसुदेव, महात्मा अक्रूर,

सर्वज्ञ श्रीकृष्ण और सरल बलरामजी के रहते हुए ही नागरिक एवं राजपरिवार के युवक-स्त्रियां अनुशासनहीन हो उठे।। मानसिक गिरावट और उच्छृंखलता यहां तक फैली कि वे दिन रात मद्यपान और विलासिता में डूबे रहने लगे। उन्होंने पूज्यों, कुलपुरुषों आदि का अनादर प्रारम्भ कर दिया। वे विद्वानों, ब्राह्मणों, और गुरुजनों का अपमान करने लगे। यहां तक कि एक दिन उन्होंने साम्ब को स्त्री के कपड़े पहनाकर ऋषियों के बीच खड़ाकर दिया और उन वृद्धों का उपहास उड़ाने के लिए पूछा, "महापराक्रमी बभ्रु की स्त्री आपके सम्मुख हैं ऋषिवर ! इन्हें पुत्र प्राप्ति की लालसा है, तनिक बतलाइए तो इनके गर्भ से लड़की होगी या लड़का?"

ज्ञानी और त्रिकालदर्शी ऋषि यादवों की इस दृष्टता से बहुत रुष्ट हुए। उन्होंने क्रूद्ध होकर उन सभी से कह दिया कि वह जानते हैं कि उनके सामने श्रीकृष्ण के पुत्र साम्ब स्त्री वेश में खड़े हैं। उन्होंने यह भी कह दिया कि साम्ब एक ऐसा मूसल बनाएंगे, जिसके प्रभाव से बलदेव और श्रीकृष्ण को छोड़कर सभी यादवों का सम्पूर्ण नाश हो जाएगा।"[1]

"ओह! बहुत दोष किया उन युवकों ने!" अर्जुन बड़बड़ाए।

सैनिक बतलाता गया था, "वीरश्रेष्ठ! ऋषियों का वह श्राप व्यर्थ नहीं हुआ। साम्ब ने सचमुच ही एक विशालाकार लोहे का मूसल बना डाला था। जब बड़ों को यह ज्ञात हुआ तो उन्होंने उस संहारक मूसल को किसी तरह नष्ट करवाया। पर नष्ट हो जाने पर भी उसके खण्ड सम्पूर्णतः समुद्र-विसर्जित नहीं हो सके। उसे समुद्र में फिंकवाया अवश्य गया था; किन्तु उसके विस्फोट के कारण बड़ी मात्रा मे उसके लोहे तथा संहारक-सामग्री समुद्र के किनारों पर आ गिरे और बाद में महाराज उग्रसेन द्वारा बहुविधि सतर्कता बरती जाने पर भी उन लोहे के टुकड़ों और विनाशकारी संहार सामग्री से बचाव नहीं किया जा सका।"

अर्जुन सुन रहे थे। अपने मित्र, सुहृद और ज्ञान-गुरु के देश की

---

1. ऋषियों ने साम्ब और उसके साथियों से कहा, "हे मूर्खों! श्रीकृष्ण का यह पुत्र साम्ब, वृष्टा और अन्धक वंश का नाश करने के लिए, एक लोहे का घोर मूसल प्रसव करेगा। उस मूसल से बलदेव और श्रीकृष्ण को छोड़कर सम्पूर्ण यादवों का नाश हो जाएगा!" (महाभारत के मौसल पर्व के पहले अध्याय में श्लोक-क्रम17 से 20 तक।)

कथा। ऐसी कथा, जिस पर सहसा विश्वास करने को मन नहीं हो रहा था। जिज्ञासावश पूछ लिया था उन्होंने, "सैनिक, यह सब हो रहा था और सर्वज्ञ कृष्ण शांत थे? क्या उन्होंने जन-शुभार्थ कुछ भी नहीं किया?"

"नहीं, गांडीवधारी! वासुदेव एकदम निस्पृह बने रहे। साम्ब व यादवों को ऋषियों से मिले शाप पर भी उन्होंने केवल यही प्रतिक्रिया दी थी कि ऋषिवचन असत्य नहीं होंगे। यादवों का नाश निश्चित हुआ। यही क्यों देव! जनार्दन तो ऐसे तटस्थ हुए कि सब कुछ करने में समर्थ होते हुए भी, सबके प्रति उपेक्षा कर दी।"

"आश्चर्य!" अर्जुन बड़बड़ाए, "कोई कारण?"

"हां, कारण है देव!"

"क्या?" चकित हो गए अर्जुन।

सैनिक ने उत्तर दिया था, "जनार्दन ने नाश में ही शुभ सोचा। उन्होंने कह भी दिया था कि अब सबका नाश-समय आ पहुंचा। काल-मुक्त कोई नहीं है।"

बात कुछ क्षण के लिए समाप्त हो गई थी। रथ तीव्रगति से बढ़ता जा रहा था। उसी तरह प्रकृति से जूझता हुआ। विपरीत हवाओं में हिचकोले खाता हुआ।

कुछ देर बाद सैनिक से पुनः पूछा था अर्जुन ने, "प्रभासतीर्थ कैसे पहुंचे सब?"

सैनिक ने कहा, "विध्वंसक मूसल को समुद्र में फिंकवाने के कारण समुद्र के भीतर भी उत्तेजना फैल गई, राजन् परिणाम यह हुआ कि एक रात अचानक भीषण गर्जन करता हुआ समुद्र तटवर्ती क्षेत्रों को तोड़कर नगर में प्रवेश करने लगा। जल की गति इतनी तीव्र थी कि उसके धक्कों ने विशालाकार भवनों, अट्टालिकाओं, सुन्दर कलात्मक उद्यानों, अनाज के विशाल भण्डारों आदि को धूलिसात कर डाला। नगर में त्राहिमाम् फैल गया और फिर श्रीकृष्ण के सभी के आदेश हुए कि जितनी शीघ्र हो, नगर छोड़ दिया जाए। उन्होंने यह चेतावनी भी दे दी थी कुछ ही प्रहरों के भीतर सम्पूर्ण द्वारका नगरी जलसात् हो जाएगी।"

अर्जुन विस्मय से दृष्टि फैलाए सैनिक को देखे जा रहे थे और सैनिक जैसे किसी यंत्र के स्वर की तरह बड़बड़ाता हुआ सब कुछ सुनाए जा रहा था।

"जनार्दन ने तुरंत सभी को प्रभासतीर्थ की ओर चलने की आज्ञा दी।...[1] पल-भर में ही नगर के हर क्षेत्र, कोने से आवश्यक, बहुमूल्य साम्रगी बांधे हुए भारी भीड़ उस ओर दौड़ चली। वह बड़ा विलक्षण दृश्य था महावीर! बूढ़े, युवक, बालक-बालिकाएं, स्त्रियां चीखते, हांफते हुए प्रभासतीर्थ की दिशा में दौड़े चले जा रहे थे जिस-जिस ओर से नगरवासी दौड़ रहे थे, वह वह दिशा धीमे-धीमे समुद्र में डूबती जा रही थी। बड़ा भयावह दृश्य था देव!" सैनिक ने सिहरकर कहा था, "हम सभी पागलों की तरह एक-दूसरे को पीछे करते, ठेलते, धकेलते और स्वयं किसी तरह समुद्र के उस महाविनाश से बचने के लिए भाग रहे थे। जीवन-मोह से ग्रस्त लोगों की यह आपाधापी सिहरा डालने वाली थी। अनेक स्त्रियां, वृद्ध और बालक इस भगदड़ में कुचल गए थे।"[2]

---

1. यह सब सोचकर श्रीकृष्ण ने यादवों का नाश करने की इच्छा से उनको प्रभासतीर्थ यात्रा कने की आज्ञा दी। नगर में घोषणा कर दी गई। (मौसल पर्व दूसरा अध्याय श्लोक-कृम22 से 24 के बीच।)
2. द्वारका कब बसी और कब समुद्र में डूबीइसे लेकर विभिन्न मत मतांतर हैं। औसत पुरातत्ववेत्ताओं ने माना है कि महाभारत युद्ध अब से लगभग 5000 वर्ष पूर्व हुआ। बहुतों के अनुसार यह युद्ध ईसा से ढाई से तीन हजार वर्ष पहले हुआ। इस मामले में सभी एकमत हैं और व्यासप्रणीत ग्रन्थ भी प्रमाण है कि द्वारका उसी काल में डूबी।

   नई पुरातत्व सम्बन्धी खोजों से पता चला है कि समुद्र तट पर बसा द्वारका शहर जिसे भगवान कृष्ण की राजधानी बताया जाता है, ईसा पूर्व 1400 के आसपास समुद्र में डूब गया था।

   प्रसिद्ध समुद्री पुरातत्ववेत्ता डा.एस.आर. राव ने यूनीवार्ता को बताया कि हाल में उनके नेतृत्व में गए दल को द्वारका द्वीप के पास समुद्र में सिंधुघाटी की तरह की मुहरे मिली हैं।

   उन्होंने बताया कि मुहर पर तीन मुंह वाले जानवर की आकृति बनी हैं तथा यह करीब उतनी ही पुरानी है जितना महाभारत काल समझा जाता है। उन्होंने बताया कि सील से अन्दाज लगाया जा सकता है कि द्वारकानगर करीब साढ़े तीन हजार साल पहले बसा था। (3 फरवरी 1985 को प्रकाशित वार्ता का एक समाचार)

अर्जुन सुन रहे थे, कल्पना कर रहे थे कि क्या हुआ होगा? मन पीड़ा से भर उठा था।

"...और इस तरह सभी लोग प्रभासतीर्थ जा पहुंचे थे।" सैनिक ने कहा था। उसके चेहरे पर पीड़ा, भय और असहजता झलक आई थी"श्रीकृष्ण तो बिलकुल ही विरक्त जैसे हो गए थे महावीर ! संकेत रूप में वह एक-दो बार कह भी चुके थे कि यह काल-समय है। अब किसी से किसी का बचना सम्भव नहीं रहा हैं। यही नहीं, उन्होंने अपने दिव्यास्त्र सुदर्शन-चक्र से भी मुक्ति पा ली थी। उनका दिव्य रथ भी घोड़ों सहित समुद्र में विलीन हो गया था।

अर्जुन ने एक गहरा सांस लिया। वर्णन मात्र से वह सिहर रहे थे। सैनिक भी कुछ समय के लिए बोलते-बोलते रुक गया। सम्भवतः वह उन क्षणों को स्मरण में जीने लगा था, जिनकी विकरालता का ब्यौरा दे रहा था।

रथ तीव्रतम गति से लक्ष्य-मार्ग पर दौड़ा जा रहा था।

कुछ समय बाद सैनिक ने पुनः कहना प्रारम्भ किया था। बोला"गाण्डीवधारी! प्रभासतीर्थ के सुन्दर क्षेत्र में पहुंचने के बाद यादववंशी अपने-अपने योग्य स्थान और घर ढूंढकर उनमें समा गए। वे अपनी-अपनी मानसिक उद्विग्नता शांत करने के लिए उद्दंड भाव से जीवन-यापन करने लगे। प्रभासतीर्थ क्षेत्र में उन्होंने शिकार को अपना भोज्य-माध्यम बनाया। मदिरापान आम हो गया था। यही नहीं, लगता था कि वे जीवन को अति विलासिता के साथ जल्दी-से-जल्दी जी लेने के प्रयत्न में अस्वाभाविक क्रियाएं करने लगे थे। आए दिन मदिरापान करते हुए उनमें परस्पर उत्तेजनात्मक बातें होने लगती और फिर विवेक छोड़कर वे एक-दूसरे से मार-पीट करने के लिए भी तत्पर हो जाते।"

"भगवान श्रीकृष्ण और बलदेव ने उन्हें संयत करने की कोई चेष्टा नहीं की?" अर्जुन ने पूछा।

"मैं पूर्व में ही निवेदन कर चुका हूं, पाण्डव! द्वारकाधीश इस सारी स्थिति के प्रति घोर उदासीनता बरत रहे थे।" सैनिक ने बतलाया, "जब-जब उन तक ऐसी घटनाओं के समाचार पहुंचते, तब-तब वे उपेक्षा

बरत जाया करते। यहां तक कि उन्होंने यथासम्भव एकांत को ही चुन लिया था।"

"दुःखद!" अर्जुन के मुंह से अनायास ही निकल गया था। वार्ताक्रम टूट-टूटकर चलने लगा था। वे प्रभासतीर्थ सीमा में पहुंच चुके थे। कुछ समय बाद ही उन्होंने द्वारका-क्षेत्र की स्थिति का भी प्रत्यक्ष दर्शन प्रारम्भ किया था। भय और पीड़ा से अर्जुन मन-ही-मन व्यग्र हो उठे थे। वह भयानक दृश्य था। लगता था द्वारका नगरी का बचा-खुचा भाग धीमे-धीमे समुद्र निगल रहा है। नगर का एक बड़ा क्षेत्र समुद्र-सीमाओं में समाया हुआ था। उसका आदि-क्षेत्र जलमग्न! अनेक भवन आधे-पूरे डूबे हुए थे। चबूतरे, और बाजार दीख नहीं पड़ते थे। तरह-तरह के समुद्री जीव-जन्तु नगर में बिखरे जल पर घूम रहे थे। अनेक स्थानों पर लहरें अब भी थपेड़े दे रही थीं।

नगर-क्षेत्र से बहुत दूर दिशा में भाग कर निकल चुके यादववंशी जहां-तहां बिखरे हुए थे। अर्जुन उस भयावह स्थिति का अवलोकन कर ही रहे थे कि सैनिक बोल पड़ा था, "राजन्! वसुदेव जी एवं बहुत से लोग अब भी द्वारका नगरी में ही हैं। महात्मा श्रीकृष्ण तो नगर से बहुत पहले ही जा चुके थे, किन्तु प्रभासतीर्थ दिशा की नगर-बस्ती में अब भी अनेक लोग इस आशा में बैठे हुए हैं कि सम्भवतः समुद्र द्वारका को अपनी जकड़ से मुक्त कर देगा।"

"तब चलो, सैनिक! हम लोग उसी ओर चलते हैं।" अर्जुन ने कहा, सैनिक आगे हो लिया।

कुछ देर बाद वे समुद्र-प्रभावित ऐसे क्षेत्र में थे, जहां जल अधिक नहीं था; किन्तु उसके प्रारम्भिक प्रकोप ने धरती, सड़कें, घर जगह-जगह से या तो काट डाले थे या हिला दिए थे।

अर्जुन सैनिक को साथ लिए हुए एक विशाल भवन में प्रवेश कर गए। सैनिक ने बतलाया था, "वसुदेवजी अभी यहीं है।"

वृद्ध वसुदेव ही नहीं, अनेक यादव वहां थे। 'वृष्णिवंशी' स्त्रियों और बालकों का एक बड़ा समूह भी वहां उपस्थित था।

"मामाजी!" अर्जुन वृद्ध की ओर बढ़े थे, जिनके चेहरे पर निराशा रात्रि की तरह गहरी हो गई थी।

अर्जुन के आगमन का समाचार सुन-जानकर परिवार की बहुतेरी स्त्रियां भी दौड़ी आईं। वे सब रो-रोकर तरह-तरह से अपनी विपत्ति का वर्णन करने लगीं। कुछ ने बतलाया, "बहुतेक लोग और परिवार की स्त्रियां और बच्चे कुछ समय पूर्व प्रभासतीर्थ की ओर चले गए हैं अर्जुन! सुना है कि अब प्रभासतीर्थ में नटों, नाचनेवालियों का जमघट लगाए हुए निर्लज्जता का नाच हो रहा है। यहां हम लोग मृत्युमुख में पड़े अब भी जीवन की बाट देख रहे हैं, जबकि सात्यकि, गद, बभ्रु आदि मदिरापान करते हुए प्रभासतीर्थ क्षेत्र में प्रलाप करते रहते हैं। न जाने कालगति ने पवित्र पुरुषों में भी कैसा मानसिक परिवर्तन कर डाला है। श्रीकृष्ण सभी को छोड़कर चले गए हैं।"[1]

वसुदेव रो पड़े थे। अर्जुन उनसे गले मिले। हिचकियां भर-भरकर वसुदेव ने बतलाया था, "पुत्र! जिन वीरों पर यादव वंश गौरवान्वित था, वे अपने ही दुष्कर्मों और उद्दंडताओं के कारण परस्पर लड़-भिड़कर नष्ट हो चुके हैं। प्रकृति-प्रकोप ने काल को सभी के सिर पर ला खड़ा किया है। श्रीकृष्ण जिन्हें अति-स्नेह करते थे और प्रद्युम्न, सात्यकि प्रभृति व्यक्तियों पर गौरवान्वित थे, वे मूर्खों की भांति अपने ही सहेजे अस्त्रों से अपने ही द्वारा हत हुए हैं।"

"यह सब कैसे हुआ देव!" अर्जुन ने अकुलाकर प्रश्न किया था।

वसुदेव ने बतलाया, "वे प्रभासतीर्थ क्षेत्र में पहुंच गए थे। वहां पहुंचकर उन सभी ने मति-भ्रष्ट होकर श्रीकृष्ण के ही सामने मदिरापान आरम्भ कर दिया। मार्यदाहीन होकर उच्छृंखलों की भांति एक-दूसरे पर विगत कथाओं को लेकर दोषारोपण करने लगे। मदिरा से मदमस्त सात्यकि, गद, बभ्रु आदि ने अपना मानसिक संतुलन खो दिया और संहारक

---

1. "उस समय प्रभासतीर्थ में नटों, नाचनेवालियों और मतवाले मनुष्यों का जमघट था। बाजे बजते रहते थे। श्रीकृष्ण के सामने ही सात्यकि, गद, बभ्रु, और कृत वर्मा मदिरा पीने लगे।" (मौसल पर्व के तीसरे अध्याय में श्लोक-क्रम17 से 20 के मध्य)

अस्त्र मूसल के लौह खण्डों से एक-दूसरे पर प्रहार करने लगे। परिणामतः कहते हैं कि वे सभी नष्ट हो गए।''[1]

''और श्रीकृष्ण?''

''इस सम्पूर्ण काण्ड से श्रीकृष्ण को बहुत दुःख हुआ। यहां तक कि व्यथित होकर उन्होंने स्वयं शेष रहे यादवों का संहार कर डाला, फिर वह यह कहकर वन में चले गए कि अब उन्हें संसार त्याग करना है।''

अर्जुन को लगा था जैसे दृष्टि के सामने श्रीकृष्ण की मोहक छवि रह-रहकर उभर रही है। आंखें भर आई थीं उनकी।

''अर्जुन!'' वसुदेव ने कराहते, पीड़ित स्वर में कहा था, ''वन-प्रस्थान से पूर्व श्रीकृष्ण यह कह गए थे कि तुम्हें समाचार देने के लिए वह दूत पठा चुके हैं। अब तुम आ ही चुके हो। यादव वंश की ये कुल स्त्रियां, रत्न, राज्य आदि सभी कुछ तुम्हें सौंपता हूं पुत्र! इनकी रक्षा करना। मैंमैं स्वयं भी अब प्राण त्याग की इच्छा रखता हूं!''

अगली प्रातः वसुदेव ने योगावलम्बन से शरीर त्याग दिया था। नगर में शोक मनाया गया, किन्तु अर्जुन तत्परतापूर्वक उन सभी को तैयार होकर यथाशीघ्र नगर छोड़े देने के निर्देश देते रहे। दूसरी ओर अर्जुन यहां-वहां बिखरीं, मूसलों से नष्ट हुई लाशों को एकत्र करवाते रहे। वन में एक पेड़ के नीचे श्रीकृष्ण का शव भी प्राप्त हो गया था। बलदेव आदि अन्य प्रमुख यादव वंशियों के शवों की भी पहचान की गई। सभी को चंदन चिताओं पर अग्नि समर्पित कर अर्जुन द्वारका से यथासंभव रत्नादि एवं स्त्रियों-बच्चों को लिए हुए हस्तिनापुर की ओर चले।

मार्ग में अनेक स्थानों पर पड़ाव डाले थे उन्होंने। द्वारका ही नहीं और भी क्षेत्र समुद्रसात् हो चुका था। उपयुक्त समय पर वे सभी वहां से निकल आए थे।

---

1. असन्तुलन और मर्यादाहीनता के साथ-साथ टूट चुके नैतिक मूल्यों की स्थिति का वर्णन करते हुए महाभारतकार ने संकेत किया है। ''श्रीकृष्ण ने काल की गति समझकर, उनपर क्रोध नहीं किया।'' परस्पर कलह और वैमनस्य इस सीमा तक पहुंचा कि भोजन करते समय भी ''वे सब मिलकर झूठे बरतनो से एक-दूसरे को मारने लगे!''

अर्जुन ने नया मार्ग चुना था। विचार किया था कि धन-धान्य और यादव स्त्रियों को सकुशल पहुंचाने के लिए पंचनद प्रदेश से निकलकर यथाशीघ्र इन्द्रप्रस्थ क्षेत्र में प्रवेश कर जाएंगे। महायुद्ध की संहारलीला अलग-अलग प्रतिशत में अलग-अलग क्षेत्रों तक बिखरी हुई थी। भू-खण्ड का प्रत्येक क्षेत्र किसी-न-किसी रूप में प्रभावित हुआ था। बस्तियों से उखड़कर बहुतेरे लोग वनवासी हो गए थे। अनेक ने खाद्यान्न और जीवन के अन्य साधन न मिल पाने के कारण अपराध-मार्ग चुन लिया था।

पंचनद क्षेत्र में भी यही हुआ। अर्जुन लम्बी यात्रा के बाद वहां एक उपयुक्त स्थान जानकर ठहर गए। कहां जानते थे कि उनके जीवन की सब से बड़ी घटना इसी क्षेत्र में घटनी है।

सुनाते-सुनाते हांफने लगे थे अर्जुन। युयुत्सु ने स्पष्ट देखा था कि तेजस्वी अर्जुन का तेज लुप्त हो चुका है। वह अति-साधारण, थके हुए और रुग्ण व्यक्ति दीख रहे थे। कहा था, "महाराज! मेरे लिए वह क्षण अकल्पनीय था और अब भी मैं विश्वास नहीं कर पा रहा हूं कि मेरा वीरत्व, शक्ति और सामर्थ्य कहां लोप हो गए?"

युधिष्ठिर, भीम, युयुत्सु सभी ने चकित होकर देखा था। क्या कह रहे हैं अर्जुन? अर्जुन का वीरत्व, सामर्थ्य और शक्ति? ये सब इस तरह लोप होने वाली चीजें तो नहीं हैं?

"हां, देव!" अर्जुन ने कांपते स्वर में कहा था, "पंचनद प्रदेश में हमारे पड़ाव पर अहीर दस्युओं ने आक्रमण कर दिया। यह विचारकर आश्चर्य होता है कि अर्जुन का नाम-यश जानते हुए भी वे अपराधी टूट पड़े। उन्होंने बलपूर्वक धन-रत्नादि तथा यादव स्त्रियों को ले जाने की चेष्टा की। मेरे विरोध और धिक्कार पर जब वे नहीं माने, तब मैंने उन्हें चुनौती भी दी; किन्तु राजन्! वह चुनौती व्यर्थ हुई। जिस गांडीव की शक्ति से मैं समस्त ब्रह्माण्ड को हिला दिया करता था, जिस धनुष की टंकार भर से महारथियों का साहस चकनाचूर हो जाता था, ठीक समय उस वज्र सदृश्य धनुष को उठाने की शक्ति भी मुझमें शेष नहीं रही।"

"अद्भुत!" भीम बड़बड़ाए थे।

युधिष्ठिर ने शांत स्वर में कहा था, "अद्भुत नहीं, भाई! सब सहज। नियति-निर्धारित।"

अर्जुन ने पछतावे से सिर झुका लिया था। भर्राए, रुआंसे स्वर में कहा था, "और इस तरह वे दुष्ट अहीर डाकू मेरे देखते-देखते ही अनेक यादव वंशी स्त्रियों को मुझसे छीन ले गए। यहीं नहीं, मैंने पाया कि अनेक स्त्रियां तो उनके साथ प्रसन्नतापूर्वक चली गईं और मैं कुछ नहीं कर सका। देव! आपका धनुर्धर अनुज कुछ भी नहीं कर सका।"

"शांत हो, धनंजय! शांत हो!" युधिष्ठिर बोले, "यह संकेत है कि हम सबका पृथ्वी धर्म पूरा हुआ।"

सभा में सन्नाटा बिखर गया था और अचानक युधिष्ठिर बोले थे, "विद्वजनों! हम पाण्डवों का जीवन-धर्म सम्पूर्ण हुआ और अब हममें से किसी को भी शेष जीवन देह-रूप में बिताना दुष्कर लग रहा है। अतः मैंने निर्णय किया है कि हम यादवों को तिलांजलि देकर प्रस्थान करेंगे।"

"हम सभी आपके निर्णय में साथ हैं, अग्रज!" भीम ने कहा था। अर्जुन, नकुल और सहदेव ने सहमति सूचक सिर हिलाया।

युयुत्सु के चेहरे की बदली घनी हो गई थी। सभा में फुसफुसाहटें बिखर गईं।

युधिष्ठिर ने सभा विसर्जित की।

वे सब अपने-अपने कक्षों में चले गए थे। राजा युधिष्ठिर एकांत में थे। युयुत्सु एवं अन्य कुल-जनों, अधिकारियों ने एक बार युधिष्ठिर से भेंट कर अपने निर्णय पर पुनर्विचार करने का आग्रह निश्चित किया था। इसी उद्देश्य से वे सब पहुंचे थेमहाराज युधिष्ठिर के पास।

स्नेह सहित सभी को बिठाकर उनकी सम्मति सुनी थी राजा ने, फिर सदा की तरह शांतचित होकर बोले थे, "युयुत्सु! मैं तुम्हारे स्नेह से अभिभूत हूं, किन्तु मनुष्य देह और संसार के बीच एक सम्बन्ध है। यह सम्बन्ध यदि व्यर्थ होने लगे, तब देह का अर्थ नष्ट हो जाता है। हम पाण्डवों की देह एक सीमा तक इस सृष्टि, व्यवस्था आदि के लिए

अर्थ युक्त रही। अब जबकि इस देह और सृष्टि का सम्बन्ध अनावश्यक हो गया है, तब व्यर्थ देह धारण का दुःख भोगने का कोई औचित्य नहीं रहा।" और फिर युधष्ठिर ने जीवन, जगत देह और धर्माधर्म को लेकर यक्ष से हुई वार्ता उन्हें सुना दी थी। कहा था, "एक बार मेरी भेंट धर्म से हुई। वह यक्ष के रूप में मेरे सामने आया। उसने मैंने जो वार्ता की, वही तुम सबको सुनाता हूं। यक्ष ने भीम, अर्जुन, नकुल और सहदेव को बेसुध कर दिया था। उन्हें पुनः सुधि में लाने की मेरी प्रार्थना पर यक्षरूपी धर्म ने मुझसे कुछ प्रश्नों के उत्तर देने के लिए कहा। मैंने उनके उत्तर दिए।"

यक्ष ने पूछा, "सूर्य को कौन ऊपर उठाता है? सूर्य के चारों ओर भ्रमण करने वाले कौन हैं? कौन सूर्य को अस्त करता है और किस में वह स्थित है?"

युधिष्ठिर ने कहा, "ब्रह्म सूर्य को ऊपर उठाते हैं। देवता उनके चारों ओर भ्रमण करते हैं। धर्म से वे अस्तगत् होते हैं और सत्य में वे स्थित हैं।"

यक्ष ने पूछा, "मनुष्य किससे श्रोत्रिय होता है? काहे से महत् पदार्थ पाता है? किससे सहायक युक्त और बुद्धिमान होता है?"

युधिष्ठिर ने कहा, "आचार्य के मुंह से वेदार्थ-निश्चय करने से श्रोत्रिय होता है। तप (ज्ञान) से महत् पाता है। धैर्य से सहायकयुक्त और वृद्धों की सेवा से बुद्धिमान होता है।"

यक्ष ने पूछा, "ब्राह्मणों का देवभाव क्या है? उनकी कौन बात सज्जनों की-सी है? उनका मनुष्य भाव क्या है? उनकी कौन बात असाधुओं की-सी है?"

युधिष्ठिर ने कहा, "स्वाध्याय ब्राह्मणों का देवभाव है। तप उनकी सज्जनों की-सी बात है। मरण उनका मनुष्यभाव है। निन्दा उनकी असाधुओं की-सी बात है।'

यक्ष ने पूछा, "क्षत्रियों का देवभाव, मनुष्यभाव, साधुभाव और असाधुभाव क्या है।"

युधिष्ठिर ने कहा, ''क्षत्रियों का देवभाव अस्त्र-शस्त्रों का व्यवहार है। डरना मनुष्यभाव है। यज्ञ करना साधुभाव है। दुखियों की रक्षा से विमुख होना असाधुभाव है।

यक्ष ने पूछा ''यज्ञ का साम क्या है? यज्ञ का यजुः क्या है? यज्ञ का वरण करने वाला क्या है? यज्ञ किसका अतिक्रमण नहीं करता?''

युधिष्ठिर ने कहा, ''प्राण यज्ञ का साम है। मन यज्ञ का यजुः है। ऋक् साम का वरण करती है और यज्ञ उसका अतिक्रमण नहीं करता है।

यक्ष ने पूछा, ''बोने वालों के लिए क्या श्रेष्ठ है? काटने वालों के लिए क्या श्रेष्ठ है? एक स्थान पर रहने वालों के लिए क्या श्रेष्ठ है? उत्पन्न करने वालों के लिए क्या श्रेष्ठ है?''

युधिष्ठिर ने कहा, ''बोने वालों के लिए वर्षा श्रेष्ठ है। काटने वालो के लिए बीज श्रेष्ठ है। एक स्थान पर रहने वालों के लिए गाय श्रेष्ठ है। और उत्पन्न करने वालों के लिए पुत्र श्रेष्ठ है।''

यक्ष ने पूछा, ''कौन मनुष्य इन्द्रियों के विषयों का अनुभव करने में समर्थ, बुद्धिमान, लोकपूजित और सब प्राणियों का सम्मत होकर श्वांस लेने पर भी मुर्दे के बराबर है?''

युधिष्ठिर ने कहा, ''जो पुरुष इन सब बातों के होने पर भी देवता, अतिथि, मृत्यु, पितर और आत्मा, इन पांच की पूजा नहीं करताइन्हें अन्न नहीं देतावह जीवित भी मुर्दे के बराबर है।''

यक्ष ने पूछा, ''पृथ्वी से भी अधिक किसका गौरव है? आकाश से भी अधिक उच्च कौन है? वायु से भी अधिक शीघ्रगामी कौन है? तिनकों से भी असंख्य कौन है?''

युधिष्ठिर ने कहा, ''माता का गौरव पृथ्वी से भी अधिक है। पिता आकाश से अधिक उच्च है? मन वायु से अधिक शीघ्रगामी है और चिन्ता तिनकों से भी अधिक असंख्य और अनंत है।''

यक्ष ने पूछा, ''सोने पर भी आंखें कौन नहीं मूंदता? उत्पन्न होने पर भी कौन हिलता-डुलता नहीं है? किसके हृदय नहीं है? कौन वेग से बढ़ता है?''

युधिष्ठिर ने कहा, ''मछली सोने पर भी आंखें नही मूंदती है। अण्डा उत्पन्न होकर भी हिलता-डुलता नहीं है। पत्थर के हृदय नहीं है और नदी वेग से बहती है।''

यक्ष ने पूछा, ''प्रवास का मित्र कौन है? गृहवासी का मित्र कौन है? बीमार का कौन मित्र है? मर रहे आदमी का मित्र कौन है? हे, राजेन्द्र! सब प्राणियों का अतिथि कौन है? सनातन धर्म क्या है? अमृत क्या है? यह सब जगत् क्या है?''

युधिष्ठिर ने कहा, ''प्रवासी का मित्र साथी है। गृहवासी का मित्र भार्या है। बीमार का मित्र वैद्य है। मर रहे आदमी का मित्र दान है। अग्नि सब प्राणियों के अतिथि हैं। ज्ञान योग सनातन धर्म हैं। गाय का दूध अमृत है। वायु यह सब जगत् है।''

यक्ष ने पूछा, ''कौन अकेले विचरता है? कौन बारंबार जन्म लेता है? हिम की दवा क्या है? बोने की प्रधान जगह क्या है?''

युधिष्ठिर ने कहा, ''सूर्य अकेले विचरते है। चन्द्रमा बारंबार जन्म लेते हैं। अग्नि हिम की दवा है। बोने की प्रधान जगह पृथ्वी है।''

यक्ष ने पूछा, ''धर्म का अन्तिम स्थान क्या है? यश की चरम सीमा क्या है? स्वर्ग और सुख का एकमात्र आश्रय क्या है?''

युधिष्ठिर ने कहा, ''सबके अनुकूल रहना, किसी की बुराई न करना धर्म का अन्तिम स्थान है। दान यश की चरम सीमा है। सत्य स्वर्ग का और स्वभाव या चरित्र सुख का एक मात्र आश्रय है।''

यक्ष ने पूछा, ''मनुष्य की आत्मा क्या है? देव विहित सखा कौन है? उपजीविका और प्रधान आश्रय क्या है?''

युधिष्ठिर ने कहा, ''पुत्र मनुष्य की आत्मा है। स्त्री दैव-विहित सखा है। मेघ उपजीविका है और दान प्रधान आश्रय है।''

यक्ष ने पूछा, ''जितनी बातें धन्य समझी जाती हैं उनमें उत्तम क्या है? उत्तम धन क्या है? उत्तम लाभ क्या है? उत्तम सुख क्या है?''

युधिष्ठिर ने कहा, ''सबके अनुकूल रहना ही अन्य बातों में उत्तम है। शास्त्र का ज्ञान उत्तम धन है। आरोग्य उत्तम लाभ है। संतोष उत्तम सुख है।

यक्ष ने पूछा, "प्रधान धर्म क्या है?" कौन धर्म सदा फलदायक होता है? किसका संयम करने से शोक नहीं रहता? किसके साथ मेल करने से फिर बिगाड़ नहीं होता?"

युधिष्ठिर ने कहा, "आनृशंस्य (दया) प्रधान धर्म है। वैदिक धर्म (यज्ञ आदि) सदा फलदायक होता है। मन का संयम करने से शोक नहीं करना पड़ता। साधु पुरुषों से मेल करने पर भी बिगाड़ नहीं होता।"

यक्ष ने पूछा, "क्या छोड़ देने से मनुष्य सबको प्रिय होता है? क्या छोड़ देने से शोक दूर हो जाता है? क्या छोड़ देने से मनुष्य सम्पन्न और सुखी होता है?"

युधिष्ठिर ने कहा, "अभिमान छोड़ देने से मनुष्य सबको प्यारा हो जाता है। क्रोध का त्याग करने से शोक दूर हो जाता है। कामना का त्याग करने से सम्पन्न और लोभ छोड़ देने से मनुष्य सुखी हो जाता है।"

यक्ष ने पूछा, "ब्राह्मण, नट, नचैये, सेवक और राजा को धन देने की क्या आवश्यकता है?"

युधिष्ठिर ले कहा, "धर्म के लिए ब्राह्मणों को, यश के लिए नटों और नचैयों को भरण-पोषण के लिए, सेवकों को और डर के लिए राजा को धन प्रदान करने की आवश्यकता होती है।"

यक्ष ने पूछा, "सब लोग काहे से आवृत्त (ढके हुए) और अप्रकाशित रहते है? लोग किस लिए मित्रों को छोड़ देते हैं? और किस बात से स्वर्ग को नहीं जाते?"

युधिष्ठिर ने कहा, "सब लोग अज्ञान से आवृत्त और तमोगुण से अप्रकाशित रहते हैं। लोग लोभ के कारण मित्रों को छोड़ देते हैं और संग में फंस जाने से स्वर्ग नहीं जाते।"

यक्ष ने पूछा, "मृत पुरुष कौन है? मृत राष्ट्र कौन है? मृत श्राद्ध कौन है? और मृत यज्ञ कौन है?"

युधिष्ठिर ने कहा, "दरिद्र पुरुष मृत है। बिना राजा का राष्ट्र मृत श्रोत्रिय से हीन श्राद्ध मृत है। दक्षिणा से हीन यज्ञ मृत है।"

यक्ष ने पूछा, "दिशा क्या है, जल क्या है? अन्न क्या है? विष क्या है? श्राद्ध का समय क्या है? इन प्रश्नों का उत्तर देकर जल पियो और ले जाओ।"

युधिष्ठिर ने कहा, "साधु लोग दिशाएं हैं। आकाश ही जल है। धेनु ही अन्न है। प्रार्थना अर्थात् किसी से कुछ मांगना ही विष है। सत्पति ब्राह्मण का मिल जाना ही श्राद्ध का समय है।"

यक्ष ने पूछा, "तप, दम, क्षमा और लज्जा का क्या लक्षण है?"

युधिष्ठिर ने कहा, "अपने धर्म का पालन करते रहना ही तप है। मन का दमन ही दम है। जाड़ा-गर्मी आदि रुकावटों को सहना ही क्षमा है और कुकर्म से बचे रहना ही लज्जा है।"

यक्ष ने पूछा, "ज्ञान, शम, दया और आर्जव के लक्षण क्या हैं।"

युधिष्ठिर ने कहा, "तत्त्वार्थ का बोध ही ज्ञान है। चित्त का शांत रहना ही शम है। सबके सुखी रहने की इच्छा दया है। समचित्त होना ही आर्जव है।"

यक्ष ने पूछा, "मनुष्य का दुर्जय शत्रु कौन है? अनंत व्याधि क्या है? साधु कौन है?" असाधु कौन है?

युधिष्ठिर ने कहा, "क्रोध दुर्जय शत्रु है। लोभ अनंत व्याधि है। सब प्राणियों का हित करने वाला साधु है। दयाहीन पुरुष असाधु है।"

यक्ष ने पूछा, "राजन्! मोह, मान आलस्य और शोक क्या है?"

युधिष्ठिर ने कहा, "धर्ममूढ़ता (धर्म के विषय में अनभिज्ञता) ही मोह है। आत्माभिमान ही मान है। धर्माचरण न करना ही आलस्य। अज्ञान ही शोक है।"

यक्ष ने पूछा, "ऋषियों ने स्थिरता, धैर्य, स्नान और दान किसे कहा है?"

युधिष्ठिर ने कहा, "अपने धर्म में दृढ़ता ही स्थिरता है। इन्द्रिय-निग्रह ही धैर्य है। मन के मैल को मिटाना ही स्नान है। प्राणियों की रक्षा ही दान है।"

यक्ष ने पूछा, "पण्डित कौन है? नास्तिक कौन है? मूर्ख कौन है? काम क्या है? मत्सर क्या है?"

युधिष्ठिर ने पूछा, "धार्मिक पुरुष पण्डित है। मूर्ख ही नास्तिक है। संसार (जन्म-मरण) का कारण ही काम है और मन में कुढ़ना ही मत्सर है।"

यक्ष ने पूछा, "अहंकार क्या है? दम्भ क्या है? दैव क्या है? पिशुनता क्या है?"

युधिष्ठिर ने कहा, "महाअज्ञान ही अहंकार है। दिखावे के लिए धर्म का ढोंग रचना दम्भ है। दान का फल दैव है। दूसरों को दोष लगाना ही पिशुनता है। "

यक्ष ने पूछा, "धर्म, अर्थ और काम परस्पर विरोधी हैं। इन तीनों परस्पर विरोधियों का उक्त समावेश कैसे होता है?"

युधिष्ठिर ने कहा, "जब धर्म और भार्या, दोनों परस्पर वशवर्ती और सहायक होते हैं, तभी इन तीनों परस्पर विरुद्ध बातों का एकत्र समावेश होता है।"

"यक्ष ने पूछा, "राजन्, कौन-सा काम करने से मनुष्य को अनंत नरक में रहना पड़ता है? मेरे इस प्रश्न का उत्तर शीघ्र दो।"

युधिष्ठिर ने कहा, "कुछ मांगनेवाले ब्राह्मणों में भी दरिद्र ब्राह्मण को बुलाकर पीछे से 'नहीं' कहकर जो विमुख कर देता है उसे अनंत नरक में रहना पड़ता है। जो पुरुष वेद, शास्त्र, ब्राह्मण देवता और बाप-दादा के धर्म को मिथ्या सिद्ध करता है, वह अक्षय नरक को जाता है। जो धन के रहने पर भी लोभ के वश होकर न तो दान करता है और न आप भोग करता है और कुछ देने का वादा करके पीछे नाहीं कर जाता है वह अक्षय नरक को जाता है।"

यक्ष ने पूछा, "कुल, चरित्र, स्वाध्याय और श्रुत के आदि में कौन-सी बात ब्राह्मणत्त्व का कारण है?"

युधिष्ठिर ने कहा, "कुल, स्वाध्याय और श्रतु के ऊपर ब्राह्मणत्व निर्भर है। चरित्र ही ब्राह्मणत्व का कारण है। इसलिए ब्राह्मण को विशेष रूप से चरित्र की ही रक्षा करनी चाहिए। चरित्र जब तक नष्ट नहीं होता, तब तक कुछ भी न हो, तो भी ब्राह्मण या ब्राह्मणत्व बना रहता है। किन्तु चरित्र में बट्टा लगते ही ब्राह्मणत्व नष्ट हो जाता है। जो ब्राह्मण केवल पढ़ते-पढ़ाते हैं, या केवल शास्त्रों को देखा करते हैं वे सब मूर्ख हैं, उनका वैसा करना केवल एक व्यसन है। जो ब्राह्मण क्रियावान है वही पण्डित

है। दुराचारी ब्राह्मण चारों वेद पढ़े हो तो भी वह शूद्र से भी गया-बीता है। जो मन को मारकर अग्निहोम आदि कर्म करता है वही ब्राह्मण है।"

यक्ष ने पूछा, "प्रिय वचन बोलने वाला क्या पाता है? विचारकर काम करने वाला क्या पाता है? बहुत मित्रोंवाले को क्या मिलता है? धर्मात्मा पुरुष क्या पाता है।"

युधिष्ठिर ने कहा, "प्रियवादी पुरुष सबका प्रेम पाता हैं। विचारकर काम करने वाला दिन-दिन अभ्युदय और विजय पाता है। बहुत मित्रों वाला व्यक्ति सुख से रहता है। धर्मात्मा पुरुष को सद्गति प्राप्त होती है।"

यक्ष ने पूछा, "कौन सदा आनंद पाता है? आश्चर्य क्या है? मार्ग क्या है? वार्ता (जानने योग्य समाचार) क्या है? मेरे इन चारों प्रश्नों का ठीक उत्तर दो तो तुम्हारे मरे हुए चारों भाई जी उठें।"

युधिष्ठिर ने कहा, "जो पुरुष न तो ऋणी है और न परदेश में पड़ा है, वह चाहे अपने घर में पांचवें या छठ दिन साग-पात भी पकाकर खाता हो, तो वह भी सदा आनंद का अनुभव करता है। प्राणी नित्य मरते हैं, जो बचे हुए हैं, वे यह देखकर भी सदा जीते रहने की इच्छा करते हैं, इससे बढ़कर और आश्चर्य क्या होगा? हे यक्ष, तर्क की कोई स्थिरता नहीं है। हर एक तर्क प्रबल तर्क से काटा जा सकता है।' श्रुतियां भी जुदा-जुदा हैं, मुनि भी? एक नहीं है, जिनके वचन का प्रमाण माना जाए। धर्म का तत्त्व गुफा में निहित है अर्थात् अत्यंत गूढ़ है। इसलिए राह वही है जिससे बड़े लोग और महापुरुष चले हैं। काल पृथ्वी पात्र में आकाश का ढकना बंद करके, रात-दिन के ईंधन में सूर्य की आग जलाकर मास-ऋतु-रूपी डोई चलाकर सब प्राणियों का पकाता है, अर्थात् जीर्ण करता है, यही जानने योग्य वार्ता है।"

यक्ष ने कहा, "हे, शत्रुदमन! तुमने मरे सब प्रश्नों का उत्तर दे दिया। अब ये बताओ कि पुरुष कौन है? और, सबसे बढ़कर धनी कौन है?"

युधिष्ठिर ने कहा, "पुण्य-कर्म करने से मनुष्य की कीर्ति स्वर्ग तक पहुंचती है और पृथ्वी पर व्याप्त होती है। वह कीर्ति जब तक बनी रहती

है तब तक वह पुण्यात्मा पुरुष कहलाता है। हे यक्ष, जो पुरुष भूत और भविष्य को, सुख और दुःख को, प्रिय और अप्रिय को समान समझता है, वही सबसे बढ़कर धनी है।"

युयुत्सु अन्य विद्वजनों के साथ शांत बैठे राजा युधिष्ठिर का संवाद सुनते रहे। युधिष्ठिर ने यक्ष-प्रश्नों का वर्णन करने के बाद कहा, "इस तरह जीवन, धर्म, देह आदि की व्याख्या मैंने की।" वह कुछ क्षण थमे, फिर बोले थे, "किन्तु अब जो परिस्थितियां है उनमें मेरे भीतर देह-त्याग की इच्छा बलवती हुई है, अतः मैंने उपरोक्त निर्णय किया है। तुम सब इसके लिए तनिक भी शोक-संतप्त मत होओ।"

लौट आए थे युयुत्सु। मन में उत्तेजना और चिन्ता लहरों की तरह थपेड़े देती थी; किन्तु युधिष्ठिर से हुई वार्ता हर असहजता को भी सहज बना देती।

अगले कुछ दिनों तक श्रीकृष्ण, बलभद्र, वसुदेव, सात्यकि आदि को तिलांजलि देने, हवनादि करने का क्रम चलता रहा। फिर पाण्डवों ने द्रौपदी सहित संन्यासाश्रम के वस्त्र धारण किए।

नगरवासी दुःखी हुए। राजा को रोकने के अनेक प्रयत्न किए थे; किन्तु युधिष्ठिर अपने निर्णय पर अडिग रहे। उन्होंने सम्पूर्ण राज्य-सत्ता युयुत्सु को सौंप दी। कृपाचार्य की पूजा करके परीक्षित को शिक्षा-दीक्षा के लिए उनकी गोद में डाल दिया तथा युयुत्सु से कहा, "भाई! अभिमन्यु के पुत्र परीक्षित को तुम्हारी देखरेख में ही हस्तिनापुर का राज्य सम्हालना होगा, अतः यह दायित्व तुम्हारा ही है। अब से परीक्षित तुम्हारा हुआ।"

युयुत्सु बोल नहीं सके थे।

पाण्डवों ने द्रौपदी सहित प्रस्थान किया। नगरवासी शोकाकुल होकर हस्तिनापुर की सीमाओं तक उन्हें छोड़ने आए फिर थम गए।

युयुत्सु अश्रुपूरित दृष्टि से देख रहे थे पाण्डव-बंधओं को। वे शांत, सहज चाल मे पथ पर बढ़े जा रहे थे। सबसे पीछे चल रही थीं द्रौपदी। कोमलांगी द्रुपदकन्या।

होंठ भींचकर अपने भीतर की कसक सह ली थी युयुत्सु ने। जब पाण्डव दृष्टि से ओझल हो गए, तब मुड़कर राजनिवास की ओर जाते मार्ग को देखा था युयुत्सु ने।

कर्तव्य का लम्बा मार्ग सामने पड़ा था। इस मार्ग की हर कठिनाई से अब केवल युयुत्सु को जूझना था। केवल युयुत्सु को ही विजय पानी थी। एक और महायुद्ध! नाश से निर्माण का महायुद्ध! युयुत्सु ने जबड़े कसे और चल पड़े।

•••

अनंत

कृष्ण!...कृष्ण...!...कृष्ण!...

मन जिज्ञासा का समुद्र बन गया है। प्रश्न-लहरों से भरा आदि-अनंत। कोई लहर एकांत के किसी क्षण सहज-शांत भाव से मस्तिष्क को सहलाती है और किसी बार तूफान की तरह वेग से टकराने लगती है। हर लहर एक प्रश्न का थपेड़ा देती हुईकैसे होंगे कृष्ण?

एक बार माता कुंती बोली थीं“पुत्र!...कृष्ण बहुत मोहक हैं। बहुत शीतल। चांदनी की किरन जैसा।”

पर बहुत मिले हैं, जिन्होंने अर्जुन को बतलाया है“यादव कृष्ण सूर्य की तरह उग्र हैं। उनका प्रताप सहना कठिन है!”

और कितने हैं जो कितनी-कितनी तरह कृष्ण को लेकर बहुत कुछ बतलाते-कहते रहे हैं? कोई सत्य कहता है उन्हेंकोई छली। किसी की सम्मति हैकृष्ण अद्‌भुत हैं, अलौकिक! और किसी ने उनके व्यक्तित्व में धूर्त खोज रखा है। किसी के लिए ग्वाला है कृष्णकिसी के मन में रखवाला।

कुल मिलाकर कृष्ण क्या हैं? कैसे हैं? अर्जुन ही नहीं, बहुतों की गुत्थी बन गई है। किसी के लिए भय बन गए हैं वहकिसी के लिए रक्षा। किसी की अशांतिबहुतों की शांति।

मन होता है उस लौकिक से मिलेंजो अलौकिक-सा वर्णित है। उस अलौकिक को देखेंजो पूर्णतः लौकिक है।

माथा भर गया है सुनते-सुनते। जितना सुनते हैं, मस्तिष्क में जगह न पाकर, मन में बूंद-बूंद रिसने लगता है। हृदय में पहुँचकर ऐसी हर बूंद आधी बनकर मन को कभी मथुरा और कभी दूर पश्चिम दिशा में

बसी द्वारकापुरी की ओर उड़ाने लगती है...आकाश में पुकारें फेंकती हुईकृष्ण!...कृष्ण!   कृष्ण!...

और आज मन समय की तुलना में कुछ अधिक ही उड़ानें भरने लगा था। ब्राह्मण वेष में जब युधिष्ठिर, भीम, नकुल और सहदेव को साथ लिए द्रौपदी की स्वयंवर-सभा में पहुंचे, तब सुनने को मिला थाकृष्ण भी आए हैं वहां। उनके साथ हैं महाबली बलराम।

मत्स्य-भेद से पूर्व जब सौन्दर्यमय कृष्ण को उनके भाई ने स्वयंवर में उपस्थित राजाओं के नाम-परिचय दिए, तब कृष्ण का नाम भी लिया था। अर्जुन हर ओर से दृष्टि उठाकर कृष्ण को ढूंढ़ने लगे थे, कौन हैं? राजाओं की इस विशाल भीड़ में कौन से हैं देवकीसुत कृष्ण?...

किन्तु देख नहीं सके उन्हें। देखा भी होगा तो सहसा दृष्टि टिक न सकी होगी। यह भी सम्भव है कि उस क्षण कृष्ण कहीं और रहे होंगे? पर मन विचित्र-सी व्यग्रता से भर उठा थाजिस कृष्ण को लेकर इतना कुछ सुन-जान रखा है, उसे देख तो लें। बहुत चाह उठी थी मन में। देखकर चाह पाएंगे या नहींयह अलग बात।

किन्तु उस क्षण विचार भी नहीं किया था कि देखकर केवल चाहना बन जाएंगे। नाम, काम, व्यक्तित्व से परे केवल चाह! पहले जानते होते तो देखते ही नहींकतरा जाते। ऐसे मिले, तब लगा जैसे स्वयं को भूल गए हैंअंकगणित की गुत्थी बनकर रह गए। जिसका जोड़ का भी वही फल जो घटाने का होता है।

कृष्ण-कृष्ण सुनकर बहुत बार लगता था कि अर्जुन के भीतर एक शून्य रखा हुआ है। इस शून्य का निर्णय कैसे हो? आदि है या अंत? भरा है या खाली।

सोचते थेकृष्ण को देखें तभी इस शून्य से मुक्ति पा सकेंगे। बहुत खाली-खाली सोचते हैं तो भर जाएंगे। बहुत भरे हुए रहे होंगे तो खाली हो जाएंगे! पर दर्शन तो करें उस विलक्षण का!...कौन से लक्षण हैं, जिन्होंने देवकीसुत को विलक्षण बनाया है? या केवल विलक्षणता ही उनका लक्षण है!...

और जब मिले, तब लगा था कि अपने से ही मिले हैं। कुछ घबरा

भी गए थे पहली-पहली बार। यह कृष्ण देह है या मंत्र! इस तरह मुग्ध कर लेना मंत्रशक्ति से ही सम्भव है। डर भी अनुभव हुआहे भगवान! ऐसे गुम क्यों होने लगे हैं अर्जुन?...बहुत शक्ति से अपने आपको अपने ही में संजोए-सहेज रखने की चेष्टा की थी, पर क्षण के हर हजारवें हिस्से में लगने लगा था, जैसे या तो उस मंत्र ने उन्हें स्वर की तरह अपने में विलीन कर लिया है, या उनके अपने भीतर वह मंत्र शब्द बन कर रह गया है।

अविश्वसनीय!...अद्‌भुत!...अलौकिक!...

फिर से खींचने लगे थे अपने आपको। अपने ही भीतर से चेतावनी उकेरते हुए"बचो अर्जुन!...तुम अर्जुन हो! महावीर, व्रती धनंजय!... तुम्हारा अपना एक व्यक्तित्व भी है, अस्तित्व भी।"

पर अनुभव हुआ था कि उकेर कर अपने भीतर शब्द ही उगा सके अर्जुन। स्वर आत्म के भीतर गन्ध की तरह बिखर गया था, "नहीं अर्जुन!. ..तुम कृष्ण होकृष्णमय! अब तुम्हारी शक्ति, साधना, तपस्या, कर्म-धर्म सभी कुछ केवल कृष्ण!...कृष्ण से इतर तुम कहीं नहीं!..."

अपने व्यक्तित्व को बर्फ की तरह गलकर धीमे-धीमे निर्झर-गति से कृष्ण के सागर-व्यक्तित्व में समाहित होते देखकर बेबसी में रो पड़ना चाहा था...पर आश्चर्य!...

रोना भी तो कृष्ण के वश जा पहुंचा है?

रो भी न सकेकृष्ण मुस्कुराकर जो देख रहे थे उन्हें?...

स्वयंवर में युद्ध के लिए चुनौतियां फेंकते राजाओं का सामना करने के बाद वे सभी द्रौपदी को लेकर घर आए। दुर्योधन से बचाव के लिए कुम्हार के यहां शरण ली थी उन्होंने। पांचों भाई ब्राह्मण-वेष रखे हुए थे। द्रौपदी को कुंती स्नेहपूर्वक भीतरी हिस्से में ले गई थीं और पांचों कुछ समय के लिए शांत भाव से बैठे रहे थे। तभी द्वार पर हल्की-सी आहट हुई थी।

आशंका से भरकर उन सभी ने एक-दूसरे को देखा था, फिर अर्जुन

उठेद्वार खोला। सामने पीताम्बरधारी तेजस्वी युवक खड़ा था। उसके साथ गौरवर्ण दीर्घकाय व्यक्ति। अर्जुन पूछना चाहते थे"कौन हो तुम? क्या परिचय है तुम्हारा? और क्या चाहते हो?"

पर वह भी नहीं पूछ सके। होंठों पर आकर प्रश्न चिपका रह गया थाउससे भी कहीं अधिक गहरे चिपक कर रही गई थी दृष्टि...वह युवक? सांवली, सुगठित देह-यष्टि, अलंकृत शरीर और भोली आंखें। लगा था कि धनंजय के मन-स्वर को इस युवक ने चुम्बक की तरह बांध लिया है।

परिचययह सरल, निश्छल मुसकान!...अर्जुन सहज हो सकें, इसके पूर्व ही शेष चारों भाई उनके पास आ खड़े हुए। सबकी आंखों में प्रश्न'तुम्हारा परिचय?'

"मैं यदुश्रेष्ठ वसुदेव का पुत्र हूं कृष्ण और यह मेरे अग्रजबलदेव।" श्रीकृष्ण ने बतलाया। स्वर ऐसा था जैसे लहरों को वायु ने चूमा थासुनने वाले को झंकृत करता हुआ। अभी, वे सब स्तब्ध-से उन्हें देख ही रहे थे कि कृष्ण-बलराम तुरंत झुके, युधिष्ठिर के चरण छू लिए।

"किन्तु...किन्तु तुमने हमें पहचाना कैसे भाई!" युधिष्ठिर के स्वर में प्रसन्नता थी।

कृष्ण हंसे"अग्नि छिपती नहीं है राजन्! जो उसके प्रकाश को देख न सकेंउन्हें क्या कहा जाएगा?"

युधिष्ठिर ने कितना सुना, कितना अनसुना कर दिया, ज्ञात नहींवे हर्षोन्मत्त होकर पुकारने लगे थे"माता! देखो तो कौन आए हैं?"

सब ने कृष्ण-बलराम को भीतर आने की राह दी। सावधानी की दृष्टि से नकुल ने द्वार बंद कर लिया। अर्जुन अब भी मंत्रमुग्ध देख रहे थे श्रीकृष्ण को। क्यों, किस कारणस्वयं भी समझ में नहीं आ रहा था। जब सभी ने अपना-अपना आसन ग्रहण कर लिया, तब श्रीकृष्ण अर्जुन की ओर मुड़े"कुंतीसुत!...तुम्हें लेकर सदा ही बहुत कुछ सुनता था। दर्शन करके सुख मिला।"

अर्जुन को लगा कि किसी ने उनके भीतर आनंद की असंख्य तरंगे बिखरा दी हैं। सब मोहिनीमंत्र में बंधी हुईं। मिठास अनुभव करते हुए

बुदबुदाए"मैंने भी बहुत सुना था वासुदेव! और जितना सुना था, उससे कुछ अधिक ही।"

बात पूरी हो सके, तभी कुंती आ पहुंची"अरे कृष्ण!...बलभद्र!..."

दोनो भाई तुरंत उठे। चरण छुए। कुंती ने उन्हें स्नेह से गले लगाया, फिर अंसुआई दृष्टि चेहरों पर गड़ा दी, "देखो तो, तुम लोगों से भेंट भी हुई है, तो कहां? किस दशा में?..." सहसा वृद्धा का गला भर्रा गया था। बहुत थामना चाहकर भी आंसू छलक आए"तुम्हें ठीक तरह भोजन कराने की भी सामर्थ्य नहीं है तुम्हारी बुआ में? वीर पाण्डव कुल-कलह की अग्नि में झुलसते जीवन-रक्षा करते यहां-वहां घूम रहे हैं..." बोलते-बोलते पृथ्वी पर बैठ गई थीं वह। वातावरण सहसा बोझिल हो गया। पर अर्जुन ने देखाकृष्ण उस तनाव में भी सहज हैं। उन्होंने कहा था"सत्य सदा ही अग्नि-परीक्षा देता आया है बुआ!...यह कोई नई बात नहीं है। नई बात तो तब होगी जब यह सत्य ज्योतिकिरणों की तरह सम्पूर्ण सृष्टि में बिखर जाएगा!...तुम्हारे पराक्रमी पुत्र का यश उन्हीं किरणों की तरह बिखरेगाशांत हो!..."

अर्जुन को लगा कि ये शब्द नहींशक्ति में स्रोत की वह गति है, जो न बाढ़ के जल में होती है, न अग्नि शिखा में!...क्षण भर पहले के कृष्ण से यह अलग कृष्ण थेचन्द्र किरण से सहसा सूर्यतेज बने हुए!... एक और आश्चर्य ने छुआ था उन्हेंएक ही व्यक्तित्व में एक साथ विपरीत गुण-ग्रह कैसे समाए हुए हैं?...

युधिष्ठिर, भीम, नकुल और सहदेव बहुत आशान्वित दृष्टि से वासुदेव को देख रहे थे। उस दृष्टि में विश्वास भी था, श्रद्धा भी। जितना स्नेहउतना समर्पण। क्यों न हो? जब-जब कृष्ण को लेकर माता कुंती से बातें होती थीं, तब-तब यही कुछ तो कहती थीं वह"वह बहुत स्नेहिल है युधिष्ठिर! नीति, शक्ति, गुण, ज्ञान से सम्पूर्ण! वह सदा ही हम सबका स्मरण करता होगा, हमारे शुभार्थ किसी न किसी दिन अवश्य आएगा!"

पर अनसुना कर देते थे पाण्डव। कृष्ण को लेकर बहुत कुछ तो सुनते रहे थे वे। तब से बहुत दिनों राह देखी थी कृष्ण की। यहां-वहां,

सम्बन्धियों के मिल जाने पर कृष्ण को लेकर उत्सुकता भी प्रकट की थीसोचते थे कि सम्भव है कृष्ण तक इसी तरह समाचार पहुंच जाए। जितना जो कुछ उन्हें लेकर सुना-जाना था, उसके अनुसार कृष्ण अलौकिक कथाओं के भंडार जैसे लगते थे। इस अलौकिकता में अनजाने ही पाण्डवों के भीतर एक विश्वास पनपने लगा था, कृष्ण की बुद्धि, योग्यता, शक्ति और ज्ञान का सहारा पाकर दुर्दांत कौरवों पर जय प्राप्त की जा सकती है। वैसा न भी हो सका तो न्याय अवश्य ही मिल जाएगा।

पर किसी बार कृष्ण नहीं मिले, किसी संयोग या सूचना ने भी उन्हें पाण्डवों से नहीं मिलाया।

और जब मिलाया है तब।

"नहीं! वह स्वयं मिलने आए हैं!" युधिष्ठिर विचारते हुए उनकी ओर मुग्ध भाव से देखे जा रहे थेमन ने कहा था"निःसन्देह! कृष्ण अद्भुत तो हैं ही। ऐसा न होता तो वह पाण्डवों को इस तरह कैसे पहचान लेते?"

याद आया, विदुर ने एक बार कहा था"पाण्डुपुत्र! कृष्ण निःसन्देह अलौकिक हैं!...सर्वज्ञ! यह घटने से पहले घटना जान सकते हैंऔर घटना के बाद तक देख पाने की सामार्थ्य है उनमें।"

वह दिन?

युधिष्ठिर ही नहीं, सभी को याद हैजब पहली-पहली बार कृष्ण को लेकर सुना था उन्होंने! किशोर कृष्ण और क्रूर कंस की संघर्ष-कथा। तब हस्तिनापुर में ही थे पाण्डव। सांझ का समय। आचार्य द्रोण के आश्रम से लौटे ही थे कि राजभवन में सनसनी की तरह सबके चेहरे देखे थे उन्होंने। विस्मय, कौतूहल और बहुत कुछ अविश्वास से भरे हुए। सेवक चकित भाव से परस्पर फुसफुसा रहे थे। राजनिवास के द्वारपाल बड़बड़ाते-फुसफुसाते हुए, हंसते, गपशप करते चले आ रहे पाण्डवों को इस वातावरण में एक नयापन, अनुभव हुआ था। विशेषकर उन फुसफुसाहटों के आधे-अधूरे शब्द सुनकर।

एक बोला था"अधिक आयु नहीं है उसकी। कहते हैं, यही कोई पन्द्रह सोलह का है।"[1]

"अविश्वसनीय!..." उत्तर में एक आतंकित स्वर उठा था।

युधिष्ठिर, भीम आदि ने एक-दूसरे को देखाकिसे लेकर बड़बड़ा रहे थे वह? और इस तरह चकित-बौखलाए हुए से? क्यों?

अगले द्वार पर फिर उन्होंने सेविकाओं को एकत्र देखाचार-पांच थीं वे। पाण्डव चलते-चलते धीमे कदम चलने लगे। सुनना होगाकिसे लेकर कह-सुन रहे हैं वह।

"कंस तो बड़ा बली था, बहिन!...भला कैसे सम्भव है कि बालक ने उसे हत किया?"

"वहीं तो।" दूसरी ने उत्तर दिया था"कहते हैं, है देवकी का पुत्र! किसी गोप (ग्वाले) के साथ यहां छिपा रखा था देवकी-वसुदेव ने। वहीं से मथुरा पहुंचा था। साथ में उसका बड़ा भाई भी। वह भी विलक्षण है!"

"पर मुझे तो विश्वास नहीं होता!" कोई और आवाज उठी थी।

"इसीलिए तो सब व्यग्र हुए हैंबहिन! विश्वास के योग्य बात ही कहां है? यह तो ईश्वर लीला हुई! जरासन्ध के जामाता को ऐसे किसी कीड़े-मकोड़े की तरह हत कर डाला बालक ने!"

"बालक कैसा है?"

"वही तो देखना चाहते हैं सब?" एक मुग्ध स्वर उठा था"कैसा होगा वह? मेरा तो मन ही भरने लगा है यह सोचकर।

इन आधी-अधूरी बातों में बहुत कुछ समझाअधिकतर अनसमझा रहा। देवकी-वसुदेव के नाम ने चौंकाया था। माता कुंती से सुना था कि वसुदेव उनके भाई हैं। यादवों की वृष्णि वंशी शाखा के वसुदेव!

यह भी सुना था कि वसुदेव-देवकी बहुत कष्ट में हैं। मथुरा के अधिपति कंस ने उन्हें कारावास में डाल रखा है। बहुत अत्याचार हुए

---

1. श्रीकृष्ण द्वारा कंस को हत किए जाने की घटना को लेकर विभिन्न विद्वानों में उनकी आयु पर मत-मतान्तर हैं। किसी के अनुसार कृष्ण ने कंस को जब हत कियावह 12 वर्ष के थे और किसी ने उनकी आयु 16 वर्ष कही है। बलराम, कृष्ण से 1 वर्ष बड़े थे।

हैं उन पर। उनकी हर संतान को कंस नष्ट करता गया है! बहुत क्रूर, निर्दयी और दुष्ट है कंस! जिस पर जरासन्ध का जामाता!...और जरासन्ध भरत खण्ड की बहुत बड़ी शक्ति! मगधराज!

युधिष्ठिर जल्दी-जल्दी आगे बढ़े। बोले थे "माता के पास चलें?" आंख में जो भाव था उसने भीम, अर्जुन, नकुल और सहदेव सभी को समझा दिया, किसलिए सीधे कुंती के पास पहुंचना चाहते हैं? उनके अपने भीतर भी तो उस विस्मयकारी घटना को आदि से अंत तक सुनने की इच्छा बलवती हो उठी थी?

सबने युधिष्ठिर का अनुसरण किया।

आसन पर बैठी कुंती की आंखें छलछलाई हुई थीं, किन्तु होंठों पर स्मिति। युधिष्ठिर, भीम, अर्जुन आदि ने उनके कक्ष में प्रवेश करते ही आश्चर्य से देखा था, फिर आगे बढ़ते हुए ठिठक गए!

विचित्र वेदनापूर्ण प्रसन्नता थी कुंती के चेहरे पर! पांचों ने पुनः कदम बढ़ाए। माता को प्रणाम किया, आशीष लिया और एक ओर बैठ रहे। कुछ प्रश्न करें या प्रश्न के लिए शब्द सहेज सकें, इसके पूर्व ही आहट ने ध्यान खींच लिया। सेविका ने सूचना दी थी "देवी! महात्मा विदुर, मथुरा से आए दूत के साथ भेंट की आज्ञा चाहते हैं।"

कुंती से प्रसन्न मन कहा था "आने दो उन्हें।" फिर पलकें पोंछींद्वार की ओर दृष्टि गड़ा दी।

विदुर ने प्रवेश किया। सभी बालक आदर के साथ उठ खड़े हुए। उन्हें बैठने का संकेत कर वह बोले थे "भाभी! यह हैं वसुहोम! मथुरा महाराज उग्रसेन के दूत। कंस-वध का समाचार लेकर आए हैं।"

दूत ने प्रणाम किया। फिर कहा "दुर्दांत कंस से यादवों को मुक्ति मिल गई है पाण्डुपत्नी! देवकीसुत कृष्ण और रोहिणी के पुत्र बलराम ने मथुरा को आतताई शासन से मुक्ति दिला दी है। यादवश्रेष्ठ वसुदेव ने यही सन्देश देने के लिए मुझे आप तक पठाया है।"

"देवकीसुत कृष्ण?" चकित हो गई थीं कुन्ती "किन्तु दूत! भाभी की हर संतान को तो वह दुष्ट नष्ट करता गया था, फिर...?"

कुन्ती के शब्द पूरे हों, इसके पहले ही टोक दिया था वसुहोम ने। उसका अपना स्वर भी आनन्दातिरेक से छलक रहा था"केवल कृष्ण को नष्ट नहीं कर सके थे मथुराधिपति कंस!...उन्हें जन्म के तुरंत बाद ही गुप्त रूप से गोकुल में भेज दिया गया था। उसी भांति गुप्त रूप से रोहिणी देवी के पुत्र कर संकर्षण को भी वहां पठाया जा चुका था।"

"यह...यह सब कैसे हुआ दूत!" इस बार प्रश्न कुन्ती ने नहीं, समाचार सुनकर आनंदित हो रहे विदूर ने पूछा था"आश्चर्य! दुर्दांत कंस के कारावास से जन्मे बालक को किस विधि से निकाला गया?"

"सुनाता हूं, महात्मन्! सब सुनाता हूं।" दूत ने कहा। सभी की दृष्टि विस्मय से उसकी ओर टिक गई थी। पांचों पाण्डव, कौतूहल से भरे हुए उस विस्मय कथा को सुनने के लिए उतावले हो उठे।

दूत बोला था"मैं उस सम्पूर्ण घटना का प्रत्यक्षदर्शी और स्वयं पात्र रहा हूं, शूरसुता! आज आपको वह सब सुनाता हूं। उसी रात्रि से सुनाता हूं, जब दूष्ट कंस ने अपने ही पितृ को शासन से च्युत किया था।"

कृष्ण को सामने पाकर वह सब आंखों के आगे दृश्यवत उभरने लगा है, जो उस संध्या समय पर वसुहोम यादव से सुना था। वह भी क्या कम अविश्वसनीय और असहज था, जो वसुहोम ने कहा? तब छोटे थे पाण्डव, पर सभी कुछ इस तरह सुन रहे थे, जैसे कोई संस्कृति-कथा सुन रहे हों। विष्णु, शंकर सा साक्षात् ब्रह्मा की ही कौतुक-कथा!

उस क्षण कृष्ण की जो छवि उभरी थी, वह भी उतनी तेजस्वी और असामान्य नहीं लगी थी, जितनी आज लग रही है? युधिष्टिर ही नहीं, वे सब कृष्ण-बलराम को टकटकी लगाए देखे जा रहे थे। कानों में गूंज रही थीकृष्ण चर्चा की वह पहली कहानी।

वसुहोम के होंठों से झरी और पाण्डवों के मन की तूलिका से चित्रित होकर मस्तिष्क पर अंकित हुई कहानी। कैसा रहा होगा कंस? इसका भी एक चित्र बना था मानस में और फिर सब चित्रवत् अंकित होता गया था...

वसुहोम प्रतिदिन की तरह मथुरा के राजा उग्रसेन तक सन्देश लेकर जा रहे थे। मंत्री वसुदेव उन्हें हर रात्रि, शैया पर पहुंचने के पूर्व समूचे दिन की राजकीय गतिविधियों के गुप्त समाचार वसुहोम के माध्यम से ही भेजा करते थे। उस दिन भी यही क्रम था।

किन्तु राजमहल में प्रवेश करते ही लगा था कि कुछ है, जो बदल गया है, पर क्या? वह समझ से बाहर था। द्वारपालों ने रोका नहीं था उन्हें। सब जानते थे वसुहोम को। सीधे, सरल सेवक के रूप में प्रसिद्ध थे वे। वही सबने देखा था। महाराज उग्रसेन और वसुदेव के बीच वे सम्पर्क के सबसे महत्त्वपूर्ण सूत्र हैं। किसी को कल्पना तक न थी। राजा और मंत्री ने बड़ी योजना और सावधानी से वसुहोम को अति-महत्त्वपूर्ण रखते हुए भी अतिसाधारण रूप में जन-मानस ही नहीं अन्य राजा-सरदारों तक भी घुलामिला रहने दिया था। साधारण सेवक का यह चोला, राजनीति में बहुत काम आता था।

निर्बाध चले गए थे वसुहोमपर माथा ठनकता हुआ। वातावरण बदल-बदला क्यों लग रहा है?

और फिर जैसे खोज लिया था कारणप्रतिदिन मुख्य राजनिवास के द्वार पर जो सैनिक मिला करते थे, वे कहां हैं? जो मिले हैं, सब नए चेहरे! यह परिवर्तन अचानक कैसे हुआ? और यही क्यों? आगें भी अनेक द्वारों पर सभी जगह बदले हुए व्यक्ति पाए उन्होंने। तीव्र गति सहसा मंद पड़ी गई थी। सहज, शांत मस्तिष्क अचानक सक्रिय हो उठा!

अभी अगला कदम बढ़े कि उन्होंने महाराज उग्रसेन के कक्ष में कुछ शोर अनुभव किया। दबे कदम आगे बढ़े, फिर दृष्टि कक्ष के झरोखों पर जड़ी जाली में गड़ा दी। भय और अविश्वास से आंखें फैली रह गयी थीं वसुहोम की। लगा था कि गला सूख गया है, रक्तचाप तीव्र। होंठ अनायास ही बुदबुदा उठे थे"हे भगवान्! यह क्या?"

महाराज उग्रसेन को दो सैनिकों ने थाम रखा था। उनके चेहरे पर अविश्वास और आश्चर्य था। बौखलाए हुए से वे प्रश्न कर रहे थे"यह. ..यह क्या अशिष्टता है? कौन हो तुम लोग?"

"क्षमा करें, देव!" एक सैनिक ने कहा था"युवराज की आज्ञा

हुई है। आप शासन के योग्य नहीं रहे। अतः आपको समम्मान कारावास में पहुंचा दिया जाए!"

"दुष्ट!...नीच!...तेरा यह दुःसाहस?" चीख पड़े थे राजा। क्रोध और आवेश ने सारे शरीर का लहू जैसे उनके चेहरे पर खींच लिया था। आंखें सुलग रही थीं"जानते हो, मेरे संकेत मात्र से तुम दोनों के शीश धरती पर जा गिरेंगे?" वह गुर्रा रहे थे।

"क्षमा करें राजन्!" सैनिक ने उन्हें लगभग घसीटते हुए उत्तर दिया था"सम्पूर्ण राजनिवास ही नहीं, राज्य की सीमाओं तक सभी सैनिक, द्वारपाल और सेना नायक बदले जा चुके हैं! आपके अनेक समर्थक अब तक कारावास पहुंच चुके होंगे। आपकी हर चेष्टा अब व्यर्थ है राजन्! चलिए! हमें बाध्य मत कीजिए कि युवराज की आज्ञानुसार हम आपको शक्तिपूर्वक कारावास तक ले जाएं!

"किन्तु...।" वसुहोम की थरथराती दृष्टि ने देखा थाराजा उग्रसेन का विरोध केवल निराश झल्लाहट बनकर रह गया है"युवराज! नीच, पितृघाती सिद्ध हुआ।" आगे कुछ कहें, या कुछ घटेइसकी प्रतीक्षा किए बिना तीव्रगति से लौट पड़ा था वसुहोम। सहमा, घबराया हुआ और व्यग्र! यह समाचार तुरन्त महामंत्री वसुदेव तक पहुंचना आवश्यक!

हर द्वार, हर सैनिक के सामने से इस तरह सहज होकर निकला था वह, जैसे उसे कुछ ज्ञात ही न हो अथवा वह उस सारे ही परिवर्तन में जुड़ा हो। उस परिवर्तन का ही अंश!

वसुहोम राजनिवास से बाहर निकलते ही तीव्रगति से लपका था वसुदेव के निवास की ओर।

किन्तु निवास पर पहुंचते ही पुनः ठिठक जाना पड़ा। द्वार पर अनेक सैनिक देखे थे उसने। थूक का घूंट निगलकर पूछ लिया था, "क्या बात है?"

"युवराज महामंत्री से भेंट के लिए पधारे हैं।" एक सैनिक ने बतलाया।

वसुहोम अचकचाया हुआ-सा खड़ा रहा, फिर आगे बढ़ने को हुआ, तो सैनिक ने रोक दिया था उसे"क्षमा करना वसुहोम! तुम्हें कुछ समय यहीं प्रतीक्षा करनी होगी।"

भयग्रस्त चिन्तित वसुहोम चुपचाप एक ओर खड़ा रह गया।

थोड़ी देर बाद विशाल देहयष्टि वाले युवराज कंस गौरवान्वित चाल में बाहर निकले। उनके गिर्द अंगरक्षक थे। वसुहोम की ओर देखा तक नहीं था उन्होंने, रथारूढ़ हो रहे।

वसुदेव तक पहुंचने के पूर्व हृदय की असन्तुलित होती जाती धड़कनों को जैसे-तैसे सहेजता हुआ वसुहोम खड़ा-खड़ा कंस और उसके सैनिकों की रवानगी देखता रहा, फिर लगभग दौड़ता हुआ भीतर पहुंचा।

वसुदेव अपने कक्ष में थे। निराश, थके हुए, चिन्तित और व्यग्र! आसन पर बैठे हुए दोनों हाथों में माथा थामे हुए थे वह।

कांपता हुआ वसुहोम उनके सामने जा खड़ा हुआ। उसका चेहरा, माथा, गला सभी पसीने से नहा गए थे।

वसुदेव ने सिर उठाया, एक गहरी सांस ली, बोले"जानता हूं वसुहोम! तुमने राजनिवास में क्या देखा होगा?"

एक बार पुनः थूक का घूंट निगलना पड़ा था उसे। लगता था कि शब्द बार-बार गले में अटक जाते हैं। तेज प्यास अनुभव की थी उसने। जैसे-तैसे बोल सका"अब क्या होगा, देव!"

"इस समय कुछ नहीं हो सकता !" वसुदेव ने उत्तर दिया था"युवराज का कल तिलक होगा। मथुरा के नए अधिपति! यादव संघ के नए प्रमुख!"

"किन्तु मंत्रिवर! युवराज कंस अति-क्रोधी और हिंसाप्रिय हैं।" वसुहोम के स्वर में चिन्ता थी"मथुरा का राज्य अब यदि संकट में नहीं है, तो दूसरों के लिए अवश्य संकट बन सकता है!"

उपेक्षा से हंसे वसुदेव। वसुहोम ने देखाउनके चेहरे पर निराशा से अधिक विकृति थी"अब मथुरा ही नहीं, सम्पूर्ण गणसंघ शांति और व्यवस्था की नहीं, अशांति और अराजकता की आराधना करेंगे!" एक पल के लिए चुप हो रहे थे वसुदेव। उठे, चहलकदमी करने लगे"आश्चर्य नहीं कि शीघ्र ही कोई-न-कोई युद्ध हो जाए! हम यादवगण किसी पर नाश-वर्षा करें अथवा नाश की वीभत्सता को सहें।"

"तब...?"

"तब क्या...? कुछ नहीं!"

एक पल के लिए चुप्पी बिखर गई थी, फिर वसुहोम ने सरलता से कहा था, "मैं तो बहुत डर गया था मंत्रिवर!"[1]

"क्यों?"

"कहीं महाराज की तरह आपको भी कंस कारावास में...।"

हंसे वसुदेव। बात अधूरी ही रह गई वसुहोम की। भौंचक्का-सा मंत्री को चेहरा देखने लगा। कुछ क्षण बाद वसुदेव ने शांत स्वर में उत्तर दिया था"वह आए तो इसी अभिप्राय से थे, किन्तु इस समय उन्होंने धैर्य से काम लिया। सम्भवतः उन्होंने विचार किया कि तुरंत महामंत्रिपद स्वीकारने योग्य उनके पास कोई प्रभावी व्यक्ति नहीं है। अतः मैं स्वतंत्र छोड़ दिया गया हूं।"

"तब क्या आप कंस के भी महामंत्री बनेंगे?" चकित होकर वसुहोम ने पूछा। उसे विश्वास नहीं हो रहा था कि पल-पल राजा उग्रसेन के प्रति समर्पित रहे, यादव वसुदेव इतनी शीघ्र बदल सकते हैं? ऐसी कायरता उनके मन में आ सकती है?

"नीतियुक्त यही था वसुहोम।" वह बोले थे"कंस ने बड़ी संख्या में यादव सामन्तों को अपनी ओर कर लिया है। सेना भी उनके प्रभाव में है, अतः इस समय यही उचित था कि मैं उनकी हां-में-हां मिलाऊं। मैंने कंस के अधीन महामंत्री रहना स्वीकार कर लिया है।"

वसुहोम अधिक गहरे तक नहीं समझ सका था, किन्तु जितना समझा,

---

1. वसुदेव, राजा शूरसेन के पुत्र थे। मथुरा शूरसेन जनपद के अंतर्गत ही आता था। शूरसेन को राजा कहा गया है, किन्तु वसुदेव राजा थे या नहीं, इस तरह का कोई संकेत नहीं मिलता। इतना अवश्य संकेत आता है कि यादव संघ की राजनीति में वसुदेव अत्यंत प्रभावशाली पुरुष थे। आचार्य चतुरसेन ने वसुदेव को अन्धक वंश के राज्याभिषिक्त कुल में हुए राजा उग्रसेन का महामंत्री कहा है।
'महाभारत' के अनुसार वसुदेव की पत्नियां बतलाई गई हैंभद्रा, रोहिणी, मदिरा और देवकी। चतुरसेन ने वसुदेव की पत्नियों की संख्या आठ कही है और श्रीकृष्ण की माता रोहिणी को उनकी आठवीं पत्नी बतलाया है।

उससे मन की शंका टूटी थी। वसुदेव निश्चय ही कोई चपल राजनीतिक जाल बुन रहे होंगे। मन शांत हुआ था।

वसुहोम कुछ पूछे, तभी महामंत्री बोले थे"इस समय तुम जाओ, मुझे विचार करने दो!..."

अभिवादन करके वसुहोम लौट आया था अपने निवास पर। देर तक सो नहीं सका था। वसुदेव युवा थेपर अपनी तीव्र बुद्धि और शांत-चित्तता के कारण उन्हें मथुरा का महामंत्री बनाया गया था। यों भी शूरसेन जनपद के वह भाग्यविधाता कहे जाते थे। शूरसेन के पुत्र थे वह। बहिन कुंती महान कुरुवंश में राजा पांडु के साथ ब्याही थी।

वसुहोम का मन कहता था कि आगे-पीछे तीव्र बुद्धि महामंत्री कुछ ऐसा अवश्य कर सकेंगे, जिससे मथुरा के शासन को कंस से मुक्ति मिले...पर कैसे करेंगे? कौन जाने? यही विचार कर वसुहोम निश्चिन्त हुआ था।

अगले दिन मथुरा इस तरह सजाई गई थी जैसे नगर का पुनर्जन्म हुआ हो। युवराज कंस ने समूची शक्ति-सत्ता अपने हाथ में लेकर जनपद में घोषणा करवा दी थी"महाराज उग्रसेन ने अपने पुत्र कंस को उत्तराधिकार सौंप दिया है।" राजतिलक की तिथि निश्चित हुई।

वसुदेव ने स्वयं अपने हस्ताक्षरों से वह राजाज्ञा प्रसारित करवाई। ऐसे जैसे किसी यंत्र ने कार्य किया हो, फिर प्रमुख नगरों तक स्वयं ही इस राज्यसूचना का प्रसारण करवाने गए। वसुहोम साथ रहा। वह उनका विश्वसनीय सेवक था। इस यात्रा में वसुदेव अनेक जनपद क्षेत्रों में प्रभावशाली व्यक्तियों से मिले-जुले, गोपनीय चर्चाएं कीं। वसुहोम जान रहा थाअवश्य ही वसुदेव महाराज उग्रसेन के शुभार्थ किसी राजनीतिक चक्र के आयोजन में सक्रिय हुए हैं। जल्दी ही राजतिलक भी हो गया।

पर राजनीति-चक्र कंस भी आयोजित कर रहा था। चेदिराज दमघोष के पुत्र शिशुपाल से उसकी मैत्री थी। शिशुपाल, मगधराज जरासन्ध के विश्वसनीय लोगों में से था। यह सम्बन्ध अनायास ही सही, पर मथुराधिपति

कंस को अपरोक्ष रूप से सुरक्षित बनाए हुए था। इसी राजनीति-चक्र ने एक और नया मोहरा खेला। एक दिन अचानक वसुहोम को ज्ञात हुआ कि महामंत्री वसुदेव, अब महाराज कंस के सम्बन्धी बन रहे हैं! वसुहोम को लगा था कि इस सम्बन्ध के बाद कारागृह में पड़े उग्रसेन की मुक्ति आशा धूमिल हो गई है। मन को अच्छा नहीं लगा था वह सब...पर अवश था वसुहोम। वह साधारण व्यक्ति! सामन्तों के संसार में उसकी कितनी सीमा और कितनी पैठ? अपनी क्षमता से खूब जानकार था वह। उसकी नियति केवल सेवा!

मथुरा का राजनीति-चक्र तीव्र गति से घूमा। इतना तीव्र कि एक बार पुनः राजघोषणा हुईमहाराज कंस अपने पितृबन्धु देवक की कन्या देवकी का सम्बन्ध यादवश्रेष्ठ वसुदेव से कर रहे हैं! प्रजाजन प्रसन्न हों!

और फिर हुआ वह भव्य समारोह! वासुदेव और देवकी दाम्पत्य सूत्र में बंधे। वसुहोम को प्रसन्नता ही हुई थी, पर कभी-कभी स्मरण आतामहाराज उग्रसेन को किस दुष्टतापूर्वक उद्दण्ड कंस ने कारागृह में डाला था। यही क्यों, कंस के सैनिक किस क्रूरता और पशुता से समान्य जनों के साथ व्यवहार किया करते थे।

मथुरा की राजनीतिक उठा-पटक इसी तरह चल रही थीकि विस्फोट की तरह-वह घटना घटी, जिसने मथुरा ही नहीं, वृष्णि, अन्धक, भोज वंशीय सभी यादवों का जीवनच्रक ही बदल दिया!

विवाह के तुरंत बाद ही बात है। वर-वधू हवन-वेदी से उठे ही थे कि सेवक ने समारोह में उपस्थित सभी लोगों को सूचना दी थी''सावधान हों और ध्यान लगाकर सुनें! मथुराधिपति महाराज कंस अपने प्रिय महामंत्री ओर राजसुता देवकी के नवविवाहित जोड़े को ले जानेवाला रथ स्वयं संचालित करेंगे।''

''धन्य! धन्य हैं, महाराज का भगिनी स्नेह!'' बन्दीजनों ने स्तुतियां कीं, वाद्ययंत्र बजे। सबने प्रसन्नता और उल्लास प्रकट किया।

राजनिवास से वर-वधू की विदा पूर्व वे एकांत कक्ष में पहुंचा दिए गए थे। उन्हें उनके निवास तक पहुंचाने के लिए विशेष रथ तैयार किया जा रहा था। महाराज कंस स्वयं सारथी बनने वाले थे। वसुहोम विशाल

मण्डप में एक ओर खड़ा था, तभी एक बालक ने कहा था''तुम... तुम वसुहोम ही हो ना?''

''हां...।'' वसुहोम चकित हुआ''क्या बात है?''

''वरदेवता स्मरण कर रहे हैं तुम्हेंतुरंत चलो!'' बालक ने सूचना दी। वसुहोम चकित हुआ, फिर चुपचाप चल पड़ा। मन में प्रश्नइस अवसर पर ऐसा कौन-सा काम आ पड़ा महामंत्री को?

वसुहोम को बालक के साथ आया पाकर दिव्य आसन पर बैठे वसुदेव फुर्ती से उठकर उसके पास आ गए थे। उनके चेहरे पर सतर्कता और चपलता दीख रही थी। चौकन्नेपन से चारों ओर देखकर फुसफुसाए थे''सुनो, वसुहोम! मैं तुम्हें अभी, सार्वजनिक तौर पर सभी के सामने अपमानित करनेवाला हूं।''

वसुहोम हड़बड़ाया, ''किन्तु मेरा दोष क्या है देव?''

वसुदेव कुछ चिढ़कर बोले''पहले पूरी बात सुन लो। मैं जो भी व्यवहार करूंगा, वह नकली होगा। तुम शांत रहना, बस! फिर तुम्हें कुछ समय तक मुझसे अलग रहकर महाराज कंस की स्तुति और भांति-भांति से प्रशंसा करते रहना होगा। तुम मुझसे यदा-कदा मिलते भी रहोगे। प्रयत्न करोगे कि तुम्हें कोई न देखे, समझे?''

''जी, किन्तु...''

''सुनते जाओ। अधिक समय नहीं है मेरे पास!'' वसुदेव बोले थे''मथुरा शीघ्र ही कंस से मुक्त हो सके, इसकी सभी व्यवस्था हुई जा रही है। मैं चाहता हूं कि तुम मुझसे उपेक्षित होकर राजा के विश्वसनीय बनो। उन तक पहुंचकर मुझे सभी समाचार तुम्हारे माध्यम से मिलते रह सकेंगे, समझे!''

पल भर में सब कुछ समझ गया था वसुहोम। श्रद्धा से वसुदेव को देखा था उसने। आंखें भर आयी थीं। अब भी वसुदेव वही थे, जो उग्रसेन और मथुरा के लिए सदा रहे थे। वसुहोम उन्हें समझ नहीं सका था, बस श्रद्धा से सिर झुका दिया था उसने''जैसी आपकी आज्ञा, देव!''

निश्चिन्तता का गहरा श्वास लेकर वसुदेव पुनः एक ओर बैठी नववधू के पास जा पहुंचे।

वसुहोम वापिस हुआ। यह योजनाबद्ध रूप से उस रथ के पास जा खड़ा हुआ, जहां वर-वधू को ले जानेवाला रथ तैयार हो चुका था।

अभी कुछ पल बीते होंगे, वाद्ययंत्रों की ध्वनियां तीव्र हुईं। वसुहोम ने देखाराजकुल की स्त्रियों, सेविकाओं से घिरी देवकी और वसुदेव रथ की ओर आ रहे हैं। यहां-वहां से उन पर पुष्पवर्षा हो रही थी। धूप-नैवेद्य की तीव्र सुगन्ध वातावरण को नहलाए हुए थी। वसुहोम मुग्धभाव से जोड़े को देखता रहा था और फिर पधारे महाराज कंस। सभी ने जय-जयकार कर राजा की प्रशंसा-स्तुति की।

रथ पर नव-दम्पती सवार होने लगे कि वसुहोम, महामंत्री के सामने आ खड़ा हुआ। महाराज कंस विशाल रथ के संचालनार्थ सारथी के स्थान पर पहुंच गए थे। सहसा बड़े नाटकीय ढंग से वसुदेव की भृकुटियां चढ़ी थीं। विद्युतगति से आगे बढ़कर उन्होंने वसुहोम के चेहरे पर एक तमाचा जड़ दिया था। इतनी जोर से कि वसुहोम के होठों से एक चीख बाहर निकल आई!

सब हक्के-बक्के रह गए। वातावरण अनायास ही बदल गया। क्या हुआ, जिस कारण वसुदेव अपने विश्वसनीय व्यक्ति पर इतने प्रसन्न हुए? भौंचक्के से सब देख ही रहे थे कि चीखकर वसुदेव बोले थे"दुष्ट! तूने क्या विचारकर मेरे बारे में धृष्टतापूर्ण बातें कहीं थीं? क्या तुझे यह ज्ञात नहीं कि मधुराधिपति कंस के महामंत्री अनेक कानों से सुनते हैं। उनसे कुछ छिपा नहीं रह सकता?"

महाराज कंस असमंजस की स्थिति में प्रश्न कर बैठे थे"क्या हुआ वसुदेव!"

"राजन!" वसुदेव उसी तरह गुस्से से तिलमिलाते हुए बड़बड़ाए थे"इस भोले लगने वाले धृष्ट व्यक्ति ने मुझे लांछित किया कि मैं एक धूर्त व्यक्ति हूं, जो मथुरा की सत्ता पर अधिकार करने के लिए राजकुमारी देवकी से विवाह कर रहा हूं,, जिस व्यक्ति से इसने यह सब कहा, वह स्वयं मेरे पास आकर मुझसे कह गया। इस नीच को सम्भवतः यह ज्ञात

नहीं था मथुराधिपति। जिस व्यक्ति से यह सब कुछ बक रहा था, वह मेरा अत्यधिक विश्वसनीय व्यक्ति है।" फिर वसुदेव पुनः मुड़े थे वसुहोम की ओर"बोल धूर्त! क्या यह सत्य नहीं है?"

"मंत्रिवर! मैंमैंने यह कहा था...।" वसुदेव से भी अधिक नाटकीय हो गया था वसुहोम, "किन्तु...किन्तु मैंने यही कुछ चर्चा सुनी थी जनपद में, इसलिए दोषवश मेरे मुंह से यह निकल गया। मुझेमुझे क्षमा कर दें देव।" वह रोने लगा था।

"जा, दूर हो जा मेरे सामने से।" वसुदेव ने घृणा के साथ कहा था, फिर रथ की ओर मुड़े।

सभी ओर फुसफुसाहटें बिखर गईं थीं, फिर धिक्कार पड़ने लगे थे वसुहोम पर। अनेक यादव तो उसे मारने-पीटने पर उतारू हो गए थे, किन्तु कंस ने शांत कर दिया था उन्हें। वसुहोम को आज्ञा दी थी"वसुहोम! तुम मेरे वापिस होने तक यहीं रुकोगे।" वह पुनः सारथी के स्थान पर जा पहुंचे।

अगले ही क्षण रथ तीव्रगति से वसुदेव के निवास की ओर लपक पड़ा था।

वसुहोम नहीं जानता था, आगे क्या होगा? जानने की इच्छा भी नहीं की थी उसने। जो करना होगा, वसुदेव करेंगे। अगला विचार-विषय उनका। वह एकांत कक्ष में जा बैठा था। महाराज कंस की प्रतीक्षा करनी होगी, उनका आदेश जो हुआ है।

राजकुल की चहल-पहल हलकी होने लगी थी। देवक की कन्या पतिगृह गई। विवाहोत्सव सम्पन्न हुआ।

और तभी हुआ था विस्फोट।

कक्ष में बैठे वसुहोम को अचानक थप्पड़ों के एक लगातार सिलसिले की तरह वह समाचार ज्ञात हुआ था।

नव-विवाहित वसुदेव-देवकी को कंस ने मार्ग में ही कारागृह के भीतर डाल दिया है। पहली-पहली बार सुना तो विश्वास नहीं हुआ था। हे भगवान! क्या यह सम्भव है? न-न, निश्चित ही झूठ है। किसी धूर्त ने अकारण ही आनंद को पीड़ा में बदलने के लिए यह दुष्प्रचार किया है।

शेष रही चहल-पहल सहसा सन्नाटे से जुड़ने लगी थी और एक पहर बीतते-न-बीतते सन्नाटा ही बनकर रह गई थी। अनेक लोगों ने यही कुछ कहा, यही कुछ सब ओर चर्चित, यही कुछ सुना जाता हुआ। वसुहोम की समझ में नहीं आ रहा था कि कैसे क्या हुआ? कुछ समय पूर्व महामंत्री जिस चौपड़ पर चाल जीत रहे थे, अचानक हार गए। कैसे?

मन रह-रहकर अविश्वास से भर उठता है।

पर यह हुआ है। पता चला कि क्रोधित मधुराधिपति कंस अभी, कुछ समय पूर्व ही उन्हें कारागृह में बंद करके लौट आए हैं। बहुत उद्विग्न और खिन्न मन।

देर तक वसुहोम को बुलावा ही नहीं हुआ था। महाराज कंस की ओर से वह सहमा, डरा हुआ-सा उस पल की प्रतीक्षा करता रहा था, जिस पल प्रतिहारी उसे बुलाने आ पहुंचेगा।

रात्रि गहरी होती जा रही थी। जैसे-जैसे अंधकार बढ़ रहा था, वैस-वैसे वसुहोम के मन में आशंकाएं गहराती जा रही थीं। रह-रहकर सोच उठतावे कौन से कारण रहे होंगे, जिन्होंने महामंत्री वसुदेव और देवकी को मधुरमिलन की पहली रात्रि में ही कारागार पहुंचा दिया?

या कंस पहले से ही यह सब कुछ आयोजित किए बैठे थे? पर पहले वैसा कुछ हुआ होता तो कंस सार्वजनिक रूप से भी वसुदेव को कारावास में भेज सकते थे। उस सबके लिए उतनी नाटकीयता की क्या आवश्यकता थी उन्हें?

नहीं! मन ने दबाव के साथ कहा था"कारण कुछ और ही रहे होंगे! बहुत गम्भीर! कंस ने अपनी ही पितृबन्धु की बेटी के पति को यदि कारावास में डाला है तो कारण छोटा-मोटा नहीं हो सकता।

युधिष्ठिर को स्मरण है वसुहोम को कुंती ने सहसा ही टोक दिया था"ऐसा क्या कारण हुआ था वसुहोम! निर्दोष दम्पत्ति के जीवन को किस कारण दुष्ट कंस ने नर्क में झोंका?"

वसुहोम होंठों पर जीभ फिरा रहा था, जैसे विगत उसके भीतर अग्नि की लपट की तरह कौंधकर लहू सुखा गया हो। वे सभी बौखलाए हुए से बैठे थे। कैसा दुष्ट रहा होगा कंस? पाण्डुपुत्रों के किशोर मन पीड़ा से भर उठे थे।

वसुहोम ने कहा था"बहुत बाद में ज्ञात हुआ था देवी! कारण था, ऐसा कारण था, जिसने कंस की क्रूरता को पाशविकता में बदल डाला।"

और फिर कारण बतलाया था वसुहोम ने। उसे स्वयं भी तो बहुत बाद में ज्ञात हुआ था कारण और वह भी स्वयं वसुदेव-देवकी से।

उन सभी ने एक बार पुनः ध्यान से वसुदेव की कहानी सुननी प्रारम्भ कर दी थी। वसुदेव और देवकी से ही कारण सुनने मिला था वसुहोम को? और तब जबकि वे कारागृह में जा चुके थे?

भला वसुहोम, उन तक किस तरह पहुंच चुका होगा? युधिष्ठिर के किशोर किन्तु सतर्क मन में प्रश्न उठा था।

वसुहोम ने आगे जो कुछ कहा-सुनाया, उससे इस प्रश्न का समाधान किया। निश्चय ही वसुहोम को सभी कुछ ज्ञात होगा। सहजता से वह मिल सका होगा वसुदेव-देवकी से।

वसुदेव द्वारा बनाई जा रही राजनीतिक परिवर्तन की योजना असफल भले ही हो गई हो, किन्तु विवाह वाले दिन वसुदेव ने जिस नाटकीयता के साथ, वसुहोम को सार्वजनिक रूप से लांछित-ताड़ित किया था, उसने अनायास ही वसुहोम को कंस तक पहुंचा दिया।

रात्रि का दूसरा पहर ढलते-ढलते वसुहोम को बुलाने प्रतिहारी आ पहुंचा था"चलो! महाराजाधिराज कंस तुम्हें बुला रहे हैं।"

भय और चिन्ता से थरथराता वसुहोम उठा। लड़खड़ाता हुआ-सा चल पड़ा। मन में तरह-तरह की आशंकाएं थीं। कंस बड़े अनिश्चित स्वभाव का व्यक्ति है। न जाने वसुहोम के साथ क्या व्यहार करे? किस पल, क्या सोचे, और क्या कर डाले? इसी दुविधापूर्ण मनःस्थिति में वह कंस के सामने पहुंच गया था।

कंस बहुत क्रोधित और उत्तेजित दीख रहा था। दीर्घकाय और

शक्तिशाली कंस के कंधे चौड़े थे और उसकी आंखें सदा ही रक्तिम रहा करती थीं। वह आश्चर्यजनक रूप में फुर्तीला और लड़ाका भी था। उसकी उखड़ी मनःस्थिति ने वसुहोम के भीतर भय की एक सुरसुरी फैला दी थी। तभी कंस का भारी स्वर गूंजा, "वसुहोम! दुष्ट वसुदेव ने तुमसे जो व्यवहार किया, वह मुझे नहीं भाया। तुम्हें जन-सामान्य के बीच जो चर्चाएं मिली थीं, वे असत्य नहीं थीं।"

"जी। महाराज!" वसुहोम ने कहना चाहा था, पर लगा कि बोलकर भी बोल नहीं सका है। स्वर गले के सूखे रेगिस्तान में ही कहीं अटककर रह गया है। हकबकाया हुआ कंस को देखता रहा।

कंस ने आगे कहा"पर वसुदेव के षड्यंत्र का जो रूप तुमने सुना, वह वैसा नहीं है। उस दुष्ट के रक्त से मेरी मृत्यु पल रही है। अतः मैंने उन्हें दण्डित करने का निश्चय किया है। मैं इस बात से प्रसन्न हूं कि तुमने मथुरा राज्य और मेरे प्रति अपना राजधर्म पूरा किया है। मेरी इच्छा है कि जिस कारागृह में वसुदेव और देवकी बंद हैं, उसकी सम्पूर्ण देखरेख और व्यवस्था तुम करो। आज से मैं तुम्हें कारागृह का नायक नियुक्त करता हूं।"

अविश्वास और आश्चर्य से मुंह खुला रह गया था वसुहोम का। यह क्या? कंस उस पर इतना विश्वास कर रहा है? तुरंत ही मस्तिष्क में कारण कौंध गय। वसुदेव ने जिस तरह सार्वजनिक रूप से वसुहोम को अपमानित लांछित किया था, उसी के कारण अनायास वसुहोम कंस का विश्वसनीय हो गया है।

कंस हौले-हौले चहलकदमी कर रहे थे। हाथ पीछे बांधे हुए वह विचारमग्न इस तरह बोले जा रहे थे, जैसे उन्होंने तय कर लिया हो कि क्या करना है। कहा"और सुनो। वसुदेव और देवकी के साथ-साथ उस कारागृह में महाराज उग्रसेन भी बन्दी हैं। मेरा विचार है अब तुम अपने उस अपमान का पूरा-पूरा प्रतिशोध दुष्ट वसुदेव से ले सकोगे जो उसने तुम्हारा किया है।"

"जि-ज्जी, महाराज!" वसुहोम ने समूची शक्ति सहेजी। लड़खड़ाते हुए शब्द उंडेल दिए।

"मैं तुम्हें बहुत बड़ा दायित्व सौंप रहा हूं वसुहोम!" कंस बोले थे"यदि तुम ठीक तरह निर्वाह कर सके तब राज्य की ओर से तुम्हें पुरस्कृत किया जाएगा।"

घिघियाई हुई हंसी में हंस पड़ा था वसुहोम, "आपकी...आपकी बड़ी कृपा राजाधिराज।"

कंस ने एक ओर रखा घंटा बजा दिया। प्रतिहारी उपस्थित हुए। कंस ने आज्ञा दी थी"वसुहोम को इसी क्षण कारागृह के अधीक्षक के निवास पर पहुंचाने की व्यवस्था करो।" फिर उन्होंने आदेशपत्र उठाकर वसुहोम की ओर बढ़ाया था"अब से तुम कारागृह के अधीक्षक हुए। यह है तुम्हारा नियुक्ति पत्र।" इसके पहले कि कोई कुछ बोले, कंस के अगले आदेश प्रतिहारियों को हुए थे"पूर्व अधीक्षक से कहा जाए कि कल वह अपना निवास नए अधीक्षक के लिए रिक्त कर दे। कारागृह की सारी व्यवस्था समझा दे और प्रातः काल मेरे पास उपस्थित हो।"

"जैसी आज्ञा देव!" प्रतिहारियों ने सिर झुकाए। वसुहोम ने महाराज कंस को दण्डवत किया और चल पड़ा।

बहुत प्रसन्न और निश्चिन्त था वसुहोम। कैसा विचित्र संयोग रचा है ईश्वर ने? दुष्ट राजा ने उसे कारागृह अधीक्षक बनाकर अपरोक्ष रूप से वसुदेव-देवकी की प्राणरक्षा कर दी है। वसुहोम प्रसन्न था। लगता था कि विधाता वसुदेव-देवकी की रक्षार्थ ही उसे इस तरह नियुक्ति पर भिजवा रहे हैं।

रथ से कारागृह अधीक्षक के निवास तक पहुंचते हुए वह उत्साह से भर उठा था। थोड़े ही समय बाद वह देवकी-वसुदेव से भेंट कर सकेगा। कैसा लगेगा उन्हें जब वे वसुहोम को इस इस नए पद पर नियुक्त देखेंगे?

प्रतिहारी ने अधीक्षक को वसुहोम से मिलवा दिया था। वृद्ध अधीक्षक ने पदभार लेने आए वसुहोम हो इस तरह देखा था जैसे वह कोई शत्रु हो। वह राजा उग्रसेन के समय नियुक्त हुआ था और बहुत पहले से समझ रहा था कि बहुत दिनों तक कंस उसे इस महत्त्वपूर्ण पद पर नहीं रहने देगा।

राजा का आदेशपत्र पाते ही उसने वसुहोम को कारागृह की चाबियां एवं अन्य सभी सामग्री सौंप दी थीफिर कहा था, "चलो!...मैं तुम्हें उन बन्दियों के कक्ष दिखाए देता हूं, जिनमें महत्वपूर्ण लोग हैं।..."

वसुहोम उसके पीछे-पीछे हो लिया। प्रतिहारी राजा का आदेश सुनाकर लौट गया।

कारागृह के प्रत्येक कक्ष को दिखलाया था वृद्ध अधीक्षक ने, हर बन्दी के अपराध और कारण बतलाए थे, फिर महत्त्वपूर्ण बन्दी गृहों की ओर बढ़ा था वह। विशालाकार दीवारों और सीखचों से जड़े दरवाजों से पहली ही दृष्टि में समझ लिया था वसुहोम ने कि मथुरा का कारागृह बहुत कष्टदायक है। अधिकतर कक्षों में प्रकाश का प्रबन्ध नहीं था। निर्माण की स्थिति देखते हुए लगता था, जैसे सूर्य का प्रकाश भी इन गृहों में नहीं के बराबर आ पाता होगा।

राजा उग्रसेन जिस गृह में बंद थे, वह बड़ा तो था ही, राजा के साधारण सामान और आवश्यकताओं की भी उसमें व्यवस्था कर दी गई थी। इसके बावजूद वसुहोम को लगा था कि राजा कष्ट भोग रहे हैं!...उसके भीतर कंस के प्रति धिक्कार और घृणा के भाव भर उठे थे।

और कुछ कदम अंधेरे रास्तों पर गुफा के बीच चलते हुए-से वे सब उस कारागृह कक्ष के सामने थे, जिसमें वसुदेव-देवकी कैद थे! जैसे ही वृद्ध अधीक्षक ने कहा था"इस में महामंत्री अपनी नवविवाहिता पत्नी के साथ बंदी हैं!..." वैसे ही वसुहोम का हृदय जोर-जोर से धड़क उठा था।

पत्थरों की अंधेरी गुहा लगी थी वह...एकमात्र द्वार पर मोटे-मोटे लोहे के सींखचों से जड़ा विशालाकार द्वार।...

जबड़े कसकर खड़ा रह गया था वसुहोम। दृष्टि भीतर गड़ी हुई।

वे धुंधलाई हुई परछाइयां जैसे दीख रहे थे। बहुत ऊंचाई पर एक झरोखा बना थाउससे रात्रि की चांदनी धार बनकर बरस रही थी; पर वह धार भी उस गुफा अंधकार को दूर करने में असमर्थ थी।

पत्थर के ही एक बड़े आसन पर बैठे थे वसुदेव। उनके पास ही धरती पर बैठीं देवकी। शरीर पर इस समय भी नवविवाहिता के कपड़े थे; पर मन बूढ़ा हो चुका होगा? वसुहोम ने भीगे मन से सोचा था।

"चलो; भाई!" सहसा वृद्ध अधीक्षक बोल पड़ा था"मुड़ते हुए बड़बड़ाया था वह"विधाता भी मनुष्य को कैसी परीक्षा में डालता है?" सहसा उसने अपने आपको थाम लिया था। वसुहोम की ओर देखासहम गया। सम्भवतः वह इस विचार से डर गया था कि नया अधीक्षक कंस का विश्वसनीय व्यक्ति होगा। उसके सामने बन्दी राजा या महामंत्री से किसी प्रकार की सहानुभूति व्यक्त करना अपराध हो सकता है।

वे चले आए थे। वसुहोम पीड़ा से भर उठा थामहामंत्री वसुदेव और उनकी निर्दोष पत्नी को कैसा कष्ट मिल रहा होगा?...इस कल्पना भर के कारण रात्रि के शेष समय वह ठीक तरह पलक नहीं झपक सका था।

भोर होते ही वृद्ध अधीक्षक ने उससे विदा ले ली थी"अच्छा, भाई।...चलता हूंदायित्व तुमने सम्हाल ही लिया है।"

"धन्यवाद वृद्धवर।..." वसुहोम ने आदरपूर्वक उसे विदा किया।

कुछ समय बाद वह कारागृह के सभी सैनिकों, अधिकारियों से मिल-जुल रहा था। उसने बन्दियों की भोजन-व्यवस्था, सुविधा-असुविधाओं को लेकर विचार-विमर्श किया था, फिर देर तक एकांत कक्ष में अकेला बैठा सोचता रहा कि किस तरह वसुदेव-देवकी से सम्पर्क साधे, उनसे बातचीत करे! पता चला था कि वृद्ध अधीक्षक से पूर्व कंस ने कारागृह में सभी सैनिकों, अधिकारियों को एक-एक कर हटा दिया था। उनके स्थान पर उसके अपने विश्वसनीय सैनिक और सेवक आ गए थे। उनसे घिरे रहकर वसुहोम के लिए वसुदेव-देवकी से मिलना तो सहज था; किन्तु वार्ता करना, बचाव का कोई मार्ग ढूंढ़ना नितांत असम्भव था।...हर बन्दी-कक्ष के द्वार पर दो-दो पहरेदार रहते थे और उनकी उपस्थिति में वसुहोम कोई ऐसी-वैसी हरकत करके अपने हाथ आया अधिकार छोड़ने की भूल नहीं कर सकता था।

उस समूचे दिन की माथापच्ची के बाद वसुहोम ने राह खोज निकाली थी। उसने असावधानी और सेवा के प्रति अक्षमता का दोष लगाकर लगभग दस पहरेदारों को लेकर कंस के पास समूचा भेजते हुए निवेदन किया था"कृपाकर इन व्यक्तियों के अतिरिक्त योग्य व्यक्ति चुनने का मुझे अवसर दिया जाए। इस तरह कारागृह की कठोर अनुशासन व्यवस्था करने में मुझे सुविधा होगी।

तुरंत राजा का आदेश मिला"तुम अपनी पसन्द के व्यक्तियों को राजसेवा में ले सकते हो।"

वसुहोम को जैसे मुंह-मांगा वरदान मिल गया! उसने अपने विश्वसनीय व्यक्तियों को सेवा में बुला भेजा। ये सभी व्यक्ति क्रमशः वसुदेव-देवकी, महाराज उग्रसेन एवं उग्रसेन समर्थक कुछ अन्य महत्त्वपूर्ण सरदारों के बन्दीगृहों पर पहरेदार बना दिए गए।

एक तरह से महत्त्वपूर्ण बन्दियों के सम्पूर्ण हिस्से में वसुहोम के विश्वसनीय आदमियों का बोलबाला हो गया। अब वसुदेव-देवकी से सम्पर्क साधने में तनिक भी कठिनाई नहीं रही थी।

अगली रात्रि को वसुदेव-देवकी के बन्दीकक्ष का द्वार खोला गया।

घबराए, चिन्तित पति-पत्नी दोनों द्वार की ओर देखने लगे। पहरेदारों ने प्रवेश किया, फिर कारागृह के नए अधीक्षक ने बन्दीगृह में कदम रखे। आश्चर्य और अविश्वास से भरकर वसुदेव के होंठों से निकल गया था"तुम वसुहोम!"

वसुहोम ने अभिवादन किया"हां, मंत्रिवर।....मैं वसुहोम। अब इस कारागृह का नया अधीक्षक नियुक्त हुआ हूं।"

"वसुदेव ही नहीं, देवकी भी चकित दृष्टि से उसे देख रही थीं। वसुहोम ने मुड़कर पहरेदारों को आदेश दिया था"तुम लोग बाहर जाओ। कोई विशेष गतिविधि हो, तो मुझे तुरंत सूचित करना।"

"जैसी आज्ञा देव!" पहरेदार बाहर चले गए।

वसुदेव अब भी हक्के-बक्के होकर वसुहोम को देख रहे थे। वसुहोम ने मुस्कुराकर पूछा था"कैसे हैं मंत्रिवर? उस रात्रि आपके थप्पड़ ने ही मुझे अधीक्षक बनवा दिया।"

वसुदेव फिर भी कुछ नहीं बोले।

वसुहोम ने पूछा था"अब यह बतलाइए, मंत्रिश्रेष्ठ। यह सब कैसे हुआ?"

"तुम्हें किसी ने कुछ नहीं बतलाया?"

"कोई कुछ नहीं जानता।" वसुहोम ने उत्तर दिया"सबका यही विचार है कि आप महाराज कंस के विरुद्ध किसी राजनयिक षड्यंत्र की रचना कर रहे थे!"

"अच्छा होता, वसुहोम!...मुझे उसी आरोप में बन्दी बनाया जाता...।" वसुदेव की आवाज में पीड़ा उभर आई थी"पर दुख है कि वैसा न करके मुझे दुष्ट राजा ने मृत्यु-माध्यम मान लिया। केवल इसी कारण मैं और निर्दोष देवकी इस कष्ट को भोग रहे हैं!" उनके स्वर में पीड़ा से अधिक घृणा भरी हुई थी।

वसुहोम टकटकी लगाए देख रहा था। वसुदेव ने जो कुछ उस दिन उसे बतलाया, उससे वसुहोम ने समझ लिया था कि कंस-नाश का समय बहुत दूर नहीं है!

वसुदेव ने कहा था"हमारा रथ हांकते हुए जब महाराज कंस हमें निवास पर छोड़ने जा रहे थे, तभी उन्हें एक आश्चर्यजनक सूचना मिली थी वसुहोम!"

"कैसे महाराज?"

"एक ज्ञानी पण्डित और तपस्वी से।" वसुदेव ने बतलाया था"महाराज कंस हमें आशीर्वाद दिलाने के लिए उस तपस्वी के निवास पर रुक गए थे। वह मार्ग में ही पड़ता था। मैं तो स्वयं भी आश्चर्यचकित हूं वसुहोम कि जैसे ही हम उस तेजस्वी के समक्ष पहुंचे, वैसे ही उसने कहा था"आओ, वसुदेव।...मैं तुम्हारी ही प्रतीक्षा कर रहा था।"

महाराज कंस और हम दोनों बहुत चकित हुए। तपस्वी को प्रमाण करके जब हम बैठ गए, तब सहसा तपस्वी कंस की ओर मुड़े। कहा था"विधाता का लेख भी भला कौन जान सका है मथुरापति! तुम जिन्हें

आशीष दिलाने लाए हो, वे ही एक दिन तुम्हारी तुम्हारी मृत्यु के माध्यम बनेंगे!...''

तपस्वी के शब्द पूरे हों, इसके पहले ही कंस ने घबराकर प्रश्न किया था''यह क्या कह रहे हैं, मुनिवर!...देवकी मेरी बहिन है और यदुश्रेष्ठ वसुदेव मेरे महामंत्री तथा बहनोई। भला ये क्यों मेरे अहित के कारण बन सकते हैं?''

हम दोनों घबराए और सहमे हुए से देख रहे थे तपस्वी को।

''इसीलिए तो मैंने कहा है कंस! विधि का निर्णय भी विचित्र होता है।'' तपस्वी कहता गया था''तुम जिन बहन-बहनोई को श्रद्धापूर्वक उनके निवास पर छोड़ने जा रहे हो, उन्हीं की संतति तुम्हारा संहार करेगी।''

झुंझला उठे थे कंस''यह...यह आप कैसी बातें कर रहे हैं महाराज!''

तपस्वी पुनः हंसे''यह नियति-सत्य है, राजन्!...'' उन्होंने पुनः अपने शब्द दोहराए थे''तुम्हारी बहिन देवकी के गर्भ से होनेवाला कोई पुत्र अपूर्व तेजस्वी और अद्भुत होगा और वही तुम्हें हत करेगा। यह तुम्हारा भविष्य भी है कंस और इस दम्पत्ति के लिए मेरा शुभाशीष भी।''

''असम्भव!''...कंस सहसा उद्विग्न हो उठे क्रोधपूर्वक उन्होंने सरल देवकी को देखा था, जो भयातुर अपने भाई का रौद्र रूप देखने लगी थीं। कंस ने नाग की तरह फुंफकारते हुए विषाक्त शब्द कहे थे''ऐसा अवसर कभी नहीं आएगा तपस्वी। कंस अपने काल को जनमने से पूर्व ही हत कर देगा।''

तपस्वी हंसा, बड़बड़ाया, बोला''अब तक काल को भी भला कोई हत कर सका है कंस!...फिर भी प्रयत्न करो कि तुम काल पर जय पा सको। देवी देवकी और पवित्र वसुदेव के अंश से जनमनेवाले उस चिरंतन के मनुष्य रूप को थामो, जो अवश्य ही जनमेगा।'' इसके बाद एक क्षण नहीं रुका था वह तपस्वी। शिव-स्मरण करता हुआ बाहर चला गया था।

भयभीय वसुदेव और देवकी अनायास आयी इस विपत्ति से डरे हुए कंस के क्रोधित-उत्तेजित रूप को देख रहे थे। कंस ने कुछ पल उन्हें घूरा था, फिर विक्षिप्तों की तरह चीखने लगा था''ऐसा कभी नहीं होगा। कंस ऐसा कभी नहीं होने देगा।'' उसने तलवार खींच निकाली थी म्यान से।

देवकी के होंठों से एक चीख निकल गयी थी''नहीं, नहीं भइया।...किसी के कहने मात्र से तुम अपनी निर्दोष बहिन और बहनोई की हत्या का पातक क्यों ले रहे हो?''

अब तक सहमे-सकुचे रहे वसुदेव ने भी जैसे साहस बटोर लिया था। कंस के हाथ में उठी तलवार उनके सिर पर गिरे, इसके पहले ही बोल पड़े थे वह। स्वर में विनम्रता थी, शब्दों में सहजता''राजन्।...यदि हमें हत करने से आपकी जीवन-रक्षा होती हो तो अवश्य कीजिए; किन्तु यह तो विचार कीजिए कि देवकी आपकी बहिन है। वह पूर्णतः निर्दोष हैं।''

न जाने कैसे, क्या सोचकर क्रोधी और उन्मत्त स्वभाववाला कंस भी थम गया था; किन्तु उसने एक कटु निर्णय ले लिया था। बोला''ठीक है वसुदेव। मैं व्यर्थ ही तुम लोगों की हत्या नहीं करूंगा। किन्तु इतना निश्चित है कि तुम्हारी हर संतान जन्म के साथ ही मृत्युमुख में भेज दी जाएगी।''

''और इस तरह हम लोग निवास स्थान पर न पहुंचकर कारागृह आ पहुंचे हैं वसुहोम...!'' वसुदेव का स्वर भरा हुआ था''क्या-क्या सोचा था कि कंस के दुष्ट शासन से मथुरा को मुक्ति मिले और राजा उग्रसेन पुनः शासनारूढ़ हों; किन्तु विधि का विधान।...उसने हमें बन्दी बना दिया।''

देवकी विगत-घटित हो पुनः सुनकर हौले से सिसकने लगी थीं। वसुहोम का मन भी भर आया। सचमुच कंस कितना क्रूर और निर्मम हो सकता है, इसका उदाहरण उनके सामने देवकी-वसुदेव का सद्यविवाहित जीवन था।

वसुहोम ने सब कुछ सुना। बोला था''शांत हों, देव। ईश्वर पर विश्वास रखें। निःसन्देह देवकसुता का अंश मथुरा को मुक्ति दिलाने अवतरित होगा। तपस्वी का वचन मिथ्या नहीं हो सकता। वे नक्षत्र गणित के ज्ञानी होते हैं, महाराज। उन्हें यह भी ज्ञात होता है कि कब, किस गर्भांश से कैसी संतति उत्पन्न हो सकती है। आपका पुत्र अवश्य ही ईश्वरांश ही होगा।''

वसुहोम ने कहने को बहुत कुछ कह दिया था; किन्तु जानता था कि इस समय इस तरह के आश्वासन उन दुखी दम्पत्ति की सांत्वना नहीं बन सकेंगे। उस दिन वह ऐसे ही पीड़ा क्षणों के बीच लौट आया था।

किन्तु उसके बाद उसने वसुदेव-देवकी के शुभार्थ बहुत कुछ किया था, बहुत साधन जुटाए थे। देवकी गर्भवती हुई, तो कंस की पूर्व आज्ञानुसार वसुहोम बाध्य था कि उसे समाचार पहुंचाए।

देवकी के पुत्र-जन्म का समाचार मिलते ही कंस कारागार में आ पहुंचा था उसने अति-क्रूरतापूर्वक उस सद्यजात बालक के प्राण ले लिए थे। वसुहोम वज्रपात की तरह वह घिनौना हत्याकाण्ड देखता झेलता रहा था। वसुदेव-देवकी बेबसी में विलाप करते रह गए थे।

यह क्रम कितनी बार चलावह सब स्मरण करना भी कष्टकर है वसुहोम के लिए। देवकी और वसुदेव लगभग रुग्ण होने लगे थे। संततिहत्या के वे क्रूर दृश्य उन्हें केवल मानसिक संताप ही नहीं देते रहे थे, उनकी समूची शारीरिक और आत्मिक शक्ति को नष्ट किए डाल रहे थे। तभी वसुहोम को उसके विश्वसनीय गुप्तचर ने समाचार दिया था"देव!...वसुदेव की पत्नी रोहिणी के जिस बालक को नंद गोप के यहां भिजवाया गया था, वह सकुशल, सानन्द है!"

वसुहोम बहुत चिन्तित रहा करता था उन दिनों। देवकी पुनः गर्भवती हुई थी...इस बार भी कंस निश्चित रूप से उनकी होने वाली संतान को नष्ट कर देने वाला था। समाचार उस तक पहुंच चुका था।

"ठीक है, तुम कुछ देर बाहर रुककर मेरी प्रतीक्षा करो।" वसुहोम ने आदेश दिया था।

गुप्तचर चला गया।

वसुहोम निरंतर विचारमग्न रहे। इस बार किसी-न-किसी तरह देवकी के गर्भ में पल रहे शिशु की रक्षा करनी होगी वसुहोम को। क्यों, किस शक्ति से प्रेरित यह विचार और दुःसाहस वसुहोम के भीतर जनमा था, वह नहीं जानता, किन्तु इतना जानता था कि कोई दैवीय इच्छा ही है, जो अत्यन्त बलवती होकर उसे किसी भी तरह की विपत्ति झेलते हुए, यह असम्भवसम्भव करने की प्रेरणा दे रही है।

याद हो आया थाकंस से कहा गया तपस्वी का कथन!...कहीं ऐसा तो नहीं कि वह अद्‌भुत, अलौकिक शक्ति ही इस बार देवी-देवकी के गर्भ में हो?...वह वसुहोम को माध्यम बना रही होउसकी रक्षा का?

कंस के कारागृह की बहुविधि शक्ति और सत्ता होते हुए भी वसुहोम या कोई और सद्यजात शिशु को कहीं और ले जा सकते हैं, यह कल्पनातीत लगता था। केवल कल्पनातीत ही नहीं, उद्दण्डतापूर्ण दुःस्साहस।

तिस पर गर्भ के शिशु का जन्म होते ही तो कंस आ पहुंचता है। एक विचार आया थावसुहोम ही बच्चे को लेकर भाग खड़ा हो?

किन्तु जाएगा कहां? रोम खड़े हो गए थे शरीर के। विचारमात्र ने भय की एक कंपनभरी लहर भर डाली थी बदन में।

बालक को न पाकर कंस साक्षात् यम की भांति उग्र हो उठेगा। मथुरा जनपद या जनपद से बाहर कहीं भी छिप चुके वसुहोम और उस बच्चे को वह खोज ही नहीं निकालेगा अपितु क्रूरतापूर्वक हत कर देगा। कंस की विशाल शक्ति और सम्पन्नता के आगे यह विचारचेष्टा केवल बालवत थी। इसे त्यागना ही उचित।

कोई और राह निकालनी होगी। वसुहोम ने सोचा था।

पर कौन-सी राह?...किस तरह?....

जितना-जितना सोचता, लगता कि वह अंधेरे के बीच व्यर्थ हो छटपटा रहा है। ज्योतिहीन स्थिति में ज्योति कहां से आएगी?

और ऐसे ही तानव से भरे क्षणों में आ पहुंचा था वह समाचार!...वसुदेव के विश्वसनीय मित्र नंद गोप की पत्नी यशोदा गर्भवती हैं!

लगा था कि दृष्टि के सामने सूर्य की असंख्य किरणें फूट पड़ी हैं। अब तनिक भी अंधकार शेष नहीं!...सब स्पष्ट!...सारी योजना, सारी गति और समूचा धर्म!...

लगा था कि निःसन्देह ही देवकी के गर्भ में पल रहे उस अलौकिक ने वसुहोम को इस अंधकार में राह दिला दी है!...पल भर में ही सारी योजना माथे में कौंध गयी थी वसुहोम के।

क्षण की भी देर न कर वह तीव्रगति से कारागृह में पहुंचकर वसुदेव देवकी के सामने था। हाथ जोड़कर विनम्रतापूर्वक निवेदन किया था वसुहोम

ने"मंत्रिवर! मैं देवकी के गर्भांश की रक्षा का एक प्रस्ताव लेकर आया हूं। यदि आप स्वीकृति दें तो तद्नुसार सारी व्यवस्था कर दूं?"

"क्या?"

वसुहोम ने सब कुछ कह सुनाया। वह सब, जो निश्चित किया था। देवकी और वसुदेव स्तब्ध होकर सुनते रहे थेसहसा वसुदेव बोले थे"नहीं-नहीं मैं ऐसा अपराध नहीं कर सकता। अपनी सन्तति के शुभार्थ अपने मित्र की कन्या को हत करवा दूं? घृणित!...कल्पना मात्र से मुझे घृणा हो रही है वसुहोम!...तुमने बहुत ओछा विचार किया है।"

देवकी के होंठों से भी पीड़ामय शब्द निकल पड़े थे"धिः!...यह तो जघन्य पाप होगा, वसुहोम!...नहीं, हम अपने अंश की रक्षा के निमित्त यह घृणित कर्म कभी नहीं कर सकेंगे!"

वसुहोम ने सुना। जानता था कि सरलमन पति-पत्नी पर यही प्रतिक्रिया होगी, किन्तु धैर्य रखा। बोला, "क्षमा करें देवी!...यदि तपस्वी के शब्द सत्य हैं, तब मुझे लगता है कि यह पाप भी पुण्य होगा! अवश्य नियति ने ही नंदपत्नी यशोदा को ठीक उसी समय गर्भधारण करवाया है, जब आप गर्भवती हुई हैं इसे मात्र संयोग नहीं मानें!...अपने निर्णय पर पुनर्विचार करें!..."

"किन्तु वसुहोम...?" वसुदेव का निर्णय डांवाडोल हुआ था। वसुहोम ने उन्हें अधिक सोचने-विचारने का अवसर नहीं दिया। बोला"मंत्रिवर! आप पाप-पुण्य का निर्णय निजत्व के आधार पर न करें, मेरी यह प्रार्थना है। आपकी संतति से ही मथुरा का विशाल जनपद कंस की क्रूरता और अत्याचारों से मुक्ति पानेवाला है, अतः आपका धर्म अपने पाप को लेकर विचारने भर से पूरा नहीं होगा, समग्र की दृष्टि से सोचें!"

"किन्तु...किन्तु यशोदा भी माता हैंवसुहोम!" इस बार देवकी का नारीमन भावुक हो उठा थायह कैसे सम्भव है कि वह अपने गर्भ की बलि, मेरे गर्भांश के लिए दें!...क्या इस तरह मैं उनके प्रति अपराधी नहीं हो जाऊंगी?"

"आप धैर्य रखें, देवी!...पाप और पुण्य मनुष्य के कर्म में नहीं, कर्म के परिणाम में निहित होते हैं।" वसुहोम के होंठों के कैसे तार्किक सूत्र निकलने लगे थे, वह स्वयं ही चकित हुआ था"इस समय विधाता ने जो मार्ग दिया है, मुझे वही उचित जान पड़ता है..."

"हम यह सब स्वीकार भी लें वसुहोम! तब क्या यह आवश्यक है कि मित्र नंदगोप यह स्वीकार लेंगे?..." वसुदेव ने प्रश्न किया।

"यदि यादवसुता देवकी के गर्भ से ईश्वरांश ही है, तब निश्चय ही हर परिस्थिति अनुकूल होती जाएगी मंत्रिश्रेष्ठ!...आप आश्वस्त हों।" वसुहोम ने उत्तर दिया था।

देवकी और वसुदेव अधिक तर्कातर्क नहीं कर सके थे। चुपचाप वसुहोम का प्रस्ताव मान लिया था।

वसुहोम लौट पड़ा। उसे अनुभव हो रहा था, जैसे अनायास ही उसमें अद्भुत आत्मबल और साहस पैदा हो गया है। कहां से, क्यों यह सब जनम आया है, वह नहीं जानता था; किन्तु इतना जान रहा थाकुछ है, जो यह सब करवा रहा है उससे। वही है, जो यह सब करवा रहा है उससे। वही है, जो शक्ति, बुद्धि, सामर्थ्य और तर्क बन गया है।

"निःस्सन्देह वही! वह जो अनुभूत होता है, सहज दर्शित नहीं!...ऐसा न होता, तो वह सब कैसे हो जाता, जो होता गया?" वसुहोम बड़बड़ाता हुआ, अनायास ही कहीं दूर चला गया था अपने आप से। एक क्षण के लिए वह किसी ज्योति-समुद्र से भरा-भरा लगने लगा था।

किशोर आयु पाण्डव हतप्रभ से उसका चेहरा देख रहे थे। विदुर की आंखें स्नेह से छलछला आई थीं, कहा"तुमने उचित ही विचार किया है, वसुहोम!...निःसन्देह वह सब ईश्वरीय ही रहा होगा।"

"हां, महात्मन!..." वसुहोम ने कहा था"वह बालक अलौकिक ही था, जो उस समय माता देवकी के गर्भ में था। जन्म के साथ ही जिस तरह की विलक्षण घटनाएं घटनी प्रारम्भ हुई थीं, "वे आप लोग सुनेंगे तो स्वयं ही अनुभव करने लगेंगे कि जिस कृष्ण ने दुष्ट, बलशाली

और मदांध कंस को हत किया, वह असाधारण है। लगता है कि वही है, जो असम्भाव्य को सम्भाव्य में परिवर्तित करने का अतिमानवीय क्षमताओं से युक्त है।

और वसुहोम ने टूटी कथा पुनः प्रारम्भ कर दी थी। जितना-जितना सुनते जा रहे थे वे सब, उतने-उतने रोमांचित होते जा रहे थे। हर शब्द, हर मोड़ के साथ लगता थाअसम्भव...असम्भव!...असम्भव!...

पर हर असम्भवसम्भव हुआ था, यही सुनता गया था वसुहोम।

सुनते-सुनते बुदबुदा उठे थे वृद्ध विदुर''सर्वज्ञ!...सर्वज्ञ हैं देवकीसुत!...'' लगा था कि दृष्टि में प्रणाम उभर आया है।

पाण्डवों के मन में उसी पल एक भूख जनम आई थी। उस कृष्ण के दर्शन की भूख!

आए दिन उसी कृष्ण को लेकर उन्हें नई-नई सूचनाएं मिलने लगी थीं। वे भी सब इस तरह जैसे हर असम्भव, सम्भव हुआ जा रहा हो। हर अकल्पनीययथार्थ बनता हुआ।

कृष्ण बालकों से लेकर वृद्धों तक चर्चा का विषय बने हुए थे। अल्पायु कृष्ण!...युवा हो गए थे; उस समय तक, पर व्यक्तित्व से जुड़ गई थीं असंख्य आश्चर्यकथाएं!...

और कृष्ण सामने हैं।

सर्वज्ञ!...निःसन्देह सर्वज्ञ!...

''पाण्डवों को युधिष्ठिर, कर्ण शकुनि, अश्वत्थामा कोई भी तो नहीं था, जो पहचान सका हो?...'' अर्जुन के माथे में एक के बाद एक तरंगे बह रही थीं; किन्तु कृष्ण ने उन्हें पहचाना। पहचाना ही नहीं पा भी लिया। स्मरण में कुछ समय पूर्व द्वार खुलते ही कृष्ण की मोहदृष्टि का अर्जुन के चेहरे पर टिकना उभर आया है। वह दृष्टि भर थी या सम्बोधन?. ..जैसे कह रहे हों''कैसे हो अर्जुन?''

रोमांच अनुभव किया था अर्जुन ने। कृष्ण बोले थे''यह जानकर ही मैं बहुत हर्षित हूं कि आप सब लाक्षागृह के षड्यंत्र से जीवित निकल

आए, किन्तु लगता है, जैसे अभी सम्पूर्ण अभ्युदय का समय नहीं आया, अर्जुन!...पर वह आएगा निश्चित!"

इन स्वरों में अनायास ही पांचों भाइयों के भीतर विद्युतवत् प्रभाव किया था। लगा था कि क्रमशः खोता जाता रहा, विश्वास अनायास ही पुनः एकत्र हो गया है। एकत्र ही नहीं हुआशिला की भांति कठोर हो गया है।

कोई कुछ कहे, इसके ही सहसा उठ खड़े हुए कृष्ण उनके साथ शांत बलभद्र। कृष्ण बोले थे"अब हम लोग चलेंगे।" एक क्षण रुककर उन्होंने कहा था"हमारा यहां से अपने डेरे पर पहुंचना ही आप सब के लिए शुभकारी होगा।"

अर्जुन का मन हुआ थाउन्हें कहें"कुछ पल रुको, कृष्ण!..." पर अजब सम्मोहन था उनके शब्दो में। कृष्ण की मुसकान भर मिली थी उन्हें, फिर वह द्वार खोलकर तीव्रगति से चले गए।

पाण्डव ठिठके-से खड़े देखते रह गए थे उन्हे। कृष्ण मार्ग पर जाकर अलोप हो गए। पर कहां लोप हुए थे कृष्ण?

सभी को लगता था कृष्ण उनके बहुत पास हैंआश्वासन भरी वह दृष्टि और स्नेह का समुद्र उंडेलते हुए"अभी सम्पूर्ण अभ्युदय का समय नहीं आया अर्जुन, पर वह आएगा निश्चित!..."

ये शब्द हैं या साक्षात् कृष्ण। लगता था कि विश्वास बनकर कुंती ही नहीं, हर पांडव के मन में जड़कर रह गए हैं। न भुलाए जा सकने वाले शब्द, शब्दों की शक्ति, आत्मविश्वास और स्नेह से छलकती वह दृष्टि आशामृत ने संजीवनी शक्ति का काम किया था।

स्तब्ध-से जब कुछ समय वे कृष्ण-उपस्थिति में खोए रहे, तब कुंती ने कहा था"मैंने कहा था न, युधिष्ठिर! वह सदा ही हम सबका स्मरण करता होगा। हमारे शुभार्थ किसी न किसी दिन अवश्य आएगा!"

उन सभी ने सुना थाक्रमशः एक-दूसरे को देखा, फिर जैसे आंखों ही आंखों में विश्वास का आदान-प्रदान किया था। हां! निःसन्देह कृष्ण का आना यों ही नहीं है। उनके आने का अर्थ हैहम सबका कुछ न कुछ पाना।

युधिष्ठिर के मन में एक बार फिर वही पुरानी यादें घिर आई थीं। कृष्ण का आना।

आने का भी एक अर्थजाने का भी एक अर्थ! यही कुछ तो कहा था वसुहोम नें। बोला था"...पाण्डवजननी!...जब कृष्ण गर्भ में आए, उसी क्षण, जैसे उनका आना बहुतों के लिए बहुत तरह अर्थपूर्ण हो गया था। मुझ में ही कैसी स्फूर्ति समा गई थी? ऐसा लगता था जैसे कंस के कारागृह से उन्हें माता यशोदा की गोद तक पहुंचाना ही मेरा जन्म का मूल उद्देश्य है! उसकी पूर्ति के लिए ही मैंने जनम लिया है।

और आज वह अनायास ही चर्चाओं से परे होकर पाण्डवों के सामने साक्षात् हुए हैं। युधिष्ठिर के कानों में शब्द घुमड़ने लगे थे। वे शब्द, जो उन्होंने अर्जुन को सम्बोधित करके कहे।

लगता है, शब्द नहींशक्ति संचार है वह!...निराशा को चकनाचूर करती अभूतपूर्व और असामान्य शक्ति!...

युधिष्ठिर ने क्रम से भाइयों के चेहरे देखे। सब विचित्र सी चमक लिए हुए! वे चेहरे, जो लाक्षागृह की अग्नि से बच निकलने पर भी निराशा और भविष्यहीनता के अंधकार से केवल छाया बन गए थे।

और अब वही चेहरेज्योति-पुंज की तरह दमकते हुए! अजाने-अनचाहे की स्मरण-नत होकर पलकें मूंद ली थीं युधिष्ठिर ने! कृष्ण!...और फिर विगत से जा जुड़ेवही किशोरायु!...सामने बैठा है मथुरा का दूत वसुहोम...श्रोताभाव से कौतूहल में भरे पाण्डव बन्धु, कुंती, विदुर आदि।

देर बाद जैसे सहज होकर पुनः बोलने लगा था वसुहोम"उस रात्रि महामंत्री वसुदेव और देवकी से कारावास भेंट करके जैसे ही मैं निवास पर लौटा, वैसे ही मैंने उस गुप्तचर को बुलाया था, जो नंदपत्नी यशोदा की गर्भावस्था[1] का समाचार लेकर आया था। उससे मैंने गोकुलवासी नंद

---

1. किंवदंतियों और भक्ति-कथाओं के अनुसार कृष्ण के स्थान पर पहुंचाई गई सद्यजात कन्या को लेकर विविध बातें कही गई हैं; किन्तु एक कथा के अनुसार यशोदा की सद्यजात कन्या को ही कृष्ण के स्थान पर देवकी की गोद में पहुंचाया गया था। चतुरसेन शास्त्री एवं अन्य लेखकों की भी यही मान्यता है।

गोप को सन्देश कहलवाया था"तुरंत मुझसे मिलने को कहो। कहना कि वसुदेव और देवकी को उनसे आवश्यक कार्य है। यथासम्भव उन्हें अपने साथ ही ले आना। अर्धरात्रि को मैं कारावास के बाहर रहूंगा। दूसरे प्रहर मुझे गोकुल-मथूरा मार्ग पर मिलें।

गुप्तचर सन्देश लेकर लौट पड़ा था।

नंद गोप को लेकर बहुत कुछ सुन रखा था वसुहोम ने, पर दर्शन कभी नहीं किए थे। इस विचार भर से वह नंद के व्यक्तित्व को श्रद्धा से देखता था कि उन्होंने वसुदेव के रोहिणी से उत्पन्न पहले पुत्र संकर्षण को बड़े स्नेह से पालना प्रारम्भ किया था। वसुदेव ने अपनी अन्य संतान के प्रति भी अतिरिक्त सतर्कता बरती थी। उन्हें लगा था कि मृत्युभय से आतंकित कंस कहीं उनकी हर संतान को ही हत करना प्रारम्भ न कर दे। नंद उनके विश्वनीय मित्र थे। वसुहोम के माध्यम से बालक कर संकर्षण को गोकुल भिजवाया गया था। वसुहोम ने सतर्कता बरती थी कि किसी भी रूप में स्वयं को प्रकट नहीं करेगा। विश्वस्त व्यक्ति के माध्यम से नंद गोप के पास सद्यजात बालक कर संकर्षण को भिजवाते हुए वसुदेव का सन्देश कहलवा दिया था"इसे अपना पुत्र घोषित करके पालन-पोषण करें। भाभी यशोदा से कहना कि इसे अपनी ममता धारा से आनंदित रखें!"

और बाद में निरंतर समाचार मिले थे कि नंद गोप ने मित्रता का बड़े स्नेह-सम्मान से निर्वाह किया। कर संकर्षण का नाम बलभद्र रख दिया था उन्होंने। यशोदा ने ममता के आंचल की छाया दी थी।

नंद के प्रति श्रद्धालु हो उठा था वसुहोम। उससे कहीं नंद गोप के व्यक्तित्व को लेकर चमत्कृत था। लगता था कि वह भी असामान्य और असहज भर नहीं, बहुत कुछ अतिमानवीय-सा है।

निःसन्देह अतिमानवीय भी लगा था उन्हें। सन्देश भेजते हुए एक दुविधा मन में अवश्य आई थी, कहीं वसुहोम को वह गलत तो नहीं समझेंगे? पर लगा था कि कुछ ईश्वर प्रेरित-सा है।

समय निश्चित हुआ। वसुहोम ने नंद गोप से भेंट की। बहुत संकोच के साथ देखा था उन्हें। लगा था कि मन के भीतर श्रद्धा ने अनायास ही हाथ जोड़ दिए हैं। निवेदन किया था"महामंत्री वसुदेव और देवकी के शुभार्थ एक निवेदन करना चाहता था, गोप बाबा!"

नन्द गोप इस तरह खड़े थे, जैसे कोई सरल मन बालक खड़ा हो। उत्तर में जिस स्वर को वसुहोम ने सुना, उससे अनुभव हुआ कि यमुना की बालक-वत खिलखिलाहट सुन रहे हैं। वह बोले थे"कहो, बन्धु? क्या बात है? ऐसा क्या है? जो मित्र वसुदेव के लिए नहीं किया जा सकता?"

"आपको तो ज्ञात ही होगा, गोप बाबा! देवकपुत्री पुनः गर्भवती हुई हैं।" गले का थूक निगलते हुए जैसे-तैसे वसुहोम कह सका था"...और एक बार पुनः उनका गर्भस्थ शिशु जन्म लेते ही कंस का क्रूर प्रहार सहने वाला है।"

गोप ने वसुहोम को आगे कुछ नहीं कहने दिया। बात काटकर बोले, "इसी सम्बन्ध में मैं भी कुछ कहना चाहता था वसुहोम! यदि तुम सहायता करो, तो मित्र वसुदेव की संतान बच सकती।"

"वह किस तरह गोप बाबा!" वसुहोम चकित हुआ। कैसा संयोग है? उसने विचार किया थाजिन वसुदेव की संतान को बचाने के लिए वह पल-पल विचारता रहा है, उन्हीं के लिए गोप नंद भी कह रहे हैं? उन्हीं का प्रस्ताव सुना लेना अच्छा लगा था उन्हें। यों भी वह जो कुछ कहना चाहता था, उसे कहने का आत्मबल नहीं जुटा पा रहा था। भला कैसे कहें? किसी से उसकी संतान की बलि चाहने के लिए कौन-से शालीन शब्द हो सकते हैं?...बुद्धि रह-रहकर लड़खड़ा जाती थी।

नंद गोप बोले थे"तुम्हें तो ज्ञात ही है कि कर संकर्षण मेरी पत्नी यशोदा के स्नेह तले पल-पनप रहे हैं, किन्तु मथुरा और यादव गणसंघ का शुभ देवकी-वसुदेवी की संतान से है। अतः मेरा एक प्रस्ताव है, मान सको तो कहूं?"

"आपने शुभ ही सोचा होगा, गोप बाबा!" वसुहोम विनम्रता से बोला था"सुनकर प्रसन्नता होगी।"

"तुम्हें ज्ञात है या नहीं, पर मैं बतलाता हूं वसुहोम। मेरी भार्या यशोदा भी गर्भवती है।" नंद बाबा ने कहना प्रारम्भ किया था। वसुहोम सुसे गया। जितना-जितना सुना, चकित ही नहीं, चमत्कृत होकर उन्हें देखता गया, आश्चर्य!

आश्चर्य या संयोग?

पर संयोग ऐसे चमत्कार जैसे तो नहीं होते?

विस्मय और श्रद्धा की विचित्र अनुभूति ने उसे जड़ कर रख दिया था।

कैसे न हो जाता जड़?

गोप ने बात ही ऐसी की थी। लगभग वही, उसी तरह और सीधा-सपाट प्रस्ताव था नंद गोप का। वसुहोम को लगता है कि वह निश्चय ही संयोगमात्र नहीं था। वह जैसे एक अद्‌भुत घटना थी। नंद ने कहा था कि वह देवकी के गर्भ की जगह अपनी संतान को रखवा देंगे। वसुहोम को केवल यही करना होगा कि किसी तरह कारागृह की व्यवस्था पर काबू रखें। सब कुछ गुप्त रूप से और अच्छी तरह होना सम्भव है। यह योजना इस तरह बनेगी कि यशोदा को भी ज्ञात न हो सके कि जिस संतान का लालन-पालन वह कर रही हैं, वह उनका अपना गर्भांश नहीं, वसुदेव-देवकी का रक्तांश है!...[1]

जैसे-जैसे सुनता गया था वसुहोम, वैसे-वैसे चमत्कृत होता गया था। बिलकुल यही कुछ तो वह कहना चाहता था नंद गोप से और ईश्वरेच्छा वसुहोम के टूटते-बिखरते साहस को अनायास ही सही; किन्तु विश्वास हो चुका थादुष्ट कंस की मृत्यु ईश्वर ने आयोजित कर दी है!...जिस तरह देवकी के पुत्र को बचाने की योजना बन रही थीऔर एक-रूपता के साथ वसुहोम और नंद बाबा के मन में आई थी उसने मन को शक्ति दी। टूटते-बिखरते, रह-रह कर अपने ही भीतर लड़खड़ा उठते साहस को

1. आचार्य चतुरसेन ने कृष्ण के जन्म को लेकर लिखा है"कृष्ण का बदलाव यशोदा की सद्यजात कन्या से इस गोपनीय ढंग से हुआ था कि यशोदा को भी इसका पता न लगा।"

कर दिया। वसुहोम के भीतर, उसे स्वयं ही बहुत शक्ति अनुभव हुई।

नंद गोप की बात सुनकर टकटकी बांधे हुए कुछ पल देखता ही रह गया था। आंखों में श्रद्धा थी, मन विश्वास से भरा हुआ ।

"क्या कहते हो, बन्धु!" नंद गोप पूछ रहे थे।

वसुहोम जैसे-तैसे कह सका था"विचित्र संयोग है गोप बाबा। मैं यही कुछ इसी तरह कहने के लिए साहस नहीं जुटा पा रहा था। इसे चमत्कार ही कहूंगा कि आपके मन में भी वही बात आई, जो मेरे मन में थी।"

"चमत्कार नहीं, वसुहोम!" नंद बाबा ने हंसकर कहा था"यह ईश्वरेच्छा है। उसी की प्रेरणा हुई कि मथुरा में यह विचार तुम्हारे मन के भीतर और गोकुल में मेरे मन में जागा? संयोग मात्र नहीं कहा जा सकता है इसे।"

पुनः श्रद्धा से अभिभूत हो उठा था वसुहोम। बोलने के लिए शब्द नहीं हो, तो स्वर अवरुद्ध।

नंद बाबा कहे गए थे"...तब इसी अनुसार, किस तरह कैसे-क्या करना होगा? मुझे समाचार देना। मैं प्रतीक्षा करूंगा।"

वसुहोम ने स्वीकार में सिर हिलाया। कुछ दूर तक नंद बाबा को छोड़ने गया, फिर निश्चिन्त होकर लौट आया था।

निश्चिन्तता के बावजूद वह ठीक तरह सो नहीं सका। अब उसे देवकी की संतान को गोकुल से पहुंचाने के साथ-साथ सुरक्षित रूप से यशोदा की सद्यजात कन्या को भी यहां ले आना था।

योजना की जिस पहली गांठ से अगले फंदे बनने थेवह पड़ चुकी थी। अगले कुछ ही दिनों में सारी योजना बना ली गई। वसुहोम ने सम्बद्ध व्यक्तियों को प्रतिक्षण मुस्तैदी से तैयार रहने के आदेश दिए। देवकी के पास अनुराधा को छोड़ रखा। कंस को आश्वस्त किया"अनु मेरी पत्नी है, महाराज! उससे अधिक विश्वसनीय मुझे कौन मिलता?"

सुनकर कंस भी बहुत प्रसन्न हुआ। अनुराधा की नियुक्ति देवकी के लिए बनवाए गए विशेष कारागृह-कक्ष में हुई और फिर आया वह पल, जिसकी प्रतीक्षा थी।

संध्या समय ही अनुराधा ने पति तक समाचार पहुंचा दिया था। देवकी सम्भवतः रात्रि तक संतान को जन्म देंगी!

वसुहोम अपने दो विश्वसनीय व्यक्तियों के साथ तैयार रहा। समाचार तुरंत यमुना किनारे प्रतीक्षारत नाविक तक भेजा गया। नंद बाबा का विश्वसनीय व्यक्ति था वह। वसुहोम के आदमियों से नंद बाबा ने उसका परिचय करवा दिया था। उत्तर में संदेशवाहक समाचार लाया"विचित्र संयोग है अधीक्षक महोदय!"

वसुहोम ने आश्चर्य से उसे देखा, कैसा संयोग!

"देवी यशोदा के गर्भस्थ शिशु का जन्म भी इसी समय सम्भावित है!...'

मन हुआ था वसुहोम काआश्चर्य करे! किन्तु इतने अचरजों से निरंतर सामना हो रहा था कि अचरज होना ही समाप्त हो गया। उसकी जगह मन में एक विश्वास ने ले ली थी। विश्वासईश्वरेच्छा का विश्वास! सब अनायोजित होते हुए भी आयोजित-सा!

वसुहोम ने अपने विशेष व्यक्तियों की संख्या भी कारागृह में इस समय तक बढ़ा ली थीइतनी कि उन्हें हर उस स्थान पर नियुक्त कर दिया था, जिस ओर से नवजात कृष्ण को निकालने की योजना थी। हृदय धड़क रहा था। उत्तेजना के अतिरिक्त आनंद और उत्साह ने भी वसुहोम को कुछ-कुछ असंयत-सा कर दिया। उसे लगता था कि अनजाने ही होंठ थिरका-कर वह अपने से ही कुछ-कुछ बुदबुदा उठता है...पल-पल स्वयं को सहेजता-संवारता। क्षण-क्षण सकर्तता संजोता।

मथुराधिपति तक देवकी की संतान के जन्म की सूचना देना भी उसकी जिम्मेदारी थी, पर जब तक यशोदा की संतान से देवकी की संतान का बदलाव न हो जाए, तब तक कारागृह में भी किसी को भनक नहीं मिलनी चाहिए थी कि देवकी ने किसी शिशु को जन्म दिया।

पल-पल व्यग्रता से अपने कक्ष में चहलकदमी कर रहा था वसुहोम, और तभी प्रकृति ने आश्चर्यजनक रूप से रंगत बदली। वसुहोम ही नहीं, समूचे कारागृह और दूर-दूर नगर-क्षेत्रों में हड़बड़ी बिखर गई। घबराकर

कक्ष से बाहर निकल आया था वसुहोम। ऊपर, आकाश की ओर दृष्टि उठाई। बिजलियां इस तरह कौंध रही थीं, जैसे असंख्य सर्प एक-साथ फुंफकारें मार रहे हों! सिहरा डालनेवाली भयजनिता फुफकारें!"

"हे अनंत! यह क्या लीला है?" अनायास ही उसके होंठों से स्वर फूट निकले थे।

पर ये स्वर उसने स्वयं ही सुने। बहुत जोर से बड़बड़ाने के बावजूद उन स्वरों को, जो काफी जोर से होंठों के बाहर आए थेकेवल वसुहोम ने ही सुना! आकाश में गहरे काले बादल उमड़ पड़े थे। वे गर्जन कर रहे थे। ऐसा गर्जन, जिसने कारागृह ही नहीं, सम्पूर्ण सृष्टि को जैसे हिला डाला था!

अभी वसुहोम कुछ सोच सकें या निर्णय ले सकें, इसके पहले ही तीखे, कौंधते स्वर उठे थे, अनेक स्वर।

"बचाओ...! बचाओ...!" लगा था कि कारागृह के भीतर ही अनेक लोग बदहवास होकर यहां-वहां दौड़ने लगे हैं।

वसुहोम कुछ पूछें या चीखे सकेंउसने अनुभव किया कि कारागृह की कई दीवारें अर्राकर गिर पड़ी हैं!

तूफान...! भयावह तूफान! अनेक पेड़ गिरते हुए। जोर का आंधी-पानी। वसुहोम भय से कांप उठा था! असमय यह कैसा परिवर्तन है देव? उसने थरथराते स्वर में स्वयं से ही प्रश्न किया था क्यों? क्या वह तेज जन्म ले रहा है? इसी बीच उसने कारागृह की एक दिशा में स्त्री-मूर्ति का चेहरा देखा! विद्युत की एक कौंध लपलपायी, यह चेहरा स्पष्ट हो गया।

अनुराधा!...वह आंधी-तूफान की चिन्ता किए बिना तीव्रगति से उसी ओर लपक पड़ा। किसी को किसी की सुधि नहीं रह गई थी। लग रहा था कि हर भवन लड़खड़ाकर गिरेगा और धूलिसात हो जाएगा। कारागृह क्षेत्र के ही अनेक पेड़ उस समय तक धराशायी हो चुके थे! बहुतेक दीवारें टूटी हुई। यह भी क्या कम चमत्कार की स्थिति थी, कारागृह के उन कक्षों को तनिक भी क्षति नहीं पहुंची थी, जिस ओर देवकी-वसुदेव का निवास था!

सारी व्यवस्थाअव्यवस्था में बदल चुकी थी। किसी को किसी की चिन्ता नहीं। लग रहा था जैसे सब अपनी जीवनरक्षा के लिए ही यहां से वहां, और वहां से यहां भाग-दौड़ रहे हैं।

बहुत दूरी नहीं थी अनुराधा और वसुहोम के बीच, पर उतने में ही तेज वर्षा ने उसे लगभग डुबा दिया था। सौ कदम का वह मार्ग पार करते-करते हांफने लगा था वसुहोम। उसे आंधी की गति को चीरते हुए, स्वयं को वहां तक लाना पड़ा था। इस संघर्ष में बहुत शक्ति-क्षय हुई थी उसकी।

"कहो...बो...लो, क्या बात है, अनु...?" वह जैसे-तैसे पूछ सका।

"पुत्र...!" अनुराधा भी भीगी हुई थी। कंपकंपाते बदन और उतने ही कांपते स्वर में उत्तर दिया था उसने।

"सब...सब कुशल तो है ना?"

"सब ठीक है, देव!..." अनुराधा ने उत्तर दिया था"देवकीपुत्री स्वस्थ हैं, पर आगत भय ने उन्हें मानसिक रूप से अस्वस्थ-सा कर दिया है।"

"और मंत्रिवर?"

"वे शांत बैठे हैं।"

"चलो!...पल भर की देर न करके भीतर लपक पड़ा था वसुहोम। भूल गया था उस अंधड़-वर्षा को। प्रकृति कोप ने मन को समूचा निगल लिया था, किन्तु इस समाचार से मन को शक्ति मिली। कुछ ही क्षणों में दोनों देवकी के कक्ष में जा पहुंचे।

वसुहोम के विश्वसनीय द्वारपाल ज्यों-के-त्यों खड़े थे। प्रकृति के उस अभूतपूर्व उत्पात क्षण में भी उनके भीतर वह आत्मबल और साहस किस तरह, किस शक्ति के कारण मौजूद थाकौन जाने?...वसुहोम ने एक क्षण सोचा था, पर मन से विचार परे धकेला। स्थिति से जुड़ाव लिया।

आंधी-पानी की तीव्रता बढ़ती ही जा रही थी। उसके साथ-साथ बढ़ रहे थे अतिरिक्त स्वर। स्वर जो मन को केवल डरा ही नहीं रहे थे। मृत्युभय से आतंकित किए हुए थे।

रह-रह कर वृक्षों का सनसनाकर तोड़ते गिराते तूफान की स्वरलहरियां कारावास की दीवारों से टकरातीं। सबकुछ उलट-पुलट हुआ-सा लगता।

और ऐसे में देवकी के बालक को सुरक्षित यमुना-पार पहुँचाना होगा? वसुहोम का हृदय जोर-जोर से डोलने लगा था।

दृष्टि शिशु पर टिकी। रह-रह कर वह अंधकार में गुम जाता। देवकी एक ओर आसन पर चुपचाप लेटी हुई थीं। जैसे न तूफान उन्हें हिला पा रहा हो, न मन में होने-न-होने का अनुभव जीवित हो। वसुदेव एक ओर शांत बैठे हुए ऊपर झरोखे से झांकती हुई विद्युत की कौंधों को देखते, जबड़े कस लेते। एक ओर खड़े थे वसुहोम और अनुराधा। सिर से पैर तक भीगे हुए।

समूचे कारागृह की प्रकाश-व्यवस्था चौपट हो गई थी। भूले-भटके कुछ दीख भी जाता, तो केवल आकाश से चमकती बिजलियों के कारण। और उसी कौंध में उस शिशु का पहला दर्शन किया था वसुहोम ने। इस तरह जैसे ईश्वर को साक्षात् देख रहा हो।

मंद-मंद मुस्कराता हुआ, कोमल शिशु। वसुहोम क्षण मात्र के लिए सब कुछ भूल गया था। वह तूफान, आकाश की गर्जनाएं और तड़पती बिजलियों की तलवार जैसी धारदार ज्योति।

आंखें मुंदी हुई थीं वसुहोम की। होंठ इस तरह चल रहे थे, जैसे वह कोई कोंपल का हिलता हुआ पौधा हो। स्वर में भोर की सुगन्धभरी हवा का अहसास।

कुंती, विदुर और पाण्डवों ने स्तब्ध होकर उसे देखा थाक्या हो गया उसे? बोलते-बोलते कहां खो गया वह? पूछें, इसके पूर्व ही बुदबुदाकर कह उठा था वसुहोम"वह अनुभव अब भी मन पर तुलसी के पवित्र पत्ते जैसा अंकित हो गया है, पाण्डुपत्नी। अनंत का प्रथम दर्शन जो था वह। जिस-जिस क्षण याद करता हूंयही अनुभव होता है। शरीर, संसार, सम्बन्ध, सुख-दुख सभी विस्मृत होते जान पड़ते हैं। यही अनुभव तो होता है, जो विश्वास दिलाता हैदेवकीसुत चमत्कार भर नहीं, साक्षात्

ईश्वर हैं।...और...और मैंने उनका बाल-दर्शन किया है, देवी। यह परम-सौभाग्य मन को आनंदानुभूति से सदा ही नहलाए रखता है!"

वे सब चमत्कृत होकर अचरज से वसुहोम को देखे जा रहे थे। उसकी आंखें, होंठों का कंपन्न और स्वर का संगीतमय आरोह-अवरोह! लग रहा था कि वह बोल नहीं रहा है, सम्पूर्ण रागनियों के साथ किसी गीत को सुना रहा है। श्लोकों की पवित्रता से भरा हुआ, सुखानंद से भरपूर।

कोई कुछ कह या पूछ सकें, इसके पूर्व वसुहोम ने छलछलाई आंखों को प्रसन्नता के साथ पोंछा, फिर कहा"मुझे क्षमा कर दें, महात्मा विदुर। श्रीकृष्ण की छवि और उनके दर्शन का आनंद ही है, जो मुझे ही क्या मुझ जैसे अनेक लोगों को भावाभिभूत कर सकता है। उस दिन जिस तरह प्रकृति में परिवर्तन हुए, असम्भाव्यक्रमशः सम्भव होने लगा। उसे यदि आप देखते तब आप भी यही कहते कि जो कुछ, जिस तरह हो रहा हैवह साधारण नहीं है। असाधारण ही है! निश्चित ही असाधारण!"

असाधारण।

उस दिन जिस तरह, जो कुछ सुना था और बाद में भी कृष्ण से जुड़ीं, जिन असम्भव लगनेवाली कहानियों को सुनते रहे हैंअसाधारण ही लगता है! यशोदा की पुत्री को देवकी के पास तक लाने और देवकीसुत को यशोदा तक पहुंचाने की उस रोमांचक कथा में एकमात्र वही स्थान नहीं था, जहां भावातिरेक से वसुहोम असहज हो उठा है। कितनी ही बार, कितने अवसर आए थे जब सुनाते-सुनाते वसुहोम आश्चर्यजनक रूप से किसी बार उत्तेजित, किसी बार आनंदित और किसी-किसी बार सकपकाया हुआ-सा लगने लगा था।

उतना सुन-जानकर भी अर्जुन उस असाधारणता को स्वीकार नहीं सके हैं। मानते हैं कि कृष्ण निःसन्देह अपनी बुआ के पुत्रों का शुभ ही करेंगे, पर...फिर भी उनकी तथाकथित 'असाधारणता' को सहसा स्वीकार नहीं पाते थे।

आज भी तो यही कुछ हुआ हैकृष्ण आए, लगा था कि निःसन्देह किसी अवधारणा से सामना हो गया है धनंजय का, पर तुरंत अपने को सम्भालने की चेष्टा करने लगे थे अर्जुन। न-न।... यह क्या कर रहे हैं वह?...विगतकथाओं से जुड़े व्यक्तित्व को सहसा सामने पाकर शायद अकचका गए हैं...मन ने कितनी बार सावधान किया थासम्हलो, अर्जुन।...अपने व्यक्तित्व को बर्फ की तरह गलाओ मत!"

पर व्यक्तित्व थमा ही नहींगलता ही चला गया था। बहुत सहेजा था स्वयं को। बहुत सतर्क किया। सम्भलने की पूरी चेष्टा। पर व्यर्थ।...

सब याद आने लगा था। एक-एक घटना, विगत में कृष्ण को लेकर सुनी गई एक-एक बात।

और अकेले अुर्जन को ही प्रथम दर्शन से यह चमत्कारिक अनुभूति हुई हो, ऐसा तो नहीं है? अर्जुन ने क्रमशः सभी को देखा था, युधिष्ठिर, भीम, नकुल और सहदेव। एक ओर बैठी कुंती। सब के चेहरों पर जैसे कृष्ण की वह अचानक उपस्थिति एक छाप बनकर बैठी हुई है।

कृष्ण...कृष्ण।...कृष्ण।...

मन अब भी यह मानने को तैयार नहीं होता कि कृष्ण में अद्‌भुत रूप से वह सब है, जो अनुभव होता है। अर्जुन एकांत में जूझने लगे थे अपने आप से। सम्भवतः ऐसा इस कारण अनुभव होता है, क्योंकि कृष्ण से जुड़ी अनेकानेक अविश्वसनीय कथाएं उन्हें उस प्रभाव का कारण बनाती हैं।

"किन्तु?..." मन तर्क करना चाहता है और बुद्धि निरंतर स्वीकार को सम्पूर्ण शक्ति से अस्वीकार करने में चेष्टारत। यह बुद्धि है या अर्जुन का अर्जुन होनाधनुर्धर का दम्भ।

कहना कठिन। यह सब कुछ नहीं है। बुद्धि निरंतर तर्क किए जाती है"सहज ही है कि किसी मनुष्य के साथ यदि असहज-सी लगने वाली कहानियां जुड़ जाएं, फिर एक के बाद एक क्रमबद्ध हो जाएं तो वह

अलौकिक लगता है। कृष्ण के साथ भी यही हो रहा है!" कितनी कहानियां तो जुड़ी हैं उनके साथ!

मथुरा के महाशक्तिशाली राजा कंस का संहार, कालियानाग का नाथना, पूतना-संहार, गौ चराते बालक से असामान्य क्रियाएं करने लगना!

एक के बाद एक...निरंतर...असम्भव-सी लगनेवाली सम्भव की गई घटनाएं! अर्जुन सो नहीं सके थे उस रात। द्रौपदी जय का सुख बिखर गया था। कृष्ण-दर्शन ने अजाने ही उनके अपने पिघलकर कृष्णमय होते जाते व्यक्तित्व को विद्रोही बनाया था।

"उंहुं। इस तरह स्वीकार कर अपने को तिरोहित नहीं कर सकेंगे अर्जुन। वह विश्व के श्रेष्ठतम योद्धा हैं। सर्वमान्य, सर्वस्वीकृत धनुर्धारी। भला इस तरह किसी सफल व्यक्ति से मिलकर अपने आपको बौना कैसे अनुभव कर लें? यह मात्र उन कथाओं की ही प्रभाव है, जो कृष्ण से जुड़ी हैं और जिनके कारण पहली-पहली बार उनके सामने आनेवाला व्यक्ति अनायास ही उनके समक्ष श्रद्धामय हो उठता है।

किस-किस तरह ही घटनाएं तो हैं, जिन्होंने संयोगवश कृष्ण को अलौकिक बना दिया है। उन्हें लेकर अधिकतर गूंजता है, प्रचलित शब्दअलौकिक।

और अलौकिक का अर्थईश्वरीय।

तब क्या ईश्वर हैं। कृष्ण?

सुना यही है। बहुतेक यही कहते हैं, किन्तु बहुतेक की दृष्टि में यह अलौकिकता केवल संयोगों की देन है। बहुतेक की राय है"कृष्ण चपल भी हैं, धूर्त भी और षड्यंत्रकारी भी।" इन संयोगों ने ही उन्हें सफलताएं दे दी हैं। इन सफलताओं के कारण वे अलौकिक कहलाते हैं!"

अर्जुन ने सम्पूर्ण शक्ति से अपने व्यक्तित्व का पिघलाव समेटा था, फिर लगा था कि निरंतर यह बात मन में पैठाकर ही समेट पाना सम्भव होगा कि कृष्ण अलौकिक नहीं है। वह असाधारण हैं। असामान्य हैं।. ..महापुरुष हैं।

पर लगता था, जैसे पिघलन सिमट नहीं पा रही है। एक तर्क देकर मन का पिघलाव उस क्षण थामा था, फिर थामते रहे...थामते रहे...।

अनेक बार लगता था कि इस पिघलन से उन्हें कष्ट हो रहा है, गहन कष्ट।

पिघलन ही है या कुछ और?

और क्या हो सकता था भला?

कृष्ण-दर्शन से व्यक्तित्व पिघल गया या अर्जुन के श्रेष्ठ होने का दम्भ आहत हुआ?

न! दम्भी नहीं है वह! अर्जुन ने अपने से ही चीखकर अपने को उत्तर देना चाहा हैएक बार नहीं अनेक बार।

पर भीतर से एक धीमा, बांसुरी की तरह मधुरता से गूंजता नकार उभर आता है'क्या सच ही ठीक सोच रहे हो अर्जुन? दम्भ नहीं है?'

वसुहोम पुनः बोलने लगा था''प्रारम्भ में मुझे लगा था महात्मन् कि मैं ही कुछ खो गया हूं; पर शीघ्र ही समझ लिया थानहीं, बालक में ही कुछ विलक्षण है जो मन को मुग्ध कर लेता है।''

''उस रात्रि वह सारी सतर्कता व्यर्थ हो गई थी जो मैंने अपनी ओर से कारागृह से बालक को निकालने के लिए सोच रखी थी।''

''ऐसा कैसे हुआ वसुहोम?'' विदुर मुग्ध भाव से पूछे गए थे। अर्जुन को याद है, केवल विदुर ही क्यों, वे सभी तो मुग्ध-से बैठे थे। वसुहोम ने उत्तर दिया था''कारण स्पष्ट है देव। उस रात्रि प्रकृति ने जो उत्पात किए, उन्होंने कंस के कारागृह को ही नहीं, दूर-दूर तक जन-जीवन और व्यवस्था को उलट-पुलट डाला। यमुना इतनी उग्र हुई कि लगता था कि सभी को आत्मसात् कर डालेगी। अधिकतर सैनिक सुरक्षित स्थानों को खोजते हुए जीवन-रक्षार्थ जहां-तहां जा छिपे थे। उन्हें उस क्षण अपने जीवन के भय ने ही ग्रस्त कर लिया था। तूफ़ान उसी तरह जोरों पर था। रात्रि का प्रथम प्रहर समाप्त हो रहा था; पर यमुना की वेगवती लहरें पहले से अधिक उग्र होती जा रही थीं।''

''ऐसे में किस तरह यमुना पार भिजवाया गया वह शिशु?'' इस बार कुंती ने उत्सुकता से प्रश्न किया।

"वही बतलाता हूं, पाण्डवजननी!" वसुहोम बोला फिर पूरी घटना कह सुनायी।

निर्णय में क्षण भर की देर नहीं की थी वसुहोम ने। कहा था "मंत्रिश्रेष्ठ! बालक को लेकर मेरे साथ आने का कष्ट करें।"

देवकी चौंकी। शक्ति-क्षय के कारण स्वर ठीक तरह होंठों से बाहर नहीं निकला। धीमी-सी आवाज में कहा था "...किन्तु इस प्राकृतिक स्थिति में...?"

"शांत हों, देवी। सब शुभ होगा!" वसुदेव उठे। बालक को गोद में लिया। बिजली कौंधी। बालक उसी तरह प्रसन्न दीखा।

वे बाहर निकलने को हुए, तो देवकी का भर्राया स्वर पुनः उभरा था, "एक क्षण रुकिए, यादवश्रेष्ठ!"

वसुदेव थमे रह गए।

वसुहोम और अनुराधा स्तब्ध-से खड़े थे। वसुहोम को लग रहा था कि अवसर का उचित लाभ उठाकर जितना शीघ्र सम्भव हो, बालक गोकुल क्षेत्र में पहुंचा दिया जाना चाहिए।

देवकी बोली थीं "उसे मेरे पास लाइए, प्रभु! एक पल के लिए!"

वसुदेव चमकती बिजली के प्रकाश में आगे बढ़े, बालक को देवकी की गोद में रख दिया, जो अब तक अनुराधा से सहारा पाकर बैठ गई थी। देवकी ने बालक को हृदय से लगा लिया, चूमा-दुलारा! विद्युत-कौंध में स्पष्ट देखा था वसुहोम ने। देवकी की आंखें वर्षा की तरह बरसने लगी हैं। वसुहोम का अपना मन भर आया था। कुछ क्षण में ही बालक पुनः वसुदेव की गोद में था। दोनों तीव्रगति से कारावास के खुले द्वार से बाहर निकल आए।

प्रकृति उसी तरह उत्पात मचा रही थी। वर्षा वैसी ही वेगपूर्ण। वसुहोम ने और वसुदेव ने एक-दूसरे को देखा, फिर तीव्रगति से चल पड़े। वसुहोम आगे-आगे हो लिया। लगता ही नहीं था कि वे किसी कारागृह से निकल रहे हैं। दूर-दूर तक न प्रहरी थे, न द्वारपाल! केवल तूफान और गर्जन-तर्जन करते बादल!

कारागृह क्षेत्र को वायुगति से पार करके वे यमुना के तट की ओर बढ़ चले थे। वसुहोम के भीतर एक संशय बिखरा हुआ था। कहीं इस तूफान के भय से वह नाविक न निकल गया हो, जो पहले से ही व्यवस्था के अंतर्गत रखा गया था...? पर संशय व्यर्थ निकला था। नाविक अपनी जगह था और यमुना पूरे उफान पर!

वसुदेव बालक को सीने से लागाए हुए पीछे-पीछे चले आ रहे थे। वसुहोम आगे। नाविक ने जैसे ही उन दोनों को देखा, पल भर की देर न कर नौका सामने ले आया। बिना किसी बातचीत के वसुदेव बालक को लेकर नौका में सवार हो गए और वसुहोम ने तट पर खड़े-खड़े देखा कि तूफान बनी हुई यमुना आश्चर्यजनक रूप से संयत होने लगी थीं।

"अद्‌भुत!" वसुहोम बड़बड़ाया था। विस्मय से आंखें फैल गई थीं उसकी। प्रकृति उसी तरह अशांति से भरी हुई थी। वर्षा की गति वही, आंधी पूर्ववत् वेगवती, किन्तु यमुना की जल-लहरियां संयत! वसुदेव की नौका तीव्रगति से किन्तु बिना किसी उथल-पुथल के यमुना के जल को चीरती जा रही थी, फिर वह दृष्टि से ओझल हो गई।

वसुहोम वहीं खड़ा प्रतीक्षा करने लगा। मन बहुत कुछ शांत था; पर व्यग्रता रह-रह कर लहरों की तरह मस्तिष्क में उमड़ आती!

थोड़ी देर बाद वसुहोम ने यमुना की लहरों पर लौटती हुई नौका पुनः देखी। मन आनंद से भर उठा। बिजली कौंधी तो वसुहोम को स्पष्ट दिखायी दिया थावसुदेव लौट रहे थे।

प्रकृति का वह उफान रात्रि के दूसरे प्रहर तक चलता रहा। उस समय तक, जब तक कि यशोदा की बालिका देवकी के पास नहीं लिटा दी गई। वसुहोम ने स्पष्ट देखा थाबच्ची को देवकी के पास लिटाते हुए वसुदेव के हाथ कांप रहे थे।

स्वयं भी क्या कम मन कांपा था वसुहोम का? उस क्षण का स्मरण करते ही लगता है, जैसे वह सब आंखों के सामने घटने लगा है। हर बार अनजाने ही होंठ बुदबुदाकर नंद बाबा और यशोदा के प्रति श्रद्धालु

होकर बड़बड़ा उठते हैं "तुम महान् हो! मैत्री, त्याग और मानवशुभ की वेदी पर अपनी संतान को बलि देने वाले तुम महान् हो! निःस्सन्देह पूज्य! नमन् करता हूं तुम्हें!"

यही नमन् उस क्षण वसुदेव के भीतर भी था, देवकी के आत्म में भी। वसुहोम और अनुराधा ने अंधकार में धीमे-धीमें उठतीं देवकी की सिसकियां स्पष्ट सुनी थीं। निःसन्देह वे सिसकियां माता के विलाप की नहीं, उस माता के प्रति श्रद्धा की थीं, जिसकी ममता इस क्षण देवकी के पास लेटी हुई थी।

वसुहोम वापस हों, इसके पूर्व ही वसुदेव की बुदबुदाहट सुनी थी उसने। वह कह रहे थे "हे, अनादि! मुझसे पुण्य हुआ या पाप, मैं नहीं जानता, किन्तु यह सब न चाहते हुए भी मैं यही करने के लिए प्रेरित और बाध्य हुआ? मुझे क्षमा करना!"

वसुहोम ने कुछ कहा नहीं। जानता था कि कुछ कहेगा और वसुदेव-देवकी के भीतर होते आत्म-संघर्ष को अधिक ही तीव्र कर बैठेगा! चुपचाप बाहर निकल गया। वसुदेव उनके पीछे-पीछे।

कारागृह के सभी द्वार खुले थे। वर्षा कम हो गई थी। उसके साथ ही अंधड़ भी थमा था। जहां-तहां जीवनरक्षार्थ जा छिपे सैनिक अब अपनी-अपनी जगहों से बाहर निकलकर निश्चित स्थानों पर पहुंचने लगे थे। अनेक आंधी-तूफान की चपेट में आकर समाप्त हो गए थे। वसुदेव को उनके कारागृह कक्ष में बन्दी बनाकर वसुहोम ने सैनिको को इधर-उधर से बटोरकर डांटना-डपटना प्रारम्भ कर दिया। इस तरह वह महाराज कंस के प्रति अपने आपको एक दायित्वशील अधिकारी सिद्ध करने का प्रयत्न करता रहा।

भोर हुए तक सभी व्यवस्था करवाकर एक सैनिक के माध्यम से मथुरापति को समाचार पहुंचा दिया गया "देवकी ने संतान को जन्म दिया है।"

समाचार मिलते ही जैसी कि वसुहोम को आशा थी, कंस अपने तीव्रगति रथ पर सवार आ पहुंचा।

वसुहोम ने स्वागत किया। कंस ने प्रकृति की विनाशलीला को बाद में देखना ठीक समझा था। सबसे पहले देवकी के कक्ष में ले चलने का आदेश दिया और एक बार फिर क्रूर, निर्मम बाल हत्याकांड का दर्शक होने की शक्ति जुटाए हुए वसुहोम उसे देवकी के कक्ष में ले पहुंचा।

जिस क्षण कंस ने देवकी के कारागृह कक्ष में प्रवेश कियादेवकी चीख उठी थीं, "नहीं...नहीं, भईया!...इस बालिका से तुम्हें क्या भय हो सकता है?...यह...यह निर्बोध...।" पर कंस ने शब्द पूरे नहीं होने दिए थे देवकी के। हिंस्रतापूर्ण विक्षिप्त मनःस्थिति में नन्हीं बालिका को माता की गोद-से छीन लिया था। अगले ही पल दांतों को जोर से भींचकर वसुहोम ने आंखें बंद कर लीं।

क्रूर, पशु कंस ने नन्हीं बालिका को हवा में जोरों से उछाला और खिड़की के पार फेंक दिया था।

सुनाते-सुनाते वसुहोम उत्तेजित-सा हो उठा था।

और उससे भी कहीं अधिक उत्तेजित हो उठे थे पाण्डव! छिः! कितनी नृसंशता!

"धिक्कार है! मृत्युभय ने मनुष्य को पशु बना डाला!" विदुर बोल पड़े थे। सदा ही संयत, शांत रहने वाले महात्मा भी जैसे उस निन्दित कर्म को पचा नहीं सके।

और वही क्या कोई भी कैसे पचा सकता था? वसुहोम की आंखें छलक आई थीं। गले का थूक निगलकर कहा था उसने"और उसी नीच कंस को मारकर कृष्ण-बलराम ने मथुरा को स्वतंत्र करवाया है, महात्मन्! यशोदा की ममता और दूध से पले कृष्ण ने मातृधर्म पूरा किया है। इस अद्भुत कृत्य के कारण कृष्ण जन-जन से पूजित-प्रशंसित हुए हैं!"

निःसन्देह उचित ही किया है कृष्ण ने! चमत्कारपूर्ण इसलिए लगता है कि वह सब बाल्यवस्था में ही कर दिखाया, जिसके लिए अपूर्व शक्ति की आवश्यकता होती!

और वही क्यों, इसके पूर्व भी तो निरंतर चमत्कार ही करते रहे हैं कृष्ण! वह सब चमत्कार नहीं तो और क्या कहलाएगा जो उनकी आयु, शक्ति, क्षमता, गुण और ज्ञान सभी दृष्टि से असामान्य है! उनकी बाल्यावस्था के अद्‌भुत पराक्रम!...असल मे पराक्रमों की एक आश्चर्यजनक शृंखला का नाम ही श्री कृष्ण है! ...वसुहोम से केवल कंस वध की कथा ही नहीं सुनी थी पाण्डवों नेअनेक बार, कृष्ण से जुड़ी अनेक घटनाएंअनेक अवसरों पर सुनी थीं।

बहुत बार, बहुत तरह याद आते हैं कृष्ण । अर्जुन ने इस पर भी विचार किया हैक्यों?...क्या है ऐसा, जिसे चाहकर भी विस्मृत नहीं कर पाते हैं वह? या यह कि अर्जुन अपनी सत्ता के समक्ष किसी की सत्ता सहसा स्वीकार न पाने के दुर्गुण से ग्रस्त हो गए हैं!

उत्तर नहीं मिलता उन्हें। समय बीतता जाता है, उत्तर नहीं पाते! कितनी घटनाएं तो बीत चुकी हैं! बारंबार यही विचार मन में आता है, यदि श्रीकृष्ण के साथ कुछ समय, कुछ दिन रह सकें तब मन शांत हो। या तो वह उन्हें पहचानें या अपनी पहचान उन्हें करवा दें!

राजा दुप्रद के यहां ही रह रहे हैं वह। सब सुरक्षित हैं, सब निश्चिन्त। द्रौपदी को लेकर सभी भाइयों ने समय-निर्धारण और क्रम बना लिया था। उसी क्रम में एक संयोग ऐसा आया, जब अर्जुन, युधिष्ठिर और द्रौपदी को एकांत में देखकर प्रायश्चित हेतु निकल पड़े थे।

बहुत जगह गए, बहुतेक स्थान घूमे। साधु वेष धारण कर रखा था उन्होंने। विभिन्न राज्यों की विभिन्न सीमाओं, स्थितियों, रीति-रिवाजों, जातियों के रहन-सहन, व्यवस्था और शक्ति का दर्शन भी होता गया था इसी बहाने। तभी याद हो आया था, क्यों न प्रभासतीर्थ चला जाए? श्रीकृष्ण के सीमा क्षेत्र में? श्रीकृष्ण से भेंट की इच्छा बलवती हुई थी। उस क्षण तो यही इच्छा थी कि श्रीकृष्ण के पास रहकर उन्हें समझ सकेंगे।

प्रभासतीर्थ की इस यात्रा ने ही अर्जुन को श्रीकृष्ण का वह दर्शन कराया था, जिसने मन-बुद्धि के सारे सन्देह दूर कर दिए। निश्चय ही

श्रीकृष्ण में वह सब था, जो असाधारण ही नहीं, अलौकिक-सा लगता है। तब भी वह अलौकिक है, यह मानने को मन तैयार नहीं हुआ था।

वहीं अनुभव हुआ था कि वह घटनाएं नितांत सत्य हैं, जो श्रीकृष्ण से जुड़ी रही हैं, समय-समय पर कही-सुना जाती रही हैं। निःसन्देह वही हैं श्रीकृष्ण! वैसे ही हैं!...

किन्तु प्रभासतीर्थ यात्रा ने ही श्रीकृष्ण को लेकर नयी गुत्थियां जनमा दीं। श्रीकृष्ण की ही बहन पर मोहित हुए अर्जुन को, श्रीकृष्ण ने जिस तरह हरण में सहायता दी वह क्या सहज समझ आने वाली बात थी? सहायता भर क्यों? हरण की सम्मत्ति थी वह!

हकबकाए-से रह गए थे अर्जुन! सामने श्रीकृष्ण ही हैं या कोई और? भला अपनी बहन का हरण कौन आयोजित करवाएगा? विस्मित, बहुत कुछ भयभीत-से देखने लगे थे उन्हें।

"क्या सच ही?" पूछा नहीं था, पर दृष्टि यही बोली।

श्रीकृष्ण वैसे ही मंद-मंद मुस्कुराते हुए।

अर्जुन ने घबराहट अनुभव की थी"हे ईश्वर! इस यादव को कैसे समझा जाए?" इस दृष्टि और मुस्कान में न आहत भाव है, न पीड़ा, न विस्मय, न घृणा! क्या है? टकटकी बांधे हुए कृष्ण की पुतलियों को चपल भाव से घूमते देखते रहे।

श्रीकृष्ण ने कहा था"कुछ पूछना चाहते हो, कुंतीसुत!"

"हं?..." वह चौंके थे, फिर बुदबुदाकर कह गए"न-नहीं...।"

"तब चलो, मैं वह सारी व्यवस्था करवाए देता हूं, जिससे तुम्हें सुभद्रा का हरण करने में सुविधा हो?" श्रीकृष्ण ने स्नेह से उनके कंधे पर हाथ रखा था और अर्जुन खिंचे-खिंचे से चल पड़े।

एक बार पुनः नींद उड़ गई थी अर्जुन की। बहुत दिनों से मित्र के यहां मेहमान थे। श्रीकृष्ण ने इस सरलता और सहजता से उनका स्वागत किया था कि अर्जुन का मन हलका हो रहा। तरह-तरह से उनके आमोद-प्रमोद और सुख की चिन्ता की थी। पल-पल महक की तरह उनकी श्वांसों से जुड़े रहे थे। इतने जुड़े कि अर्जुन को उनके बिना अजब-सा अकेलापन अनुभव होने लगा। लगता था कि श्रीकृष्ण के विलग होते

ही उनका कुछ हिस्सा अलग हो जाता है। मन-बुद्धि, आनंद, हास्य-लास्य, सब!

मोहनी मंत्र से हैं श्रीकृष्ण!! पर सुख मिलता है उनके साथ से, स्नेहिल समर्पण से। मन की सारी दुविधा-आशंकाएं सिमट गई थीं। ऐसे जैसे निरंतर हृदय के आकाश पर घिरे रहे शंका के काले बादल छंट गए हों। भोर की गुनगुनाती सूर्य-किरणें उदय हुई हों। लगा था कि श्रीकृष्ण की सरलता ही उनका सत्य है! उनकी निर्मल, निश्छल आत्मीयता ही उन्हें मोहक बनाती है। शेष कुछ नहीं। व्यर्थ ही उन्हें लेकर उतना सोचा, व्यग्र हुए। अर्जुन के गुण-ज्ञान का उन्होंने भी सम्पूर्ण आदर किया था। उन्हें अपने बराबर माना था। अजीब-सी तुष्टि का भाव जनम आया था मन में। इस आत्मतुष्टि ने सहज कर दिया।

किन्तु तभी वह वह फिर प्रश्न बन गए! एकदम अनसमझे! सुभद्रा को लेकर जो बोले, जिस तरह बोले, जितने सहज रहे, उसने अर्जुन को पुनः उलझा डाला। मन ने कहा था"उंहुं!...अभी तुम कुछ भी नहीं समझ सके कृष्ण को! वह सब लौकिक नहीं है! अपनी ही बहन के हरण की दुर्योजना बनाते हुए भी उतनी ही सहजता!...न! नितांत असम्भव!"

और श्रीकृष्ण पुनः वहीअनसमझे! अनजाने!

कुछ भी नहीं समझा कृष्ण को। कैसे समझें? स्वयं पर ही चिढ़ आने लगी थी। उससे अधिक अपने आप पर। मन होता था कि इसी क्षण शैया से उठें, सीधे श्रीकृष्ण के निवास पर पहुंचे, जोरों से उनकी बांह थामें और चीखकर पूछें"तुम क्या हो वासुदेव। इस तरह बार-बार सुलझकर उलझ क्यों जाते हो?"

फिर अपने ही विचार पर हंस पड़े। भला यह भी क्या बालवत् विचार हुआ। श्रीकृष्ण से ऐसा व्यवहार कर सकेंगे अर्जुन?...और वह मुस्कान? ...अगर अर्जुन चीखे-गरजे, खीजे तो वह स्वभावतः हंस पड़ेंगे। स्वर माधुरी की रसवर्षा होगी"क्या हुआ पार्थ!"

और बस!...श्रीकृष्ण के ये शब्दअर्जुन को लगेगा कि फिर से बह गए गंगा के शीतल जल में!...सुगन्ध से नहाए हुए!...अमृत में डूबे-से।

न, श्रीकृष्ण को जानना है, तो कोई और राह, कुछ और सूचनाएं, उन घटनाओं की अनेक धाराएं और कथाओं की अन्तर्कथाएं जानना आवश्यक है, जिनसे वह जुड़े रहे हैं या उनसे वे जुड़ी हुई हैं।

ऐसा कोई व्यक्ति चाहिए, जो घटना को घटना की तरह कहे, अलौकिक या चमत्कार की तरह वर्णित करके श्रीकृष्ण को ईश्वर न बनाए!

कौन हो सकता है? अर्जुन ने माथे पर बल डाले।

बहुत-से चेहरे मिले जाने हैं यादवों, अन्धकों और वृष्टि वंशियों के। इन्हीं में से कोई एक ऐसा होगा, श्रीकृष्ण के बालपन से अब तक रत्ती-रत्ती जानता-परखता रहा व्यक्ति!

एक चेहरा दृष्टि के सामने उभर आया है...गहराता है...सरल, भोला, स्नेहिल चेहरा...!

उद्धव!

अगले ही दिन उद्धव से भेंट की थी अर्जुन ने। कहा था"मेरे साथ वन-विहार पर चल सकोगे उद्धव?"

उद्धव प्रसन्न हुए। कहा"क्यो नहीं, वीरवर! आप श्रीकृष्ण के मित्र हैं। आपको सुखी और प्रसन्न रखना हम द्वारकावासियों का धर्म है।"

वे चल पड़े थे। दूर नगर-क्षेत्र से बाहर निकलकर अर्जुन ने इच्छा व्यक्त की थी"कुछ समय इसी रमणीक स्थान पर विश्राम किया जाए मित्र।"

उद्धव ने सम्बोधन सुनाअधिक प्रसन्न हुए। "आपने मुझे मित्र कहा, राजन! हर्षित हूं। आपसे मिला यह स्नेह-सम्बोधन निबाह सकूं इसका पूरा प्रयत्न करूंगा।"

"तुम वैसा कर सकोगे, इसमें मुझे तनिक भी सन्देह नहीं है उद्धव!" अर्जुन ने उत्तर दिया था, "श्रीकृष्ण तुम जैसे मित्रों-स्नेहियों की शक्ति पर ही श्रेष्ठ है। कौन नहीं जानता! तुम तो साक्षात् उनकी शक्ति रहे हो। सब कहते हैं बाल्यावस्था से ही यशोदानन्दन तुम्हारे मित्र सुख से लाभान्वित हुए हैं।"

अर्जुन ने बात समाप्त कीउद्धव को देखा तो अनुभव हुआ था जैसे यह प्रशंसा उन्हें भाई नहीं। पर चेहरे का भाव छिपाकर सावधानी से उठ पड़े थे उद्धव, "मैं व्यवस्था करवाता हूं कुन्तीपुत्र!" एक ओर चले गए।

अर्जुन सोचने लगे थे किस तरह श्रीकृष्ण के विगत को लेकर उद्धव से कथा कहलवाएंगे? फिर राह निकाल ली थी। याद हो आया था कि श्रीकृष्ण द्वारा सागर पार से आनेवाले विदेशियों को कुशस्थली से निकालने की घटना का विवरण लेना ठीक रहेगा। क्या कुछ नहीं सुना जाता था उस घटना को लेकर? जितना सुना था, जिस तरह सुना था, सब चमत्कार की तरह लगा था! कुछ सैनिकों को साथ लेकर ही श्रीकृष्ण ने पणियों[1] के अनेक जलयानों पर अधिकार कर लिया था। यही नहीं, अनेक जलयान यांत्रिकों को भी बन्धनयुक्त किया था। कुशस्थली[2] और प्रभासतीर्थ क्षेत्रों को विदेशियों से मुक्त कराया था। उस क्षेत्र के सैकड़ों ही जनांचलों में उनकी पूजा ईश्वर की ही भांति होने लगी थी...कैसे? विदेशी पणियों की अपार शक्ति, सेना और युद्ध-साधनों को किस तरह समाप्त किया होगा

1. पणि : इन्हें अनेक ग्रन्थों में पाणि, पुण आदि नामों से भी पुकारा गया है। ये लोग आर्यों की भांति देवताओं को बलि नहीं देते थे। वे हिंसक, क्रूर और बहुत सीमा तक शोषक व्यापारी भी कहे जाते रहे है। मोहनजोदड़ो और हड़प्पा की संस्कृति में ऐसे संकेत मिले हैं, जिनसे सिद्ध होता है कि पणि दूर समुद्र पार, सम्भवतः फिनीशिया से आते थे। 'माहभारत' में पारसीक नामक एक देश-जाति का भी वर्णन आया है। इन्हें विदेशी कहा गया है। इसी तरह महाभारत में ही पह्लव नामक एक विदेशी जाति का भी वर्णन है, इसे म्लेच्छ बतलाया गया है। ऋग्वेद में पाणि जाति के लोगों को राक्षस सम्बोधित किया गया है। ये जहाजी व्यापारी और बहुत हद तक लुटेरे भी थे। इनकी अरब सागर में निरंतर समुद्र यात्राएं चलती रहती थीं। ये लोग अपनी बस्तियां भी जहां-तहां बसा लिया करते थे। रॉबिन्सन की हिस्ट्री ऑफ फिनीशिया के अनुसार, इन पणि, पाणि या पुणजन कहलाने वालों ने फिनीशिया में अपना मुख्य बसाव रखा था। इनकी अनेक बस्तियां जिस निशा में बसी थीं, वह अधिकतर यूरीथियन सागर के किनारे थे।
2. कुशस्थली : इसे पणि, पाणि या पुणों ने अपनी बस्ती/ बन्दरगाह बना रखा था। श्रीकृष्ण ने इन्हें यहां से खदेड़कर द्वारकापुरी बसाई थी।

श्रीकृष्ण ने? कृत्य जितना वीरतापूर्ण, उतना ही चमत्कारिक! पर वह चमत्कार किया कैसे? या उस वीरता के पीछे की नैतिकता क्या है?

उद्धव ने डेरा लगवा दिया था। अर्जुन से कहा था"चलिए राजन्! विश्राम कीजिए!...

अर्जुन चले, साथ उद्धव थे।

डेरे में पहुंचते ही प्रश्न कर दिया था"श्रीकृष्ण ने दुष्ट पणि राक्षसों को किस तरह पराजित किया था उद्धव? बहुत सुना है उस घटना के बारे में। यह भी सुना है कि कुशस्थली की मुक्ति में तुम भी साथ ही थे?"

"हां, पाण्डुपुत्र! उस विलक्षण पर चमत्कारपूर्ण युद्ध-अभियान में मैं भी गोविन्द के साथ था।" उद्धव ने कहना प्रारम्भ किया था। अर्जुन ने दृष्टि गड़ा दी थी उनके चेहरे पर।

बोलते समय उद्धव के चेहरे पर तेज को क्रमशः तीव्र होते अनुभव किया था अर्जुन ने। देखते रहे, सुनते रहे। जितना-जितना सुना, लगा कि कृष्ण का व्यक्तित्व वायु, पृथ्वी और आकाश में अनंत दिशाओं तक व्याप्त होने लगा है। जितना चातुर्यपूर्ण लग रहा था उन्हें, उतना ही चमत्कार-पूर्ण! बीच-बीच में जिज्ञासा भी करने लगते"क्या, ऐसा ही हुआ था?"

और उद्धव सहज, भोलेपन से कहते"हां, देव! ऐसा ही हुआ था, बिलकुल ऐसा ही। जब बलभद्र को साथ लिए राजा जरासंध द्वारा मथुरा पर आक्रमण के भय से श्रीकृष्ण इस दिशा में चले आए, तब बहुत समय तक उनकी कोई कुशल-सूचना न पाकर राजा उग्रसेन, वसुदेव, देवी देवकी और हम सब बहुत चिन्तित हुए। तरह-तरह के समाचार फैल गए थे। कोई समाचार शुभ नहीं। तभी एक गुप्तचर से समाचार मिला था कि वे कुशल हैं और कुशस्थली के वन-क्षेत्रों में विचर रहे हैं।" एक गहरी सांस ली थी उद्धव ने"गुप्तचर की सूचना ने भी मन आश्वस्त नहीं किया। महाराज उग्रसेन ने मुझे आदेश दिया था कि मैं स्वयं कुशस्थली पहुंचकर सत्यता ज्ञात करूं।"

अर्जुन अधिक ध्यानस्थ होकर सुनने लगे। चमत्कार कही जाने वाली कथा प्रारम्भ हो गई थी।

मगधराज जरासन्ध अपने दामाद कंस के संहार पर क्रुद्ध होकर विक्षिप्तों की तरह मथुरा की ओर बढ़ चला था। भयावह शक्ति और सेना से सम्पन्न जरासन्ध की यह क्रोधाग्नि मथुरा को नष्ट कर डालेगी, इस भय ने श्रीकृष्ण और बलराम को अनायास ही मथुरा के यादवों में धिक्कार का पात्र बना दिया! सहज मानव स्वभाव की भयग्रस्तता थी वह! जरासन्ध ने उग्रसेन ने पास मांग भेजी थी कि उसे कंस के हत्यारे चाहिए! दोनों ग्वाले!

श्रीकृष्ण ही थे, जिन्होंने सबसे पहले चिन्तित राजा और व्यग्र प्रजा को शांत किया था।

जरासन्ध अपनी विशाल सेना के साथ मथुरा की ओर बढ़नेवाले है! इस समाचार ने समूची मथुरा नगरी को ही नहीं, जनपद के प्रत्येक अंचल में आतंक और भय की लहर फैला दी थी! जरासन्ध की अभूतपूर्व शक्ति और प्रभाव मात्र से जनांचल में कंपन्न हो गया था। विशाल भरत खंड में दो शक्तियों से टकराने की कल्पना किसी में नहीं थी। कुरुकुल के महाव्रती भीष्म और मगधराज जरासन्ध।

कंस-वध ने उसे प्रतिशोध के ऐसे अंधड़ में लपेट लिया था कि उत्तेजित सम्राट सम्पूर्ण यादव जाति के प्रति घृणा से भर उठा। वह क्षण निःस्सन्देह दहला डालने वाला था, जब मथुरा जगर में जरासन्ध के दूत ने प्रवेश किया।

जरासन्ध, अपने दामाद की हत्या से उत्तेजित होकर क्या कुछ विनाश कर सकता है, यह सभी को कल्पना थी, किन्तु किसी को यह कल्पना तक न थी कि सब कुछ इतनी शीघ्र हो जाएगा!

जरासन्ध के विरुद्ध सहसा कोई राजा या गणसंघ का नेता सामने नहीं आ सकता था। तीन अक्षोहिणी सेना का स्वामी होने के अतिरिक्त वह अत्याधुनिक हथियारों के एक बहुत बड़े संग्राहक सम्राट के नाते जाना

जाता था। यही नहीं, भरत खंड के अस्सी से अधिक राज्यों ने उसकी शक्ति-सत्ता स्वीकार कर ली थी। बहुतों के साथ उसके पारिवारिक सम्बन्ध भी थे। कंस ने बड़ी योग्यता के साथ जरासन्ध को वश में रखने भर के लिए उसकी दो बेटियों से विवाह कर रखा था और अब वही कंस-वध के कारण विधवाएं हो गई थीं।

श्रीकृष्ण और बलराम ने अपनी ओर से कंस की विधवाओं अस्ति और प्राप्ति के लिए मथुरा के राजमहल में ही निवास की व्यवस्था करवाई थी। यहां तक आश्वासन दिया था महाराज उग्रसेन के बाद उन्हीं में से एक के पुत्र को मथुराधिपति बनाया जाना निश्चित है, किन्तु अस्ति और प्राप्ति ने अपने-आपको बहुत अपमानित अनुभव किया था। कंस-वध के कारण वे उतनी आहत नहीं थीं, जितनी कि इस विचार से थीं, कि साधारण गवालों की कृपा पर महाबली जरासंध की बेटियां जीवनयापन करनेवाली हैं।

मथुरावाली श्रीकृष्ण और बलराम से उस समय बहुत प्रसन्न हुए थे, जब उन्होंने मथुरा को कंस के आततायी शासन के केवल मुक्ति ही नहीं दिलायी, अपितु महाराज उग्रसेन को कारागृह से मुक्त करके राज्य सौंपा। सबने कृष्ण की स्तुति की थी। उन्हें एक त्यागी और वीर के नाते स्वीकार गया था। वसुदेव, उग्रसेन आदि ने कंस-वध के समाचार से जरासन्ध पर होने वाली प्रतिक्रिया का भी अनुमान कर लिया था, किन्तु उस समय यह सोचकर बात को तूल नहीं दिया कि सम्भवतः अस्ति और प्राप्ति स्थिति को समझकर अपने उत्तेजित पिता को सम्हाल लेंगी, इसी आशा से राजा उग्रसेन ने दोनों बहनों द्वारा यह प्रस्ताव किए जाने पर कि वह अपने पिता के घर जाना चाहती हैं, उन्हें स्वीकृति ही नहीं दी, सम्पूर्ण सम्मान सहित मगध भेज दिया।

"बस, वृद्ध राजा उग्रसेन ने यही सबसे बड़ी भूल की थी, धनंजय!" उद्धव ने कहा थाएक क्षण सोचा फिर गहरा सांस लेकर बुदबुदाये थे"किन्तु वासुदेव कहते हैं कि वह भूल नहीं थी, वह भक्तिव्य था, जिसके कारण उन्हें अन्य बहुत से धर्म पूरे करने थे।"

"वह किस तरह?" उत्सुक दृष्टि से उद्धव को ताकते हुए अर्जुन ने प्रश्न किया था।

उद्धव ने उत्तर दिया"यशोदासुत का विचार है कि मनुष्य की जिस समय जो प्रवृत्ति होती है, वह किसी आगत का आधार बनती है। एक बार वह हंसकर बोले थे"उद्धव! तनिक विचार करो, यदि महाराज उग्रसेन अस्ति-प्राप्ति को मगध न भेजते, तब जरासंध क्यों मथुरा पर आक्रमण करने की भूमिका बनाता? यह भूमिका न बनती, तब कुशस्थली का मुक्ति अभियान किस तरह आयोजित होता?" बोलते-बोलते उद्धव सरलतापूर्वक मुस्कराने लगे थे"अतः सब कुछ अनायोजित होते हुए भी आयोजित-सा लगता है पाण्डुपुत्र! कृष्ण को समझना दुष्कर है। वह कितने सतर्क और तीव्रबुद्धि हैं, इसकी कल्पना भर की जा सकती है! वहां तक पहुँचना सम्भव असम्भव है। अनेक बार तो वह जिस तरह और जैसे निर्णय लेते हैं, वे मानव मस्तिष्क की उपज नहीं लगते!"

"ऐसा कैसे कह सकते हो उद्धव!" अर्जुन ने प्रश्न किया। इस प्रश्न से अधिक कृष्ण को लेकर अधिकाधिक जान-समझ लेने की इच्छा ही थी। लगा था, जैसे उद्धव को इस हेतु चुनकर अर्जुन ने बहुत समझदारी से काम लिया है।

उद्धव ने कहा था"महाराज उग्रसेन को केवल मथुराधिपति ही बना दिया था कृष्ण ने, वह राजा बने रहें, इसके लिए भी उनके प्रयत्न कम नहीं रहे!....अस्ति-प्राप्ति को मगध भेजने के जब राज्यादेश हुए कृष्ण सहसा गम्भीर हो गए थे। उन्होंने मुझसे ही कहा था"उद्धव! तुम स्वयं अस्ति-प्राप्ति को सम्मानसहित मगध पहुँचाओ और महाराज जरासंध की प्रतिक्रिया से सूचित करो!"

"इस तरह मुझे मगध भेजकर श्रीकृष्ण ने कितनी दूरदृष्टि से काम लिया था, वही आपको बतलाता हूं कुंतीपुत्र!" उद्धव कहने लगे थे।

मगधराज जरासंध को बेटियों के आगमन की पूर्व-सूचना मिल चुकी थी। स्वागतार्थ स्वयं ही राजधानी के द्वार तक पहुंचे थे वह, जिस क्षण रथ

से उद्धव और अन्य मथुरवासियों के साथ दोनों विधवा रानियों ने पृथ्वी पर पांव रखे, उद्धव ने देखा था कि राजसी तेज से भरा हुआ जरासन्ध का चमकता चेहरा धुंधला गया है।

अस्ति और प्राप्ति श्वेत कपड़े पहने हुए थीं। शृंगार-प्रसाधन से हीन उनके सुन्दर युवा चेहरों पर वैधव्य पतझर की तरह फैल चुका था। मगध राज के लिए उन्हें लगातार देख पाना असम्भव हो गया।

किन्तु बेबसी थी। दोनों युवा बेटियां पिता को सामने पाकर सहसा उनके हृदय से जा लगीं और फुट-फुट कर रोने लगीं।

उद्धव ने सहमी दृष्टि से देखाशक्तिशाली जरासन्ध के मुंह से सांत्वना के बोल भी नहीं निकल पा रहे थे। चौड़े कन्धोंवाला वह दीर्घकाय राजा किसी क्रोधित गज की तरह शांत खड़ा था। यह शांति उस भयावह आगत का स्पष्ट संकेत थी, जिसकी आशंका उसी क्षण की गयी थी जब मथुरा पहुंचकर कृष्ण-बलराम ने कंस को समाप्त किया।

बहुत सुना था महाबली जरासन्ध को लेकर और उससे भी अधिक महसूस हुआ था तब, जब जरासन्ध को साक्षात् देखा! वैभवशाली मगधराज की सम्पन्नता और शक्ति उस धरती के कोने-कोने से झरती लग रही थी, जिस पर वे सब आ पहुंचे थे। दूर तक उनके सतर्क अंगरक्षक बिखरे हुए थे। मगध के भव्य और विशाल राजगृहों की एक शृंखला आकाश को छूती हुई दृष्टि सीमा के पार तक फैली थी। उद्धव ने पल भर में अनुमान कर लिया था कि शक्ति सम्पन्नता को लेकर जितना कुछ सुना है, कम ही है। मगध उससे भी कहीं आगे और अधिक।

जरासन्ध ने विधवा बेटियों को जैसे-तैसे आश्वस्त किया, फिर वे सब राजभवन की ओर बढ़ चले।

जिस-जिस राजपथ या नगर मार्ग से विधवा युवतियों को लिए हुए जरासन्ध निकले, उन-उन मार्गों पर गहरा सन्नाटा पुता रहा। लगता था कि अपनी बेटियों के विधवा हो जाने की पीड़ा सम्पूर्ण मगध देश ही भोग रहा है।

उस स्थिति ने उद्धव को भी कम शोकग्रस्त नहीं किया था, किन्तु बेबसी थी। कंस के अत्याचार, अनाचार और राजनीतिक दुरावस्था के

कारण ही मथुरावासियों को उससे मुक्ति लेनी पड़ी! वह एक समाजिक बेबसी थी। किन्हीं दो स्त्रियों के सुहागबिन्दु का विचार करते हुए, सैकड़ों लोगों के जीवन से कंस को खेलने की अनुमति भला किस तरह दी जाती? कंस वध हुआउद्धव के विचार में वह कृष्ण को ही नहीं, सम्पूर्ण मथुरा या यादव गणसंघ की बेबसी थी।

मगध के राजभवन में प्रवेश किया था सभी ने। सेवक, अंगरक्षक जहां-तहां पहुंच गए थे। मथुरा से आए यादवों और उद्धव के लिए उपयुक्त निवास-व्यवस्था कर दी गई थी। अगली सुबह मगधराज जरासन्ध के सामने प्रस्तुत किए गए मथुरावासी। जरासन्ध के विशाल भेंट-कक्ष में पहला कदम रखते ही उद्धव ने समझ लिया थाजरासन्ध बहुत क्रोधित हैं! आदरपूर्वक अभिवादन किया, एक ओर खड़े हो रहे।

जरासन्ध के एक ओर कंस की दोनों विधवाएं खड़ी थीं। उनकी आंखें जितनी लाल नहीं थीं, उतना चेहरा सुर्ख था। स्पष्ट दीख रहा था, वे क्रोधित ही नहीं प्रतिहिंसाग्रस्त हो उठी हैं।

आश्चर्य हुआ था उद्धव को। कंस-वध के बाद वे दोनों इतनी क्रोधित नहीं लगी थीं, पर अब?

अब क्रोधित ही नहीं प्रतिहिंसाग्रस्त! जबड़े कसे हुए, आंखे सुलगती हुईं!

और मथुरा रही तब तक अस्ति-प्राप्ति के चेहरों पर केवल दुःख अभिव्यक्त हुआ था। आश्चर्य! पर मन ने सावधान किया था उद्धव को''इसमें आश्चर्य-जैसी कोई बात नहीं है उद्धव! यह कैसे भूलते हो तुम कि वे एक राजा की बेटियां है! नीतिज्ञ और समझदार है! उस क्षण उन्हें किसी तरह मथुरा से मुक्ति लेनी थी और अब वे सुरक्षित हैं! महाशक्तिशाली अपने पिता की शरण में आकर पूर्णतः सुरक्षित है! अब वे अपने आपको अभिव्यक्त कर सकती। चुनौती दे सकती हैं।

अपने ही भीतर से मिला उत्तर समाप्त हो, इसके पूर्व ही सचमुच चुनौती बन गई थीं दोनों। अस्ति ने कहा था''कैसी विचित्र बात है कि इस भरतखण्ड पर मगधराज की बेटियों को दो ग्वाले विधवा बना दें और समय का एक शक्ति सम्पन्न राजा ठगा-सा देखता रह जाए।

उद्धव ने अपने भीतर सकपकाहट अनुभव की। अस्ति के शब्दों में प्रतिशोध से कहीं अधिक घृणा व्यक्त हुई थी!

मगधराज ने थूक का घूंट निगला। आंखों में कुछ लपटें और कौंधींजबड़े जोर से भिंच गए। कनपटियों का तनाव स्पष्ट दीखने लगा।

"समय के साथ हर लोहे में जंग लग जाता है, बहिन!" यह प्राप्ति का संवाद था। व्यंग्य और तिलमिलाहट से भरा हुआ। "पितृ जरासन्ध अब वृद्ध हो रहे हैं। उन्हें युद्ध आदि संघर्ष की स्थितियां अब नहीं सुनातीं। नहीं चाहते कि व्यर्थ ही किसी से उलझें!"

अस्ति थूकती हुई हंसी में हंस पड़ी थींवही तो। मैं महाराज कंस की हत्या के बाद निरंतर यही सोच रही थी प्राप्ति, क्या कारण है कि पितृ मथुरा नहीं आए? अब समझ रही हूं। सम्भवतः तुम उचित ही कहती हो। मगधराज जब शांतिप्रियता की उस सीमा पर पहुंच गए हैं, जो राजाओं को शोभा देती है। जो क्षत्रियोचित कम और ब्राह्मणोचित अधिक होती है। क्यों राजन्!"

"अस्ति!" चीख पड़ा था जरासन्ध। उद्धव को लगा था कि एक घनगर्जना हुई है। यह गर्जन निःसन्देह जरासन्ध की उस आश्चर्यजनक शरीर शक्ति का भी प्रतीक था, जिसके लिए वह दूर-दूर तक चर्चित रहा था।

"क्रोधित न हो, मगधराज!" अस्ति ने उसी तरह तिलमिलाए और तिलमिला डालनेवाले शब्दों का बहाव जारी रखा था"हम विधवा स्त्रियां इसके अतिरिक्त और विचार ही क्या कर सकती हैं? विशेषकर उस स्थिति में, जबकि हमें ज्ञात है, हम महाबली जरासन्ध की पुत्रियां है। गौरवशाली मगध साम्राज्य की राजपुत्रियां है, फिर भी राजन् यदि विचार करने में हमसे धृष्टता हुई हो, तो हमें क्षमा कर दें, क्यों प्राप्ति!"

"बहुत हुआ, अस्ति। बहुत हुआ।" मगधराज गुर्राए थे"अब तुम अपने निवासगृहों में जा सकती हो। हमें विचार करने दो।"

"पर पितृ...!"

"सुना नहीं तुमने?" जरासन्ध गरज पड़े थे।

अस्ति-प्राप्ति सहम गई। सिर झुकाया और चुपचाप कक्ष से बाहर

निकल गयीं। अब वे गिने-चुने मथुरावासी थे, जो उद्धव सहित जरासन्ध के सामने उपस्थित थे। मगधराज ने क्रमशः उन सभी को देखा, फिर प्रश्न किया"तुममें से उद्धव कौन है?"

"मैं हूं राजन्!" एक कदम आगे बढ़कर शीश झुका दिया था उद्धव ने। जरासन्ध ने सिर से पैर तक उद्धव को इस तरह देखा, जैसे छील डाला हो। उद्धव ने बदन में एक सनसनी अनुभव की। जैसे-तैसे लड़खड़ाहट को सम्हाले खड़े रहे। जरासन्ध ने अन्य सभी मथुरावासियों को बाहर जाने की आज्ञा दी थी, फिर एक गहरा सांस लेकर कहा था, "हूं, तो तुम हो उस बूढ़े, थके हुए उग्रसेन के दूत!" सहसा कुछ क्षण के लिए चुप हो रहा था वह।

उद्धव बिना कुछ बोले चुपचाप खड़े रहे।

थोड़ी देर बाद जरासन्ध ने पुनः बोलना प्रारम्भ किया"गोकुल के उन ग्वालों की बहुत चर्चा सुनी है हमने। तनिक बतलाओ तो दूत! कैसे हैं वे? सुनते हैं, एक पहलवानी करता है, भोजनभट्ट है और दूसरा चपल छली और षड्यंत्रकारी।"

"क्षमा करें मगधराज! आपने उन दोनों को लेकर कुछ विपरीत सोच लिया है।" उद्धव ने विनम्रता से कहा था"वसुदेव के वे दोनों पुत्र योग्य तो हैं ही, वीर और पराकमी भी हैं। उन्होंने बाल्यावस्था में ही ऐसे अनेक काम किए हैं, जो बड़े-बड़े अनुभवी और अधिक वय वाले व्यक्तियों के लिए भी सम्भव नहीं। इसीलिए मथुरा भर में नहीं, सम्पूर्ण यादव गणसंघ में उनकी स्तुति होती है। महाराज कंस को हत करने का कारण केवल मात्र यही था कि उन्होंने राजकीय अव्यवस्था फैला रखी थी...।"

"चुप रहो दूत!" सहसा जरासन्ध की गरज ने बात काट दी थी उद्धव की"हम तुमसे उन ग्वालों की प्रशंसा और कीर्तिगाथा सुनने के लिए नहीं, यह जानने के लिए उत्सुक हैं कि काल ने उन मूर्खों की बुद्धि कैसे खराब कर दी , जो वे मगधराज जरासन्ध को विस्मृत करके उनके प्रिय मित्र और सम्बन्धी कंस को हत कर बैठे? वीर कंस की हत्या कर डालना वीरता नहीं, निर्लज्जता और कायरता कहलाती है।"

उद्धव के लिए असह्य हो गए थे वे शब्द। श्रीकृष्ण और बलभद्र को बाल्यवस्था से देखा-जाना है। उनके नेह से सराबोर है वह। जितना देखा-समझा है, उसमें वैसा कुछ भी नहीं है, जैसा और जितना जरासन्ध ने कह डाला है। विनम्रतापूर्वक उत्तर दिया था''क्षमा करें महाराज! आपने सूचनाओं के आधार पर उनके व्यक्तित्व का जो मूल्यांकन कर दिया है, वह उचित नहीं है। निश्चय ही श्रीकृष्ण और बलभद्र को लेकर आपके पास असत्य सूचनाएं आई हैं सम्राट। वे न तों कायर हैं, न छली। यदि छल और कायरता का मूल्यांकन आप नीति से करें तो।''

''चुप रहो!'' एक बार पुनः चीख पड़े थे जरासन्ध। क्रोध और आवेश से उनके नथुने फूल आए थे''तुम लोगों के जाने की व्यवस्था कर दी गई है।'' सहसा उठ पड़े थे वह''जितना शीघ्र हो सके तुम हमारी क्रोधाग्नि से बच निकलो और उन बालकों के साथ-साथ उस बूढ़े और मूर्ख राजा उग्रसेन से कह देनामगधराज अपनी बेटियों को विधवा बनाने वाले उन दुर्बुद्धि ग्वालों को छोड़ेगा नहीं। यदि मथुरावासी तथा यादव अपना शुभ चाहते हैं, तब चुपचाप उन ग्वालों को मथुरा से धक्के मारकर निकलवा डालें अन्यथा एक न एक दिन जरासन्ध का क्रोध यादवों को जड़ से नाश कर देगा।''

उद्धव कुछ कहें या उत्तेजित जरासन्ध क्रोध को शांत करने का प्रयास करें, इसके पहले ही जरासन्ध तेजी से कक्ष के बाहर निकल गए थे।

उद्धव लौटे, मथुरा पहुंचते ही कुछ घबराहट और चिन्ता के साथ मगधराज जरासन्ध की चुनौती श्रीकृष्ण के पास पहुंचा दी। कहा''कृष्ण! वह बहुत क्रोधित हैं और मुझे लगता है कि अस्ति-प्राप्ति से मिलनेवाली निरंतर उत्तेजना एक न एक दिन उन्हें मथुरा पर आक्रामण के लिए बाध्य कर देगी।''

कृष्ण शांत थे। मुस्कान उसी तरह चेहरे पर। दृष्टि में वहीं चंचलता। पूरा समाचार शब्दशः सुनने के बाद केवल एक ही प्रतिक्रिया हुई थी उन पर। हौले से अपना एक होंठ दबाया था दांतों में, फिर कहा था''यह

सब तो पहले ही अनुमानित था उद्धव! इसमें तुम नई सूचना क्या लाए हो?"

उद्धव चकित, "नई सूचना?"

"मैंने तुम्हें नई सूचनाओं के लिए ही तो मगध पठाया था?" श्रीकृष्ण बोले।

"कैसी सूचनाएं,"

"मगध की शक्ति, सामर्थ्य आदि की सूचनाएं।" श्रीकृष्ण ने प्रश्न किया"क्या मगधराज जरासन्ध ने तुम्हें नगर-भ्रमण भी नहीं करवाया?"

"नगर-भ्रमण?" उद्धव ने कुछ बौखलाकर उत्तर दिया था"तुम नगर-भ्रमण की बात कर रहे हो कृष्ण। वहां तो यह स्थिति थी कि अधिक रुककर जरासन्ध को क्रोधाग्नि में भस्म हो जाओ और तुम हो कि...।"

कृष्ण हंसेतो यों कहो कि तुम भाग आए?"

उद्धव कुछ चिढ़ उठे थे। सारी राह जरासन्ध के जिन शब्दों को लेकर गम्भीरता और उत्तेजना से भरे चले आए थे, वही सुन-जानकर कृष्ण न केवल हल्की-फुल्की बातें कर रहे थे, बल्कि वैसे ही बने हुए थे, जैसे गोकुल में यमुना तट पर अठखेलियां करते रहते थे। तनिक भी गम्भीर और सावधान नहीं। कुछ गुस्से के साथ कहा था उद्धव ने"कभी-कभी तुम पर क्रोध आने लगता है यशोदासुत! क्या तुम समझते नहीं कि मथुरा, गोकुल आदि नहीं भरतखण्ड का हृदय ही खतरे में पड़ गया है।"

"जानता हूं, किन्तु उस सबके कारण तुम्हारी तरह उत्तेजित और चिन्तित हो जाने से क्या होगा उद्धव?" श्रीकृष्ण ने उत्तर दिया था"और जहां तक तुम्हारे क्रोध की बात है, यही कहूंगा कि तुम अपनी आदतें छोड़ नहीं पा रहे हो। गोकुल में जिस तरह बहुत दूध पीकर भी तनिक-तनिक सी बात पर क्रोध किया करते थे, यहां भी करते हो। जितना दूध-दही खाते-पीते हो, कुछ भी अंग नहीं लगता।"

"ओह! तुम श्रीकृष्ण...!" उद्धव और झुंलझाए। श्रीकृष्ण ने स्नेह-पूर्वक कन्धे पर हाथ रखा, बोले"व्यग्र मत हो, उद्धव! सब ठीक हो जाएगा"

उद्धव ने चकित होकर उन्हें देखा।

श्रीकृष्ण बोले थे"जरासन्ध मुझ से और बलभद्र भईया से ही तो

रुष्ट हैं। उसकी शांति और मथुरा के शुभ का रास्ता मैंने सोच लिया है।''

''वह क्या?''

''हम दोनों ही भाग जाएंगे यहां से।'' श्रीकृष्ण ने निर्णय सुनाया।

''इससे क्या लाभ होगा?''

''कंस को तो हमने हत किया है न?'' श्रीकृष्ण बोले''जरासन्ध को हम दोनों पर क्रोध है। जब हम ही न होंगे तो क्रोध किस पर करेगा?''

''वह सम्पूर्ण मथुरा पर टूट पड़ेगा।'' उद्धव ने कहा था।

''ऐसी भूल वह नहीं करेगा, उद्धव!'' श्रीकृष्ण शांतिपूर्वक बोले''वह कभी नहीं चाहेगा कि राजाओं और विद्वानों में उसकी निन्दा हो। निर्दोषों पर अपनी क्रोधाग्नि बरसाकर भला वह किस कुतर्क से सम्राट बना रहेगा?''

''मेरी समझ में तो तुम्हारी यह योजना आई नहीं कृष्ण!'' उद्धव ने कहा, फिर कुछ भुनभुनाते हुए बात पूरी की थी''इस तरह तो जरासन्ध ने तुम्हें लेकर जो कुछ कहा है, वही सच हो जाएगा।''

''क्या?''

''यह कि कायर हो तुम।'' उद्धव ने उसी खीझ के साथ कह डाला।

कृष्ण हंसे''यदि लाखों व्यक्तियों के शुभार्थ कोई एक व्यक्ति कायर कहलाए, तो दोष नहीं हुआ उद्धव! इसे बुद्धिमान व्यक्ति विवेकपूर्ण निर्णय ही कहेगा। बुद्धिमत्तापूर्ण उद्दंडतापूर्वक आत्महत्या करने और हत्याकांड को निमंत्रण देने से कहीं श्रेष्ठ है।''

उद्धव निरुत्तर हो रहे थे।

कृष्ण ने बताया था''महाराज उग्रसेन से मैंने स्वीकृति प्राप्त कर ली है। कल प्रातः ही मैं और कर संकर्षण[1] यहां से चल पड़ेंगे!''

उद्धव कुछ नहीं कह सके थे।

वही हुआ। उद्धव जागे, तब ज्ञात हुआ था, श्रीकृष्ण और बलभद्र मथुरा छोड़कर कहीं चले गए हैं। कहां? न किसी को सूचना दी थी। समाचार

---

1. कर संकर्षण : बलराम का मूल नाम।

सभी ओर बिखर गयाश्रीकृष्ण और बलराम मगधराज के भय से भाग खड़े हुए।

उद्धव को अच्छा नहीं लगता था, जब-जब मथुरा में श्रीकृष्ण और बलराम को लेकर चर्चा होती। उन्हें भगोड़ा कहा जाता। निन्दा भी की जाती और उपहास भी होता, किन्तु उत्तर देने या तर्क करके योग्य किसी के पास कुछ नहीं था। चुपचाप श्रीकृष्ण और बलराम को लेकर कही-सुनी जानेवाली बातें अपने तन पर कोड़ों की मार की तरह सह लिया करते। इस स्थिति का लाभ यादव सामन्तों ने खूब उठाया था। उनके विचार में अब कृष्ण-बलराम फिर कभी मथुरा लौटने वाले न थे।

जरासन्ध के आने, आक्रमण करने का समाचार धीमे-धीमे फीका पड़ने लगा था। सम्भवतः गुप्तचरों के माध्यम से मगधराज को सूचना मिल चुकी थीकृष्ण-बलराम मथुरा छोड़कर भाग खड़े हुए।

जरासन्ध सुनकर हंसा था। अस्ति-प्राप्ति को कुछ शांति मिली। पर प्रतिशोध की ज्वाला उसी तरह धधक रही थी। यादवों के प्रति जरासन्ध और उसकी बेटियों को उसी तरह घृणा थी।

कृष्ण-बलराम कहां है? न कोई सूचना मिलती थी, न समाचार। यदा-कदा देवकी उद्धव को बुलाकर पूछताछ किया करतीं। किसी बार गोकुल से नंद बाबा का दूत आ पहुंचता"यशोदा बहुत चिन्तित रहती हैं उद्धव। कृष्ण कहां हैं? कुशल से तो हैं?" उद्धव बेबसी के साथ कहलवा दिया करते"कोई सूचना नहीं हैं, पर आश्वस्त हों यशोदा माता। कृष्ण जहां भी होंगे, कुशल से होंगे।"

कृष्ण की अनुपस्थिति में उन सामन्तों को बहुत लाभ मिला, जो वसुदेव के विरोधी थे। वृष्णिवंशी यादवों में बहुत पहले से फूट पड़ी थी। मथुराधिपति भोजवंशी यादव हुआ करते थे। परम्परा के अनुसार भोजवंशी यादव ही सभी यादवों के राज्यों के गणसंघ का प्रमुख हुआ करता था, किन्तु कुछेक वर्षों से यह गणसंघ भीतर-ही-भीतर खोखला होता जा रहा था। यादवों की फूट ने उन्हें एक दीखते हुए भी एक नहीं रहने दिया था। परिणामतः प्रभासतीर्थ स्थिति बहुत-सा यादव-क्षेत्र और कुशस्थली का यादव राज्य सात्यकि और अक्रूर दोनों के ही हाथ से खिसक गया।

कुशस्थली सहित समुद्र तट के एक बहुत बड़े क्षेत्र पर विदेशी पणियों ने अधिकार कर लिया। सात्यकि और अक्रूर आदि यादव राजा प्रभासतीर्थ क्षेत्र में भाग खड़े हुए। अब वह नाममात्र के राजा रह गए थे। भोजराज कंस से उन्होंने गणसंघ का मुखिया होने के नाते सहायता याचना भी की थी, किन्तु कंस ने सुना-अनसुना कर दिया। पणियों को कंस, जरासन्ध, चेदिराज दमघोष के पुत्र शिशुपाल आदि ने भरत खण्ड के अनेक राज्यों में अपना व्यापार बढ़ाने की स्वीकृति दे दी। इस तरह पाणि धीमे-धीमे अनेक राज्यों में अपनी संस्कृति-धर्म आदि का प्रचार तो करने ही लगे, साथ-ही-साथ उन्होंने आर्थिक व्यवस्था पर भी अधिकार करना प्रारम्भ कर दिया।

कृष्ण-बलराम इसी समय में जरासन्ध से बचते हुए विभिन्न राज्यों में घूम रहे थे। किसी ऋतु में वह गोमांतक पहुंचते, किसी ऋतु में कुशस्थली। मथुरा की सूचनाएं वे जहां-तहां से जुटा लिया करते थे।

इसके विपरीत मथुरावासी उनसे एकदम कटे हुए थे। न कृष्ण की कोई सूचना थी, न बलराम की कोई अद्‌भुत पौरुष-कथा! उद्धव विभिन्न लोगों से सम्पर्क साधते, दूर-दराज से कोई आ पहुंचता, तो मिल-जुलकर जानकारी करने की चेष्टा करते। पूरा विश्वास था कि कृष्ण-बलराम जहां भी होंगे, उनका कोई-न-कोई अद्‌भुत कृत्य उन्हें बहुत दिनों गुप्त नहीं रहने देगा। इसी सिलसिले में समाचार मिला था उन्हें"कृष्ण नामक एक ग्वाले को विदर्भ क्षेत्र में ढूंढ़ा जा रहा है। कहते हैं कि वह मगध-नरेश जरासन्ध के दामाद का हत्यारा है!"

उद्धव ने सुना। निश्चिन्त हुए। प्रसन्नमन देवकी के पास जा पहुंचे थे। वह बेटों को लेकर सदा ही दुखी रहा करती थीं। जान-बुझकर समाचार आधा सुनाया था। बोले"यह समझो, माता! तुम्हारा पुत्र कुशलपूर्वक है।"

"पर वह है कहां उद्धव!" देवकी ने आकुल स्वर में प्रश्न किया था। आंखों से कम दीखने लगा था उन्हें। वर्षों के कारावास ने मन, दृष्टि, शरीर सभी तरह से तोड़ डाला था देवसकुता को। प्रतिपल आशंकित रहना स्वभाव बन गया था। निरंतर अपनी संतानों का अपनी ही आंखों के सामने वध देखते रहने के कारण हर पल डरी-डरी रहती थी। तनिक-सा सुखद या दुखद समाचार मिलता और देवकी की आंखें झरने लगतीं।

उद्धव से यह समाचार पाकर कि कृष्ण कुशलपूर्वक हैं, वह सदा की तरह बह आई थीं "कहां हैं कृष्ण? भरत खण्ड के किस क्षेत्र में?"

"यह तो निश्चित नहीं कहा जा सकता, देवी!" उद्धव ने उत्तर दिया था "किन्तु इतना निश्चित है कि कृष्ण-बलराम विदर्भ या कुशस्थली...किन्हीं राज्य या नगर में कुशलपूर्वक हैं!"

देवकी एक गहरा श्वांस छोड़कर रह गई थीं। होठों-ही-होठों में बुदबुदाती हुई "परमात्मन्! वह जहां भी हो कुशल से हो!"

उद्धव लौटकर राजा उग्रसेन के पास पहुंचे थे। समाचार सुनाया। कृष्ण के प्रति उपकृत थे वह। मन-ही-मन श्रद्धा करने लगे थे। कहा था "गुप्तचर भी यही कुछ कहते रहे हैं, उद्धव! कृष्ण या तो कुशस्थली में हैं या विदर्भ में।"

उद्धव चुप खड़े रहे।

उग्रसेन ने आदेश दिया था "मेरी इच्छा है कि तुम ज्ञात करो! स्वयं ही विदर्भ और कुशस्थली पहुंचकर पता लगाओ। सम्भव हो तो उनसे भेंट भी करो।"

उद्धव ने सिर झुकाकर स्वीकार किया। उसी दिन चल पड़े।

विदर्भराज भीष्मक के राज-दरबार में पहुंचकर उद्धव ने समाचार भिजवाया था "महाराज को सूचना दो, मथुराधिपति राजा उग्रसेन का दूत भेंट के लिए समय चाहता है।"

मथुरा के राजपरिवार से बहुत पुराने सम्बन्ध थे भीष्मक के। सूचना मिलते ही भीष्मक ने उद्धव को बुलवा लिया था। उद्धव ने अपना परिचय दिया, फिर आने का कारण बतलाया "हमें ज्ञात हुआ है, महाराज! यादवपति श्रीकृष्ण ओर बलराम आपके राज्य में आए हुए हैं। महाराज उग्रसेन की इच्छा थी कि उनसे मेरी भेंट करवा दी जाए।"

भीष्मक के चेहरे पर हल्का धुंधलापन बिखर गया था। एक ओर बैठे थे युवराज रुक्मी। वृद्ध राजा ने पुत्र की ओर एक दृष्टि डाली, फिर उत्तर दिया "कृष्ण और बलराम यहां आए तो थे उद्धव! किन्तु अधिक

दिन रुके नहीं। एक दिन प्रातः ही न जाने कहां चले गए। उनकी खोज में तो हम स्वयं चिन्तित हैं।''

उद्धव ने सुना। निराशा का हल्का-सा झोंका भी लगा था, किन्तु अपने आपको सहेज लिया। इस सूचना से यह तो सिद्ध हो ही गया था कि कृष्ण-बलराम सुरक्षित रूप से यहां-वहां यात्राएं कर रहे हैं। कहा''जानकर पीड़ा हुई महाराज! आपको कष्ट दिया, इसके लिए क्षमा चाहता हूं।''

राजा भीष्मक ने कुछ नहीं कहा। बोले थे''कुछ समय कुंडिननगर[1] में विश्राम करो, दूत! फिर तुम्हारी यात्रा का प्रबन्ध कर दिया जाएगा।''

उद्धव के लिए राजभवन के ही अतिथि-गृह में निवास की व्यवस्था की गई। कृष्ण आए और चले गए? बिना राजा भीष्मक से मिले, उन्हें कोई सूचना दिए, चले गए, यह अकारण नहीं हो सकता। अवश्य ही कोई विशेष कारण रहा होगा। और फिर याद आ गई थी। कृष्ण को लेकर मिली सूचना। विदर्भ में जरासन्ध की जड़ न होते हुए भी धीमे-धीमे पनप रही थी। चेदिराज[2] शिशुपाल के मित्र थे युवराज रुक्मी। शिशुपाल के माध्यम से ही कभी मगध सम्राट जरासन्ध से भेंट हुई थी उनकी। अच्छे मित्र हो गए थे दोनों। यों भी चेदि, मगध और विदर्भ की मित्रता राजनीतिक रूप से बहुत प्रभावकारी थी। जितनी गहरी मित्रता थी, उससे अधिक गहरा राजकीय सम्बन्ध था। निश्चय ही श्रीकृष्ण को किसी संकट का आभास मिला होगा और उन्होंने चुपचाप विदर्भ से खिसक जाने में कुशल समझी।

उद्धव शांत और निश्चिन्त भाव से आसन पर लेट गए थे। सांझ ढल चुकी थी। शीघ्र ही रात्रि के भोजन का बुलावा आनेवाला था। उद्धव ने निश्चय किया था कि रात्रि-भोजन के पश्चात् अच्छी निद्रा लेकर विभर्द से सीधे कुशस्थली चल पड़ेंगे। वहां भी श्रीकृष्ण के होने की संभावना थी। बहुत दिनों से सुन रहे थे। उद्धव-श्रीकृष्ण जम कर किसी स्थान पर नहीं रहे हैं। वह निरंतर घूम रहे हैं और हर बार कुशस्थली अवश्य ही आ पहुंचते हैं।

---

1. कुंडिननगरतत्कालीन विदर्भ राज्य की राजधानी। वर्तमान आन्धप्रदेश में बीदर से कुछ परेगोदावरी नदी से लगभग 5 मील दूर कुंडिलवती नामक स्थान।
2. चेदिराज : चेदि वर्तमान मध्यप्रदेश का चन्देरी नगर है। शिशुपाल वहां का राजा हुआ करता था।

भोजन से निवृत्त होकर उद्धव पुनः शयन-कक्ष में पहुंचे। रात्रि का पहला प्रहर प्रारम्भ हुआ था। साथ आए यादव सैनिकों को भी विश्राम के लिए जाने का आदेश दे दिया था। अगली सुबह एक लम्बी यात्रा प्रारम्भ होनेवाली थी।

अभी आसन पर लेटे ही थे कि चौंक गए। प्रकोष्ठ की हल्की रोशनी में उन्हें लगा कि कुछ हलचल हुई है। उद्धव तुरंत उठे, "कौन?"

उत्तर में स्वर नहीं उभरा। एक नारी आकृति मुख्य द्वार पर आ खड़ी हुई, "विदर्भराज की कन्या तुमसे भेंट करने आयी हैं दूत!"

"विदर्भराज की कन्या!" उद्धव माथे पर सिकुड़नें डालकर अचरज से बुदबुदाए, फिर उठ खड़े हुए। तुरंत क्या कहें या क्या कहना चाहिए, यह भी नहीं सूझा था उन्हें। शयन-कक्ष में प्रकाश कम था। उद्धव ने प्रकाश करना चाहा, स्वर उठा, "शिशु...शि्...। नहीं, प्रकाश मत करो दूत। राजकुमारी इसी क्षीण प्रकाश में बात करना चाहती हैं।"

सब कुछ बहुत रहस्यमय जान पड़ा था उद्धव को। सकपकाए-से खड़े रह गए।

हल्की रुन-झुन उभरी। राजकुमारी भीतर आ गई थीं। साथ में वह सेविका या सहेली थी, जो सूचना देती रही थी। उद्धव जैसे-तैसे साहस बटोरे खड़े रहे। मन में कहीं हलका-सा डर भी उभर आया था। विदर्भ-राज के महल में वह अतिथि हैं। स्थिति भी दूत की...और राजसुता उनसे भेंट करने, उनके शयन-कक्ष में आ पहुंची हैं। डर अनायास ही क्रोध बनने लगा था। बोलें या बहकें, इसके पूर्व ही राजकुमारी बोली थीं"तुम... तुम उद्धव ही हो ना?"

"जी...?जी हां कुमारी! मेरा नाम उद्धव ही है।"

"श्रीकृष्ण के बालमित्र!"

"जी,...जी हां।" उद्धव हड़बड़ाए हुए बोले।

"उन्होंने यही कहा था : सम्भवतः तुम अवश्य ही खोजते हुए आ पहुंचोगे।" राजकुमारी ने भीगे स्वर में कहा।

"किन्होंने, राजकुमारी!"

"श्रीकृष्ण ने।"

"श्रीकृष्ण ने?" उद्धव बुदबुदाए, फिर बातों में रुचि लेने लगे। समझ गए थे गोपियों पर मोहिनी-मंत्र फेरनेवाले श्रीकृष्ण ने सम्भवतः इधर भी जाने-अनजाने मोहिनी मंत्र फेर दिया है।

राजकुमारी ने कहा था "यहां रहना यशोदानन्दर के लिए शुभ नहीं रहा था। अतः उन्होंने जाने का निर्णय लिया। जाते समय तुम्हें स्मरण किया था उद्धव! कहा था कि समाचार मिला तो तुम अवश्य ही मिलने आओगे। उस स्थिति में तुम्हें बतला दिया जाए कि वह कहां मिल सकेंगे।"

"कहां, कुमारी!" उत्सुक हो उठे उद्धव। आवेश में एक कदम आगे बढ़ आए। आवाज भर्रा गई थी।

"वह प्रभासतीर्थ की ओर गए हैं।" राजकुमारी ने सूचना दी थी "तुम वहीं उनसे भेंट कर सकोगे।"

उद्धव प्रसन्न हुए। सन्तुष्ट भी। कुशस्थली पहुंच गए होते, तो फिर भटकना पड़ता। उस बीच श्रीकृष्ण न जाने कहां निकल जाते।

उद्धव ने कुमारी को धन्यवाद दिया। उत्तर में राजकुमारी ने कहा था "उसकी आवश्यकता नहीं है उद्धव। मिलो तो अपने बालमित्र को मेरी ओर से एक सूचना अवश्य देना।"

"क्या राजकुमारीजी?"।

"कहना मैं सदा ही उन्हें स्मरण करती हूं।" राजकुमारी ने कहा, उद्धव को लगा था कि आवाज कुछ भरी हुई है। याद हो आया था उन्हें। गोकुल जब-जब जाते थे, तब-तब गोपियां इसी तरह पूछा करती थीं श्रीकृष्ण को। इसी तरह नेहभरी कहतीं कि वह उन्हें बहुत स्मरण करती हैं; किन्तु श्रीकृष्ण ने हर बार कहा था "मैं केवल स्मरण नहीं करता उद्धव। सदा उनके साथ ही रहता हूं और वे सदा मेरे साथ रहती हैं।" एक बार उद्धव इस उत्तर से चिढ़ गए थे। कहा था, "बस...बस, वासुदेव। यह शब्दरास बहुत हुआ। सच क्यों नहीं कहते कि तुम अपनी स्नेहिल सखियों को बिसरा बैठे हो।

उत्तर में श्रीकृष्ण हंस दिए थे। कहा था "तुम नहीं समझोगे, उद्धव। आत्मशक्ति हो तो पृथ्वी की दूरी नेह को दूर नहीं कर सकती। विश्वास

करो, मुझसे जो नेह करते हैंसदा मेरे साथ रहते हैं और मैं सदा उनके साथ होता हूं।"

लगा था कि बहुत उलझी हुई बात हैं। कौन माथापच्ची करे। बहस नहीं की थी। और आज पुनः उद्धव के सामने वही सन्देश पहुंचाने का दायित्व है"विदर्भराज की कन्या रुक्मिणी तुम्हें बहुत स्मरण करती हैं वासुदेव।" उद्धव जानते हैं कि इस सन्देश के उत्तर में क्या कहेंगे कृष्ण?

एक गहरा सांस लिया, बोले"आश्वस्त हो, विदर्भसुता। निश्चित ही आपका सन्देश यशोदानन्दन को पहुंच जाएगा।"

"जानती हूं।" राजकुमारी ने उत्तर दिया, फिर विदा हो गईं।

उद्धव पुनः शैय्या पर आ लेटे। अब सहजता से नींद नहीं लगनेवाली थी। इस उत्साहवर्धक समाचार ने मन भर दिया था"श्रीकृष्ण प्रभासतीर्थ में हैं। वहीं मिल जाएंगे।" यह भी क्या कम सुखकर लग रहा था कि श्रीकृष्ण ने रुक्मिणी से उद्धव को लेकर मैत्री और विश्वास के शब्द कहे। भरोसा रखा कि उद्धव उनकी सुधि लेने अवश्य ही आएंगे।"

मन अनायास ही प्रश्न कर उठा था"श्रीकृष्ण ने यह केवल अनुमान पर कहा था वह जानते थे कि उद्धव आएंगे?"

आश्चर्यजनक लगा था उन्हें। श्रीकृष्ण के अनुमान सदा ही इतने सत्य क्यों हुआ करते हैं? कोई एक घटना तो है नहीं? उद्धव को बिलकुल छोटी आयु से ज्ञात है, श्रीकृष्ण आगत का अनुमान इतना निश्चित करते हैं जैसे सब कुछ देखते जानते हों। उन्हें उस रात अनचाहे ही वह घटना याद हो आई थी, जब एक बार घोर जलवृष्टि के कारण गोकुल ही नहीं, तमाम जनक्षेत्र मृत्यु-संकट झेलने लगा था।

यह संकट आए, इसके पूर्व ही श्रीकृष्ण को जैसे सब कुछ ज्ञात हो गया था।

उद्धव को स्मरण है, उस समय सूर्य प्रखर रूप से तेजस्वी थे। वर्षा हो सकती है या आंधी आ सकती है, यह कल्पना भी असम्भव थी।

हर भोर की तरह उस दिन भी गायें लेकर निकल पड़े थे वे सब। श्रीकृष्ण बलभद्र के साथ निकलते, फिर अवसर पाकर उनसे कुछ दूर हो लेते।

गोप बालकों का समूह श्रीकृष्ण जिस ओर जाते, उसी ओर चल पड़ता था। बहुतेक कारण थे इसके। श्रीकृष्ण की अद्‌भुत विशिष्टता।

गौ चरने लगतीं और श्रीकृष्ण उस समूह के बीच बैठकर मीठी, रसीली चुटकियां लेने लगते। किसी बार मनसुखा को कुरेदते, किसी बार उद्धव को। गोप बालकों में श्रीकृष्ण कई बालकों से कम आयु के थे, किन्तु वे सभी श्रीकृष्ण के सर्वश्रेष्ठ व्यक्तित्व को स्वीकार चुके थे। श्रीकृष्ण तीव्रबुद्धि तो थे ही, दुःसाहसी भी थे। कोई ऐसा साथी न था, जिसे श्रीकृष्ण ने किसी-न-किसी उलझन या विपत्ति से बचाया न हो। सहज ही था। श्रीकृष्ण के प्रति सभी के मन में जितना आत्मीयतापूर्ण स्नेह था। उससे कहीं अधिक सम्मान और विश्वास की भावना थी। तर्कातर्क में भी अद्‌भूत थे वह। आकर्षण और रसमाधुर्य इतना शक्तिशाली था कि पहली बार में ही किसी को भी मोहित कर लेना उनके व्यक्तित्व की सम्मान प्रक्रिया थी।

बचपन में गोकुल की जो छोटी-सी बस्ती श्रीकृष्ण के उत्पातों से चिढ़कर यशोदा के पास उनकी शिकायतें पहुंचाया करती थी। बहुत तरह श्रीकृष्ण की अद्‌भुत क्रियाओं और व्यक्तित्व ने धीमे-धीमे उनके स्वीकार में बदल दी थी, बस्ती, हर आयु, हर वर्ग के नर-नारियों में लोकप्रिय ही नहीं स्नेहभोजन बन गए थे श्रीकृष्ण। किसी परिवार में कोई सुख-दुख की घटना हो, श्रीकृष्ण सेवा में सबसे आगे रहा करते। दुख मे समानभागी होकर दुख उठाया करते। सुख में सर्वाधिक सुखभाव से सक्रिय हो जाते।

उद्धव को स्मरण है, गोकुल का जनजीवन श्रीकृष्णमय हो गया था। स्थिति यहां तक पहुंच चुकी थी कि जिस दिन श्रीकृष्ण न दीखते, बस्ती में चर्चा बिखर जाया करती"कहां गया नंदलाल।"

यह आत्मा का अभाव उन्हें श्रीकृष्ण दर्शन के लिए व्यग्र बना दिया करता। अनेक बार श्रीकृष्ण के निर्णयों में गोकुलवासियों ने परस्पर होते रहनेवाले छुटपुट झगड़ों की राह पा ली थी, न्याय मिल गया था। श्रीकृष्ण कब, किस अनजाने पल उनके भीतर अनिवार्यता बनकर पैठ रहे, किसी को स्मरण ही नहीं रहा था, फिर बलभद्र और श्रीकृष्ण का स्नेह बहुत प्रसिद्ध था। गोकुलवासी परस्पर इस बन्धु-प्रेम का उल्लेख प्रतीक के रूप

में करने लगे थे। बलभद्र जितने सहज थे, श्रीकृष्ण उतने ही असहज। बलभद्र उत्तेजित होकर जितने क्रोधित हो सकते थे, श्रीकृष्ण के चेहरे और मनोभावों से क्रोध, पीड़ा या बेचैनी पहचान पाना असम्भव था। श्रीकृष्ण बलभद्र से सहमते तो नहीं थे; किन्तु अग्रज के प्रति सीमाएं बनाकर अवश्य चलते। बलभद्र को स्नेहपगी बातों से फुसलाया-बहकाया जा सकता था; किन्तु श्रीकृष्ण की दृष्टि हर छल और षड्यंत्र को उधेड़ती-सी देखती थी। न कोई साथी मन के भीतर की बात उनसे छिपा सकता था न कोई गोपी अपने भीतर उनके प्रति उमड़ आया स्नेह दबाए रख सकती थी! फुर्ती, चंचलता और चपलता में भी श्रीकृष्ण के बराबर ठहरना असम्भव था। वार्ताकौशल और अभिनय की असामान्य क्षमता थी उनमें।

कभी-कभी ऐसी बातें करने लगते थे, जिनसे वृद्धायु अनुभव भी सहमकर रह जाया करता। सुनकर भी सहसा विश्वास न होता कि जो कुछ सुन रहे हैं, वह श्रीकृष्ण के होंठों से झर रहा है। अनेक बार ऐसी बातें कहते, जिनके अर्थों में बुद्धि का सागर सामान्य बुद्धि को कहीं, गहरे, बहुत गहरे डुबा लिया करता। इस तरह के अवसरों पर अक्सर वृद्ध स्त्री-पुरुष यह कहकर अपना बचाव कर लिया करते"यशोदा और नंद का बालक अद्‌भुत है...वह विद्धानों-ब्राह्मणों जैसी बातें करता है!"

पर जब-जब कोई वृद्ध विद्धान, ब्राह्मण या ऋषि ग्राम-क्षेत्र में आ निकलते, श्रीकृष्ण उनकी सेवा में जुट जाया करते। उनसे चर्चा करते। चर्चा भी ऐसे विषयों पर, जो किसी-किसी बार माथे से ऊपर होकर निकल जाया करती। विचित्र श्रीकृष्ण! एक साथ श्रीकृष्ण के भीतर, बालक, युवा और वृद्ध का यह दर्शन ही उन्हें अलौकिक बना दिया करता था।

विविध रूपी कृष्ण! बालक की तरह सरल, वृद्ध की तरह अनुभवी, ऋषि की तरह भीतर रहकर भी कहीं नहीं, सूर्य की तरह पराक्रमी और तेजयुक्त, चन्द्रमा जैसे शीतल और जल जैसे सरल! कौन से श्रीकृष्ण, श्रीकृष्ण हैं, निश्चय करना कठिन हो गया था। व्यक्तित्व की इस बहुकोणीय देह में कुछ साधारण या सामान्य है, विश्वसनीय नहीं रहा।

एक ही शब्द कहकर श्रीकृष्ण को समझा भी जा सकता था, उनका वयक्तित्व वर्णन भी किया जा सकता था। यह कि नंद गोप का बेटा, अद्भुत है, अलौकिक है।

फिर घटनाओं के ऐसे सिलसिले लगे कि यह अलौकिक, ईश्वर में बदलने लगा। श्रीकृष्ण की दृष्टि, स्वर, शब्द सभी कुछ केवल श्रद्धा बनकर रह गए। उन्हें लेकर दर्शन का आनंद मिलने लगा, उसने विलग रहकर विरह की पीड़ा सताने लगी, उन्हें देखकर जान पाने की उलझन होने लगी। उन्हें पाकर, खो देने का भय लगने लगा। उन्हें खोकर निःसारता अनुभव होने लगी।

सहज ही था कि ऐसे श्रीकृष्ण के आगे-पीछे सब घिरे रहें। उसी दौर की बात है

वे सब श्रीकृष्ण को टकटकी बांधे हुए इस तरह देख रहे थे, जैसे एक और सूर्य के दर्शन कर रहे हों। जितने चत्मकृत, उतने आनंदित, जितने आनंदित, उतने ही विस्मृत। सांवले श्रीकृष्ण ने चंचलता से उन सभी को देखा था, फिर बोले थे''अब बोलो, किसे बुलाऊं?''

उद्धव ने हौले से होंठ भींचे, कुछ सोचा, दृष्टि दूर जंगल में जहां-तहां बिखरी गौओं पर दौड़ाई, कहा, ''उसे बुलाओ, कदली को! वही सबसे दूर है।''

और श्रीकृष्ण ने कदली नाम की गौ को देखा, वह दूर, जंगल के भीतर समाकर लगभग श्वेत धब्बे जैसी दीखने लगी थी। अगले ही क्षण मुस्कुराकर उन्होंने चपलता से बांसुरी होंठों पर लगाई। एक धुन वातावरण में बिखरा दी।

वे सभी कदली की ओर देख रहे थे। श्रीकृष्ण बांसुरी की विशिष्ट ध्वनियां निकालकर विभिन्न गौओं को बुला सकते हैं, यह सुना था उन्होंने। पूछ लिया था''ऐसा कर सकते हो तुम, तब करके बतलाओ।'' और वह एक-एक कर गौ को विशिष्ट ध्वनि निकालकर बुला रहे थे। शर्त यह रखी थी उन्होंने, जो गौ आएगी, उसे कुछ-न-कुछ खिलाना होगा।

बुलाहट प्रारम्भ होने से पूर्व गोप बालकों ने बड़ी संख्या में हरी घास जुटा ली थी। जो गौ आती, उसे हरा चारा दिया जाता।

इस बार कदली के लिए धुन निकली थी बांसुरी से। पर उद्धव को लगा था कि कदली की ओर देखते-देखते वे सभी उस लय में रच-बस गए हैं। आंखें गौ की दिशा में जड़ी थीं' पर स्वरसुरा से नहाई हुई, देखकर भी देख पाने में असमर्थ सी। सारा शरीर अजब-सी मादकता से भर उठा था। मस्तिष्क आनंद की तरंगों से अठखेलियां करता हुआ। और श्रीकृष्ण की बांसुरी निरंतर गूंजती हुई।

सहसा धुन तोड़ दी थी श्रीकृष्ण ने।

"क्या हुआ?" उनमें से कई एक-साथ बोले।

श्रीकृष्ण ने उत्तर दिया"अब नहीं बजाता।"

"क्यों?"

"कदली आ तो गई है।" श्रीकृष्ण ने वृक्ष के तने से उसी तरह टिके-टिके आराम से उत्तर दिया।

उन सभी ने चौंककर देखा, सच ही तो! कदली उनके पास, एक तरह से उनके समूह में ही आ खड़ी हुई थी। आंखों में उनके-अपने मन जैसी मुग्धता किए हुए! उद्धव उत्साहित होकर खड़े हो गए थे"आश्चर्य! यह तो बड़ी हठी है, कृष्ण। तुमने इसे नेह-बन्धन में बांध लिया।"

"नेह का बन्धन होता ही ऐसा है उद्धव!" श्रीकृष्ण ने मुस्कुराकर कहा था"या तो तुम बंध जाओ या तुम किसी को बांध लो।"

कुछ गोप बालक उठकर अपना वायदा निबाहने लगे थे। वे कदली को स्नेह से चारा खिला रहे थे।

श्रीकृष्ण उठे और धीमे-धीमे यमुना-तट की ओर चल दिए। उद्धव और कुछ साथी बालक पीछे।

तट किनारे खड़े श्रीकृष्ण देर तक टकटकी बांधे हुए अनंत आकाश को देखते रहे। सहसा मुड़े, कहा"उद्धव! शीघ्रता करो! गौओं को बुलाओ और तुरंत गोकुल की ओर चलो।"

"पर अभी तो दोपहर है कृष्ण!" उद्धव ने उत्तर दिया था"अभी से गौएं लेकर गांव पहुंचे तो...।"

"व्यर्थ समय नष्ट मत करो, उद्धव!..."श्रीकृष्ण के स्वर में स्नेहमिश्रित दबाव था, "शीघ्रता करो! मैं पहले गोकुल की ओर पहुंचता हूं। हमें शीघ्र ही गांव और यह क्षेत्र खाली कर देना होगा।

"क्यों?"

"वह सब बाद में बतलाऊंगा!" श्रीकृष्ण मुड़कर तीव्रगति से गांव की दिशा में चल पड़े थे। जाते-जाते कहते गए"स्मरण रहे, तनिक भी देर किए बिना सभी गौंओं और ग्वालों के साथ गांव की ओर आओ! जितनी शीघ्र हो सके, उतना शीघ्र!"

उद्धव हकबकाए से खड़े रह गए। कुछ झुंझलाहट से भरे हुए। श्रीकृष्ण का यही स्वभाव उद्धव को नहीं रुचता। अकारण ही रहस्यमयता बना देते हैं। किस कारण भर दोपहर वे सब गांव की ओर मुड़ जाए? मन हुआ था कि वैसा न करें, किन्तु अगले ही क्षण मस्तिष्क सक्रिय हुआ। इतने प्रभावी ढंग से कि उसने इच्छा पर भी वश कर लिया था। वही करना होगा जो श्रीकृष्ण कह गए हैं! न कर सके, तो कुछ-न-कुछ गड़बड़ हो जाएगी! श्रीकृष्ण व्यर्थ शब्द बोलने के आदी नहीं हैं।

"सुनो! गोप बंधुओ! सुनो!" उद्धव जोर-जोर से चिल्लाते हुए गोपों के समूह की ओर लपक पड़े।

वे सब चकित होकर उद्धव को देखते रहे।

उद्धव ने हांफते-हांफते श्रीकृष्ण के जाने और जाने से पूर्व गांव, गौओं सहित लौटने की सूचना दी। कहा था"श्रीकृष्ण, गोकुल की ओर चले गए हैं। अब हमें भी शीघ्र ही गांव की ओर चल पड़ना चाहिए. ..गौएं बटोरो!"

"पर उद्धव...! कारण?" कोई एक चिल्लाया था।

"ज्ञात नहीं, पर श्रीकृष्ण ने कहा है, तनिक भी देर न की जाए अन्यथा हम सब किसी विपत्ति में फंस जाएगे।" अभी उद्धव के शब्द पूरे ही हुए थे कि सहसा सबने देखा, आकाश पर तेज, गहरी और काली घटाएं उमड़ आई हैं! उद्धव एक क्षण के लिए स्तब्ध रह गए थे। आश्चर्य!

पल भर पूर्व ही तेजस्वी सूर्यकिरणों से यह पृथ्वी खण्ड झिलमिला रहा था और अब? अविश्वसनीय-सा लगा था उन्हें! इस गति और चमत्कार की तरह अचानक अंधकार घिर आना, वेगवती वर्षा की आशंका? क्या श्रीकृष्ण ने यह सब समझ लिया था?

पर किस तरह समझा होगा? ऐसा कोई भी संकेत तो नहीं था प्रकृति की ओर से, जिसके कारण समझा जा सके कि वैसा प्राकृतिक तूफान आने को है?...तब?

ग्वालों का समूह आकाश पर घुमड़ते, गरजते बादलों से आतंकित जल्दी-जल्दी इधर-उधर दूर तक बिखरी हुई गायों को बटोरता हुआ अब एक जगह आ पहुंचा था। बलभद्र भी आ पहुंचे थे। उद्धव बोले"चलो, शीघ्रता करो! जल्दी ही तेज वर्षा होने को है।"

बलभद्र की दृष्टि ने श्रीकृष्ण को खोजा, पूछें कि उद्धव बोल पड़े"यशोदासुत गोकुल की ओर जा चुके हैं, बलदेव!"

"अच्छा हुआ।" बलदेव के चेहरे पर आई घबराहट कुछ टली। वे सब तीव्रगति से गांव की ओर बढ़ चले।

और उसी गति से बढ़ चला घटाओं से बरसता अंधकार! इतना गहरा और घना कि लगता था कि एक-दूसरे के चेहरों को वह ठीक तरह नहीं देख पा रहे हैं। सहसा सूर्य के माथे पर संध्या उतर आयी थी। हवाएं ठण्डी हो गयी थीं। वातावरण में अजब-सी शीतलता बिखरने लगी थी।

वे बढ़े जा रहे थे। गौओं को तेज-तेज हांकते हुए। लगता था कि वे तीव्रगति बादलों से मुकाबला करने का प्रयत्न कर रहे हैं।

गोकुल क्षेत्र अभी दूर था। उद्धव निरंतर एक ही अचरज से उलझे हुए। भला श्रीकृष्ण को किस तरह ज्ञात हो गया कि जल्दी ही ऐसी आश्चर्यजनक प्राकृतिक उथल-पुथल होनेवाली है?

कभी लगता था कि यह अलौकिक है! और कभी मन कहतामात्र संयोग! अभी इसी उहापोह में ही थे कि उन्होंने देखा, दूर जंगल की ओर तेज हलचल हो रही थी। गोकुल की ही दिशा!

वे सब चकित होकर घटाओं के धुंधलाए प्रकाश में उसी ओर देखने लगे थे; पर अधिक देर तक नहीं देखा जा सका। उन्हें अपनी सुधि लेनी

पड़ी। तेज वर्षा आरम्भ हुई। आकाश चीखता हुआ जैसे धरती पर टूटने लगा था। इतनी तेज वर्षा कि उन सबकी चाल सहज नहीं रही। दस कदम ही आगे बढ़ पाए होंगे कि पृथ्वी जलमग्न होती जान पड़ी। वे गिरते-पड़ते, लड़खड़ाते-से भागने लगे थे। उनके साथ-साथ गौएं भी।

अब न तो परस्पर बात करने की स्थिति शेष रही थी, न ही कुछ सुन-समझ पाने की। वेगपूर्ण जल धरती पर फैल नहीं रहा था, लगता था कि धीमे-धीमे धरती को ही डुबाने लगा है। उससे कहीं अधिक तीव्र आंधी के थपेड़े! ये थपेड़े जल की धारों के साथ अनेक कोड़े की मार जैसे शरीर पर पड़ने लगे थे।

"रक्षा करो, प्रभु! यह कैसा प्रकोप?" वे हांफते हुए भीगे जा रहे थे गोकुल की ओर उनसे कहीं अधिक शक्ति से बरस रहा था जल।

"हे ईश्वर!" कोई तेज कराहता-सा स्वर गूंजता।

"कृपा!...कृपा करो, प्रभु!" कोई और थकी-टूटती-सी आवाज।

वे सब घटा के अंधेरे में कब उस हलचल के पास जा पहुंचे थे, उन्हें स्वयं ही ज्ञात न हुआ। श्रीकृष्ण का स्वर सुना था उन्होंने। तीव्र आकाशवाणी-सा गूंजता हुआ स्वर। तारक स्वर"सब शीघ्रता से मुड़ो, दायीं ओर!...जल्दी!"

वे सब मुड़े। इस तरह जैसे यंत्र के अंग रहे हों। किसी यांत्रिक शक्ति से ही संचालित!

उद्धव ने देखा था कि श्रीकृष्ण के पीछे-पीछे गोकुल के नर-नारियों का एक बड़ा झुण्ड है। वे सब आवश्यक सामान लिए हुए थे। उन्हीं की तरह लड़खड़ाते, भागते, भयभीत और चिन्तित दीख रहे थे। उन सभी के पंजे धरती पर बिखरे हुए जल में डूब रहे थे। आबाल, वृद्ध, वनिताएं छोटेबड़ों के अनेक समूह, स्त्रियां अपने गोद के बच्चों को आंचल में छिपाए हुए वर्षा की तीव्र जलधाराओं से बचाने का व्यर्थ, बचकाना प्रयत्न कर रही थीं।

उद्धव ने पूछना चाहा था"कहां, किधर जा रहे हैं हम लोग?"

पर प्रश्न होंठों में ही मुंदा-घुटा रह गया। श्रीकृष्ण की ही आवाज आई थी"चिन्तित न हों आप लोग! हम शीघ्र ही सुरक्षित स्थान पर पहुंच जाएंगे। बहुत शीघ्र।"

रह-रहकर बिजली कौंधती। तेज प्रकाश से जलमग्न धरती नहा जाती। इस प्रकाश में ही राह मिलती, पर अधिक देर तक सूझना भी कठिन हो जाता था। वर्षा की निरन्तर जलधाराओं ने पलकों और पुतलियों के बीच जैसे एक जाल तान दिया था। पल-पल पलक पोंछते हुए वे सब आगे बढ़ते, अगले ही पल फिर से पलक जलमग्न हो जाती। वे थक रहे थे। वे डर चुके थे और बहुत सीमा तक वे सभी निराश भी हुए जा रहे थे, किन्तु श्रीकृष्ण उसी गति और विश्वास से एक विशिष्ट दिशा की ओर बढ़ते हुए।

बलभद्र ने प्रश्न कर दिया था"हम लोग कहां जा रहे हैं कृष्ण।"

"एक सुरक्षित स्थान पर।"

"पर...पर इस प्रकृति-प्रकोप से सुरक्षा कहां मिल सकती हैं हमें?" बलभद्र ने कुछ उत्तेजित स्वर में प्रश्न किया था।

"ऐसा कोई स्थान है।" श्रीकृष्ण ने संक्षिप्त-सा उत्तर दिया था"अब अधिक दूर नहीं है।"

जल बढ़ता जा रहा था। उसके साथ-साथ पानी उनकी पिंडलियों से ऊपर आने लगा था, किन्तु वर्षा की गति थमने का कहीं कोई आसार नहीं।

सहसा श्रीकृष्ण थम गए। बिजली कौंधी। सबने देखा, श्रीकृष्ण सामने ऊंचाई की ओर उंगली से संकेत कर रहे थे। "वह, वह रहा गोवर्धन। हमारा शरणस्थल। हम वहीं जाएंगे।"

श्रीकृष्ण की वह उठी हुई अगुंली! आज भी उद्धव को लगता है, जैसे उस अंगुली के आधार ने ही उन सबका जीवन बचा लिया था। वह अंगुली न उठी होती, वह निर्णय न हुआ होता, उस विपत्ति को कृष्ण ने समयपूर्व न देख लिया होता तब क्या उद्धव, गोकुल और गोकुल की समृद्ध पशु-सम्पत्ति शेष रही होती? उन सबको उस भीषण वर्षा और तूफान ने आत्मसात कर लिया होता।

किन्तु एक अंगुली ने कितनों को बचा लिया। लगता था कि वह अंगुली समूचे गोवर्धन पर्वत को ऊपर उठाए हुए है और उसके नीचे घोर जलवृष्टि में डूबते गोकुलवासी धन-सम्पत्ति सहित बच गए हैं।

जब-जब स्मरण करते हैं, उद्धव, सब अलौकिक ही लगता है उन्हें पूर्णतः लौकिक होते हुए भी अभूतपूर्व अलौकिकता से भरा हुआ।

लौकिक यह कि उन सभी ने गोवर्धन की ऊंचाई, नीचाई में उस समुद्रवत बढ़ते जल से जीवनरक्षा कर ली थी। बाढ़ ने कई पहर धरती को जलमग्न रखा; पेड़ ढहा दिए, जंगलों को तबाह कर डाला।

पर अलौकिक यह कि श्रीकृष्ण ने समयपूर्व उस विपत्ति को पहचाना, देखा, उसकी विकरालता को समझा और उससे भी आगे उसके लिए सम्पूर्ण एकाग्रता और अद्भुत साहस से रक्षा-मार्ग खोज निकाला।

वह अनंत जल!

और कृष्ण की अनंत शक्ति!

लगा था कि विपत्ति और विधाता में स्पर्धा हो गई थी और विधाता ने सदा की भांति जय प्राप्त की।

उद्धव के कानों में आज भी वे करुण पुकारें, व्यग्र सिसकियां गूंजती हैं, जो उस दिन गोपों के होंठों से बहने लगी थीं"रक्षा!...रक्षा करो प्रभु!"

और प्रभु ने रक्षा की। रक्षक श्रीकृष्ण! अदर्शित शब्दों के दर्शित अर्थ!

आगत को देखने-पहचाननेवाले श्रीकृष्ण ने एक गोवर्धन के माध्यम से ही मानव-रक्षा का वह अभूतपूर्व चमत्कार किया हो, ऐसा नहीं हैं। अनेक बार, अनेक तरह श्रीकृष्ण की हर लौकिक क्रिया में यही अलौकिकता देखी-समझी है उद्धव ने।... और एक बार पुनः अलौकिक शक्ति का अनुभव हो गया है उन्हें। रुक्मिणी के माध्यम से श्रीकृष्ण का यह सन्देश"उद्धव आएंगे।"

"उद्धव ही आएंगे, यह कैसे जानते थे कृष्ण?" उद्धव बुदबुदा उठे है। शैया पर लेटे-लेटे दृष्टि विदर्भराज के भव्य अतिथि-निवास की छत पर दौड़ रही है। हर जगह श्रीकृष्ण की छवि उभरती लगती है। मोहक, श्याम, श्रीकृष्ण की रूप गंगा का मधुर और पवित्र स्पर्श!

आंखें छलकला आई हैं उद्धव की। देर तक सो नहीं सकेंगे। बहुत चाहते थे कि विश्राम कर लें, किन्तु श्रीकृष्ण स्मरण ने जैसे अनंत सागर की गहराइयों में उतार दिया था। स्मरण-आनन्द से सराबोर होकर नहा गए थे वह। आत्मा पर जल-बिन्दुओं की तरह पड़ता आनंदजल!

वह रात बिता ली थी उन्होंने। बहुत तरह, बहुत-बहुत बातें विचारते हुए बिताई।

प्रभासतीर्थ क्षेत्र!

एक लम्बी यात्रा की थी उद्धव और यादव-सैनिकों की उस छोटी-सी टुकड़ी ने। किन्तु प्रभासतीर्थ के विशाल क्षेत्र में कहां होंगे श्रीकृष्ण-बलराम?यह ज्ञात करना वहां पहुंचकर भी शेष रह जानेवाले था। वही हुआ; किन्तु जिस विश्वास के आधार पर आए थे, वही काम आया। तीर्थ क्षेत्र में पहुंचकर बहुत खोजना नहीं पड़ा था उन्हें। पता लगा था कि दो युवक गिरिगह्वर जनपद में देखे गए हैं। वे पह्लव और गह्वर[1] जातिवाले विदेशियों के साथ जहां-तहां मैत्रीभाव से विचार भी रहे हैं।

"कैसे हैं वे?" उद्धव ने उत्सुकता से प्रश्न किया था। मन कह रहा था। निश्चय ही वे दोनों कृष्ण-बलराम होंगे, किन्तु विदेशियों के साथ? असुरों के बीच हैं या राक्षसों के? कहीं व्यग्रता भी अनुभव हुई थी उद्धव को।

प्रभासक्षेत्र में जहां-तहां छुटपुट बस्तियां भी बसी हुई थीं। ऐसी ही एक बस्ती में जा पहुंचे थे उद्धव। पूछताछ की तो एक युवती ने सूचना दी थी। आगे बतलाया था"उनमें से एक कृष्णवर्ण है, पर बहुत मोहक छविवाला और दूसरा गौरववर्णी विशालदेह! दोनों ही स्वयं को भाई-भाई बतलाते हैं।"

1. पह्लव और गह्वर। 'महाभारत' के अनुसार ये दोनों ही 'विदेशी' हैं। सामान्यतः विदेशियों के लिए 'राक्षस' शब्द का उपयोग आया है। उल्लेख्य है कि पह्लव लोगों को लेकर महाभारतकार भी उन्हें व्यापारी जाति कहता है। पुण्यजन, पुणजन, पाणि या पणि, पह्लव से मिलते-जुलते शब्द ही है। दोनों का फैलाव वर्तमान गुजरात के सागरतटीय क्षेत्र में ही बतलाया गया है।

निश्चित हो गया था—कृष्ण और बलभद्र!

"किस दिशा में है गिरिगह्वर?"

युवती ने दिशा-दर्शन कराया। समुद्र-तटवर्ती क्षेत्र था वह। युवती बोली थी—"गह्वर और पह्लव—दोनों ही विधर्मी, विदेशी हैं। समुद्र तट के सम्पूर्ण क्षेत्र में उनके जलयान रुकते हैं। इन जलयानों से वे सब भरत-खण्ड के प्रमुख क्षेत्रों से व्यापार करने जाते हैं। दूर-सुदूर[1] करवीरपुर,[2] गोमंत द्वीप-खण्डों से लेकर कुशस्थली तक उनका व्यापार बिखरा हुआ है। वे विलासी, निर्दयी और क्रूर हैं। आप लोग उनकी दिशा में जाएं, तो कृपया अपनी सुरक्षा का विचार पहले कर लें।"

"और उन्हीं के बीच वे यादव युवक विचर रहे हैं?" उद्धव चिन्तित होकर बड़बड़ाए थे।

युवती ने उत्तर दिया था—"गह्वर जाति के एक पूरे परिवार की ही उन युवकों ने रक्षा की थी। इसी कारण वे उनका स्वागत-सत्कार पा रहे हैं। चपल कृष्णवर्णी युवक ने उन्हें प्रभावित कर रखा है।"

उद्धव कुछ-कुछ सहज हुए। गह्वर और पह्लवों के क्षेत्र की ओर बढ़ते हुए मन तनिक सहमा हुआ था, पर यह विचारकर आश्वस्त थे कि वहां श्रीकृष्ण और बलराम उपस्थित होंगे। उनके रहते किसी तरह का भय नहीं हो सकता था। उनकी शक्ति, सामर्थ्य और क्षमताओं पर आस्था ही नहीं, श्रद्धा थी। चल पड़े, इस विचार से रोमांच अनुभव हो रहा था कि पहली बार भरत-खण्ड में बिखरी नई विदेशी जातियों के दर्शन करेंगे। उनके आचार, विचार, व्यवहार का अनुभव होगा।

कभी-कभी एक बात मन को कुरेदती—वृष्णिवंशी यादव महात्मा अक्रूर के राज्य-क्षेत्र में पहुंचकर भी यादवसुत कृष्ण ने उनसे सम्पर्क नहीं किया? भला क्यों? सम्पूर्ण प्रभास-क्षेत्र तो अक्रूर के ही शासन में है, तब भला अक्रूर का नाम—प्रभाव क्यों नहीं सुन सके हैं उद्धव?

कहीं कोई राजनीतिक उलट-पुलट तो नहीं हो चुकी इस बीच?

---

1. करवीरपुर : वर्तमान कोल्हापुर : महाराष्ट्र।
2. गोमंत : वर्तमान गोआ। कहीं-कहीं इसे गिरिगोमंत भी कहा गया है।

चिन्तित हुए थे उद्धव। पर जब तक श्रीकृष्ण से भेंट न होकुछ ज्ञात नहीं हो सकेगा।

वे सब गहन-जंगल में कितनी देर तक चलते रहे थे, पता ही न चला। बस, लगता था कि शरीर में धीमे-धीमे समाती जा रही थकान जतला रही है, बहुत दूर चले आए हैं, किन्तु समुद्र-तट का अभी तक कोई संकेत नहीं?

एक यादव सैनिक बोला था''नायक! मुझे लगता है हम दिशा भ्रमित हुए हैं।''

''कैसे?'' उद्धव थमे।

सैनिक ने उत्तर दिया था''दायीं ओर हल्की-हल्की ठंडी हवा के झोंके आ रहे हैं, नायक! सम्भवतः समुद्रतटीय क्षेत्र विपरीत दिशा में है।. ..और, मुझे लगता है हम बहुत दूर नहीं हैं।''

उद्धव ने कुछ समय खड़े रहकर जैसे सैनिक के अनुमान का स्वयं अनुभव किया था। हां, विपरीत दिशा से ही नम हवाएं आ रही थीं। बोले''तुमने उचित ही कहा है, सैनिक! वास्तव में हम दिशाभ्रमित हो गए थे।'' फिर वह दायीं ओर मुड़ चले। सैनिक पीछे-पीछे।

सैनिक का अनुमान एकदम सही निकला था। थोड़ी देर चलने के बाद ही वे सब ठिठक गए!...

छुटपुट घरों का एक जाल बिखरा हुआ था सामने। उस जाल में हलचल। सन्ध्या घिर आई थी। अनेक स्थानों पर प्रकाश-व्यवस्था भी थी। निश्चय ही वे सब पह्लव या गिरिगह्वर के पास थे।

उन सभी ने एक-दूसरे को देखा, फिर दबे कदमों आगे बढ़े। बहुत कुछ दृष्टि के सामने स्पष्ट हो गया था। वेशभूषा, चेहरे-मोहरे और जहां-तहां लगे पहरेदारों से पल-भर में पता चल गया था, वे विदेशी ही हैं। कुछ कदम और बढ़ने पर सागर-किनारे खड़े अनेक छोटी-बड़ी नौकाओं और विशालाकार जलयानों पर दृष्टि पड़ी थी उनकी। अब तनिक भी संशय नहीं।

उद्धव के फुसफुसाकर साथियों से कहा था''सतर्कता और सावधानी

से चलो!'' इस आशंका से मन रिक्त न था कि श्रीकृष्ण और बलराम किसी और बस्ती में भी हो सकते हैं। क्या मालूम उद्धव और उनके साथी सही लोगों तक पहुँच रहे हैं या नहीं?

अभी कुछ ही बढ़े थे कि चौंक गए। उन्होंने आहटें सुनी, फिर आहटें लगातार हुईं। अगले ही क्षण उद्धव और यादव सैनिकों ने पाया कि वे कुछ विशालदेह विदेशियों से घिरे हुए हैं। सभी हथियारबन्द थे। सब चौकन्ने। एक व्यक्ति प्रकाश के लिए विचित्र-से आकार की कोई वस्तु हाथ में लिए हुए था।

उद्धव और उनके साथी सहम गए। विशेषकर इस कारण कि जिन लोगों ने उन्हें घेर लिया था, वे काले, लम्बी-चौड़ी देहोंवाले व्यक्ति थे। उनके वस्त्र बहुमूल्य थे; किन्तु चेहरे भयानक। बाल घुंघराले और होंठों की मोटाई करीब-करीब लटकती हुई। छोटी-छोटी आंखों में खून बरसता हुआ-सा। उन सभी को अपने बीच पाकर वे परस्पर अजानी भाषा में कुछ कह भी रहे थे।

एक वृद्ध उन सभी को चुप करके आगे बढ़ आया। उसने प्रश्न किया था, ''कौन हो तुम लोग?'' उद्धव सन्तुष्ट हुए। वह आर्य भाषा जानता था।

''आर्य!'' उद्धव ने तुरंत दे दिया था। मन के भय को समूची शक्ति से चेहरे पर अव्यक्त रखा।

''आर्य!'' वह बड़बड़ाया, फिर अगला सवाल किया था उसने''यहां किस प्रयोजन से आए हो?''

''हम अपने दो आर्य मित्रों को ढूंढ़ रहे हैं।'' उद्धव ने उत्तर दिया''सम्भवतः वे दोनों आप ही की बस्ती में है।'' बात पूरी करके उद्धव ने दृष्टि उस काले बदरंग; किन्तु रोबदार स्वरवाले वृद्ध पर ठहरा दी। यदि श्रीकृष्ण बलराम इस बस्ती में होंगे, तब उस व्यक्ति की आंखें बहुत कुछ कह डालेंगी।

वह व्यक्ति एक क्षण उन सभी को घूरता रहा, फिर अपने साथियों की ओर मुड़ा। अपनी भाषा में उनसे कुछ कहा और वे सभी उद्धव और उसके साथियों को घेरे हुए बस्ती की ओर बढ़ चले।

कुछ पल बाद वे बस्ती में थे। उन्हें देखते ही अनेक लोग घिर आए थे वहां। उनकी वेशभूषा से प्रकट हो रहा था कि वे सैनिक हैं। उद्धव और उनके साथियों से अस्त्रास्त्र रख देने को कहा था उन्होंने, फिर एक ओर बिठा दिए गए थे वे। दूर, बस्ती से अलग उद्धव ने देखा था, एक और छोटी-सी बस्ती बसी हुई लगती थी। इस बस्ती और उस बस्ती के रहन-सहन में बहुत अंतर था। सम्भवतः वे मालिकों और सेवकों का अंतर स्पष्ट करती थीं। वह बस्ती चारों ओर से सैनिकों से घिरी हुई थी।

नौकाएं और जलयानों पर बड़ी मात्रा में सामान लदा दीख रहा था। सबसे बड़े जलयान के ऊपर प्रकाश था। इस प्रकाश में उद्धव ने स्पष्ट देखा, काफी चहल-पहल थी। वृद्ध विदेशी उन सभी को बन्दी की तरह बैठाए हुए छोड़कर तीव्रगति से उसी जलयान की ओर बढ़ गया था।

कुछ समय बाद वृद्ध को उन्होंने देखा। उद्धव ने अनुभव किया कि चिन्ता से मुर्झाए मन पर अनायास ही जलवृष्टि हो गई है। विश्वास और आनंद की वृष्टि! वृद्ध के साथ श्रीकृष्ण चले आ रहे थे।

वे सब पास आए, तो उत्साह और आनंद से भरकर उद्धव उठ खड़े हुए। श्रीकृष्ण ने उन्हें देखा और बांहें फैलाकर आगे बढ़ आए''अरे, मित्र तुम!''

''हां, यादवसुत! आपको पाकर बहुत आनंद हुआ।'' उद्धव आनंद से भरे, बोले, दोनों गले लग गए।

वृद्ध विदेशी ने संकेत किया। सैनिकों ने बन्दी बनाए गए यादवों को छोड़ दिया। श्रीकृष्ण मुड़े, वृद्ध से कहा था''कुश! यह मेरे मित्र हैं। बहुत दूर मथुरा नामक नगर से आए हैं।''

''तब स्वागत है इनका।'' कुश नामक उस वृद्ध सेनानायक ने उत्तर दिया''चलो, इन्हें सामन्त ओशिज से मिलाए।' वह आगे हो लिया।

यादव सैनिकों को वहीं छोड़कर उद्धव और कृष्ण जलयान की ओर बढ़ चले।

जलयान विशालाकार था। जिस व्यक्ति को ओशिज कहा गया था, वह सम्भवतः जलयान का प्रमुख अधिकारी था। टूटी-फूटी भारतीय भाषा भी जानता था वह। वह अनेक आर्य, असुर, पारसीक स्त्रियों से घिरा

हुआ था। मदिरा का कलात्मक चषक उसके आसन के पास ही रखा था। कुछ स्त्रियां अर्धनग्न स्थिति में नृत्य कर रही थीं। अनेक सैनिक चारों ओर से मुस्तैदी के साथ पहरेदारी कर रहे थे। इधर-से-उधर स्वागत और सेवा करने में भी विदेशी ही जुटे थे, किन्तु वे किसी अन्य जाति के लगते थे, जिनसे ओशिज या कुश का कोई सम्बन्ध न था। उन सेवकों से होनेवाले व्यवहार ने पल-भर में प्रकट कर दिया था कि वे अपरोक्ष रूप से दास बनाए गए हैं। उन पर भी कड़ी निगाह लगी हुई थी।

बलराम ने उद्धव और श्रीकृष्ण को देखकर प्रसन्नता प्रकट की थी। एक भव्य आसन पर वह एक ओर बैठे हुए थे। ओशिज से उद्धव का परिचय कराया गया तो उसने स्नेह पूर्वक उसे भी आसन ग्रहण करने को कहा।

श्रीकृष्ण बोले थे"अब हम लोगों को अपने डेरे पर जाने की आज्ञा दी जाए ओशिज! मेरी इच्छा है कि मैं दूर से यात्रा करके आए अपने मित्रों के साथ कुछ समय बिताऊँ।"

ओशिज ने स्वीकृति दी। वे सब उसे अभिवादन करके लौट पड़े।

उद्धव बहुत चकित हुए थे। आश्चर्य! लगता था कि दूर समुद्र के समूचे ही तट पर विदेशी व्यापारियों ने पूरी तरह अधिकार कर लिया है। यही नहीं, ओशिज और कुश की जिस शक्ति, सैनिक और सत्ता का हलका-सा दृश्य देखने को मिला था, उसने अनेक आशंकाओं से मन भर दिया था। कहीं विदेशी भरतखण्ड पर छोटी-मोटी सत्ता ही तो नहीं चलाने लगे हैं? उनके पास सैनिक थे, हथियार और शक्तिशाली जलयान भी थे। इस आशंका ने मन खिन्न कर दिया। आर्य राजा क्या सो रहे हैं? क्या उन्हें ज्ञात नहीं कि अनजाने ही उनकी अपनी मातृभूमि पर विदेशियों के पंजे जकड़ने लगे हैं?

कृष्ण-बलराम के लिए सुख-सुविधाओं से पूर्ण डेरा बनावाया था पणियों ने। साथ आए यादव सैनिकों को विश्राम की आज्ञा देकर उद्धव श्रीकृष्ण से बातों में उलझ गए। बलभद्र अपने विश्राम कक्ष में समा गए।

उद्धव कुछ पूछें, इसके पूर्व श्रीकृष्ण ने कहा था"देखा दद्धव! कुशस्थली से लेकर सम्पूर्ण गोमांतक, करवीरपुर और करहाट से भी आगे

तक ये विदेशी समुद्री तटों पर अपनी सैन्य शक्ति के साथ बिखर चुके हैं, इनके पास अपार सैनिक शक्ति और ध्वंसक अस्त्रास्त्र भी हैं, जबकि इन सीमा क्षेत्रों के भरत-खण्डीय राजा निश्चिन्तता पूर्वक परस्पर युद्धों में व्यस्त हैं। यही नहीं, करवीरपुर के राजा शृगाल ने तो इन पणियों से मैत्री सम्बन्ध बनाकर अपने राज्य में इन्हें व्यापार की अनुमति भी दे दी है।"

उद्धव ने केवल सुना। श्रीकृष्ण ने जो विषय,बात आरम्भ की थी, वह वही थी, जिसे लेकर वह सोचते आए थे। क्या श्रीकृष्ण भी उन्हीं आशंकाओं से जुड़े हए हैं, जिन्हें लेकर उद्धव चिन्तित हुए थे?

वे आसन पर बैठ गए थे। उद्धव ने देखा, श्रीकृष्ण की सेवा के लिए डेरे में दास-दासियों की व्यवस्था भी। वैभव-विलास की भी किसी तरह की कोई कमी नहीं रखी गई थी। मन-ही-मन उद्धव ने श्रीकृष्ण को सराहा था। मन हुआ था, कह दें "सच ही तो कृष्ण! तुम अद्भुत प्रतिभासम्पन्न हो! रिद्धि और सिद्धि तुम्हारे साथ निरंतर चलती हैं।"

श्रीकृष्ण ने पूछा "विदर्भ पहुंचकर तुमने निश्चय ही कुंडिनपुर में विदर्भकन्या रुक्मिणी से भेंट की होगी उद्धव! कैसी हैं राजकुमारी?" एक ही पल में बदल गए थे कृष्ण। पल-भर पूर्व जिस स्वर से सूर्यकिरणों जैसा असह्य तेज झर रहा था, वही सहसा शहदीला हो गया। उद्धव ने उन चंचल पुतलियों के भीतर तक झांकने का प्रयत्न किया था। भीष्मक पुत्री की चर्चा करते हुए श्रीकृष्ण बहुत भावुक लगे थे उन्हें, अत्यधिक रसमय। कहा "हां, यशोदासुत! महाराज भीष्मक के अतिथिगृह में गुप्त रूप से राजकुमारी रुक्मिणी मुझे मिलीं। उन्होंने सन्देश दिया था कि तुम किस दिशा में हो सकते हो और यह भी कहलवाया है कि...।" बोलते-बोलते रुके उद्धव। चपलता उनकी अपनी दृष्टि में उभर आयी। सोचा अधूरे संवाद से उत्सुक श्रीकृष्ण अवश्य पूछ बैठेंगे "क्या कहा रुक्मिणी ने?"

पर श्रीकृष्ण कुछ न पूछकर बुदबुदाए थे "जानता हूं, क्या कहा होगा रुक्मिणी ने।"

"तुम जानते हो?" उद्धव ने चौंककर प्रश्न किया था।

"हां।" श्रीकृष्ण बोले थे "यही कहा होगा कि वह मुझे सदा ही स्मरण करती हैं।"

आश्चर्य और अविश्वास से मुंह खुला रह गया उद्धव का। अद्‌भुत! बिलकुल रुक्मिणी के कहे शब्द! कैसे? कैसे जानते हैं कृष्ण? कुछ खिन्न से हो गए थे। "तुम...तुम यह सब किस तरह पहचान लेते हो कृष्ण। उन्होंने यही कहा था, पर तुम्हें मालूम कैसे हुआ?"

कृष्ण हंसे, फिर 'यूं ही' के भाव से उत्तर दे दिया था "इसमें आश्चर्य की क्या बात है उद्धवसब बहुत सहज है। जो मुझे सदा स्मरण रहता है, वह केवल इसी कारण रहता है, क्योंकि उसके स्मरण में मैं निरंतर होता हूं। रुक्मिणी सदा ही मेरे साथ रहती हैं तब प्रकट है कि मैं सदा उनके मन में उपस्थित हूं।"

अनेक बार की तरह इस बार भी दृष्टि में न समझा पाने का सरल बालक भाव लिए देखते रह गए थे उद्धव। मन के भीतर शब्द घुमड़ते और गुनगुनाते हुए "तुम्हें समझ पाना बहुत कठिन है कृष्ण! बहुत कठिन।"

सहसा उद्धव का उलझाव-सुलझा दिया था कृष्ण ने। तुरंत विषय परिवर्तन कर दिया। कहा "वह सब छोड़ो! तुम केवल यह बतलाओ, मथुरा नगरी, महाराज उग्रसेन आदि कैसे हैं? कैसे हैं पितृ वसुदेव और माता देवकी? तुम्हें यात्रा में कोई कठिनाई तो नहीं हुई न? सब विस्तार से जानना चाहता हूं।"

उद्धव सहज हो गए। असहजता को मन में संजोए हुए सहज। सब कुछ विस्तार से कह सुनाया। श्रीकृष्ण बिना टोके सुनते रहे। न तो चिन्ता दीखती थी उनकी आंखों में, न व्यग्रता। इस तरह सहज थे जैसे प्रतिक्रियाहीन हों। अंत में बोले थे "जानकर प्रसन्न हूं।"

उद्धव ने पुनः कहा था "महाराज उग्रसेन और अनेक समर्थक तुम्हें बहुत स्मरण करते हैं वासुदेव? मथुरा अब भी दुष्ट जरासन्ध के भय से मुक्त नहीं हो सकी है। बीच में सुना था कि तुम न मिले तब वह मथुरा पर आक्रमण अवश्य करेगा।"

"इस बार मैं उससे मिलूंगा, उद्धव! समूचा यादववंश उससे मिलेगा।" श्रीकृष्ण ने कहा था "तनिक समय ठहरो! बहुत शीघ्र जरासन्ध की असंयत शक्ति को विशाल यादव गणसंघ की शक्ति संयम से रहना सिखायेगी।"

उद्धव के मन में अनेक प्रश्नवाचक आ ठहरे थेकैसे?...किस तरह?...क्यों?...किस तरह?...क्यों?...किन्तु जानते थे, श्रीकृष्ण को समझने से कहीं अधिक दुष्कर है श्रीकृष्ण के निर्णयों को समझना। चुप हो गए।

श्रीकृष्ण ने उन्हें विश्राम की सलाह दी। कहा था"अब कल बात करेंगे।" उद्धव ने डेरे में अपने लिए नियत कक्ष के भीतर निश्चिन्त नींद ली।

अगली भोर ने बहुत कुछ समझाया था उद्धव को। यह कि यादवपति अक्रूर कुशस्थली में बढ़ चुकी पणियों की शक्ति से आक्रांत हैं। सत्ता उनके हाथ में है; किन्तु पणिशक्ति की बाढ़ की तरह फैलती सम्पन्नता ने उन्हें ही नहीं, सामान्य जनों को भी भयभीत कर रखा है। समुद्र-तटीय क्षेत्रों के अनेक आर्य राजा पणियों से मिले हुए हैं, उन्हें अपनी निजी शत्रुता के कारण बढ़ावा दे रहे हैं। गोमंतक, करवीरपुर, करहाट आदि सभी क्षेत्रों में निरंतर पणियों की शक्ति बढ़ती जा रही है। अनेक समुद्र-सीमाओं को पार करके वे लोग भरतखण्ड में अपने जलयानों से आते हैं। इन पणियों के जलयानों का मालिक पुंच्चजन नामक राक्षस है।[1] उसके पास दिव्य अस्त्रास्त्र तो

1. महाभारत में ऐसा कोई सन्दर्भ नहीं आया है, जिसके अनुसार देवासुरों के बीच जब समुद्र-मन्थन हुआ, तब से श्रीकृष्ण के काल तक 'पाञ्चजन्य' कहां रहा। बहरहाल यह अवश्य सिद्ध होता है कि 'पांच्चजन्य' समुद्र से ही निकला और श्रीकृष्ण के हाथ लगा। महाभारत-आधार पर ही स्व0 कन्हैलाल-माणिकलाल मुंशी ने 'पाञ्चजन्य' का सम्बन्ध 'पांचजन' या 'पुन्यजन' (पुण जन तो नहीं?) से जोड़ता है। उनके अनुसार यह शंख इस नाम के विदेशी (पुराणों के अनुसार राक्षस) के पास था। श्रीकृष्ण ने इसे सागर-पार के देश, जिसे यमपुरी कहा गया है, जाकर प्राप्त किया। 'पाञ्चजन्य' शंख की विशिष्टता थी उसकी जबरदस्त उद्घोष एवं उसका ध्वनि माधुर्य। वह बाद में कुरुक्षेत्र युद्ध के समय, धर्म के विरुद्ध अधर्म के युद्ध की घोषणा बना। इस तरह पाञ्चजान्य अधर्म के विरुद्ध धर्म का शंखनाद स्वीकार गया।
उल्लेख्यनीय है कि महाभारत के द्रोणपर्व (अध्याय 11 वें श्लोक-क्रम 17 से 20) के मध्य धृतराष्ट कृत श्रीकृष्ण की प्रशंसा में कहा गया है"उन्होंने (कृष्ण) ने विकट जल-जन्तुओं से पूर्ण समुद्र के भीतर प्रवेश किया और जल के भीतर जाकर वरुण देव को अपने वश में कर लिया। उन माधव ने पातावलासी 'पंच्चजन' दानव को युद्ध में मारकर पाञ्चजन्य शंख उससे प्राप्त किया...।"

है ही, मोहक ध्वनि करनेवाला पाञ्चजन्य नामक शुभशंख भी है। पंचजन राक्षसों के अनेक जलयानों का मुख्य केन्द्र कुशस्थली बनी हुई है। विभिन्न देशों और द्वीपों से जुटाए गए दास-दासियां इन जलयानों का संचालन करते है। वे पंच्चजन और उसके क्रूर सैनिकों से भयाक्रांत रहते हैं। उन्हें सदा ही पणि सैनिक भांति-भांति से कष्ट देते रहते हैं।

सुनकर चकित हो रहे थे उद्धव। श्रीकृष्ण से पूछ लिया था, "किन्तु तुम इनके बीच किस तरह प्रभावशाली हो गए कृष्ण!"

श्रीकृष्ण हंसे थे"बहुत सहज संयोग कहा इसे...।"

टोक दिया था उद्धव ने"तुम्हारे साथ संयोग हो सकता है कृष्ण! विश्वास योग्य बात नहीं है। तुम तो साक्षात् आयोजन हो, केवल योग। संयोग सामान्यों के लिए होता है।"

श्रीकृष्ण ने उत्तर नहीं दिया, कतरा गए। तुरंत ही विषय आगे बढ़ा दिया था"जिस कुश नामक व्यक्ति से तुम मिले हो, वह अपनी पत्नी वृषभा और वृतिकी के साथ प्रभास के ही एक एकांत समुद्र-तट पर कुछ वस्तुएं लेकर उतरनेवाला था। दासों ने विद्रोह करके उसे परिवार सहित जलसमाधि देने का प्रयत्न किया। भइया बलभद्र और मैंने उसकी रक्षा की। कुश प्रभावशाली व्यक्ति है। उसे पंच्चजन भी आदर देता है। कुश और उसके परिवार ने इस उपकार के बदले हमें निवास दिया, स्वागत सत्कार कर रहे हैं।"

उद्धव चुपचाप सुनते रहे।

श्रीकृष्ण ने कहा था"इनके साथ रहने से बहुत कुछ जाना-समझा है उद्धव! देखता हूं कि इन असुरों, पारसीकों (पणियों) गह्वरों, म्लेच्छों के समुद्र तटीय क्षेत्रों पर बढ़ते प्रभाव ने आर्य व्यवस्था और धर्म को जितना संकटग्रस्त नहीं किया है, उतना संकटग्रस्त निम्न-स्वार्थों में जकड़े आर्यं राजाओं ने कर दिया है। कुछ दिन पूर्व मैं और बलभद्र करवीरपुर की यात्रा पर थे। हमने पाया कि वहां का राजा श्रृगाल पूर्णतः पणियों के हाथ में है। राक्षस पंच्चजन का उसी पर प्रभाव है। एक प्रकार से करवीरपुर की सामाजिक-आर्थिक व्यवस्था में विधर्मियों ने व्यापार के माध्यम से पूरी तरह अधिकार कर लिया है..." बोलते-बोलते श्रीकृष्ण

का स्वर भारी ही नहीं, एक गुंजन से भर गया था, उसमें मन और बुद्धि को झकझोर देनेवाला नाद समा चुका था। लगता था कि सम्पूर्ण भरत-खण्ड की दूर-दरंत सीमाओं को छूती वह आवाज उद्धव सुन रहे हैं, प्रेरणा और शक्ति से भरी आवाज।...

"मगधराज जरासन्ध, चेदि के राजकुमार शिशुपाल, विदर्भसुत रुक्मी, महा शक्तिशाली कुरुराज, धृतराष्ट से लेकर भरत-खण्ड के अनेक छुटपुट क्षत्रिय राजा निरंतर अपने परस्पर स्वार्थों, झगड़ों, मान-अपमान के असत्य अनुमानों में डूबकर जूझ रहे हैं, शक्तिक्षय कर रहे हैं राज्य लोलुपता में व्यस्त हैं।" श्रीकृष्ण की दृष्टि उद्धव की ओर नहीं थी। वह कहां, किस दिशा और किसी सीमा तक देख रहे थे, ज्ञात नहीं, किन्तु उद्धव ने इतना अवश्य ही जान लिया था कि श्रीकृष्ण आकाश, जल, पृथ्वी से परे बहुत दूरदूरंत देख रहे थे।

सहसा चुप हो रहे थे वह। विचारग्रस्त। पल भर के लिए कक्ष में सन्नाटा बिखर गया था, फिर बुदबुदाए थे श्रीकृष्ण"यह सब शुभ में बदलने के लिए बहुत कुछ अशुभ झेलना होगा उद्धव! देखता हूं कि इस सब को सहजने के लिए बहुत-सा दर्शित सुख बिसराना होगा। वह दृष्टि जागृत करनी होगी, जो चिरंतन है। वह सत्य पहचानना होगा, जिसके पार और जिससे परे कोई सत्य नहीं है!..."

उद्धव ने प्रयत्न किया था कि समझेंपर लगा कि सहजता से समझ पाने योग्य बात नहीं है।

अभी वे यह सब चर्चा कर ही रहे थे कि एक वृद्ध दास आ पहुंचा था। श्रीकृष्ण के समक्ष श्रद्धा से झुककर उसने निवेदन किया था"आर्य! मैं अवसर पाकर विशेष निवेदन करने उपस्थित हुआ हूं।"

श्रीकृष्ण ने सतर्कता से इधर-उधर देखा, फिर आगे बढ़ आए। धीमे शब्दो में कहा"कहो, हेमगुह!...कुछ विशेष?"

उद्धव चमत्कृत होकर देखते रहे। आश्चर्य! एक ओर श्रीकृष्ण ने पणियों को प्रभाव में ले रखा है, दूसरी ओर यह अन्य विदेशी...?

"कुशस्थली से करवीरपुर क्षेत्र तक के जलयानों में वे सारी व्यवस्थाएं की जा चुकी हैं, जो अपेक्षित हैं। अब केवल आपकी आज्ञा की प्रतीक्षा है।"

"मुझे प्रसन्नता हुई, गुह!" श्रीकृष्ण ने उत्तर दिया था"आज रात्रि ही याननायक ओशिज के साथ मैं उनके जलयान पर यात्रा कर रहा हूं। तुम सभी को वह निश्चित समय सूचना दे दो, जब उन्हें कार्यरत होना है।"

"जैसी आपकी आज्ञा, आर्य!" हेमगुह ने प्रसन्नतापूर्वक कहा था। जाने को हुआ, श्रीकृष्ण ने टोका था उसे"और सुनो गुह!"

वह थमा।

श्रीकृष्ण ने धीमे स्वर में पुनः प्रश्न कर दिया"सभी गह्वर स्त्रियों को तैयार रहने को कह दिया है न?"

"हां, आर्य! वे समय पर तत्परतापूर्वक स्थल योजनाएं सम्हाल लेंगी!"

"उचित है।"

गुह चला गया।

उद्धव की समझ में कुछ भी नहीं आया था। वह जानना चाहते थे कि दासों को किस तरह विश्वास में लिया वासुदेव ने, पर श्रीकृष्ण बोले थे"उद्धव! तुम्हें इसी समय कुशस्थली की ओर जाना होगा। मैं बतलाता हूं कि मार्ग में किस स्थान पर अक्रूर से भेंट कर सकोगे!" उन्होंने अपने पीताम्बर का एक छोर, जो कमर से लिपटा हुआ था, निकाला और उद्धव को समझाने लगे थे। "यह कुशस्थली और यह रहा इस डेरे से कुशस्थली का मार्ग। यह जो काला संकेत बिन्दु देखते हो न, यहीं अक्रूर और सात्यकि अपनी विशाल यादव सेना के साथ तुम्हारी प्रतीक्षा कर रहे होंगे।"

उद्धव कुछ चकित, किन्तु तत्पर दृष्टि से तीताम्बर पर अंकित हर संकेत को देखते रहते थे। श्रीकृष्ण ने उन्हें सन्देश दे दिया था, जिसे रात्रि के अन्तिम प्रहर से पूर्व उद्धव को अक्रूर तक पहुंचाना था। तुरंत लौटकर सूचना भी देनी थी।

अक्रूर से निश्चित स्थान पर भेंट करके लौटे तब अगले दिन की भोर हो चुकी थी। श्रीकृष्ण को सूचना दी थी"सन्देश पहुंच चुका है।"

श्रीकृष्ण ने कुछ कहा नहीं। उन्हें कक्ष में विश्राम करने भेज दिया और स्वयं बलभद्र से बातें करने लगे।

सांझ के साथ ही उद्धव और यादव सैनिकों के साथ श्रीकृष्ण और बलभद्र जलयान नायक पणि ओशिज के जलयान पर सवार हुए। विशालाकार

जलयान ने समुद्र-यात्रा प्रारम्भ की। उद्धव समझ चुके थे कि श्रीकृष्ण कुशस्थली की मुक्ति योजना बना चुके हैं। यादव सैनिकों की संख्या अधिक नहीं थी। कुल बीस थे वे। उद्धव ने उन्हें प्रतिपल किसी भी स्थिति का सामना करने के लिए तैयार रहने का निर्देश दिया था।

ओशिज अपने कक्ष में पहुंचकर सदा की तरह नृत्य, मदिरा के विलासी आयोजन में व्यस्त हो गया था। श्रीकृष्ण और बलभद्र, उद्धव को साथ लिए उस छोटे-से समारोह में उस समय तक उसका साथ देते रहे, जब तक कि ओशिज मदिरा के वश में नहीं हो गया, फिर अपने कक्ष की ओर चले आए।

पणि सैनिक जलयान के हर महत्त्वपूर्ण स्थान पर चौड़े फलवाले और घातक अस्त्र लिए हुए पहरा दे रहे थे। श्रीकृष्ण उनके लिए सम्माननीय थे। कुश अपने परिवार सहित पणि-बस्ती में रह गया था। हेमगुह नामक वृद्ध दास जलयान के यांत्रिक विभाग में कार्यरत दासों को नियन्त्रित करता था। उसे यान में यहां-वहां आने-जाने की छूट थी। इसके बावजूद उद्धव ने देखा कि हेमगुह पर हर पणि सैनिक चौकन्नी दृष्टि अवश्य गड़ाए रहता था।

प्रकाश से नहाया हुआ विशाल जलयान अनंत समुद्र की शान्त जल-धाराओं पर तीव्रगति से बढ़ता जा रहा था। श्रीकृष्ण कक्ष के बाहर निकले और समुद्र के अनंत विस्तार को देखने लगे। वे शांत थे पर लगता था कि यह शांति गहरी उथल-पुथल से भरी हुई है। उद्धव ने उनके पीछे आकर पूछा था, ''क्या देख रहे हो वासुदेव!''

''देख रहा हूं कि वरुण देवता ध्वंस से पहले कितने शांत लगते हैं।'' श्रीकृष्ण बुदबुदाए। उद्धव ने चकित होकर प्रश्न किया था''तुम. ..तुम क्या यह कहना चाहते हो कि शीघ्र ही वरुण कोप करनेवाले हैं?''

''निःसन्देह!'' श्रीकृष्ण ने इस तरह कहा था, जैसे किसी शक्तिशाली लहर ने यान के ऊपर आकर उद्धव को नहला दिया हो। बदन सिहर उठा था। याद हो आयी थी बालपन की वह घटना। श्रीकृष्ण ने गोकुल पर वरुण के कोप से पहले ही समझ लिया था कि क्या घटनेवाला है? तब भी इसी तरह दूर, यमुना के पार देखने लगे थे श्याम''हे, ईश्वर!'' उद्धव के भीतर चिन्ता उभर आई थी।

सहसा श्रीकृष्ण मुड़े। संकेत से एक ओर खड़े पणि सैनिक को बुलाया। उसी की भाषा में बोले"आशिज को जगाओ सैनिक! समुद्र में तूफान आने को है। तेज वर्षा भी होगी।"

"पर...आर्य...!" सैनिक भौंचक्का होकर देखने लगा था समुद्र और आकाश की ओर। दूर-दूर तक कहीं वर्षा या तूफान का कोई संकेत न था। केवल तेज हवाएं चल रही थीं, किन्तु उससे क्या?

"शीघ्रता करो, सैनिक!" श्रीकृष्ण के स्वर में आदेश था। घबराया, सहमा हुआ सैनिक ओशिज के कक्ष की ओर दौड़ गया। श्रीकृष्ण मुड़े और तीव्रगति से यान की तलहटी में उतरने लगे। हेमगुह जैसे पहले ही प्रतीक्षा कर रहा था उनकी। तुरंत पास आ खड़ा हुआ। श्रीकृष्ण ने क्या कहा, सुन नहीं सके थे उद्धव। बात करके श्रीकृष्ण पुनः अपनी जगह आ पहुंचे।

पणि सैनिक लपका हुआ आया। बतलाया कि ओशिज गहरे नशे में होने के कारण जाग नहीं रहे हैं।

श्रीकृष्ण ने जैसे ओशिज की ओर से ही आदेश प्रसारित करने प्रारम्भ कर दिए थे"सभी सैनिक, पहरेदार नीचे के कक्ष में चले जाएं! तेज वर्षा आरम्भ होने की है और समुद्र भी तूफान से जकड़ जानेवाला है। रक्षा की दृष्टि से यह आवश्यक है।"

पल-भर में सम्पूर्ण जलयान उथल-पुथल से भर उठा। श्रीकृष्ण स्वयं दौड़-दौड़कर पणि सैनिकों को आदेश देते रहे। छोटे-छोटे जत्थों के रूप में घबराए सैनिक नीचे के कक्षों में समाते जा रहे थे। उद्धव चकित खड़े देख रहे थे। बलभद्र हलचल से चौंककर ऊपर आ पहुंचे"क्या हो रहा है कृष्ण!"

"कुछ नहीं भइया!" श्रीकृष्ण ने सरलता से उत्तर दिया था"तूफान आनेवाला है!"

थोड़ी ही देर में विशाल जलयान का ऊपरी हिस्सा पणि सैनिकों से रिक्त हो चुका था और उसी के साथ आरम्भ हो गयी थी बारिश! आश्चर्य! उद्धव ने सोचा था, थोड़ी देर पहले जो आकाश स्वच्छ था, वह मेघों से किस तरह भर गया? तभी दूसरे अचरज से सामना हुआ था उद्धव का। उन्होंने देखा, नीचे के कक्षों से वे दास सैनिक, जिन्हें यान संचालन के लिए बन्दी बना रखा गया था, अब मुक्त भाव से ऊपर

आ रहे हैं। वे अनेक थे। सभी के हाथों में पणि सैनिकों के वे अस्त्रास्त्र थे, जिन्हें लेकर वे विभिन्न कक्षों में जा समाए थे!

और श्रीकृष्ण मुस्कुराते हुए अपने स्थान पर!...रहस्य से पूर्ण!...चपल दृष्टि से कभी उद्धव और बलराम को देखते हुए।

बलभद्र ने अचकचाकर प्रश्न किया"यह क्या हुआ कृष्ण! पणि सैनिकों का क्या हुआ?"

"वे सब अब इस यान का संचालन नहीं करेंगे भइया!" श्रीकृष्ण ने मुस्कुराते हुए उत्तर दिया था"ओशिज का स्थान दास हेमगुह लेगा और उसके बन्दी साथी इस जलयान के नाविक रहेंगे।"

बलभद्र चकित होकर देखने लगे थे कृष्ण को। उद्धव के चेहरे पर उतना विस्मय और आतंक नहीं था। श्रीकृष्ण ने कहा था"यह तूफान भी अधिक देर नहीं चल सकेगा, भाई! शीघ्र ही सब कुछ संयत हो जाएगा।"

बलभद्र ने सहजता से प्रश्न कर दिया था"इस सबसे लाभ क्या होगा कृष्ण!"

"यह कुशस्थली की मुक्ति का पूर्वाभियान है, बलभद्र!" श्रीकृष्ण ने उत्तर दिया था"इस शक्तिशाली जलयान और इसके संहारक अस्त्रों से उन पाणियों को पर्याप्त शक्ति के साथ कुशस्थली के बाहर धकेला जा सकेगा, जिन्होंने भरतखण्ड में अपना सैन्य-शक्ति से पूर्ण केन्द्र बना लिया है। बन्धु अक्रूर और सात्यकि इस क्षेत्र को सम्हाल सकेंगे। यही नहीं, जरासंध से युद्ध के समय पर भी यह क्षेत्र और इसकी शक्ति हमारे लिए उपयोगी सिद्ध होगी।"

"जरासन्ध से युद्ध अवश्यम्भावी है कृष्ण! मुझे ज्ञात है।" बलभद्र आश्वस्त हुए"निश्चय ही तुमने उचित किया है; पर अभी पणि शक्ति से जूझ पाना सहज नहीं है।"

"हमारे पास जूझने के लिए न तो साधन हैं और न ही अस्त्र-शस्त्र।" श्रीकृष्ण ने उत्तर दिया था"इसके लिए साधन बनेंगे हमारे दासमित्र कुश, जिन्होंने सबसे पहले कुशस्थली का विकास किया था और धीमे-धीमे उन्हें पाणियों ने अधिकृत कर लिया। कुशस्थली में वे बहुत हैं और पणि उनकी शक्ति से ही अपनी समस्त-जलयात्राएं करते रहे हैं।"

"किन्तु इस तरह तुम कुशों को स्वतंत्रता दे दोगे, कृष्ण!" बलभद्र ने चिन्तित होकर पूछा था"कुशस्थली तो फिर भी विधर्मी राक्षसों के हाथ ही रहेगी?"[1]

"ऐसा नहीं होगा बलभद्र!" श्रीकृष्ण ने उत्तर दिया था"हेमगुह से मेरी स्पष्ट वार्ता हो चुकी है। वह केवल व्यापार की स्वीकृति चाहेगा। भरतखण्ड में उन्हें स्थान, सत्ता और शक्ति के एकत्रीकरण का कोई केन्द्र नहीं दिया जाएगा।"

उद्धव चुपचाप सुन रहे थे। लगता था कि श्रीकृष्ण नहीं बोल रहे हैं, एक लम्बा कालखण्ड अपने भविष्य का निर्धारण कर रहा है। विश्वास नहीं होता था कि युवक श्रीकृष्ण उन असीम राजनीतिक स्थितियों पर इस दूर-दृष्टि से सोच सकते हैं। आश्चर्य! जिन कृष्ण को सदा चंचल, चेष्टाएं करते देखा था, जिनकी बातें कभी-कभी छोटे बालकों जैसी होती थीं, वही इतने गहरे रहस्यों से भरे हुए थे।

तूफान थमने लगा था और उसके साथ-साथ जलयान की पहरेदारी, व्यवस्था, अधिकार सभी कुछ बदल गए थे। थोड़ी देर बाद हेमगुह उनके सामने आ खड़ा हुआ था, "आप अद्भुत हैं आर्य! आज आपके कारण हम सब मुक्त हुए।"

श्रीकृष्ण ने उत्तर न देकर पीठ थपथपाई हेमगुह की। बोले"अभी नहीं गुह! जब तक कुशस्थली में दास बने हुए अपने सभी साथियों और स्त्रियों को तुम मुक्त नहीं करवा लेते, यह प्रसन्नता अधूरी है।"

तूफान पूरी तरह थम चुका था और उसके साथ-साथ यान कि गति भी सहज हो गई थी। रात्रि का अन्तिम प्रहर आरम्भ हो चुका था।

---

1. कुश जाति की सभ्यता का इतिहास नील नदी और सूडान के इर्द-गिर्द का है। कुश सभ्यता के विकास का प्रमाण ईसा से 300 वर्ष बाद तक मिलता रहा है। कुशों को लेकर सबसे रोचक तथ्य यह है कि व्यापार में ये लोग वर्तमान ईरान, इराक, अफगानिस्तान और भारत तक सम्बन्ध रखे हुए थे। कुछ इतिहासकारों ने कुशों का उद्भवकाल ईसा से एक हजार वर्ष पूर्व बतलाया है, जबकि कुछ के अनुसर वह 2 से 3 हजार वर्ष प्राचीन भी हो सकता है। सौराष्ट्र में जिस कुशस्थली के बसने की बात महाभारत में वर्णित है, वह विदशी 'राक्षसों' ने ही बना रखी थी, जिस पर कृष्ण ने अधिकार करके उसे सत्ता फैलानेवाले व्यापारियों से मुक्त कराकर द्वारका नाम दिया।

कुशस्थली!

वे सब जलयान के ऊपरी हिस्से में खड़े हुए थे। उद्धव की आंखें विस्मय से भरी हुईं। सच ही तो। भरतखण्ड का यह समुद्र-तट तो पहचान ही नहीं आता कि यहां कहीं आर्य शेष है।

पूरा तट छोटी-बड़ी अनेक नौकाओं और जलयानों से भरा हुआ था। हर यान और तट-क्षेत्र पर पणियों, नारी-पुरुषों की भारी भीड़ दिख रही थी। यहां-वहां सामान ढोते हुए पचासों कुश दास-दासियां।

उद्धव को स्मरण हो आया था। कुछ दूरी पर अक्रूर और सात्यकि यादव सैनिकों के साथ उस समय की प्रतीक्षा में होंगे, जबकि ओशिज के इस जल-यान से पणि वेशभूषा में उतरनेवाले हेमगुह और उसके कुश साथी आंधी की तरह पणियों पर टूट पड़ेंगे।[1] जलयान जैसे-जैसे तटक्षेत्र में प्रवेश कर रहा था, वैसे-वैसे समान ढोते हुए दास-दासियां तीखी, नुकीली निगाहों से उस यान की ओर ही देख रहे थे। श्रीकृष्ण के पास खड़े हेमगुह से सहसा प्रश्न कर दिया था"तुम अग्रिम सूचनाएं तो दे चुके हो गुह!"

"आप चिन्तित न हों, आर्य!" हेमगुह ने उत्तर दिया था"वे सब प्रतीक्षा ही कर रहे होंगे!"

सब कुछ योजनाबद्ध! उद्धव ने मन-ही-मन स्तुति की थी कृष्ण की। भला अकेले रहकर वह विलक्षण चातुर्य और योजना स्तुति योग्य नहीं तो क्या थी? श्रीकृष्ण के पास न साधन थे, न व्यक्ति; किन्तु मात्र बुद्धि और आश्चर्य-जनक आत्मशक्ति से उन्होंने उस विशाल अभियान का सफलता-पूर्वक आयोजन कर लिया था।

बेहद सफल थी सारी योजना अगले कुछ घण्टों ने ही सिद्ध कर दिखाया था। यान समुद्र तट पर पहुंचा ही था कि अनायास टूट पड़ी अनंत उल्काएं जैसे कुश लोग अस्त्रास्त्र लिए हुए आस-पास के जलयानों में समा गए थे। वे चीख रहे थे, हुंकारे भर रहे थे। सामने आने वाले हर पणि सैनिक या व्यापारी को हत करते जा रहे थे। उन्हें बाहरी मदद भी मिलना सम्भव नहीं रहा था, क्योंकि जिस गति से ओशिज के जलयान

1. इसी काल में पाणि या पुनजनों के भारत में व्यापार फैलाने की चर्चा भी आई है।

पर उपस्थित कुशों ने हमले किए थे, उतनी ही गति से तट-क्षेत्र में सामान ढो हरे कुश दास-दासियों ने निहत्थे ही तट-क्षेत्र के पणि सैनिकों, अधिकारियों पर आक्रमण कर दिया था।

श्रीकृष्ण, बलभद्र और उद्धव चुपचाप जलयान पर खड़े देखते रहे। दासों और स्वामियों का वह भयंकर संग्राम उस सारे दिन बस्ती में होता रहा अधिकतर जलयानों पर दासों का अधिकार हो गया था। अनेक नौकाएं और जलयान अग्नि समर्पित भी हुए। उद्धव सिहर उठे थे मृत्यु तांडव का वह क्रूर दृश्य देखकर और उसी बीच यादव सेना को साथ लिए हुए सात्यकि और अक्रूर ने तीव्र गति से तट-प्रवेश किया था। दास जैसे उनकी प्रतीक्षा ही कर रहे थे। अधिकतर पणि व्यापारी और उनके सैनिक या तो मारे गए या फिर बन्दी बना लिए गए।

देर रात्रि तक कुशस्थली चीत्कारों और कोलाहल से भरी रही। पणि जनों का उच्चतम अधिकारी शर्मक पकड़ा जा चुका था। श्रीकृष्ण, बलभद्र और उद्धव यादव सैनिकों के आते ही स्वयं भी उस युद्ध में जुट गए थे। रात्रि होते-होते कुशस्थली पूरी तरह से दासों के अधिकार में भी गई। हेमगुह ने आहत शरीर के साथ उस क्षेत्र में प्रवेश किया, जहां यादव सैनिकों ने अधिकार कर रखा था। कृष्ण को अभिवादन करते हुए उसने कहा था"आर्य! कुशस्थली स्वतंत्र हुई। उसके साथ-साथ हमारे सैकड़ों लोग भी स्वतंत्र हुए। अब हमें क्या करना है, वह बतलाएं?"

उस सतय श्रीकृष्ण ने थके, हारे और घायल हो चुके कुशों के उपचार तथा विश्राम की सलाह दी थी। बोले थे"कल नगर-जीवन को सहज करने के पश्चात् विचार करेंगे कि अब क्या करना चाहिए।"

विचार होना था, इस कारण समूची रात्रि वे सब सो नहीं सके। श्रीकृष्ण, अक्रूर, सात्यकि, बलभद्र और उद्धव ने अगली प्रातः के साथ ही कुछ महत्त्वपूर्ण निर्णय ले लिए थे। सुबह वे सारे निर्णय हेमगुह के सामने रखे गए। पणियों से अब भी कुशस्थली और कुशों का व्यापार निश्चिन्त नहीं हो सकता था। वे दूर-दूरंत सीमाओं तक बिखरे थे। अनेक बस्तियां थीं। उनका सर्वोच्च शासक यम, यमपुरी में रहता था, अपूर्व

शक्तिशाली था।[1] निश्चित हुआ कि श्रीकृष्ण, हेमगुह और उसके अनेक साथी यम और वहां के शक्तिसम्पन्न सेनानायक पुन्यजन से बाद में निबटेंगे। तुरंत उन्हें करवीरपुर क्षेत्र पर अधिकार करना था। यह क्षेत्र पणियों की शक्ति और सैनिक सहायता का माध्यम बन सकता था।

करवीरपुर!

उद्धव ने विचार किया था। याद आया था कि करवीरपुर का राजा शृगाल भरतखण्ड के उन शक्ति सम्पन्न राजाओं में से हैं, जो जरासन्ध के आधीन ही नहीं है, उसकी बड़ी सहायक शक्ति भी हैं?

कृष्ण बोले थे"करवीरपुर क्षेत्र की ओर केवल हेमगुह और उनके साथी बढ़ेगे। इस बीच मैं मथुरा पहुंचकर जरासन्ध की राजनीतिक, सैनिक हलचलों को भी देख आऊँगा...हेमगुह!" सहसा वह हेमगुह की ओर मुड़े, कहा था"करवीरपुर और करहाटक तक पहुंचने से पूर्व समुद्र-तटों पर पणियों के जितने भी क्षेत्र और बस्तियां हैं, उन सभी को अधिगृहीत कर डालो। यह स्मरण रहे कि किसी क्षेत्र या जलमार्ग से कोई पणि अथवा ऐसा सन्देशवाहक न निकल जाए जो यमपुरी पहुंचकर पुणजन को अथवा करवीरपुर पहुंचकर शृगाल को पणियों की पराजय सूचनाएं दे दे?"

"आप निश्चिन्त हों, आर्य!" हेमगुह बोला था"हम इस सबकी व्यवस्था सावधानी और सतर्कता से करेंगे।"

---

1. यमपुरी और यम : महाभारत के अनुसर यमपुरी दक्षिण में थी और वहां का राजा यम सूर्य का पुत्र है तथा भारतीय संस्कृति में उसे 'मृत्युदेवता' के रूप में भी स्वीकार किया गया है। अनेक देशी-विदेशी ग्रन्थों में यमपुरी का अस्तित्व समुद्र-पार बतलाया गया है। यहां यह महत्वपूर्ण बात है कि इस समुद्र-पार यमपुरी के राजा यम को भी सूर्यपुत्र माना गया है। उल्लेखनीय है कि बेबिलोनियन सभ्यता में लरसा नामक नगर इस यमपुरी के वर्णन से बहुत कुछ मिलता जुलता है। यही नहीं बेबिलोनियन भाषा में इसका अर्थ सूर्यनगर है। सम्भवतः श्रीकृष्ण की समुद्र-यात्राओं और विभिन्न देशों में जय के अंतर्गत यमपुरी भी आती है। इस यमपुरी का अस्तित्व अरब सागय के पास कहीं था या कि वह लरसा ही थाअनिश्चित है, किन्तु 'पांच्चजन्य' की प्राप्ति तथा कुशस्थली में बसे पणियों से जहाजी लड़ाई करके समुद्र-सीमाओं को मुक्त कराने के लिए श्रीकृष्ण ने लम्बी समुद्र-यात्राएं भी कीं।

श्रीकृष्ण और बलराम उठ खड़े हुए। रात्रि को ही सारा कार्यक्रम बन चुका था। अक्रूर और सात्यकि को कुशस्थली व समूचे प्रभासतीर्थ क्षेत्र में राज्य-व्यवस्था ठीक तरह सम्भालने-सहेजने की सलाह देकर वे सब मथुरा की ओर चल पड़े थे।

उद्धव को आज भी स्मरण है।...श्रीकृष्ण की वह तुरंत निर्णय क्षमता और आश्चर्यजनक यात्रा-शक्ति! मथुरा नगर-क्षेत्र पहुंचते हुए उन्होंने अधिक समय नहीं लगाया था। उनमें अधिक वार्ता भी नहीं हो सकी थी। अनेक बार उद्धव ने जानना भी चाहा था कि मार्ग की सघन बस्तियों से निकलते हुए श्रीकृष्ण बार-बार अपना परिचय क्यों देते जा रहे हैं? जरासन्ध निरंतर उनकी खोज में था। यह जानते हुए भी कि विपत्ति किसी भी क्षण आ सकती है, श्रीकृष्ण वैसा क्यों कर रहे थे?

वह शांत रहते थे। लगता था कि इस शांति में निरंतर विचारमग्न रहते हैं वह। उससे भी अधिक सम्भवतः योजनाएं बनाते-मिटाते हुए। उद्धव का मन नहीं माना तो पूछ लिया था"कृष्ण! जानते हो न कि जरासन्ध को तुम्हारी सूचना अब तक पहुंच चुकी होगी? उसके गुप्तचर, सखा और मित्रों की कमी नहीं है। वे भरतखण्ड के हर राज्य और क्षेत्र में बिखरे हुए हैं!"

सदा की तरह स्वाभाविक रहस्यमुद्रा में श्रीकृष्ण ने उत्तर दे दिया था"जरासन्ध शक्तिमद से चूर हैं, उद्धव। उससे भी कहीं अधिक वह क्रोधी स्वभाव वाला भी है। मेरे आगमन का समाचार निःसन्देह उसे उत्तेजित करेगा और मैं यही चाहता हूं कि वह उत्तेजित हो!"

चकित भाव से उद्धव ने उन्हें देखा, दृष्टि में प्रश्न भर लिया था"क्यों?"

उस क्यों को पढ़कर भी उत्तर नहीं दिया था कृष्ण ने। उद्धव चुप हो रहे। यात्रा चलती रही थी और फिर गर्मी से सुलगती देह-मनों पर अनायास ही आ पड़े शीतल जलबिन्दुओं की तरह श्रीकृष्ण ने बलराम और उद्धव को साथ लिए हुए मथुरा नगरी में प्रवेश किया था।

मथुरावासी जितने चमत्कृत हुए, उससे कहीं अधिक विस्मित! इस बीच वे सब जैसे श्रीकृष्ण और बलराम का अंत हुआ, यही विचार बैठे थे। श्रीकृष्ण मित्रों से गले मिले, स्नेहियों के स्नेह के उत्तर में मुस्कानें छिड़कीं और वायुगति से महाराज उग्रसेन के समक्ष उपस्थित हुए। वृद्ध यादवराज, वसुदेव के साथ बैठे चर्चामग्न थे। श्रीकृष्ण के आगमन समाचार ने उन्हें हर्षोन्मत्त कर दिया था। शब्दहीन होकर दोनों ने ही नेह से बलभद्र और श्रीकृष्ण को गले लगा लिया। बड़बड़ा उठे थे"बहुत आनंद हुआ, वसुदेव! तुम्हें सकुशल पाकर जैसे मुझे नया जीवन मिला।"

उद्धव विश्राम करने चले गए। श्रीकृष्ण, बलराम, उग्रसेन और वसुदेव में क्या-क्या बातें हुईं, ज्ञात नहीं हुआ था। बस, इतना याद है उन्हें कि मथुरा पर उग्रसेन ने जरासन्ध के सम्भावित आक्रमण और निरंतर धमकियों का सम्पूर्ण विवरण दे दिया था, फिर श्रीकृष्ण से अक्रूर, सात्यकि आदि के समाचार लिए थे।

श्रीकृष्ण अगले ही दिन से पुनः सक्रिय हो गए। उद्धव निरंतर यात्राओं के कारण बहुत थक चुके थे; पर श्रीकृष्ण को देखते ही हतप्रभ रह जाते। लगता ही नहीं था कि उन्होंने वर्षों से कोई दिन या यात्रा अशांति के साथ बिताई है? व्यक्ति से अधिक गति दीखते थे वह।

निःसन्देह गति!

उद्धव ने कहा था"धनंजय श्रीकृष्ण की गति हैं, वायु हैं, या दृष्टि हैं और सीमाहीन हैं।"

अर्जुन उसी तरह विस्मय से सब कुछ सुन-जान रहे थे। क्या यह सम्भव है कि मनुष्य तनिक भी विश्राम न करे? निद्रा, आलस्य, थकान यह सब शरीर को जरा भी प्रभावित न करें?

किन्तु उद्धव ने यही कहा था"हां, कुंतीपुत्र! मैंने श्रीकृष्ण को ऐसे ही देखा है। बाल्यावस्था से लेकर अब तक इसी प्रकार देखता आया हूं। वे सदा जागृत हैं। सदा गतिमान हैं। क्षण के सहस्रों हिस्सों में चैतन्य हैं, कर्मरत हैं। वह मनुष्य नहीं हैं, साक्षात् ईश्वर हैं, सनातन!" आवाज भरी हुई थी उद्धव की। उससे कहीं अधिक नेत्र श्रद्धापूर्ण। लगता था कि वह बालसखा का वर्णन नहीं कर रहे हैं, वह प्रार्थना के किसी श्लोक का मधुर उच्चारण कर रहे हैं, आत्मलीन!

अर्जुन इस दृष्टि और स्वर में अपने आपको विलीन अनुभव करने लगे हैं। निःसन्देह जिस तरह और जिस अद्भुत संयोजन-बुद्धि का परिचय त्वरितता के साथ उद्धव की सुनाई घटनाओं में मिला है, वह विस्यमयकारी नहीं, अद्भुत है।

"कुशस्थली से वापिस लौटकर श्रीकृष्ण ने वायुगति से यादव गणसंघ के अनेक वृद्धों, बिखरे हुए सामन्तों और शक्तिसम्पन्न योद्धाओं को आयोजित किया था, धनंजय! हम मथुरावासियों ने दुःसह जरासन्ध के सत्रह आक्रमण सहे। श्रीकृष्ण और बलराम के अद्भुत रण-कौशल ने उसे निरंतर लौटने के लिए बाध्य किया; किन्तु अर्जुन।....महाबली और अनेक राजाओं की सहायता से सम्पन्न जरासन्ध उन आक्रमणों से थका नहीं। मथुरावासी अवश्य थकने लगे। राज्य, व्यवस्था, कृषि, सम्पन्नता सब बिखरने लगी। इस स्थिति ने श्रीकृष्ण और बलराम को एक बार पुनः बाध्य किया था कि वह बिखरे शक्ति संयोजन को दोबारा जुटाएं।" उद्धव कहे जा रहे थे"जरासन्ध को लेकर उन्होंने राजा उग्रसेन से कहा थाअब हमारे पुनः पलायन के अतिरिक्त कोई मार्ग शेष नहीं रहा है राजन्! हमें फिर से मथुरा, छोड़नी होगी!"

"किन्तु जरासन्ध मथुरा पर पुनः आक्रमण अवश्य करेगा जनार्दन।" वृद्ध उग्रसेन व्यग्र थे।

"आप चिन्तित न हों, मथुराधिपति।" श्रीकृष्ण ने कहा था"इस आपत्ति से छुटकारे का उपाय भी है। मैंने एक ऐसा स्थान मथुरावासियों के सुरक्षित गढ़ के रूप में पहले से ही ढूंढ़ रखा है, जहां शरण ली जा सकती है। एक बार पुनः शक्ति संयोजन किया जा सकता है और उपयुक्त समय आने पर दुष्ट जरासन्ध से मगध ही नहीं, उन तमाम दास राजाओं को भी बन्धनमुक्त किया जा सकता है, जो उसके परतंत्र हैं!"

और इस तरह एक दिन सम्पूर्ण मथुरा तथा शूरसेन जनपद में घोषणा की गई थी"सब लोग तैयार हो जाएं। भोर के साथ ही मथुरा क्षेत्र छोड़ना होगा।"

"और श्रीकृष्ण...?" अर्जुन ने उत्सुक होकर पूछा।

हंसे थे उद्धव"बहुत दूरदर्शी हैं नंदलाल! यह मथुरावासियों के

प्रस्थान से पूर्व ही पुनः दक्षिण दिशा की ओर चल पड़े थे। इस बात का प्रचार भी बहुत तीव्र हुआ था कि श्रीकृष्ण-बलराम दक्षिण की ओर जा रहे हैं। श्रीकृष्ण का अनुमान था कि निश्चय ही जरासन्ध उनके पीछे आएगा और जैसी कि सम्भावना थी कुंतीसुत! जरासन्ध, मथुरावासियों को छोड़कर हम तीनों के पीछे ही चल पड़ा था।''

एक बार पुनः दौड़ प्रारम्भ हो गई थी। इस बार नई बात केवल यह थी कि कुशस्थली को द्वारका का नया नाम देकर भव्य गढ़-दुर्ग आदि की व्यवस्था की जा चुकी थी। दूर प्रभास क्षेत्र ही नहीं भरत खण्ड का बहुत बड़ा तटवर्ती क्षेत्र भी यादवों के हाथ था। अक्रूर और सात्यकि पुनर्स्थापित हो चुके थे। सत्ता ने शक्ति भी सहेज ली थी। मथुरावासियों को साथ लिए हुए तीव्रगति से राजा उग्रसेन उसी ओर बढ़ रहे थे। मथुरा क्षेत्र के निवासियों और यादवों सैनिकों के साथ अक्रूर-सात्यकि की यादवशक्ति मिलते ही उसे आसानी से जय कर पाना सम्भव नहीं था।

श्रीकृष्ण और बलराम उद्धव को साथ लिए हुए सह्याद्रि पर्वतमालाओं की ओर बढ़े थे। इस बीच श्रीकृष्ण निरंतर कुश हेमगुह और उसके साथियों से सम्पर्क बनाए रहे।

मार्ग में श्रीकृष्ण ने अनेक ऋषि-मुनियों से भेंट की। बहुविध वाद-विवाद करके और उन्हें सम्मान पूजा देकर अपने समर्थन में लिया। वेणा नदी के तट पर तपस्वी परशुराम ने कुछ समय के लिए अपना आश्रम बना लिया था। श्रीकृष्ण उसी क्षेत्र में पहुंच कर बलभद्र और उद्धव को साथ लिए उनकी सेवा में उपस्थिति हुए।

महाव्रती भीष्म के शस्त्रगुरु और महातपस्वी परशुराम ने उन सभी का स्नेहादार सहित स्वागत किया। जरासन्ध की राजनीति, विचारों और विधर्मियों के प्रति विशेष आसक्ति से परशुराम ही नहीं, अनेक ऋषि-महर्षि अप्रसन्न थे। श्रीकृष्ण के जरासन्ध से अथकित संघर्ष ने उन्हें श्रद्धाभिभूत किया था। परशुराम से भेंट हुई तो स्वागत-स्नेह वार्ता में ही तेजस्वी ब्राह्मण ने यह प्रकट कर दिया। वह बोले थे''मुझे तुमसे भेंट करके प्रसन्नता

हुई है देवकीनन्दन! और प्रसन्नता होगी, जब जरासन्ध की मदान्ध शक्ति और राक्षसी प्रवृत्तियों को तुम संयमित कर सकोगे या समाप्त कर दोगे।"

श्रीकृष्ण विनम्र हुए थे। कहा "इसी कारण उपस्थित हुआ हूं, भगवन्! मुझे सद्परामर्श दें। इस समय किस मार्ग का अवलम्बन करूं?"

परशुराम ने एक पल शांत रहकर विचार किया। उनकी मुद्रा, स्वर और दृष्टि उनकी अपार क्षमताओं का संकेत दे रही थी। बोले थे "वासुदेव! उचित यही होगा कि इस समय तुम किसी सुरक्षित स्थान पर पहुंचो। करवीरपुर का राजा शृगाल जरासन्ध का अनुयायी और मित्र है। निश्चय ही जरासन्ध इस क्षेत्र में स्वयं आकर उसकी सहायता भी ले लेगा और तब तुम उनकी विशाल शक्ति में फंस जाओगे।"

"तब ऋषिश्रेष्ठ?" बलभद्र चिन्तित हुए।

परशुराम बोले थे "तुम स्वयं बड़े नीतिज्ञ हो वसुदेव! कर संकर्षण जैसे अद्भुत शक्तिसम्पन्न तुम्हारे भाई हैं। समय पर जीवनरक्षा भी श्रेष्ठ धर्म होता है। अतः तुम्हें मैं महाकौंच्व[1] लिए चलता हूं। वहां का राजा महाखग मेरा अनुयायी तो है ही, धर्मशील भी है। वह अवश्य ही हमारी सहायता करेगा। कुछ समय सुरक्षित रूप से महाकौंच्व में बिताकर तुम गिरिगोमंत क्षेत्र में पहुंचना। इस बीच अपनी बिखरी हुई सैन्य शक्ति को तुम सहेज भी सकोगे, उग्रसेन द्वारका भी पहुंच चुकेंगे। तुम्हारे महाकौंच्व में निवास के समय जरासन्ध तुम्हें खोज भी नहीं सकेगा।"

"जैसी आपकी सम्मति ब्रह्मन्!" श्रीकृष्ण ने सहमति दी। परशुराम उनके साथ हो लिए।

यही किया था उन्होंने। वे महाकौंच्व जा पहुंचे थे। कुछेक विश्वसनीय यादव सैनिक, जो सदा श्रीकृष्ण-बलराम के साथ रहा करते थे, सुरक्षित रूप से गिरिगोमंत क्षेत्र में भेज दिए गए। इन सभी सैनिकों को श्रीकृष्ण

---

1. कोंच्चपुर या महाकौंच्व : 'महाभारत' के अनुसार महाकौंच्व, कौंच्च-द्वीप क्षेत्र है, जबकि कुछेक लोगों ने इसे दक्षिण दिशा का ही कोई छोटा जाज्य कहा है। द्वीप का वर्णन जो मिलता है, उसके अनुसार वहां रत्नादि पाए जाते हैं। यह स्थान वर्तमान लक्ष-द्वीप में कोरा द्वीप हो सकता है। उल्लेखनीय है कि कोरा द्वीप से बहुत पास पणजी (गोआ) है जिसे महाभारत करवीरपुर कहते हुए स्वतन्त्र राज्य बतलाया है तथा इसी करवीरपुर के राजा शृगला से, जो जरासन्ध का मित्र भी था, श्रीकृष्ण का संघष्र वर्णित है।

ने निर्देश दे दिया था कि वे यथाशीघ्र कुश हेमगुह से सम्पर्क साधकर उन्हें सूचना दे दें कि श्रीकृष्ण-बलराम तथा उद्धव महाकौंच्च में हैं। उपयुक्त समय पाकर हेमगुह उनसे भेंट कर लेगा।

समुद्र-तट के क्षेत्रों में पहुंचकर महाक्रौंच्च तक परशुराम ने सन्देश भिजवा दिया था, तुरंत भेंट करें।

राजा महाखग के पास तीव्रगति वायुमान था। वे गरुड़ जाति के क्षत्रिय थे और उनकी अपनी समाज-व्यवस्था थी, जो अनेक प्रकार से आर्यों से मेल न खाते हुए भी आर्यों से मिलती-जुलती थी। समाचार मिलते ही जनशून्य क्षेत्र में गुप्त रूप से अपने विमान को लेकर महाखग गरुड़ आ पहुंचे। रौद्रस्वभाव ऋषि परशुराम को प्रणाम करके उन्होंने श्रीकृष्ण, बलदेव तथा उद्धव का परिचय प्राप्त किया, फिर पूछा, "आदेश मुनीवर!"

परशुराम ने सारी स्थिति रखी। महाखग[1] अपने विमान पर उन तीनों को साथ लेकर महाकौंच्च जा पहुंचें। राजकीय स्वागत-सत्कार के बीच कुछ समय के लिए वे सभी निश्चिन्त हुए।

उधर जरासन्ध सह्याद्रि की पहाड़ियों से लेकर करवीरपुर और दक्षिण के दूर-दूरंत जनपदों में वसुदेव-सुतों को खोज रहा था। बौखलाए, उत्तेजित जरासन्ध की विशाल सेना हर वनप्रान्तर में बिखरी हुई थी। श्रीकृष्ण और बलराम के न मिल पाने ने उसे कुछ अधिक ही चिढ़ से भर दिया था। वह प्रतिहिंसा जो पुत्रियों के विधवा हो जाने से जनमी थी, निरंतर असफलता के कारण उग्र से उग्रतर होती जा रही थी। इस बीच कृष्ण के सम्पर्क निरंतर जुड़े थे।

ज्ञात हुआ था कि उग्रसेन, मथुरा के नर-नारियों सहित सुरक्षित कुशस्थली ओर प्रभास तीर्थ क्षेत्र में जा पहुंचे हैं। इस दौड़-भाग के कारण जरासन्ध की शक्ति, बहुत बिखरने लगी थी। एक दिन श्रीकृष्ण ने राजा महाखग से विदा मांगते हुए कहा था"राजन्। हम लोगों को गिरिगोमन्त पहुंचा दिया जाए।"

---

1. अनेक पुराणों और महाभारत में श्रीकृष्ण को गरुड़ पर वायु मार्ग से यात्रा करते वर्णित किया गया है। महाकौंच्च द्वीप के वर्ण नमें आया हैं कि वहां का राजा महाखग था। महाखग, गरुड़ को भी कहते हैं। कुछेक विद्धानों के मत में गरुड़ जाति हैं। गिरिगोमत और करवीरपुर में हुए युद्धों में गरुड़ की सहायता से ही श्रीकृष्ण निकले थे।

"किन्तु वासुदेव!" महाखग ने चिन्ता व्यक्त की"मुझे ज्ञात हुआ है कि मगधराज जरासन्ध भी सह्याद्रि-क्षेत्र में उपस्थित हैं। उनके साथ चेदिनरेश शिशुपाल और करवीरपुर के राजा शृगाल भी सहयोग कर रहे हैं। आपका वहां पहुंचना निरापद नहीं होगा।"

"जानता हूं, राजन्!" श्रीकृष्ण ने उत्तर दिया था"किन्तु बहुत समय निष्क्रिय रहना भी तो उपयुक्त नहीं है। मेरे हजारों समर्थकों को मुझसे बहुतेक आशाएं हैं। उनके शुभार्थ मुझे वहां पहुंचना ही चाहिए। नीति भी है कि शत्रु जब मन-बुद्धि से असंयत होने लगे, तभी उस पर प्रहार करना उचित होता है। जरासन्ध की इस समय यही स्थिति है।"

महाखग चुप हो रहे। कहा था"जैसी तुम्हारी इच्छा जनार्दन! पर मैं चाहता हूं कि तुम मेरा तीवग्रति विमान गरुड़ अपने साथ रखो। आवश्यकता पड़ने पर इसका उपयोग लाभकारी होगा। मेरी यह तुच्छ भेंट मैत्रीभाव से स्वीकार करो।"

क्रौंच्चराज की स्नेहिल भेंट लेकर वे गिरिगोमन्त क्षेत्र की ओर वायु-मार्ग से चल पड़े। गरुड़ाकार तीव्रगति विमान ने उन्हें शीघ्र ही गिरिगोमन्त के सघन जंगलों में सुरक्षित उतार दिया था। निश्चित स्थान पर विमान को रखा था उन्होंने । पहाड़ियों और गुफाओं से भरे ऐसे क्षेत्र में विमान छिपा दिया गया था, जहां सामान्यः किसी के आने-जाने या उसे देख पाने की आशंका नहीं थी, फिर तीनों तीव्रगति से समुद्र तट की ओर बढ़ चले थे। उन्हें शीघ्रातिशीघ्र कुश नाविकों से भेंट करनी थी। उन्हीं के माध्यम से यह पता चल सकता था कि छोड़े गए यादव सैनिक कहां और उन्हीं से पता चल सकता था कि हेमगुह का जलयान तट पर खड़ा हुआ है।

अनुमान था उद्धव को। सम्भवतः बलभद्र और श्रीकृष्ण भी खूब जानते थे कि गिरिगोमन्त क्षेत्र में मगध के गुप्तचर भी उतने ही सक्रिय होंगे, जितने राजा शृगाल के हो सकते थे। सावधानी और सर्तकता की दृष्टि से उन सभी ने वेश बदल रखे थे; किन्तु इस सतर्कता को गुप्तचर न जानते हों, ऐसा नहीं था। निश्चय ही उन्हें भी अनुमान होगा कि कृष्ण, बलराम और उद्धव यदि उस क्षेत्र में कहीं हैं भी, तो वेश बदले हुए विचर

रहे होंगे। उद्धव ने मार्ग में पूछा भी था"कृष्ण!...क्या यह दुःसाहस ठीक होगा?"

"दुःसाहस कौन-सा शब्द होता है उद्धव!" सहज भाव से प्रश्न के उत्तर में प्रश्न ही कर दिया था वासुदेव ने। शब्दचातुर्य की कला उनसे श्रेष्ठ किसे आती होगी! उद्धव कुछ बौखलाकर रह गए। कृष्ण बोले थे"सत्य तो यह है उद्धव! दुस्साहस कुछ भी नहीं होता। अधर्म के हेतु, जो साहस व्यय किया जाए, दुस्साहस वही हो सकता है। सत्य और धर्म की रक्षा के लिए किया गया हर प्रयत्न भगीरथ की तरह श्रेष्ठ और साहसिक होता है और हम जो कर रहे हैं, धर्महित में ही कर रहे हैं उद्धव!"

उद्धव ने जिज्ञासा की थी"हमारे इस तरह भागने, पणियों से छल करने, दासों को सहायता देकर अपरोक्ष रूप से सेवक या दास बनाने में धर्म कहां हुआ यशोदासुत! तनिक बतलाओ तो।"

बलभद्र उस समय तट-क्षेत्र पर पहुंचकर किसी ऐसे कुश नाविक को खोज रहे थे, जिस पर मन विश्वास करने को तैयार हो जाए, जिसके स्वभाव में गाम्भीर्य हो और उद्धव कृष्ण से प्रश्नोत्तरों में उलझ गए।

कृष्ण ने कहा था"सुनो, मित्र! अपने कारण असंख्य नर-नारियों का संहार हो और स्वयं मूर्खतापूर्ण शौर्य दिखाकर आत्महत्या कर ली जाए, इसलिए भाग जाना धर्म है। धर्म का विचार कभी भी रूढ़ि से नहीं होता उद्धव! धर्म, विवेक से निश्चय करने और श्रेष्ठ के चुनाव की प्रक्रिया से निर्णीत होता है! पंचजनों ने व्यापारी के रूप में भरतखण्ड के भीतर आश्रय लेकर अपनी सत्ता फैलाने का उपक्रम किया था। सत्ता अनेक बार सत्ताधीश की संस्कृति और धर्म के प्रसार का कारण बन जाती है। ऐसे अवसर पर छल से अपने शक्तिशाली शत्रु का नाश करना, उससे मुक्ति पाना सम्पूर्ण, देश तथा व्यवस्था के हित में धर्म है।" श्रीकृष्ण सहसा गम्भीर हो गए थे। शब्द इस तरह झरते हुए, जैसे झरना झर रहा हो। सहज, सरल और निर्मल! उद्धव उन्हें ऐसे देखने लगे थे, जैसे एक ज्योति का दर्शन कर रहे हों। मन के हर अंधकार को ज्योतित करती तेजवान किरण!

श्रीकृष्ण पुनः बोले थे''स्नेह और निष्कलुषता मनुष्य की ऐसी शक्तियां हैं उद्धव! जिनसे बिना किसी अस्त्र के किसी को भी सेवक और दास बनाया जा सकता है, पर उसे दासता न कहकर यदि मित्रता कह दो तुम तब उसे सही नाम दे सकोगे!''

और उद्धव को लगा था उनके अपने भीतर से शब्द उमड़ आए हैंहां-हां, तुम सच ही कहते हो कन्हैया! तुम्हारे स्नेह और निर्मलता ने ही तो समूचे गोकुल के नर-नारी मित्रभाव में बांध लिए; पर बोल नहीं सके थे वह। कृष्ण पुनः सहज भाव से चल पड़े थे। बलभद्र ने आकर सूचना दी थी''कृष्ण! यहां से बहुत दूर है कुश हेमगुह! उस तक सन्देश पहुंचा दिया है।''

''अच्छा किया भइया!'' कृष्ण ने उत्तर दिया, पर उद्धव से सुना-अनसुना हो गया। जाने क्यों गोकुल-वृन्दावन के गोप-गोपियां स्मरण हो आए थे। मन भीगने-सा लगा था। यमुना की वह कल-कल करती स्वर लहरियां, उन पर झालरों जैसी झलकती प्रकाश किरणें और कृष्ण की बांसुरी! मन हुआ था, कहें, कृष्ण! बजा दो न। और कह भी डाला था।

कृष्ण बाले थे''बासुंरी तो बज रही है उद्धव! आश्चर्य, तुम सुन नहीं पा रहे थे।'' शब्द पूरे हों इसके पहले ही उद्धव को अनुभव था, जैसे कानों में वही स्वरलहरी गूंजने लगी है, जो कालिन्दी के कूल पर कितनी ही बार चपल कन्हैया ने बजाई है। स्वर और स्वर लहरियां, मधुर और मोह उपजाने वाली।

चलते-चलते तन अलस भाव में डूबने लगा था। मधुरता की मादकता में। फिर हल्की-सी ठोकर लगी। धुन भी टूट गई, नशा भी।

कृष्ण हंस दिए। ऐसे जैसे कालिन्दी की लहरों ने एक-दूसरे को गुद-गुदाया हो। होंठ बुदबुदा उठे''यशोदानन्दन!''

कृष्ण चलते-चलते मुड़े, मुसकुरा उठे। उद्धव को लगा था कि तपते रेगिस्तान जैसे मन पर पहली बरखा की शीतल फुहारे आ गिरी हैं। शांत हुए। सहसा तट क्षेत्र से कुछ दूर कोलाहल उठा। अनेक स्त्री-पुरुष अन्धा-धुंध भागने लगे। उन्होने थम कर देखा, क्या हुआ?

वे चीखते जा रहे थे''आग!...आग।...दावानल!''

आग? उन्होंने एक-दूसरे को देखा। तभी कुछ और लोग चीखते हुए निकले। तट-क्षेत्र पर लंगर डाले खड़ी नौकाओं और यात्री जलयानों पर गतिविधि बढ़ गई थी। वे जल्दी-जल्दी नौकाओं के लंगर उठा रहे थे। समुद्र में दूर बढ़ने लगे थे।

कुछ बदहवास स्त्री-पुरुष इधर-से-उधर भागते हुए आग को लेकर टिप्पणियां करते चीखते गए।

''आग! दावानल नहीं, सैनिकों ने लगाई है वह आग?''

''क्यों?''

क्यों का कारण समझ आ गया था उन्हें। कोई बीच में रुका था। बलभद्र जल्दी से उसके पास जा खड़े हुए, पूछा''क्यों भाई! सैनिक आग क्यों लगा रहे हैं?''

''कहते हैं गोमन्त क्षेत्र में राजा जरासन्ध के कोई शत्रु आ पहुंचे हैं! उन्हें समाप्त करने के लिए ही यह आग...'' आगे शब्द सुने, आधे नहीं! श्रीकृष्ण और उद्धव से भी कहने की आवश्कता नहीं हुई। उद्धव ने उदास आवाज में कहा था''यह सब हमारे कारण हो रहा है कृष्ण! न जाने कितनों को निरपराध ही मृत्यु के मुंह में जाना होगा! वह जरासन्ध बड़ा दुष्ट है।''

किन्तु उद्धव ने देखा, श्रीकृष्ण अविचलित भाव से समुद्र की ओर देखते रहे। ऐसे जैसे कुछ हुआ ही न हो, फिर बोले''मेरे साथ आओ, उद्धव! ''उत्तर से पूर्व वह उसी ओर दौड़ने लगे, जिस ओर आग के भय से लोग भाग खड़े हुए थे। उद्धव ने चेतावनी भी दी थी''उधर तो आग है, मित्र!''

पर उन्होंने नहीं सुना। चकित उद्धव देखते ही रह गए थे। श्रीकृष्ण वायुगति से दौड़े। दौड़ते हुए आगवाले वन में लुप्त हो गए। उद्धव और बलभद्र थके हुए से अब भी उसी दिशा में दौड़े जा रहे थे; पर उतनी गति नहीं थी। सहसा उन्होंने सैनिकों को भागते देखा। यह क्या हुआ?

जरासन्ध के सैनिक पागलों की तरह दौड़ते हुए उस ओर जा हरे थे, जिधर तट था। उन्हीं में बलभद्र ने श्रीकृष्ण को आते देखा।

पास आते हुए श्रीकृष्ण बड़बड़ाए थे''चलो, शीघ्रता करो भइया!'' वे सब विपरीत दिशा में सैनिकों के साथ-साथ दौड़े।

बहुतेक सैनिकों ने खोली जाती नौकाओं पर अधिकार कर लिया। श्रीकृष्ण बलभद्र और उद्धव ने भी यही किया। कुछ पलों बाद वे समुद्र में उतर गए। तेज और तेज नौका चलाते हुए।

अभी उद्धव प्रश्न करने ही वाले थे कि उन्होंने देखा, आग की लपटों से ढके वन में सहसा एक तूफान पैदा हो गया है। जल समुद्र से हिलोरें लेता हुआ उसी उसी ओर बढ़ा जा रहा था। नौका चलाने में उन्हें कठिनाई होने लगी थी। अनेक विस्फोट हो रहे थे।

"यह...यह क्या हुआ वासुदेव!" उद्धव ने पूछा।

उत्तर कृष्ण से पहले बलभद्र ने दिया। हंसे, कहा "देखते नहीं हो, वह जल किस दिशा में जा रहा है? उधर जरासन्ध का पड़ाव होगा, क्यों कृष्ण।"

कृष्ण ने उत्तर दिया था "हां।"

"पर यह हुआ कैसे?"

श्रीकृष्ण ने हंसकर कहा "तुम्हें सम्भवतः स्मरण नहीं है उद्धव! जब हम लोग गरुड़ पर सवार आ रहे थे, तब पहाड़ों के उसी क्षेत्र में जरासन्ध का पड़ाव था और वहीं जलयानों का ईंधन रखा हुआ था। यह ईंधन जिस क्षेत्र में रखा रहता था वहां पणियों ने समुद्र को बांध रखा था। मैंने केवल इतना किया कि एक जलती मशाल उस ईंधन पर फेंक दी और परिणाम तुम देख ही रहे हो।"

लपटें शांत हो गई थीं। समुद्र अब भी उफान लेता हुआ उस ओर आगे और आगे बढ़ा जा रहा था।

"पर यह जल...!" बलभद्र ने पूछना चाहा। श्रीकृष्ण ने कहा "आप निश्चिन्त रहें भइया! यह जल उन पहाड़ी क्षेत्रों में ही प्रवेश करेगा, जिनके होंठों में जरासन्ध ने सैनिक पड़ाव डाल रखे हैं। समझना जरासन्ध की शक्ति नष्ट हुई! अब वह यहां नहीं टिक सकेगा।"

और यही हुआ था। जरासन्ध के हजारों सैनिक मारे गए थे। बड़ी मात्रा में आयुध नष्ट हो चुके थे। गिरिगोमन्त्त का जन-जीवन आग से प्रभावित होते-होते बच गया था और कई प्रहर बाद जब श्रीकृष्ण ने समुद्र

में लम्बी यात्रा करने के बाद नौका को एक विशिष्ट क्षेत्र में पहुंचाया, तब ज्ञात हुआ था कि गिरिगोमान्त क्षेत्र में क्या-क्या घटा।

उद्धव उस सब पर विश्वास करके भी विश्वास नहीं कर पाते हैं। पचासों बार सोचा हैकैसे? किस तरह प्रकृति सदा श्रीकृष्ण की सहायक हो जाती है? किस तरह वह अविश्वसनीय और अद्‌भुत सन्तुलन से शांत रह लेते हैं? कुछ भी अतिमानवीय और सहज नहीं लगता।...क्यों!

मन कहता है"इसलिए कि श्रीकृष्ण ईश्वर हैं! स्वयं ही प्रकृति हैं। स्वयं ही घटित और स्वयं ही घटना!"

श्रीकृष्ण सारी रात्रि नौका चलाते रहे थे। साथ बलभद्र। उद्धव ने तो नींद के कितने झोंके लिए होंगे, याद नहीं है। बस, इतना याद है कि श्रीकृष्ण और बलभद्र ने जब उन्हें जगाया, तब वह किसी जलयान के पास थे। श्रीकृष्ण बोले थे"जाओ मित्र! हम लोग हेमगुह के जलयान पर पहुंच रहे हैं।"

उस समय नहीं सोचा था। चुपचाप अनुकरण करके जलयान के कक्ष में पहुंच गए थे। बाद में सोचा, यह कैसे सम्भव हुआ कि श्रीकृष्ण तट-क्षेत्र जाने बिना उसी जलयान पर पहुंचे, जो हेमगुह का था? पूछा तो मुस्कुरा भर दिए थे श्रीकृष्ण। उत्तर के इस रहस्यमय फान ने उन्हें अधिक ही चिन्तित किया था। उससे अधिक चकित।

हेमगुह ने ही बतलाया था कि इस तरह गिरिगोमन्त क्षेत्र में मगध-राज जरासन्ध की भारी सेना एक प्राकृतिक विपत्ति के कारण नष्ट हो गई। वह वहां से कूच करने की आज्ञा शेष सेना को दे चुका है। करवीरपुर के राजा से यदि खाद्यान्न की सहायता न मिलती, तो जरासन्ध की सेना को रास्ते में भूखे भी मरना पड़ता।

"और गिरिगोमन्त का जन-जीवन?"

"वह भी प्रकृति की अद्‌भुत लीला!" हेमगुह ने उत्तर दिया था"जरासन्ध ने जो आग लगवाई थी, समुद्र के तूफान ने सहसा उसे सामप्त करके नागरिकों को बचा लिया।"

श्रीकृष्ण ने न दुख प्रकट किया, न प्रसन्नता। उद्धव चेहरा देख रहे थे उनका। अप्रभावित दृष्टि और समूचा व्यक्तित्व।

मन फिर प्रश्न बन गया "कैसे?...न दुख, न सुख? क्या अनुभव-शेष हैं श्रीकृष्ण!"

और मन से ही उत्तर भी बरस पड़ा "नहीं, श्रीकृष्ण केवल अनुभव है।"

बहुत कुछ रीत-बीत गया; किन्तु श्रीकृष्ण फिर भी शांत नहीं। कुछ दिन बाद समाचार मिला था कि शिशुपाल बड़ी मात्रा में सेना लेकर जरासन्ध की सहायतार्थ गिरिगोमन्त और प्रभासतीर्थ क्षेत्र में आया है। श्रीकृष्ण और बलभद्र की जोरों पर खोज चल रही है। कुश हेमगुह का गुप्तचर समाचार लाया था। यह भी कि पणि जिन-जिन क्षेत्रों में हैं, उन-उन क्षेत्रों में शिशुपाल को खोज में सहायता भी मिल रही है। हेमगुह चिन्तित था। बोला-"हमारा यान तो पणियों के क्षेत्र में ही है आर्य! यदि वे इस यान पर आ पहुंचते हैं, तब बड़ी कठिनाई होगी।

श्रीकृष्ण ने कहा था "हम चले जाते हैं हेमगुह! मित्र को हम लोग संकट में नहीं डालना चाहते। तुम व्यापारी हो और तुम्हें हर क्षेत्र में व्यापार करना है। हम नहीं चाहते की हमारे कारण तुम्हारा व्यवसाय नष्ट हो जाए।"

बलभद्र और उद्धव ने भी समर्थन कियाः किन्तु उठते हुए श्रीकृष्ण की बांह थाम ली थी हेमगुह ने। उसकी आंखें श्रद्धा और स्नेह से भरी हुई थीं, "नहीं मित्र! जिन्होंने हमें सहायता दी है, स्वतंत्रता दिलाई है, उन्हें इस तरह स्वार्थवश छोड़ना हमारा धर्म भी नहीं है। कुछ कठिनाई अवश्य होगी, पणि इस क्षेत्र में न होते तो वह भी न होती, किन्तु हम उसका सामना करेंगे आर्य! आप कहीं नहीं जाएगें।"

"किन्तु हेमगुह...!"

"अब मैं कुछ नहीं सुनूंगा, आर्य! आप हमारे जलयान में ही रहेंगे। मरे गुप्तचर निरंतर सूचनाएं देते रहेंगे। यदि कोई विपत्ति आयी, तो हमारा यान समुद्र में होगा। युद्ध हुआ तो वह भी समुद्र में ही होगा! "हेमगुह ने निश्चयात्मक स्वर में उत्तर दिया था। वे सभी कुछ कह नहीं सके।

और यही हुआ। हेमगुह को एक रात समाचार मिला''पणियों ने शिशुपाल को सूचना दी है। श्रीकृष्ण और बलभद्र, जरासन्ध के शत्रु, कुशों के जलयान पर हैं।''

हेमगुह ने जलयान को समुद्र में छोड़ दिया।

और पाणियों के कुछ छोटे-बड़े जलयान उसे घेरने के लिए समुद्र में बढ़ आये। एक लम्बी दौड़ चली थी यानों की। दूर, समुद्र की छाती पर वे सब घिर गए थे। हेमगुह ने युद्ध के लिए सैनिकों को तैयार किया था। श्रीकृष्ण अर्धरात्रि में चारों ओर से बढ़ते आ रहे पणियों के जलयान देखते रहे। सहसा बोले थे''नहीं, हेमगुह! युद्ध नहीं हो सकता। वे संख्या में बहुत हैं।''

''तब?''

''तब कुछ नहीं। तुम हमें उनको सौंप दोगे। इस तरह सौंपोगे, जैसे तुम को हम लोगों ने बन्दी बना लिया था। बन्धक होने के कारण तुम्हारे सैनिक हमारे सामने बेबस वही कर रहे थे, जो हम चाहते थे।''

''मैं...मैं समझ नहीं पाया आर्य! आप क्या कहना चाहते हैं?'' हेमगुह नासमझ भाव से उन्हें देख रहा था। श्रीकृष्ण ने स्नेहपूर्वक उसके कन्धे पर हाथ रखा था, फिर कहा''आओ, मैं समझता हूं!''

और फिर जो कुछ, जिस तरह हुआसब विस्मित कर देनेवाल था!. ..त्वरितबुद्धि कृष्ण!...आश्चर्यजनक और असामान्य निर्णय-शक्ति से सम्पन्न वासुदेव!

''न-न!...तुम मनुष्य नहीं हो कृष्ण!...मनुष्य तुम्हारी तरह होते ही नहीं!...'' सैकड़ों बार श्रीकृष्ण से जुड़ी घटनाओं पर इसी तरह यूं ही बुदबुदाए हैं उद्धव!

समर्पण का सन्देश देता ध्वज हेमगुह के जलयान से उठा!...प्रकाश किया गया...अनेक बार किया गया और जलयान पूरी तरह घेर लिया पणियों ने। वे शस्त्रास्त्रों से सज्जित हेमगुह के यान पर आ पहुंचे। यान नायक के कक्ष में प्रवेश किया तो देखा ''हेमगुह रस्सियों से जकड़ा बंधा पड़ा

था। उसके पास ही शस्त्रास्त्रों से लदे हुए किसी भी क्षण हेमगुह की हत्या कर डालने के लिए तत्पर बलभद्र और उद्धव!

शिशुपाल की टुकड़ी का नायक कर्दम अपने पणि साथी को देखने लगा था, उन जलयानों का नेतृत्व कर रहा था''यह...यह क्या हो रहा है, विशाक्ष?'' उनकी समझ में कुछ भी नहीं आ रहा था। हेमगुह के मुंह पर पट्टी बंधी थीवह गंगुआया, इठा, तभी श्रीकृष्ण पास के छोटे कक्ष से मुसकराये हुए बाहर निकल आए''जानना चाहते हो, पणिश्रेष्ठ!...तो सुनो, यह मूर्ख कुश अपने यान में हमें सहायता देने तैयार नहीं था। बाध्य होकर हमें इसे वश में करना पड़ा और इसे वश में करने का अर्थ था, इसके सम्पूर्ण जलयान और सैनिकों-सेवकों का वश में आ जाना!...''

''हूं...तो यह बात है!...'' विशाक्ष ने घृणा से बलभद्र, श्रीकृष्ण और उद्धव को देखा, फिर शिशुपाल का नायक हंस पड़ा था''अरे, मूर्खों!...ग्वालों! क्या तुम अब भी यह समझ रहे हो कि यह तुम्हारा बन्धक है? इस जलयान पर ही नहीं, तुम पर भी हमारा अधिकार हो चुका है। खोलो इसे!...मुक्त कर दो!''

विशाक्ष कुछ सोचे, करे, इसके पहले ही पणि सैनिकों ने हेमगुह को बन्धनमुक्त कर दिया। वह कांपता, कराहता उठा और बोला''यह बड़े विश्वासघाती लोग हैं, विशाक्ष!...इन्होंने मुझे बाध्य कर दिया था कि...ओह!'' वह कराहने का भी अभिनय कर रहा था...

''इन तीनों को बांध दो!'' विशाक्ष का आदेश हुआ, फिर उसने हेमगुह की पीठ थपथपाई। गौरव और अहंकार के साथ बोला''हम व्यापार में प्रतिस्पर्धी हैं कुश!... पर परस्पर मित्र हैं। आओ, मेरे साथ! तुम्हें मुक्त करके मैं प्रसन्न हुआ।'

शिशुपाल के नायकों ने उन तीनों को बंधवा लिया था। वे कक्ष में बंद कर दिए गए।

श्रीकृष्ण की योजनानुसार रात्रि देर तक उन्हें पकड़े जाने की खुशी में हेमगुह के जलयान पर विशाक्ष, कर्दम आदि का स्वागत किया गया। देर तक मद्यपान होता रहा फिर हलचल हुई...रात्रि के तीसरे प्रहर सशस्त्र कुश सैनिकों ने बन्दी कक्ष को पुनः खोलाश्रीकृष्ण, बलभद्र और उद्धव मुक्त किए गए।

बाहर देखाकर्दम, विशाक्ष और अन्य जलयानों के नायकों को ही नहीं, बड़ी मात्रा में पणि और शिशुपाल के सैनिकों को भी बन्दी बना लिया था कुशों ने। जिस समय समारोह हो रहा था, उस समय कुश सैनिक जहां-तहां दूसरे जलयानों पर भी आ जा रहे थे...पणियों के हर यान पर कुश सैनिक पहुंच चुके थे। उन्होंने अधिकतर को मदिरा पिलाई थी...कुछ बेसुध थे और कुछ जो थोड़ी-बहुत सुधि में थे, वे भी युद्ध करने की स्थिति में नहीं रहे थे। जिन्होंने युद्ध किया था, उनमें से अधिकतर को समुद्र में समाधि दे दी गई थी। सारे ही पणि जीवनरक्षा की भीख मांग रहे थे। विशाक्ष बहुत बहका था"छल हुआ हमारे साथ।...योद्धाओं की तरह व्यवहार करो!"

श्रीकृष्ण ने कहा था"तीन व्यक्तियों को बन्दी बनाने के लिए तीन सौ लोगों द्वारा घेरा जाना योद्धाओं जैसा व्यवहार होता है विशाक्ष?...यह तुम पणियों से ही सीख रहा हूं!...फिर देखता हूं कि तुम लोग व्यापारी भर न रहकर भरतखण्ड के राज्यों, राजाओं की नीति में भी हस्तक्षेप कर रहे हो! पर मैंने निर्णय लिया है कि तुममें से किसी को दंडित नहीं किया जाएगा।...दंडित किया जाए तुम्हारे राजाओं को, जो यह सब करवा रहे हैं!..."

उस समय उद्धव कुछ नहीं समझे थे कि श्रीकृष्ण क्या करना, क्या कहना चाहते हैंसमझ में उस समय आया था, जब सभी यानों को कुशस्थली ने जाया गया था...उन्हें पूर्ववत् पणि यानों के संकेतों से ही जुड़ा रहने दिया गया था। अंतर केवल यह पड़ा था कि यानों के सभी सैनिक, विशाक्ष और कर्दम के साथी अक्रूर के बन्दी गृहों में भेज दिए गए थेउनकी जगह जलयानों में पणि वेशभूषा पहने हुए यादव और कुश सैनिक समा गए थेजब यानों का यह बड़ा समूह पुनः समुद्रयात्रा पर चला तो चकित मन उद्धव ने पूछ लिया था"हम जा कहां रहे हैं केशव?"

श्रीकृष्ण ने बतलाया था"वैवस्वतपुरी!...सुनते हैं इन राक्षस पणियों का देश वही है...पाताल लोक की यमपुरी!...यम से भेंट कर ली जाएयही विचार किया है मैंने!"

उद्धव का मुंह विस्मय से खुला रह गया था।

और उससे कहीं अधिक विस्मित हो रहे थे अर्जुन! निःसन्देह अविश्वसनीय साहस और दुर्लभ आत्मशक्ति की छोटी-छोटी अनेक कथाओं का संग्रह हैं श्रीकृष्ण!

उद्धव ने कहा था "अद्भुत थी वह पाताल नगरी !...और उससे भी अद्भुत वहां के लोग। वे युद्धकुशल, क्रूर और विलासी प्रवृत्ति वाले थे। उनका राजा यम अमावस्या की कालरात्रि जैसा काला और विशाल शरीर वाला था।...अनेक दिनों की यात्रा के बाद जब पातालपुरी के उस विस्मय लोक में हमारे जलयानों ने प्रवेश किया तब वैवस्वतपुरी में रात्रि थी। पर वह रात्रि भी कृत्रिम प्रकाश व्यवस्था के कारण ऐसी लग रही थी जैसे छोटे-छोटे सूर्य उगे हुए हों। विशालाकार भवनों की उस नगरी का प्रतिबिम्ब जल से एक सुन्दर, कल्पना-चित्र जैसा लगता था धनंजय!..." बोलते-बोलते थमे थे उद्धव। अर्जुन को ऐसा लग रहा था जैसे वह उनसे कहीं, दूर सम्भवतः उसी पातालपुरी में खो गए हैं...

"....वहां की स्त्रियां दीर्घकाय तो थी हीं, किन्तु पुरुषों की ही तरह बलशाली भी थीं।" उद्धव ने पुनः कहा था "...विशाल समुद्र को चीरते हुए हमारे जलयान तट पर रुके ही थे कि श्रीकृष्ण की योजनानुसार वायुगति से यादव और कुश सैनिक उनसे निकले और उसी गति से यमपुरी के तटरक्षकों, सेवकों, बाजारों तथा भवनों पर अधिकार करने लगे...हेमगुह से बहुत सहायता मिली हम सभी को। वह अनेक बार उस क्षेत्र में आ चुका था। उसने बतलाया कि जब वह पणि याननायक ओशिज का दास था, तब अनेक बार उसे बहुमूल्य सामान उतारने के लिए वैवस्वत-पुरी के तट और नगर में जाने का अवसर मिला था...इस अवसर का उसने खूब लाभ उठाया था। वह उस राज्य के महत्त्वपूर्ण स्थानों और मार्गों से परिचित था।...वह रात्रि विचित्र-से सन्नाटे को तोड़ती हुई अनायास चीत्कारों और भयावह मार-काट से भर गई थी...सूर्योदय से पूर्व वैवस्वतपुरी पर कुश और यादव सैनिकों ने अधिकार कर लिया था। यम पंच्चजन राक्षस बन्दी...नहीं बनाए जा सके। वे युद्ध करते हुए मारे गए। उसके बहुमूल्य रत्नादि, पाञ्चजन्य शंख, कौस्तुभमणि तथा असंख्य सुन्दरियां हमारे अधिकार में आ गए। वहां के राजा को यम कहते हैंधनंजय!...वह

मृत्यु का देवता होता है। वह इतना निर्मम है कि बन्दी-गृहों में अधिक बन्दी रखना तक पसन्द नहीं करतामृत्यु दण्ड देना उसके लिए सहज-सी बात है...यही नहीं, उस देश की अनेक विचित्र परम्पराएं भी हम लोगों ने देखीं। हमने देखा कि स्त्रियां केवल भोग्य वस्तु हैं और उनका उपयोग पणियों के समाज में इसी प्रकार होता है। हमने वहां की स्त्रियों को अर्धनग्न स्थिति में अनेक पुरुषों के साथ कामुक क्रीड़ाएं करते देखा। वे निर्लज्जतापूर्वक हंसती हैं। राजा जो निर्णय कर दे, वही धर्म होता है। राजा जो भी करे, वह सब धर्मानुकूल माना जाता है। यज्ञ, हवन आदि पर उनका तनिक भी विश्वास नहीं है। वे जीवन को काम, मदिरा और आनंद भर की वस्तु समझते हैं। वे सूर्यपूजक हैं, किन्तु सूर्य की तरह सबको प्रकाशदान करने की मनोवृत्ति उनमें नहीं है। वे केवल अपने आपको प्रकाशित रखने में ही अपना धर्म और न्याय समझते हैं।"

जब श्रीकृष्ण और बलभद्र को जय मिली तब वहां की स्त्रियों ने उन्हें घेर लिया और उन्हें तरह-तरह की कामुक चेष्टाओं से प्रसन्न करने का प्रयत्न करने लगीं। यही नहीं, पंच्चजन राक्षस की सुन्दरी पत्नियों ने आकर श्रीकृष्ण से कहा"अब हम तुम्हारी सम्पत्ति हुई आर्य!...बतलाओ हम तुम्हारा किस तरह शुभ करें। यह सुख सम्पत्ति वैभव, हमारे शरीर सब तुम्हारे आनंद के लिए है।...इच्छा करो, क्या चाहते हो?"

श्रीकृष्ण ने मुस्कराकर कहा"देवियो!...तुम्हारे देश, धन-सम्पति और तुम्हें अधिकार में रखने की मुझे तनिक भी इच्छा नहीं है। मैं केवल यह स्मरण दिलाना चाहता हूं कि जिन देशों में तुम लोग व्यापार करते हो, वहां केवल व्यापारी रहो! उन्हें दास बनाने की चेष्टा कभी मत करो।...भरत खण्ड की समृद्ध पृथ्वी पर तुम्हारा स्वागत होगा, किन्तु मित्र की तरहस्वामियों की तरह नहीं!..."

वे सभी आश्चर्य और अविश्वास से देखने लगे थे कृष्ण को! उतना सौन्दर्य, उतनी सम्पत्ति, वैभव को भला कोई इस तरह त्याग सकता है? जय किए हुए धन और नारी को ऐसे स्वतन्त्र किया जा सकता है?

पर यही हुआ था। श्रीकृष्ण ने पंच्चजन के पुत्र को वहां का नया यम बनाकर विदा ली थी। वे सब उस विचित्र विजयी पर श्रद्धा कर

उठे थे। उन्होंने तरह-तरह से श्रीकृष्ण की अभ्यर्थना की...सभी को तट तक छोड़ने आए।...

नए बालक राजा यम ने जययान पर चढ़ने के पूर्व श्रीकृष्ण को आदर-पूर्वक अपने पिता की बहुमूल्य पंच्चजन शंख तथा कौस्तुभ मणि भेंट कीउनकी स्तुति को। श्रीकृष्ण ने उसे स्नेहाशीर्वाद दिया और सब लौट पड़े...

नए यम का राज्यादेश लेकर पातालपुरी के कुछ सैनिक साथ थे!...यह आदेश कुशपुरी लौटने के बाद राजा अक्रूर को सौंपा गया था। ओशिज एवं अन्य सैकड़ों ही पणि सैनिकों, व्यापारियों और सेवकों को कारागृह से मुक्त करते हुए नए राजा को आदेश सुना दिया था...उन्हें सूचित कर दिया गया था कि श्रीकृष्ण पंच्चजन का वध कर चुके हैं और अब वहां पंच्चजन का पुत्र नया यम है।

वे सभी कृष्ण के प्रति आभारी ही नहीं हुए थेएक तरह से उनके अनुयायी और भक्त हो गए थे।

वैवस्वतपुरी की जय ने श्रीकृष्ण की सर्व-शक्ति सम्पन्नता स्वीकार करवा ली थी। मित्रभाव से शिशुपाल आ खड़ा हुआ था उनके सामने और श्रीकृष्ण ने अपने मौसेरे भाई को गले लगाकर उसका स्वागत किया था। भरत-खण्ड के समुद्र-तट पर व्यापार निरंतर चलता रहा था, किन्तु वे षड्यन्त्र और संघर्ष बंद हो चुके थे जो सदा युद्धों में बदलते रहते थे। जिनके कारण सागर तट का भरत-खण्ड सदा ही अशांतिपूर्ण रहा था।

उस दिन जब उद्धव ने वापसी में कहा था"अर्जुन!...श्रीकृष्ण ने अनेक राज्य जय किए हैं, बहुतेक दैत्य-दानवों का संहार किया है। दासों को मुक्ति दिलाई हैं। उन्हें भक्तिभाव से लाखों ने स्वीकार किया है...पर श्रीकृष्ण पूर्ववत् श्रीकृष्ण ही हैंक्या यह कम विस्मय की बात नहीं है?"

वे तीव्रगति रथ से द्वारका की ओर वापस जा रहे थे। अर्जुन को जितना कुछ जानने की, तर्क करने की इच्छा थीशान्त हो गई थी। पर

श्रीकृष्ण भगवान् हैंसाक्षात् ब्रह्म हैंशांत हो गई थी। पर श्रीकृष्ण भगवान् हैंसाक्षात् ब्रह्म हैंयह स्वीकारने को मन फिर भी तैयार नहीं। अब कौन-सा संशय शेष रहा?...यह भी समझ से परे।

इसी संशय को उद्धव ने मार्ग में हिला डाला था"बतलाओ तो धनंजय!...कौन है ऐसा जो सब जय करे और सब छोड़ दे?...जो राजाओं से राज्य जीते और किसी अन्य को वह राज सौंप दे?...जो बालपन में असंख्य मित्रों और गोपियों का श्वास रहा हो, वह परमस्नेह करते हुए भी उनसे बिलग रह ले?...जो किसी भी विपत्ति में केवल शक्ति रहे?. ..जो न्याय के लिए अथकित और निरंतर संघर्ष कर सके?...जिसे जय से सुख न हो, पराजय से पीड़ा न उपजे?...जिसे नेह बांध न सके, और जिसे नेह छुड़ा न सके?...कभी-कभी तो मुझे लगता है कुंतीसुतश्रीकृष्ण व्यक्ति नहीं हैं, विचार हैं। वे साधक नहीं हैं, स्वयं साधना हैं।"

श्रीकृष्ण साधक नहीं हैसाधना हैं!...

और कृष्ण व्यक्ति नहीं हैंविचार हैं!...

कितने लम्बे समय तक यही उहापोह घेरे रही थी अर्जुन को। लगता था कि जितना-जितना जानने की चेष्टा करते हैं, उतने-उतने अजाने होते जाते हैं कृष्ण। सुभद्रा का हरण करवाकर स्वयं ही जैसे गुत्थी बन गए थे वह। और उस गुत्थी को सहजता से हल करके उस हरण को परिणय-संस्कार में बदल दिया था उन्होंने। वे सम्बन्धी से अधिक गहन सम्बन्ध में जकड़ गए थे...

या उन्होंने ही जकड़ लिया था पाण्डुपुत्रों को?...अर्जुन कब, किस अजाने पल उनके प्रति श्रद्धालु हुए थेज्ञात नहीं। बहुतेक घटनाएं जुड़ी हैं उनके साथ में। द्रौपदी के स्मरण मात्र से श्रीकृष्ण ने वह आत्मशक्ति दे डाली थी द्रौपदी को, जिसने दुःशासन की कुचेष्टा को व्यर्थ किया!...वही तो हैं जिन्होंने उस दिन राजा युधिष्ठिर को ज्ञान समझाया था...

अर्जुन कभी भूल न सकेंगे वह दिन...और उस दिन की बात! वह

बात, जिसने श्रीकृष्ण को उस व्यापकता के साथ व्यक्त किया था...अर्जुन श्रद्धालु हो उठे थे।

इन्द्रप्रस्थ आए थे श्रीकृष्ण। राजसूय-यज्ञ की बेला। जरासन्ध आतंक की तरह समूचे भरतखण्ड में कालरात्रि बना हुआ था। श्रीकृष्ण की बढ़ चुकी शक्ति और प्रभाव ने उसे और बौखला दिया था। सत्ता-प्राप्ति की अन्धी दौड़ में उसने छियासी राजा बन्दी बना लिए थे। सूचनाएं मिल रही थीं कि कुछेक अन्य राजाओं को बन्दी करने के बाद वह उनकी सामूहिक हत्या कर डालेगा!...इस तरह वह एक मदान्ध राजसत्ता का अधीश्वर बनना चाहता था...

विचार-विमर्श में श्रीकृष्ण ने कहा था"राजन!...देखता हूं कि भरतखण्ड विभिन्न छोटे-छोटे राज्यों और सत्ताओं में विभाजित हैं।...मैं यह भी निरंतर देख रहा हूं कि सत्ता और मोह की यह भूख समय-असमय निर्दोष जन-जीवन के लिए घातक और संहारक बनती रही है।...न्याय, धर्म और व्यवस्था की दृष्टि से हीन होकर केवल सत्ता प्राप्त करने की यह इच्छा भरतखण्ड का नाश कर डालेगी! ऐसी स्थिति का मुझे तो केवल एक उपचार सूझता है...और वह हैभरतखण्ड में किसी एक न्यायपूर्ण सत्ता और सम्राट की स्थापना...सभी राज्य उसे स्वीकारें, उसकी देख-रेख में धर्मपूर्वक समाज-व्यवस्था हो, राज्य चले।...वे सुरक्षित रहें, युद्ध-भय से परे होकर जनांचलो में शांति और समृद्धि फैले..."

पाण्डव बन्धु इस तरह देखते और सुनते रहे थे जैसे किसी धर्म-श्लोक को सुन रहे हों...और श्रीकृष्ण उन्हें मंत्रमुग्ध करते हुए उसी तरह कहते गए"और उस दृष्टि से जब मैं विचार करता हूं तब आपके अतिरिक्त मुझे अन्य कोई व्यक्ति सम्राट होने योग्य नहीं दीखता...आपमें वे सभी गुण हैं कुंतीपुत्र जो किसी भी जाति-वंश-राज्य के लिए चाहिए!...आप सत्य के प्रति समर्पित हैं। धर्म में आपकी गति है। ज्ञान आपकी शक्ति...आपका सम्राट होना आवश्यक है राजन्!...और वह होना ही चाहिए!.."

अर्जुन ने सुना थाहोंठ हौले से भींच लिए। दृष्टि से श्रद्धा उतर आई। श्रीकृष्ण शांत थेसहज। सदा की तरह मुस्कुराते हुए...

व्यापक!...नहींसीमाहीन!...सम्भवतः यह शब्द भी वासुदेव के लिए उपयुक्त नहीं।

उपयुक्त हैअनंत!

और फिर अर्जुन ने एक नई यात्रा प्रारम्भ की थी। इस बार अनंत को पाने की यात्रा! किसी बार श्रीकृष्ण सखा को देखते, किसी बार उनके शब्दों की तहों में खो जाते, कभी मन करताश्रीकृष्ण को मनुष्य की तरह समझो। कभी इच्छा होतीश्रीकृष्ण की नीति समझें।

पर लगता कि व्यक्तित्व की जिस गहराई में उतर आते हैंउसकी थाह नहीं मिलती। ऐसे प्रयत्न अजब-सा बोध देते हैं उन्हें। कभी लगता है कि आकाश में उड़ान भर रहे हैंऔरबि पंछी की तरह थकने लगे हैं। कभी लगता है कि पाताल तल में उतर कर एक नए लोक में जा पहुँचे हैं। यह लोक भी आदि-अंत से हीन। पृथ्वी पर खड़े होकर वायु में स्वर की तरह गूंजने लगे हैं"कृष्ण!...क्या तुम वहां भी हो?" और अपना ही स्वर सुनते रहते हैं...

कैसी विचित्र स्थिति है यह? पलक झपकी तो कृष्ण दीखते हैं। पलक खुले भी कृष्ण। श्वांस लेते हैं तो कृष्ण का अनुभव होता है, श्वांस उगलते हुए भी कृष्ण का गुंजन! यह क्या हो गया है उन्हें? हमें लगता है हर बार कि कृष्ण उनके पास खड़े गीता सुनाने से पूर्व की मुद्रा में स्नेहपूर्ण पुकार उछालते हैं"पार्थ!..."

कैसा हो गया है मन!...कृष्ण! कृष्ण!...कृष्ण...प्रश्न भी कृष्णऔर उत्तर भी कृष्ण।

●●●